国家社科基金
项目成果

新视野中国儿童文学理论研究

“中国式童年”镜像及文学表达

童年文化与新世纪原创儿童文学研究

The Mirror Images and Literary Expression of “Chinese Childhood”
A Study of Childhood Culture and Original Children’s Literature in 21st Century

李学斌◎著

接力出版社
Publishing House

图书在版编目（CIP）数据

“中国式童年”镜像及文学表达 ： 童年文化与新世纪原创儿童文学研究 / 李学斌著 . -- 南宁 ： 接力出版社， 2025. 6. --（新视野中国儿童文学理论研究）. -- ISBN 978-7-5448-9193-6

Ⅰ. I207.8

中国国家版本馆 CIP 数据核字第 2025NW8195 号

“中国式童年”镜像及文学表达

——童年文化与新世纪原创儿童文学研究

“ZHONGGUOSHI TONGNIAN” JINGXIANG JI WENXUE BIAODA

——TONGNIAN WENHUA YU XIN SHIJI YUANCHUANG ERTONG WENXUE YANJIU

责任编辑：童小伟　美术编辑：许继云　责任校对：李姝依　高雅　责任监印：刘宝琪

出版人：白冰　雷鸣

出版发行：接力出版社　社址：广西南宁市园湖南路9号　邮编：530022

电话：010-65546561（发行部）　传真：010-65545210（发行部）

网址：http://www.jielibj.com　电子邮箱：jieli@jielibook.com

经销：新华书店　印制：北京科信印刷有限公司

开本：710 毫米 × 1000 毫米　1/16　印张：30　2插页　字数：477 千字

版次：2025年6月第1版　印次：2025年6月第1次印刷

定价：78.00元

序

方卫平

2015年初，我在《南方文坛》第1期发表的《中国式童年的艺术表现及其超越》一文中认为，中国当代社会生活与文化的复杂性，分化出了中国当代童年生存境况的复杂性。在短短数十年时间里，我们的孩子们从一个相对单纯的成长环境进入了另一个充满复杂性和变数的社会生活环境中。这个环境的若干鲜明表征包括：中国独特的现代化进程对于当代城市和农村儿童生活及其精神面貌的持续影响和重塑；主要由经济方式变迁导致的中国社会分层和流动对于传统童年生活方式的根本性改变；迅速发展变更中的新媒介文化施加于儿童群体和个体的日益广泛的影响；所有这些因素之间的交互影响和协同作用导致的更为复杂的各种当代童年生存问题。中国当代儿童文学研究亟须对这些独属于中国童年的新现象和新命题做出回应，或者说，对于中国式当代童年的关注和思考，应该成为中国儿童文学的一个核心艺术话题。这一话题不只是关于中国儿童文学应该写什么的问题的思考，它也衍生出对中国当代儿童文学艺术发展而言具有重大意义的新的美学课题。

十年来，儿童文学理论界在这些方面做了许多努力和探索，而李学斌教授的新著《“中国式童年”镜像及文学表达——童年文化与新世纪原创儿童文学研究》，可以说是这种努力、探索的一次非常重要的理论拓展和收获。

学斌的这部著作，呈现了关于近年受到关注和热议的“中国式童年”命题的系统思考。从时间到空间，从身体到精神，从现实到虚构，从语境到文本，从历史的探寻到未来的建构，“中国式童年”的样貌、内涵、进程、艺术表达及反思等重要话题在其中得到了多角度、多层面的探讨，且彼此映照，互为阐发。如同他在绪论中所说，“中国式童年”作为文化对象，“内涵丰赡，结构纷繁，样貌芜杂”，其研究的难度和学术上的挑战性可见一斑。

阅读全书十章内容，我们可以看到，一位儿童文学学者面对这样一个充满难度的对象，如何全面地考察，细致地梳理，锲而不舍地追问，鞭辟入里地剖析。在这部新著中，读者能够获得一种十分鲜活、生动的现场感——不论是新媒介和消费文化的话题，还是时间性和空间性的话题，都是与当下原创儿童文学发展现实密切相关的问题。这些年来原创儿童文学领域的一些重要创作现象，包括童年回忆写作、战争题材写作、当代都市与乡村童年书写、儿童文学中的童年史呈现等，在学斌这部著作中均得到了综观式的探讨。作者亲历和见证了中国儿童文学在一个新的历史阶段的发展，也以引人注目的创作和批评实践，亲身参与了这一段文学历史的建构。多年前，他的博士论文做的是儿童文学游戏精神的研究，令我印象深刻。十多年过去了，他的研究视野、方法、思考等又经历了新的重要拓展。

学斌此书的另一大特点，是将当代原创儿童文学放到童年文化的背景上进行考察。我曾经在《儿童文学的中国想象——新世纪儿童文学艺术发展论》一书的开篇中说过，童年观和与此相关的童年文化，对一个时代儿童文学的艺术面貌及其文类发展具有重要的推动与制衡作用。众所周知，儿童文学的现代自觉是伴随着现代童年观的产生逐渐展开的，儿童文学的历史进程也与童年观、童年文化的历史变迁有着密切的关联。可以说，儿童文学每一阶段的艺术发展，都与相应时代的童年文化形成了一种童年精神方面的遥相呼应，它既从童年文化中吸收重要的精神滋养，同时也参与塑造着特定时期童年文化的总体面貌。因此，谈论当代儿童文学的发展，童年文化始终是无法绕过的一个重要的文化线索和背景。这也是多年来，我一直呼吁儿童文学的创作和批评都要努力突破儿童文学的小圈，走向更大的文学、文化和人类视野的原因。也因此，学斌这部著作所展现的学术意图、研究思路和理论视野，我是十分赞赏的。记得六七年前，学斌着手准备做这个课题时，我们曾经探讨过相关的一些概念与问题。从童年文化的角度研究儿童文学，其独特的意义和价值何在？我以为，由童年文化视野反观儿童文学，我们对这一文学样式及其艺术特质与可能性的认识，以及与此相伴的创作实践等，才有可能进入或抵达一个更开阔、深邃的艺术地带。学斌此书从童年文化的视角研究儿童文学，既是透过人类的“文化”看儿童的“文学”，也是透过作为人类精神根基的“童年”来看作为一个社会亚群体的“儿童”。儿童文学也是童年文化的一种重要形态，那么，它以何种方式成为这一文化的承载者和建构者，又以何种方式实践其背后深远重大的文化精神？原创儿童文学特别需要从这样的视角，重新梳理、思考当下所有的艺术问题。我想，学斌的这部用心之作，是可以推进儿童文学界关于上述问题的进一步思考的。

实际上，在一个媒介、技术及社会生活都同步经历剧变的时代，对于原创儿童文学艺术未来的关切乃至忧虑，始终潜藏于学斌的这部著作里。他用“隐忧”这样的词语表达这份关切，从中可见一位学者的清醒和责任心。关于“中国式童年”的文学表达，他提出的五个“不平衡”的批评与剖析，包含了对当下儿童文学写作中亟须认真对待的一些重要命题的深入思索。这些判断和揭示带着当下文学现场的鲜活和热度，确实命中了原创儿童文学艺术的核心问题。

学斌既是静居于学院的儿童文学学者，也是活跃在创作前沿的儿童文学作家。这样的双重身份，使他的观察、思考、表达，既具有一种学院思维的学术光泽，又能与儿童文学的艺术地气相贯通。谢谢学斌，数年磨一剑，为当下的儿童文学研究，贡献了这样一部厚重的理论著作。

2025 年 1 月 2 日于杭州翡翠城

方卫平教授，鲁东大学儿童文学研究院名誉院长、当代儿童文学创作研究中心（浙江）主任。

目　录

CONTENTS

绪　论

一、论题缘起

进入新世纪以来，随着原创儿童文学日益繁荣，儿童文学理论研究不断向前推进，中国在“儿童文学审美特征与社会功能”“中国现代儿童文学史论”“儿童文学民族性与现代性”“原创儿童文学多元分化及发展”“百年中国儿童文学与中国现当代文学一体化”“新媒体时代中国儿童文学发展趋势”“‘青春文学’与青少年亚文化研究”“海外华裔儿童文学创作”“地域文化与原创儿童文学”“儿童文学理论批评体系构建”“新世纪儿童文学作家、作品”等诸多层面取得了丰富成果。尽管如此，由当代中国深刻社会变革分化出来的复杂多样的中国儿童生存境况，以及由此衍生出来的新世纪原创儿童文学新景观、新症候、新趋势，在当下儿童文学学术研究格局中依然比较薄弱。这种局面不仅滞后于当下春潮滚滚的儿童文学创作，而且也与“原创儿童文学要致力于表达中国孩子童年状况、童年命运”这一时代要求存在距离。

在这种情况下，2013年12月28日，中国作家协会儿童文学委员会年会在北京召开，会议主题为“儿童文学如何表现‘中国式童年’”。自此，“中国式童年”概念正式提出。

2014年，《文艺报》《文学报》连续刊发记者李墨波、金莹的报道和多位作家的访谈，聚焦“‘中国式童年’的丰富性和复杂性”与“书写‘中国式童年’的现实路径”等问题，明确指出“中国式童年”现实生态的多样性和差异性由“独生子女问题”“留守儿童问题”“教育缩略童年问题”“边缘童年问题”等童年文化现象构成，并旗帜鲜明地提出“贴近生活，体验生活，表现真正的‘中国式童年’”（李敬泽）、“立足‘中国式童年’的丰富和复杂，写出童年真实精神”（方卫平）、“探索现代意蕴，接续古典血脉，保持写实底色”（徐妍）等重要观点。此后，对于“‘中国式童年’及其文学表达”的学术探讨也逐渐展开：崔昕平在《“中国式童年”怎样书写才对味》（2014年）中从“战争题材”“现实书写”“幻想元素”三个维度探讨了“中国式童年”之于儿童文学的题材范畴和内容特征；方卫平在《“中国式童年”的艺术表现及其超越》（2015年）中从“拓宽中国儿童文学艺术表现疆域，提升原创儿童文学艺术表现层级”视角出发，将对“中国式童年”的关注和思考上升到关乎中国当代儿童文学艺术发展的高度；李东华在《为孩子书写“中国式童年”》（2016年）一文中则从儿童观层面看待“中国式童年”概念，认为其要义是把儿童当成真正的人来对待，这是决定儿童文学作品优劣的关键；李学斌在《从“中国式童年”到“中国童年精神”——试论新世纪原创儿童文学审美价值取向》（2018年）一文中论及“中国式童年”在时空维度的不同内涵及其文化构成，并就“中国童年精神”的表达路径和价值取向做了深入阐释；李利芳在《儿童文学——如何彰显生动的中国童年精神？》（2019年）一文中则从儿童文学的审美属性与现实功能出发，就童年精神的内涵构成、文学表达展开分析，指出“童年精神的自我反思与自我批判精神是治愈现代性社会发展中所存在痼疾的良药”；李燕《〈龙抬头，猪会飞〉——城市化进程中的中国童年》（2021年）一文在评述城市化进程中“中国式童年”时代风貌的基础上，指出社会转型对新一代儿童成长的深刻影响；杜传坤在《“中国式童年”的大写方式——“童年中国书系”概述》（2023年）中指出，儿童文学创作中成人与儿童双重视角的叠加所赋予作品的“深度”，“亦彰显了‘中国式童年’的大写方式”。

尽管收获了上述研究成果，但截至目前，关于“‘中国式童年’及其文学表达”的探讨依然多局限于童年现象描述、创作经验总结、未来前景展望等感性层面，而关涉“中国式童年”的现实构成、文化内涵及审美价值取向等深层问题的研究则鲜见。

基于此，如何立足于当代中国发生深刻社会变革的语境，通过初步厘清“中国式童年”在时间、空间维度的内涵，从而把握其现实社会根源与童年文化属性，并在深入剖析“中国式童年”文学观念与实践路径的基础上，最终确立童年文化视域下“中国式童年”审美价值取向，就成为新世纪原创儿童文学研究亟待解决的核心问题。

二、概念界定与文献述评

（一）“中国式童年”

“中国式童年”既是“中国童年”（或“童年中国”）的同义语，也是对其特定文化语境的强化表达。在著者看来，“中国式童年”主要指的是近代以来，中国孩子映现在社会发展的不同历史阶段和不同文化语境中的童年生存与发展状况。其内涵除当代中国社会变革与文化转型所衍生出的复杂多样的童年面相之外，还包括中国儿童斑驳、苍凉的历史存在与丰沛、昂扬的未来趋向。

在21世纪经济全球化和文化多元化时代背景下，“中国式童年”概念的提出与西方新童年社会学之社会建构论不无关系。在艾莉森·詹姆斯、艾伦·普劳特等社会建构论学者看来，童年并非自然存在，而是由社会、政治、历史和道德等共同建构的。在此背景下，童年不仅表现出文化多样性，同时也内含民族差异性。换言之，不同地域背景下的童年之所以形态各异，就在于不同民族、不同时代、不同文化都在建构属于自己的童年。

以此为参照，“中国式童年”可从空间与时间两个维度来理解。其中，“中国式童年”的空间含义体现的是本土童年的地域文化特征，它在原创儿童文学作品中的审美形态大体呈示出乡村童年、城市童年、边际童年三种样貌。其中，乡村童年是指以乡村为具体生活空间而展开的童年生活现实；城市童年则是指以城市、城镇为生活空间而绵延开来的童年生活图景；而边际童年则是指处于不断流动、变迁中的童年生活境遇。“中国式童年”的时间含义主要指近代以来，中国的不同历史发展阶段、不同社会生活所赋予童年的形貌特征和文化内涵。其具体表现形式大体可分为历史童年、现实童年和未来（想象）童年三种样态。如果单就时间意义而言，历史童年可理解为“理应珍惜的过去”；现实童年可理解为“自在、自为的现在”；未来（想象）童年可理解为“倾力求索的将来”。上述“中国式童年”的时空内涵及不同样态立足于源远流长的中华文化，不仅与民族神话、传说、民间故事等集体无意识文化信息、文化原型有着千丝万缕的联系，而且植根于近代以来中国不同时期的社会生活、文化语境，呈示出丰饶、芜杂、昂扬、斑驳的多元样貌；甚而，在未来的延长线上，还代表着中华民族追求美好生活，寻求自我实现、自我超越的生命态度和未来愿景。足见，“中国式童年”并非指涉当下现实的单向度中国儿童生命图景，而是立足于民族、时代、环境等要素，并携带着中华文化的丰富信息、鲜明印记的全方位、整体性、复合性童年文化存在。也正是从这个意义上说，“中国式童年”理应成为原创儿童文学发展所倚重的丰饶审美资源。

（二）镜像

镜像首先是几何学和光学概念，指的是一个物体经平面镜（或类似平面镜的物体，如光滑大理石、平静水面等）反射后所映现出来的虚像。作为一种客观现象，镜像具有复制性和反射对称性。只不过，这种复制性并非一一对应的实体复制，而仅是一种“虚像”映现。正因如此，镜像能够营造亦真亦幻的多重虚像空间。镜像的这一特质常常为摄影艺术所借用，成为丰富摄影内涵和表现力的重要手段。

其次，镜像也是信息科学概念。在该领域，它指的是一种文件储存形式。一个磁盘上的数据经复制后在另一个磁盘上出现，这个与原文件一模一样的副本即为镜像。

再次，镜像也是心理学术语。最典型的就是拉康的镜像理论。作为法国第二代精神分析代表人物，拉康从著名的爱梅病例出发，提出自己的镜像理论。该理论认为，孩童在镜中寻找自我、确认自我，并逐渐形成自我意识。通过镜子，他者和自我的界限逐渐清晰。此时，他者对自我意识的塑型至关重要。具体说，他者既是客观存在，也是主观塑造。其中源自主观的这部分他者就是一种镜像，而自我则借助这一主观镜像确定身份、表达自我。镜像理论的提出，突破了传统精神分析学已有模式，构建了一种全新的精神分析范式。此后，镜像理论常常用于精神疾患的疗愈和医患关系中的心理互动。

最后，镜像还是文艺学概念。其实，中国古典诗歌中一直就有以镜映像的写景技巧和审美方式。这类镜像不仅具有映现自然、支配风物、装点居室等常态功能，还表达着创作主体的视野、观念、情感、心绪等心灵图景。这一点与拉康镜像理论中他者主客观共存之复合性颇为相似。只不过，拉康所说的镜像是“人—

像”对应关系，而中国古典诗歌中的镜像则是“物—像”移情关系。

不同于中国古典诗歌中的以镜映像，当代文学作品中的镜像既不是“人—像”之间的主体互渗，也并非“物—像”之间的主客移情，而是两者的合二为一。此时，审美主体眼中的镜像（三维世界）作为他者，既是客观存在，也是主观塑型。当代文艺作品常常借用镜像构建一种审美基点和参照系统，以之审视现实世界，意在助力审美创造。

以此为据，本著所述“‘中国式童年’镜像”所指涉的就并非单层面中国少年儿童现实生存映像（虚像），而是以之为核心，向前追溯到近代以来中国儿童驳杂的历史面相，向后延展到中国孩子丰赡之成长愿景，在整体结构上涵盖了本土童年生活实践、生存状况、精神动态、观念变迁等诸多层面的复合性文化存在。

（三）童年文化

童年文化广义上指的是与人类童年相关的一切社会现象、社会存在；狭义上指涉及童年的政治、经济、法律、道德、历史、伦理、宗教、艺术、风俗、习惯等符号结构和观念形式。无论广义还是狭义，童年文化的核心一脉相承，都是寄寓在童年范畴之内，以纯真、自由、梦想、游戏、探索、创造等诗学范畴为要旨的一种审美价值观，即童年文化精神。

现实中，作为社会现象和社会存在的童年文化既包括成人为儿童生产、创设的维系和保障人类童年生存发展的诸多物质资源、生活资料（如儿童服装、儿童饮食、儿童玩具），也涵纳儿童在现实生活中呈现出来的生活方式、生命形态和精神创造（如童言稚语、儿童游戏、儿童涂鸦绘画），还承续着社会发展中不断萌生、发展、积累、更新的关于儿童和童年的各种知识系统、观念结构和审美形式（如儿童医学、儿童哲学、儿童文学、儿童艺术）。由此，童年文化不仅是了解、把握人类社会物质进步与精神发展极为重要的现实之窗，还是复现并构建人类童年生活图谱与生命景观无可替代的存在之源。正因如此，考察、探析童年文化之现实症候和审美面相就既是中国社会童年问题现实关切的实然路径，也是新世纪原创儿童文学学术研究的应然方式。

本论著之门扉，就从童年文化层面的学术梳理开启。

西方现代意义上的童年研究始于19世纪中后期达尔文生物进化论。其后，这一学科领域先后拓展到自然科学、社会科学和人文科学。现今，西方学界独特的多学科或跨领域童年研究学术成果主要来自历史学、人类学和社会学领域。其中，人文科学层面的童年理论承继童年史研究理论，多以童年观及童年现象为考察对象，标志着本质主义童年观向建构主义童年观转型。其代表性成果有罗杰·诺什塔特的《回到未来——作为乌托邦的童年》(1994年)、艾莉森·詹姆斯和艾伦·普劳特合编的《建构和重构童年》(1997年)、延斯·克沃特鲁普主编的《现代童年文化研究——社会、主体与文化》(2005年)等。其中，以大卫·帕金翰为代表的建构主义童年观否认尼尔·波兹曼"童年消逝说"的合理性，提出在当今电子媒介时代重构童年的现实图景。20世纪80年代后，以艾莉森·詹姆斯、克里斯·简克斯和威廉·科萨罗等为代表的"新童年社会学"研究范式蓬勃兴起，提出"社会建构论"和"社会结构论"，突破传统童年研究的二元论局限，为理解当代童年提供了新视角、新结论。

除童年观研究之外，西方学界还盛行童年文化与艺术表达研究。这类研究关注童年美学精神与童年文化内涵，很大程度弥补了童年基础理论研究在审美层面的缺失。以童年书写为例，代表性成果有伊丽莎白·古德诺夫等主编的《童言童语——文学中的儿童声音》(1994年)、盖尔·施蒙克·穆莱的《美国儿童文学与童年的建构》(1998年)、嘉丽·辛兹与伊莱恩·奥斯特利主编的《儿童与青少年文学中的乌托邦与反乌托邦》(2003年)等。以上著述立足对西方童年史上儿童形象与童年话语的分析，从不同侧面呈现了西方童年美学建构的进程。

总体而言，西方童年文化研究脉络清晰，成果丰厚。其中，童年史、童年基本理论、童年审美与童年书写等多领域研究齐头并进，成果异常丰硕；心理学、社会学、人类学、教育学、文艺学等不同学科维度研究多元共存，呈体系化发展；与此同时，童年社会学等跨学科研究也不断深入，时有新成果问世。时至今日，西方学界在童年文化及相关领域所取得的丰富学术成果已然成为国内学者思考和探究本土童年文化问题的重要理论资源。

我国学界对童年文化研究领域的关注始于20世纪90年代，新世纪后渐多，先后收获卜卫《捍卫童年》(2000年)，刘晓东《论儿童文化——兼论儿童文化与成人文化的互补互哺关系》(2005年)、《儿童文化与儿童教育》(2006年)，朱自强《"童年"——一种思想的方法和资源》(2006年)，黄进《童年研究——一场观念和方法上的革命》(2009年)，李有发《童年的隐忧——来自童年社会学的观察》(2011年)，钱雨《儿童文化论》(2011年)，郑素华《儿童文化引论》(2015年)，刘晓东《向童年致敬》(2018年)等多项成果。这些研究分别从童年文化价值、童年观及其社会意义、童年研究方法等层面立论，既呈现西方童年史和童年观所带来的学术启迪，也表达了本土童年文化研究对当代童年现实问题的观察和思考。此外，台湾学者熊秉真在《童年忆往——中国孩子的历史》(2008年)一书中，系统考察中国历史上的童年现象后认为："训诫与教导""关爱与照顾"作为中国成人社会看待儿童的互动模式，曾一直伴随着中华文明的进程。这是目前国内仅见的中国童年史论。

后来，国内童年文化研究向"童年精神"论域拓展，刘晓东《儿童精神哲学》(1999年)、詹栋梁《儿童哲学》(2005年)、王海英《20世纪中国儿童观研究的反思》(2008年)、丁海东《儿童精神——一种人文的表达》(2009年)、高振宇《儿童哲学论》(2011年)、陆克俭《发现与解放——中国近代进步儿童观研究》(2015年)、赵霞《童年精神与文化救赎——当代童年文化消费现象的审美研究》(2017年)等论著分别从人类文化史、儿童观变迁、科学与人文、童年文化消费等视域探究童年观、童年精神内涵和童年文化审美效应，其成果深化了童年精神学术思考，为原创儿童文学研究提供了可靠的思想资源。

近二十年来，随着当代社会变革与文化转型，原创儿童文学文化层面学术研究不断向前推进，出现了朱自强《中国儿童文学与现代化进程》(2000年)、曹文轩《二十世纪末中国文学现象研究》(2003年)、李利芳《与童年对话——论儿童文学的主体间性》(2005年)、王泉根《论儿童文学的基本美学特征》(2006年)、李蓉《中国现代文学的身体阐释》(2009年)、杜传坤《论现代性视野中儿童本位的文学话语》(2010年)、刘彩珍《图像化与狂欢化——新媒介时代儿童文学的审美向度》(2011年)、李学斌《儿童文学与游戏精神》(2011年)、刘绪源《儿童文学思辨录》(2012年)、方卫平《童年写作的厚度与重量——当代儿童文学的文化问题》(2012年)、谈凤霞《边缘的诗性追寻——中国现代童年书写现象研究》(2013年)、陈恩黎《大众文化视域中的中国儿童文学》(2013年)、汤素兰《新媒体时代中国儿童文学发展趋势研究》(2019年)、张国龙《中国新文学少年儿童形象塑造的价值旨归》(2021年)、韩雄飞《身体的变迁——中国儿童文学与儿童形象(1917—2020)》(2021年)、吴翔宇《新时期儿童文学主体性建构的机制、过程及反思》(2022年)等诸多研究成果。此外，徐兰君与安德鲁·琼斯主编的论文集《儿童的发现——现代中国文学及文化中的儿童问题》(2011年)也涉及童年命题在中国现代文化史上的特殊意义。上述研究从社会变迁、文化转型、童年观嬗变、主体性建构等角度探究社会思潮与童年文化对原创儿童文学发展的影响，进而在“儿童文学审美特征与社会功能”“儿童文学民族性与现代性”“原创儿童文学多元分化及发展趋势”“童年观与儿童文学内在关联”“身体阐释与儿童文学身体书写”“新媒介与儿童文学”“童年诗学和审美现代性”“儿童文学主体性建构”“当代儿童文学作家、作品论”等多个层面提出创见。如曹文轩从人类文化大视野解读儿童文学功能后认为“儿童文学的使命在于为人类提供良好的人性基础”；王泉根由儿童文学“发生论”视角提出儿童文学的价值追求在于“以善为美”；方卫平立足不同文化背景，认为儿童文学的民族性联系着传统维度，现代性则更多指向现实层面；朱自强从文学生态视点出发，提出多元“分化”态势是中国儿童文学走向成熟的标志；刘彩珍站位于媒介文化立场，认为“图像化”和“狂欢化”正在成为儿童文学的两个基本审美向度；刘绪源分析当代童年消费文化语境后提出，童书商业化背景下，原创儿童文学必须以中外优秀儿童文学为评价基准；陈恩黎从大众文化视域出发，论述大众文化思潮对原创儿童文学的潜在影响，从而连通了儿童文学与社会文化之间的内在逻辑……上述理论研究不仅极大地丰富了当代童年文化话语体系，而且也不同程度地拓展了原创儿童文学学术空间。

需要指出的是，进入新世纪以来，尽管国内童年文化研究获得了一定的学术积累，但相较西方学界洋洋大观、不断精进的学术成果更迭，中国本土童年文化研究依然波澜不兴。其一，研究对象上，对童年文化的内涵结构、呈现方式、审美属性、社会功能等议题虽有涉及，但多集中在儿童观、审美现代性、媒介文化、消费文化、主体建构等层面，在与“中国式童年”文学层面的审美表达关联性上有待深入；其二，研究内容上，既往研究多从社会大文化(如大众文化、流行文化、地域文化)视域出发探讨社会文化与原创儿童文学议题，尽管视野开阔，也颇能高屋建瓴，但论域往往失之宽泛，分析对位模糊，聚焦童年审美的专项研究鲜见；其三，研究思路上，或从童年观，或从审美现代性，或从社会现象观察，或从审美资源方法，或从社会大文化，或从主体建构，或从儿童教育生态等视角切入童年文化，偏重理论解析，而本土童年事实与童年书写融合相对较少；其四，研究方法上，多采用文艺学、文学史本位学科视角和文献研究、内容分析等单一方法展开研究，而借重社会学、传播学、文艺学、心理学、童年史、童年哲学等相关学科研究成果，并融合田野调查、民族志、文学史、文本分析等多种研究方法的跨学科研究偶见。

基于此，新时代背景下，中国本土“童年文化与原创儿童文学研究”亟待在以下几个层面拓展与深化：首先，当代童年文化内涵、结构及内在属性、“中国式童年”多重面相与现实症候、童年文化与原创儿童文学内在关联等研究议题有待推进；其次，“中国式童年”在时间、空间维度的文化内涵及其文学审美表达研究亟待深化；再次，“中国式童年”多维文化形态与原创儿童文学童年书写之同构性研究缺失已久，需尽快补正；最后，童年文化视域下原创儿童文学的未来发展趋向存在疑问，尚待解答。

总之，面对意涵丰富、形态多样、多维展开的“中国式童年”文化结构与现实生态，新世纪原创儿童文学内容结构需要调整，审美范式亟待优化。

三、研究对象与内容框架

为更好应对上述研究需要和现实不足，著者确立以下研究对象：童年文化概念、构成及其属性；新世纪中国童年文化状况；“中国式童年”文化内涵与“中国童年精神”审美旨向；“中国式童年”文学书写的时间形式与空间样态；“中国式童年”的六种具体面相及其儿童文学审美表达；“中国式童年”现实症候与原创儿童文学未来趋向。

也由此，本论著整体内容框架由“绪论”、“童年文化论”（第一至二章）、“‘中国式童年’儿童文学审美论”（第三至四章）、“‘中国式童年’儿童文学创作论”（第五至十章）和“结语”五个部分构成。

其中，“绪论”作为起始部分，开宗明义，先交代了论题的缘起，随后，又从概念界定和中西童年文化学术史角度系统梳理了论题的学术背景和相关理论资源状况，以此实证研究的必要性。除此之外，“绪论”还对研究对象、内容框架进行界说，从多个层面为后文的主体研究内容奠基。

第二部分是“童年文化论”。这部分内容由“童年文化的内在结构及多重面相”和“‘中国式童年’概观与童年文化审美书写”两章构成。前者主要论及童年文化概念、童年文化与成人文化之关系、童年文化的内在结构、童年文化的多重属性等议题；后者则重点呈现并梳理了新世纪中国童年状况，并对“中国式童年”的文化内涵、文学价值、审美路径，以及“中国式童年”与“中国童年精神”之内在关联展开深入剖析，由此提出诸多统摄全篇的核心观点。这部分内容可视为全书的总纲。

第三部分为“‘中国式童年’儿童文学审美论”。内容包括“时间维度的‘中国式童年’文学范型”和“空间视域下‘中国式童年’的内容嬗变”两部分，分别从“时间童年”与原创儿童文学童年书写、童年的空间性及“中国式童年”的空间内涵两个层面，对本土童年文化之于原创儿童文学在不同时间和空间审美维度的文学价值予以解析，并通过《阿莲》、“淘气包马小跳”、“花田小学的属鼠班”、《牛说话》、《逃逃》、《校长的游戏》等原创儿童文学作品的文本分析，全方位阐述“中国式童年”在不同时空维度的书写路径和审美意义。这部分就整体内容结构而言，是童年文化论与原创儿童文学创作论之间的桥梁，充分体现“中国式童年”作为多维文化存在与新世纪原创儿童文学之间的同构性。

第四部分是“‘中国式童年’儿童文学创作论”，共有六章内容。这是整本书的主干部分，从身体童年、游戏童年、伙伴童年、媒介童年、消费童年和历史童年六个层面呈现“中国式童年”的现实面貌，探析对应的新世纪原创儿童文学创作实践。这六章内容不仅全方位照应第二部分关于“童年文化的多重属性”的内涵阐释，而且也是第三部分核心观点的理论展开和实践印证。其中，有关身体童年、伙伴童年、媒介童年和消费童年与新世纪原创儿童文学互动关系的探讨不仅拓展了原创儿童文学理论研究的视野和方法，而且在一定程度上及时补正了这些论域此前研究的相对不足，颇具开创性意义。

“结语”部分主要论及“中国式童年”审美现实及原创儿童文学发展趋向。在这部分内容中，著者对新世纪“中国式童年”文化语境下原创儿童文学的整体面貌展开学理分析，在总结其利弊得失的基础上，确认“中国童年精神”代表原创儿童文学的未来价值趋向。它与前述“童年文化论”“‘中国式童年’儿童文学审美论”“‘中国式童年’儿童文学创作论”一起构成全书的完整内容体系。

在内容布局上，绪论部分提出问题，强调当代社会背景下深入研究“中国式童年”审美内涵及原创儿童文学“为童年言说”的必要性和迫切性。著者认为，“原创儿童文学表达‘中国式童年’”命题不仅关涉原创儿童文学为谁写、写什么、怎么写的基本立场，更衍生出对中国儿童文学未来发展具有重大意义的童年精神提振和美学原则重构等核心议题。

正文部分，论著则重点解决“‘中国式童年’文化内涵解读”“童年文化精神与原创儿童文学审美价值取向”“原创儿童文学表达‘中国式童年’的独特审美范式和实践路径”“‘中国式童年’的现实症候与原创儿童文学未来发展趋向”等四个核心问题。

四、补充说明

著者在“‘中国式童年’儿童文学创作论”部分遴选并确定身体童年、游戏童年、伙伴童年、媒介童年、消费童年、历史童年六种童年样态，主要基于以下三重考量：

其一，兼顾个体童年与群体童年、单数童年和复数童年的完整性、统一性。其中，身体、游戏、伙伴主要照应个体童年和单数童年；媒介、消费、历史则侧重关照群体童年与复数童年。

其二，考虑到童年文化同时具备时间性、空间性与建构性等多重属性，在“中国式童年”样态选择上，主要侧重于“时空复合”的童年文化形式，如身体童年、媒介童年、消费童年三种样态，就兼具时间性、空间性和建构性等，而伙伴童年、历史童年和游戏童年则主要体现童年时间文化与童年空间文化之复合特征。

其三，鉴于“中国式童年”的文化形态内涵丰赡、结构纷繁、样貌芜杂，与此同时，关于“中国式童年”的既往研究虽有童年社会学、传播学、文艺学、儿童文学等多种学科维度，但多集中于留守孩子、边际童年、单亲家庭、病弱儿童、功利教育等童年社会问题层面，而相应对童年身体、童年游戏、童年伙伴、新媒介影响童年、消费文化浸淫童年、历史童年之不同面相等童年文化议题着力较少，故著者本着“不唯精当建构之实，但求筚路蓝缕之功”的研究态度，于异常丰沛之“中国式童年”文化结构中仅撷取六种样态，实为有意为之。

也正因如此，就“中国式童年”整体文化结构和现实生态而言，本著依然属于“散点透视”、局部对应，因此，所评述本土童年文化现象、症候，所透析原创儿童文学之“中国式童年”审美实践、文本效应，都难避挂一漏万、顾此失彼之憾。好在学科有边界，学术无止境，论著所留空白、缺失将会在后续研究中不断深化、推进、补正，以期更加完整、丰硕之成果。

第 一 章

童年文化的内在结构及多重面相

第一节
文化与童年文化

一、“文化”释义

人类文明进程中的文化概念，通常有广义和狭义之分。

广义文化指人类社会发展过程中所创造的一切物质财富和精神财富。按照文化层析论的观点，就内在构成而言，广义的文化包括物质文化、精神文化、制度文化、行为文化和信息文化五个层面。其中物质文化是指人类创造的物质文明，包括人类衣、食、住、行等方方面面的物质形态。精神文化是指人类社会发展过程中所产生的包括科学、艺术、宗教、法律、伦理、道德等在内的意识形态，它是人类各种观念意识形态的集合。制度文化是人类在物质生产过程中所达成的各种社会关系的统合，包括特定社会的政治制度、法律制度、经济制度，以及为人们所普遍接受的、业已系统化的社会公序良俗和人与人之间的关系准则。行为文化是人们在日常生活中所表现出来的特定行为方式和行为结果，它既是人类实践经验和创造性活动的具体表现，也是人们日常言行、精神生活的现实形态。比如模范人物示范行为、行业明星代表行为、企业员工群体行为、集体场合礼仪行为、日常生活习惯行为等等。

信息文化作为新的文化形态，指的是由信息技术广泛应用于社会生活而孕育、促发、衍生的种种事实和现象。相较于前四种文化形态，信息文化属于后起的文化，它是信息社会发展的产物，它既是信息资源、信息技术、信息管理的物质形态和实践过程，也是社会活动与信息活动相互交融的结果。

上述五大部类相互联系、相互作用，共同构成了整体的人类文化大系统。如果按照文化的层级理论来划分，这一文化系统的表层是物质文化，中层是制度和行为文化，内层与核心是精神文化，而贯穿文化系统表里的是包括语言、文字、数码、姿势等各类信息符号在内的信息文化，它们是人类用来创造、保存、积累和传播文化的媒介。①

总之，文化是一个涵盖广泛、内涵丰富的复杂系统。作为人类社会与历史的积淀物，文化是社会现象与历史现象的符号表达，是生产力和生产关系的现实形态，是上层建筑和意识形态的具体展开。

文化的这一结构性、系统化存在样态，被匈牙利学者阿格尼斯·赫勒区分为文化的三种类型：一是作为高级文化的概念，它主要指人类历史上那些伟大的发现、发明和创造；二是作为文化话语的文化概念，它是指人们能够以一种“文化”的方式来谈论各种事务的能力；三是人类学的文化概念，指与人类活动相关的一切现象和事务。②

显然，赫勒的文化观是从文化人类学角度做出的层级划分，其三个层面的概念界定体现了“文化”的不同内涵和形态。实际上，近代以来，不同学科对文化有着不同理解：

从哲学视角看，文化是相对于经济、政治而言的人类全部精神活动及其生成物。比如人类社会的历史、传统习俗、风土人情、生活方式、宗教信仰、文学艺术、伦理道德、法律制度、价值观念、审美情趣、精神图腾等等。

从民族学视角看，文化或文明，是包含全部的知识、信仰、艺术、道德、风俗，以及作为社会成员的人所掌握和接受的任何其他的才能和习惯的复合体。③

从进化论视角看，一种文化由技术的、社会的和观念的三个子系统构

---

① 陈建宪:《文化学教程》，华中师范大学出版社，2004，第 17 页。

② 阿格尼斯·赫勒:《现代性理论》，李瑞华译，商务印书馆，2005，第 163—197 页。

③ 爱德华·泰勒:《原始文化——神话、哲学、宗教、语言、艺术和习俗发展之研究》，连树声译，上海文艺出版社，1992，第 1 页。

成。技术系统是决定其他两者的基础。技术发展则是一般进化的内在动因。这样，我们就可以视一种文化为三个层次的序列：技术层为基础，观念层最高，社会层居中。①

从存在主义视角看，文化是对一个人或一群人存在方式的描述，是人们日常生活中的言说或表述方式、交往或行为方式。

从文化研究视角看，文化是既相互交融，又相互排斥的意识形态。它会在价值遇合、交流中消解彼此之间的简单对立，最终达成不同文化和意识形态的动态联合。

从文化人类学视角看，文化可分为包含哲学、文学、艺术、宗教等在内的高级文化；以习俗、仪式、衣食住行、人际关系等各方面生活方式为主的大众文化；由价值观、思维方式、人际关系、性别意识、阶层认知、生活习惯、实践方式等构成的深层文化。三者之间是彼此勾连、相互依存的关系，其中，深层文化作为内在的观念表达和行为动因是高级文化和大众文化的根脉，而高级文化和大众文化作为文化的不同形态，又是深层文化的现实展开和具体实现……

西方学者给出的上述诸多定义是从不同角度解读作为整体的文化，侧重于强调人类包括知识、才能、信仰、艺术、道德，以及风俗、习惯等全部精神构成，主要凸显了除去人类物质生产与创造之外，全部精神性生产及其成果，即文化的“精神性”特质。这一点与余英时先生的定义不谋而合：“文化即是一个民族的生活方式，主要是精神方面的事，如思想、学术、宗教、艺术之类，而关键尤其在‘方式’两个字上。如果用结构功能派社会学的名词，即相当于‘文化系统’（culture system），大致以规范与价值为主。”②

按照余英时先生的理解，文化是一个民族所共享的生活方式、价值观念与社会规范的统一体，是涵纳一个民族精神生活方方面面的价值体系和符号系统。

这与存在主义、文化研究、文化人类学对文化的界定一脉相承，也就是赫勒所说的“高级文化”与“大众文化”的合二为一。

---

① 托马斯·哈定等:《文化与进化》，韩建军、商戈令译，浙江人民出版社，1987，第38页。
② 余英时:《文史传统与文化重建》，生活·读书·新知三联书店，2004，第493页。

二、何谓童年文化

童年文化属于多层次概念，广义上指与人类童年相关的一切社会存在，如儿童游戏、儿童玩具、儿童服饰、儿童影视等等；狭义上指涉及童年的知识、法律、伦理、道德、文学、艺术、习俗等观念形式。其核心为寄寓在童年范畴之上，以纯真、自由、梦想、游戏、欢愉、创造等诗学范畴为要旨的一种审美价值观，即童年精神。

通常情况下，童年文化首先指的是儿童文化，即儿童世界所呈现的一切物质形态、生活实践和精神现象。马塞尔·克拉斯等西方学者曾将普遍意义上的儿童文化归纳为两个向度："儿童的文化"与"为儿童的文化"。前者指儿童自己创造的文化，如儿童自创游戏、儿童涂鸦作品、儿童顺口溜等儿童文化现象；后者指以儿童为目标接受群体的文化存在，如儿童玩具、儿童服装、儿童饮食等文化事实。[①]尽管这两类儿童文化的内涵和构成有所不同，但其行为主体都是儿童。"儿童文化是这样一个领域，在这里，娱乐、宣传和快感交会在一起，共同建构作为一个儿童的概念，而这个儿童是社会中的性别、种族、阶层地位共同造就的一个综合物，正是通过它，个体才在与无数他者的关系中寻找到了自我身份的定义。"[②]

根据上述西方研究者对儿童文化的阐释，在"儿童的文化"中，儿童作为文化实践主体，通过表现其天性中的兴趣、愿望、话语、活动，以及儿童群体所共有的价值观念、行为习惯、生活方式而建构了属于自己的文化。此可谓本体或"本位"的儿童文化。此时，成人及其文化相对于儿童和"儿童的文化"可谓"他者"的存在。而在"为儿童的文化"中，儿童作为文化消费主体，在心甘情愿接受成人文化创设与规约的同时，也借助与成人世界的对应性关系，适时构建了属于自己的文化边界，从而或使"为儿童的文化"化身为"儿童的文化"之物质基础和外部环境，或将"为儿童的文化"同化

---

① M. Klaas, A. Flügel, R. Hoffmann and B. Bernasconi, "Kinderkultur *oder* der Versuch einer Annäherung," in *Kinderkultur(en)*, eds. M. Klaas et al. (Wiesbaden: VS Verlag für Sozialwissenschaften, 2011), pp. 11-16.

② Henry A. Giroux, "Animating Youth: The Disnification of Children's Culture," *Socialist Review* 24, no. 3 (1995): 23-55.

为“儿童的文化”。相较前者的主体性，该形态的儿童文化可谓“非本位”或客体儿童文化。但无论是哪一种，因其实践主体都是儿童，故而其中所凸显的，依然是儿童的文化理解力、接受力和创造力。

实际上，童年文化除了上述两个层面的形而下的文化内容外，还包含着极其丰富、深邃的形而上的文化内涵，这就是“关于儿童的文化”，具体说，就是以儿童观为基础的童年诗学。

众所周知，儿童观是指成人社会看待儿童的观念的总和，主要涉及对儿童身心特点、权力地位、能力结构、情感方式、生命意义、发展路径、教育实践等问题的理解和表达。概括起来说，儿童观包括儿童生命观、儿童发展观和儿童教育观三个部分。

而以儿童观为基础，从整体上观照并统摄人类儿童文化本质及其规律的童年诗学则是对一切童年文化现象及其本质的思维逼近和理论抽象，其所在意的不是千姿百态的童年文化场景、动态、事实、形象，而是蕴蓄、积淀、闪耀于儿童文化深层，能够体现童年文化之于人类发展意义的文化“硬核”——童年精神。

综上，就整体而言，童年文化至少包括三个层面的文化内容：其一，以儿童为创造主体和实践主体的“儿童的文化”，如儿童游戏文化、儿童伙伴文化、儿童性别文化等；其二，由成人创造，以儿童为消费主体的“为儿童的文化”，如儿童玩具、儿童服装、儿童文学、儿童影视等；其三，由成人创造，以儿童和童年为思维对象的“关于儿童的文化”，如儿童观、儿童学、童年社会学、童年诗学等等。

足见童年文化是一个构成多样、内涵驳杂的复数文化概念，其内容的丰富性已经远非单一的“儿童的文化”所能涵盖，而是以儿童文化与成人文化的互涉与交融、互补和互证，充分体现了文化的复合形态。这一点，实际上与“童年”和“儿童”既深度融合，又相互区隔的语义关联密不可分。

首先，“童年”作为一个人生阶段，它所指代的是一种时间性存在。比如，《不列颠百科全书》对于“childhood”一词的解释为“介于婴儿与青少年之间的人生阶段”[1]，而“儿童”则特指“年龄大于婴儿而尚未成年的人群”。与此同时，《联合国儿童权利公约》则指出：儿童指 18 岁以下的所有人群。这就意味着“童年”的时间性指称在生理意义上与“儿童期”“儿童”概念具有相当大的重合度。此可谓“童年”外显的生理意义。

其次，“童年”也是生命的一种形式，它代表了一种功能性存在。比如，从词源学上看，英文中“childhood”一词的后缀“-hood”除了上述所说“时期”“阶段”的意思外，还有表示“状态”“气质”的义项。这就脱出了单一的生理性意涵，而更多指向了儿童期所特有的生命形态。这也意味着“童年”作为类属概念，其功能性主要指向“儿童”作为“人”的存在方式。这体现了“童年”内隐的精神意义。

最后，“童年”还是社会的一种结构，它呈现的是一种社会性存在。这种社会性存在是超时空的，它不会因为童年作为具体时间过程和生命形式的逐渐远去而消逝，而是以特定的文化符号、场景、形象、意象而不断更迭、无尽绵延，并最终凝结为人类一种内在的生命感受和精神体悟。在这一点上，“童年”既具有时间层面的绵延性，即“一方面人们将之视为人生时间已经消逝的部分，另一方面则将之看作一种当前的生活现实”，同时还具有功能层面的复合性。[2] 具体说，就是指童年作为成人与儿童情感交融、生命互涉的文化结构，既呈现儿童的现实生活实践、精神成长过程，也内含着成人面向记忆的生命体验、文化想象和观念重构。从这个意义上说，“童年是我们曾有过的、仍然拥有且将永远葆有的一种心灵状态”。[3] 这样一来，童年对于漫漫人生而言，显然已不只是一个阶段、一种生命形式，而是一笔用之不竭的精神资源，一座取之不尽的心灵富矿，一方绿草如茵的秘密花园，一处山重水复的奇幻王国，供那些身处物质纠葛和精神羁绊双重困扰下身心俱疲的人们适时驻足回望、精神游历，乃至反顾守护。此时，童年早已不再为儿童所

---

① Encyclopaedia Britannica Online Academic Edition, “childhood,” http://www.Britannica.com/EBchecked/topic/111148/childhood.

② H. Cunningham, *Children and Childhood in Western Society since 1500* (London: Longman, 1995), p. 190.

③ Gaston Bachelard, “Reveries toward Childhood,” in *Reclaiming the Inner Child*, ed. Jeremiah Abrams (Los Angeles: Jeremy. P. Tarcher Inc., 1990), p. 48.

独有，而是孩子与成人之间的一种共在、共情、共鸣和共享，是生命的扇形展开和线性超越。正如法国哲学家加斯东·巴什拉所言：“这持续的童年犹如一种向生活展开的美好感情，使我们能理解并热爱孩子，仿佛我们处于最初的生活中，与他们不分长幼。”① 在这里，加斯东·巴什拉所强调的，正是童年在人类生命发展中无尽展开的“持续性”和“弥散性”。

基于此，以童年种种物质生活、精神现象为内容的童年文化就是一种复合性文化存在，其具体构成可分为三个层级：

第一，与广义文化概念相对应，童年文化指与人类童年生命现象相为表里的一切物质存在、精神生活。它是童年文化的一种社会性存在。

第二，与泰勒的狭义文化概念相对应，童年文化是指符号化了的关涉童年艺术、道德、法律、历史、宗教、习俗等的系统性、结构性知识体系。它是童年的一种观念性存在。

第三，与马修·阿诺德的文化概念相对应，童年文化是指寄寓在童年范畴之上的“特殊文化”，它代表了人类“对完美的探究和追寻，其最终目的是通过这一文化的推行，使我们能达到比现在更完美的境界”。②

前两层可视为童年文化的基本内容，而最后一层则体现的是童年文化的精神旨归。③

而参照上述童年文化三个不同维度划分，笔者认为，童年文化具体可包括社会维度的童年游戏体验、童年社会交往、童年身体感知、童年媒介生活、童年消费参与，观念维度的童年史（童年省察）、童年习俗、儿童文学、儿童影视、儿童艺术、儿童科学，以及诗学层面的儿童观、儿童哲学、童年美学，等等。

综上所述，本论著所涉“童年文化”概念，既涉及“儿童的文化”层面，也关联着“为儿童的文化”内容，并借助对原创儿童文学诸多写作形态及作品内容的解析，拓展到童年审美价值观，即童年诗学（“关于儿童的文

---

① 加斯东·巴什拉：《梦想的诗学》，刘自强译，生活·读书·新知三联书店，1996，第125页。

② 马修·阿诺德：《文化与无政府状态》，韩敏中译，生活·读书·新知三联书店，2008，第36、132页。

③ 赵霞：《童年精神与文化救赎——当代童年文化消费现象的审美研究》，中国社会科学出版社，2017，第11页。

化”）的范畴。

三、童年文化与成人文化

现实中，人的生命就时间维度而言，是一种线性过程。线性的人生具有阶段性和延展性。因此，要厘清童年文化与成人文化的关系，首先要理解并区分儿童与成人两种生命形态。

人类文化史上，夸美纽斯是从“人的发现”走向“儿童的发现”的第一人。此后，18 世纪法国思想家卢梭在其教育名著《爱弥儿》中明确指出“童年是独立的人生阶段”，儿童与成人是截然不同的两种人。儿童不是小大人，他有着独立的生活形态和人格尊严。卢梭就人类童年和儿童在人生结构中的独立性发出了时代强音，他说：“在万物的秩序中，人类有它的位置；在人生的秩序中，童年有它的地位。因此，应当把成人看作成人，把孩子看作孩子。如果我们打乱这个次序，就会造成一些早熟的果实，它们长得既不丰满也不甜美，而且很快就会腐烂。”[①] 卢梭的上述主张史称“儿童独立宣言”。其实质就在于不仅明确指出了儿童生命形态与成人生命形态的根本性区别，而且在一定程度上也宣告了童年文化的诞生。

19 世纪上半叶，德国教育家福禄培尔提出了“儿童中心”的概念。他认为：“儿童通过游戏而被置于一切事物的中心，一切事物被看作仅仅同他自己、同他的生活发生关系。”[②] 在福禄培尔的观念中，儿童只有“被置于所有事物的中心”，才能与生活建立多样性的联系。这是西方“儿童中心说”的雏形，其中暗含着成人世界对童年文化的初步认识、理解、接纳和尊重。

到了 19 世纪末和 20 世纪初，以蒙台梭利、裴斯泰洛齐、杜威为代表的一大批教育家进一步丰富并深化了“儿童中心”的思想内涵。比如，杜威认为：“教育只有依托儿童天性，才能有所作为”，“我们教育中将引起的改变是重心的转移，这是一种变革，这是一种革命，这是和哥白尼把天文学的中心从地球转到太阳一样的那种革命。这里，儿童变成了太阳，而教育的一切措

① 卢梭：《爱弥儿》，李平沤译，商务印书馆，1978，第 74 页。

② 福禄培尔：《人的教育》，孙祖复译，人民教育出版社，2001，第 70 页。

施则围绕着他们转动。儿童是中心，教育措施便围绕着他们而组织起来”[①]。

至此，借助基础教育的普及与社会推广，以“儿童中心”为观念基础的童年文化在西方社会获得长足发展。而在这一过程中，童年文化与成人文化的关系也经历了从区隔、分离到互哺、互证的过程。

首先，童年文化以成人文化为母体，是脱胎于成人文化的一种亚文化。童年文化从诞生到体系化的过程，意味着儿童群体文化尊严的获得和文化身份的自我确认。成人文化是人类文化的主干，在几千年的文明发展中已经根深叶茂、硕果累累。而获得独立意识的童年文化必然以之为根基、背景和资源，在与成人文化的交往、互动中感受其气韵、理解其内涵、接受其守护、吸纳其滋养，最终以童年之主体意识和创新精神构建，生成了昂扬向上、生机勃勃、鲜活动感、别具风采的童年文化。此时，童年文化与成人文化之间呈现着一种彼此独立又相互确证的关系。儿童通过对成人文化的“阐释性再构”创造了独立于母体的儿童文化；而成人文化则借助儿童文化“他者”形态的文化面貌，确证了童年文化的现实存在。

其次，童年文化与成人文化在人类整体文化生态系统中彼此理解、尊重，相互涵纳、借力，灵犀相通、心心相印，孕育并构筑了一种互补、互哺的和谐关系。一方面，诚如上文所说，成人文化以其丰厚内容、成熟风格、智慧结构、灵活形式孕育、滋养、催生了儿童文化。作为成人文化的“衍生”形态，儿童文化与成人文化在人类文化的轴线上相辅相成、相得益彰；另一方面，童年文化作为具有独立形态的文化形式，其纯真面貌、梦想气质、诗性思维、探索意识、游戏精神、创造取向与历经数千年沉淀、积累、更迭、承续而相对理性、成熟、实用、功利的成人文化大异其趣。如此一来，童年文化在吸纳、接受成人文化的滋养和哺育时，也以其丰富多彩、绚烂多姿、鲜活灵动的内容、格调和形式成为成人社会抵御理性主义、世俗主义、功利主义侵蚀和人性异化的屏障与利器。此时，童年文化不独代表了人类“对完美的探究和追寻”，而且还体现了致力于“使我们能达到比现在更

① 约翰·杜威:《学校与社会》，赵祥麟、王承绪 编译，载《杜威教育论著选》，华东师范大学出版社，1981，第32页。

全面的完美境界”的探索精神。[①] 毋宁说，此可谓童年文化在更高层面对成人文化的反哺。它以人类文化的内在价值取向——一种根本性的人文精神，昭示了文化孜孜以求的终极目标，即人的感性生命的完整性，以及人格的全面发展。

足见，儿童文化与成人文化是彼此嵌套、互为成就的。正如西方新童年社会学所认为，童年文化一方面固然是成人社会的一种文化和历史建构，但另一方面，作为成人文化衍生品和建构物的童年文化，又何尝不在影响、推动、反哺、建构着成人文化呢?

当然，我们还可以换个角度来解析童年文化。

就内在机制而言，童年文化实际上是人类童年本质力量的对象化，是童年生活方式、生命形态和社会实践的复合呈现，是形而下童年与形而上童年的双向表达。童年文化中，儿童作为主体性存在是三位一体的。一则，儿童在渐次展开的生活实践中创造了属于自己的童年游戏文化、童年伙伴文化、童年部落文化、童年身体文化、童年性别文化，他们是童年文化的创造主体；二则，儿童接受并共享着成人为他们创制的包括物质和精神两个层面的文化产品和样式，如儿童玩具、儿童服装、儿童饮食、儿童文学、儿童影视、儿童艺术等等，他们是童年文化的接受或消费主体；再则，儿童作为对象性存在，成为成人文化场域中的“他者”，感受、体察、领悟成人对儿童生命现象及其文化表达的理性思辨和逻辑抽象，如儿童观、儿童美学、童年诗学等，此时，儿童仅仅是童年文化的观念主体。

细加分析，上述前两种童年文化样态中，儿童都是功能性存在，他们是社会文化场域中亲力亲为的行为主体、体验主体。他们内在于文化，在这一过程中所获得的认知经验、情感态度、审美意识，都是不同类型童年文化赋予的生命滋养、精神召唤，其中也隐隐闪耀着成人文化沉敛之底色、绚丽之光芒。而在第三种童年文化中，儿童则主要是一种观念性存在，他们只是成人关照、思考和抽象童年的观念主体。他们外在于儿童观、童年诗学这样的童年文化，而这种“非浸入”的立场和身份，也就使得这部分童年文化对于

① 马修·阿诺德:《文化与无政府状态》，韩敏中译，生活·读书·新知三联书店，2008，第36页。

儿童来说，完全变成了袖手旁观、隔岸观火的他者文化。换言之，就对象性、功能性而言，这部分童年文化的实质其实就是成人文化。

这足以表明童年文化与成人文化之间错综复杂的关联。

诚如前文所说，童年文化是一种复合结构，其中既内含着“儿童的文化”，也生成着“为儿童的文化”，更孕育并建构着“关于儿童的文化”。这种双向包含、互为嵌套的结构形式就决定了童年文化与成人文化存在着一种相辅相成、互补互证的复杂关联。

其一，以童年游戏、童年歌谣、童年伙伴关系等“儿童的文化”为内容构成的童年文化与成人文化毗邻而居，显示了属于自己的文化独立性；它的形成看似与成人文化无关，实际上则是成人文化在儿童群体中的文化再造和文化创生。换句话说，是儿童在天性的支配下，经由充分理解、接受、吸纳并消化成人文化相关信息、成分、规则，最后发挥主观能动性，创造性生成了属于自己的儿童文化。这个过程，也就是美国当代新童年社会学代表人物威廉·A. 科萨罗所说的“儿童集体参与社会建构的特殊方式——阐释性再构”。[①] 此时，成人文化不仅是儿童文化创造的背景板，而且还是孕育、滋养并生成其文化样貌的母体。童年文化内在文化结构和外在文化形态以之为资源、参照，在童年的无限创造中，显示出不同于成人文化的神奇样貌、独特风采。此可谓童年文化的经验性现实。

其二，以儿童玩具、儿童服装、儿童饮食、儿童文学、儿童艺术、儿童医学等“为儿童的文化”为内涵的童年文化可谓成人与儿童互涉的文化。这部分童年文化既有物质层面，也有精神层面，其各种文化元素、内容之间依托一定的符号形式相互融合、互为交错，呈现了一种“你中有我，我中有你”的多元整合性关系。比如，童年服饰文化中有源自儿童图案设计和色彩应用的元素；儿童食品文化中融合着儿童造型艺术的诸多倾向；而儿童文学、儿童影视、儿童艺术更是从诸如儿童游戏、儿童礼仪、儿童交往、儿童服饰、儿童饮食等诸多童年生活实践和生命体验中获取内容资源，最终构筑属于自己的独特文化形态。所不同的是，这类文化的创造主体是成人，它是

① 威廉·A. 科萨罗:《童年社会学（第四版）》，张蓝予译，黑龙江教育出版社，2016，第 15 页。

童年文化的复合形式，所体现的是童年文化的功能性现实。

其三，以儿童观、儿童美学、童年诗学为要旨的“关于儿童的文化”可谓童年文化的最为宏观也最为核心的部分。它透过前两种儿童文化的物象和具体形态，聚焦并探究隐含在诸多童年生活实践、生命现象和符号系统背后的社会内涵、文化品性，最终通过现象探察、实践感知、思维辨析、逻辑推证、审美判断、语言抽象等一系列过程，揭示并呈现童年文化的内在规律和精神旨趣。相较“儿童的文化”作为童年文化的主体性、纯粹性，以及“为儿童的文化”创造主体与实践主体的二重性，“关于儿童的文化”这部分文化内容处于童年文化系统形而上的最高层，它既是其他童年文化摇曳多姿的多样性文化形态的深度聚合，也是博大精深、内涵广泛的成人文化对于儿童文化的思维抽象。它以明澈的目光透示童年生命所特有的率真与单纯，也借深邃的思考彰显童年文化所蕴含的诗性和创造性。它既是对形形色色童年现实的俯瞰与统摄，也是对林林总总童年想象的透示和映照……与前述童年文化存在的经验性和功能性相比，这类“关于童年的文化”就其内涵和属性而言，可谓童年文化的“异类”，它是童年文化中的成人文化，其所体现的是童年文化的观念性现实。

综上，童年文化与成人文化同属人类文化的大系统。二者之间互动互融、互哺互证，共同推动着社会文化的发展和进步。一方面童年文化以儿童为实践主体和表达对象，有其文化独立性；另一方面，童年文化又以成人为创造主体和服务对象，显示其复合性。两者之间这种错落交织的动态关系在为我们理解童年文化创设难度的同时，也在一定程度上指出了相应的探究方向。

需要说明的是，本论著后续原创儿童文学层面所涉及的童年文化，其范畴涵盖了上述三个层面，并多聚焦于第一、第三两个层面。

第二节
童年文化的内在结构

依照美国学者布朗芬布伦纳人类发展生态学理论的观点，儿童与其生活的生态系统（童年文化）是一种动态发展的交互关系。一方面，环境对儿童生命发展施加着重要影响；另一方面，儿童也以自己特有的生活实践、探索意识、主体精神阐释并重构着其所在的现实文化环境。在布朗芬布伦纳的理论中，儿童生活的生态系统（童年文化）由不同层次、性质的五个分支系统构成，它们彼此交错、相辅相成，共同构成了一个由内而外，不断扩散的同心圆生态系统结构。这一整体生态环境网络包含微观系统、中间系统、外系统、宏观系统和时代系统五部分。①

参照这一理论，童年文化可谓儿童生命成长和发展的生态系统，它同样涵盖了五个文化分支系统，具体为：以家庭养育文化、学校教育文化为核心的微观系统；以童年伙伴文化、童年游戏文化、童年性别（身体）文化为标识的中间系统；以童年审美文化（儿童文学、儿童艺术）、童年科学文化（儿童医学、儿童心理学等）、童年消费文化为内容的外系统；以儿童观、儿童美学、童年诗学为代表的宏观系统；以童年民族文化、童年地域文化、童年媒介文化为代表的时代系统。

这五大系统相互融合、嵌套、交错，涵纳了前文所说的童年文化的三大

① 薛烨、朱家雄等:《生态学视野下的学前教育》，华东师范大学出版社，2007。

部类（儿童的文化、为儿童的文化与关于儿童的文化），共同构成了童年文化的整体生态系统的三个层面——内容呈现层、符号表达层与观念统摄层。

一、童年文化的内容呈现层

童年文化的内容呈现层主要涵盖了“儿童的文化”与“为儿童的文化”的物质形态与生活现象部分。

诚如前文所说，“儿童的文化”作为童年文化最纯粹、本真的构件，指的是儿童自身作为文化创造主体和体验主体所身处其中的那部分文化。如儿童游戏、儿童绘画（涂鸦作品）、儿童言语、儿童手工、儿童礼仪、儿童伙伴关系等等。这部分儿童文化作为童年文化原生性、基础性内容，不仅充分展示了儿童率真、自然、鲜活、丰沛的生命情态和生活现实，而且其一系列场景、动态、现象、实践的展开及生成，也无时无刻不彰显着儿童作为文化实践主体的文化意识、文化能力。

从内在构成看，儿童的这种文化意识和能力尽管也涵纳着人类基因所携带的丰富文化信息，但更主要的则是儿童后天在与包括成人文化在内的文化生态环境互动中所孕育、激发并生成的文化内容。这部分文化内容就具体成分而言，大体由两个层面的文化意识、文化能力构成：一是儿童在生命发展过程中面对林林总总的生活现象、社会场景、人际关系时的文化感受、体验、理解、消化能力；二是儿童在自发或自为的游戏参与、生活实践、课程学习中孕育、激发、培养出来的文化接纳、领悟、表达、创生能力。这两种能力是一体两面、相辅相成的。前者是后者的铺垫、基础，后者是前者的展开、升华。

不过，需要说明的是，儿童群体基于“儿童的文化”所获得的文化感受力、理解力、表达力、创造力虽有与生俱来的原发性成分（比如婴幼儿对母亲说话的语音、语调、节奏、气息，乃至身上特有气味先天的感受、辨别、体认能力），但更多的还是在与后天的家庭、学校、社区、社会文化环境的多元互动中启蒙、激活、培育、养成的继发性能力。换句话说，儿童群体的这种文化能力不是自发产生的，而是拜社会文化所赐，是包括纯真、自由、乐观、好奇、探索、想象等儿童鲜活、丰沛的感性生命力在宽松、自如的文化生态系统中的生动呈现和灿烂绽放。其中弥散，甚至暗合着成人社会、成人文化对于儿童价值观、生命感觉、思维方式、生活情态的理解、尊重、激赏和守护。此时，成人文化充当了儿童文化的土壤和水分、阳光与温床。

比如，现实中，儿童手工作为童年文化现象，往往是儿童在观察、体味、模仿、学习成人日常生活和手工劳动基础上形成的主体性实践活动。成人的动作习惯、操作过程、行为结果成为一个完整的参照系统，启发、引导儿童以相同或相异方式展开实践活动。还比如，生活里，儿童伙伴关系作为童年文化中极具本体性的文化构成，其现实产生既是儿童对自身类属关系感性体验的结果，也是儿童群体对所处生态系统中人与人之间的关系感受、理解、接纳基础上的创意性迁移与转换。

上述这些可谓“儿童的文化”当中最为基础和纯粹的部分，多以具体物质形式（如儿童绘画、儿童手工）或现实情境（如童年伙伴）来体现其现实存在。这部分文化很大程度上体现为儿童的生活方式与生命形态，其实质就是儿童对生活的感受、体验、理解和表达。从这个意义上说，“儿童的文化”作为与儿童日常生活、生命形态水乳交融的物质形态和社会现象，不仅构筑了童年文化的坚实基座，同时也标示着儿童群体真实、自然、鲜活、饱满的生活状态与生命样貌。

与“儿童的文化”相类似，童年文化内容呈现层的第二部分则是“为儿童的文化”的物质形态和社会现象。

这部分童年文化主要是成人世界为儿童生命发展和身心健康成长所提供的各种物质条件，所创设的多样性现实环境。前者如儿童服装、儿童玩具、儿童饮食、儿童福利等；后者如儿童政策、儿童养育方式、儿童校园课程、儿童娱乐设施等等。

和“儿童的文化”中儿童作为文化创造主体和体验主体不同，“为儿童的文化”在功能上更多体现了成人社会对儿童的理解、尊重、守护和陪伴，其中不仅渗透着成人世界与儿童世界两种价值观的融合、交汇，而且也寄寓着作为社会文化主导的成人文化对儿童生命世界的爱心与责任。

比如，儿童福利广义上是指世界范围内，各个国家、民族的成人世界出于各自社会发展、文明赓续需要，针对所有儿童而提供的，旨在不断激活儿童自身潜能、促进儿童身心健康发展的各种设施和服务。其所体现的，无疑是整个成人社会之于儿童群体的物质滋养和精神培育。

还比如，家庭养育方式是指在家庭生活中发生的，以亲子关系为纽带，意在营造能保障婴幼儿身心健康发展的一系列生活实践活动。作为一种童年文化形式，家庭养育方式的主导者是包括爸爸、妈妈、爷爷、奶奶、外公、外婆、保姆、护工等在内的成年人，而体验主体和养育对象则是包括婴幼儿在内的儿童。此时，实践主体与体验主体的分离，所体现的就是一种文化之于另一种文化的滋育，一种生命之于另一种生命的守望。

总之，童年文化的内容呈现层作为童年文化生态圈的最内层，以“儿童的文化”和“为儿童的文化”两种童年文化的物质形态与生活现象为依托，显示了包括家庭养育、学校教育和伙伴关系等在内的童年文化整体生态圈的微观系统和中间系统。它所体现的，恰恰是童年文化的事实性知识与经验性存在。

二、童年文化的符号表达层

关于符号，瑞士语言学家索绪尔在其著名的《普通语言学教程》中把语言符号分成能指（signifier）和所指（signified）两部分。前者是符号的语音形象，后者是符号的意义概念。能指与所指之间没有必然联系。索绪尔的语言符号二分法作为现代符号学基础理论，为文化现象和意识形态结构性分析提供了方法指引。同一时期的美国逻辑学家皮尔斯则提出了与索绪尔截然不同的“意义模式”符号理论。皮尔斯将符号定义为符号形体、符号对象和符号解释的三角关系，并在此基础上提出了著名的三分法理论。在皮尔斯看来，无论图像符号、指索符号，还是象征符号，其符号价值都在于认知和解释。他认为，符号的本质属性就是“一种符号必须可以被其他符号所解释”。由此，现代以降，皮尔斯关于符号的“意义模式”的三分法很大程度上就代替了索绪尔语言符号的二分法“结构模式”，成为当代符号理论的基石。

我国学者赵毅衡承继了皮尔斯的符号概念，在 20 世纪 90 年代从意义层面也对符号进行了富有代表性的阐释：“符号是被认为携带意义的感知。意义必须用符号才能表达，符号的用途是表达意义。反过来说：没有意义可以不用符号表达，也没有不表达意义的符号。”①

实际上，符号作为人类文化的构件具有双重性：一方面，符号是文化的象征物，其萌蘖、发展、演变的过程，体现的是文化形态体征与脉息搏动；另一方面，符号又是文化的载体，其能指与所指的多维结构，以及意义与形态的多元生成让符号成为涵纳、记述、表征、延展人类文明的极为重要的意义系统。换句话说，文化以符号为基石，而“文化最重要的符号方面是语言——用词代替对象”，不仅如此，“语言并不只是把我们的观念和需求转化为声音编码的过程，确切地说，它是一种塑造力量”。②

也正因如此，符号表达就成为所有文化形式在时空流转的历史长河中得以延续生命、呈现价值的重要依托。在这一点上，童年文化自然也概莫能外。

诚如上文所说，童年文化是个内涵广泛、意义多元的集合概念。其整体文化生态系统自内而外由三个层面、五个圈层构成。其中，内容呈现层对应着童年文化的微观系统和中间系统；符号表达层对应着童年文化的外系统；而观念统摄层则对应着童年文化的宏观系统与时代系统。在这个前提下，童年文化符号表达层就成为衔接形而下的童年生命现象、生活方式与形而上的童年社会观念、童年生命精神的桥梁枢纽与中间地带。

也正是基于这样的功能定位，童年文化符号表达层就其结构而言，恰恰构成了与内容呈现层的互补关系。具体说，就是不同于后者童年文化双向结构（“儿童的文化”与“为儿童的文化”融合）的物质形态与生活现象构成，童年文化符号表达层的内容结构主要由“为儿童的文化”的精神现象和物化符号两部分组成，如儿童文学、儿童影视、儿童动漫、儿童造型等等。除此之外，儿童运用成人世界各种符号形式展开的自发或自觉的文化创造，如儿童涂鸦作品、儿童创编歌谣、儿童创意泥塑等等，也属于童年文化的符号

---

① 赵毅衡：《重新定义符号与符号学》，《国际新闻界》2013 年第 6 期。

② 威廉·A. 哈维兰：《文化人类学（第十版）》，瞿铁鹏、张钰译，上海社会科学院出版社，2006，第 43、115 页。

表达。

整体而言，童年文化的符号表达层属于整个童年文化生态圈的外系统。与内容呈现层具体而微的童年文化物质形态与生活场景不同，符号表达层所传达的往往是童年文化的象征形式。这样一来，其意义赋形的符号间接表达形式一则复现了人类童年生活的鲜活、灵动、斑斓多姿；二则展示了人类童年与整个世界相融相交、相反相成的复杂关联；三则绵延并贮存了人类童年的时间性记忆与空间性内涵，并通过跨越时空的多重性符号建构，形成了人类童年文化的整体性符号体系。

比如，儿童文学是成人作家专门为儿童创作，并为孩子们所喜闻乐见的具有多重价值和独特语言风格的各类文学作品的总称。作为“为儿童的文化”代表形式，儿童文学以书写童年为己任，通过成人作家所秉持的特定“儿童”立场，调动各种艺术手段，全方位呈现并塑造儿童群体对社会生活现实和自我生命发展的感受、体验、理解与表达。不仅如此，儿童文学还体现了成人社会与儿童群体生命形态、生活方式、价值观念的矛盾、对立，以及成人文化与童年文化之间的融合交汇、互哺互证。

从这个意义上说，儿童文学既是儿童群体社会实践与生活方式的符号表达，也是成人社会多维童年立场的价值赋形，还是人类童年生活审美视域下的意义生成。如此，儿童文学就成为“三位一体”的独特文化存在，其丰赡、奇异的内容结构和符号形式在全方位复现童年文化鲜活面貌的同时，也形象而生动地诠释了人类童年斑斓多彩的功能性现实。

同理，上述功能性特质在儿童影视、儿童美术、儿童造型艺术等“为儿童的文化”中也有集中体现。其与儿童文学异体同构，都在文化生成过程中，以创造主体与体验主体对立统一的二元结构生动诠释了童年文化的复合性、建构性特征。

总体而言，在著者看来，童年文化的符号表达层所展示的，正是人类童年超越物质形态的心灵图景、精神景观。

三、童年文化的观念统摄层

在童年文化的整体生态结构中，观念统摄层作为宏观系统、时代系统不仅处于童年文化圈的最外围，而且“悬浮”于诸多童年生活现实、童年知识体验、童年生命现象之上，以形而上的系统化观念体系，从更高层面观照、透视、整合、框范着人类童年的文化实践、价值取向。基于这样的功能定位，童年文化“观念统摄层”所对应的主要是童年文化内容结构中“关于儿童的文化”部分。具体而言，就是儿童观与童年诗学。与前文所述童年文化的内容呈现层、符号表达层所标示的童年文化经验性现实与功能性现实不同，以儿童观和童年诗学为内容主体的童年文化观念统摄层很大程度上体现着童年文化的观念性现实。

这一点可从儿童观嬗变对人类童年形态的深刻影响中得到印证。

就概念而言，儿童观是指成年人看待、对待和评价儿童的基本观念，即人们对儿童的看法、观念和态度的总和。它主要涉及成人社会对儿童的地位和作用、特质和能力、成长和发展等因素的认识。人类文明史上，儿童观既是社会文化的重要构件和“晴雨表”，更是童年文化生态构成的“指南针”和“助推器”。其观念内涵的不断拓展、分解、更迭、深化，很大程度上催生并引领着人类童年文化的发展进程。

譬如，早在古希腊时代，柏拉图就指出“游戏、幻想、故事是儿童的最爱，也是他们生活的需要”，此可谓西方文明对于童年的最早洞见。遗憾的是，作为西方文明的先知之一，柏拉图的童年表达在特定历史文化背景下并未得到足够重视。在古希腊、古罗马时代，公民往往被分为五个阶层，17 岁以下的人都算作儿童，17 岁以上的人分为四类。其中 17 岁到 46 岁的人被作为“最年轻的人”列入随时可服兵役的人员名单。而超过这个年龄段的人，则被称为“最年老的人”。①

按照这个划分，17 岁至 46 岁的人群被认为是有价值的，而儿童、妇女和老人因为不能服兵役，不能为国征战、效力而被视为没有价值的弱势

① 让-皮埃尔·内罗杜:《古罗马的儿童》，张鸿、向征译，广西师范大学出版社，2005，第 4 页。

群体。

不仅如此，在漫长的整个中世纪，儿童群体基本上都处于被贬抑、排斥的社会地位。这和笼罩西方社会的基督教“原罪论”儿童观密不可分。原罪论指出：“儿童作为一个任性的物质力量来到世界，但在这个世界里他们的任性被认为既是普遍又是基本的，却不被认为是故意的。相反，儿童是恶魔般的，如果忽视他们或对他们关注不够，他们暗藏的潜在的黑暗力量就会被激发，就会使得他们偏离文明生活的正路。”[①] 正因如此，在基督教看来，面对“邪恶的儿童”，只有通过棍棒和种种道德限制才能够使他们的灵魂获得拯救。

总之，从上古到文艺复兴运动之前，儿童群体在整个欧洲社会都是被忽视的，没有独立生命价值，基本权利得不到保障。对中世纪这种童年状况，美国学者尼尔·波兹曼曾做过全方位呈现：中世纪，儿童大多数不能上学，他们离开家庭做雇工、当学徒；十四世纪以前，儿童没有在遗嘱中出现过；在十四世纪的意大利，死亡儿童没有性别记录；十四世纪以前，没有儿童参加葬礼；十六世纪以前，整个欧洲没有育儿书和儿科医学书；十六世纪以前，欧洲几乎没有描写女性作为母亲角色的图书；十六世纪以前，儿童在文学中的主要命运或结局是被溺死或遭遗弃；十六世纪以前，儿童在描述现实生活的绘画中基本缺席，偶尔出现，也是穿着与大人相同的衣服，完全被画成“小大人”；十六世纪末，家庭中夭折儿童的名字才偶尔出现在墓碑上……[②]

这种状况一直延续到文艺复兴后期才有所改观。1658 年，捷克教育家夸美纽斯出版了世界上第一本图文并茂的儿童读物《世界图解》(又名《世界图绘》)。在这本影响深远的图书中，夸美纽斯表达了对于人类童年现象新的理解：儿童读物应属于一个特殊的级别，因为儿童不是缩小的成人。由此，在文艺复兴“人的发现”人文思想的洗礼下，人类新的儿童观终于显出了新月般清新、优雅的雏形。

---

① 艾莉森·詹姆斯、克里斯·简克斯、艾伦·普劳特:《童年论》，何芳译，上海社会科学院出版社，2014，第 9 页。

② 尼尔·波兹曼:《童年的消逝》，吴燕莛译，广西师范大学出版社，2004，第 8—27 页。

此后，17 世纪，英国教育哲学家约翰·洛克以其著名的“白板说”，不仅瓦解了基督教“原罪论”的种种成见，而且还开启了将教育作为童年生命塑型关键性因素的文化先例。在洛克看来，“儿童作为未来公民，他们虽不完美，但有潜在推理能力，因而被认为具有一种潜力”。也正因如此，“通过教育，儿童将变为理性的、有道德的社会契约成员和自我控制实施者”。[①]

18 世纪，法国思想家卢梭在其教育著作《爱弥儿》中指出：“儿童绝不是邪恶的人，绝不是无知的人，儿童代表着人的最完满形式。”“儿童不是作为实现目的的手段才重要，而是本来就是重要的。”上述主张在儿童观念史上具有划时代意义，被认为是人类童年的“独立宣言”。

19 世纪初叶，英国浪漫主义诗人华兹华斯在其诗歌《虹》中发出了“儿童是成人之父”的箴言，昭示了这一时期儿童观的巨大进步。整个 18、19 世纪，儿童被认为是天性本真的生命群体，他们拥有与生俱来的善良和清澈，是“太阳和光明的孩子，是诗歌和美丽的制造者”。

到了 20 世纪初年，美国教育哲学家约翰·杜威深刻总结了西方自古希腊时代以来的儿童观、教育观，创造性提出：“儿童是太阳，教育的一切措施要围绕他们而组织起来。”“教育就是生活、生长和经验改造。”[②] 在杜威看来，儿童是主动的学习者，早期教育的独特方法就是利用儿童的自由冲动和本能扩大和加深认识，促进行为和控制能力的发展。杜威的儿童观、教育观可谓集西方儿童观之大成，代表着西方儿童观从近代儿童观向现代儿童观的转型。

此后，这一从“儿童发现”到“儿童中心”的观念转换引发了欧美社会一系列的“童年变革”。先是 19 世纪末，欧洲兴起了新教育运动，旨在通过建立与旧式传统学校在教育目的、内容、方法上截然不同的新学校，达成对儿童观察力、思维力、审美力和独创精神的培育。随后，当新教育运动漂洋过海传入北美大陆后，又与美国儿童教育层面的诸多新理念、新实践结合在

① 艾莉森·詹姆斯、克里斯·简克斯、艾伦·普劳特:《童年论》，何芳译，上海社会科学院出版社，2014，第 14—15 页。

② 约翰·杜威:《学校与社会·明日之学校》，赵祥麟、任钟印、吴志宏译，人民教育出版社，1994，第 120 页。

一起，进而催生了声势更为浩大的进步主义教育运动。

在此期间，1882 年，德国生理学家、心理学家普莱尔出版了系统研究儿童心理发展的著作《儿童心理》，从而宣告了儿童心理学的诞生；1882 年美国医学会成立了分支机构美国儿科学会，其核心人物亨瑞·库普力克发表了大量儿科医学研究论文，并出版了专著《婴儿和儿童疾病》，标志着儿科医学的学科独立；1893 年，美国学者奥斯卡·克利斯曼首次提出“儿童学”概念，并认为“儿童学是一种纯粹的科学，其职能在于研究儿童的生活、发展、观念及本体”，由此开启了“儿童学独立为一门科学的时代”[①]；1960 年，法国历史学家菲力浦·阿利埃斯《儿童的世纪》出版，由此开启了西方童年史研究的先河。在这部著作中，阿利埃斯认为童年是社会历史文化的建构。15—17 世纪出现的儿童新概念，从本质上奠定了现代童年观的基础。1969 年，美国学者马修·李普曼在其哲学小说《聪聪的发现》（*Harry Stottlemeier's Discovery*）中首次提到“儿童哲学”概念，认为它是“一种运用到教育中，目的在于培养具有高水平的、熟练的推理和判断能力的学生的哲学”。[②] 该著作的出版标志着儿童哲学的诞生。

伴随着上述关于儿童和童年专门研究的不断拓展、深化，以及各门学科的萌蘖、独立，现代性语境下的儿童观开始产生。相较中世纪儿童被认为是“小大人”的观念，现代童年观有三个层面的显著变化：第一，家庭的情感经济发生了变化，儿童在家庭中受到了更多珍爱和保护；第二，道德家认为童年是未成熟时期，这意味着需要延长对儿童的纪律训练；第三，学校成为年龄分级的机构，并且被越来越多地认为是儿童的好归宿。[③] 显而易见，现代性将儿童建构为成年的另一种文化形式。尤其是通过加剧童年和成年之间的二元对立关系，现代性最终将构成童年的意义框架准备就绪了。[④] 至此，现代性背景下的具有本质主义倾向的儿童观在世界范围内由模糊而清晰，由零散而系统，逐渐成为成人社会之于童年文化的观念主潮。其标志就是一系列国

---

① 关宽之:《儿童学》，朱孟迁、邵人模、范尧深译，商务印书馆，1922，第 12 页。

② M. 李普曼:《教室里的哲学》，张爱琳、张爱维 编译，山西教育出版社，1997，第 49 页。

③ 艾伦·普劳特:《童年的未来——对儿童的跨学科研究》，华桦译，上海社会科学院出版社，2014，第 8 页。

④ 同上书，第 9 页。

际公约陆续出台，并对童年权利、地位和价值充分认定且卫护。

比如，1908 年在瑞士卢塞恩召开了保护劳工国际会议，会议决定禁止工厂雇用 14 岁以下的童工上夜班；在 1919 年的第一次国际童工大会上，国际劳工组织正式通过了《准予就业最低年龄公约》，规定 14 岁为工厂雇用员工的最低年龄界限；1924 年，国际联盟成员国一致通过了世界上第一份《儿童权利宣言》(*Declaration of the Rights of the Child*)，亦称《日内瓦儿童权利宣言》，规定所有国家的男女都应该承认人类负有为儿童提供最好的东西的义务，要不分种族、国籍和信仰，让所有儿童的权利都能得到保障。

1959 年联合国大会第 1386 号决议所通过的《儿童权利宣言》则进一步明确了 1924 年《儿童权利宣言》所约定的儿童权利，规定了儿童应该享有的包括健康成长、身心发展和受教育等各种权利，此外还明确指出，在任何情况下儿童都应首先得到保护和救助，不应受到任何形式的忽视、虐待与剥削。

在此基础上，1989 年 11 月 20 日联合国大会第 25 号决议通过了《儿童权利公约》。这是世界上第一部保障儿童权利且具有法律约束力的国际性约定，于 1990 年 9 月 2 日在世界范围内生效。(1991 年 12 月 29 日，全国人民代表大会常务委员会批准了《儿童权利公约》，《儿童权利公约》由此成为我国广泛认可的国际公约。)该公约旗帜鲜明地指出，儿童既是生命主体，也是权利主体。他们拥有包括国籍权、姓名权、健康权、受教育权、受父母照料权、医疗保健权、娱乐权、游戏权、隐私权、表达权、闲暇权等多达几十种权益。

《儿童权利公约》可谓国际社会儿童权利观念发展的阶段性成果，其颁布并施行标志着“儿童是独立生命个体和权利主体”的现代儿童观在世界范围内已成为共识。这一点，无形中也正呼应了瑞典教育家爱伦·凯于 1900 年在《儿童的世纪》一书中所发出的热切期待：“二十世纪将是让儿童从传统的误解中解放出来的儿童的世纪。”[①]

由“儿童发现”到诸多儿童学科萌蘖、建立，再到儿童权利的国际共

① 玛丽亚·蒙台梭利:《童年的秘密》，马荣根译，人民教育出版社，2005，第 24 页。

识，其中所昭示的恰恰是西方社会儿童观嬗变的轨迹：从被忽视的儿童到能动的儿童；从不完全的有机体到作为权利主体的儿童；从儿童的外在价值到对儿童内在价值的强调。①

这充分表明，童年与儿童不仅是时间、生理概念，更是历史和文化概念。在此基础上，儿童观既是历史产物，也是文化建构，还是社会结构，其观念生成具有复杂、深刻的社会根源。

与西方社会儿童观发展进程脉络清晰、体系完整不同，华夏文明社会历史进程中的儿童观嬗变轨迹相对模糊，相关研究在很长一段时期内都较为零散、稀缺。其中，跨越多个历史分期的长时段儿童观研究至今仍是空白。关于中国古代儿童观，台湾学者熊秉真在其童年史著作《童年忆往——中国孩子的历史》中这样陈述：在整个中世纪，中国孩子的童年状况都是蒙昧不清的，主要呈现为"训示性""指导性"（如《三字经》《百家姓》等童蒙读物），"描述性""记录性"（如《伤寒杂病论》《本草纲目》等古代医学著作），"实证性""技术性"（如古代法律条文和犯罪案例），"艺术性""想象性"（如《搜神记》中的李寄、《西游记》中的红孩儿）四种存在方式。由此，熊秉真指出：鉴于社会生活中儿童主体身份、地位的缺失，"训诫与教导"和"关爱与照顾"作为中国成人社会看待儿童的两个互动模式，在相当长的历史时期内，曾一直伴随着中华文明的进程。②

此外，由于近世中国社会思想启蒙没有完成，致使包括元代王守仁自然主义教育思想和明代李贽"童心说"在内的中国古代儿童观研究一直处于缺少主体性、自觉性的"自在"阶段，无法构建完整理论体系。

新文化运动将中国儿童观推向"自觉"阶段，同时也标志着本土儿童观实现了由"家庭本位"到"儿童本位"的第一次转型。

1919 年，鲁迅在《新青年》上发表《我们现在怎样做父亲》一文，该文后被称为中国现代儿童观转型的宣言书。在这篇文章中，鲁迅接受西方教育思想中的儿童本位论，对中国传统儿童观展开质疑、批判，并发出建立新型

---

① 郑素华：《儿童文化引论》，社会科学文献出版社，2015，第 7 页。

② 熊秉真：《童年忆往——中国孩子的历史》，广西师范大学出版社，2008，第 10—13 页。

儿童观的呼吁：“一切设施，都应该以孩子为本位。”[①] 这篇文章对20世纪中国儿童观研究具有规范性、建设性意义。

1920年，周作人在北京孔德学校发表《儿童的文学》演讲，表达了这样的观点：“以前的人对于儿童多不能正当理解，不是将他当作缩小的成人，拿‘圣经贤传’尽量的灌下去，便将他看作不完全的小人，说小孩懂得甚么，一笔抹杀，不去理他。近来才知道儿童在生理上，虽然和大人有点不同，但他仍是完全的个人，有他自己的内外两面的生活。”[②] 这是研究中国现代儿童观的又一篇经典文献。在这篇演讲词中，周作人反复强调要把儿童作为独立的人来看待。他认为，现代意义的儿童观有三个层面：一、要把儿童当人看；二、要把儿童当儿童看；三、要尊重儿童的独立人格。这篇文章极大地推进了中国儿童观的现代转型。

1919—1930年，随着美国进步主义教育运动的代表人物杜威在中国历时两年巡回演讲的展开，中国教育民主化进程与儿童观更新步伐大大加快。陶行知和陈鹤琴作为儿童教育先驱更是身体力行、躬身实践，开创了现代中国社会儿童研究新纪元。

1930—1949年，中国现代儿童观基本完成由儿童本位到民族本位、社会本位的第二次转型。这一点在这一时期的儿童文学作品（如张天翼的童话《大林和小林》、陈伯吹的童话《阿丽思小姐》等）中有比较充分的体现。

1949—1989年，中国现代社会儿童观实现了由社会本位向国家本位的第三次转型。其标志是1981年《幼儿园教育纲要》和1986年《中华人民共和国义务教育法》的颁布、实施。

1989—2010年，中国社会儿童观在《儿童权利公约》的框架下完成由国家本位向世界本位的第四次转型，并在更高层次上由成人本位回归儿童本位。自此，中国社会现代儿童观整体上与西方社会现代儿童观殊途同归，遥相呼应，共同建构起当下世界范围内现代儿童观的核心内容。其核心理念就是儿童本位。其关键词为：理解儿童、尊重儿童、发展儿童和解放儿童。具体内涵可以阐释为两个层面：其一，成人社会“真正站在儿童的根本立场

① 鲁迅：《我们现在怎样做父亲》，载《鲁迅杂文集》，天津人民出版社，2019。

② 周作人：《儿童的文学》，《新青年》第8卷第4号。

上，为儿童生命发展‘谋福利’”；其二，成人“从儿童自身的原初生命欲求出发去解放和发展儿童，并把自身融入其间，引导儿童进行生命的自我扩充和超越，以期创造出丰满而健全的人生”。[①]

实际上，也正是源于中国社会儿童观的一次次转型，中国孩子作为生命群体的独立性和基本权利才得以保障；也正是得益于现代儿童观的确立，童年文化的现实生成与实践展开才可能呈现出斑斓而蓬勃的当代风貌。毋宁说，这是现代儿童观之于中国当代童年文化的根本意义。

如果具体到儿童文学，则正如前文所述的儿科学、儿童学、儿童心理学、儿童哲学等一样，儿童观可谓儿童文学的逻辑起点与理论指引，童年诞生，童年文化才逐渐从成人主导的社会文化中分离出来，成为独立的文化类属；同理，儿童获得生命独立和各种权利保障，儿童文学才发展成为依托清新而丰沛的童年文化，卓然挺立于现代社会人类生命空间的“大写”的文学。足见儿童观不仅是人类童年文化的源头，而且也是包括儿童文学在内人类童年文化唯一的逻辑起点。

在笔者看来，此可谓儿童观作为童年文化观念统摄层之于童年文化发展的价值所在。

至于童年诗学，其作为探究并阐释人类童年文化内在本质及其规律的符号体系，则从更为宽广的层面完成了对童年文化的观照与统摄。这一点也集中体现在现代童年诗学独特的诗学内涵与核心范畴上。

首先是纯真的童年诗学。纯真原本是指人类童年所特有的单纯、率真、自然、朴素的生命状态。其作为一种童年文化事实，弥散于儿童日常生活实践的种种场景、现象、细节、行为之中，构成童年文化（尤其是以儿童为文化创造主体的“儿童的文化”）特有的审美元素和精神气质。然而，随着人类现代儿童观的建立，纯真作为童年文化事实所蕴含的纯洁、自然、真实的审美内涵被充分发掘，并与人类追求完美人性、和谐生活的现实愿景和文化理想完美契合、相互激荡，进而就由纯粹的文化现象、事实，一跃而成为极富价值的童年文化符号和诗学范畴。不仅如此，纯真童年诗学还因其纯洁无

---

① 朱自强:《儿童文学的本质》，少年儿童出版社，1997，第65页。

瑕、超越世俗功利的价值内涵而在社会文化中凝结为普遍的童年形象和审美体验，并借助儿童敏锐、细腻的感知力不断表达并张扬着童年文化的清雅精神。

其次是欢乐的童年诗学。与讲求理性、秩序、效率、实用的成人世界相比，儿童是依从自我天性行事、秉承快乐原则的人群。和成人文化沉稳、规范的日神气质不同，儿童群体以其率真、自然、热情、活泼的行动和思维创造着富有酒神气质的文化。儿童“所求无多，给点阳光就灿烂”的自我满足感，面对困厄无所羁绊、没心没肺的无畏勇气，立足现实、苦恨无忧的乐观心性，以及弃绝世俗、无涉功利的价值立场都让儿童在生活中拥有远超成人的发现、感受、体认、创造快乐的能力；而且，现实中，拥有这份“快乐”能力的儿童不是低眉顺眼、静观默察的思辨者，而是神采飞扬、身体力行的实践者。他们追求并体验“快乐”的一系列行为不仅体现着生命成长的内驱力、实践力、爆发力，而且彰显着儿童参与生活、创造生命的主体意识。就审美意义而言，欢乐童年诗学所代表的则是童年文化的行为取向与游戏精神。

再次是自由的童年诗学。自由是个政治哲学概念，其本意指不受限制和阻碍，可以凭借自身意志而自由行动、自我负责的生命状态。就现实而言，童年与自由不仅没有必然联系，而且还背道而驰。因此，在童年文化层面上谈自由，实际上往往指的就是一种内在的精神自由。“这种自由蕴藏于童年的本性之中，但只有童年作为一种文化现象开始受到人们的普遍关注之后，这一独特的自由精神才进入我们的视野。”① 换句话说，与现实层面的自由不同，童年诗学范畴中的自由本质上是一种审美视野中的自由。它以儿童懵懂澄澈的感受、物我同一的体验、天马行空的想象、不拘一格的创造为标志，在生动展示人类生命完整感觉、完满状态的同时，也适时昭示了人类社会实践的审美自由之路。也正因如此，童年的自由诗学不仅以非常态、超逻辑的形象思维寄寓着儿童群体宽广畅达的自由渴望，而且还以无羁无畏的想象、幻想彰显了童年文化的审美意识与探索精神。

---

① 赵霞:《童年精神与文化救赎——当代童年文化消费现象的审美研究》，中国社会科学出版社，2017，第126页。

最后是梦想的童年诗学。梦想本意是指人类群体或个体之于未来的一种憧憬或期望，一种竭尽全力想要达成的目标。相较成人，儿童生命形态具有承继性、生长性、未定性等特质。从这个意义上说，梦想可谓童年的代名词，而确立并追求梦想则是儿童的专利。依托梦想，儿童释放了生命的内在潜力，延展着童年的宽度和高度。借助梦想，成人重新发现和认识了童年，获得了守望并引领童年的信念与力量。对童年而言，梦想既是外在的，又是内在的。外在于童年，它是儿童极目远眺的方向、心心念念的渴望、只争朝夕的目标；内在于童年，梦想是生命此去经年的记忆、周而复始的召唤、心神驻留的家园。正如加斯东·巴什拉所说："一种潜在的童年存在于我们身心中。当我们更多地在梦想中而不是在现实中重寻童年时，我们再次体验到它的可能性。""梦想童年的时候，我们回到了梦想之源。回到了为我们打开世界的梦想。是梦想使我们成为孤独世界的首位居民。我们越像孤独的孩子在形象中生活，我们在这世界中生活就越是如鱼得水。"[①] 足见，梦想是衔接成年与童年的通道，是抵达现实与未来的阶梯，是跨越偶然与必然的天国。回到社会文化的场域，梦想的童年诗学所昭示的则是儿童面向未来的表达力与行动意识，以及童年文化实践与价值立场上的创造精神。

综上，内容呈现层、符号表达层与观念统摄层作为童年文化的不同形态，由内而外，由具体而抽象，构成了童年文化的整体生态系统。其中，内容呈现层以"儿童的文化"和"为儿童的文化"为双重依托，体现了童年文化的经验性存在；符号表达层以"为儿童的文化"为单极核心，通过内容结构和符号形式全方位诠释了人类童年斑斓多彩的功能性现实；观念统摄层则聚焦"关于儿童的文化"，从更为宽广的社会学层面完成对童年文化的整体观照，所呈现的是以现代童年诗学为旨归的观念性现实。基于此，童年文化的内在结构不仅彰显其内涵之丰富、空间之广阔，而且还昭示了其与成人文化判然有别的文化特质，而这恰恰是童年文化作为人类社会亚文化之价值所在。

---

① 加斯东·巴什拉:《梦想的诗学》，刘自强译，生活·读书·新知三联书店，2017，第129、131页。

第三节
童年文化的多重属性

童年文化是人类文明发展进程中围绕童年现实境遇、生存状况、未来图景及内在本质而积累、生成、建构起来的物质生活和精神生活的总和。童年文化是整体的、复数的文化，其文化范畴涵盖了人类童年物质生活与精神存在两个层面。换言之，童年文化是由人类一切童年现象所构成的意义体系。

童年文化与童年具有内在统一性。童年是社会、历史、文化的建构，人类文明进程中，不存在亘古不变的“永恒”童年。与鲜活丰沛、摇曳生姿的儿童主体生命形态相呼应，人类童年的现实样貌也总是具体而微、千姿百态的。无论是古希腊、古罗马时代的“无用童年”，还是欧洲中世纪原罪论的“邪恶童年”，不管是文艺复兴时代的“纯真童年”，还是新教育运动的“自然童年”，抑或是20世纪后半叶网络时代的“主体童年”……不断变迁的社会政治、经济、文化赋予人类童年的总是一种缘时而动、与时俱进、多元展开、无限生成的童年形态。而这样一种复合性生活现象与生命内容无形中就缔造了童年文化意蕴悠远、丰赡奇异的多重属性。

一、童年文化的空间性

空间性首先是一个哲学概念。它指的是客体世界面向主体敞开时彼此之间的一种内在化关系。海德格尔曾以“在世界中存在”概念为依托，探究人类的空间化存在方式。此时空间性与德国古典哲学观念传统中的内在性原则互为表里。此时，主体（人）作为整个世界空间显现的中轴，对客体的空间性效应承担着居间调控功能。

梅洛-庞蒂则以“向世间存在”取代“在世界中存在”。也就是用空间的动态化扩张取代海德格尔的场域本体性敞开。与海德格尔不同，在梅洛-庞蒂看来，事物空间性存在的核心不是源于人的主体性的关系建构和居间调控，而是场域内部存在的原生性力量推动，而这种原生性力量就是人的本能的身体性。

换言之，在海德格尔的观念世界里，空间性隐含着主体与场域的内在关系。因为处于场域中心的主体发挥其核心作用，故而场域像梦境一样向存在者敞开，并不断扩张其意义边界。而梅洛-庞蒂则认为，空间性的实质在于主体以身体为原点，将场域中的某个方向同化为自我的空间化存在，并由此达成更大幅度、更广范围的敞开。

总之，哲学层面的空间性探讨，关注的是场域如何向存在者敞开的问题。海德格尔倾向于以人与存在内在关系为核心向内敞开，而梅洛-庞蒂则主张以人的身体为原点向外敞开。其共同点都指向场域的主导性秩序建构。也就是作为有意义的空间，场域如何容纳主体，并赋予主体存在的位置。

与此同时，空间性也是一个文学地理学概念。文学地理学意味着一种阅读形式。这种阅读关注文本中的空间和空间性，但它也意味着关注影响文学和文化生产的不断变化的空间形态或地理形态。这可能涉及文学记录不断变化的社会空间构造的方式，以及文本表征或绘制空间和地方的方式。[①]不仅如此，当读者的文学地理学与作者的文学制图学在空间性层面达成默契的时候，空间和空间性就不仅是作者“通过各种文学手段，以不同方式绘制他们世界的真实与想象空间”，而且也是读者可以积极阐释、主动建构的意义空间。[②]这样的空间形式就如同卡尔维诺所说，“必须成为一种内在的风景，让想象力居住在那个地方，让它变成想象力的剧院”。

实际上，不论是哲学层面的“场域”结构，还是文学地理学意义上的

① 罗伯特·塔利：《空间性》，方英译，北京大学出版社，2021，第 102 页。

② 同上书，第 100 页。

“空间”阐释，都可以成为我们理解童年文化空间性的观念基础、意义通道。

诚如前文所说，童年既是观念存在，也是实体存在，还是功能存在。在此基础上，它不仅具有物质形态，同时也保有实践形态与符号象征形态。作为观念存在的童年需要符号空间涵纳其意义世界；作为实体存在的童年需要依凭特定现实空间展开多种生活实践；而作为功能存在的童年则需要丰沛的想象空间建构诗学价值。如此一来，童年的多重空间指向自然生成了童年文化的多维空间意涵。

当代新童年社会学认为，童年意味着生活在一个特定区域的儿童——无论是从时间、空间、经济或其他相关标准来划分的区域——都有一定共同特点，换言之，童年使我们不但可以总结童年的特点，也可以总结童年所处社会的特点，因为它们是互相依赖、不可或缺的建构。①不仅如此，“儿童的世界并非不被成人世界所影响，但却巧妙地与成人世界保持隔离；它应该被理解为一个独立的世界，有自己的习俗、意识、规则和规范约束。这是一个校园、操场、社团、帮派的世界”。②而在此基础上，儿童与成人的分区主要在于生命活动空间的区别。具体到童年文化形态上，则主要体现为四个层面的空间特征。

（一）童年文化乡村维度的自由生长

童年文化是人类童年生活及其符号镜像的同义语，有什么样的童年形态，就会有什么样的童年文化。在这一点上，现象学视域下的童年现象与儿童生活世界为我们理解童年文化乡村维度的空间性特征提供了理论来源及方法借鉴。因为依照现象学大师胡塞尔的理论，生活世界可谓“经验实在的客观生活世界和纯粹先验现象的主观生活世界”的统一体。③从这个意义上说，要理解并把握乡村维度的童年文化，就“需要回到乡村儿童生活世界，通过一种‘自下而上’的微观视角，摒弃对乡村及乡村儿童的偏见，将一个个具体的、有血有肉的乡村儿童作为研究对象，去了解他们在乡村生活中的状

① J. Qvortrup, introduction to *Childhood Matters: Social Theory, Practice and Politics*, eds. J. Qvortrup et al (Aldershot: Avebury, 1994), pp. 4-5.

② 艾莉森·詹姆斯、克里斯·简克斯、艾伦·普劳特:《童年论》，何芳译，上海社会科学院出版社，2014，第 25 页。

③ 朱刚:《胡塞尔生活世界的两种含义——兼谈欧洲科学与人的危机及其克服》，《江苏社会科学》2003 年第 3 期。

态，去体验他们居于乡村生活中的体验，与他们一起探索发现影响其状态及体验的乡村生活的演化逻辑”。[①] 换言之，就是把乡村儿童置于童年世界的中心，聚焦他们的现实生活与情感、心理动态，探寻隐伏于其日常生活实践背后的内在时空关系与生命成长意义。

实际上，作为人类生活的空间形态，相较城市社会生活的聚集性、系统性、动态性与多样性，乡村生活相对而言呈现一种离散性、非系统性、自然性与单一性面貌。童年生活生成于这样一种相对原始粗粝、质朴自然的地理空间和社会场域中，接受来自成人世界的社会化规训与道德化限制相对也比较少。尤其在今天，城乡二元结构在我国仍占主导地位，在乡村“空壳化”，乡村家庭隔代养育、亲情缺失，农村留守儿童“污名化”等现象依然颇为严重的特定语境下，乡村童年生态尽管也在不可抑制地发生着种种裂变，但其童年生活主体依然延续着传统的自然性生长模式。[②] 这样一种自由生长的乡村童年文化生态，其空间性特征既体现了海德格尔所说的主体性调节，也存在着梅洛-庞蒂的原初性身体扩张，而其客观经验与主观愿望相疏离的童年现实，则与胡塞尔的生活现象学观点发生了相反相成的某种背离，这也在一定程度上表明，当下的中国乡村童年文化实际上存在着现实物质空间与情感想象空间两种空间形式。现实空间里相对缺少规约、控制的自在童年生活世界与精神空间中无限期盼、丰赡饱满的自为童年想象世界合二为一，共同创造了乡村童年既斑驳芜杂，又真实纯粹的文化图景。

（二）童年文化城市层面的价值融合

当下，人类社会的童年形态正经历着越来越多的裂变，也呈现着越来越丰富的样态。在这样的情势下，童年的多样性源于两个因素：首先，儿童生活和儿童成长的社会、文化和经济环境正日益变得多元化；其次，各种通信技术的发展推动了表现童年多样性的图像传播。童年的差异变得愈发显而易见。这产生了自相矛盾的影响：无论是统一，还是区分童年的本土建构，“其

---

① 李旭、赵芳妮：《乡村儿童生活世界认识路径优化——现象学与童年社会学视角的融合》，《学前教育研究》2019 年第 8 期。

② 任运昌：《高度警惕留守儿童的污名化——基于系列田野调查和文献研究的呼吁》，《教育理论与实践》2008 年第 11 期。

结果却都是打碎和逐渐削弱了曾经稳定的对于童年是什么和应当是什么的看法”。[①] 而基于这样的社会政治、经济、文化语境，乡村童年与城市童年的区隔就愈发明显。

实际上，相较乡村环境带给童年的自由空间和自然塑型，城市给童年成长提供了更为宽广的现代性舞台。

典型的例子是，城市为儿童敞开了一个扩大了的社会空间结构，儿童可以从中获得更为丰富多样的生命体验。城市是富有向心力的聚集性社会生活场域，权力、财富、资讯、技术，以及各种各样的文化设施汇聚于此，一方面呈现了现代文明在社会空间结构上的动态平衡，另一方面也为童年的多样化提供了丰厚的生活基础。比如，单就童年伙伴关系而言，城市儿童的社会交往与伙伴来源就比乡村儿童丰富得多。邻里发小、街巷孩童、社区孩子、亲友子女、班级同学、夏令营同伴……都是交往对象和潜在伙伴。多样化、动态性的伙伴关系既开阔了城市儿童的社会生活视野，让他们获得多样化的游戏、认知、情感体验，也在不知不觉中影响并塑造着他们基于生活感受、理解与表达的价值观念和生命态度。

不仅如此，城市社会所提供的多姿多彩的文化场域、娱乐设施，也依凭其鲜活、真切的身心感受融合为丰富的童年经验，并最终成为塑造并推动城市童年形态多样化发展的间接力量。

（三）童年文化学校空间的课程规约

在社会文化视野下审视童年，我们会发现，儿童生命成长在现代社会呈现着一种规范性、制度化样貌。具体说，就是“儿童被越来越多地划分在通过专门指定地点、单独设置的环境、专人监督并且按照年龄和能力构建起来的空间中”。[②] 其中，学校就是制度化童年最典型的文化场域。学校作为童年生活空间，其以课程形式为儿童生命发展提供了制度化、结构性的生活实践、生命体验。而对儿童来说，课程不仅仅是感受、体验、理解、表达生活内容，更是认知和身体发展的场域、媒介、平台和通道。当课程“策略性地

---

① 艾伦·普劳特:《童年的未来——对儿童的跨学科研究》，华桦译，上海社会科学院出版社，2014，第6—7页。

② 同上书，第33页。

将空间、时间、地点、内容、联系、孤立、隔离、整合和等级结合起来，设计出儿童在学校内的总体经验”①的时候，课程就成为一种特殊的童年文化。它以具有空间导向的师生、生生、生本关系为经，以富含生成取向的知识建构与多元对话为纬，构建出一个动态、开放的课堂文化生态系统，并在不断丰富、强化儿童生活与情感体验的同时，借助润物无声的知识内化与素养达成，全方位完成童年文化之于儿童生命成长的价值塑型。

具体说，就是由包括校园环境、教室布置、教学风格、教学组织、规章制度、办学宗旨等在内的校园文化圈以制度化课程为轴心，将儿童从成人世界分离出来，成为社会结构中相对独立的一部分，并通过一系列循序渐进的规范性、体系化师生交往活动，帮助儿童完成知识习得、意义建构、道德启蒙、行为养成等童年生命体验与文化实践。

（四）童年文化家庭视角的双向养育

相比起乡村、城市、学校、社区等空间场域，家庭可谓童年文化的第一空间。现实中，这一空间形式既是儿童生活的背景性存在，同时也构成了童年生命活动的主体性内容。换句话说，家庭对于孩子而言，可谓生活实践与生命体验的大本营：在这里，孩子们沐浴关爱、呵护，享受亲情甜蜜；在这里，孩子们习得知识、经验，获得身心成长；同样，也是在这里，孩子们还感受到了规约、限制，体味到对自由的渴望……于是，自由与控制、依恋与独立就成为童年文化家庭层面的结构形式、文化特质。这一点固然是不同时代和社会文化背景中，父母童年观以及亲子关系在家庭场域中的即时显现，同时也与不同家庭的文化风貌与儿童养育方式息息相关。

实际上，家庭作为社会基本构成，一直以来都不仅是儿童生命成长的摇篮，而且也表现着千姿百态的家庭视域下的童年文化。其核心就是对儿童价值观念、个性心理、思维方式、行为习惯，乃至自我定位、未来职业选择产生潜移默化影响的儿童养育方式。

这一点已为当代社会学研究所证实。

比如，当代美国社会学家安尼特·拉鲁在调查了不同社会阶层的儿童抚

① 艾莉森·詹姆斯、克里斯·简克斯、艾伦·普劳特：《童年论》，何芳译，上海社会科学院出版社，2014，第 37 页。

养模式后发现，当今城市家庭通行着协同培养和自由成长两种养育模式。秉承协同培养模式的中产阶级父母通常热衷于在孩子很小的时候，就积极培养和评估其天赋、能力、愿望、目标。他们为孩子安排各种学习计划，把孩子送进各种培训机构。他们时常与孩子谈理想、讲道理，不断以孩子的名义预设并安排他们的未来轨迹、现实生活。在这样的培养模式下，中产阶级家庭十分重视子女的学业成绩，孩子学校之外的课余生活常常被安排得满满当当。而在这样的氛围中，从父母到孩子，都唯成绩、升学、择校是瞻，学业的指挥棒下，不独孩子疲于奔命、困扰不堪，连带整个家庭也阴云密布、心弦紧绷，缺少自由、闲暇的放松时间。

与此相反，城市底层家庭的儿童养育模式则迥然不同。许多城市底层家庭的育儿逻辑是“顺其自然地成长”。这些家庭中的父母“视儿童发展为一个自行展开的过程，父母只需要提供必要的抚慰、食物、住所及其他基本支持”，余下的，往往就是孩子的自我教育、自学成才。这些家庭中的孩子生活较少被父母约束或控制，他们无论在家里，还是在学校，往往面对较少压力与困扰，能够相对轻松地与同伴相处。

不仅如此，安尼特·拉鲁的研究还表明，中产阶级家庭的协同培养模式能够促使孩子形成权力观念，有助于他们更好保持和提升优越感，但与此同时，由于物质资源丰厚，生活氛围安逸，中产阶级家庭的孩子也容易缺失意志力、进取心和自主性；与此相反，城市底层家庭的孩子由于生活条件所限或缺少丰富资源，一方面，他们向上发展的机会相对较少，且容易形成顺从感，但另一方面，因有更多接触社会、参与实践及家庭事务的机会，他们相较中产阶级家庭的孩子经受了更多的生活磨砺，拥有更显著的自主性和独立性……

显然，社会学者通过民族志研究所揭示的仅仅是发达地区（或次发达地区）城市家庭儿童养育模式的普遍情况。实际上，儿童养育方式作为极具个性化的童年文化构成，固然可以提供多层次文化参照，但其具体形态往往也不可复制。这一点在现实中常常因时不同、因人而异，由此也带来童年文化在家庭层面的不同面貌。

二、童年文化的时间性

时间性是现代哲学重要议题。其作为时间之所以存在的某种属性，是指以“此在”（探究存在意义的人）为主体观察和感受时间现象的主观性。时间性是“存在”（客体）见之于“此在”（主体）的时间现象。相对于现实时间的客观性，时间性呈现着一种“主观时间”的结构特质。

细说起来，西方哲学史上，对时间性内涵的理解、阐释，先后经历了“线性时间性”（亚里士多德）、“极性时间性”（康德）、“回溯时间性”（黑格尔）、“绽放时间性”（海德格尔）、“重叠时间性”（后现代）等五个阶段。

其中，海德格尔的时间性阐释最具有典型性。海德格尔在其经典著作《存在与时间》中区分了时间与时间性。在海德格尔看来，“时间性将被展示出来，作为我们称为此在的这种存在者的存在之意义”，而“此在包含有一种先于存在论的存在，作为其存在者层次上的建构。此在以如下方式存在：它以存在者的方式领会着存在这样的东西”。[①]“此在”是海德格尔哲学的核心概念，多指人的生成过程，是动态生成、不断自我超越的特殊存在者。换言之，也就是一种能追问存在意义的存在者。而“此在”存在的意义则通过时间性体现出来。在此基础上，海德格尔区分了传统的时间概念和以“此在”为前提的时间性。他认为，日常生活中从过去到现在，再到将来的无始无终的线性时间是流俗时间。流俗时间分为“过去”“现在”“未来”三维，其中“过去”和“未来”都以“现在”为基础，“过去”是曾经存在的“现在”，“未来”是尚未到来的“现在”。因此，唯有“现在”才是最为重要的、实实在在的时间维度。而时间性则是隶属于“此在”的某种属性或结构。时间性是“存在”在“此在”中的显现，单纯的存在物，如符号、数字、河流、山川等没有时间性，只有“此在”关照下的“存在”才有时间性意义。与现实时间相对应，海德格尔的时间性也具有三个维度：“曾在”对应着“过去”，“当前”对应着“现在”，“将来”对应着“未来”。其中，“将来”是最重要的维度。在海德格尔看来，人不是任何一种现成的自身，而是面向可能性的

① 马丁·海德格尔：《存在与时间》，陈嘉映、王庆节译，生活·读书·新知三联书店，2014，第20—21页。

自身，而“将来”就是“让自身来到自身”。只要“此在”存在着，就无时无刻不面向“将来”。由此，“将来”就是“此在”存在的基础，是“时间性”中最为重要的时间维度。此可谓时间性与传统时间（流俗时间）的显著区别。

海德格尔之外，柏格森在其《创造进化论》等著作中也对时间进行了阐释。柏格森将人类文化中的时间现象分为两类。一类是“单一时间”，即在物理空间展开、可度量或分割的实体时间。柏格森认为，实体时间是人类基于实用目的而强加给时间的一种抽象概念。这种物理时间仅是一种外部时间，并非真正的时间。相较而言，另一类基于“绵延”的“纯粹时间”才是真正的时间。而所谓“绵延”，在柏格森看来，就是“入侵将来和在前进中扩展的过去的持续推进。从过去在不断增长的时候起，过去也无限期地保留下来”。[①] 柏格森所说的这种“绵延”与物理学意义上的线性时间迥然不同，其核心在于阐释人的意识与心理动态。因此，就本质而言，“绵延”表达的是一种“内部时间”或“心理时间”。它是能够揭示存在本质的“真正时间”，因为只有它才能够透过线性时间的表象抵达人类的意识深处，全方位透视、探察并呈现世界之广袤、生活之丰饶、人性之驳杂。

实际上，综合而言，海德格尔所说的时间性与柏格森的“绵延”概念尽管说法不同，但其内核却一脉相承，共同构成了童年文化时间性的观念基础。

按照海德格尔对时间性三个维度的理解，童年文化的时间性是童年文化之存在意义的显现。“意义”不是对事物的主观定义，而是事物作为存在的事物通过它可以得到理解。在此意义上，意义先于事物。而意义又是从哪里来？来自我们的生活世界，或我们的世界。[②] 由此可知，童年抑或童年文化的意义完全源自儿童世界。而儿童世界（童年）作为时间概念，则同样可以区分出曾在、当前和将来三个维度，其存在形式也具体对应着记忆童年、现实童年和未来童年三种意义结构。三者之间彼此勾连，相互支撑、融合，共同构成了人类童年文化的意义系统。

---

① 亨利·柏格森:《创造进化论》，姜志辉译，商务印书馆，2004，第 10 页。

② 张汝伦:《〈存在与时间〉释义》，上海人民出版社，2014，第 39—40 页。

同理，参照柏格森对“外部时间”与“内部时间”（心理时间）的分类和界定，人类童年整体而言既是“空间童年”，也是“时间童年”。时间作为内外合一的存在之源，不仅奠定了童年文化的基础，而且还构造了童年生活的内核与精髓，它是儿童面向自我、寻找自我，并最终确证和超越自我的关键。“它既是一种载体，记录着我们的生命历程，又是生命本身的一部分，生命的一种形式。时间与生命联系在一起时具有深刻的含义。”①

基于此，时间维度的人类童年文化意义系统实际上就包含了两个层面：其一，依托流俗时间（物理时间）而呈现的童年生活实践、童年生命情态；其二，经由心理时间或时间性而揭示的童年情感体验与童年心灵结构。就该系统的审美价值而言，前者指向以情感互动、经验积累、生活参照为核心的童年文化现实表达；后者则以观照自我、体察人性、回溯生命为旨归，重在童年形象的塑造与童年精神的构建。具体而言，该系统作为“时间童年”的意义结构主要表现为以下三种审美形态：

（一）“忆态童年”的生命重构

在传统的流俗时间结构中，“现在”是核心，“过去”是曾经的“现在”，“未来”是尚未到来的“现在”。在这种时间的观照下，“忆态童年”意味着已经逝去的人生初年美好时光和渐渐模糊的儿童时代丰润体验。当时间的流逝让曾经脉络清晰、汁液饱满的童稚言行都化为生活背景的时候，童年仅是以类似黑白照片的方式昭示曾经的存在，并作为对“现在”的回溯或缅怀而体现其意义。

时间性的视野却迥然不同。时间性以“将来”为核心彰显“此在”的意义。在海德格尔的观念中，“此在”是人在成长过程中呈现其生命发展的动态过程，这一点恰恰与童年文化的本质一脉相承。作为体现儿童生命结构、生活形态及其未来趋向的现实存在，童年文化本身就具有多元生成的动态特征。从这个意义上说，“忆态童年”作为一种存在物，或亦可视为一种“此在”。只不过这份“此在”不是因为基于“现在”才有意义，而是因为立足于“将来”而价值无限。原因就在于，“忆态童年”作为“曾在”，它与活色

① 张辉、董俊峰：《魔幻时空　永恒童年——麦克尤恩〈时间中的孩子〉的时间意义探讨》，《作家》2009 年第 4 期。

生香的现实童年一样，同样来自广袤、丰润的儿童生活世界。不仅如此，它还作为生命文化根基，为“未来童年”铸就了生命延长线，赋予其无限可能性。足见，时间性对于“忆态童年”而言，意味着存在意义上的生命重构。

（二）现实童年的即时生成

在海德格尔存在论观念体系中，时间性强调“此在”的动态性、生成性。童年作为自然、社会和文化存在，意义就在于其时间性的显现与解释。与“忆态童年”多以物化符号或观念形态体现存在不同，现实童年是儿童身在其中的实体存在、过程性存在。家庭里的喜怒哀乐，学校里的听说读写，游戏中的摸爬滚打，与伙伴的相识和离别……所有这些既是童年的常态生活现象，也是童年时间性在“当前”维度的存在意义。而且，正是由于其动态性、过程性，现实童年不仅在时间性视野下将单一的线性时间（流俗时间）复原为可顺可逆的双向时空，而且还以儿童纯真、自由、昂扬、乐观的生命天性为依托，使童年在生理与心理、成人与儿童、个人与社会、自然和文化、物质与精神之间拓展出多维生命空间，体现出复合存在意义。

这一点与“现在”的时代语境密不可分。

在当今的全球化世界中，社会秩序正在不断即时化、碎片化。世界范围内，童年的形态已经发生了根本性转变。与此同时，传统的、以话语和图像呈现和表达童年的方法也受到网络信息技术与多媒体数字技术的极大冲击。此时，那种以“成人—儿童”二元思维结构为导向的本质性、单一化童年表述方式已经发生根本性转向，新的多元化童年视野和描述方式正在建构。比如，就以当下深度变革的中国社会为例，单就童年形态而言，既存在寂寥守望的乡村留守童年，也存在辗转挣扎的城乡边际童年；既存在缩略童年的功利教育童年，也存在自成系统的都市国际童年……所有这些都可谓“当前”童年的“此在”，其动态性和过程性无不充分体现中国童年文化在“当前”维度上的斑斓多彩。

（三）未来童年的多向调合

诚如上文所说，时间性是隶属于“此在”的“存在”属性或结构，即时间性是“存在”之于“此在”的显现，是在“此在”统摄或观照下的“存在”。与着意“现在”的传统“流俗时间”不同，作为“存在”显现方式的时间性以“将来”为核心维度。其原因就在于，在海德格尔看来，人不是现成的自身，而是面向可能性的“存在”。而“将来”就是“让自身（当下的自我）来到自身（未来的自我）”。只要“此在”（未定型、生成中的人）存在着，就无时无刻不面向将来。足见，“将来”就是“此在”存在的基础，是时间性的命脉所在。以此为据，童年和童年文化作为内含儿童群体（“此在”）的现实“存在”，其内在结构的未定性与内容机制的生长性就是其“将来”维度时间性的集中显现。从这个意义上说，“时间性”以“将来”为基点的“此在”意义赋形与当代童年指向未来的价值探寻和意义建构达成了内在契合。

比如，新世纪初，美国学者尼尔·波兹曼的著作《童年的消逝》和大卫·帕金翰的《童年之死——在电子媒体时代成长的儿童》在国内先后出版，一时间“童年危机”“童年消失”等论调甚嚣尘上。就童年和童年文化作为儿童世界“此在”的“时间性”而言，“童年消失”观点称得上是“只见树木，不见森林”，不过是披着文化建构论外衣却秉持浓厚本质主义底色的“伪命题”。该观点立足于童年的“现在”形态，而以“过去”参照、衡定“未来”，必然得出“童年与成年的界限渐近弥合、消融”和“童年正在或已然消逝”的结论。殊不知，在世界范围内，随着经济全球化、社会信息化时代的到来，文化一体化和多元化已经成为并行不悖的现实。此时，保有未来性和生长性的童年世界及其文化形态实际上已经脱离了以前那种单一结构和表述方式，呈现出多元复合的鲜活面貌。“多元共生”“和而不同”不只是童年的现实，更昭示着童年的未来。童年作为儿童这一生命群体的“此在”，其与儿童自身、同伴、成人、自然、社会的多向遇合与多重交往，就成为童年文化在“将来”时间性维度上的多层生活理解、多元意义建构的基石和通道。

由此可见，流俗时间立足于现代性的“成人—儿童”二元论立场，所呈现的是传统的童年文化结构形态和价值取向；而海德格尔存在主义哲学的时间性则是从“后现代”的未定性、生成性视角观照“此在”世界，从而呈现的是为“过去”所遮蔽的“未来”世界。由此，探寻“此在”之存在意义的“将来”时间性维度就取代了“现在”，成为我们理解童年与童年文化的核心、基础。

在此前提下，童年文化的时间性就显现出双重含义：一方面，童年文化具有动态性、趋向性、目的性的特质，它由“曾在”到“当前”再到“将来”，时时生长，显现着儿童世界作为“此在”的存在形态与意义；另一方面，童年文化保有方向性、渐进性、生成性的趋势，它总是化身为某种场域，并最终以统合的方式成为社会文化的特定结构。

不仅如此，实际上，童年文化的时间性意义还在儿童观历史建构、童年生活现实生成、童年精神未来走向等多个层面显现出来并得到印证。这一点，将在后续章节中论及。

三、童年文化的建构性

说到童年文化的形态，现代性是无法回避的时间观念。作为启蒙时代以降的新时代特征，现代性不仅构成了现代童年观的背景，而且还成为现代童年文化发展的内在支撑与驱动力。“尤其是通过加剧童年和成年之间的二元对立关系，现代性最终将构成童年的意义框架准备就绪了。”① 而在此之前，现代性作为社会文化思潮的产物，不仅催生并发现了有别于中世纪“邪恶儿童”“小大人”的一种新的儿童观，而且其“与童年的不期而遇导致了对童年理解方式的转型”。“简而言之，现代性把儿童构建为成年的另一种文化形式。”② 换而言之，现代性构建了童年文化的观念形态与实践基础。此时，童年文化建构论也随着现代童年观的确立而初露端倪。此后，“成人—儿童”二元论的童年观“习惯性地将童年仅仅看作儿童步入社会前的一个准备阶段”，“社会化”也一跃成为儿童与成人之间的“隔离带”，成为社会规约童年的达摩克利斯之剑。

实际上，在当代西方社会建构论看来，现代性“二分法”的童年观在全球化日益显著的经济、社会、文化语境下已然滞后，“社会化”也不只是单

---

① 艾伦·普劳特：《童年的未来——对儿童的跨学科研究》，华桦译，上海社会科学院出版社，2014，第9页。

② 同上。

向度的、儿童对成人世界所需知识与技能的个体性内化过程，而应该是“社会规约儿童”与“儿童规约、影响社会”的双向互动过程。由此可见，传统的“成人—儿童”二元对立的童年观很大程度上已无法涵纳、表述当今世界丰富多样的童年状况，因为“童年及所有事物（比如阶级、性别、种族及民族）一样，均是在社会行动过程中进行阐释、讨论和定义”的。[①]

因此，当代童年的多样形态必然引发童年文化的多元理解与多维表达。毕竟，“对于儿童自己来说，童年是短暂的一段时期；另一方面，对于社会来说，童年是一个永恒的、具有结构性的社会存在或社会类别，它永远都不会消失，即使它的成员不断地发生变化，它的本质和概念也随着历史时空的演变而呈现出不同”。[②] 进一步说，当童年被视为一种社会结构或文化结构时，人们对它的理解会超越将“社会化”看作单向度“社会规约、塑造童年”的观念藩篱，而以儿童自身的生命欲求和儿童与成人双向互动的多维视角阐释、表达童年。此时，童年的文化面貌将焕然一新，儿童群体作为社会结构的主体性将得到极大彰显：他们不再是被动接受家庭、学校、社区管控与规约的未来公民，而是积极的生活参与者、主动的生命实践者；他们在以行动者身份接受社会规约的同时，也在以自己的方式规约、影响，甚至改变着社会生活的格局。最典型的，就是儿童作为生命主体无时无刻不在以独特的生命感觉与生活实践构建、生成童年文化的内容结构与意义系统；无时无刻不在以新异的价值观念、思维方式影响着成人文化，推动其做出转变和调整。

首先，是童年文化的观念建构。

诚如前文所说，童年是一种结构性存在，它是社会、历史、文化的时间性建构。童年观是童年文化的核心构成，是童年文化的实践原点和观念基础。理解童年文化的建构性，首先要回溯童年观的生成脉络和发展轨迹。

先看欧美社会的情况。从欧洲漫长中世纪基督教笼罩下的“邪恶童年”，到文艺复兴后 16 至 18 世纪的“纯真童年”；从 19 世纪末欧洲新教育运动、20 世纪初美国自由主义教育浪潮的“自由童年”，到 20 世纪末、新世纪初欧

---

① 艾莉森·詹姆斯、克里斯·简克斯、艾伦·普劳特：《童年论》，何芳译，上海社会科学院出版社，2014，第 6 页。

② 同上书，第 3 页。

美社会的“主体童年”，西方社会童年观的每一次嬗变，都意味着社会政治、经济、文化变革后童年文化形态的重构与转型。

不独西方这样，中国现代社会童年文化的发展也是如此。

从封建社会接受“圣经贤传”与“规训”的“小大人”童年观，到“五四”时代“有内外两面生活”的“幼者本位”童年观；从20世纪30年代抗战爆发后，“救亡图存”社会意识下“民族本位”童年观，到20世纪40年代新民主主义革命后期“国家本位”童年观；从新中国成立初期儿童是社会主义事业接班人的“社会本位”童年观，到改革开放以来，“儿童是未来社会主义的建设者”的“民生本位”的童年观——中国社会百年来童年观的演变，同样是社会政治、经济、文化建构的成果。

不仅如此，从世界范围来看，儿童先是被看作接受基督教教义和“圣经贤传”规训的“小魔鬼”“小大人”，再是“有内外两面生活”“有独立权利、尊严”的“社会成员”，最后是“建构自我生活与周遭世界”的社会参与者、行动者——到21世纪的今天，人类社会童年文化的建构之路在童年观层面已然完成了文化升级和自我超越。

其次，是童年文化的生活建构。

童年文化由“儿童的文化”“为儿童的文化”和“关于儿童的文化”三部分构成。其中，儿童观作为“关于儿童的文化”的核心，构成了童年文化的观念原点和存在基础；而“为儿童的文化”则是以成人为主导的整个成人世界为儿童全面发展所创设的物质条件和精神资源的总和；至于“儿童的文化”，其现实形态就是儿童的日常生活。在童年文化的整个生态系统中，“儿童的文化”可谓最能体现童年本质与儿童生命特性的主体部分。

实际上，儿童作为童年文化的主体，其日常生活实践的多样性与儿童作为社会行动者、参与者的角色定位息息相关。比如，就文化属性而言，儿童被认为是保有诗性逻辑、感性思维、整体视野、游戏精神的社会群体；而从生命特质来说，儿童又被当成是科学家[①]、哲学家[②]、艺术家[③]、心理学家[④]、道德哲学家[⑤]、探索者、思想家、梦想家、游戏者[⑥]等等。显而易见，儿童作为童年文化主体，在诸多童年研究者的话语中显现出现实身份与未来身份的复合性，其表征或折射出的，恰恰是童年文化主体生活形态的多元化生成与意义建构。

而且，现实中不同社会情境中的儿童日常生活实践其实也传达着极其丰富的文化意涵。很多时候，“它是一个社会中既有观念、信仰、价值体系等的传递和表达”。[⑦]比如，同样是餐馆里的家庭聚餐，孩子说说笑笑、大声嬉闹，中国的家长往往认为这是孩子天性使然，不会加以阻止；而英国或法国的家长遇到这种情况，就会因担心孩子扰乱公共秩序、影响别人就餐而出面阻止。由此可见，儿童作为行动者，不仅依托各种不同的社会生活环境展开丰富的生活实践，直接生成并建构出多样化的童年文化形态，而且还通过对社会生活及其规则的积极参与或有意遵守，间接昭示并影响着整个社会的公序良俗、价值观念、人伦道德。

最后，是童年文化的精神建构。

诚如前文所说，人类童年文化是儿童文化与成人文化遇合而产生的复合性文化。一方面，对童年文化构成中的“儿童的文化”而言，儿童既是文化创造主体，也是文化消费主体（如儿童游戏、儿童手工、儿童歌谣）；另一方面，对童年文化构成中的“为儿童的文化”和“关于儿童的文化”而言，儿童及其童年生活则是文化创造的本体内容和实践对象（如儿童文学、儿童艺术、儿童科学等）。所以，作为社会文化的亚文化系统，童年文化的建构过程既充满感性创造，也融合理性观照；既洋溢着源自生命本身的原初活

① 克里斯汀·夏洛、劳拉·布里坦:《儿童像科学家一样——儿童科学教育的建构主义方法》，高潇怡、梁玉华、孙墐译，北京师范大学出版社，2006。

② 刘晓东:《儿童精神哲学》，南京师范大学出版社，1999，第 85 页。

③ 让-罗尔·布约克沃尔德:《本能的缪斯——激活潜在的艺术灵性》，王毅、孙小鸿、李明生译，上海人民出版社，1997，第 63 页。

④ 杜燕红:《儿童是个心理学家——心理理论及其启迪》,《上海教育科研》2005 年第 7 期。

⑤ 周东苏:《儿童是道德哲学家》,《教育导刊（幼儿教育）》2008 年第 4 期。

⑥ 刘晓东:《儿童文化与儿童教育》，教育科学出版社，2006，第 7—12 页。

⑦ 郑素华:《儿童文化引论》，社会科学文献出版社，2015，第 118 页。

力，也弥散着生命发展的实践价值。这样一种感性与理性相统一的文化结构实际上充分彰显着童年文化的审美属性。换言之，这体现的恰恰就是童年文化的审美维度，是童年文化超越童年现实而存在的一种形而上的精神建构。这一点可从儿童形象的审美演变与童年审美文化的时代转型两个层面来理解。

（一）儿童形象的审美演变

作为童年社会结构和文化存在的符号表达，童年审美文化是童年文化的符号形式与价值体系。它是儿童现实生活“审美化”与当代审美文化“儿童化”合二为一的文化存在。无论是儿童现实生活“审美化”，还是当代审美文化“儿童化”，儿童形象建构都是童年审美文化聚焦和表达的核心。比如，单就儿童文学作品中的儿童形象塑造而论，世界范围内，不同历史时代、社会背景下的儿童形象情态不同、品性迥异，都烙上了特定地域、特定民族社会文化的深刻印记：有单纯、无知的孩子（如《小红帽》中的小红帽），有孱弱、无助的孩子（如《白雪公主》中的白雪公主），有天真、率性的孩子（如《皇帝的新装》中喊出真话的孩子），有自由、懵懂的孩子（如《彼得·潘》中的彼得·潘），有勇敢、无畏的孩子（如《汤姆·索亚历险记》中的汤姆·索亚），有顽皮、热忱的孩子（如《疯丫头马迪根》中的马迪根），有机智、沉稳的孩子（如《两个小洛特》中的孪生姐妹洛特和露易丝），有智慧、正义的孩子（如《玛蒂尔达》中的玛蒂尔达）……而在中国现当代儿童文学中，儿童形象变迁的脉络也清晰可见：有稚气、率真的儿童（如凌叔华的《小哥儿俩》中的大乖和二乖），有淳朴、能干的儿童（如鲁迅的《故乡》里的少年闰土），有纯真、善良的儿童（如冰心的《最后的安息》中的惠姑），有浴火重生的儿童（如蒋光慈的《少年漂泊者》中的汪中），有保家卫国的儿童（如陈伯吹的《华家的儿子》的华儿），有舍生取义的儿童（如管桦《雨来没有死》中的小英雄雨来），有磨炼成长的儿童（如李心田《闪闪的红星》中的潘冬子、徐光耀《小兵张嘎》中的张嘎，以及张天翼《宝葫芦的秘密》中的王葆），有爱憎分明的儿童（如林海音《城南旧事》中的小英子），有倔强独立的孩子（如刘健屏《我要我的雕刻刀》中的章杰），有朝气蓬勃的儿童（如秦文君《男生贾里》《女生贾梅》中的贾里、贾梅），有机智活泼的儿童（如杨红樱“淘气包马小跳”中的马小跳），有重情重义的儿童（如曹文轩《樱桃小庄》中的麦田和麦穗）……

所有这些儿童形象既是特定时代社会生活于童年文化的投射和映照，也是不同社会背景下作家儿童观与童年审美表达的形象建构。上述童年形象的审美演变所体现的正是童年文化审美维度之建构性。

（二）童年审美文化的时代转型

童年既是特定的人生阶段，也是普遍的社会结构，还是专属的文化符号。作为人生阶段的童年具有时间性特征，作为社会结构的童年拥有空间性特质，而作为文化符号的童年则保有审美性意义。因此，童年文化可谓时间文化、空间文化和审美文化三位一体的文化存在。其中，“童年审美文化本身是一个随着人类精神以及童年文化自身的发展而不断得到反思和丰富的现代范畴。这一文化的建构是一个持续的过程……事实上，从过去到现在，我们对于一些童年审美范畴的理解，一直面临着依照现代文化的精神进行反思和自我调整的需要，也一直处于事实上的调整过程之中。”[①] 这主要表现为童年审美文化由传统到现代、由精神到物质的双重嬗变。

首先是传统童年审美文化向现代童年审美文化的演变。

传统童年审美文化通常主要是指以儿童为受众和消费主体的各类文学和艺术产品，如儿童文学、儿童绘画、儿童音乐、儿童舞蹈等。作为人类童年现象的符号表达，童年审美文化的艺术萌蘖是欧洲文艺复兴以降近代教育与新型儿童观合力推进的成果。就儿童文学而言，童年审美文化最初在《世界图解》《教育漫话》《爱弥儿》等教育著作中显露观念基础和形象雏形，继而由《贝洛童话》《格林童话》《安徒生童话》表现其童年风貌；及至到了《水孩子》《爱丽丝漫游奇境记》《北风后面的国家》《彼得·潘》《绿野仙踪》等作品，童年审美文化从题材内容、语言结构到形式表达的整套符号体系不仅已然成型，而且还在浩浩汤汤、此起彼落的写作实践与灿若星辰、层出不穷的优秀范本的推动下，最终形成了样态丰赡、趣味丰盈、意蕴丰厚的童年审美文化传统。在这一阶段，童年审美文化的价值内涵多指向生命回溯与情感

① 赵霞：《从童年消费到消费童年——当代童年审美经济及其文化问题》，《南方文坛》2014年第1期。

慰藉，教训主义、童心主义与浪漫主义的杂糅和共生成为传统童年审美文化的表征。

而现代童年审美文化则主要指 20 世纪中叶以后，新媒介视域下的各种以儿童为受众和消费主体的文化产品，如儿童影视、儿童广告、儿童电子数码产品等，既是当下童年审美文化的形态，也是世界范围内当代社会“生活审美化”的一个侧影。实际上，也正是借助于新媒介的传播、推动，现代童年审美文化成为沟通并衔接儿童世界与成人社会的当代童年主体景观。其与传统童年审美文化的区别主要在于，传统童年审美文化，如儿童文学、儿童绘画，主要通过文字、线条、颜色等传统符号形式表现生活、表达童年；而现代童年审美文化则主要以光影、图像、声音等暗合儿童形象思维特征的视听符号及其形象为话语方式体现其内容和形式特质。比如，儿童电视以孩子天然熟悉并亲近的视觉语言打破了童年与成年之间的文化壁垒，极大地拓展了童年审美文化的话语空间和表现疆域。正如尼尔·波兹曼所言，视像媒介“不存在物质、经济、认知和想象力上的种种约束，6 岁的儿童和 60 岁的成年人具备同等的资质来感受电视所提供的一切”。[①] 在此基础上，与传统童年审美文化生命回溯与情感慰藉的价值取向不同，以视像媒介为依托的现代童年审美文化的价值旨趣主要指向审美救赎与精神参照。

其次是童年审美文化由精神向物质的弥散与渗透。

诚如前文所述，传统童年审美文化主要是指以儿童为受众和消费主体的各类文学和艺术产品，如儿童文学、儿童绘画、儿童音乐、儿童舞蹈等。其符号形态的表达方式与意义赋形昭示着传统童年审美文化体现人类童年精神层面的价值目标。换言之，传统童年审美文化主要诉诸儿童的情感体验和心灵成长，其对儿童的现实物质生活保持着一种警觉和疏离。这一点也和审美文化“反理性”“非功利”的价值属性不无关系。

而现代童年审美文化却在当代社会“生活审美化”大潮的推动下，听任无所不在的实用化、商业化观念渗透童年文化的肌理和血脉，最终造成了传统童年审美文化的瓦解和变异，孕育并催生出“物欲化”的童年审美文化。

① 尼尔·波兹曼:《童年的消逝》，吴燕莛译，广西师范大学出版社，2004，第 121 页。

比如，现实生活中，无论儿童饮食、服装，还是儿童家居、玩具，儿童形象往往都以符号形式渗透、弥散其中，成为童年生活和物质商品审美化的生动范例。这既是童年符号价值的物化、商品化，也是儿童商品的审美化、符号化。这样的变异所体现的，其实就是童年审美文化的时代转型与价值嬗变。

综上所述，作为特定的人生阶段、社会结构和文化符号，童年既是向前的螺旋上升、线性发展，又是向后的定向回溯、生命参照。向前的生命发展具有现实性与未来性；向后的精神回溯具有记忆性与反思性。二者合而为一，所昭示的就是生命的常态性、完整性及其丰赡意义。

至于以童年生活与生命实践为支点和内容的童年文化，其作为人类社会文化的核心构成，不仅以其特有的内容形态、结构形式、价值取向表现人类童年从“自在”到“自为”的多重面貌，而且还见证着社会文化在童年维度上的更迭与嬗变。更有甚者，童年文化还以异于成人文化的纯真、自由、欢乐、创造的诗学内涵和文化精神，为陷入“技术理性”“物质主义”怪圈的当代社会文化提供了反躬自省的原点和参照，成为商业化、信息化背景下促进社会文化不断分化、融合、调整、完善的思想资源，成为追求“全面发展”“生态和谐”“人类命运共同体”社会愿景的人类文化自我回归、自我救赎的主要力量。

不仅如此，童年文化的多元形态也极大地丰富了社会文化的内容结构，并作为社会文化中富有想象自由、纯真意识、快乐精神的存在，显示出其时间与空间维度上的物质文化特性，以及面向童年观念变革、童年审美创造的精神文化意义。

第二章

“中国式童年”概观与童年文化审美书写

第一节
中国童年状况及其审美价值

一、新世纪中国童年状况概览

诚如前文所说，童年文化是儿童生命成长和发展的生态系统，它涵盖了以家庭养育文化、学校教育文化为核心的微观系统；以童年伙伴文化、童年游戏文化、童年性别（身体）文化为标识的中间系统；以童年审美文化（儿童文学、儿童艺术）、童年科学文化（儿童医学、儿童心理学等）、童年消费文化为内容的外系统；以儿童观、儿童美学、童年诗学为代表的宏观系统，以及以童年民族文化、童年地域文化、童年媒介文化为代表的时代系统。

其中，微观系统与中间系统的文化形态可谓童年文化的现实存在与物质基础，而外系统、宏观系统和时代系统的文化构成则是童年文化的观念现实与符号表达。前者为后者提供了超越文化个体与具体形态的符号再现、意义赋形的内容资源，后者则成为前者意义表达和文化实现的价值依托与观念背景。尤其对童年审美文化而言，微观系统和中间系统的童年文化现实不仅是其审美表达的对象，而且还是其存在的根基、源头。

从这个意义上说，任何对于童年文化的探视、书写、研究，都离不开对包括家庭、学校、社区、同伴、性别、游戏、学习、消费等在内的儿童生活场域、生命现象、心理动态、发展趋向的考察；都应基于现实童年生态，对童年文化进行关于其内涵、属性、审美形态和价值取向的审辨和思考。

这一点也在对新世纪中国童年现实的调查中得以确证。

为全面了解、把握新世纪中国少年儿童发展状况，中国青少年研究中心曾在全国十个省市先后四次（1999年、2005年、2010年、2015年）进行了“中国少年儿童发展状况”调查。通过四次问卷调查和大量案例分析，研究者分别从家庭氛围、同伴关系、休闲生活、日常消费、学习状态、心理发展、价值观念、媒介素养、学校环境、课外活动等多个层面对“00后”少年儿童的生存现实进行考察。他们所收集的大量数据和丰富案例，全面而清晰地呈现了新世纪中国少年儿童生存和发展的动态面貌，一定程度上呈现了现阶段中国社会的童年状况。

1. 家庭作为人类社会最基础、最紧密的结构形式，是儿童认知发展、情感体验、社会启蒙的核心文化场域。

对儿童来说，与父母的关系是最重要的社会关系。子女与父母的情感互动不仅是儿童社会化交往的开始，而且还极大地影响到孩子个性心理的发展和道德品性的养成。实际上，随着新世纪中国社会变革的全方位拓展、深入，从乡村到城市，中国社会的家庭形态也在发生着结构性转变，家庭养育方式和亲子关系形成了新的特点，也面临着新的问题。“00后”的父母大多是“70后”和“80后”，他们之间的亲子关系受各自成长时代特征的影响，呈现出具体的代际特征。就家庭氛围和亲子关系而言，新世纪头十年，中国社会家庭规模持续小型化，“00后”大多生活在3—4人的小型家庭中；尽管如此，与父母一起居住的“00后”依然不足九成。因为经济社会变迁和城乡文化转型，广大农村地区隔代养育和亲子分离的状况日益突出。

与此同时，因受教育程度大幅提升，父母针对“00后”孩子的家庭教养方式也更趋于“民主”。相较“90后”，“00后”在父母那里得到的情感、心理关照更多，受到的暴力管教则大大减少。在这种情况下，“00后”与父母之间的亲子时间增多，“亲子关系亲和度增强、冲突性缓和、支持性升高、依赖性上升”[①]。有三成“00后”愿意将内心的秘密告诉母亲，还有三成经常和父母说心里话。母亲作为孩子成长过程中的陪伴者，受“00后”信任的程度

① 张旭东、孙宏艳：《从“90后”到“00后”——中国少年儿童发展状况调查报告》，中国青年出版社，2016，第209页。

超越老师，成为仅次于同伴的帮助者、引导者。与此同时，父亲在家庭亲子关系中的重要性也有所增强。

2. 对学龄期儿童而言，同伴关系是异常重要的社会关系。

“对于儿童社会化的传统解释将‘同伴群体文化’理解为文化再生产的场所。儿童的同伴们被视为儿童个体评判自身和接受评判的参照。”[①]同伴关系不仅在儿童适应学校生活的过程中起重要作用，而且还会影响儿童成年之后的社会适应，因为“学习成为朋友涉及儿童通过同伴群体文化建立‘友谊’的微妙过程，这种同伴群体文化是一种具有一致性和个人性、平等和竞争的‘文化’”[②]，而“良好的同伴关系有利于少年儿童社会价值的获得、社会能力的培养、学业的顺利完成以及认知和人格的健康发展”[③]。

调查显示，“00后”孩子当中，超过80%与同伴的交往状况良好；85.3%有着正面的自我评价，认为自己是一个受人欢迎的人；84.3%表明自己有知心朋友。“00后”孩子普遍认为，在价值肯定、自我表现、工具支持等方面，同伴关系的重要性都超过父母和老师，排序第一。调查还显示，在“00后”孩子身上，非正式群体的影响力增强趋势明显，有近三成孩子认为班级里有拉帮结派现象。中小学非正式群体客观存在，且影响力不断增强，这让家长、老师的教育观念、引导技巧和策略在一定程度上面临挑战。

与此同时，少年儿童的网络交友行为趋于常态化。调查数据表明，88.7%的“00后”少年儿童上过网。在他们的网络行为中，排序第一的是使用QQ和微信等社交软件（50.3%），最频繁的手机使用行为还是交往，如用手机打电话（59.5%）、上QQ和微信等社交软件（46.4%）。在少年儿童网络社交行为日趋常态化的过程中，网络社交所带来的消极影响也日益凸显。这是当代童年伙伴文化不容忽视的代际特征。

3. 对儿童来说，闲暇主要指除去学校规定的课堂时间和睡眠、用餐、写作业、做家务所用时间之后，剩余的可以自由支配的时间。

---

① 艾莉森·詹姆斯、克里斯·简克斯、艾伦·普劳特：《童年论》，何芳译，上海社会科学院出版社，2014，第84页。

② 同上书，第87页。

③ 张旭东、孙宏艳：《从“90后”到“00后”——中国少年儿童发展状况调查报告》，中国青年出版社，2016，第253—254页。

闲暇时间里，儿童拥有相对的自由，可以自主安排、展开个人喜爱的活动。从这个意义上说，闲暇活动是儿童不可或缺的重要生活内容，也是童年游戏文化、闲暇文化的重要构成。而且，就文化功能而言，包括自主阅读、看电视电影、体育活动、网络游戏等在内的闲暇活动作为儿童期的本体生命活动，不仅释放并张扬着少年儿童蓬勃的生命力，而且还以其无所不在的想象创造、自由精神成为孩子们个性发展、才能培育、品德完善的重要平台和通道。

调查显示，相较“90 后”儿童，“00 后”儿童的闲暇时间略有增加。就闲暇活动而言，课外阅读依然是孩子们闲暇时间最受欢迎的休闲方式；除此之外，体育活动、网络交友、看电视、做游戏也是孩子们喜欢的休闲方式。从休闲参与性来说，看电视电影、上网、打游戏、运动是最为普遍的休闲活动，而纸质图书阅读相应有所减少。

互联网的迅速普及发展，不仅给新世纪整个社会的消费生活、消费文化带来多元化的影响和推动，而且也使“00 后”的消费观念、消费生活、消费行为较前代童年发生了根本性变化。比如，调查显示，49.3% 的“00 后”少年儿童拥有 1000 元及以上的压岁钱，比“90 后”少年儿童高 47.0 个百分点。不仅如此，“00 后”少年儿童的消费观念更超前、更自主、更理智：93.3% 不赞同“有钱就能办到一切”的观点。此外，性别分组、年级分组、是否独生子女分组、城乡分组、地域分组等分组调查结果也显示，不同年龄、性别、家庭、地域、身份的孩子，其消费意识、消费观念也有所不同。

之所以考察“00 后”少年儿童群体消费状况，就在于他们的消费观念、消费意识、消费行为，不仅是童年消费文化的现实表征，而且还折射着包括家庭环境、生活水平、亲子关系、个性心理、价值观念在内的整个童年生态微观系统的运行状态。

4. 学习是学龄儿童的核心生活内容，是他们积累知识、丰富体验、发展思维、培育审美、完善个性、达成素养的主要路径和通道。

对少年儿童来说，学习既是个体的成长方式，也是群体的童年文化。学习联通家庭、学校、社会多种教育情境，融合知、情、意、行不同成长维度，构成了儿童“生于斯，长于斯”的童年文化微观系统和外系统。也正因如此，对“00后”学习状况的考察就成为洞悉和把握新世纪中国童年状况的重要途径。

调查显示，尽管《国家中长期教育改革和发展规划纲要（2010—2020年）》明确提出了减轻中小学生课业负担①，且2013年教育部全面启动义务教育阶段学校“减负万里行”活动②，但“00后”少年儿童的学习负担不但没有减轻，反而有所加重，具体表现为：在学校的时间明显延长并严重超标；拥有的学习资源越多，做家庭作业的时间就越长；上课外补习班的时间大幅增加，远超“90后”……

除此之外，相较“90后”少年儿童，“00后”孩子对学习的认知更加趋于务实，他们对学习重要性及学习动机的认知都呈下降态势。其中，最突出的一点是40.1%的“00后”少年儿童有不同程度的考试焦虑。与此同时，“00后”少年儿童的学历期望也逐渐变得现实，学历期望以研究生为主，学历期望属性差异明显，代际差异微小。父母对子女的学历期望高于孩子自己对学历的期望。

5. 作为生命体，儿童内外两面的生活构成了童年文化的基座。

整体而言，外在的社会现实构成了儿童生命发展的物质环境、认知背景，而内在的心理现实则成为儿童人格形成的思维依托、情感支撑。当内外两面的生活以一种动态平衡彼此勾连、和谐交融时，儿童的生命状态就会饱满鲜活、意气风发；反之，则可能言行失据、情意失衡、自我失位、价值失向，生命呈现出病象、委顿之态。相较而言，儿童以情感、情绪、自我认知、自我接纳、自我定位、自我平衡为核心的“内生活”比以家庭衣、食、住、行和学校日常活动为核心的“外生活”对少年儿童心理发展、精神成长的影响更加显著。

事实也是如此。世界卫生组织（WHO）2014年在日内瓦发布的《全球

① 中华人民共和国中央人民政府：《国家中长期教育改革和发展规划纲要（2010—2020年）》，https://www.gov.cn/jrzg/2010-07/29/content_1667143.htm。

② 中华人民共和国教育部：《教育部全面启动“减负万里行”活动》，http://www.moe.gov.cn/jyb_xwfb/gzdt_gzdt/moe_1485/201303/t20130326_149313.html。

青少年健康》报告显示，在10—19岁的儿童和青少年人群中，抑郁症是致病致残的主要原因。据WHO估计，全球大约有1/5的儿童和青少年存在学习困难、缺乏自信、与人交往困难、吸烟、酗酒、吸毒、离家出走、过早性行为、怀孕、自杀等负面情感心理或行为。中国大陆目前18岁以下的儿童和青少年有3.67亿，据保守估计，有各类学习、情绪、行为障碍者超过3000万人。其中，中小学生心理障碍患病率为21.6%—32.0%，突出表现为人际关系紧张、情绪极不稳定，以及学习适应性明显不足等。

中国青少年研究中心2005年、2010年和2015年连续开展的“中国少年儿童发展状况调查”显示，“00后”少年儿童的自我接纳度相较以往有显著提高。与此同时，调查还显示，“00后”少年儿童群体的负面情绪随年龄的增长而增多。小学生的负面情绪平均值为38.7%，初中生的为50.6%。总体来看，“00后”少年儿童的负面情绪有增多的趋势。

此外，调查也表明，“00后”当中，单亲家庭的孩子和因父母双方长期在外打工而留守乡村的孩子普遍自卑、缺少安全感。他们的自我接纳程度要比常态家庭的孩子低4—10个百分点。上述情况表明，新世纪中国社会不断推进的政治经济变革和社会文化转型，不仅很大程度上改变了当代中国的童年文化生态，而且也影响了“00后”少年儿童群体“内生活”的结构和体验，并在此基础上促进了他们以自我认知、自我接纳、自我定位、自我超越为核心的心理发展与精神变迁。

6. 价值观变迁成为新世纪少年儿童社会化的重要“指针”。

价值观是人基于思维而对客观事物和现实生活进行理解、判断或选择所依据的观念总和。价值观就其本质而言，是人对客观事物和现象做出主观判断的一种思维取向。价值观具有主观性、持久性、历史性、引导性等特点，不仅以内隐的心理驱动和行为准则决定着人的价值判断、价值选择，而且还凭借外显的言语内涵、行为方式昭示着其之于人整体形象的滋养和塑造。也正因为价值观作为推进儿童心灵建构、人格形成的主导因素在童年文化宏观系统中居于核心地位，对协同童年文化与社会文化之间的复杂关联具有无可替代的重要作用，故而研究社会转型期少年儿童的价值观嬗变，不仅有助于从深层次把握中国童年的内在精神结构，而且也为当代童年文化的价值塑型、观念建构指明了方向。

在此基础上，2015 年的调查结果显示：“00 后”少年儿童的幸福观与“90 后”少年儿童一样，依然呈现出多元化特征。有温暖的家、有知心的朋友、健康快乐、自由自在、受到尊重、学业优秀、事业有成等都是“00 后”少年儿童普遍认可的幸福要素。

而在个性品质层面，善良、诚实、勇敢、守信均是“00 后”普遍推崇的道德品质。与“90 后”少年儿童不同的是，“00 后”少年儿童更看重谦虚的品质，而对“恭顺”“孝敬”的亲子关系持有相对淡漠的态度。

与此同时，在价值观结构上，“00 后”少年儿童往往将社会价值和个人价值并重。比如，调查中，“00 后”少年儿童选择“对国家、人民有益的事我会像对自己的事那样去做好”的比例高达 85.0%；而选择“我会为班级或学校的荣誉放弃个人愿望”的比例也达到了 44.2%。这些都能充分体现新世纪少年儿童的社会化动态与价值观变迁。

7. 学校是童年文化微观系统的核心和枢纽。

对学龄儿童而言，学校是他们除家庭之外，关系最密切、获得体验最多的地方。因此学校既是儿童社会化的重要场域，也是孩子自我确认的参照系统。基于这种情况，学校文化中的课程体系、校园环境、规章制度、师生关系、班级氛围等因素对少年儿童的认知、情感、心理、个性、品性、道德等具有至关重要的影响。在 2005 年、2010 年、2015 年三次“中国少年儿童发展状况调查”中，师生关系作为校园文化的核心指标之一，均被列为其中重要的调查项目。与此同时，为了更加全面了解新世纪中国少年儿童所处的校园文化环境状况，“中国少年儿童发展状况”调查组还在 2015 年的调查中增加了对班级氛围和校园文化环境的考察项目。

调查显示，新世纪的校园文化整体环境比较良好。首先，“00 后”少年儿童在校园文化中的主体地位不断得到重视和提升。其次，新世纪的校园文化中，尽管教师的职业素养在不断提高，但师生亲密度却明显不够理想，具体表现为：一方面，有挖苦、嘲笑、推搡、打骂等教育不当行为的老师的比例持续下降，“00 后”少年儿童对老师做事公正、民主的评价有所提升；但另一方面，他们对老师的信任度相较上一代明显下降，在遇到困难时，仅有

12.9% 的“00 后”少年儿童会想到向老师求助，真正愿意把心里话告诉老师的“00 后”少年儿童只占这个群体的 45.1%。最后，在校园环境、班级氛围得到整体肯定的同时，仍有超过两成的“00 后”少年儿童觉得校园不够安全；对于家庭经济困难的群体，这个比例更是上升到了 35.8%。这也从侧面印证了“校园暴力”“校园霸凌”等负面校园文化现象的普遍存在。

8. 随着中国社会经济结构的变迁和城乡文化的互动、交融，留守儿童及其生存现状成为当代中国童年文化构成中的特殊命题。

就概念而言，留守儿童是指因父母双方外出务工［或父母一方外出务工，另一方无监护能力（如残疾）］而留在当地的不满 16 周岁的未成年人。早在 2013 年，全国妇联根据 2010 年全国第六次人口普查数据推算得出，全国共有 6102.55 万农村留守儿童。而 2016 年，全国多部门联合开展的农村留守儿童摸底排查工作统计显示，全国不满 16 周岁、父母均外出务工的农村留守儿童数量为 902 万人。[①] 截至 2018 年 8 月底，全国共有农村留守儿童 697 万人。[②]

针对留守儿童生存状况和权益保护问题，中国青少年研究中心启动了“全国农村留守儿童状况调查”。调查集中在河南、安徽、湖南、江西、重庆、贵州等六个劳务输出大省的 12 个县（市、区），共调查四至九年级农村少年儿童 7264 名。其中，14 岁以下少年儿童 5644 人（占 77.7%），留守儿童 4533 人（占 62.4%），非留守儿童 2731 人（占 37.6%）。另外，还调查了相关学校教师 687 人、校长 42 人。调查发现，进入新世纪以来，留守儿童群体及其生存现状持续受到社会的广泛关注，相关政策、法规纷纷出台，社会关爱、援助行动得以实施，尽管如此，广大农村地区留守儿童的生存、发展状况依然不容乐观，诸如监护权缺失、受教育权被剥夺、生命健康权被侵犯的问题屡屡出现。

调查显示：约 10.6% 的留守儿童在生病时既不告诉监护人，也不寻医问药，而是自己忍着；约 39.7% 的留守儿童经常感到孤独；高达 37.6% 的留守儿童有自卑或自闭倾向。相比之下，非留守儿童的这几项数据都要低 2 到 6

① 中华人民共和国民政部:《图表：2018 年农村留守儿童数据》，2018 年 9 月 1 日。

② 中华人民共和国中央人民政府:《全国农村留守儿童数量下降》，2018 年 10 月 30 日。

个百分点。

另外，留守儿童的生命健康权在一定程度上也难以保障。调查显示，有49.2%的农村留守儿童在一年内发生过意外，比非留守儿童高7.9个百分点；与此同时，针对留守儿童的性侵、性虐、暴力、拐卖等恶性事件也时有发生。

不仅如此，农村留守儿童的受教育权也难以保障。调查显示，58.1%的农村留守儿童在学习上遇到困难无人帮助，这个比例比非留守儿童的高5.8个百分点。家校互动、合作教育环节缺失，这也使得单一学校教育的最终效果大打折扣。

除此之外，调查还显示，农村留守儿童群体生存、发展状况令人忧虑的一个重要原因是，留守儿童的主体性、能动性在相应的权益保护工作中没有得到足够的维护和调动。实际上，对许多留守儿童来说，父母监护权缺失、亲情缺位，以及家庭和学校环境相对简陋所带来的困窘并不必然导致其心理失衡、行为失当；相反，这些不利条件还可能成为他们在逆境中成才的动力、契机。但现实情况是，社会各界多关注外在设施、环境、氛围对留守儿童的不利影响，而对其心理动态、情感、精神诉求疏于关照，因而很难从根本上激发和调动留守儿童潜藏着的生命主体性、原初创造力和自我适应性。

总之，新世纪初年中国农村留守儿童的生存面貌和发展状况在一定程度上折射出当时中国童年文化在乡村维度上斑驳而芜杂的现实症候。

9.儿童媒介素养状况是当代童年文化的重要构成。

回顾进入新世纪的短短二十多年，信息传播技术和媒介信息文化快速发展，使得数字音频、数字图像、视频游戏、电子书、抖音、快手等新媒介以令人瞠目的迅猛态势进入社会大众的工作和生活中，并成为影响“00后”少年儿童社会认知、情感心理发展的重要因素。在21世纪的第一个十年里，以数字技术、移动技术、互联网为依托的新媒介，由于其海量、高速、开放、互动的信息传播特征，被视为人际关系调整以及人与社会发展的助推器。[①] 也正是基于此，在新世纪出生的孩子通常被称为“网络原住民”。他们

① 何晶：《互联网与新生代农民工市民化——基于广州市的个案分析》，《广东社会科学》2014年第5期。

自呱呱坠地开始，生命过程就密布着各种各样的视像图景、数字信息。2岁的幼儿能熟练操作 iPad，3岁的孩子会用手机网络与人视频聊天，5岁的儿童拿着手柄在射击类电子游戏里鏖战，10岁的小学生成为黑客……上述数字媒介生活“低龄化”的现实已然成为“00后”少年儿童的重要代际童年特征。

关于“媒介素养”的含义，2005年美国新媒介联合会发布的《全球性趋势——21世纪素养峰会报告》这样界定：媒介素养指由听觉、视觉以及数字素养相互重叠而共同构成的一整套能力与技巧，包括对视觉、听觉力量的理解能力，对这种力量的识别与使用能力，对数字媒介的控制与转换能力，对数字内容的普遍性传播能力，以及轻易对数字内容进行再加工的能力。[①]

而对少年儿童群体而言，媒介素养就是行为主体使用信息资源、利用媒介载体对媒介资源进行判断和理解的能力。[②]媒介素养具体有两种内涵：其一，少年儿童本身对媒介的使用、感知、理解和判断；其二，少年儿童所处的媒介环境和所接受的媒介教育。这两种内涵都充分表明，媒介素养是少年儿童在社会化过程中所获得的理解和适应信息社会的基本能力，是其终身学习、不断发展所应该具备的关键能力和必备品格的有机组成部分。西方发达国家的经验显示，少年儿童群体媒介素养的培养、形成与社会文化、信息环境、技术认知、学校课程、家庭生活状况等因素存在密切联系。所以，考察“00后”少年儿童的媒介素养状况，就成为洞悉和把握新世纪中国童年文化面貌的重要维度。实际上，“媒介为少年儿童塑造了一个拟态环境，在一定程度上少年儿童看到的是经过加工的世界，毕竟他们亲身经历的事情和生活阅历较少，认识世界只能通过‘二手信息’。这也更加体现出媒介素养对少年儿童的重要性”。[③]2022年8月31日，中国互联网络信息中心（CNNIC）发布第50次《中国互联网络发展状况统计报告》。报告显示，截至2022年6月，我国网民规模达10.51亿，互联网普及率达74.4%，网民人均每周上网时长

① 杨璇、张凌霄：《媒介素养研究之文献综述》，《新闻研究导刊》2015年第8期。

② 张旭东、孙宏艳：《从“90后”到“00后”——中国少年儿童发展状况调查报告》，中国青年出版社，2016，第176页。

③ 同上书，第177页。

为 29.5 小时；手机网民规模达 10.47 亿，占网民整体的 99.6%；10—19 岁网民占 13.5%，10 岁以下的网民占 4.2%。[①] 上述数据表明，当下，少儿群体触网的低龄化、高黏性已经充分显现，依托网络、新兴媒体的数字生活不仅广泛渗透进“00 后”少年儿童的日常生活，而且也成为新世纪童年文化的重要特征。

调查显示，“00 后”少年儿童获取信息的渠道首先是电视，其次就是网络。作为虚拟的信息环境，少年儿童在网络上接触到的信息往往不是真实世界的信息，而是经由媒介渠道型塑后的结果。“这些通过大众媒体打造的拟态环境使人们在认识现实环境时产生了带有倾向性的心理环境，这些心理环境进一步影响了受众对现实产生的反作用。”[②] 换言之，不同于更早世代的少年儿童，作为“网络原住民”的“00 后”少年儿童同时生活在现实和虚拟两个空间中。这种来自复合空间的生命体验有可能导致认知幻觉乃至认知错位，最终使认知主体在经历自我反思后重新建构认知平衡，达成生命扩张。

不仅如此，调查还显示，相对于“90 后”少年儿童，“00 后”少年儿童更需要有针对性的媒介素养教育。尽管“00 后”少年儿童显示出较强的媒介能力模式，但他们的媒介知识往往较为单一、零散，媒介理解能力受制于家庭经济条件、教育环境，体现出较大的差异性；与此同时，“00 后”少年儿童的媒介使用能力也常因性别、年龄的不同而呈现显著差异。

这些事实无不表明，“00 后”少年儿童所处的童年文化环境已经发生了根本性变化。考虑到他们的社会化发展与自主性、探究性学习方式及目标，有针对性的媒介素养教育对“00 后”少年儿童就不仅是必需的，而且至关重要。

上述当代童年新症候表明，进入新世纪以来，少年儿童的生活方式、生命形态和精神趋向在中国社会变革与文化转型的影响下呈现出全新面貌；它

---

① 中国互联网络信息中心：第 50 次《中国互联网络发展状况统计报告》，http://www.cnnic.net.cn/NMedia-File/2022/0916/MAIN1663313008837KWI782STQL.pdf。

② 张旭东、孙宏艳：《从“90 后”到“00 后”——中国少年儿童发展状况调查报告》，中国青年出版社，2016，第 179 页。

不仅为我们透视并理解当代童年文化提供了鲜活而丰富的生活素材、现实案例，而且也为新世纪童年文化的审美表达奠定了现实基础、铺设了资源通道。

二、新世纪中国童年文化扫描

与普遍意义上的童年文化一致，新世纪中国童年文化具有复合形态，是多维、立体的文化构成。具体地说，它不仅关涉进入新世纪以来中国少年儿童现实生活与精神结构的方方面面，而且还涵纳着当代中国成人社会对于童年生命、童年现象、童年价值的观察、阐释、理解和表达。尽管如此，有一点很清楚——无论中国当代童年文化内涵多么深广、结构多么错综，甚至也不管其与成人文化之间关联多么繁复，其核心和基础是确定的，那就是当代中国社会“儿童的文化”，即进入新世纪以来中国孩子的日常生活与生命实践；而由此向外扩展，才是“成人对于童年的理解、表达”（“为儿童的文化”）和“成人对于童年的观念阐释”（“关于儿童的文化”）。三者或可称为中国童年文化的“儿童层面”“成人层面”和“观念层面”。

先来看新世纪中国童年文化的“儿童层面”。

上文提到的“中国少年儿童发展状况”系列调查显示，进入新世纪以来，“00后”少年儿童在诸如家庭氛围、伙伴交往、师生关系、学习生活、闲暇游戏、集体活动、生活消费等日常生活内容，以及自我认知、价值观念、媒介素养、道德品性等情感心灵结构的多个层面体现出了当代童年的基本特质和文化面貌，具体表现为：

自我认知层面，“00后”少年儿童的自我接纳程度持续提高，对自身价值的认可和对未来的期望升高，人际关系和谐；但经历了“汶川地震”等重大灾害后，少年儿童的心理重建急需加强。

价值观养成层面，当代少年儿童的价值观总体上显示出客观、积极、勤勉、务实的特点，虽有一定超越性，但个体价值取向往往前瞻性、理想性不足；与此同时，在深层价值观念上，“00后”少年儿童认同中华传统美德，表现出对诚实、守信、善良、仁爱、勇敢、担当、探索、创造等社会主流价值观念的接纳和执守。

学业层面，少年儿童学习积极性普遍略有下降，课堂表现有所退步，课堂兴趣略有增加，学习满意度有所上升；在校时间缩短，小学生做家庭作业的时间普遍减少，但中学生做家庭作业的时间增加，中小学生睡眠时间持续减少；少年儿童对未来学历的期望日趋现实，个人价值取向日渐优于社会价值取向。

童年消费层面，“00后”少年儿童个人财富不断增加，城乡儿童之间的差距进一步缩小；部分家长对待儿童消费凸显矛盾心理，对儿童经济活动限制颇多；儿童财富观念总体健康，消费自主意识进一步增强。

闲暇生活层面，“00后”少年儿童闲暇时间总体上增多，闲暇活动的内容和方式存在着城乡、性别、是否独生子女等方面的差异；课业负担仍然是制约“00后”少年儿童闲暇活动的重要因素，在这种情况下，少年儿童参与社会公益活动非常有限。

媒介运用层面，对“00后”少年儿童来说，如图书、电视等传统媒介仍然占据主导地位；与此同时，网络使用率急剧增长；少年儿童在进行网络交往时有比较强的自我保护意识，年龄越大的孩子网络参与度越高；独生子女比非独生子女更喜欢与网络为伴，其中原因之一，就是独生子女拥有高端电子产品的比例相对更高。

家庭文化层面，“00后”少年儿童所在的家庭日益小型化，父母受教育程度逐步提高，文化反哺现象不断增强。民主、平等成为亲子关系的主旋律；亲子沟通中，母亲往往占据主导，父亲在亲子关系中参与度不高；青春期亲子关系依然是“00后”孩子与父母之间家庭文化的敏感、“高危”地带。

伙伴交往层面，“00后”独生子女的同伴关系普遍比较和谐，人际关系往往好于非独生子女；网络日益成为少年儿童普遍的交友平台；异性交往在中学生群体中成为普遍现象。

师生关系层面，进入新世纪以来，随着基础教育课程改革的不断深入，新的教育理念和教学方法不断引入各级各类中小学，由此推动师生关系朝着民主、平等的方向稳步发展：师生合作互动，学生参与课堂的机会增多；师生情感互融，尊师爱生并行不悖；师生地位平等、相互尊重，教师对学生一视同仁；教师积极的教学行为有所增多，不良的教学行为有所减少。

学生集体活动层面，各级各类中小学学生基层组织建设不断巩固，少先队活动更加活跃，少先队员民主意识进一步增强，小干部制度得以更好地贯彻实施，少先队活动更加丰富，实践教育形式更为多样，少先队基层组织的育人效果更加明显。[①]

由此可见，进入新世纪以来，中国童年文化趋向于呈现斑斓多姿的图景：少年儿童自我认知不断提升，价值观基于现实而不断超越；家庭文化总体趋向民主、平等；亲子关系多以母亲为主导，出现亲子情感关系“失衡”现象；伙伴交往多极化，网络交友成为儿童交往新形式；信息文化成为童年新语境，很大程度丰富了童年生活体验；消费文化渗透进童年生活，消费意识强化了儿童主体意识；传统游戏式微，童年空间变化伴随身体活动转型，童年身体文化出现新样态……

其次，再来看中国童年文化的“成人层面”。

这包括当代中国社会成人“为儿童”创造的种种文化存在、文化事实的总和，具体有童年物质文化和童年精神文化两个层面。前者是指成人社会为少年儿童提供的包括衣、食、住、行、做、学、玩、乐等生命成长所需的童年设施、少儿产品、文化产业，如少儿图书馆、儿童游乐场、少年宫、儿童玩具、儿童服装、儿童食品、儿童文具、少儿图书出版公司、少儿益智游戏开发公司等等；后者则包括儿童影视、儿童动漫、儿童音乐、儿童美术、儿童舞蹈、儿童文学等以多种审美维度展开，并借助特定媒介和符号形式，或主观或客观呈现童年生命形态、描述童年生命体验、表达童年生命理解、张扬童年生命精神的文化形式。

上述两类童年文化形态在新世纪的中国社会都获得了长足发展。

这表现在两个方面：一是国家加大了对少儿文化基础设施的建设和对少儿文化产业的投入，儿童文化设施、文化产品、文化产业日益繁荣。全国范围内，几乎每个省、自治区、直辖市都有相当数量、规模不一的少儿图书

① 孙宏艳、赵霞：《中国少年儿童十年发展状况研究报告（1999—2010）》，人民日报出版社，2011，第1—31页。

馆、儿童博物馆、少年宫、儿童乐园。此外，大大小小生产儿童生活、学习、益智、休闲、娱乐、健身等用品的公司、厂家、机构更是层出不穷，由此形成了儿童文化产业春潮滚滚、百舸争流的产业格局。仅以上海为例，不仅有市一级的少儿图书馆、少儿博物馆、少儿天文馆、科技馆，全市 16 个区（县）各自都有独立的少儿图书馆、青少年活动中心。

这还仅仅是“成人层面”的童年物质文化形态部分。以此为基石，成人主导的童年精神文化作为社会主义精神文明建设的重要组成部分，随着中国当代社会经济不断繁荣和发展也水涨船高，呈现出健康、有序、后劲十足的良好发展势头。此可谓新世纪本土童年文化良好势态的第二个方面。

具体说，就是当代中国社会童年精神文化产品及其相应产业与时俱进，迎来了“黄金二十年”，儿童影视、儿童动漫、儿童音乐、儿童传媒、儿童科普、儿童教育、儿童文学等不同种类的童年文化形态都获得了不同程度的发展。仅以童书出版为例，国家新闻出版总署公布的数据显示，进入新世纪以来，童书产业在整个出版文化产业中的市场份额迅速提升，2008 年童书码洋已经超过所有图书总码洋的 10%。当时有专业人士预测，在未来几年内童书出版将会达到出版社份额的 1/4 或 1/6、出版市场码洋的 16% 或 25%。[①] 与此相对应，童书出版事业在整个出版体系内也获得了空前的关注。2009 年，国内一半以上的出版社涉足童书出版，据统计，有 269 家出版社上报童书选题，其中专业少儿社 30 家，非专业社 239 家。[②]

不仅如此，进入新世纪以来，我国童书出版平均每年以两位数的增长率呈超高速度增长。2017 年中国图书零售市场总规模为 803.2 亿元，其中童书在整个图书零售市场的码洋占比达到 24.64%，成为中国书业最重要的领涨力量。截至目前，我国 580 多家出版社，有 556 家都参与到童书市场的竞争中，童书出版由专业出版演化成大众出版。而每年出版的 4 万多种童书中，儿童文学类图书有 1.6 万多种，排名世界第一。[③] 而得益于儿童读者阅读需求

---

① 谢毓洁:《童书出版与儿童阅读文化的构建》,《出版广角》2009 年第 12 期。

② 同上。

③ 陈天中:《展望“黄金十年”后的儿童文学出版：喜有一些，忧也不少——第十四届少读工委文学读物研究会双年会综述》,《中华读书报》2018 年 5 月 16 日，第 6 版。

的不断提升和整个少儿出版产业的市场化运作，童书出版繁荣景象又极大催生、带动了包括儿童文学在内的儿童读物创作发展，由此在新世纪第二个十年形成了千帆竞发、百舸争流、繁花似锦、多元共生的原创童书出版盛世景观。

需要说明的是，以上描述尽管只是当下本土童年文化的一个方面，但我们依然可以管中窥豹，由此看出新世纪中国童年文化精神层面的实践积累和丰富成果。

三、新世纪中国社会童年观变迁

童年观是由成人社会对童年的认知、理解和表达所构成的观念体系，其核心是儿童观。就童年观的主体而言，童年观可分为国家形态童年观、学术形态童年观和大众形态童年观三种形式。其中，国家形态童年观体现的是国家意识形态对童年社会文化属性的统摄和规约；大众形态童年观呈现的是社会文化对童年的理解和表达；而学术形态童年观则是学术立场对于上述两种形态童年观的整合与把握。换言之，学术形态的童年观所表达的不仅是人类社会童年观在不同历史发展阶段的具体内涵和观念形态，而且还勾画出社会文化变迁中童年观或层叠推进、或螺旋上升、或钟摆震荡式的嬗变轨迹。

从世界范围来看，学术形态的童年观经历了从本质论到建构论的演变和转型。本质论童年观认为，不同社会和文化环境中的儿童与童年存在着某些客观的本质属性，比如儿童的天真和单纯，儿童的“泛灵化”思维和任意逻辑倾向，儿童作为独立个体的人格尊严，等等。本质论童年观表达了成人文化对于儿童和童年的整体感知和把握，体现了儿童和童年的普遍性结构，它是我们认识、理解、守护、引导现实童年的观念基础和实践依托。就观念源流而言，本质论童年观涵纳了欧洲中世纪原罪主义童年观、18 世纪自然主义童年观，19 世纪童心主义童年观，以及 20 世纪上半叶儿童本位童年观、认知主义童年观在内的传统童年认识论体系。

现代童年观立场的转变从 20 世纪 60 年代开始。1960 年，法国史学家菲利普・阿里耶斯的史学著作《旧体制下的儿童与家庭生活》出版。两年后，该书英文版推出，并将书名改为《儿童的世纪》。作为西方童年史研究的开山之作，《儿童的世纪》认为，“童年”不是一个人类文化的原初性概念，而是随着社会文化变迁而形成的文化范畴。这一论断开启了童年社会建构论的先河。然而，需要注意的是，阿里耶斯的童年建构论具有两面性：一则，他认为，“在中世纪，根本不存在童年的位置”[①]，我们今天所理解的童年是特定历史时期社会文化的一种“建构”；二则，他所说的童年是指“一种对于儿童特性的意识”，也“正是这种特性将儿童与成人区别开来”[②]。后者其实还是一种关于童年的本质论理解。也就是说，阿里耶斯“童年发现”的建构论观念中实际上隐含着“童年本身是一个确定内涵”的本质论理解。这也从侧面说明，就童年观而言，本质论与建构论是相互嵌套、互为依托的：建构是基于本质的建构，本质是不断建构的本质。也正因如此，无论是此后尼尔·波兹曼的童年消逝说，大卫·帕金翰的童年再生说，抑或是唐·泰普斯科特的童年解放观，艾伦·普劳特等人的社会建构论，它们作为不同形态的童年观念“建构”，实际上都是基于对童年某种确定内涵或属性的理解、表达，其中都隐含着某种童年“本质”的影子。

换言之，童年之观念建构不是无所依傍的凭空建构，而是依托某种确定的童年本质的双向建构。“既然童年总以不同的方式存在于不同的文化之中，那么随着文化的变迁，终结的可能只是一种特定形态的童年，随之而来的则是新的文化中被再次建构起来的新的童年。”[③] 这一点，在世界范围内，已经成为显然的事实。

再说中国社会童年观。有研究表明，“从家本位的儿童观、国本位的儿童观到儿童本位的儿童观、世界本位的儿童观，20 世纪人们对儿童的认识经历了一个跨越式的变迁过程”。[④] 而上述不同形态儿童观的历史更迭所体现的，实际上也正是中国社会百年童年观的现代建构特征。只不过相比阿里耶

① Philippe Ariès, *Centuries of Childhood: A Social History of Family Life*, trans. Robert Baldick. (New York: Vintage, 1962), p. 33.

② 同上书, p. 128.

③ 方卫平、赵霞:《儿童文学的中国想象——新世纪儿童文学艺术发展论》，安徽少年儿童出版社，2018，第 18 页。

④ 王海英:《20 世纪中国儿童观研究的反思》,《华东师范大学学报(教育科学版)》2008 年第 2 期。

斯、波兹曼、帕金翰、泰普斯科特、普劳特等西方学者在历史、文化和社会维度上的学术性童年建构，在中国百年儿童观变迁中，家、国、社会和世界本位的童年内涵所体现的更多是国家形态的童年社会意识、文化表达。而当这种童年观念受到西方童年观转型的激荡、启迪时，其内在的文化融合机制和价值选择效应就以一种开放的襟怀和视野，及时将西方童年观转型的成果转化为中国本土童年文化思考的理论资源，并以之为观念参照，审视当下中国的儿童生存状况，探究且解读新世纪中国社会所发生的诸多童年文化现象。

诚如上文所述，新世纪中国社会的童年文化现象不仅包括世界范围内普遍存在且日益凸显的各种童年问题，而且还涵盖了当代中国社会变迁所特有的儿童生存状况和童年文化事实。这些事实不仅包括约 1.2 亿城市儿童的成长状况，约 1.6 亿农村儿童的生活现实，也涵盖了逾 6000 万农村留守儿童的生存现实，超过 3500 万城乡流动儿童的生存境遇与状况，等等。[①] 这些数量庞大的儿童群落散布在中国城市和乡村的各个角落，共同构成了当代中国童年现实和童年文化景观。如果细加甄别、分析，上述童年现实和文化景观可又分为常态童年景观和异态童年景观两类。常态童年景观上文第一部分已有充分呈现，这里主要就异态童年景观做补充阐述。

据全国妇联发布的《中国儿童发展状况国家报告（2003—2004）》，意外伤害成为我国 14 岁以下儿童的第一死因，全国每年有至少 1000 万儿童遭遇溺水、交通事故、跌落、动物损伤、烧烫伤等意外伤害，直接导致 10 万儿童死亡、40 万儿童伤残，其中大多数是留守儿童。近 20 年后，儿童伤害防控已取得明显成效。儿童伤害防控宣传教育加强，儿童伤害预防服务和救治能力提升，儿童伤害死亡发生率逐年下降。2021 年，儿童伤害死亡率为 10.28/10 万，比 2020 年下降 7.1%；儿童溺水死亡率由 2020 年的 3.38/10 万，下降到 2021 年的 3.29/10 万，下降 2.7%。[②] 所有这些，无不昭示着这样一种事

① 全国妇联：《我国农村留守儿童、城乡流动儿童状况研究报告》，http://acwf.people.com.cn/n/2013/0510/c99013-21437965.html。

② 国家统计局：《2021 年〈中国儿童发展纲要（2021—2030 年）〉统计监测报告》，http://www.stats.gov.cn/sj/zxfb/202304/t20230417_1938688.html。

实：新世纪的中国童年生活、童年文化已然发生了根本性变化。当代中国独特的现代化进程不仅重塑着城市童年的生活实践和基本面貌，而且也在很大程度上改变了乡村童年的成长模式和现实样态。这实际上就为新世纪原创儿童文学之审美表达提供了丰富文化素材与广阔内容空间。

第二节
童年文化价值与“中国式童年”审美化

一、何谓“中国式童年”

“中国式童年”与“童年中国”属于同一性概念。

在21世纪“经济全球化”和“文化多元化”对立统一的时代背景下，“中国式童年”概念的提出与前文所述西方“新童年社会学”之“社会建构论”不无关系。在艾莉森·詹姆斯、艾伦·普劳特、克里斯·简克斯等西方“童年社会建构论”学者看来，童年和儿童并非自然存在，而是由社会、政治、历史和道德等所共同塑造。在此背景下，童年不仅表现出文化多样性，同时也内含着民族差异性。换句话说，不同地域背景下的童年之所以形态各异，就在于不同民族、不同时代、不同文化都在建构属于自己的童年，不存在具有普遍性和永恒性的童年。上述童年社会建构论观念尽管存在着否认童年本质的相对主义局限，但其意义在于打破了“儿童—成人”二元对立思维局限，还原了儿童生活的现实，使童年的真实性与多样性得以表达。与此同时，童年建构论还力求在恢复儿童主体性的基础上，重构儿童与成人、童年与成年的关系，重建童年的社会地位。

以此为参照，“中国式童年”概念既源于当代中国社会变革与文化转型所衍生出的复杂多样的儿童生存状况，也与中国孩子斑驳、苍凉的历史存在与丰沛、昂扬的未来趋向息息相关。这一点，可从“中国式童年”的空间与时间两个不同维度来理解。

先看“中国式童年”的空间含义。

首先，空间维度的童年显示出伸展性和广延性。它所体现的是童年的地域文化特征及其形态。按照“社会建构论”的说法，不同国家、不同民族因为特殊的地域生活背景、地缘历史文化、地区社会生态，其童年形态会烙有鲜明的民族特征和文化印记。在此基础上，当童年的空间存在诉诸文学、艺术作品时，它所呈现、反思并建构的是童年形态与外部世界的内在关系。这一文本面貌在世界儿童文学史上早有佐证。如马克·吐温在少年小说《汤姆·索亚历险记》和《哈克贝利·费恩历险记》中，借小主人公天真活泼、率性磊落、真诚勇敢、乐观自信的生命形态映衬了19世纪上半叶美国上流社会虚伪庸俗、刻板陈腐、冷酷自私的灰暗现实；金斯利在童话《水孩子》里，通过孤儿汤姆的不幸遭遇和艰辛游历，折射出英国维多利亚时代宗教信仰与时代精神异体同构、相反相成的社会状况；盖达尔在儿童小说《铁木儿和他的队伍》中，以少先队员铁木儿和伙伴们支援前线红军的行动，呈现了战争年代童年与成年的复杂关联；等等。此可谓童年空间意义于儿童文学的典型性表达。如果考虑到儿童文学中童年空间存在的具体性，其审美形态则大体呈示出乡村童年、城市童年、边际童年三种不同样貌。

其中，乡村童年是指以乡村为具体生活空间而展开的童年生活现实。对“中国式童年”来说，它不仅涵盖了约1.6亿当代中国农村孩子的生活现实，而且也包括超过697万农村留守儿童的生存现实。城市童年则是指当下以城市、城镇为生活空间而绵延开来的童年生活图景。现阶段“中国式童年”的城市层面包括了城市不同阶层家庭孩子的生存状况，其核心则是以城市中产阶级家庭为主体的内容广泛的城市童年生态。和上述两种童年形态不同，边际童年是指处于不断流动、变迁中的童年生活境遇。现阶段，超过7000万中国城乡流动儿童构成了“中国式童年”中边际童年的主体。上述童年状况构成了现阶段“中国式童年”的空间内涵。

与此相对应，上述三种既彼此独立，又相互嵌套、融合的“空间童年”形态作为文化资源、童年镜像在新世纪原创儿童文学中也获得了较为充分的审美表达。比如，城市童年层面，先后涌现“淘气包马小跳”系列（杨红樱)、“非常小子马鸣加”系列(郑春华)、“开心学校”系列(李志伟)、“倒霉女生小豆子”系列(肖定丽)、“开心卜卜”系列(萧萍)和秦文君的《宝塔》《月光小巷》《幸福课——詹妮和云起的故事》等作品;乡村童年层面,陆续出版了《空巢十二月——留守孩子的孤独与成长》(邱易东)、《像风一样奔跑》(邓湘子)、《手掌阳光》(曾小春)、《回望沙原》(常星儿)、《奔跑的岱二牛》(黄蓓佳)、《陈土豆的红灯笼》(谢华良)等;边际童年层面,则出现了《逃逃》(秦文君)、《蔚蓝色的夏天》(李学斌)、《流动的花朵》(徐玲)、《给我一个太阳》(王璐琪)、《狼洞的外婆》(王勇英)等优秀作品。上述作品以文学特有的审美方式,从不同侧面呈现了社会变革背景下“中国式童年”丰赡而斑驳的文化风貌。

再来看“中国式童年”的时间意义。

与空间维度的童年不同,时间维度的童年是指不同历史阶段、不同时代生活赋予童年不同的形貌特征和文化内涵,它显示了童年的顺序性和阶段性,体现着童年的认知心理特点和精神文化形态。它诉诸文学、艺术作品时所反思和建构的是“童年生命形态自我追寻、自我确认、自我超越”的审美图景,具体表现形式大体可分为历史童年、现实童年和未来(想象)童年三种不同样态。如果单就时间意义而言,历史童年可以理解为“审视、眷念的过去”;现实童年可以理解为“自在、自为的现在”;未来(想象)童年可以理解为“憧憬、求索的将来”。而具体到“中国式童年”的文学意义,其时间维度的童年表达往往通过三种类型的儿童文学创作呈示出来:以不同时代生活为原型的童年记忆叙事往往从个体角度呈现出历史童年的真实面貌,如《吉祥时光》(张之路)、《童年河》(赵丽宏)、《阿莲》(汤素兰)、“5个8岁”系列(黄蓓佳)、《访问童年》(殷健灵)等;立足于现实童年生态和儿童精神发展的文学书写呼应着现实童年的各种境遇、不同诉求,如《一百个孩子的中国梦》(董宏猷)、《浮桥边的汤木》(彭学军)、《沐阳上学记》(萧萍)、《我和小素》(黄春华)、《桦皮船》(薛涛)等;依托幻想展开而指向内在真实的虚拟性童年叙事,则寄寓着对现代文明所遗失的诸多美好价值元素的珍视之情,如《大熊的女儿》(麦子)、《拯救天才》(王林柏)、《布罗镇的邮递员》(郭姜燕)、《藏起来的男孩》(迟慧)等。

上述不同时间维度的儿童文学童年建构不仅从多重角度真实而生动地恢复了童年的现场感、纵深性及其多元面貌，而且也在一定程度上规避了以往那种将童年和社会生活相剥离，或者将儿童与成人对立起来的平面化、永恒化审美倾向。

以上是对“中国式童年”内涵构成及不同样态的简单勾勒。说到“中国式童年”的社会根源，则不能忽略其深厚的文化基础。具体说，就是“中国式童年”既立足于源远流长的中华文化，与民族神话、传说、民间故事等集体无意识文化信息、文化原型有千丝万缕的联系；同时，又植根于中国不同时代社会生活、文化语境，呈示出丰饶、鲜活、前瞻、昂扬的多元样貌；甚而，在未来的延长线上，“中国式童年”还代表着中华民族追求美好生活，不断寻求自我实现、自我超越的生命态度和童年愿景。

综上所述，“中国式童年”并非指涉当下现实的单向度中国童年生活图景，而是立足于民族、时代、环境等要素，并携带着中华文化丰富信息和鲜明印记的全方位、整体性、复合性童年文化存在。也正是从这个意义上讲，“中国式童年”理应成为原创儿童文学未来发展所倚重的丰饶精神资源。正如曹文轩在获得国际安徒生奖时所说：“我讲了一个地地道道的中国故事。……中国作家必须坚定地立足于自己的这块土地。这个国家、这个民族向你提供了这个世界上唯一的丰富的写作资源，这个资源大概是任何国家和任何民族都不具备的。在你讲中国故事的时候，你必须站在全人类的高度去思考人类存在的基本状态。”

诚然，曹文轩笔下的“中国式童年”与“中国童年故事”获得国际认可的事实不仅再次确证了民族性与世界性的深刻关联，而且还昭示了“中国式童年”不同维度文学表达的深广空间与多种可能。而要让这种可能性变为文学存在，就要求原创儿童文学既要善于采撷、捕捉、想象、提炼“中国式童年”的斑斓世相，并借此呈现题材和内容层面的“中国生活”“中国景象”，而且还要善于运用体现中华民族思维方式、情感心理、语言结构的“中国式表达”，以期最终实现从情节结构到题旨蕴意的“中国味道”“中国气息”“中国风貌”。只有这样，“中国式童年”才可能真正呈现出中华文化的内在气韵，体现出面向未来的勃勃生机。

这么说，并不意味着以民族性来否定普遍性，或用特殊性取代世界性，而是在民族性的现代化转型中，努力发展出中国童年文化的普遍性；在特殊性的不断呈现与丰富表达中，不断追求着中国童年文化价值层面的世界性。也就是说，以“中国式童年”为审美基础、资源依托，深入挖掘中华童年文化丰富内涵，全面呈现中国孩子的生命真实，在民族性与普遍性的相互融合以及特殊性与世界性的不断转化中，创造出能够体现人类童年命运共同性价值追求的全新“中国童年故事”。

这理应成为新世纪原创儿童文学面向未来可秉承、参照的价值坐标与发展趋向。

二、“中国式童年”的文学价值

童年是生命的一种存在形式，它既有时间和空间之分，也有个体和群体之别。当它以个体形式呈现时，它可能是生活的一段时光、生命的一段历程、心灵的一段记忆；当它以群体方式展开时，它又是文化的一种形式、社会的一种结构。童年的丰富、悠远具有如下审美特征：一方面它以记忆的形式蛰伏于每个成年人意识深处，一旦由情感或思维激活，就会借助语言、色彩、文字、线条、韵律等符号形式复现为某种审美存在；另一方面，它也是人类生活无时不在展开着的现实图景，无论是浸淫其中挹芬揽翠、感同身受，还是置身其外静观默察、思虑沉淀，那丰沛、自然的生活质感，鲜活、饱满的生命律动，无不构成丰厚的审美资源，为儿童文学童年表达提供素材、奠定基础。这也体现出童年审美的双重属性：既携带着生命初始阶段与生俱来、率真自然、清新明媚的现实感和生长性，又洋溢着热忱，充满蓬勃的生命力，并时时呈现出磊落不羁、鲜活开放的生成性、建构性。从这个意义上说，童年既是透视民族历史的一面镜子，也是映照现实人生的一双眼睛，还是参照未来世界的一个坐标。作为现实存在，童年寄寓着生命之于现实的期许、对于未来的期望；作为观念文化，童年又标示着现代文明的自我救赎和社会历史的不断反思。童年在自身发展中不断寻求着自我表达和自我确证；童年也在价值求索中，不断获得自我实现与自我超越。

所有这一切，正是童年审美价值的集中体现。是审美让童年脱离了单一的生物意义和时间维度，并通过文化赋形与意义凝结成为一种社会存在、文化建构，进而表现着人类文明的某种精神性图景，一种不断求索并竭力维系的现代文明“乌托邦”。

具体到童年审美文化的不同层面，其内容构成和表达方式则各有侧重。对儿童文学来说，其作为表达和呈现童年的艺术形式，除了同样需要遵循童年文化的审美属性之外，还需要充分施展文学的各种手段、调动文学的不同元素，构建斑斓、奇异的童年景观。这是儿童文学童年书写的常见路径。“中国式童年”文学表达也概莫能外。原因就在于，“中国式童年”作为涵盖过去、现在、未来的中国儿童生存现实、生命图景，其在成人目光关照下，由现实存在一跃而成为思想资源、审美对象，其意义不仅是童年现象和童年生命体验的文学转化，更是融合了历史、现实、想象的“三元合一”的审美创造，是从现实存在到审美存在的升华。

这种创造和升华不是凭空而来的，而是作家文学观念、审美意识、艺术才能与现实需求相互融合的结果。其背后既有题材选择、艺术构思、语言表达等写作技术层面的因素，更有包括童年观、价值观、文学观等观念层面的影响。而后者，恰恰是决定“中国式童年”文学表达成败的核心因素。它超越具体的童年文化形态、现实样貌，以重构记忆、表达现实、创生未来三种价值取向体现其审美内涵，核心无不指向儿童文学现实主义。

在论者看来，此可谓新世纪原创儿童文学未来发展的应然路径。

三、“中国式童年”的审美路径

说到现实主义，它作为一种文学艺术思潮，以对宇宙、自然、社会、人生的逼真描述和贴近表现为旨趣，在不同历史时期往往呈现出不同风貌。儿童文学现实主义作为现实主义的有机组成部分，其意义不仅在于全方位描述儿童生活、勾画童年景观，更重要的是标示其对当代童年命运和童年精神的深切关注、深入表达。

具体而言，儿童文学现实主义主要从以下三个层面体现其审美价值：

（一）作为价值观，儿童文学现实主义以其关切并理解童年的现实导向，为“中国式童年”文学书写夯实基础。

现实主义又称“写实主义”，其哲学基础为唯物反映论。作为文学观念，现实主义强调文学创作中要客观、冷静地观察现实生活，以求按照生活本来的面貌准确细致地加以描写和呈现。对“中国式童年”而言，现实主义表达除了时间维度所呈示的不同时代的童年生活现实，以及空间维度所呈示的不同区域的童年生活景象外，其意义更在于通过对“中国式童年”不同层面社会生活的客观描述，不仅呈现或重述历史童年的真实样貌，表达和剖解当代童年的现实命运，而且还引领且守望未来童年的理想情怀，寄寓并阐发表现儿童主体性和成人反思性的童年精神。原创儿童文学要抵达这样的审美高度，就必须以现实主义观念为依托，通过阔达、丰富、厚重、深邃的艺术表现，最终才有可能达成“中国式童年”文学审美的完满实现。

（二）作为表达方式，儿童文学现实主义以其触摸并深入童年的文学姿态，为“中国式童年”形象塑造典型。

塑造典型环境中的典型人物是现实主义文学的核心内容。儿童文学弘扬现实主义精神，不仅要立足当代儿童的生存现实和心灵境遇，深入挖掘“中国式童年”内涵，更要基于对童年愿望的表达和对童年命运的关切，塑造有时代特色和文化内涵的典型童年形象。

实际上，如果检视“五四”以来的原创儿童文学作品，不难发现，现实主义在中国现当代儿童文学中早已开花结果。从叶圣陶笔下的“小白船”“画眉鸟”“稻草人”，到张天翼作品中的“大林”“小林”“罗文应”；从鲁迅小说中的“少年闰土”和“迅哥儿”，到凌叔华故事里的“小十”“我”“小哥儿俩”；从林海音笔下老北京记忆中的“小英子”，到徐光耀战争叙事中的“张嘎子”；从刘心武“伤痕文学”里的“谢慧敏”，到王安忆“问题小说”中的“张莎莎”；从秦文君校园小说中的“贾里”“贾梅”，到曹文轩乡村故事里的“桑桑”“杜小康”……一系列栩栩如生的典型形象不仅丰富了中国现当代文学的人物画廊，而且为新世纪原创儿童文学提供了可资借鉴的形象范型。

更有甚者，它还启示新世纪原创儿童文学在梳理、总结以往童年形象的基础上，重构塑造新世纪“中国式童年”典型形象的审美法则。从这个意义上说，“中国式童年”典型形象既是中国现代儿童文学人物形象传统的承继，又是对这一文学传统的发展和超越。其价值取向将融合情感体验、社会认知、审美教育等多种功能，显示出多元复合性。比如，在情感体验层面，“中国式童年”典型形象必然是类似“少年闰土”“小哥儿俩”的富有个性特征的形象塑造，具有童年形象的心理内涵和情感深度；社会认知层面，“中国式童年”典型形象则是以类似“谢慧敏”“李铁锚”“张莎莎”等深具时代特征的少年形象，表现着社会变革对于童年的影响力；审美教育层面，“中国式童年”则是以类似“贾里”“桑桑”“杜小康”的形象内涵，传达儿童面对现实境遇和人生苦难时率真、无畏的心性力量。以此为参照审视新世纪中国儿童文学，其在童年形象塑造层面所取得的成就也不遑多让。这一点，下文还会具体谈及。

（三）作为审美倾向，儿童文学现实主义以其引领且守望童年的价值定位，为“中国式童年”文学表达确定坐标。

现实主义不仅是价值观、表达方式，更是一种看待自然、社会、人生的审美态度。对于用儿童文学表达“中国式童年”这一命题而言，运用具体而微的创作手法、艺术技巧来呈现历史、现实、想象等不同层面的童年景观固然重要，但如果仅限于将“中国式童年”的历史面貌、现实存在、未来图景勾勒并呈现出来，那并非儿童文学现实主义的本义，充其量是现实主义的表象化临摹，远没有触及其闪闪发光的内核。因为对儿童文学现实主义来说，无论乡村、城市、边际等空间维度的“中国式童年”现实，还是历史、现实、未来等时间维度的“中国式童年”镜像，都仅仅是童年文化表达所依托的素材和所倚重的资源、手段，而唯有其内在的对童年命运的深切关注、对童年愿望的殷切期待、对童年成长的睿智引领和诚挚守望，才是“中国式童年”文学书写、艺术表达的中轴线，是其方向所指、价值所系、审美所属。如果缺失了这一内在支撑，不论情节多么生动曲折、悬念迭出、趣味洋溢，构思怎样奇巧机智，语言如何瑰丽华美，结构多么精致缜密，其内在的情感、意蕴都会显得轻飘寡淡，其形象塑造也难免肤浅虚浮。这一点绝非信口言说、危言耸听，现实中那么多媚俗搞笑、插科打诨、浮泛跟风的所谓“新写实”的儿童文学作品就是明证。

因此，立足于全面把握“中国式童年”不同维度的丰富内涵和深刻理解儿童文学现实主义的多样特征，新世纪原创儿童文学童年书写就应该确定新的艺术坐标，绘制新的文学地图——即采取“拿来主义”思维，承继中国现代儿童文学现实主义传统，以中外优秀现实主义儿童文学作品为范本，调动一切文学手段，通过塑造新世纪“中国式童年”典型文学形象，把握不同历史时期、不同空间地域、不同文化氛围中的中国童年命运走向与中国孩子的生命律动。唯有如此，才可能真正走入“中国式童年”文化深处，才会真正解析并表达出中华文化背景下，一代一代中国孩子的情感结构和心灵密码——中国童年精神。

第三节 “中国式童年”与“中国童年精神”

一、“中国式童年”与原创儿童文学核心价值观构建

童年是一种历史、文化建构，其现实图景斑驳芜杂，其文学想象多姿多彩，其学术话语多元共生。基于此，原创儿童文学表达“中国式童年”深受现当代中国社会变革和文化语境影响，艺术形式带有鲜明时代特征、文化印记，丰富、鲜活、生动，又具前瞻性，成为当代童年文化一道瑰丽的风景线。

也正是在这个意义上，关涉“中国式童年”文学表达所不容回避的童年“意识形态”，应该被理解为一种富含意义的“社会现实”。这一“社会现实”既可能是现实政治生态、社会文化之于童年的真实映照，也可能是决定童年生活内容、影响童年命运走向的外部社会环境的幻想建构。无论是哪一种“社会现实”，“中国式童年”文学表达都需要警惕那种脱离社会文化和童年真实的“虚假现实”。这种“虚假现实”会凭借无根想象或媚俗趣味吸引孩子阅读的目光，带给他们虚幻的慰藉与满足，但其内在审美价值的悬置或浮泛，却最终使之既不能在儿童读者心底驻留，更无法介入并参与当代童年精神建构。从这个意义上说，“中国式童年”文学表达内在核心价值的确立至关重要，因为这不仅关涉原创儿童文学美学品格的重塑，而且还将影响其价值体系的形成。

众所周知，童年文化作为人类大文化的一个分支，其自诞生之日起，就吸纳并承续着人类文明的诸多核心价值元素，比如责任、诚信、正义、善良、爱心、真诚、团结、勇敢、勤劳、热忱、奉献等等。当这些核心价值元素以童年文化为母体，通过情节、形象、语言、细节等文学结构熔铸或弥散在儿童文学作品中时，它往往就呈现为审美的向度、思想的厚度、情感的浓度、语言的深度。这种化入文学审美结构的核心价值元素，小而言之，是原创儿童文学的社会责任感、文化意识与教育情怀，是文本内涵、情感意蕴的源头、基础；大而言之，则与整个社会的核心价值观相联系，是当前主流意识形态所倡导的社会主义核心价值观的有机组成部分。

也正因如此，对新世纪“中国式童年”文学表达来说，强调“培育和践行社会主义核心价值观”具有不容置疑的重要性。这不是显示原创儿童文学的普通社会功能，而是标示其面向未来的审美尺度与价值取向。因为原创儿童文学聚焦“中国式童年”，其所表达、关注、书写的虽是生命现象的“初始”问题，但显示的却是心灵关怀之“终极”意义。具体说来，就是原创儿童文学“中国式童年”文学表达不仅要在内容层面透视历史童年、贴近现实童年、描绘未来童年，在形式层面注重对多元芜杂童年现象的细致描摹，注重情节内涵的挖掘与语言趣味的营造，而且在意涵层面还应该直面当下童年的种种缺失、困境、乱象、危机，关切现实中儿童心灵的诸多困惑、迷乱、挣扎、希冀，并以文学的方式予以全面关照、深度透视、形象启悟、智慧引领，从而满足广大少年儿童情感体验的诉求、心灵升腾的渴望。这种强调社会责任感、文化使命感、自我存在感的教育情怀、人文意识是“五四”以来中国现当代儿童文学“树人”观念的绵延与深化，理应成为新世纪原创儿童文学“中国式童年”现实表达的价值方向。

二、“中国式童年”审美价值取向：中国童年精神

“中国式童年”是立足于中华民族历史记忆、文化传统和现实生态的文化存在。它是时间存在与空间存在的结合，是历史、现实与未来的三元并存、立体交织。其审美化文学表达既可以通过记忆回溯形式呈现为社会历史

迷离图景的个体性书写；也可以经由原生性现实描述展示出当下鲜活童年生活的独特性观照；还可以凭借虚拟性想象表征为未来生活愿景的创意性生成。无论是哪一种形式，其在当下的原创儿童文学中都不乏适例。

比如，“中国式童年”历史书写层面，有以第二次国内革命战争时期儿童参加红军为故事背景的儿童小说《北斗当空》《王坪往事》（张品成），有以汝窑天青瓷瓶的命运为线索书写中华人间正气、精魂传承的儿童小说《天青》（李秋沅），有以儿童口吻写战时老北京生活与普通人抗战命运的儿童小说《将军胡同》（史雷），有以回忆视角还原20世纪50年代初社会变迁和童年体验的儿童小说《吉祥时光》（张之路），等等。

而“中国式童年”现实书写层面，则有写都市中产阶级孩子成长历程并融汇教育忧思的跨文体作品《沐阳上学记》（萧萍），有写城市儿童主体性高扬以及在家庭危机面前自我救赎的儿童小说《宝塔》（秦文君），有以农村留守儿童为原型，写乡村儿童心灵困惑与精神挣扎的儿童小说《蝙蝠香》（曹文轩），有写英勇牺牲的警察的孩子面对丧亲的悲恸以及心灵蜕变与精神成长的儿童小说《因为爸爸》（韩青辰），等等。

至于“中国式童年”未来表达层面，则有通过对不同年龄、地域、文化背景孩子生存现实的考察，全方位呈现童年梦想的恢宏之作《一百个孩子的中国梦》（董宏猷），有通过写少年穿越历史时期拯救天才而反思人性狭隘、文明之困的科幻小说《拯救天才》（王林柏），有借民间想象和大地情怀极写女性之美和人心之善的创意童话《一千朵跳跃的花蕾》（周静），有写单亲女孩在现实困境面前无私无畏、一往无前的幻想小说《大熊的女儿》（麦子），等等。

上述原创儿童文学作品，分别从历史、现实与想象视角呈现了“中国式童年”的历史境遇、现实生态、虚拟样貌，其中不同程度蕴含着作为原创儿童文学审美根蒂的中国童年精神，也就是源远流长的中华文化寄寓在童年意象之上以纯真、自由、乐观、自信、梦想、欢愉、游戏、创造等诗学范畴为要旨的生命的审美精神。这种童年生命精神就其审美内涵与价值构成而言，大体可分为以下五个层面：

（一）自然、率性的纯真精神

纯真是指儿童身上所保有的未经世俗浸染和社会化雕琢的一种真实、自然的生命状态。在当代社会变革和文化转型语境下，纯真不仅代表着童年文化中值得珍视的审美特性，而且还以其映照社会弊病与人性缺失的诗性立场成为现代文明的一种“乌托邦”。基于此，“中国式童年”对“纯真”的关注与表达除了张扬与守护童年生命本真状态外，还代表着现代文明对不断被成人文化所遮蔽的生命天性的缅怀与叹赏。比如，在儿童小说《浮桥边的汤木》（彭学军）中，作者借助男孩汤木对死亡的恐惧和想象，写出了属于孩子的自然、真实、纯洁、率性的心灵脉动。在“不期而遇”的“灾变”面前，10 岁的汤木忧惧但不悲戚，无助却也勇毅，他以孩子的方式守护着亲情，抵御着死亡的威胁。汤木的行动无疑是儿童纯真天性的自然流露，简单而执着，微弱却有力，充分体现了孩子身上一种拙朴而纯粹的求真、寻美、向善的力量。寻常日子里，这种力量往往蛰伏在孩子心灵深处，不为人所察觉，而一旦有环境、外力的诱引与激发，这种星星点点的童年光彩就会熠熠闪烁，最终在孩子的生命里氤氲成灿烂的云霞。由此可见，作为一种感性生命力，纯真与功利无关，与世俗无涉，它谛听内心的声音，服从“人之初”情感的召唤。它以自然、真实为经，以纯洁、率性为纬，构建出童年诗意美好的图景。

（二）磊落、畅达的自由精神

如果单从现实境遇看，童年处处被规约、时时被限制，可谓人生中最不自由的阶段。然而，也恰恰是这样一个总是遭遇管束和压制的生命区间却常常体现出一种超自然的内在自由。按照加斯东·巴什拉的说法，童年所代表的精神自由主要体现在三个方面：感受力的解放；想象力的解放；创造力的解放。而这三层“解放”的审美依托就是“梦想”表达。梦想一方面为儿童提供了生活中超越现实的方式；另一方面，也为文学提供了精神上超越现实的通道。因此，解密成长、追寻梦想就成为儿童文学童年书写的主要范式。

在童话《一千朵跳跃的花蕾》（周静）中，“十二个姨”的不同生命姿态显示了梦想绽放的不同路径。这既是自我感受力的恣意挥洒，也是童年想象力的轻灵升腾，还是文学创造力的饱满绽放。“大地之所以愿意成为大地，就是为了这些故事，为这些故事里那些鲜活的生命力、那些爱、那些无畏无惧的勇气，还有那些美。”在这样的诗性叙述中，一个如诗如梦、唯美唯爱、亦真亦幻、磊落畅达的世界喷薄而出。此是新世纪原创儿童文学自由精神的生动表达。

足见，所谓儿童文学自由精神，其实质就在于以童年所特有的感受力、想象力和创造力，在个体与环境之间建立起一种积极的审美关系。这种审美关系既代表着“自然的人化”，也表征着“人的自然化”，二者水乳交融、“天人合一”的关联正是原创儿童文学孜孜以求的审美境界。

（三）坚强、勇毅的乐观精神

在一个正常的社会里，儿童不仅是生命伦理与亲缘关系的纽带，更是以成人为主导的稳定家庭结构的维护者、创造者，是社会文化不可或缺的群体。对儿童来说，那种不满既定生活秩序的率性表达，那种面对成人规训的鲁莽抵抗，那种面对未知世界的果敢探求，无不体现了未经生活磨砺的孩子身上熠熠闪烁的生活信仰与冲决现实藩篱、超越生活局限的勇气与力量。这无疑是一种面对困境时坚强、勇毅的乐观精神。

正是这种精神让单亲女孩老豆在“爸爸变为大熊”的现实困境面前没有张皇失措、怨天尤人，而是满怀信心、举重若轻、勇敢面对。此时，无论这个 10 岁女孩言谈举止如何以自我为中心、没心没肺，依然遮掩不住其内在的诚挚、磊落、热忱、纯真，而这也恰恰是这个“大熊的女儿”身上以坚强勇敢为标识的殊为可贵的乐观精神。

（四）别具一格的创造精神

与人生其他阶段相比，童年最丰饶的财富是想象力。借助想象力，儿童不仅可随时自现实的藩篱中脱身而出，尽情感受生命的自由畅达，而且还能在与逼仄现实空间与黯淡生活境遇的对峙中迎难而上，以行动赢取童年的快慰和惬意。儿童小说《万花筒》（陆梅）中，小哑女白雪由“永年里弄堂到少年宫、梦作坊”的现实生活延展，所反映的是女孩生命空间由“小弄堂”而至“大世界”的转型、蜕变。因为有爱的滋育，梦想就像不断旋转的万花筒，在她心里一次次绽放出绚丽和惊奇。从这个意义上说，女孩从残缺、逼仄的现实空间而至宽广、奇异精神空间的过程，其实质就是梦想牵引下自我探索、自我发现、自我救赎和自我创造的过程。其中熠熠闪烁的就是童年与生俱来的创造意识。

无独有偶，在散文集《我的秘密花园》（刘保法）中，作家通过“我”对“秘密花园”的体味与眷念，写出了孩子在生活面前纯真、自由、昂扬、乐观的童年心性和他们善于在生活中发现乐趣、创造惊奇、捕捉美丽、追求超越的精神风貌，因此，这种看似独属个人的“秘密花园”其实已具备了书写一代童年的典型意义。原因就在于，作家在“我”对“秘密花园”的探寻与构建中寄寓着不同时代儿童生命中别具一格的创造精神。

（五）无私无畏的主体精神

众所周知，哲学意义上“主体”一词，强调的是人相对于客体世界的感受力与行动力。“中国式童年”文学实践致力于儿童感受力与行动力的艺术呈现，不仅体现了中国孩子参与和介入生活的勇气，而且呈现出他们改变和塑造世界的力量。这无疑是童年主体精神的有力表达。比如，在儿童小说《宝塔》中，秦文君通过塑造富有新时代特征的童年形象，表现了儿童的“生活参与感”与“精神自主性”。故事里，13 岁男孩嘉庆在表弟嘉麟遭遇家庭变故、疾病缠身之际没有袖手旁观、视若无睹，而是挺身而出、热忱相助……这充分体现了新时代儿童参与并建构生活的主体意识。作为与成人世界比邻而居、相融共生的人群，孩子们以情感改善、扩容生活，用行动影响、感染成人，这不仅是童年生命力的自然体现，其中更闪烁着无私无畏的童年主体精神。

综上所述，“中国式童年”不仅涵盖中国社会文化语境中童年历史、现实和未来的观念存在，而且表征新世纪中国少年儿童发展状况的现实镜像。这一文化现实在为当代中国童年构建生命底座、生活家园的同时，也替原创儿童文学铺设着宽广而深长的审美通道。也正是在这个基础上，“中国式童年”文学表达以儿童文学现实主义为观念引领，通过对其不同时空维度审美内涵的呈现，确立了以纯真、自由、乐观、勇毅、自信、超越等诗学范畴为依托的原创儿童文学审美价值取向——中国童年精神。立足中华文化悠久传统和当代社会变革现实语境，这一从“中国式童年”到“中国童年精神”的审美路径，不仅勾勒出新世纪原创儿童文学的发展脉络，而且也确立了原创儿童文学面向新时代的价值核心与审美取向。

窃以为，这正是当前原创儿童文学寻求未来超越的方向所指、目标所向。

第三章

时间维度的“中国式童年”文学范型

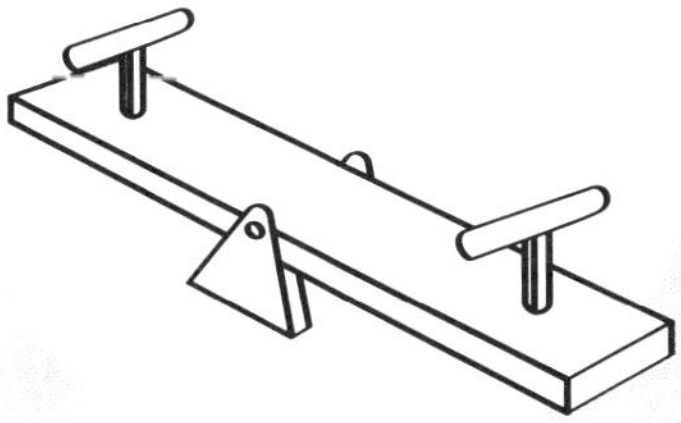

第一节
“时间童年”与原创儿童文学童年书写

诚如前文所说，童年文化的时间性是童年文化之存在意义的显现。在此基础上，童年抑或童年文化的意义很大程度上源于儿童世界。而儿童世界（童年）是时间与空间的复合体，它作为时间存在，正如海德格尔所言，可以区分出曾在、当前和将来三个维度，存在形式则具体对应着忆态童年、现实童年和未来童年三种意义结构。三者之间彼此勾连，相互支撑、融合，共同构成了人类童年文化的意义系统。这种以时间为坐标而绵延、展开的童年形态可谓“时间童年”。

由此可知，“时间童年”既是对过往童年文化的传承，也是对现实童年文化的超越，还是对未来童年文化的建构。这亦可从三方面来理解。

一则，“时间童年”是对传统童年文化的传承、延续。众所周知，在人类文明进程中，尽管童年文化形态历经社会变迁之孕育、催发或涤荡而不断嬗变，但在现代社会文化更迭中，童年的 DNA（或曰本质性）始终保存完好。作为童年精神的内核，纯真、自由、梦想、欢愉、游戏、创造等生命特质成为“本真”的童年诗学，也由此熔铸为童年价值观的内核与基座。基于此，新世纪原创儿童文学在时间维度的基本形态就是对童年传统价值观的执守，它所对应的是“忆态童年”书写。

二则，“时间童年”还是对世俗童年观念的颠覆与反拨。童年是社会存在，童年文化作为社会亚文化的派生性决定了人类童年很大程度上是不同民族、政治、经济、法律、宗教、历史、风俗等文化形态的共同建构。因此，社会文化不同发展阶段的“斑点”或“暗影”也就无可避免地投射在彼时的童年观上，成为特定时期童年形态的“世俗性”面相。比如，当下中国偏远乡村依然存在的“重男轻女”观念；还比如，当前都市文化背景下，“教育缩略童年”的现象；等等。所有这些，无不启示新世纪原创儿童文学童年书写，在秉承童年文化传统之外，还应呈现对世俗童年观念的颠覆与反拨。毕竟，这一审美价值取向体现着儿童社会化的多重维度与可能性。

三则，“时间童年”也昭示着童年主体性的张扬，以及童年价值观的重塑。童年文化随着人类文明进步和社会发展而不断自我更新、自我超越。其中，最核心的就是儿童主体性的发现、苏醒、卫护和张扬，它寄寓着成人社会对于儿童由理解、尊重到守望、解放的童年价值重塑。

既如此，从审美表达层面说，“时间童年”的书写是否意味着“童年乡愁”的反观和凝思？抑或是“童年暗影”与“童年愿景”的敞开、描摹？实际上，现实中，原创儿童文学“时间童年”维度的审美实践远比单纯理论层面的归纳和阐释要来得丰富、鲜活。具体而言，新世纪的原创儿童文学中，“时间童年”之文学表达主要呈现如下审美视角：

（一）历史童年的“反观”

“忆态”视角是当下原创儿童文学童年成长叙事的典型方式，这类作品的内容构架往往源自作家对个体童年记忆的提取和重构，其中弥散、渗透着作家对传统童年价值观的缅怀与执守。这是“时间童年”文学表达的回望形态。它所秉持的“乡愁回溯”与“记忆复现”在新世纪原创儿童文学中比比皆是。且不说儿童小说层面，诸如《穿堂风》（曹文轩）、《童年河》（赵丽宏）、《童眸》（黄蓓佳）、《吉祥时光》（张之路）、《阿莲》（汤素兰）、《月亮舞台》（刘玉栋）、《苏北少年“堂吉诃德”》（毕飞宇）、《有鸽子的夏天》（刘海栖）、《耗子大爷起晚了》（叶广芩）、《森林里的小火车》（彭学军）、《少年的荣耀》（李东华）、《满山打鬼子》（薛涛）、《合欢街》（王一梅）、《驴背上的骑士》（李学斌）等诸多作品聚焦历史层面“过往童年”的书写，单就儿童文学作家翌平主编的“童年中国书系”儿童散文系列（已出版的作品有 50 部）来说，其中 90% 以上的作品都是“忆态”视角的童年表达。此外，还有原创图画书中“质朴、温情的童年回望”，如《躲猫猫大王》（张晓玲 文/潘坚 图）、《走过小木桥》（梅子涵 文/常羽辰 图）、《小背篓》（彭学军 文/刘洵 图）、《一双大鞋》（薛涛 文/朱成梁 图）、《谜语》（刘洵 文/图）等。比如，《躲猫猫大王》中，创作者通过童年记忆的激活，表达了童心的单纯、美好、质朴和温暖。故事里，面对小勇这个有智力缺陷的孩子，源自伙伴的宽容、关爱、赞赏与真诚涓涓流淌，构成图文叙事中动人心弦的审美力量。还比如，《小背篓》借助春去春来的时间脉络，浓缩了一个孩子眼中的乡村生活、亲情记忆和成长体验。图文叙事中，爷爷留下的小背篓作为乡村童年文化意象是连接记忆和现实、童年和成年、亲情和成长的重要纽带。祖孙情、父女情、母女情、姐弟情、伙伴情连同生活认知、成长体验，如同水中的涟漪，由内而外，由近及远，由人到物，一圈圈向外延展。

毋宁说，在上述作品中，不管是现实记忆中的童年生活，如《吉祥时光》（张之路）和《童年河》（赵丽宏），还是虚拟背景下的童年记忆，如《阿莲》（汤素兰）和《合欢街》（王一梅），作者们立足于童年文化价值传承的“忆态”叙事所构建的其实就是时间维度面向历史的童年文化重构。

（二）现实童年的“疏离”

“中国式童年”的现实存在是原创儿童文学的主要内容资源。面对现实童年的繁复与驳杂，原创儿童文学是亦步亦趋地照相式摹写，还是“事实求似”地做本体化建构？前一种审美形态是纪实性少儿报告文学作品的主要呈现方式，如《空巢十二月——留守中学生的成长故事》（邱易东）、《飞翔，哪怕翅膀断了心》（韩青辰）、《流动的花朵》（徐玲）、《梦想是生命里的光》（舒辉波）等作品；后一种则往往是市场化儿童小说的叙事策略，比较典型的有杨红樱的“淘气包马小跳”系列和北猫的“米小圈上学记”系列。

除此之外，新世纪原创儿童文学现实童年书写更多选择的是第三条道路，即现实童年的“疏离”。具体而言，就是以现实童年生活为原型，通过一系列艺术手段，有意拉开审美距离，从而在更高层面观照童年生活、塑造童年形象。比如，图画书《团圆》（余丽琼 文/朱成梁 图）、《我爸爸是军人》（赵墨染 文/图）和《小勇的大海》（徐鲁 文/马鹏浩 图）等。其中，《团圆》具有典型的现实“疏离”特质。故事以极富中国特色的色彩运用和构图方式营造了质朴而温馨的亲情氛围，而文图协同的情节叙事则适时烘托出小女孩由亲情聚散而产生的犹疑、渴望、甜蜜、依恋、无奈、失落。这不仅是现实童年的心灵镜像，也昭示了亲情文化对于童年的重要意义。而《小勇的大海》则通过小勇之“小”与大海之“大”的“疏离”与比照，以及小勇从“生活之海”到“心灵之海”的认知、情感升华，写出了环境对于儿童生命成长的意义。图文叙事中，对处于人生初年的小主人公而言，大海之“大”，不仅是生命的摇篮，还是他成长的见证，是不断发展的空间与方向。

“乡愁里的童年”系列儿童小说也同样富有代表性。作者王一梅立足于故乡“岳王老街”这一童年背景，通过有意淡化乃至虚化童年的时空背景，从而创设了一个新的“合欢街”童年情境。站在这样的审美立场，作家不惜让沙小雨、袁达儿、胡地丁等孩子的成长环境陌生化，从而构成文本故事对现实生活的“疏离”效应。比如，在《校长的游戏》中，小主人公袁达儿一再给明华舅舅写信，而不是通过“电话”或“伊妹儿”（电子邮件）与叔叔交流，这显然是作家为了拉开童年现实与数字化当代生活之间的距离而做的陌生化处理。这种处理反映出作家对数字媒体文化剥蚀童年自然天性、消解童年情感体验的否定和拒斥，所体现的正是现实童年的“疏离”效应。

（三）未来童年的属望

这是童年成长书写的常态模式。就新世纪原创儿童文学来说，“时间童年”在未来维度的审美表达主要体现在两个层面。

一是童年成长文学的叙事结构。如王一梅的儿童小说《校长的游戏》中的成长叙事。作品中，作家通过“奇怪的数学课”和虚拟的“校长游戏”，将现实中孩子们可望而不可得的校园生活、师生关系以具象化场景描画出来，不仅给予小读者情感抚慰和心灵补偿，而且还在弥补现实童年缺失的同时，达成了时间维度上想象童年与现实童年的“生态平衡”。

二是儿童幻想小说的价值取向。如麦子的儿童幻想小说《大熊的女儿》。作品中，女孩老豆面对爸爸尹格遽然变为大熊的家庭灾难没有惊慌失措，而是感到内心升腾起一种勇气和力量。以往那个没心没肺的女孩似乎突然之间脱胎换骨了，懂得了爱的表达、责任的承担，理解了亲情的内涵和生命的意义……此后，小说中老豆带着大熊爸爸寻找治病良方（失踪多年的妈妈）的过程，表面上看是大熊爸爸现实异化后的生命探寻、亲情救赎，其实质却是女孩老豆家庭灾变背景下主体意识的张扬和生命价值的确证。故事中，面对灾难时满怀信念、镇定自若地带着大熊爸爸走上生命救赎之路的女孩老豆是个颇为理想化的童年形象，在她身上不仅勃发着因在现实中遭受压制而相对委顿的童年主体精神，而且还寄寓着作家对未来童年的情感表达、心灵期许。

分析至此，对新世纪原创儿童文学而言，“时间童年”的现实书写其实不只是单一的记忆镜像或现实凝思，也不只是未来瞩望，而是三者并驾齐驱或交相辉映、面向成长的童年生态再造与童年精神重构。其中恰恰蕴含着“时间童年”的三种审美价值取向：

其一，回望视角下面向记忆的童年比照与成长体悟。

这实际上也是诸多“忆态”叙事的原创儿童文学作品所倚重的情节结构，典型的如谢倩霓的散文《家在学堂》。作品以时间为轴线，详尽描述了作者童年时代的草长莺飞、花开花落。其中既有 20 世纪 70 年代赣西北山乡一个教师家庭出身的懵懂细姑俚（小女孩）一路走来点点滴滴的感触、体味，也有后来远离故乡，定居都市，尝尽生活滋味的成熟知识女性跨越时空的回望与思索。两个层面的叙述渐次铺陈，也适时交错，最终叠印出山乡小丫和成年作家两个形象。这两个“我”在关于三座学堂的记忆回溯中水乳交融，在昭示童年成长轨迹的同时，也依稀呈现出童年对于人生的多层面意义。

首先，童年是一个人心灵生活的底色。《家在学堂》里，作者追述了童年的种种趣味记忆：大礼堂的神秘、爬竹竿的冒险、大食堂的新异、住操场的快乐、蔬菜的游戏创造、露天电影带来的期待与满足……所有这些都是散布在童年深处，属于物质贫乏时代的星星点点的美好体验，当它们像珠贝一样连缀在一起，就呈现出作家心灵生活的明朗底色和童年记忆的温润表征。

其次，童年是一个人情感认知的基座。作品中，作者还描述了懵懂的小丫与异性生命世界或偶然或必然的多重交集：对细崽俚（小男孩）爬竹竿的敏捷身手感到好奇、羡慕；对陌生细崽俚没来由的伤害感到委屈、不解；由校园内同龄男生诱发羞怯与渴望……这些童年体验都代表着“我”与另一个生命世界的邂逅。当这样一种源自生命本身的体察自然而然汇入成长之流的时候，那些“一路长大的身影”，就成为“一种虽然神秘却激励我上进、探究的力量”。毋宁说，这些珍藏在记忆深处的性别体验在此后的岁月里已然构成了作家情感认知的基座。

再次，童年也是生命发展的航标。作品中，在三所学堂间辗转让“我”既感受了生活的变动不居，也获得了丰富的生命体验。更重要的是，在生命启蒙的关键阶段，教师父亲充当了“我”成长的引路人。父亲以他举世无双的熏肉手艺，让“我”品尝到贫瘠岁月中的绵长幸福，父亲还以一月两本的小小杂志点燃了“我”的文学梦想。而正是这样的精神指引和心灵馈赠，“一直穿行在我的生命之河里，浇灌着我的生命之树，丰饶着我的心灵家园，助我看到更美更好的风景……”足见，童年的情感体验和阅读滋养，已然成为“我”生命发展的航标。

最后，童年还是人生回望的家园。童年是一个人的初心所在。《家在学堂》中，“我”的童年交织着对辗转迁移的无奈适应，也弥散着衣食无忧的恬淡幸福。颠簸中的坦然，贫瘠里的快慰，寂寞中的发现，喧闹后的满足……当这一切随着时光渐行渐远的时候，回望童年也就意味着对家园的缅怀和追忆，意味着对成长的感恩与眷念。此时，无论是大礼堂里两个细崽俚的恶作剧，还是“小共校”中三个女生的辍学，所寄寓的都是对家园回望后的成长思索和人生感喟。

这其实也正是时间维度的“忆态”视角对于童年书写的意义所在。优秀的“忆态童年”书写往往具有引发共鸣、直抵心灵的感染力，可以达成启智增慧、润物无声的阅读效应。体验、体味、体察、体示是“忆态童年”的具象肉身；意象、意绪、意味、意蕴是“忆态童年”的题旨精魂。追忆中的意气洋洋，回溯后的百感交集，失意时的意兴阑珊，得意后的豪情满怀……都是“忆态童年”书写的题中之义。其中，审美价值取向则是“忆态童年”表达的叙事路标，伫立在新世纪原创儿童文学“时间童年”艺术实践的沿途，以其鲜明立场和丰富内涵指明“忆态童年”的审美方向。

从这个意义上说，回望视角的“忆态童年”书写所展示的不只是作家记忆中彼时彼地的童年风景，更是跨越不同时空的生命背景下童年与成年之间的文化承接与价值互动。

其二，凝思视角下立足现实的童年反拨。

王一梅的儿童小说《校长的游戏》通过描述男孩袁达儿对不期而来的新生活从愤恨排斥，到愉悦接纳的情感、心理转变，写出了特定时空背景下男孩的心灵成长。故事里，袁达儿莫名其妙地被妈妈从熟悉的蓝城“扔”到了陌生的合欢街。在这里，他和古板的亲公、凶巴巴的亲婆生活在一起。初到合欢街，袁达儿对这里的环境极不适应。他给明华舅舅写信，一心想逃离这里。不过，随着新生活的展开，他很快发现，尽管这里没有高楼大厦、游戏机、娱乐城，但是，这里没有做不完的作业，而且这里的小伙伴们大都非常友好。在遭遇毒蛇的危境中，他被女孩田甜和黑狗及时解救。更令他惊喜的是，数学课上，张老师竟然出人意料地以青蛙和癞蛤蟆比赛的方式让他明白了距离、时间和速度之间的关系。这种新奇而有趣的数学课让袁达儿慢慢喜欢上了新学校。不久，新来的“鱼尾校长”给袁达儿带来了更大的惊喜。音乐课上，“鱼尾校长”鼓励大家“乱弹琴”，还请孩子们吃胡萝卜咸肉菜饭。他发明的积分游戏让所有孩子都着了魔……故事最后，袁达儿不仅通过所做的三件好事完完全全融进了新生活，而且还在合欢街找到了许久没有的快乐。当从美国归来的爸爸提出要带他远走国外时，袁达儿觉得，“合欢街就是世界上最适合自己生活和学习的地方”……

故事对袁达儿的蓝城生活没有只言片语的交代，而是随着情节铺展，将男孩新生活中的欣慰、惊奇、欢悦、赞叹、认同、迷恋和盘托出。这样的文本处理，在虚化袁达儿在蓝城的成长环境、生活内容的同时，也适时比照出了合欢街童年生态对于儿童天性和生命诉求的理解和尊重。显然，相较蓝城生活的单调、沉闷，合欢街代表着童年成长的适宜性、前瞻性。而这样的情节安排，实际上寄寓着作家现实凝思下的价值重构、观念反拨。

其三，眺望视角下指向未来的成长建构。

以彭懿的儿童幻想小说《我捡到一条喷火龙》为例。

故事里，夏鸟鸟生活在一个特殊家庭：妈妈在夏鸟鸟出生后不久，就化作五彩鸟去往了魔界；爸爸昏迷七年之后，爱上了照顾自己的医院护士；“枯叶蝶”奶奶尽管对夏鸟鸟关爱有加，但小孙子和她依然很隔膜……身处这样的环境，男孩敏感、自卑、孤独、怯懦。他既渴望见到妈妈，也无法接受爸爸再婚。故事的最后，在和好朋友闪电携手战胜魔龙“烈火黄焰”的过程中，夏鸟鸟不仅感受到了妈妈给予自己的精神慰藉，而且还真切体味到了爸爸对自己无私的爱。由此，他内心释然了。他开始坦然接受生命中不期而至的一切……

与诸多儿童幻想小说致力于“二次元”叙事不同，《我捡到一条喷火龙》中的虚拟时间叙事主要通过幻想嵌入现实的一次元世界展开。在这个亦真亦幻的生命空间里，夏鸟鸟和哈利·波特一样，也遇合到两种截然不同的生活：一种是现实时间中敏感、自卑、孤单、怯懦的单亲孩子生活体验；另一种是虚拟时间里自信、勇敢、机智、乐观的理想生命实践。两种迥然不同的时间叙事借由故事情节的“生活化”达成了人物身份的现实转换，也由此透示出基于幻想与现实深度融合的指向未来的审美旨趣与成长建构。

以上三种“时间童年”审美价值取向统合起来看，实际上可分为两类：一类呈现了少年儿童“由内而外”的生活感知、生命体验、现实理解与心灵建构。比如，上文所述的儿童散文《家在学堂》就是“忆态”视角的地域童年文化在特定时空中的审美表达，它以童年独有的价值观体现生命成长对成人文化的滋育和反哺。另一类是“时间童年”“由外而内”的成长陪护、亲情守望、道德濡化、精神牵引。如上文引述的儿童小说《校长的游戏》《大熊的女儿》和《我捡到一条喷火龙》。这类作品体现着成人社会、成人文化对儿童世界的情感关照与价值塑型。它寻求的是成人价值观与儿童立场的内在统一或精神“暗合”。

综上，童年既是时间存在，也是空间存在，但归根结底，它是一种文化存在。当我们把童年理解为“时间童年”的时候，无论在儿童文学创作层面书写、表达童年，还是在儿童文学研究维度发掘、阐释童年，它都不外乎以下三重意义：其一，面向历史，童年是一种参照；其二，立足现实，童年是一种警示；其三，面对未来，童年是一种建构。而新世纪原创儿童文学所提供给小读者的，自然也应该是上述三重童年所营构的“童年生态”。原因很简单：时间是童年文化的物质基础、价值坐标与审美根源。时间性是存在（客体）见之于此在（主体）的时间现象，相对于现实时间的客观性，时间性呈现着一种“主观时间”的结构特质。换言之，时间的世俗性消逝让童年成为绵延不息的生命之流上的航标，昭示着生命发展的动态轨迹、未来方向；时间的主观性投射则使童年作为情感资源和思维影像见证生活律动、促进生命成长。

而这些，恰恰都是“时间童年”之于原创儿童文学的现实意义。

第二节
“忆态童年”及其文学意义

正如布尔迪厄所言，作为人类文明的建构，时间是一种“社会制度”。也就是说，“时间的范畴不是自然的，而是社会的”。[①] 社会化的时间不是一成不变的实体存在，而是随社会变迁而形态不断转换的文化建构，包含内部时间（心理时间）和外部时间（物理时间）两部分。其中，内部时间是根据儿童的内在发展节奏、生命欲求、心理倾向、个人兴趣建构的，而外部时间则由社会文化、成人世界赋予。在此基础上，童年的时间性不仅是生物学对个体生命长短的衡量，更是一个超越“年龄”的范畴。世代、结构、秩序等都会影响儿童的童年。儿童只有相对于成人而言才是儿童[②]。

换言之，儿童成长既遵循内在的生命节律、欲求，又受到社会文化的规约和牵引，它是儿童内部时间与外部时间互动而生成的结果。这一童年文化事实在特定的背景下，就意味着儿童“通过一定的、简单的文字获取相应的知识信息，从而使得儿童世界与成人世界相隔离，即出现了世代文化与代际文化”[③]。这些都充分表明，时间不仅是社会学现象分析的主要维度，同时也是文学审美表达的核心视角。

---

① 景天魁、邓万春：《发展社会学的时空视角》，《甘肃行政学院学报》2009 年第 6 期。

② 郑素华：《童年研究的域外视野——艾伦·普劳特的新童年社会学思想》，《外国教育研究》2012 年第 6 期。

③ 杨晓萍、陈林：《基于新童年社会学视角审视电子媒介异化对儿童发展的影响》，《幼儿教育（教育科学）》2020 年第 5 期。

一、双重主题拓展童年记忆的宽度

《阿莲》是一部从童年时间性视角回望成长的作品，亲情和成长构成其童年叙事相辅相成、交错展开的两个支点。

小说中，"何家湾"这一湘东北山区典型的童年环境既是成长的根基，也是亲情的源泉。由此，双重叙事在"妈妈淑平分娩"和"莲妹子照料弟弟铁砣"两个层面交错展开：从懵懂的5岁小女孩莲妹子，到即将上高中的青涩少女阿莲；从封闭的何家湾，到渐露生机的八都镇；从两小无猜的一双小儿女，到共同寻梦的两个同路人……故事通过阿莲一路走来的委屈、疼痛、迷茫、希冀写出了"时间"维度上童年丰富的成长内涵。这是属于童年记忆叙事的常态内容。在这些常态的回忆叙事中，《阿莲》没有效仿同类作品（如《童年河》《童眸》《红脸儿》《白雾》《外婆》等）淡化时代背景和社会生态的笔法，而是采取了基于"时间感知"来强化地域文化背景和时代风貌的叙事策略。这样一来，在儿童成长体验和童年记忆回溯的主干叙事之外，阿婆的慈爱宽厚、秀姨的善良坦诚、淑平的内敛隐忍、菊香的世故刁蛮、梅伯伯的宽厚仁爱、丁老师的自负呆板等成人世界也一一映现。这既构成了阿莲心灵成长的生动背景，同时也是女孩情感体验的基本成分。

诚如西方"新童年社会学"的童年结构论所说，童年与成年一样，不仅同是一种社会结构，而且在构建文明形态、推进社会发展中也自有其不可替代的价值。故事里，5岁的莲妹子不仅通过照看弟弟的行动显示了存在感和行动力，而且更以对阿婆、妈妈、秀姨、伯母的不同亲情表达，体现了参与社会关系和亲情建构的主体性。

从这个意义上说，小说不仅立足于时间维度书写心灵成长，更借助乡土文化传达亲情体验，其审美效应则是通过"成长""亲情"双重主题拓展了童年记忆的宽度。

二、交叉叙事体现童年生活的广度

《阿莲》立足童年记忆，以"主观时间"呈示童年的立体感和纵深，由此彰显了童年生活的广度。

作为以童年记忆为叙事资源的儿童小说，《阿莲》的整体故事采取了“儿童”“成人”双重叙事视角。具体说，就是主体故事以 5 岁的莲妹子一路走来的记忆视角展开，这是典型的“时间性”成长叙事，它赋予作品真切的情感基调；而衍生故事则由第三人称全知视角的经验叙事构成，其作为时间脉络和故事背景，奠定了小说宽广的生活视野与经验参照。

换句话说，前者让情节具有贴近童年的现场感、亲历性，后者则使故事超越记忆现场，拥有了统摄时代、关照生活的穿透力、概括性。这种双重叙述视角，恰好对应着前文所述的“成长”与“亲情”两个层面，既复现了童年记忆，又熔铸着人生体验，在拓展童年生命空间的同时，也挖掘出“时间性”对于童年成长的丰赡意蕴。

与此同时，在时间的坐标轴上，《阿莲》的叙事方式也颇为恰当。如“秘密”一节，作者在描述莲妹子瞒着妈妈背弟弟铁砣去秀姨家吃奶这个显性“秘密”的同时，还不动声色地交代了“明秀和志远昔日相恋”与“淑平心中淤积着怨愤”这样两重隐形“秘密”。这三重“秘密”的错综纠缠也为下文“秘密”败露后，淑平情绪爆发埋下了伏笔。于是，情节的内在张力在莲妹子背着弟弟一次次来去之间一点点蓄积——就如同密封容器里的气压渐渐增高——终于在菊香伯母的谩骂和挑衅中轰然引爆。“挨打”这部分，堪称整部作品的华彩章节，叙述的饱满和情节的爆发力足以撼动人心。在这里，时间性通过强烈的情感表达将“忆态视角”下的童年“存在”升格为令人动容的审美“此在”。这也是时间性对“忆态童年”的价值所在。

三、情感回溯开掘童年体验的深度

《阿莲》中，作家通过浓墨重彩的情节叙述和细节刻画，表达了多重感情：莲妹子对阿婆的信任、依恋，阿婆对孙女的疼爱、理解，淑平对志远的隐忍、不满，淑平对明秀的嫉恨、怨怼，阿莲对明亮的诚挚、友善，阿莲对丁老师的戒备、疏远，阿莲对梅伯伯的崇敬、感恩，等等。这些既是小主人公阿莲的情感表达，同时也是作品中人情、人性的多元呈现。在这里，作家通过具有地域文化色彩的童年叙写，将时间维度上的湘东北山村人的善良、质朴、诚挚、磊落、宽厚、仁爱刻画得淋漓尽致。

不仅如此，在以阿莲为视角的多重情感表达中，作家还呈现了童年与成年的权力关系。比如，故事里，在莲妹子身上存在着“母爱剥离”现象：淑平因忙于做裁缝，加上对丈夫志远的怨恨，在莲妹子十个月后，就将她托付给婆婆照料。这让莲妹子和妈妈淑平之间始终有一种说不清、道不明的隔膜感。应该说，作为母亲，淑平多少有些不称职。她因过度沉浸于情感而忽视了女儿对母爱的需求。也正因如此，当5岁的莲妹子遇到亲切、和善的明秀姨时，心里对妈妈的不满越发潜滋暗长，以至于在激愤之时喊出了“我不要你做妈妈！”的浑话……小说的这些情节映现了成人和儿童不对等的权力关系。在这样的关系结构中，一方面妈妈是主导者、决定者，她掌握着家庭规约，行使着框范莲妹子童年生活的权力；另一方面，莲妹子在家庭生活和母女关系中也不是无所作为、逆来顺受，她始终在以自己的方式与妈妈不合情理的权力约束相抗衡。故事里，当5岁的莲妹子瞒着妈妈，背着弟弟铁砣一次次让秀姨喂奶时，她触犯了妈妈的尊严和心理禁忌，这是源于母爱缺失的“自我赋权”和权力抗争。这场情感冲突中，母女俩尽管两败俱伤，却最终在相互原宥中各自理解了血脉亲情的含义。

不仅如此，小说还通过莲妹子一系列情感体验，写出了缓慢滞重的生活变迁与温暖质朴的乡村伦理。故事里，阿婆、阿公对孙辈的慈祥宽厚，村民们批斗罗伯伯、丁老师时的敷衍了事，明秀从先人那里继承来的善良仁爱，志远引荐乡邻外出务工的热忱无私，以及山乡重男轻女的世俗偏见，阿公与淑平、菊香之间的翁媳陈规，等等，都是地域文化背景下，绵延的时间所给予“曾在”童年的现实投射和体验深度，它将历史语境中的生活变迁、乡村伦理融合在一起，集中呈现了“时间童年”所昭示的价值取向和所蕴含的审美旨趣。

四、形象塑造呈示了童年精神的高度

除此之外，《阿莲》还紧扣“时间童年”的审美坐标，通过一系列富有个性的人物形象，写出了童心的饱满、丰沛与世态的质朴、温厚。

小说里，不独阿莲、铁砣、明亮、爱桃、建伟等孩童形象动感鲜活、呼之欲出，就连阿公、阿婆、淑平、菊香、明秀、丁老师、罗伯伯、李校长等成人形象也各具特点、形神逼肖。其中，小主人公阿莲的形象塑造得尤为珠圆玉润、活灵活现。

故事中，阿莲的善良、单纯、敏感、细腻、诚实、耿直、聪颖、能干，给人留下了深刻印象。“一副扑克牌”一节里，阿莲率真地向丁老师报告了明亮书包里有扑克牌，这让明亮百口莫辩，蒙受冤屈。后来，阿莲虽满心歉疚，却不肯听天由命，而是自作主张，去找罗伯伯倾诉心中郁闷，希望获得援助。事实证明，也正是阿莲的这一举动间接帮助了明亮，不仅让他恢复了名誉，而且还挽回了两人的友谊。这一情节充分体现了阿莲那种湖湘文化浸染下倔强、刚烈、叛逆的性格特质。

实际上，上述人物形象并非“为写人而写人”，而是隐含着“童年精神”这一审美价值取向的。这一点通过阿莲和明亮两个少年的行动力充分体现出来。

加斯东·巴什拉说过：童年是一切梦想的源泉。故事里，作为生活在大山里的孩子，阿莲和明亮面临的人生选择其实很有限：要么与自我妥协、与现实妥协，复制父辈、祖辈的人生轨迹；要么依靠自身努力，追寻遥远的梦想，创造属于自己的人生。对两个孩子来说，梦想是他们超越现实局限、走出童年的逼仄空间、寻求自我实现的唯一方式。梦想既是他们超越现实的通道，也为他们提供了不断前行的精神动力。这一过程中，罗伯伯充任了两个孩子的人生导师，而书籍和阅读则点燃了他们梦想的灯盏。具体到阿莲身上，遭遇不公时的忍耐、倔强，贫困窘迫之中的乐观、坚强，面对友情的纯真、磊落，诱惑来临时的果决、自尊……无疑就是支撑她走向辽远人生的内在依托。

所有这些，既是《阿莲》内在价值的充分呈现，也是童年精神的生动表达。基于此，小说中阿莲形象的塑造，意义就不仅在于为当代儿童文学人物画廊增添了一个成功的儿童形象，还在于揭示了这样一条童年定律：无论在什么时代、哪种环境，真正的童年及童年的生命主体——儿童，都绝不仅仅是生活的受动者、参与者，而是家庭和社会关系的协调者、行动者，是自己童年命运的建构者。

换句话说，在一个正常的社会里，对家庭而言，儿童不仅是生命伦理与亲缘关系的纽带，更是以成人为主导的稳定家庭结构的维护者、创造者，是社会文化不可或缺的一环。而对儿童自身来说，那种不满既定生活秩序的率性表达，那种面对成人规训不知深浅的鲁莽抵抗，那种面对未知世界不假思索的果敢探求，无不体现了未经生活磨砺的孩子身上熠熠闪烁的生活信仰与行动力量。上述这些，正是《阿莲》中“时间童年”文学表达之价值所在。

由此，不禁想到“时间童年”语境下童年记忆书写对于儿童文学的普遍意义。

众所周知，作为人类生命体验、情感资源的重要组成部分，童年记忆因其丰饶的信息储备、鲜活的情感积淀和宽广的时空内涵而在文学创作中显示出丰赡而独特的审美价值。对于人类个体来说，“童年记忆使生命呈现为一种具有历史延续性的存在，同时，它也为展开着的生活提供了一个可以不断回归的家园”。[①] 对人类群体而言，童年则是我们用来安放文化传统记忆的场所，是文化漫长进程中的交接点。正如艾姿碧塔在《艺术的童年》中所说，童年时代的记忆扮演了某种母体性的角色，它使我们每个人的生命成为一个可以溯源的连续过程。在审美意义上，隐藏在童年里的记忆不断提醒我们寻找和回归内心深处那个属于自我的“传统”。正因如此，“珍视并升华童年记忆”作为儿童文学童年叙事的审美根基，天然地蕴蓄着以童年文化对抗世俗生活的童年精神。如此一来，怎样激活童年记忆，并在发掘其审美内涵基础上赋予其鲜活艺术形式，就成为儿童文学审美表达的核心题旨。窃以为，童年记忆对于儿童文学艺术表达至少具有以下三重意义：

（一）童年记忆书写反映了特定时代与地域文化对童年的深刻影响。

丹纳在《艺术哲学》中认为：种族、时代、环境是决定文明的三大要素。其实，依照童年建构论的观点，作为历史文化和社会现实的一种建构，

① 赵霞：《童年精神与文化救赎——当代童年文化消费现象的审美研究》，中国社会科学出版社，2017，第65页。

童年又何尝不是种族、时代和环境的产物？童年之所以千姿百态、丰富多彩，就在于不同时代、不同文化都在建构属于自己的童年，不存在放之四海皆准的普遍性、永恒性童年。在这样的前提下，我们可以认为：童年不仅仅是生活的一段时光，生命的一段历程，心灵的一段记忆，还是人类的一种存在，文化的一种形式，社会的一种结构。在《阿莲》中，作家所着意描绘的是 20 世纪 70 年代初湖南东北部具有湖湘文化特色的山乡童年。（而张之路的《吉祥时光》描绘的是 20 世纪 50 年代，具有京派文化特色的老北京四合院童年；黄蓓佳的《童眸》写的是 20 世纪 60 年代，笼罩于江南水乡帘幕下的小镇童年；刘玉栋的《白雾》勾勒的是 20 世纪 70 年代，以“白雾村”为原型的齐鲁文化背景下的乡村童年……）故事里，吴司公作法、莲妹子取名、村民们斗地主、中小学缩短学制、小学生参加劳动等情节都充分表明，童年是社会文化的一部分，童年记忆书写既是以文学的形式表现成长，也是以审美的方式反映社会。因此，童年记忆书写不仅具有文学价值，也深具社会学意义。

（二）童年记忆书写表达了童年与成年珠联璧合、相辅相成的内在关系。

童年是人生之基，是生命的源头。当孩子一天天长大，固然丧失了天真、单纯、率性、自然等许多童年心性，但是，童年体验和记忆却早已经融合为潜意识，化入了成人的个性、气质当中，成为他心灵结构的一部分，并潜移默化地影响着他的价值观与情感态度。基于此，“童年与成年”的关系，不仅是童年记忆书写的题中之义，更是儿童文学的核心命题。从《小意达的花儿》到《铁路边的孩子们》，从《北风的背后》到《长袜子皮皮》，从《我亲爱的甜橙树》到《追风筝的人》，从《绿山墙的安妮》到“哈利·波特”……一部世界儿童文学史，很大程度上就是“童年”与“成年”的关系变迁史。

而中国现当代儿童文学中，涉及这一命题的作品也不计其数。凌叔华的《搬家》、张天翼的《大林和小林》、任大星的《双筒猎枪》、刘健屏的《我要我的雕刻刀》、张之路的《羚羊木雕》、曹文轩的《草房子》、秦文君的《一个女孩的心灵史》、梅子涵的《女儿的故事》等作品都从不同侧面丰富着“童年”与“成人”关系的审美表达。

儿童文学之所以如此重视童年记忆书写，根本原因就在于这种书写在“童年”与“成年”关系表达上具有天然优势。首先，童年记忆书写拥有“即时遥望”和“自我反观”两个层面的生命体验。前者指向童年，后者立足成年，两者看似各执一端，实则“两面一体”，通过记忆在生命延长线上对过去、现在、未来的统合，构成了生命自我拓进、不断超越的完满轨迹。其次，童年记忆书写在“童年”和“成年”的交叉层面反映多元并存、和谐共生的童年生活，具有协调儿童“自我”与成人“他者”的审美属性。成人作为社会文化的主导面，很大程度上规约着儿童的生命形态，而儿童作为活跃的社会行动者，则以自己的方式建构着现实生活图景和自己的童年命运。这样的双重表达，就让童年记忆书写在“童年”与“成年”的关系坐标轴上拥有了多重面向，从而显示出超越单一现实书写的丰富价值。

（三）童年记忆叙事诠释了作为童年生命形态价值内核的童年精神。

童年作为文化建构和社会结构，具有历史、现实、未来等多重面向。相较现实题材书写的现场感、当下性，童年记忆叙事往往聚焦于童年的归属感、可逆性。尽管外在形态上，童年记忆叙事以时间回溯、空间反观的形式营造故事，显示出对现实童年的疏离倾向；但就本质而言，无论是指向过去的童年记忆叙事，还是立足当下的现实成长叙事，抑或是指向未来的童年想象叙事，都是对童年生命形态的审美表达，其价值内核都指向代表社会理想与人性境界的童年精神。

之所以如此，是因为童年是每个人内心深处珍存着的生命记忆。许多时候，它都以情节和画面形式蛰伏在人类意识深层，蓄势待发，闪闪灵动。而当这笔珍贵的精神财富被某种审美形式激活时，那些属于遥远时代的情感经历、人生体验就会熠熠闪烁，瞬间化为鲜活、灵动的生命镜像，在作家笔下一一复现，最终矗立成丰赡、绚丽的童年生命景观。

具体到《阿莲》中，作家通过描述阿莲和明亮两个孩子在物质贫乏、生活逼仄的现实空间里的坚韧、不屈，以及他们对梦想的执着探求，写出了儿童纯真、自由、昂扬、乐观的心性，以及善于发现美、创造惊奇、孕育梦想、追求超越的精神风貌。因此，这种看似属于阿莲和明亮个体的“读书梦想”其实已具备了书写一代童年的典型意义。原因就在于，透过阿莲和明亮对外面世界的渴望与求索，我们看到了流淌在不同时代童年血脉中生生不息的童年精神。

窃以为，这恰恰就是《阿莲》以及诸多致力于童年记忆书写的儿童小说之意义所在。

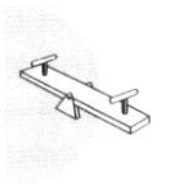

第三节
现实童年之双面镜像

在海德格尔存在论观念体系中，时间性强调“此在”的动态性、生成性。童年作为自然、社会和文化存在，意义就在于其时间性的显现与解释。换句话说，童年不仅是自然、社会和文化事实，更是人类文明对这种事实的多时空、不同维度的解释。

与“忆态童年”多以物化符号或观念形态体现其文化存在不同，现实童年是儿童身在其中的实体存在、过程性存在。家庭里的喜、怒、哀、乐，学校中的听、说、读、写，游戏中的摸、爬、滚、打，伙伴间的分、散、聚、合……所有这些既是童年的常态生活现象，也是童年时间性在“当前”维度的存在意义；而且也唯其动态性、过程性，现实童年不仅在时间性视野下将单一的线性时间（流俗时间）复原为可顺可逆的双向时空，而且还以儿童纯真、自由、昂扬、乐观的生命天性为依托，使童年在生理与心理、成人与儿童、个人与社会、自然和文化、物质与精神之间拓展出多维生命空间，体现出复合性存在意义。极而言之，现实童年的时间性实际上既表现为孩子对自身童年生活的直觉体验，也表现为时间对儿童生命成长的文化塑造。前者代表着现实童年生活形而下的“事实”存在，后者则导向其生成性的“真实”面貌。典型的文本案例就是进入新世纪以来，在原创儿童文学领域风行一时的儿童小说“淘气包马小跳”系列。

2003 年 7 月，儿童文学作家杨红樱推出了“淘气包马小跳”系列第一部

《贪玩老爸》。到2021年5月《七天七夜》出版，29部儿童小说的出版时间跨度长达十八年。（这期间，2009年1月第20部《小英雄和芭蕾公主》出版后，该系列曾告一段落。2014年4月第21部《忠诚的流浪狗》出版，“淘气包马小跳”系列以“全新修订版”形式又陆续推出了9册。）

据相关统计，截至2019年，该系列儿童小说作品销售量已突破6000万册，并多次被改编为电视剧、动画片、舞台剧等艺术形式。由此，“淘气包马小跳”系列不仅一举奠定新世纪原创儿童文学图书第一品牌的显赫地位，而且还借助其商业销售的奇迹对新世纪原创儿童文学产生了深远而持久的影响。其中，当代商业文化的浸淫及图书营销机制的推波助澜固然功不可没，但从实质上看，作为儿童小说，“淘气包马小跳”系列对现实童年的时间性“双面”表达才是其深受小读者追捧的根本缘由。

一、当代都市童年的生活影像与现实投影

在童年的时间性表达中，年龄是一个无法规避的核心概念。从社会学意义上说，年龄作为时间框架，不仅为儿童的现实生活和成长体验提供了特定的形式，而且也构成了我们感知、理解、阐释并建构儿童生活经验、生命形态的重要变量。

在“淘气包马小跳”系列中，马小跳和他的“死党”唐飞、张达、毛超，以及男生丁文涛、牛皮、小非洲、林子聪，女生夏林果、杜真子、安琪儿、路曼曼都是一群10岁左右的都市孩子。这个年龄段的孩子正处于身体发育、心灵“断乳”、情感萌动、精神裂变的“萌蘖期”。这一阶段，青春期即将到来的男孩女孩自我意识苏醒、个体独立性高涨。他们一方面天真烂漫、顽皮率性、热忱乐观，另一方面又敏感叛逆、果敢冲动、自以为是。最典型的，就是他们对所身处的现实生活以及周遭所发生的一切都有着强烈的参与意识。他们以孩子特有的方式应对种种不期而遇的生活事件，梳理人事之间的脉络，把握其中的节律，依照自己的生活感知、价值原则处理问题，获得非同寻常的成长体验、心灵积淀。从这个意义上说，马小跳及其伙伴们身上体现着当代城市中产阶级家庭孩子身上所普遍具有的极为“现实”的童

年特征。

比如，在“淘气包马小跳”系列中，小主人公马小跳的人物定位是个机灵鬼怪、动感鲜活的“圆形”形象。一则，他率真单纯、活泼好动、满脑子奇思怪想，无论在家中，还是在学校里，时常出洋相、闹笑话，大错不犯，小错不断，是个常常让家长、老师“头疼”的淘气包、“坏小子”；二来，他有情有义有担当，善良、勇敢又幽默，处处为同伴着想，关键时刻机智勇敢，毫不退缩，可谓制造惊喜、创造快乐、扶危助困的小小“开心果”、男子汉。

而马小跳的好伙伴之一唐飞，同样是个优点、缺点集于一身的极富“现实感”的小学生形象。一方面，他贪嘴好吃，懒惰迟钝，娇气爱哭，口袋里、书包里永远装着花色繁多的零食，动辄哇哇大哭，走起路来慵懒迟缓，是个招人嫌的小胖子；另一方面，他又见多识广，思维敏捷，遇事沉着冷静，总能帮助马小跳峰回路转、出奇制胜，称得上马小跳身边的“智多星”。

除此之外，系列小说里的其他儿童形象，无论是男生张达、毛超、丁文涛、小非洲，还是女生夏林果、杜真子、安琪儿、路曼曼，都莫不如此。

系列故事里，所有这些孩子形象都具有两面性，明暗相映，优劣并存。每个孩子都有不同寻常的闪光点，同时也难掩或个性爱好、或生活习惯、或品性心理等层面的瑕疵、弱点。但不管怎样，其言行举止、思维观念都没有脱出 10 岁左右这个年龄段孩子的情感心理、生活积累、生命体验。这其实就是年龄作为时间框架之于童年形象的塑造。

还比如，《同桌冤家》中写到，同样是被同桌女生路曼曼管束，马小跳经历了从幼儿园时期的崇拜、喜欢，到小学时期的“不喜欢”甚至排斥的情感心理变化。原因就在于，幼儿园时期，得到老师眼里的乖宝宝、小帮手路曼曼的特别“关照”，马小跳觉得这是一种重视和荣耀，他以之为傲；而上了小学，尤其是到了三年级以后，对自我意识已经苏醒，时时想要显示自主性、独立性的马小跳而言，时常被中队长同桌盯着、随时被打“小报告”的日子委实是一种小小的煎熬。此时，对这个曾经的发小、偶像，他又如何喜欢得上呢？显然，小说里，在淘气包马小跳身上所体现的前后不同，恰恰就是“年龄”这一时间框架在儿童生命成长中的体验生成、情感塑造。

不仅如此，系列小说还借“年龄”这一时间框架，写出了进入新世纪以来都市小学生所遭遇的由功利教育所带来的种种学业困扰和精神压迫。

《妈妈我爱你》中，安妈妈为社会上的世俗教育观和学业“攀比风”所裹挟，对女儿安琪儿的学业成绩一百个不满意。为此，安妈妈除了一口气给安琪儿报了八个课外补习班之外，每天晚上还让安琪儿做大量的难题，最终导致安琪儿睡眠严重不足，在课堂上昏睡不醒……故事最后，安妈妈在经历了一夜爆红又瞬间“人设”坍塌、人人喊打，以及女儿安琪儿意外重伤的双重打击后，终于幡然醒悟……

这样的情节结构直接将个体童年生活嵌入整体社会结构，以儿童具体的日常体验连接社会教育生态，在呈现当下笼罩在城市中产阶级家庭儿童头顶上功利教育浓重阴霾的同时，也适时揭开了造成这种家庭教育病象的内在根由。小说里，所有这些都是借助小主人公马小跳的观察、感知、体察、参与而呈现出来的，其中不仅深深融合进男孩对同龄小伙伴感同身受的同情、理解，以及设身处地、扶危助困的爱心和友情，而且也适时彰显着马小跳这个有情有义有担当的小男子汉的价值观、行动力和奉献精神。显然，这样一种通过儿童视角揭示儿童与成人、学校与家庭、儿童与儿童、个体与群体间复杂关联的童年书写方式，其客观性与纯粹性要比纪实层面的所谓“零度情感”“真实摹写”更能撼动人心，更贴近当下中国都市童年生态的真相，更能触及城市中产阶级家庭孩子情感、愿望的内在本质。

而这一点，在一定意义上也恰恰体现了“淘气包马小跳”系列作为都市校园题材儿童小说在童年时间书写方面的“现实”价值。

众所周知，人类文化结构中，儿童文学之所以不可或缺，是因为其存在依据和现实意义不仅仅是客观忠实、亦步亦趋地描摹和反映童年生活现实，为物态性、实体化童年存在提供一种符号化生命镜像，更保有更加深远、宽广的意义——穿越现实生活的迷障，贴近童年生态的真相，揭示生命成长的密码，最终全方位呈现童年世界的灵动和丰盈，构建童年精神的轻逸与深厚。

换言之，“淘气包马小跳”系列即便作为通俗儿童文学的典型，也同样有所建树。

二、"实然童年"与"应然童年"的协奏

"淘气包马小跳"系列以生活故事和系列儿童群像的持续联动生动呈现了当下中国城市中产阶级家庭孩子的童年风貌，描绘了一幅都市中产阶级家庭儿童现实生活的斑斓画卷。正因如此，就进入新世纪以来经济飞快发展、文化极速转型的童年文化语境而言，该系列作品具有颇为显著的"即时表达"效应，这一点由图书营销层面上图书的持续热卖与社会阅读层面上小读者的长期追捧得以印证。其实，这还只是"淘气包马小跳"系列超级畅销、长销的表层原因。从更深层看，系列作品品牌效应之所以能够形成，与其内在的价值观念和文本品质密切相关。

实际上，单就作家的文学理念而论，如果细细考察"淘气包马小跳"系列的早期作品（如《贪玩老爸》《笨女孩安琪儿》）和较晚出版的《樱桃小镇》《妈妈我爱你》，就不难发现，在长达十八年的系列作品创作过程中，随着系列小说题材内容、情节结构的不断衍生、拓展，杨红樱的文学观念、创作姿态也在不断调整、优化。该系列作品推出伊始，杨红樱在面对来自儿童文学理论批评界的种种质疑时还急于"辩白"："我用动词比较讲究。描写时我不会面面俱到，不像成人文学一样强调细腻描写，小孩子不容易抓住要点，我就在行文中用画龙点睛的几笔，只写几个特点，并且始终抓住、强调和夸张它。"① "我是一个为孩子写作的人，我需要倾听的是孩子的心声，他们在我心中至高无上。" ② 但是到后来，作品受到读者追捧、获得文学奖项、创造出商业销售奇迹，这样的一系列社会认同使作者得以自我确证："马小跳一直是我想写的一个儿童形象，可以说，他是我的理想，我在他身上寄予了太多的东西：比如我的教育理想，家庭教育和社会教育的；我对当今教育现状的反思；我对童年的理解，对孩子天性的理解；这里还包括我做老师、做母亲的人生体验。我笔下的马小跳是一个真正的孩子，我想通过这个真正

① 范占英：《杨红樱：牵一只小手，走进文学殿堂》，载《假小子戴安》，作家出版社，2010，第373页。

② 杨红樱：《时间能检验作品的优劣——关于〈女生日记〉畅销10年的访谈》，《文艺报》2010年12月6日，第6版。

的孩子，呈现出一个完整的童心世界。”[①]——杨红樱在“淘气包马小跳”系列热销近二十年后，底气十足地亮出了自己的创作主张、文学愿景。上述表态，一定程度上也可认为是杨红樱就自己新世纪儿童文学创作所发表的文学宣言。

而就创作实践来说，也正是这种近乎“自我标榜”的小说理念在“淘气包马小跳”系列作品中的实践展开，赋予了作品在“时间童年”现实表达层面不断自我探索、自我超越的“真实”意义。这让该系列作品在审美表达层面没有止步于繁杂、斑驳的童年生活“现实”镜像，而是由之向前扩展、推进，并最终抵达童年现实的“真实”图景，发现并抽绎出“其中内藏的有关现实的整理判断”[②]，这一点在《樱桃小镇》《和鹦鹉对话的人》等作品中有清晰体现。

《樱桃小镇》的内容构架和故事情节颇有几分作家“自诩”“自况”的色彩。故事里，深受读者喜爱的童书作家樱子笔下丰富多彩的童年世界在成功人士郑世杰的现实支持下成为现实——他们打造了一个完全由樱子书迷“小樱桃”们当家的生机勃勃的樱桃小镇。在这个充满童话色彩的小镇里，每个“小樱桃”都找到了自己的兴趣所在，发挥着自己的一技之长、聪明才智。故事里，作为有眼光、格局和领导力的小男子汉，马小跳当仁不让，成了樱桃小镇的镇长，而他的铁哥们儿唐飞、张达、毛超，则分别成为“杜真子厨房”总经理、“樱桃小剧场”总监和樱桃沟的沟长……还可以联系《樱桃小镇》之前的作品来看，比如：在《超级市长》中，马小跳出人意料地通过了“超级市长”的考核、选拔，进而将鲜活而富有创意的童年愿望融合到市政建设规划中；在《跳跳电视台》里，马小跳和他的好哥们儿唐飞、张达、毛超通过自己创建的电视台和自行摄制的新闻节目，在表达孩子视野下的现实关切时，也体味到了面对现实不期而来的困惑与无奈……所有这些，无不是在从儿童天性和童年价值观两个维度表达作家心目中的童年模样。

① 杨红樱：《一部儿童心灵成长史》，载《淘气包马小跳（全新修订版）》，作家出版社，2020，封底文字。

② 方卫平、赵霞：《儿童文学的中国想象——新世纪儿童文学艺术发展论》，安徽少年儿童出版社，2018，第339页。

难道不是吗？小说中，一方面，以马小跳为首的这些城市中产阶级家庭孩子的形貌、个性、品性、心理特色鲜明，各不相同，他们都是有一定生活原型的活生生的“现实”儿童形象；另一方面，他们又是寄寓着作家教育忧思、现实关切和审美理想的“想象”中的都市孩子——精力充沛、思维敏捷、创意无限、勇于实践、敢于担当、一往无前……在他们身上，罕有迫于学业压力的忧心忡忡，缺乏学校管理所要求的循规蹈矩，没有父母耳提面命下的唯唯诺诺，难见世俗竞争中的排斥和敌意……相反，有的是顽皮天性的自然流露，生命活力的自在挥洒，童年言行的智慧闪光，生命意志的自我赋权。面对生活，他们表现出强烈的参与意识和自主实践能力。他们以孩子特有的眼光、思维和行动去观察生活、理解社会、把握自我、处理问题，以此影响包括家长、老师、邻居在内的周遭成人世界，并建构属于他们自己的童年文化价值体系。这样的童年文化样态，恰恰是作家所着力表现的隐匿在现实表象背后、具有本质真实的童年面相，它以正本清源的童年观轻轻拂去笼罩在现实童年之上的功利主义的蛛丝，使之恢复了清澈、明媚、昂扬、磊落的生命底色，彰显了纯真、自由、快乐、创造的童年精神。

在这个意义上，如果说，那种仅止于镜像式摹写的儿童小说所呈现的是时间性语境下的“实然童年”的话，那么，类似《跳跳电视台》《超级市长》《侦探小组在行动》《小英雄和芭蕾公主》《樱桃小镇》等充分张扬儿童独立性、参与意识、创造精神与行动力的作品，所昭示的就是由“世俗时间”导向“心理时间”，由童年“表象现实”抵达童年“生命真实”的“应然童年”。在“淘气包马小跳”系列中，“实然”与“应然”内外协同、珠联璧合，不仅全方位塑造并呈现了当代中国城市中产阶级家庭孩子的童年形态，而且也很大程度上引领且构筑了儿童小说“时间童年”审美表达的“双面”效应。

窃以为，这恰恰是“淘气包马小跳”系列在近二十年中畅销乃至长销的奥秘之一。

三、“本位”陷阱和审美误区：“时间童年”的庸俗化

时间是童年存在之基、审美之源。时间性是存在（客体）见之于此在（主体）的时间现象。相对于现实时间的客观性，时间性呈现着一种“主观时间”的结构特质。当时间的世俗性消逝让童年成为绵延不息的生命之流的源头，并以其不断延展的生命轨迹昭示童年面向未来的自然性、开放性时，时间的主观性投射就使童年作为情感资源和思维影像不仅见证了社会生活的律动，而且还体现着童年作为社会结构的自主性、建构性。前者（童年见证社会生活的律动）是儿童群体生活实践、生命形态的“实然”面貌，可谓现实童年的自在存在；后者（童年作为社会结构的自主性、建构性）则是童年世界心灵结构、情感体验的“应然”状态，可命意为现实童年的自为存在。时间维度上，童年的这一复合结构对应于文学审美实践，通常意味着由“成人—儿童”双逻辑支点展开童年叙事，构建从“儿童”到“成人”的文化融合与价值交汇。这一童年时间叙事视角既与现代儿童本位观所持价值立场暗合，也和海德格尔时间观念对此在动态性、生成性的强调，以及对存在之于此在的浸淫、感染、调动、激活一脉相承。

说到儿童本位，百年中国儿童文学史上，最早明确提出“儿童本位”的是郭沫若。“儿童文学，无论采取何种形式（童话、童谣、剧曲），是用儿童本位的文字，由儿童的感官以直塑于其精神堂奥，准依儿童心理的创造性的想象与感情之艺术。”[①] 这一观点强调儿童之于儿童文学艺术表达的主体性。郭沫若之后，将儿童本位系统化、理论化，使之成为中国现代儿童文学核心理念与写作立场的是周作人。“以前的人对于儿童多不能正当理解，不是将他当作小型的成人，期望他少年老成，便将他看作不完全的小人，说小孩懂得什么，一笔抹杀，不去理他。现在才知道儿童在生理心理上虽然和大人有些不同，但他仍是完全的个人，有他自己内外两面的生活。这是我们从儿童学所得来的一点常识，假如要说救救孩子，大概都应以此为出发点的。”[②] 与郭沫若不同，周作人所倡导的儿童本位不是仅仅止于儿童文学功能、本质的

① 郭沫若：《儿童文学之管见》，载《文艺论集》，上海光华书局，1927，第3版。

② 周作人：《苦茶——周作人回想录》，敦煌文艺出版社，1995，第539页。

核心立场，而是谋求儿童解放（“救救孩子”）的观念基础和实践原点。在此基础上，周作人颇为推崇日本学者柳泽健的观点：“大人所见的儿童的世界必不会是儿童所见的儿童的世界。这样的纯粹的儿童的世界的事情，只一切交与儿童的睿智与灵性便好了；大人没有阑入其间的必要，也没有这个资格。大人对于儿童应做的事，并不是去完全变成儿童，却在于生出在儿童的世界与大人的世界的那边的‘第三之世界’。”[①] 由此足见周作人所倡导的“儿童本位”是两位一体的：既强调儿童对于儿童文学的主体性，又不放弃成人“救救孩子”的主导性，旨在能够创造出“融合成人与儿童世界”的“第三世界”。周作人这一现代儿童本位论核心观念经过半个多世纪的理论钩沉、创作推进，在20世纪90年代焕发出新的思想光芒，也成为新世纪原创儿童文学极其重要的审美原则、写作立场。“不是把儿童看作未完成品，然后按照成人自己的人生预设去教训儿童（如历史上的教训主义儿童观），也不是仅从成人的精神需要出发去利用儿童（如历史上的童心主义儿童观），而是从儿童自身的原初生命欲求出发去解放和发展儿童，并且在这解放和发展儿童的过程中，将自身融入其间，以保持和丰富人性中的可贵品质，我将这种形态的儿童观称为儿童本位的儿童观。儿童文学作家在这种儿童观的观照下创作的儿童文学就是儿童本位的文学。”[②] 当代学者朱自强的上述观点不仅一语道出了儿童本位的精神要义，而且也代表了“儿童本位”儿童文学观在新的社会思潮和文化语境下的内涵拓展、理论深化，对新世纪原创儿童文学的思维启迪、观念引领作用不容小觑。

基于此，如果以上述现代“儿童本位”儿童文学观为坐标来透析、衡量时间坐标轴上“淘气包马小跳”系列现实童年之文本实践，不难发现，该系列作品在炫目的销售业绩、惊异的读者效应背后隐含着由“伪儿童本位”所带来的将“时间童年”庸俗化审美误区。

其一，儿童本位的单极化与成人世界的矮化和简化。

仅从故事情节和形象定位上看，在“淘气包马小跳”系列中，杨红樱执

① 周作人:《儿童的世界——论童谣》，载《周作人散文全集（第二卷）》，广西师范大学出版社，2009。

② 朱自强:《儿童文学的本质》，少年儿童出版社，1997，第16—17页。

守着“儿童至高无上”的童年立场。这一创作观念在具体的文作中，很大程度上就被置换为“一切投儿童之所好”，“孩子喜欢什么，我就写什么；孩子希望怎么写，我就怎么写”的商业投机和文学献媚。殊不知，就童年时间性而言，在“世俗时间”语境下，都市童年的“实然”面貌固然可以是儿童视野中童年生活实践对孩子的自然敞开；但在“心理时间”框架下，现实童年的“应然”状态必然要求作家的审美立场、价值选择不可能仅持一端。否则，这样的时间叙事就背离了“存在显现此在”的时间性结构，从而也失却了“时间童年”审美表达应有的立体感、纵深性，以及其所昭示的生命成长的多重意义。

比如，在“淘气包马小跳”系列的诸多作品中，杨红樱对马小跳及同伴们的淘气、贪玩、好动、异想天开等种种儿童天性满怀肯定之心、赞赏之情，这固然能够体现作者的“儿童本位”审美立场。但是，当作家出于凸显“儿童”站位而将本属于孩子的生命特质移植或嫁接到成人身上时，这种所谓“儿童本位”的庸俗化、泛化所引发的就不只是成人形象简单化、矮小化所造成的文学失真，更有审美价值观的滞迟和倒错。这一定程度上将成人文化与儿童世界对立起来，在放弃甚至否认了童年面向未来之生长性、建构性的同时，将之闭锁在“天真”“贪玩”“自由”“快乐”“异想天开”等原初生命属性之内。这一点在《贪玩老爸》《天真妈妈》《轰隆隆老师》《丁克舅舅》等作品中的成人角色定位上有清晰表现。故事里，作家不仅不惜笔墨刻画、渲染这些成人身上的童心童趣，而且还在儿童天性与成人规则发生冲突、抵牾时，不加选择地执守儿童立场，而对成人文化加以鞭笞。凡此种种，不仅是对“儿童本位”的误读、曲解，更从审美实践层面消解了儿童和成人、童年文化与成人文化之间相辅相成、互哺互证的复杂关联。换言之，就儿童小说现实童年“时间性”表达而言，这也是对“存在”与“此在”双向转换的悬置。

其二，“儿童趣味”的过度化与成长的表达深度的欠缺。

“淘气包马小跳”系列中，杨红樱以名目繁多的童年生活事件描述和林林总总的校园场景刻画显示了她对儿童心理动态与阅读趣味的深入了解、准确把握。给安琪儿浇水，想让她长高的马小跳；用脑门儿敲鸡蛋的张达；爱吃、爱哭、爱放屁的小胖墩唐飞；废话连篇，嘴巴一刻也闲不住的毛超；少年老成、满嘴成语的丁文涛；单纯善良、缺乏自信的"笨女孩"安琪儿；喜欢厨艺、快人快语、总把男生们指使得团团转的杜真子……系列故事围绕着这些个性鲜明、充满活力的男孩、女孩形象，构建了连绵不断、趣味洋溢的"情节流脉""故事套环"，让阅读如同顺流而下的一叶扁舟，时而随波漂流，时而飞驰如箭，时而回环徜徉，时而靠岸小憩……其中固然有风浪骤起的惊险刺激，有轻舟飞渡的快意畅达，有极目江天的纵情自在，有阅历山水的娴雅沉醉……但缺少了溯流探源的新异渴念，拾级攀登的热切希冀，曲径寻踪的意气洋洋……究其因，就在于这种一泻而下、汩汩滔滔的平行情节、连环故事体现的是"世俗时间"视野下的单线索时间叙事，而非"现实时间"与"心理时间"交错、融合的复合性童年表达。

换句话说，"淘气包马小跳"系列故事更多注重"现时"意义上的儿童生活趣味呈现，而很少关注"未来"趋向的成长心理动因、童年生命期许之深层表达。这样一来，其实在很大程度上就将童年闭锁在一个表象化的现实空间里，淡化甚至悬置了文本对儿童内心世界的探索与贴近，忽视了童年面向未来世界的生长和建构。所以，生命成长的纵深感、动态性就被人为截断，童年书写的内容广度、生命成长的意蕴深度也就有所欠缺。由此，时间维度的"现实童年"书写就成了看起来气象不凡、瑰丽雄伟，实际上却内蕴寡淡、轻盈虚饰的"充气城堡"。

其三，"童年代言"刻意化与面向儿童的"文化献媚"[①]。

说到"代言"，被誉为中国当代儿童文学"鬼才"的作家班马在其理论专著《中国儿童文学理论批评与构想》中曾将儿童文学作家面向童年的书写方式归纳为"呈现""代言""暗合"三种。[②]其中，"呈现"是作家在"他者"视野下面向童年的常态化、基础性叙事；"暗合"是成人作家无意识童年审美表达与儿童生命形态的自然契合，是成人文化与儿童文化的水乳交融、珠联璧合。后者是儿童文学童年书写的最佳样态，亦可谓"天才"儿童文学作

① 方卫平、赵霞:《儿童文学的中国想象——新世纪儿童文学艺术发展论》，安徽少年儿童出版社，2018，第141页。

② 班马:《中国儿童文学理论批评与构想》，湖北少年儿童出版社，1990，第78页。

家（如林格伦、凯斯特纳、内斯比特等）的专利或法宝。而居于两者之间的则是“代言”，它是指作家以书写童年世界、表达童年愿望、捍卫儿童权利、守望并引领儿童成长为己任，自觉站在儿童立场，有意识地通过各种文学审美手段创造让儿童读者喜闻乐见、心领神会的“第三世界”的儿童文学写作样态。

若以上述理论为参照，审视“淘气包马小跳”系列的情节结构和价值取向，不难看出，杨红樱所秉持的正是“为童年代言”的审美立场。系列作品中，无论是描写马小跳、张达、唐飞、毛超、路曼曼、夏林果、安琪儿等男孩女孩的同伴交往、师生关系、个人烦恼，还是表现他们探索自然、参与社会、张扬自我，无不显示出作者“童年为先”“儿童至高无上”的“童年崇拜”儿童文学写作姿态和叙事策略。而在这样的审美立场下，作家虽然全景展示了都市中产阶级家庭孩子包括生活实践、情感体验、心理动态等在内的童年现实的方方面面，也充分袒露了“为儿童代言”的拳拳之心、殷殷之意，但却通过诸多有意矮化成人、简化成人世界，甚至质疑、否定成人价值观的情节设计、形象刻画，显示了刻意讨好儿童的“文化献媚”俗态。

比如，在“淘气包马小跳”系列中，尽管作者也塑造了秦老师、方老师、安妈妈这样刻板、世俗、功利、攀比、“与童年为敌”的老师和家长，以及“对对眼”、宫中格格、高冠这样邪恶、冷漠、自私、狭隘的小偷、网红、情绪调理师等社会人士，但小说中出现得更多的，则是“贪玩老爸”“天真妈妈”“轰隆隆老师”“丁克舅舅”“作家樱子”“成功人士郑世杰”等富有童心、爱心，懂孩子，宽容、理解、尊重孩子的家长、老师、社会人士。一方面，这固然是作品主题、情节设计和形象定位的需要；另一方面，这样刻意地去虚饰、拔高儿童生活，将童年文化理想化，不啻为一种过度“代言”，其面对儿童读者“文化献媚”的意味也跃然纸上。

综上，“淘气包马小跳”系列在“时间童年”的现实书写层面上显示出一种良莠并存、斑驳芜杂的形态。一则，作品“为童年立传”的“代言”审美立场统摄了都市中产阶级儿童现实生活形而下的“事实”存在与生成性的“真实”面貌，从而在一定程度上使这个系列的现实童年审美表达具有了涵盖“现实童年”与“未来童年”的包容性、代表性；二则，其“儿童本位”

表象化与刻意迎合儿童读者的“文化献媚”倾向，又无可抑制地使其整体审美价值取向显示出闭锁童年生命空间、悬置童年成长意涵、消解童年文化建构的功利性、世俗化面貌。

凡此二者，既是“淘气包马小跳”系列“时间童年”审美表达之价值所在，也是现实童年意义上生活之“存在”制约并遮蔽儿童之“此在”的鲜明反证。

第四节
未来童年的价值范式

诚如前文所说，童年的意义源于儿童世界。而儿童世界（童年）作为时间存在，不仅以“此在”的动态生成方式通过曾在、当前和将来三个维度体现儿童生命存在的意义，而且还以“外部时间”和“心理时间”的复合结构，以及由曾在到当前，而至将来的“绵延”昭示童年世界的广阔与童年文化的完整和深邃。也正因如此，童年的“时间性”才无处不在、无时不有，并最终以记忆、现实和想象三种形态之间或嵌套、或融合、或对照、或分蘖的复杂关联体现“时间童年”对于人类童年文化发展的丰赡意义。其中，尽管“曾在”维度的记忆回溯与“当前”维度的现实探察作为“时间童年”意义主体不可或缺，但实际上，相较而言，“将来”维度的童年建构却更为重要。原因就在于，童年无论作为生命现象，抑或是文化存在，其核心或本质是生成与发展，其价值取向都指向未来。

而说到“将来”维度的童年建构，在热浪滚滚的新世纪原创儿童文学写作大潮中，这类作品却委实少见。表面上看，这种稀缺似乎是原创儿童文学童年表达在“时间”维度上不平衡的表现，其深层原因却是诸多儿童文学作家童年观、教育价值观和生命观的偏狭与缺失，以及对童年文化问题、童年精神内涵的探析和思考的短缺。这是另一个问题，这里不做赘述。

也正是在这样的背景下，朱自强教授和左伟女士联袂创作的“花田小学的属鼠班”系列儿童小说以其饱满而具有前瞻性的童年建构脱颖而出，犹显珍贵。具体说，就是作品以小学低段儿童生活为背景，通过一系列趣味洋溢而又意味深长的校园、家庭故事，艺术地构建并传达了作家理想中的儿童形象与童年生态。换言之，系列小说虚构了一种“将来”维度的完整而丰沛的童年面貌。

通观系列小说，以“花田小学”和“属鼠蓝家庭”为核心的童年生态既是幻想式的、理想化的，也是富有现实感和现代性的。它体现了一种超越记忆童年与现实童年的内在真实。这种虚无缥缈而又“本真”的童年情境并非“世俗时间”的童年生活复现，而是作家基于“心理时间”的童年审美创造，它所构建的不拘一格而又令孩子们心领神会、乐在其中的生活氛围、成长情境与现实的童年生态大相径庭，形成了鲜明的比照。作品由此也获得了一种透视和洞悉童年奥秘的深邃与旷达，一份直抵童年本真的敏锐与细腻，一抹贴近心灵真实的梦幻色彩……

具体而言，“花田小学的属鼠班”系列作品中的“时间童年”价值范式主要通过“典型环境”“童年形象”和“题旨蕴意”三个方面体现出来。

首先，系列作品中以“花田小学”和“属鼠蓝家”为核心的童年生活环境是超越现实的理想存在。故事里，属鼠点点老师在班级里养金鱼，和孩子们在课堂上玩语言游戏，为属鼠班开生日会；校长教练教孩子们踢球，失约后甘愿被扣小红花；陌生的夏老师兴致勃勃地配合孩子们拿自己的名字“开涮”；学校里安排的不是大量知识至上的课程，而是摘豆角、做蛋糕、学缝纫、做手工、学做菜等实践性活动；属鼠蓝爸爸、妈妈从来不监督属鼠蓝的功课，更不问“长大之后想做什么”之类的讨厌问题；单元邻居方阿姨遭遇“敲门”恶作剧，却因势利导让属鼠蓝、属鼠灰帮忙干活儿，还请他们品尝香喷喷的蛋糕……甚至就连小区里偶遇的金头发叔叔，面对孩子们的来访，也竟然童心大发，陪着两个男孩玩得不亦乐乎……上述种种带有几分“乌托邦”色彩的童年生活情境，不仅为故事里属鼠蓝、属鼠灰等属鼠班孩子自由畅达、趣味横生的童年生活提供了现实基础，而且也很大程度上推动了故事情节的发展，从而使得一些看似寻常的童年生活事件变得悬念迭起、意味深长。

比如，在“鱼缸里的奇案”一节中，“鱼缸凶杀案”一次次发生，孩子们一次次破案失败，情节峰回路转、跌宕起伏，悬念也一再被延迟，故事渐渐达到高潮。这样的情节推演在特定的现实背景下无疑是孩子们不断探究未知世界、获得生命真知的思维与行动的写照，更寄寓着作者对儿童至真至善天性的由衷激赏，以及以变革、优化校园文化而陪伴、引领童年成长的审美关切。

类似情节在系列作品里随处可见。

在“夏老师叫什么名字”一节中，身材高大的夏老师代丫丫老师来上课，孩子们起初还有些好奇，但后来受夏老师灵活、亲切、幽默、风趣的教学方式感染，很快就喜欢上了夏老师。不仅如此，调皮的属鼠灰竟然胆大妄为、“肆无忌惮”，一再拿夏老师的名字开玩笑。在属鼠灰嘴里，夏老师一会儿叫“夏天”，一会儿叫“下雨”，一会儿是“下冰雹”，一会儿是“下雪”，最后还是“吓一跳”……无论属鼠灰怎么信口开河，拿夏老师的名字“开涮”，夏老师始终笑眯眯的，顺风行船，有问必答，以至于孩子们玩得轻松自在、兴致盎然……这样的场景刻画表面上似乎仅仅是在描摹、渲染孩子们“目无尊长”的玩闹、恶作剧，字里行间却深含着作家对于孩子天性无限包容、理解、尊重，乃至欣悦、赞赏的情感态度。毋宁说，这是与现实中相对呆板、僵化、缺乏活力的师生关系判然有别的“理想化”童年生态的折射，其动感、鲜活、元气满满的场景氛围所映现的既是作家审美意识中的“心理时间”，也是立足于“此在”并向“存在”不断升腾的精神“绵延”。

而在“我的妈妈也是精灵”一节里，蓝爸爸半夜起床，发现妻子消失不见并遍寻不得后，顿时陷入慌乱之中。此时，故事外的小读者也不禁担心起来：莫非蓝妈妈也真的化作精灵飞走了？事实上，这不仅是作家在故事讲述上的“障眼法”，更是对温情缱绻，富有生趣家庭氛围、亲子关系的营造和渲染。作品最后，当妈妈从衣柜里出来并讲述其中的“奥妙”时，故事不仅给予读者“意料之外而又情理之中”的阅读快慰，而且还将这个家庭宽松、民主、和谐、温馨的亲情氛围和盘托出，让人读来感慨而又感动……

以上情节结构单就作品的表层叙事效应而论，主要是通过悬念、细节、语言节奏及情节脉络，共同营造出“花田小学的属鼠班”系列作品中宽仁和谐、平等自由、张弛有度、活泼灵动的儿童生命空间、成长环境。但如果深入作品肌理就会发现，作家所想要表达的，其实是基于“心理时间”的童年生命期许和价值愿景——花田小学的校园文化生态、男孩属鼠蓝及其父母分明表现着作家心目中“理想童年”的模样。

其次，系列作品里，无论是以属鼠蓝、属鼠灰为代表的儿童，还是以属鼠点点、蓝爸爸、蓝妈妈为典型的成人，都是指向“未来”的童年价值范型。

“属鼠蓝和属鼠灰”系列作品中，作者塑造了一系列个性鲜明的儿童形象：懂事聪明、热情仗义的属鼠蓝，率真单纯、贪吃好动的属鼠灰，古灵精怪、心直口快的属鼠白……故事里的这些孩子天真、稚气、单纯、热情，他们举手投足、一颦一笑与生活中的儿童并无二致，只不过，比起生活中的孩子，属鼠蓝、属鼠灰、属鼠白们多了游戏、玩闹、自由、欢笑。他们没有成绩排名的压力，没有功课竞争的烦恼，没有周末补课的疲惫，也没有耳提面命的困扰……他们有父母的宽容关爱，有老师的理解尊重，有学校的呵护引导，有同伴的友爱热忱……他们是衔着幸运星降生的幸福的孩子，他们依照自己的愿望生活，顺应自己的天性成长，他们的生活是真正属于孩子的生活，他们生命状态舒展，情感心理自由，精神气质昂扬……这是一群真正的孩子，他们的生命力、创造力在花田小学这个特定环境中得到了完全释放和充分激活。他们就如同一粒粒饱满的种子，植根于沃土，沐浴着阳光雨露，茁壮生长。这样的童年生态令人迷醉、让人神往。这是现实之外的另一种现实，是生活背后的另一种生活，是“此在”对“存在”的思维锻造，是“当下”对“未来”的审美诉求。你可以说它是一种梦幻、理想，却无法否认它的真实——基于“心理时间”的内在真实，抑或说是本质真实。而这种真实与成人世界紧密相连、息息相关。

实际上，“花田小学的属鼠班”系列里，成人形象也异常鲜活、饱满：温和宽容、善解人意的属鼠点点老师，慷慨大方、亲切和蔼的属鼠发发阿姨，睿智谦和、视野宽广的校长伯伯，思维敏捷、风趣幽默的夏老师，童心未泯、卓尔不群的金发叔叔……以及观念前瞻、睿智淡定的蓝爸爸、蓝妈妈……举凡系列作品中出现的成人形象，无论是校长伯伯、夏老师、属鼠点点老师、属鼠发发阿姨，还是蓝爸爸、蓝妈妈、楼下邻居方阿姨……都是理解孩子、宽容豁达、富有爱心、童心未泯的成年人。校长伯伯忘了与孩子之间的约定，会主动找他们道歉，并甘心被扣掉小红花；属鼠灰、属鼠橙、属鼠黑搞恶作剧，用绿虫子吓人，属鼠点点老师没有一句批评，而是弹起吉他，让孩子们在悠扬、温馨的乐曲声里自我反省、净化内心；方阿姨在抓住属鼠蓝、属鼠灰两个小淘气搞“敲门”恶作剧后，先罚后奖，很快就让两个“熊孩子”在蛋糕的甜美滋味里品出了不同行为的意义；而蓝爸爸和蓝妈妈在属鼠蓝不小心打碎茶具时，没有大光其火，而是机智幽默轻松地化解了孩子的窘迫……

正因为有这样的爸爸、妈妈、校长、老师、食堂阿姨、楼下邻居……属鼠蓝、属鼠灰、属鼠白这些孩子们的生活才少了许多委屈和无奈，多了不少自由和畅达。他们都是上文所述良性童年生态的建构者。相较生活中那些被裹挟在功利化教育浊流中，不自觉扮演着剥夺儿童快乐、缩略童年自由的“面目可憎”的成人，系列故事里的校长、老师、爸爸、妈妈、邻居无疑更加可亲、可敬、可爱。他们是童心未泯的大人，他们懂得教育的艺术，尊重儿童的天性，善于通过润物无声的引导，让孩子获得内心的觉悟、精神的启迪……而所有这些，在“花田小学的属鼠班”系列作品中，都熔铸为“未来”视角下代表先进儿童观和童年本体精神的形象创造。

最后，系列作品立足属鼠蓝、属鼠灰等孩子的“过去”与“当下”而塑造“未来”，在构建“理想化”童年生态的同时，揭示了孩子们的成长过程与内在动因，体现了“时间童年”审美表达的深度。

进入新世纪以来，原创儿童文学中以“淘气包”“怪小子”“坏小子”“调皮小丫”“非常小子”命名的作品花样繁多，令人目不暇接。与诸多单纯追求即时阅读效应，而疏于艺术打磨的作品不同，“花田小学的属鼠班”系列作品中的故事不仅植根于当下的儿童生活，有丰赡鲜活、动感生趣的现场感，而且还以时间“绵延”为轴心，充分展示了属鼠蓝、属鼠灰、属鼠白这些孩子们在获得生活体验、亲情陪伴、爱心守护和智慧牵引后的情感激荡、思维激活、心灵觉悟、精神成长。

比如，“敲门敲出了大蛋糕”一节中，一个阴天的下午，属鼠灰在百无聊赖之际，怂恿属鼠蓝在楼道里玩“敲门”游戏。一时间，他们沉浸在一再延迟的悬念感和惊险刺激中，莫名兴奋，乐此不疲。此时的他们，全然没有意识到这是性质恶劣的“扰民”行为，有违社会公德，也与小学生行为规范格格不入。也就是在这种境况下，邻居方阿姨的出现，显示了成人世界对于儿童成长的根本性意义。故事里，面对两个男孩的恶作剧，方阿姨没有简单斥责、批评，而是不动声色地牵引，最终让他们在不知不觉中完成了从恶作剧到助人为乐，从无所事事到元气满满的根本性转变。毋宁说，其中蕴含的，就是现实语境下指向未来的童年成长轨迹。

还比如，在“烦人的妈妈”一节中，属鼠蓝觉得妈妈很烦人，总在他玩得最开心的时候叫他回家，扫他的兴。于是，他给妈妈留了字条。果然，这一次，在他玩的过程中，妈妈一直没有叫他。可此时，已经习惯了“烦人”妈妈的属鼠蓝却魂不守舍起来……故事写出了低龄儿童既渴望自由、尊重，又依赖母爱、亲情的典型情感心理特征。

故事的最后，“属鼠蓝回家后，总是跟在妈妈身边转来转去”。这里，作家又通过属鼠蓝乖巧的举动，写出了男孩对亲情与母爱的细腻品味与温暖体察。这是此前他没有感受到的独特体验。显然，经过这个小小的生活事件，属鼠蓝对情感、对母爱有了全新的感受和理解。而这实际上就是作家在童年的“时间性”视野下把定儿童现实“存在”而塑造“此在”（动态生成的孩子）的过程，其实质就是成长。

综上，“花田小学的属鼠班”系列儿童小说称得上是指向未来的“时间性”表达的优秀作品。其在典型环境、童年形象、成长主题等童年“时间性”意义之外，通过情节结构、场景布局、语言细节等文学元素艺术地呈现了作家的儿童文化思想与童年教育理念。

众所周知，20 世纪 90 年代以来，朱自强一直倡导“理解、尊重并融合、引领童年”的“儿童本位”之儿童观，并对以自由体验和身心感受为核心的“童年身体哲学”深表赞同。系列作品中，作家的这些观念和思维都无痕地“化入”了花田小学的校园生活与教育生态。比如，故事里，花田小学显然是一所倡导“平等、自由、爱心、责任”的学校，其课程设置不仅充分尊重童年心性，顺应儿童愿望，而且还致力于儿童身体技能的发展，以及知识学习与想象世界、经验世界的全面融合、对接……这里不仅有传统的体育课、劳技课、美术课、舞蹈课、音乐课，更有注重开发与拓展儿童实践思维、动手能力、创造意识、生活技能和生存经验的家庭技能课……由此可见，在朱自强教授笔下，花田小学不仅仅是知识的学堂，更是孩子们体验生活、拓宽视野、获取技能、娱乐身心的多功能生命成长乐园。

从这个层面上说，“花田小学的属鼠班”系列里，花田小学及其童年生活空间、儿童教育生态很大程度上体现了作家们的儿童观与童年教育理想。这无疑是他们多年来在儿童哲学、儿童教育与儿童文学创作上不断探寻、孜孜以求的结果。或许也正因如此，花田小学的故事才获得了与《爱弥儿》《夏山学校》《本能的缪斯——激活潜在的艺术灵性》《鼹鼠原野的伙伴们》《小尼古拉》《窗边的小豆豆》等经典儿童教育、儿童文学作品一脉相承的题旨蕴意、故事氛围、审美气质。

实际上，在“花田小学的属鼠班”系列的字里行间，读者时时会感受到作家童年梦想守护人、抒写者的角色。这也是作家文学价值观的某种体现。

我们说，真正的文学往往是面向内心的，它呈现出愿望和现实的疏离、理想与世俗的对抗。真正的文学所表达的往往不是对生活的依附或信赖，而是对现实的质疑与批判。文学是梦想的代名词，是梦幻世界的具象化。文学之所以被缔造出来，不是为了呈示现实的完满，而是为了映衬人生的缺憾。因此，理想化、梦幻色彩、亦真亦幻、想象真实必然是文学的特质，是文学面对现实的力量所在。这一点，成人文学如是，儿童文学亦然。

还需要说明的是，除上述三方面特点外，“花田小学的属鼠班”系列对生活与想象之间距离的掌控、拿捏也颇为独到。比如，开篇作家就以“属鼠班”这个命名为全书营构了一种异于生活的想象空间，也由此奠定了基于现实的幻想性叙事基调。此后，随着对花田小学的属鼠蓝、属鼠灰等孩子日常生活的描述逐步展开，读者看到的是一幅幅不同于现实童年生态的生动画卷。这样的童年图景既是生活真实的反映，又是理想童年的表达。这是充分艺术化了的儿童生活，也是富有概括力的心灵现实。这是海德格尔所说的“此在”向“存在”不断探索、生成和接近的过程。它不是匍匐于地表之上的表象化描述，而是翩飞于蓝天沃野之间的形象性表达。它是形而上的观念、感悟、洞察、思索与形而下的情节、形象、细节、场景的水乳交融、和谐交织，体现的是儿童文学面向生活、面对童年所抵达的某种境界……它是童年审美文化语境下“心理时间”向“世俗时间”的渗透和转化，是童年“将来”之于儿童“此在”世界的方向所在。

从这个意义上说，“花田小学的属鼠班”系列作品可谓原创儿童文学“时间童年”语境下“将来”生活的文学范本，其所创设的以花田小学为圆心的良性童年生态既是对孩子们知情知意的文学馈赠，也是给诸多成人世界的一份意味深长的童年“启蒙书”。

综上，童年文化的“时间性”是童年之“此在”意义的显现。“时间童年”以曾在、当前和将来三个维度对应着记忆童年、现实童年和未来童年三种意义结构。在此基础上，无论是回望视角下面向记忆的童年比照，还是凝思视角下立足现实的童年反拨，抑或是眺望视角下指向未来的成长建构，其所表达的核心都是中国社会发展过程中儿童主体性的发现、苏醒、卫护和张扬，以及成人社会之于儿童由理解、尊重到守望、解放的价值重塑。上述“时间童年”文学表达或体现儿童主体“由内而外”的生活感知、生命体验、现实理解与心灵建构，或表现成人社会“由外而内”的成长陪伴、亲情守望、道德濡化和精神牵引。——无论是哪一种，其所彰显的都是“时间童年”对于原创儿童文学之审美意义。这一点在前述《校长的游戏》《家在学堂》《阿莲》和“花田小学的属鼠班”系列等儿童文学作品中已得到充分印证。

第四章

空间视域下“中国式童年”的内容嬗变

第一节
童年空间性及"中国式童年"空间内涵

人类童年作为人生阶段、社会结构和文化符号，既是不断"绵延"的时间存在，也是无限拓展的空间存在。因童年生命由前而后、由外而内不断"绵延"，时间性就成为童年文化极其重要的存在形态；同样，也因为童年结构基于位置的无限延展和相互连接，空间性也成为理解、阐释、表达童年文化的重要维度与核心通道。

说到空间性，正如前文所述，它首先是一个哲学概念。它指的是客体世界面向主体敞开时彼此之间的一种内在关系。海德格尔曾以"在世界中存在"概念为依托，探究人类的空间化存在方式。此时空间性与德国古典哲学的内在性原则互为表里。此时，主体（人）作为整个世界空间显现的中轴，对客体的空间性效应承担着居间调控功能。

梅洛-庞蒂则以"向世间存在"取代"在世界中存在"，也就是用空间的动态化扩张，取代海德格尔的场域本体性敞开。与海德格尔不同，在梅洛-庞蒂看来，事物空间性存在的核心不在于人的主体性关系建构和居间调控，而在于场域内部所存在的原生性力量推动，而这种原生性力量就是人的本能的身体性。

换言之，在海德格尔的观念世界里，空间性隐含着主体与场域的内在关系。因为处于场域中心的主体发挥其核心作用，故而场域像梦境一样向存在者敞开，并不断扩张其意义边界。而梅洛-庞蒂则认为，空间性的实质在于主体以身体为原点，将场域中的某个方向同化为自我的空间化存在，并由此达成更大幅度、更广范围的敞开。

实际上，无论海德格尔的“内在性原则”，还是梅洛-庞蒂的“身体同化”，其空间性焦点都集中在“场域如何向存在者敞开”的问题上。只不过海德格尔倾向于以人与存在的内在关系为核心向内敞开，而梅洛-庞蒂则主张以人的身体为原点向外敞开。他们所探讨、表达的都是人作为主体存在与自我及外部世界的关系，所体现的是主体存在的空间性。这里所说的空间性主要是一个哲学概念。

哲学视野之外，人类文化史上，最早对空间进行社会学研究的是德国社会学家、哲学家格奥尔格·齐美尔。齐美尔认为，空间只是两个要素之间的关系，在一个要素和另一个要素之间发生的运动或变化要借助于进入空间的位置来发生，因此相互作用就是空间的填充。空间为人类活动提供了可能，而且人类之间的互动也被理解为对空间的填充，不同的人类个体并存，意味着他们分享空间。通过检视社会关系所采取的空间形式，可以窥见社会交往如何在空间上变为现实。在此基础上，齐美尔从五个方面来揭示空间的社会属性，即独占、分隔、固定、距离和运动。①

继齐美尔之后，从 20 世纪后半叶开始，社会学研究层面的空间转向成为热潮，彼时，西方诸多学者皆以新的思维视野来阐释空间与人类生活的空间性。

其中，法国哲学家列斐伏尔（Lefebvre）创造性地提出了空间生产理论。在列斐伏尔看来，空间并非简单地指空的房屋、器皿、家具、包装等物质存在，或科学、技术、文学、艺术等文化形式，而是泛指人类社会化的产物。在此基础上，空间生产不是单纯指空间内部的物质生产，而是指空间本身的生产，即空间自身直接与生产的要素、过程、结果相关，此时，生产是将空间作为社会化对象。换言之，空间中的生产（production in space）现在转变为空间生产（production of space）。② 列斐伏尔用“空间实践”（spatial practice）、“空间表征”（representations of space）、“表征空间”（spaces of

---

① 成伯清:《格奥尔格·齐美尔——现代性的诊断》，杭州大学出版社，1999。

② 汪民安:《空间生产的政治经济学》,《国外理论动态》2006 年第 1 期。

representation）三个概念解释空间生产。其中，“空间实践”涵盖了空间的生产、再生产，以及不同社会形态所处的位置和空间特性；“空间表征”强调空间主体与“空间实践”的“秩序”关系，它与知识、符号、代码等文化元素达成空间存在表征；“表征空间”则通过空间实践或被编码而与社会生活的隐秘部分相关联，体现了艺术化的复杂象征。空间生产的这三个概念分别对应着感知的空间（perceived space）、构想的空间（conceived space）、生活的空间（lived space）三种空间形式。

无独有偶，澳大利亚学者泰若也以概念的形式阐释并区分空间的社会化存在形态。与列斐伏尔不同的是，泰若将社会化空间分为地方空间（space of place）、活动空间（activity space）、位置空间（positioned space）、话语空间（discursive space）四种形式。其中，地方空间指物质的、有边界的地方，它呈现了现实中特定地域的独有特征，也构成了空间此在（人）文化身份的一部分。活动空间指的是空间此在（人）互动、交往、生活的空间。活动空间具有利益均衡性、空间共享性，它既包括人类社会生活持续展开的物质空间，也包括数字化媒介构造的虚拟空间。位置空间是一种与空间此在（人）的身份、权利密切相关的空间形式，它既具有涵纳性，又具有排他性，故而亦可称之为“关系空间”。与上述三种空间不同，话语空间指的是由公众、媒体或其他社会机构秉持、认同的一种心理态度和文化惯例。作为一种心理建构，话语空间产生于特定场域的话语系统，“是事件及其反应，是价值观，是媒体辩论和呈现的产物”。①

与海德格尔和梅洛-庞蒂不同，在齐美尔、列斐伏尔和泰若的空间性观念体系中，以个体互动与社会关系交错或并置为内涵的主导性秩序建构成为人类生活空间性的核心、要旨。这一空间思维很大程度突破了原有空间现象的结构和逻辑，重新诠释并确证了空间意义的社会机制。这也与布尔迪厄的“场域”和“社会空间”理论遥相呼应。

譬如，布尔迪厄认为，把社会理解为“各个相对自由的‘游戏’领域的聚合，这种聚合不可能被压制在一种普遍的社会总体逻辑之下”，这是一个

① Elizabeth Teather, *Embodied Geographies* (London: Routledge, 1999), pp. 2-4.

社会建构的、在实践中运作的、具有差异性的、游戏和竞争的空间，“在这样的空间里，行动者根据他们在空间里占据的位置进行争夺，力求改变或力图维持其空间的位置或形式”。①

事实上，在社会学领域，社会空间涵盖了丰盈的话语场域、经验性事实和想象力空间，作为一种社会学方法论或社会学基本概念解释，其理论框架体有以下层面：第一，空间作为主体性存在的策略或场所；第二，空间作为社会权力关系；第三，空间作为一种符号体系；第四，空间作为一种情感体验。基于此，空间可以提供一种认识社会、理解社会的新视角、新路径。②

基于前述学者对空间及空间性的不同维度阐释，著者认为，童年作为空间性存在，其现实形态同样涵纳并保有诸如“主体性存在的场所”“社会权力关系”“符号体系”“情感体验”等社会空间之多重属性。换言之，童年作为社会结构和文化现实，不仅基于社会空间而存在，而且其本身就是一种社会空间，“一种不断建构、解构和重构的多重社会空间”。③

也正是在这个意义上，作为社会空间的童年或可从身体空间、物理空间、交往空间、象征空间四个叠合的空间维度体认并把握。其中，身体空间对应着童年身体文化；物理空间对应着包括家庭养育文化、校园文化和社区文化在内的童年生活实践；交往空间对应着包括亲子文化、代际文化和童年伙伴文化在内的童年社会关系；象征空间则以观念形态或符号价值（有别于现实存在），对应着童年审美文化、童年消费文化。足见不同童年空间在不同层面涵纳并呈现人类童年的多元面相，体现且见证童年文化的现实形态与未来走向。

这还仅仅是童年空间在社会学层面的空间性内涵。实际上，换个角度，空间性也是一个文学地理学概念。文学地理学意味着一种阅读形式。这种阅读关注文本中的空间和空间性，但它也意味着关注影响文学和文化生产的不断变化的空间形态或地理形态。这可能涉及文学记录不断变化的社会空间构

---

① 皮埃尔·布迪厄、华康德：《实践与反思——反思社会学导引》，李猛、李康译，中央编译出版社，1998，第 17 页。

② 潘泽泉：《当代社会学理论的社会空间转向》，《江苏社会科学》2009 年第 1 期。

③ 郑素华：《论作为社会空间的童年——一个初步的探索》，载张斌贤、于伟主编《新儿童研究》第一辑，广西师范大学出版社，2020。

造的方式，以及文本表现或绘制空间和地方的方式。[①] 不仅如此，当读者的文学地理学与作者的文学制图学在空间性层面达成默契的时候，空间和空间性就不仅是作者“通过各种文学手段，以不同方式绘制他们世界的真实与想象空间”，而且也是读者可以积极阐释、主动建构的意义空间。[②] 这样的空间形式就如同卡尔维诺所说，“必须成为一种内在的风景，让想象力居住在那个地方，让它变成想象力的剧院”。

据此，不论是哲学层面的“场域”结构，还是社会学视角的“多重属性”，抑或是文学地理学意义上的“空间”阐释，都可以成为我们理解童年文化的观念基础、意义通道。其中，首要的就是“作为主体性存在的策略或场所”的“空间童年”形态。

在此意义上，著者以为，就空间的内涵而言，新世纪的“中国式童年”实际上就是涵纳生活实践、身体文化、社会关系与符号价值的多重童年文化存在。其由物质属性、精神属性统合而成的社会属性决定了“中国式童年”文化形态既非单一的身体空间、物理空间，也非单一的人际交往空间和符号象征空间，而是“物质空间与精神空间的解构与重构，是一种真实和想象的融合，主体和客体的交汇，艺术与科学统一”的社会空间存在，其“核心在于建构一个合理的物质空间和精神空间‘关系’……进而满足童年空间差异性发展和开放性发展”。[③] 而在上述“中国式童年”空间结构中，以特定童年物质景观和特殊童年文化形态涵纳并见证童年生活现象、生命发展的物理空间具有基础性地位和功能。原因就在于“中国式童年”物理空间“提供了一个独特而有用的镜头，可以用来把握作为成年人想象的理想的童年、作为社会关系塑造的童年、作为儿童体验的童年”。[④] 不仅如此，“作为物理空间的童年，其关注的核心是童年观念、理想、想象的建构是如何通过物质空间实现的，其聚焦的是围绕儿童生活而构建的各种物质、物理空间以及相关实践”。

① 罗伯特·塔利:《空间性》，方英译，北京大学出版社，2021，第 102 页。

② 同上书，第 100 页。

③ 冷田甜:《童年空间生产的理想图景、实践表征与支持路径》，载张斌贤、于伟主编《新儿童研究》第二辑，广西师范大学出版社，2021。

④ Marta Gutman, “The Physical Spaces of Childhood,” in *The Routledge History of Childhood in the Western World,* ed. Paula S. Fass (Abingdon: Routledge, 2012), p.249.

因此，“这些空间与物质实践不仅受到（成人—儿童）单向关系的童年观念、知识的影响，而且它们所构建的世界不仅促进了这些观念、理想和它们所构建的价值，而且肯定了它们的正确性”。[①]

比如，中篇儿童散文《家在学堂》（谢倩霓）中，童年的“我”随父亲所任教学校的变换，辗转于不同的学堂之间。在 20 世纪 70 年代的特定时代背景下，这些处在赣西南山区的学堂显示出共通的童年文化特征：相对贫乏的物质供给、宽松而自由的时间安排、简单而多样的游戏空间、朴素却热忱的伙伴关系……凡此种种，不仅共同缔造了“我”童年成长的空间文化，而且也适时构建并塑造了“我”在特定文化环境中的童年生活与情感体验。

还比如，儿童小说《无尽夏》（陆梅）中，作家精心构建了一个即时性童年文化空间“莫家花园”，并通过都市女孩老圣恩与檀岛女孩莫莉的友情交往，在揭示为纷繁芜杂的现实表象所遮蔽的生命之真同时，生动呈现了儿童生命形态与其所身处的空间文化之间的密切关联。小说中，老圣恩生活在一个民主、平等、理解、包容的知识分子家庭，她的成长在檀岛之行的生命体验和情感激荡里实现了某种跨越。而檀岛女孩莫莉个性的孤傲、乖戾、敏感、自尊，则与她的身世和莫家花园里“隔代养育”的家庭模式息息相关。故事里，尽管两个女孩成长环境迥然不同，但这并不妨碍她们在探索生命本相的过程中培育出真挚的友情。小说里，两个女孩的友情交往、情感互动在实质上蕴含着童年的主体精神，而且也充分体现了儿童对“空间童年”文化的某种反哺。这在另一个层面表现出“空间童年”生活实践的“正确性”。

再如，儿童小说《满川银雪》（唐池子）也是一部在“空间童年”表达层面颇具特色的作品。小说曾获得“青铜葵花”儿童小说奖。作品以“童年生活”与“成人世界”双嵌套空间结构记述了 6 岁女孩木丹在 1982 年十多天的亲历、体验。小木丹从懵懂到自觉的心灵成长轨迹，映现出童年与成年、儿童与社会、现实与传统之间互哺互证、异体同构的密切关联。

故事里，小木丹在“童家大院”仅仅待了 12 天，但这 12 天却让她寻到了亲情背后的文化根脉、心灵深处的精神家园。从这种意义上说，小木丹 12

① 郑素华:《论作为社会空间的童年——一个初步的探索》，载张斌贤、于伟主编《新儿童研究》第一辑，广西师范大学出版社，2020。

天的“童家大院”生活体验其实就是接受亲情的社会化熏染和家庭的文化性启蒙的过程。这样的人格示范、亲情感召、精神启悟、文化熏染，让小木丹在特定环境和有限时间里完成了成长启蒙、生命发现，达成了精神自我的苏醒和文化身份的确认。故事最后，当“童春堂”花鼓戏传承有望与小木丹生命复苏、精神“还魂”交相辉映时，作品借“童家大院”这一特定物理空间而孕育的“小木丹内在生命苏醒”与“湖湘花鼓戏传统文化再生”双重主题也清晰可见。这无疑是童年物质景观和特殊文化形态见证并促发生命成长的又一审美佐证。

而叶广芩获得第十一届全国优秀儿童文学奖的儿童小说《耗子大爷起晚了》则在文学审美层面上将“中国式童年”物理空间对于儿童生活实践、情感体验、心灵成长的涵纳、孕育、牵引推进到新的境界。

作品中，在颐和园里跑来跑去的小女孩耗子丫丫浸淫于老北京市井文化、民俗文化、故宫建筑文化、历史文化所构成的多重文化氛围里。丫丫与耗子大爷一家的和谐相处、休戚与共不仅是童年率真、稚拙、单纯、明媚天性的自然表露，同时也是老北京“将耗子当家神，谁家有耗子，说明谁家富裕、兴旺，对这个进进出出的小生灵是要敬着的”这一特定民俗的现实展开。看似简单的童年生活体验既有民俗文化的现实依据，又暗合儿童率真、稚拙、善良、宽容的天性，由此孕育出形神兼备、鲜活灵动的童年形象。而与民俗文化的创意融合相呼应，作品中故宫建筑文化与历史文化元素的形象化也构成了耗子丫丫童年生活的背景，并随着情节的脉息搏动。

故事里，为了弄清楚颐和园里屋檐上那些神兽的名称由来，耗子丫丫和乡下男孩老多两次去探访红顶子走工后人。此时，出于对那些栩栩如生的小小神兽的好奇心和探究欲，太和殿、奉先殿等恢宏、肃穆的故宫古建筑在两个孩子眼里不再是宏伟庄重、缄默压抑的文化符号，而是奇异玄妙、神秘莫测的地方。依托故宫、颐和园特定的物理空间，童心探秘与文化探源内外协调、水乳交融，共同编织出趣味横生而又意味深长的情节脉络。此可谓新世纪“中国式童年”语境下，空间文化滋育儿童生命成长的经典书写。

类似“空间童年”表达的作品还有儿童小说《建座瓷窑送给你》（彭学军）和《蓝门》（张忠诚）。

《建座瓷窑送给你》以瓷都景德镇为“空间童年”背景，通过黑指、小天、金毛三个男孩的校园、家庭生活，展现了新时代生活变迁与文化转型中的社会风貌和童年成长。故事里，玩着泥巴长大的黑指起初对陶瓷并没有多少感觉，反倒是爸爸“不做泥巴佬”的反复提领让他颇为不解。后来黑指不慎摔碎了家里珍贵的祭红瓷壶，在千方百计赚钱弥补失误过程中，黑指体味了景德镇制陶工艺的种种奇妙，渐渐喜欢上陶瓷并开始烧“五号窑”，期望给远行归来的爸爸带来惊喜……

不同于《满川银雪》中承载着传承花鼓戏文化使命感的小木丹，彭学军笔下的小主人公黑指对接续祖辈、父辈陶瓷工艺，传承景德镇陶瓷文化并无兴趣，不仅如此，他从一开始对陶瓷和制陶工艺无感甚至排斥，到好奇尝试，再到认同接受，经历了一个漫长的过程。拉坯、修坯、上釉、烧窑等诸多陶瓷工艺流程与黑指、小天、金毛等孩子生活的交集、情感的碰撞、性格的锻造、品性的淬炼等生命体验深度契合，共同营造了具有象征意味的情节氛围，这就让看似与童年本无内在联系的景德镇物理空间及其陶瓷文化由物质形态一跃而成情感寄托、生命象征，最终在呈现社会转型与生活变迁的同时，适时映现出了特定童年物理空间对于儿童生命成长的意义。

与前述《耗子大爷起晚了》相类似，《蓝门》也是一部以童年视角描绘特定空间中的文化浸淫现象并牵引儿童成长方向的作品。

小说精心构建了油坊街和蓝门一大一小两个童年成长空间。其中，作为“仁义之乡”的油坊街是小孤儿盐豆童年生活的社会文化背景，而蓝门则是他童年命运的物质空间依托。故事里，随着经济社会变迁，油坊街面临拆迁改造，此时，固有的文化形态和生活格局完全被打破。在厚爷无望而略带悲情的守望中，蓝门逐渐成为承载小孤儿盐豆漂泊命运的“孤岛”。好在这里有仁爱诚信、温和重义、善良宽厚、坦荡无私的厚爷、胡爷、石井爷。正是因为有他们，油坊街作为农业文明和小手工业时代落幕前的童年物理空间、文化表征，才显出了苍凉中的最后一缕暖色，这也一定程度上给小盐豆悲苦凄凉的童年命运带来了一抹温情。

统观新世纪原创儿童文学“中国式童年”的空间书写，体现类似审美效应的作品还有《樱桃小庄》（曹文轩）、《宝塔》（秦文君）、《将军胡同》（史雷)、《水边的孩子》(王勇英)、《少年陀螺王》(王勇英)、《流动的花朵》(徐玲)、《给我一个太阳》(王璐琪)、《挂龙灯的男孩》(冯与蓝)等。

尽管以上所述空间功能体现的是童年物理空间作为文化存在的普遍意义，但从中也可窥见“中国式童年”作为特异性童年空间形态所应有的繁复面貌及多元价值取向。

换言之，进入新世纪以来，表现且见证当代中国社会经济转型、文化变迁的“中国式童年”，其作为特定社会空间，既是童年物质和精神（抑或童年现实与想象）的交会，也是童年身体文化、物理空间、世代关系与童年符号象征的四位一体。而在此前提下，原创儿童文学的“中国式童年”之空间审美表达则以乡村童年、城市童年、边际童年等物理空间为基石，呈弥散状辐射开来，并最终形成了多向交叉、立体展开的童年书写路径。

第二节
新世纪童年变迁与乡村童年叙事

正如前文所述，童年文化是人类童年生活及其符号镜像的同义语，有什么样的童年形态，就会有什么样的童年文化。在这一点上，现象学视域下的童年现象与儿童生活世界为我们理解童年文化乡村维度的空间性特征提供了理论来源及方法借鉴。依照现象学大师胡塞尔的理论，生活世界可谓“经验实在的客观生活世界和纯粹先验现象的主观生活世界”之统一体。[①] 据此，要理解并把握乡村空间维度之童年文化，就“需要回到乡村儿童生活世界，探寻一种‘自下而上’的微观视角，摒弃对乡村及乡村儿童的偏见，将一个个具体的、有血有肉的乡村儿童作为研究对象，去了解他们在乡村生活中的状态，去体验他们居于乡村生活中的体验，与他们一起探索发现影响其状态及体验的乡村生活的演化逻辑”。[②] 换句话说，就是把乡村儿童置于乡村世界的中心，聚焦他们的现实生活与情感、心理动态，探寻隐匿于日常生活实践背后的内在时空关系与生命成长意义。

实际上，作为人类生活的典型空间形态，相较城市生活的聚集性、系统性、动态性与多样性，乡村生活相对而言呈现一种离散性、非系统性、自然

① 朱刚:《胡塞尔生活世界的两种含义——兼谈欧洲科学与人的危机及其克服》,《江苏社会科学》2003 年第 3 期。

② 李旭、赵芳妮:《乡村儿童生活世界认识路径优化——现象学与童年社会学视角的融合》,《学前教育研究》2019 年第 8 期。

性与单一性面貌。而生成于这样一种相对原始粗粝、质朴自然的地理空间和社会场域中的童年生活，其所接受的来自成人世界的社会化规约与道德化限制相对而言也较少。尤其在今天城乡二元结构在我国仍占主导地位，乡村“空壳化”、乡村家庭隔代养育、亲情缺失、农村留守儿童“污名化”等现象依然颇为严重的特定语境下，乡村童年生态尽管随着社会变革的不断深入而发生着种种裂变，但乡村童年生活的主体——乡村儿童在特定生活空间里依然延续着传统的自然性生长模式。[①] 而这样一种自由生长的乡村童年文化生态，其空间性特征某种程度上既体现了海德格尔所说的主体性调节，也存在着梅洛-庞蒂的原初性身体扩张，还与齐美尔、列斐伏尔、泰若的“主导性秩序建构”，以及布尔迪厄的“场域”和“空间社会机制”等相关理论相呼应；而其客观经验与主观生活相疏离的童年现实，则与胡塞尔的生活现象学观点发生了相反相成的某种背离，这也在一定程度上表明，当下的中国乡村童年文化实际上存在着现实物质空间与情感想象空间两种空间形式。现实空间里相对缺少规约、控制的自在童年生活世界与精神空间中无限期盼、丰赡饱满的自为童年想象合二为一，共同创造了新世纪“中国式童年”乡村空间芜杂而又纯粹的文化图景。

这样的“空间童年”文化症候在诸多儿童文学中都有不同侧面的审美表达，比如《空巢十二月——留守中学生的成长故事》（邱易东）、《水边的孩子》（王勇英）、《村童》（江夏笠）、《蜻蜓，蜻蜓》（殷健灵）、《穿过忧伤的花季》（王巨成）、《当着落叶纷飞》（陆梅）、《牛说话》（邓湘子）、《公元前的桃花》（曾小春）、《一个男孩的河流》（常星儿）、《泥孩子》（刘玉栋）、《念书的孩子》《青石臼》《花儿与歌声》（孟宪明）、《奔跑的岱二牛》（黄蓓佳）、《樱桃小庄》（曹文轩）、《给我一个太阳》（王璐琪）、《陈土豆的红灯笼》（谢华良）、《上种红菱下种藕》（王安忆）、《如画》（徐玲）、《羊群里的孩子》（李珊珊）、《龙抬头，猪会飞》（李学斌）、《飞舞吧，白鹤》（喻虹）、《燕子亮亮地叫》（王跃文）、《小菊的茶山》（徐鲁）等等。

杂草丛生的荒废田园，空寂无人的百年老屋，人去楼空的乡村学校，望

---

① 任运昌:《高度警惕留守儿童的污名化——基于系列田野调查和文献研究的呼吁》,《教育理论与实践》2008 年第 11 期。

眼欲穿的留守孩子，变动不居的童年生活……这是城市化进程中，乡村中国曾有过的苍凉如水的现实景观。这一切作为儿童小说“空间童年”书写的素材来源、题旨依据，究竟该如何表达？采访实录，力求客观呈现者有之，如《空巢十二月——留守中学生的成长故事》（邱易东）、《逐光的孩子》（舒辉波）；近距离摹写，集中提炼者有之，如《蓝天下的课桌》（伍美珍）、《我的课桌在哪里？》（黄传会）；“只取一粒种子，由此生发开去”的虚拟叙事有之，如《流动的花朵》（徐玲）、《给我一个太阳》（王璐琪）；等等。而湖南儿童文学作家邓湘子在儿童小说《牛说话》中的审美选择却是：让牛说话。仅此一点，就决定了这部作品“空间童年”表达的独特性、象征性。

细说起来，在儿童文学里，让动物说话本是极为常见的叙事方式。比如，童话和寓言最常见的叙述角度就是“物说人话”，而动物小说更是常以“人性思维”来比附、参照动物所经历的悲欢离合，即站位于动物立场，以人的情感心理模态性传达动物生命与人类生活的种种纠葛，如塞维尔的《黑骏马》，特罗耶波利斯基的《白比姆黑耳朵》，以及沈石溪的《一只猎雕的遭遇》等。但邓湘子笔下的《牛说话》显然不同于上述作品，它更多是一种隐喻式、象征性叙事，借动物眼光，审视并呈现人间生活的斑驳面相，如夏目漱石的《我是猫》、莫言的《生死疲劳》。甚至是以动物口吻，叙述反常态、非理性的生存状况，如卡夫卡的《变形记》。尽管《牛说话》和上述作品相比，并没有走那么远，但是，其观照生活的视角却有异曲同工之处。这不仅涉及“空间童年”呈现方式及叙事策略，而且还关乎乡村童年文化如何振兴、如何自我救赎等命题。

实际上，新世纪之初，当农业人口城镇化、乡村生活“空壳化”逐渐成为中国乡村文化现象时，工业文明对自然生态、城乡关系、乡村资源、乡村文化结构，以及乡村社会伦理的剥蚀、侵害已经显现。当时社会变革背景下中国乡村社会之芜杂面相该如何呈现？文化转型语境中乡村童年之斑驳镜像又该怎样表达？基于此，在各种“空间童年”叙事选择中，“让牛说话”不啻为一种颇具隐喻意味的表达形式。

而说到“牛说话”，众所周知，中华传统文化中，牛一直是温良、驯服、诚实、稳健、忍耐、沉默的代名词。“勤劳而不知埋怨，善良且没有心机”，牛是“一种摒弃了语言的动物，牛的语言简化到了只有一声‘哞——’”。因此，当作家选择让默默无言的牛开始说话时，其背后所蕴蓄的由孤愤、幽怨、落寞、失望构成的情感张力显然已蓄积已久，如鲠在喉，不吐不快。从这个意义上说，“牛说话”可谓寄寓深广、意味悠长。

这一点与作者的另一部长篇儿童小说《像风一样奔跑》迥然不同。《像风一样奔跑》以纯粹的儿童视角呈现20世纪70年代特殊政治背景下贫瘠的乡土现实所裸露的某种残酷和温暖，作品写出了荒诞社会空间里童心的乐观和坚韧，童年的勇气与力量。而《牛说话》则选择以“牛”的视角聚焦新世纪之初浸淫于社会变革大潮中的湘西农村——传统的田园牧歌式乡村文明发生变异，蓬勃鲜活、自在畅达的乡村童年渐渐远去……作品中，无论是对乡村物质空间的描述，还是对童年身体空间的展开，抑或是对家庭世代（关系）空间的刻画，无不弥散着眷恋、缅怀、叹惋、无奈的情感因子。因此，《牛说话》称得上是新世纪社会变革语境下乡村童年的一曲挽歌。

换言之，“牛说话”作为特定背景下的“空间童年”表达，其审美效应的显现显然不只是设置了特定的叙述视角这么简单。正如同大黑牛虎叉牯是壮壮的“亲爹”、喜雨老汉的“亲家”一样，“牛说话”的荒诞化场景赋予了乡村世代关系以浓郁的隐喻色彩、象征意味。这一点在男孩壮壮的童年空间结构中清晰可见。

比如，小说开篇，城里出生的“壮壮”刚刚满月就被送回乡下，成为留守婴儿。在乡村的深夜，壮壮毫无来由地大哭不止……这一幕体现的正是乡村童年语境下的空间错位。

具体说，就是作家借婴孩壮壮的哭声，不仅暗示着对这种“隔代养育”亲情模式的揶揄、排斥，同时也为作品中小主人公即将开始的快乐被稀释、亲情遭悬置的童年生活提供了某种预示。也就是说，在邓湘子笔下，当代社会城市化进程对乡村童年的剥蚀从生命呱呱坠地那一刻就开始了。也正因如此，小说里，结拜“亲爹”“亲娘”的乡村风俗，在乡村既有亲缘关系逐渐瓦解、传统乡村伦理日薄西山的特殊语境下就越发显得意味悠长。

换言之，当血缘意义上的“亲爹”“亲娘”在童年世代（关系）空间中缺席之时，现实层面的“老牛”“石拱桥”就顺理成章成为亲缘关系上的候补者，象征性地替代了“亲爹”“亲娘”的情感慰藉职能。这也间接为童年空间濒临破裂的农家孩子延续其与父辈乡土之间渐行渐远的乡情关联提供了可能。

不是吗？小说里，当作者安排男孩壮壮的“亲爹”——一头大黑牛出场时，壮壮与这头叫虎叉牯的黑牛之间，就拥有了源自同一物理空间的某种神秘文化联系。而且，因乡村往昔、时事变迁尽收眼底，这头饱经风霜的老牛，此时也不仅仅是岁月的见证者、生活的亲历者，更是乡村童年的代言者。它从沉默无言、淡定忍耐到惶恐无措、急于诉说的变化，无形中就将剧烈社会变迁中那种融合了无奈、压抑、孤独、苦闷、愤懑、怀念、期盼、忠诚、不解、恐慌等复杂情感的生命体验和盘托出。

从这个层面上说，“牛说话”既是古老乡俗的传承，也是一种对城市化进程无情伤害传统亲缘关系的有力反讽。可尽管如此，作者在表达现实悲悯与历史缅怀的同时，也没有忘记以理想主义情怀为日渐寂寥的乡村童年涂抹上温情与希冀的釉彩。

比如，小说末尾，作者安排男孩壮壮拜盲眼老篾匠为师，这与其说是小说情节的内在逻辑使然，倒不如说是作者理想主义情怀的某种自然流露。作为来自乡村，由湖湘文化哺育出来的儿童文学作家，邓湘子无法接受田园牧歌式乡村文明沦落的现实，于是，有意识通过这种类似“回光返照”的情节设置，来安顿自己难以排遣的浓重乡愁。

与此同时，与《像风一样奔跑》类似，作家温润、沉静的叙述笔调在《牛说话》中一以贯之。邓湘子很善于用云淡风轻的诗意笔触描述山野景观和乡村农事，这就使得《牛说话》中，渐近瓦解的传统乡村世代空间（关系）如同即将落幕的夕阳，不仅依然温暖着留守儿童和留守老人，而且其灼灼余晖也使充满了湘南地域风情和人文情怀的乡村人事愈加恬淡而悠远。

这体现了作者乡村童年空间叙事一贯的风格与姿态。邓湘子曾说过：“我的小说不够时尚，我希望它们像米饭和青菜一样，朴素、自然、清新，有自己的味道和品质。”这是作家对自己乡村童年空间性书写的文学期许与清晰定位。

确实，和《像风一样奔跑》一样，《牛说话》依然是散发着“米饭和青菜”清香的作品。只不过，与前者侧重于乡村童年物理空间与世代空间的镜像叙事不同，后者选取了“知白守黑、虚实相生”的叙事角度和文学笔法来呈现乡村童年生态。这就如同画风不同的两帧图：前者是写实长卷，采用白描勾线，工笔补缺，线索分明，丝丝入扣，让人读来过目不忘；后者为写意短轴，一黛远山，层层梯田，淡淡人影，袅袅炊烟，寥寥数笔，烘染出悠远、空寂的山村氛围，让人观之余思邈邈。

这种虚实融合交错的写法，苍凉如水而又暖意融融，不仅勾勒出城市化进程中乡村社会的时事变迁，而且还将其中的人情冷暖、乡俗淳厚，烘染得疏朗有致、委婉动人。这一点在著者看来，恰恰就是由《牛说话》中乡村“空间童年”叙事所体现出来的，其意义不同于当下诸多进行表象化童年空间表达的文本。

与《牛说话》不同，黄蓓佳的儿童小说《奔跑的岱二牛》与谢华良获得第十一届全国优秀儿童文学奖的儿童小说《陈土豆的红灯笼》则显示了乡村空间维度“中国式童年”的另一种风貌。

陈土豆是个淳朴善良、聪慧正直的乡村“留守”少年。一天放学后，他从暴怒的三愣爷手中救下挨揍的毛驴。也就是从这天起，他与这头后来被取名为“陈毛驴”的驴子结下了不解之缘。在这期间，在城里打工的爸爸、妈妈带着妹妹回来了。一家人团聚的好日子没过上几天，麻烦事就接踵而来：爸爸欠薪逃匿；催要工钱的乡民整天围堵在家门口；妈妈进城寻找爸爸，一去杳无音信……面对惨淡的家境，15 岁的陈土豆没有怨天尤人，而是默默担起了一切。他照料妹妹陈小鱼的日常生活，安排妹妹上学，带妹妹去赶集，还在暑假里教妹妹和屯里的孩子学文化知识……他的善良、乐观、勤劳、仁义得到了包括三愣爷、张豆腐、春妮在内的乡邻、同学的称赞。就在兄妹俩的生活渐入正轨时，在城市上学的春妮把妈妈送回来了——妈妈疯了。疯了的妈妈不仅让兄妹俩疲于应对，甚至还差点儿引发了一场火灾。好在随着爸爸的归来，生活慢慢恢复到常态。过年前，陈土豆用张豆腐送他的白杨树做了一根长长的灯笼杆。小年那天，一个大大的红灯笼高挂在家门前，迎着漫天风雪飘舞。兄妹俩知道，那是全家人的希望。春天正一步步走来……

故事中，作为陈土豆生命成长根基的生活实践、情感体验主要在身体、交往和精神三个空间中展开。

首先是身体层面的成长。

这一生命轨迹以家庭空间为核心向外扩展至村落社会空间和山林自然空间，并最终回落至意象化的家庭空间（红灯笼）而宣告完成。换言之，就是陈土豆的身体空间的成长表达先后经历了“独练拳脚”的身体自在体验阶段；“料理生活”的身体自我实践阶段，以及“照顾疯妈妈”“创造新生活”的身体自为成长阶段。更具体些说，就是小说中主人公陈土豆生命成长所涉身体空间是随着家庭境遇的不断“恶化”一点儿一点儿不断向内、向外双向拓展的。故事开头，作为“留守”少年，陈土豆尽管也尝到了家中无亲的寂寥，但更多的，还是享受远离父母争吵的那份清净自在。（这从他每天放学后自得其乐地舞拳踢腿这件事上就能体现出来。）随着父母、妹妹归来，加上不期而至的生活变故，陈土豆的生命能量一点点被激发出来。他为妹妹和村里孩子所做的一切，都是他作为一个 15 岁少年生命空间不断扩张的佐证。而上述这一切，最终在他独自做好灯笼杆，并挂起红灯笼的那一刻达成了自我身体能力的完满实现。

其次是交往空间的改变。

小说中，推动并见证陈土豆成长的交往空间包括两个层面：一是以他为核心而由“离散”走向“凝聚”的家庭交往空间；二是以三易其主的毛驴为线索延展开来的从“对立”趋向“融合”的村落邻里交往空间。两层空间彼此交错，相互融合，互为条件，彼此支撑，共同构成了陈土豆、陈小鱼兄妹俩生命成长的乡村童年空间结构。其中，推动这两层童年交往空间由离心、分散、对立、排斥走向平衡、融洽、和谐、统一的核心与动力源是陈土豆。是少年的爱心、勤劳、责任、担当撑起了风雨飘摇的家庭，也为妹妹陈小鱼构筑了温饱和亲情的双重保障；是少年的朴实、善良、真诚、宽厚唤醒并激活了三愣爷、张豆腐等乡邻的仁爱之心，从而让人情之善、人性之美在山村凛冽的寒风里熠熠闪烁、莹莹动人。这个过程中，少年以他的爱心、善良、情感、知识、信念、勇气、行动和担当影响并改变的不仅仅是家庭的现实和未来，更有包括三愣爷、张豆腐、春妮在内的整个村落乡邻之间的关系结构和价值取向。小说乡村童年空间叙事之所以体现这种审美效应，显然不只因为少年陈土豆基于一系列主体性生活实践的能力，还因为源自少年生命发展、自我救赎和自我超越的内在力量。

最后是精神世界的延展。

实际上，也正是在上述两层童年空间已然重构且高度融合的基础上，少年陈土豆生命成长的精神空间才得以延展到更高的层面。

故事末尾，“疯妈妈”归家后，为照料妈妈，陈土豆为自己办理了休学手续。对他而言，家庭和亲情的意义大于一切。此时，千钧重负全部压在了这个 15 岁少年的肩上。他心中蓄积起来的无助、委屈、忧虑、愤懑也终于在妈妈第一次下厨做饭后彻底爆发。他抱住妈妈大哭。而后，他进城看望放弃治疗、自暴自弃的爸爸，并把爸爸接回了家。至此，这个濒临破碎的家庭劫后余生，终于团圆……可是，陈土豆毕竟只是个孩子，这个负债累累、贫病交加的家庭的出路究竟在哪里？小说中，小兄妹俩的童年成长空间在此遇到前所未有的“高压云团”。而恰恰是在这里，小说显出了虚实相生的空间审美效应。虚的是包括兄妹俩在内，整个家庭的现实走向、未来命运；实的是 15 岁少年一如既往的镇定、勇敢的行动。具体说，就是作家借一根长长的灯笼杆和在雪花中飘舞的红灯笼清晰透示出未来岁月给予这个家庭的温暖和希望。

至此，这个 15 岁少年独自创制的长长的灯笼杆和大大的红灯笼其实已经不只是高高树立起来的全家人在艰危岁月里对生活的朦胧期望，更是少年陈土豆经过生活磨砺完成自我救赎、自我超越的物化精神形态。陈土豆的生命成长空间已然完成由“自在存在”到“自为存在”，再到“社会存在”的连续跨越。而在这样一种空间延展和精神更迭背后，则寄寓着作家浓厚的理想主义情怀，以及对于人类童年本质和精神的深沉理解、无限信赖。毋宁说，这也正是《陈土豆的红灯笼》中乡村“空间童年”书写的深层意义。

与少年陈土豆所处的相对封闭的东北山林地域的乡村童年空间不同，《奔跑的岱二牛》（黄蓓佳）中，男孩岱二牛生活在一个城乡文化交汇的复合性童年社会空间里。小说中的红草坝是当代新农村的典型。这里没有世纪之交中国乡村“空壳化”的种种黯淡景象，与之相反，这里有的是在“乡村振兴”国策引领下依托特色地域资源构建而成的面貌一新的乡村秩序、乡村精神。无疑，红草坝是新时代飞速发展的中国乡村的一个缩影，也是“中国式童年”乡村空间文化的新样态。它以家庭生活为核心不断向外延展，最终构成了小说主人公岱二牛完整的童年成长空间。

故事里，11 岁的男孩岱二牛朴实、善良、诚挚、宽厚，他的身上既有乡村孩子的怯懦、隐忍、含蓄，又有属于新时代儿童的自信、机智、果敢。小说围绕他从捡到手机，到寻找失主，再到无果而终的过程中所亲历的各种人事、情感，不仅构造了城乡文化交融背景下乡村童年蓬勃发展的生动范例，而且也勾画出新时代乡村文明驳杂而明亮的轮廓，以及这一全新社会空间中孩子和大人、童年与成年之间相辅相成、互补互证的密切关联。

不同于前述《牛说话》《陈土豆的红灯笼》两部作品“先物质，后精神”的“空间童年”叙事结构，黄蓓佳在《奔跑的岱二牛》里采取的是“由精神而物质”的反向“空间童年”表达。

小说甫一开场，就呈现了岱成材和岱二牛父子俩相反相成的两种精神空间形态。故事中，岱成材是个不着调的人。眼见红草坝大片明艳茂盛的粉黛乱子草成了乡村旅游的热门景点，整个村镇里，唯有他鬼迷心窍般视而不见。这个不学无术的父亲不仅自己整天沉浸在“滑草板”试验里无法自拔，还连带妻儿遭人嘲笑。对不务正业的父亲，岱二牛尽管心存怨言，但更多的还是理解和支持。因为在他看来，父亲岱成材是个有梦想的人。他希望父亲通过追寻梦想，以一种不一样的方式带领全家走上致富之路。在这里，男孩岱二牛的童年精神空间呈现出第一层“错位与平衡”，即父亲种种不着调的言行带给他的困惑、疑虑，以及他以梦想为支撑的自我说服和心理慰藉。实际上，这种“错位与平衡”的情感动态不只是小主人公岱二牛的心理趋向，同时也是包括妈妈丽珠、哥哥岱铁牛在内的整个家庭的情感心理结构。浸淫于这样的家庭文化里，岱二牛内敛而乖顺，敏感又细腻，他比同龄孩子沉稳、多思，也比“光头旺”等小伙伴执拗、坚忍。足见，对个体童年而言，家庭文化就是孕育并铸造儿童精神空间的“温床”。

岱二牛精神空间的第二层“错位与平衡”则源于他寻找手机失主的热切期待与现实中期望一再落空之间的不断延展和复叠。小说中，围绕着昂贵手机的归还、修复、丢失、损坏……人性的复杂、生活的斑驳在男孩面前一一复现。其中，以伙伴“光头旺”、芮老师和妈妈邵丽珠为代表的正向力量与岱二牛自身的良善诚挚融合在一起，构成男孩精神空间的主调；而以爸爸岱成材、世俗村民、手机维修员、冒领者、哥哥岱铁牛为代表的反向力量，则作为岱二牛精神空间的现实背景，销蚀并考验着男孩的良善之心和道德准则。这二者之间观念交锋、价值冲突的内在动因，恰恰就隐含在岱二牛寻找失主而始终无果与世俗村民虽冷眼旁观却暗自激赏这两种生命形态“错位与平衡”之空间叙事背后。这是岱二牛童年精神空间的内层。

不同于身在其中的前两个层面的“错位与平衡”，岱二牛体察到的第三层“错位与平衡”外在于他的童年生活。故事里，芮先生与母亲之间的激烈冲突以及矛盾的最后弥合，所体现的是婚姻情感层面的“错位与平衡”。可就是这样一种看似与男孩并无直接关系的生活实践、价值选择，依然让岱二牛深受影响。他甚至是这种“错位”亲子关系的见证者，是母子情感“平衡”的推动者。小说中，当身为董事长的芮母来到学校围堵并逼婚时，岱二牛不仅以孩子的机智帮助芮老师渡过了危机，而且经由这件事，让自己的童年精神空间得以提升和拓展。这也从一个侧面充分佐证了儿童与成人、童年文化与成人文化之间深层互动的意义。具体地说，就是整个社会文化的大系统中，童年文化与成人文化之间并无绝对大小、主次之分。一方面，成人文化固然以其高度自主、自足成为社会文化的主导力量；另一方面，儿童文化也借助其丰盈、饱满的生命力和不拘一格的创造性反哺着成人文化，并推动其不断发展与更新。这一点，在小说中体现为岱二牛与芮老师彼此之间毫无保留的相互理解与信任。此可谓岱二牛童年精神空间的外层，它代表了学校教育对孩子无所不在的情感滋养、精神牵引。

儿童小说之外，原创图画书在“空间童年”叙述层面也不遑多让，涌现出了《小石狮》（熊亮）、《荷花镇的早市》（周翔）、《花娘谷》（保冬妮、周建明）、《荷灯照夜人》（保冬妮、马新阶）、《驿马》（萧袤、周一清）、《会说话的手》（朱自强、朱成梁）、《大小大》（梅子涵、麦克小奎）、《小勇的大海》（徐鲁、马鹏浩）、《巴澎婆婆》（王勇英）等多部优秀作品。其中，彭学军的《围屋》颇具代表性。

作品中，“围屋”作为赣南、闽西一带的特殊建筑，是近代江南农耕文化的缩影。它所代表的农耕社会家族文化不仅构成了传统乡村空间文化的基础，而且也一定程度上孕育了富有地域色彩的乡村童年成长境遇、代际关系。从这个意义上说，作为原创文化绘本，《围屋》的意义不只是传统文化寻根，更在于空间生命探源和童年价值塑型。上述题旨在绘本中主要通过文图“定向扩展”意义上的双面空间叙事达成。

首先是文字故事的“以点总面，洞幽烛微”。

故事开篇就交代：“我的家很大、很大，四四方方的，我们管它叫围屋。”“围屋里原先住了好多户人家，后来，慢慢搬出去了一些，但不管留下来还是搬走了的，都有一个共同的姓氏：徐。我们是一个大家族。”

显然，这个“很大、很大”的家在叙述主体小女孩徐家媛眼里是有双重含义的。一则，“家”是由爸爸、妈妈、弟弟和我组成的美满小家；另一方面，“家”又是由许多户人家构成的徐姓大家族。足见，所谓“家”，实质上就是以婚姻关系为基础，以血缘关系为纽带，以同心圆形态不断向外延伸、扩展的具有不同层级、不同结构的社会组织。如此一来，“围屋”这个特殊形态的“家”就既是“小家”和“大家”的交汇、融合，同时也是由家庭、家族而向社会的空间递增和文化绵延。这种由小到大、由近而远的世代交往空间建构既是家庭、家族、家国亲情意识、文化认同的形象呈现，也是中华传统文化对童年价值观滋育的生动表达。

在此基础上，《围屋》中的人物叙事在空间结构上也颇为传神、细腻。

首先是空间背景的图画叙事。高墙大院的围屋，幽深层叠的庭院，阴冷肃穆的祠堂，喜庆热闹的春节，笑语盈盈的“众茶”活动……这一切都让刚上一年级的小女孩徐家媛在感受节日特有的快乐、欢畅、欣喜的同时，也体味到了高墙围屋、肃穆祠堂带来的苍凉与压抑感。因此，图画叙事在空间延展中一再呈现围屋场景的高大、宏阔、幽深、肃穆与小女孩身影的弱小、单薄、无助、渴望的色彩映衬、形态比照，其中无疑蕴含着传统围屋家族文化与童年生命之间相生相离、相反相成的复杂关联。

其次是空间场景的图画叙事。这主要体现在“众茶”活动中，“我”的情感、情绪变化上。画面叙事中，从抱着小板凳热忱参与，到穿着新棉袄欢喜雀跃；从祠堂听训时的懵懂好奇，到遭到无视时的疑惑不解；从“众茶”餐饮的没滋没味，到尽情涂写的畅快淋漓……画家以丰富、细腻的画面语言，通过眼神、表情、动作，生动传达出小女孩丰富、细腻的情感和心理变化。相较于简约的文字叙事，这样的画面叙事不仅极大丰富了小姑娘的所见、所闻、所感，而且还全方位阐释了“众茶”这一家族文化活动的内涵，进而深度表达了“围屋”文化对孩子的滋养和哺育、困扰与伤害。这就使得图画叙事中的家庭、家族文化及其童年书写呈现出“定点爆破，涉笔成趣”的审美效果，颇具深度，立体而全面。

当小女孩竭尽全力，把“徐家媛”三个字写了又写，并依次涂抹在围屋的每一处时，她“一回头，看见从家家户户窗口透出来的灯光，一团团的，连成大大的、暖暖的一个环”。此时，图画叙事背后，从“小家”到“大家”，由家庭到家族的世代关系绵延对于童年成长的意义已清晰可辨——时代变迁中，传统家族文化不仅滋育了一代代孩子对家乡的认同，对家庭、家族的依恋，与此同时，也催生了新生命对旧观念、旧秩序的质疑与排斥、想象和重构。这无疑是社会变迁与文化进步在童年价值观层面烙下的深刻印记。

基于此，故事里的围屋作为空间文化意象就具有多重社会意涵和文化意义。一方面，作为中华农耕文化的产物，围屋显示了农耕文化的保守性和封闭性；另一方面，“众茶”习俗之历久弥新，也彰显着传统家族文化超越时空的向心力和凝聚力。在此基础上，“围屋”家族文化的保守性、封闭性在小女孩自我意识的觉醒中被进一步放大，并由此显现出传统家族文化的衰微，也让“中华传统文化当代转型”成为除了“乡村空间文化与童年生命成长”的内容主脉之外，一个同样重要的隐含主题。

在这一点上，《围屋》做得恰到好处。作品无论是对于围屋的文字叙述还是图画呈现，都没有夸大其传统家庭文化价值，也没有凸显其保守性与消极意义，而是站在时代变迁和文化转型的交汇点上回望并审视，在彰显围屋空间文化的巍峨与深厚底蕴的同时，深入探察其苍凉如水的暗影和底色，由此昭示其对于儿童认知发展和心灵成长的潜在意义。

综上，以上四部原创儿童文学作品通过对社会变革背景下不同地域乡村童年的审美观照，不仅呈现了新时代中国乡村文化变迁的基本样态，而且也确立了“中国式童年”乡村维度空间表达的生动范例。这几种不同的乡村童年空间形态，一方面印证了当下社会变革背景下童年文化的不断裂变、转型，另一方面也昭示着“中国式童年”空间书写的多种价值选择、审美走向。基于此，我们有理由相信，面对未来，新世纪原创儿童文学的乡村童年空间表达会更加丰富而饱满、生动且具有前瞻性。

第三节
都市"空间童年"与儿童多维成长

空间是理解和阐释童年的重要维度。从哲学和社会学层面看，空间既是有形的、物质的存在，也是无形的、精神的生产，还是社会的、文化的建构。而就童年文化而论，身体空间、物理空间、交往空间与象征空间都是童年生态必不可少的构成，其相互之间彼此依赖、互相塑造，共同推动童年文化的解构和重构、融合与发展。换言之，童年作为一种特定的社会空间，它是童年物质空间与童年精神空间的交融共生，是真实与想象、主体与客体、感性与理性、审美与知识的统一。这一点在社会文化、家庭结构和经济环境日益多元化的都市童年生态中体现得尤为明显。

实际上，相较新世纪前二十年"中国式童年"语境下的乡村（带给童年"离心"情感经验和自然成长模式），城市是更富有向心力和聚集性的社会生活场域。权力、财富、资讯、技术，以及各种各样的文化设施汇聚于此，现代文明在都市社会空间结构上的动态平衡不仅为城市童年的多样化提供了丰厚的物质基础，而且还以多姿多彩的文化场域、空间体验影响并塑造着城市儿童的社会认知、价值观念和生命态度。秦文君的儿童小说《月光小巷》就是生动例证。

小说以女孩"我"的视角，描绘了一个名叫"月光小巷"的特定都市社会空间中四个女孩的友情交往和成长体验。故事里，"我"生活在温馨美满的家庭里，爸爸宽厚仁爱，妈妈善解人意，两个弟弟活泼顽皮。暑假里，一家人搬到了有 300 多居民的月光小巷。初到这里，“我”就从自来熟的同龄女孩季小红那里知晓了月光小巷的种种怪人怪事：不生小孩儿，酷爱吃零食的关阿姨；几天几夜不吃饭、不睡觉，“偷窃”邻居垃圾，比怪医杜立特还要怪的画家季爸爸；未婚生女、凶悍暴躁、声名狼藉的第一怪人花花妈……随着“我”与季小红、大妹妹、花花三个女孩交往和友情的渐次展开，“我”慢慢了解了三个家庭迥然不同的亲情氛围、家庭关系，知晓了成人世界斑驳、复杂的生活内容和情感纠葛，并最终一点儿一点儿洞悉、见证了隐匿在平和温润、散漫单调现实背后，由邻里冲突、家庭矛盾、亲情挣扎而构成的生活真相。所有这些，不仅让四个同龄女孩在包容互助、声气相投的交往中收获了相知相契的友情，而且推动她们在不知不觉中以宽厚平和的方式理解、享受亲情和友情，以积极主动的行动参与并融入月光小巷特有的文化空间、生活环境……

作家以往的作品，如《男生贾里》《一个女孩的心灵史》《会跳舞的向日葵》《宝塔》等，多聚焦个体空间来书写城市童年成长；《月光小巷》则探入儿童生活的群体社会空间中，以多个孩子和多个家庭呈现城市童年的丰富样貌和斑斓图景，显示了秦文君儿童小说空间叙事层面的某种新气象。具体而言，小说显示了如下三个层面的价值和意义：

其一，以社区生活和邻里关系为旨向，全面凸显童年成长的社会性和完整性。

小说中，《月光小巷》是个有 300 多居民的城市居住区。作为见证了历史变迁的小小街巷，这里汇聚了不同家庭、各色人等，分明就是一个映现市井风貌、社会风情的小社会。而故事里，一高一矮两个同龄女孩、心直口快的季小红、身世苍凉的花花就生活在这样的环境中。共同的生活空间给予四个女孩相通的社区体验，让她们有了生活交集的机缘和心灵共振的可能。而一起学画的经历则使四个女孩殊途同归，结成了一个休戚与共的“命运共同体”。也正是在这样的社区氛围里、生活场景中，个性不同、出身迥异的四个女孩参与并见证了邻里之间的意气纷争与温情和解，达成了家庭与家庭、成人与成人、孩子与孩子、孩子与成人四个层面的生活交融、生命互动。毋宁说，这不仅是“空间童年”文化完整性的表达，更是童年成长真实性的祖露。它充分证明，儿童生命成长不是孤立的存在，而是与社会、家庭血脉相依、水乳交融的空间文化系统。

其二，以家庭生活、亲情表达为依托，生动呈现了童年与成年的复杂关联。

新童年社会学认为，儿童与成人不是小与大、幼稚与成熟、简单与复杂、感性和理性的平行或对立关系，而是同声相应、同气相求、相互借力、相映生辉、血脉相依、水乳交融的复杂关联。唯其如此，儿童生活的整体性与童年成长的真实性、多样性才得以确证。

《月光小巷》中，作家以邻里关系为经、亲情表达为纬，借助 12 岁女孩“我”的认知推进和情感深入，创设了一个融物质生活和精神文化、身体成长与关系构建为一体的鲜活都市童年文化空间，并以之为依托，孕育了一系列个性鲜明、形象饱满的儿童和成人形象。

故事里，作家尽管没有浓墨重彩地刻画人物形象，但其精当、准确的白描勾勒依然让四个女孩和四个成人的个性、心理跃然纸上：“我”敏感细腻、善良热忱，大妹妹乖巧随和、勤劳能干，季小红真诚坦率、爱恨分明，花花自尊好强、坚强隐忍，老柳伯伯豪爽刚正、固执己见，季画家执守艺术、孤高自许……这样错落、繁复的人物关系和现实氛围构成了四个女孩真实而典型的成长空间。而借助于成人之间的工作关系和邻里之间的人情往来，大妹妹、季小红于家庭的联结，以及“我”在“花园冲突”的关键时刻发自内心的感性判断，其所体现的不仅是穿针引线的纽带效应、润滑功能，还是对和谐家庭氛围的参与和建构，对稳定、美好邻里关系的创建和推动。从作品的社会意义来说，这显然是作家对儿童与成人、童年和成年两组生命结构、交往空间的印证与重构。

其三，以儿童交往和伙伴友情为聚焦，深入揭示了都市童年的多维成长。

诚如前文所说，童年不是线性、孤立的个体、家庭、社会活动场景，而是开放、多元的动态空间系统。在这个不断生长、变化的童年社会空间中，儿童的成长除了伴随着精神空间里的自我驱动、情感释放、心灵孵化与主体觉醒外，还经受着来自包括家庭、学校、社会等各个层面物理空间、关系空间、象征空间的文化浸润、涤荡、濡化、影响。基于此，真正的童年成长是身体探索、教育实践、家庭文化、社会活动这四位一体的空间文化互动的结果，而非单向度的自我拓展或教育激活。

《月光小巷》中，一号大院里的人事纷争和生活变迁不仅是四个女孩生活的背景，同时也是她们认识社会、体察人情、感受人性的窗口。借助于那些斑驳迷离的生活事件，女孩们完成了从“自然人”到“社会人”的启蒙和转型。不仅如此，在具体的家庭亲情氛围和邻里家庭关系中，来自成人社会空间的信息链接和情感关联更加繁复、具体，这无疑也为女孩们提供了愈加广阔的情感体验与生活实践的空间，进而氤氲出女孩们生命成长的背景与底色。

四个女孩以“学画”为纽带而建立的伙伴关系以及她们的友情体验，作为她们身体实践、物理感知之外心灵成长的“第三维空间”，随着作品情节的聚散、延展，逐渐成为小说浓墨重彩描述的主线，成为统领月光小巷中四个女孩生命图景的中轴线。

综上，《月光小巷》中，作家通过一个城市小巷的现实生态和市井生活呈现了都市童年的真实图景。错落交织的邻里交往、各个不同的家庭结构、亲疏有别的亲子关系、心心相印的伙伴情谊……共同构建出当下城市童年的丰富面貌、斑斓样态，映现出新世纪社会变革和文化转型背景下“中国式童年”都市空间层面的丰赡与驳杂。而当所有这些都成为城市童年的内涵时，成长就如同小巷里的月光，温润祥和，清辉遍地，夜夜升起在孩子们的窗前，照亮童年的来路，照亮孩子的梦境和笑颜。

这是都市“空间童年”审美表达的正例。与此相对，当下的原创儿童文学城市空间书写中，也不乏意涵较为寡淡、价值相对模糊的反例。

同样是借都市街巷、里弄（胡同）等物理空间呈现都市童年文化生态、表达城市儿童情感体验和生命成长，儿童小说《小小的春夏秋冬》所呈现的童年空间不仅相对逼仄、单一，而且在空间内涵及价值取向方面也与《月光小巷》大相径庭。

作品以“忆态”视角呈现了 20 世纪 80 年代初改革开放背景下都市里弄的“空间童年”样态。

小说写了12岁女孩小小在四季更迭中的生命悟察、情感体验。小小生活在一个梧桐环绕的都市弄堂里。暑假到来的时候，小小觉得无聊而又无奈。本来，这条长长的弄堂是男孩子们踢球的好场地，而弄堂两侧居民楼底下的花园则是女孩子们流连的舞台。可是，多管闲事的居委会小组长郝阿婆和深居简出的白娘娘却让孩子们的游戏成了奢望。小小和伙伴们不甘心游戏空间被剥夺，她们想依靠自己的力量重获快乐。她们先是成立表演小分队自我娱乐，接着去找祝老师和白娘娘寻求帮助……而在这个过程中，小小不经意间走进了里弄生活的深处，感受到生活的芜杂、人性的斑驳，以及属于那个时代的暗影和亮色。所有这些，连同不期而来的身体成长一起促发了她关于人生走向、生命价值、人际关系、自我定位的感悟和思考。在作者看来，这些形形色色、平凡琐屑的事，以及奔波忙碌的人，都已经驻留在心灵的版图上，给个体成长带来了深刻而重要的影响。

相较《月光小巷》里300多人的城市社区空间,《小小的春夏秋冬》中由1号楼和2号楼构成的弄堂世界其实并不逼仄，但缘何作品所呈现的都市童年文化镜像和儿童成长体验却少了宽阔、深厚的意涵和丰赡、鲜活的质感?究其原因，就在于都市童年空间塑造上的自我封闭、单向延伸。

诚如前文所述，童年是融合主观与客观、真实与想象、感性和理性、审美与知识的空间存在。作为“空间童年”的生命主体，儿童的生命成长不只在身体空间里向内、向外不断生长拓进，双向展开，而且还参与其所处的物理空间、世代（关系）空间、符号象征空间里的各种生活实践、文化构建。儿童在接受成人文化浸淫、影响、塑造的同时，也在以自己特有的方式创生包括亲子、邻里、伙伴关系在内的新的“空间童年”文化。换言之，无论是乡村还是都市，无论是儿童个体还是儿童群体，其所表征的“空间童年”都是复合的现实存在，都是物质空间、精神空间与社会空间的三位一体，在这个意义上，儿童的生命成长过程根本不存在单一维度的空间影响、文化塑造。《小小的春夏秋冬》恰恰在这方面显出了童年空间表达上的某种稚态。

比如，作品前半部分，女孩小小视角下的空间关系主要围绕弄堂游戏的显与隐，在小小和圆圆、微微等伙伴，以及孩子们和郝阿婆、白娘娘、祝老师之间展开。此时，受第三人称人物视角和单一线性叙事结构制约，文本所呈现的小小的空间生活体验、情感体察还仅仅停留于弄堂生活的表象，尚未触及都市“空间童年”的本相。而随着情节的发展，作品后半部分的空间关系表达逐渐由前面的散点探察演变为定点聚焦。具体而言，一是由“祝老师挪用学费”和“祝老师与白娘娘私情败露”两个事件而衍生出当事人与里弄居民的邻里关系，二是小小与祝老师、白娘娘的“代际”交往成为童年空间叙事的焦点。这中间还穿插了小小因骤然而至的“流血事件”而陷入慌乱、尴尬的身体空间体验。上述内容安排单就情节逻辑而言似乎并无不妥，但从女孩所处的童年空间文化结构和后续成长动因来说，其审美效应就显得有所不足了。

不可否认，作品中小小介入祝老师和白娘娘的私密情感关系并充任小小信使的双线空间关系构建颇为出彩。这部分情节中，在好感与好奇双重心理驱动下，小小不仅参与并见证了两个成年男女之间隐秘而深挚的爱情，而且还从周遭邻里关系的微妙变化，以及里弄居民前后不同的道德判断中品悟到了生活的真味和真义。这既是以成人为主体的社会空间文化与儿童生命体验的融合、对接，也是儿童在独属于自己的心灵空间中的细腻情感表达、真实精神创造，可谓都市童年文化在代际关系上的生动体现。

尽管如此，小说在都市童年空间层次的营构上还是有些片面、单一了，这就使得都市背景下社会空间与童年成长的交互性被稀释，甚至悬置。比如，小说里不管是小小与小乔、圆圆、微微、晓橘、桑晴慧、朱伟杰等里弄孩子之间的伙伴关系，还是她与爸爸、妈妈之间的亲子关系，都少有深入刻画，整体显得浅淡而模糊，这就让小小所处的本应立体交叉、温厚润泽的都市弄堂交往空间显得单一而轻薄，进而也一定程度上稀释了本该属于女孩的丰富情感体验。

除此之外，童年成长也是一个涉及不同空间体验的动态生命系统，其中既包括身体发育和认知扩张引发的生活实践、精神探索，也涵纳自觉或自主参与家庭、学校、社区、社会活动对童年物理空间的影响，还保有儿童与儿童、儿童与成人、儿童与社会多重交往所带来的童年社会空间关系转化或重构……所有这些空间生活实践与情感体验都应该是儿童生命成长的题中之义。但《小小的春夏秋冬》却仅仅提供了一个相对平面的简化了的都市童年空间系统。在这个系统中，女孩的身体空间体验很大程度上被缩略为青春期到来的身体信号；相较而言，小说中女孩经历的包括抢水、等水、储水、换大水管等物理空间的生活实践倒是比较丰沛，但这些生活体验与其心灵成长之间的关联却云遮雾罩、语焉不详；再就是前文所说相对单一的童年空间关系……凡此种种，直接导致了作品中都市里弄童年空间系统的内涵悬置与结构失衡，而基于这样的都市童年空间创设，就无法深刻表达并立体呈现女孩小小生活体验的丰赡、细腻，生命成长的辗转、萦回。

综上，在当代中国，城市已然是一个向儿童敞开的扩大化了的社会空间结构。在这样的社会空间文化系统中，儿童既是童年文化的主体和城市童年空间的施动者、生产者，又是童年文化的客体和城市童年空间的受动者、消费者。

究其原因，就是城市童年作为一种社会空间文化，是一个多元构建、动态生成的系统，它是主体与客体、物质与精神、真实与想象、感性和理性、实践与观念、审美与知识的融合、统一。与乡村童年不同，城市童年是富有向心力的聚集性文化场域，幼儿园、学校、公园、动物园、儿童游乐场、科技馆、少年宫、博物馆、儿童图书馆、动漫游艺厅……各种各样的儿童文化设施汇聚于此，一方面呈现了现代文明在童年社会空间结构上的动态平衡，另一方面也为儿童健康成长提供了极其丰富的物质空间资源。所以，新世纪“中国式童年”城市“空间童年”书写理应倚重这样的文化资源配置，并通过恰切审美手段展开形象建构、童年塑型。这不仅是新世纪“中国式童年”文学表达之内在诉求，也是新时代原创儿童文学面向儿童、面向未来的审美价值取向。

唯其如此，新世纪原创儿童文学城市文化层面的书写才算真正回应了童年现实对儿童文学的热忱期待，新世纪原创儿童文学审美实践及其成果才能真正凝结为塑造并推动城市童年文化不断更新、多元发展的重要力量。

第四节
边际童年的空间镜像

“迷人巷”是儿童小说《逃逃》中的特定童年空间。儿童文学作家秦文君通过对它的审美建构，一定程度上为新世纪中国社会的边际童年文化生态提供了一个颇为典型的文学范本。

说到边际童年，这是一个以物理空间为依凭，与乡村童年、城市童年相交错、毗邻、对应的“空间童年”概念。就童年主体来说，边际童年主要呈现了儿童在非户籍或非原住民社会空间生活、学习、成长的动态过程、生命全貌。现实中，这一儿童群体在离乡、离家的陌生社会空间里往往面临着因生活环境骤变而带来的诸如身份错位、心理迷失、沟通障碍、自我排斥等童年空间适应困扰，由此衍生出与乡村童年和城市童年不一样的复合性童年生态。实际上，这一童年现象早在 20 世纪 90 年代就已出现。进入新世纪以来，伴随着中国社会变革不断深化、文化不断转型，由“随迁子女”“农民进城务工”“家庭寄养”等城乡人口迁移、家庭结构变化而孕育、派生的这一文化症候也由隐而显、由特殊而普遍，逐渐成为新世纪“中国式童年”背景下极为典型的“空间童年”文化存在。而这一童年文化现象在新世纪原创儿童文学中也有着较为充分的审美表达：《你是我的妹》（彭学军）、《蔚蓝色的夏天》（李学斌）、《大槐树下》（宗介华）、《流动的花朵》（徐玲）、《穿过忧伤的花季》（王巨成）、《少年阿山》（唐樱）、《水边的仙茅草》（陶江）、“童年在乡村”系列（桔子树、陈丽菲）、《智齿》（郑渊洁）、《给我一个太阳》（王璐琪）、《狼洞的外婆》（王勇英）等，都从不同侧面触及了边际童年这一文化生态。其中，秦文君的儿童小说《逃逃》则是该题材领域的“先发”之作。

小说的故事情节颇为动人：逃逃是个五年级的小男生。在他很小的时候，妈妈就去世了。两年前，爸爸娶了王阿姨。王阿姨不太像个大人。她要逃逃体面做人，自己却常在逃逃面前诉苦、流眼泪。当然，最让逃逃受不了的是，她对别人说，逃逃是寄养在家里的侄儿……一个偶然的机会，逃逃随同班同学大大大到燕尾老头家探险，结果大大大竟神秘消失。自那之后，逃逃就被大大大描绘的迷人巷迷住了。他对到迷人巷去见死去的妈妈这件事情朝思暮想。经过精心筹划，他与大大大上路了。他们先是结识了热情仗义的小瘪三龙龙，随后又阴差阳错闯进了孤独男孩“小疙瘩”的生活。身无分文，被困苏州后，他俩误入彩云绝技学堂。好在关键时刻，逃逃和大大大做出了明智选择。此后，逃逃被好心的老奶奶收留。在那里，逃逃第一次体味到被关怀、呵护的温暖，也意识到了自己的自私、狭隘。可就在逃逃满怀期待准备返家时，却传来了小弟弟陶金丢失的消息。一瞬间，内心珍存的亲情被唤醒，在悔恨和自责中，逃逃毅然踏上了归途……

单看内容简介，《逃逃》很容易被当作寻常的“离家出走”题材儿童故事。但细加品读就会发现，其实，作家借惯常情节模式所传达的形象、意蕴远不止“离家—返家”这么简单，而是在“现实”物理空间和“迷人巷”象征空间相互映照而又彼此交错、融合过程中，渐次呈现并敞开关涉家庭教育、亲子关系、爱与责任、梦想和现实等诸多童年文化命题。

当然，《逃逃》中无论是对物理空间——现实生活直接描述，还是象征空间——迷人巷的隐喻意涵，都是拜故事所赐，都是以文学形象的方式或内或外双向敞开，既铺陈在家庭、学校、街巷等童年环境中，也浸润在逃逃、大大大、小疙瘩等孩子的现实交往里，还弥散在他们对迷人巷自由、温暖、快乐、奇妙童年生活的美好想象中。所有这些，都借助两个层面的童年空间建构，得以与人物一言一行、一颦一笑的血肉交融、唇齿相依，而这也正是作品的童年空间表达成功之所在。

不仅如此，小说也充分体现了童年交往空间的复合效应：其一，在逃逃和爸爸、王阿姨，以及大大大与父亲的亲子关系层面，作品以交错展开的家庭故事凸显了小主人公对亲情的眷念与心灵渴望；其二，在逃逃与同班同学大大大、小瘪三龙龙、孤儿小疙瘩的伙伴关系层面，小说则借助“离家—返家”中环环相扣的情节，展开表达了处于“自我同一性”萌蘖期的儿童因遭遇亲情迷失、精神迷惘而引致的自我探索、自我确证、自我救赎、自我超越。这样的童年空间表达既是作品中小主人公心灵诉求的真实袒露，同时也是作家在童年空间书写层面的成长关怀与价值寄托之所在。

这一点首先体现在小说中的儿童形象塑造和心理刻画上。作品中，逃逃是个单纯、善良、自尊、诚实、敏感、细腻的男孩。母亲去世，父亲再娶后，逃逃最需要的是生活上的关怀和精神上的理解。可是，年轻的继母王阿姨却表达了一种错位的亲情。王阿姨把他当弟弟，甚至在他面前撒娇。这份错位的“母爱”让逃逃异常别扭。而让逃逃更为尴尬、惶惑的是，在自己家里，他却成为“外人”，成了多余的人。在爸爸的新家里，他不仅体味不到母爱，而且连爱的权利也被无情剥夺。总之，家里的一切都被王阿姨弄颠倒了。而爸爸的糊涂、软弱、妥协，则助长了这种扭曲，让颠倒和伪饰成为常态，并一直延续下去。在这样的氛围中，唯一能让逃逃觉得安慰的是小弟弟陶金稚拙而真实的依恋。至此，家已经由逃逃曾经依恋的温馨乐园异化成了笼罩着漠然、无奈、委屈、怨愤的心灵孤岛。这是作品边际童年空间书写的现实层面。

也正因如此，当逃逃从同班同学大大大口里第一次听到迷人巷时，他就被迷住了。在他的想象中，那儿才是真正属于自己的世界。可是，在燕尾老头家，逃逃的愿望却落空了。他发现自己心心念念的所谓“迷人巷”，其实就是自己生活其中的寻常环境，这时他沮丧极了。“生活为什么这样呢？他真想哭出来。”不过，短暂的失落后，逃逃马上找到了心理平衡。“往下掉！掉！掉！”他竭力想象着，眯着眼睛，果真，膝盖那儿微微酸起来，软软的，找到一丁点儿垂直下降的感觉……作家此处的细节刻画真切、传神，读之令人唏嘘、感慨。它用“曲笔”形式写出了孩子面对成人世界的无奈与无助、苦闷和委屈，以及他们始终葆有的面对未来生活的希望与信念。此可谓作品边际童年空间书写的精神层面。

故事最后，当逃逃带着小弟弟陶金安然归家时，作家写道：“那已是深夜，在路边灯下看自己所熟悉的弄堂，逃逃发现这里的一切依旧是老样子，只是好像所有的东西都缩小了一丁点儿。”

足见，经过“离家”的一系列生活砥砺、精神历练后，逃逃已经不再是那个懵懂、冲动的小男孩了。他懂得了爱与被爱、责任和信任——他已经长大了。显然，就列斐伏尔的空间生产理论看来，此时逃逃身处的童年物质空间并没有发生根本性变化，但他的精神空间在经历了从“离家”到“返家”的种种情感体验、信息遇合、心灵震荡后，已然羽化成蝶，呈现出全新面貌。

这不禁让我们想到，成长路上，孩子对自由、梦想、尊重、信任、快乐、新奇、关爱、温暖、信念、力量的期盼、向往常常别无二致。只不过，处于具体生活境遇中，其程度不同而已。也正因如此，故事里逃逃“离家”的行动才引来孩子们的艳羡和共鸣，而他的“回归”也成了同伴眼中熠熠闪烁的辉煌事件。其根由就在于小主人公逃逃浸淫其中的童年物质空间与精神空间抵牾又融合、分离且交汇的深层互动，而在这样的童年生命感知、体验持续不断解构、重构过程中，新的童年社会空间也呼之欲出、渐近成型。

相较于逃逃，大大大所生活的童年物理空间、交往空间则有所不同。这是个单亲家庭的孩子。在经历家庭破碎的同时，也体味着亲情的消散。爸爸在“眼泪水”的麻醉下，整天醉生梦死、无所事事，大大大完全处于亲情失重的状态。面对肮脏、破败的家和颓废、消极的自我形象，大大大一方面靠恶作剧显示自己的存在感，以油嘴滑舌、嘻嘻哈哈掩饰自己的情感诉求，另一方面也不断通过对阔姑婆的追忆以及信口开河的幻想来寻求自我安慰、补偿亲情缺失。

小说中，相较逃逃，大大大的童年物质空间和精神空间都更为逼仄、黯淡。他让我们看到一个缺少家庭温暖和成长关爱的孩子，正如同荒原上的一株野草，用近乎粗蛮、执拗的方式显示着生命力的拙朴与顽强。你可以说他们与生活的对抗是简单、肤浅的，但是你却无法否认，他们正是用这样一种非常规的方式昭示了生活最真实的一面，也让我们从中窥见了成人在儿童面前时显露出的卑微、短视和狭隘。

实际上，作品中无论是逃逃还是大大大，面对不尽如人意的童年社会空间，他们的内心世界都交织着双重情感诉求：对母爱和家庭温暖的渴望与对自我身份和生命价值的确认。前者是一种情感补偿，后者则是心灵慰藉。也就是说，自我意识觉醒的孩子不仅仅在寻找母爱，更是想获得心灵归属、自我确认。

于是，当现实物理空间、交往空间无法给予孩子希望和温暖时，孩子就靠身体空间的扩展、放飞来为自己构建一种精神的乌托邦——这就是小说中的迷人巷。作为童年象征空间，迷人巷是一种类似白日梦的幻想存在，它充当着逃逃和大大大的精神栖息地。这一点类似于詹姆斯·巴里笔下的彼得·潘及其永远的栖息地“永无乡”。所不同的是，彼得·潘的自我寻找是向内拓展的精神循环，渴望通过永远不长大来抗拒成人社会强加于孩子身上的社会性塑造，其本质是价值观冲突和精神反叛；而逃逃和大大大的行为则是向外探索的生命衍拓，他们试图将家庭环境中的委屈、无奈、漠然、伤感置之脑后，在虚幻的世界里获得自我存在的确认。

作为逃逃和大大大所浸淫、体验、探索的边际童年空间的一种向外拓展，小说中，小疙瘩的出现看似偶然，实则必然。一年只有大年初一和过生日不用补课；物质生活极其优裕，但精神上又极其单调、贫乏；他竟然能够醒着打瞌睡；即便眼睛直瞪着老师，同样也能做梦，甚至还能点播梦境……借助这个孩子，作家既写出了儿童在现实物理空间和交往空间中情感失重、身体失衡后自我调适、无奈挣扎的特殊性，也表达了现实童年世界里儿童成长和成人规约矛盾对立的普遍性。如此，也让逃逃和大大大的“离家”事件具有了更为典型的社会文化意义。毕竟，迷人巷不独为大大大和逃逃所渴望，实际上它作为童年象征空间，是所有孩子心中的乐园、精神的栖息地。

换言之，小说中的迷人巷具有丰富的隐喻意味。迷人巷看似是大大大天马行空的想象创造，实际上却是他内心的真实镜像。“饿了就吃点啥，渴了就喝点啥”，“大人见了面，就会拥抱、握手，称呼孩子‘某某先生’”，“回到小时候，见到在世上永远见不到的人”……足见，迷人巷不仅满足了孩子们最基本的对物质空间的诉求，更重要的是满足了他们对亲情和母爱的渴望，以及对尊重、理解、宽容、呵护等精神空间的需求。在这里，迷人巷已然是孩子们现实缺憾和内心渴望的情感投影，是缺少关爱和理解、信任与尊重的孤寂心灵的伊甸园。那里遍布着独立、自由、轻松、畅达的生命快乐，弥散着理解、尊重、宽容、关爱的成长关怀。它不只是孩子们眼中的幻象，更是他们心灵中的真实存在。就如同《彼得·潘》中的“永无乡”，迷人巷是孩子们的梦想之源，是他们心灵的寄托。它最先是由大大大信口开河编造出来的，但随着两个男孩的一次次讲述，它就在所有孩子内心中耸立起来，最终变成所有孩子共同的精神家园。从这个意义上说，迷人巷是孩子们用愿望共同浇筑而成的童年象征空间，是孩子们以梦想和信念堆砌而成的理想化童年社会空间。

除此之外，小说还借童年物质空间与精神空间之融合、对接，写出了朴实、真诚、磊落、自然的儿童心性。阅读中，孩子们之间的真情流露、诚实信义让人过目难忘，久久沉浸其中。无论是小小小、毕小宇的临别祝福，还是黄美细心、体贴的玩偶小动物；无论是小瘪三龙龙初次见面的慷慨仗义，还是大大大投桃报李的真诚允诺；无论是偶遇时小疙瘩毫无保留的信任，还是危难中两个孩子的赤诚以待、守望相助……都显示出孩子真挚、善良、信义、热忱的本心、本性。这也让故事中本来略显暗淡、阴郁的童年物理空间时常透示出温情而明媚的亮色。也唯其如此，两个孩子失意中的渴望、迷惘中的探寻、困窘中的回味、思索后的顿悟……才显得那么真切，才表现并预示着儿童全新自我和童年社会空间的构建、达成。

而在作品整个童年空间的审美坐标轴上，秦文君分明是清醒的现实主义者。她不仅没有回避矛盾、粉饰现实，而且还揭开了生活温情脉脉的面纱，让读者看到了童年现实中灰暗、残酷的一面。更有甚者，作家还敏锐探察到物质空间背后斑驳、迷离的童年世相，并将笔触深深嵌入单亲家庭和边际童年的深处，将儿童的内心隐痛、情感渴望、自我寻找，以及卑微中的渴念、清冷中的温情等精神诉求表达得委婉动人，令人读之感喟不已。

秦文君也是一个温情的理想主义者。尽管现实童年生态荫翳密布、病象丛生，但她依然深信生活中真与善的存在，依然相信爱能给童年带来信心和希望。正因如此，小说中斑驳迷离的童年现实空间背后，始终耸立着巍峨明丽的精神成长空间；也正因如此，才有了令逃逃和大大大魂牵梦萦的迷人巷，才有了他们困厄中的清醒、自救，才有了老奶奶危难中的慈颜施予……

所有这些，不仅仅是爱心守护、精神引领，更是以“应然”童年社会空间对“实然”童年现实的反衬、映照。因为对儿童读者来说，文学所能给予他们的不只是启迪与警醒，更是信心和期冀。秦文君深谙此道，从而毫无保留地将爱心与理解、信念和责任融入情节、文字，让儿童生命成长在多维交错的童年空间中莹莹闪烁，温暖而明亮。

无独有偶，在《逃逃》出版十多年后，一套以合欢街为空间背景的儿童小说一定程度上接续了迷人巷的边际童年之空间创造，也由此构建出不一样的“空间童年”文化生态。所不同的是，秦文君笔下的迷人巷表现为两个男孩的童年空间想象，其存在形态还仅是耸立在儿童意识中的“海市蜃楼”，而王一梅“乡愁回望”里的“合欢街”已经不只是作家心心念念的“生态童年”符号表征，更是风俗醇厚、生机勃勃的实体存在。

统观整个“乡愁里的童年”系列，如果说第一部《合欢街》和第二部《童年的歌谣》中的“生态童年”空间创造还基本停留在物理空间多维铺设、展开的话，那么，到了第三部《校长的游戏》，作家所勉力构建的“合欢街”这一“生态童年”空间已经成为融童年身体空间、物理空间、交往空间和象征空间为一体的复合性社会空间存在。这样多维交织的童年文化空间既滋养着沙小雨、唐丽、胡地丁、田甜、冯宝青等当地孩子在乡村童年语境下的生命成长，同时也涵纳并孕育了袁达儿叠合着城市空间情感体验和乡村环境生活实践的边际童年意义上的精神塑型。换言之，当男孩袁达儿被妈妈像一株植物从蓝城“移植”到合欢街时，这一边际童年空间对于男孩生命成长的意义就已然注定。这是由合欢街特定的童年空间环境所决定的。

“乡愁里的童年”系列中，合欢街所表现的“生态童年”实际上是昔日童年、现实童年与理想童年交融、叠加的复合童年空间存在。在这一童年空间结构中，童年记忆中的岳王老街可谓其“生态童年”的底座或原型。在此基础上，经济发展和文化转型所带来的小镇生活变迁构成了合欢街物质空间的主要内容。而在这两者之间，则融合着作者对具有某种乌托邦色彩的童年象征空间的观念建构、形象表达。

具体到作品中，合欢街这一复合性“空间童年”形态主要通过沙小雨、胡地丁、袁达儿三个孩子的生活实践和情感体验呈现出来。他们的成长尽管都与合欢街有密不可分的关联，但其具体路径和形态却各不相同。沙小雨是合欢街原住民，这里的田野、河汊、街道、房屋、邻里、伙伴，她都非常熟悉，合欢街的一切都已化入她的血脉，变成了她每一天的生命感知和记忆。所以，当她随着妈妈离开这里时，她才真正意识到合欢街对于她的意义——那里不仅是她的生命根脉，还是她的情感纽带和心灵家园。她所有的欢乐、苦恼、离恨、眷念、憧憬、渴望都在那里。所以，她对合欢街的认同其实就是对自我身份和文化归属的认同。这是"空间童年"文化在物理层面的显著特征。

而弃儿胡地丁的出现及其童年成长历程则进一步推进了合欢街童年文化的空间建构，进而让合欢街一跃成为宽厚、仁爱、乐观、和谐、温暖、醇厚社会文化的空间表征。故事里，经营废品收购站的胡妈妈将小地丁视同己出，给予她深厚的母爱。小地丁上学了，因为口吃而羞于开口，自卑又怯懦。为此，杨老师为她安排了一节特别的音乐课，让她从同学周红的舞姿中受到启发、鼓舞；而北方来的姨婆虽耳聋嘴拙，却温厚、勤劳、心灵手巧，这让小地丁深受触动。此后，在经历了"库房过夜"事件、《安徒生童话》阅读和陈教授的文学启蒙后，胡地丁的童年世界顿时敞亮起来……作品中，弥散在小弃儿胡地丁童年时光里的朴素怜爱、温情关怀、睿智引领既不是外力渗透或道德加持的结果，也非作者刻意的情节设置所营造的效应，而是和谐、仁爱、温情、醇厚的合欢街空间社会文化自然而然孕育出的童年生态。在这样的生活氛围、成长环境里，小地丁的童年自然就如同合欢街上的十姊妹蔷薇花，生机勃勃，迎风绽放。

相较沙小雨和胡地丁作为合欢街原住民相对纯粹的"空间童年"生命体验，袁达儿融合蓝城城市童年与合欢街乡村童年的复合性边际童年生活实践更具有"空间童年"文化之符号象征意义。

小说中，袁达儿对合欢街新生活的态度经历了从怀疑、排斥到认同、接纳的过程。初到合欢街，这里不同于蓝城的异质文化环境让男孩觉得自己身处危险之中。他给明华舅舅写信，渴望尽快逃离。随后，从遇到邮递员马叔开始，在亲历了被小姑娘田甜救助、意外遇险、奇怪的数学课、校长的游戏等事件之后，袁达儿彻底爱上了合欢街。故事最后，男孩不仅通过三件好事重新戴上了红领巾，而且还拒绝了爸爸带他去美国读书的计划，执意留在合欢街。因为在他和妈妈看来，合欢街就是世界上最适合袁达儿生活和学习的地方。

至此，由沙小雨、胡地丁作为原住民对合欢街的自然认同，到袁达儿跨越城市童年空间体验而逐渐形成的对合欢街边际童年文化的认同，王一梅在“乡愁里的童年”三部曲中通过三个孩子在同一“空间童年”文化语境中的生活实践与情感体验，在全方位构建合欢街这一复合性“空间童年”文化形态的同时，也生动表达了儿童生命成长与包括身体体验、物质环境、人际交往、心理认同等在内的空间社会文化的现实互动与精神建构。

综上，合欢街的“空间童年”形态既是乡村童年（对沙小雨、胡地丁而言）现实，又是边际童年（对袁达儿而言）存在，其复合性童年“并置”效应彰显了童年文化在空间维度上的动态性、生成性。基于此，“乡愁里的童年”系列作品或可谓边际童年审美表达的“另类”范本。

与《校长的游戏》中的童年文化空间转换有所不同，王璐琪获第二届“曹文轩儿童小说奖”金奖的作品《给我一个太阳》则呈现了边际童年更为普遍、典型的空间文化样态。

这是一部读来令人颇感切肤之痛的儿童小说。作品集中反映了“中国式童年”现实背景下的某种迷离、残酷、无奈和忧伤。作品尽管底色苍凉、忧郁，却仍不失温暖和明亮，呈示着生活变迁与童年成长的清晰轨迹。

实际上，作为以乡村童年与边际童年双重空间文化为基点表达“中国式童年”的儿童小说，《给我一个太阳》真正打动读者的，不只是小说借姐弟俩在异质社会空间里的生活实践所表达的那种直抵心灵的真实，更在于他们在那种困厄境遇中所表现出来的执着、自信，以及迎难而上的勇气和力量——这些正是儿童生命成长中熠熠闪烁的童年精神。具体而言，这部作品表达了“中国式童年”在空间维度上四个层面的文化意涵：

其一，直面乡村童年困境，写出了留守儿童的内心挣扎和现实担当。

小说中，爸爸、妈妈外出打工，奶奶回了乡下，姐弟俩却将生活打理得井井有条。没有亲人关照，他们既没有怯懦畏缩、手足无措，也没有黯然神伤、怨天尤人，而是淡定自信、处之泰然。当弟弟与人打架、逃学的事情接连发生时，14 岁的罗岚没有逃避、退缩，而是选择勇敢面对，以勇气和胆识寻求解决方案。这样的情节构架具有直抵人心的真实感。

其二，书写社会变迁对童年生活的影响，表现了成长的迷失与亲情的力量。

故事里，爸爸、妈妈带着姐弟俩离开乡村，举家搬迁到城市，不仅是出于对姐弟俩教育的需要，也是社会变迁的必然结果。家庭贫困让爸爸、妈妈时常为钱吵架。一片苹果被姐弟俩视若珍馐美味，久久不愿入口……这样的细节所传达的显然是社会转型带给一个普通农村家庭的深刻影响。基于此，爸爸、妈妈外出打工就不仅仅是为了赚钱，而是乡村与城市的碰撞和融合，是乡村社会结构的瓦解与重建，是乡村童年向边际童年的文化转型与价值重构。作品中，罗岚、罗亮姐弟俩则在这样的社会结构变迁中经受着情感的震荡和心灵的锻打。

其三，反映城乡转型背景下的教育生态，传达了“中国式童年”的苍凉与斑驳。

作为儿童小说，《给我一个太阳》具有鲜明的问题意识。作品不仅直面了父母缺席给留守儿童所带来的心灵创伤和成长迷失，还以冷静而客观的笔触，呈现出校园欺凌现象的普遍性存在，并通过少女罗岚的执拗探索，逐步揭示出其背后的社会、家庭根源。而这正是这部作品“空间童年”表达之深度所在。

其四，体现边际童年芜杂面貌，彰显了儿童主体性与童年精神的光芒。

故事里，罗岚、罗亮姐弟俩贫困中不自卑，窘迫时不慌乱，受伤时不沉默，委屈时不抱怨，或反抗，或呐喊，或探索，或追问……以求助缓解危机，用行动维护尊严。他们身上体现了新一代少年的独立人格和自尊自强，彰显了中国孩子率真、坦诚、乐观、自信、坚强、勇敢、敏锐、机智的童年精神。而这种“中国童年精神”可谓儿童生命中的另一轮太阳，其由内而外散发出的光热驱散了童年生活中的阴霾，也让苍凉现实在童心、信念和勇气的映照下，显出了温暖而明亮的色彩。

综上，《逃逃》《校长的游戏》《给我一个太阳》这三部作品在边际童年的审美表达上都具有同一性，那就是依托童年文化的空间转换，不断强化儿童生命成长的主体性，写出他们在生活面前的自觉抗争、自我救赎、自主选择和自为担当。《逃逃》中，逃逃和大大大对迷人巷的想象建构、现实探索；《校长的游戏》中，袁达儿对合欢街由本能排斥到深挚眷恋的根本转变；《给我一个太阳》中，罗岚、罗亮在乡村生活中所表现出的自立自强，以及面对校园霸凌时的勇敢、坚强……无不穿越了乡村童年或边际童年空间文化的表象，抵达并触及了“中国式童年”内在的审美文化根蒂与核心力量。

与此同时，上述边际童年审美书写连同《牛说话》《奔跑的岱二牛》《陈土豆的红灯笼》等乡村童年叙事，以及《月光小巷》《小小的春夏秋冬》等城市童年表达，共同营构了新世纪原创儿童文学的审美镜像，全面映现并刻画着当代中国社会经济转型、文化变迁语境下的“中国式童年”。

第五章

“中国式童年”的“灵、肉”书写

第一节
童年身体内涵及其审美路径

一、人类身体与“童年身体文化”

童年文化是一种复合性存在，具有空间性特征。

哲学层面，梅洛-庞蒂认为，空间性存在的核心并非如海德格尔所言，源于人的主体性关系建构和居间调控，而是由场域内部所存在的原生性力量推动，而这种原生性力量就是人的本能的身体性。换句话说，在梅洛-庞蒂看来，空间性的实质在于主体以身体为原点，将场域中的某个方向同化为自我的空间化存在，并由此达成更大幅度、更广范围的敞开。

而说到身体，梅洛-庞蒂认为，身体是涵纳了身、心、能、欲等多种生命要素的统一性存在。“身体是在世界上存在的媒介物，拥有一个身体，对一个生物来说就是介入一个确定的环境，参与某些计划和继续置身于其中。”[①] 基于此，身体不仅是主体与外在世界之间的关系纽带，而且也是生命意识觉醒、社会化认知获得、自我探索与发现、心灵扩张与精神建构的主要依托。那么，世界既是被心灵所触摸、观照和洞察的对象，也是为身体所感知、体验并确证的知觉世界。

哲学之外，社会学也对人类的身体属性及其功能进行界定。美国社会学

① 莫里斯·梅洛-庞蒂：《知觉现象学》，姜志辉译，商务印书馆，2001，第116页。

家约翰·奥尼尔曾将现代社会人的身体细分为世界身体、社会身体、政治身体、消费身体、医学身体等五种形态，并在此基础上概括出生理身体与交往身体这两种相辅相成、互哺互证的身体属性。一方面，由生理身体所衍生的“人类的身体形象、身体经验和身体知识都受制于具体的生活环境和文化形态”；另一方面，“交往身体又充任了我们的世界、历史文化和政治经济的总的媒介”。[①] 而从这个意义上说，身体不仅是人类文化的原型，而且还是社会发展、历史重构的基点和通道。

国外还有学者从文艺美学层面对身体的空间属性予以阐释：“活生生的、感觉灵敏的、动态的人类身体，它存在于物质空间中，也存在于社会空间中，还存在于它自身感知、行动和反思的努力空间中。”[②]

由此可见，人类身体的空间化存在既是自然属性，也是社会属性，其本质则是一种向内、向外双向展开的自我同化。向外，身体连接并确证着人的种种生活实践、生命活动；向内，身体承载并导引着人的丰富情感体验、心灵思索。而在此基础上，无论成人还是孩子，他们的身体作为特定文化空间存在，其身体形态涵纳并保有诸如“主体性存在场域”“社会关系”“符号体系”“情感体验”等社会空间之多重属性。原因就在于：“身体是我们身份认同的重要而根本的维度。身体形成了我们感知世界的最初视角，或者说，它形成了我们与这个世界融合的模式。它经常以无意识的方式塑造着我们的各种需要、种种习惯、种种兴趣、种种愉悦，还塑造着那些目标和手段赖以实现的各种能力……也包括塑造我们的精神生活。”[③]

基于上述身体理论、身体事实，我们不妨这样来理解“身体”：就人类文明而言，身体不仅是主体空间性存在的基础，而且也是文化层面意义生成的原点。而童年文化作为人类文化基本构件，其文化主体——儿童的身体活动同样是社会文化空间性的重要表征。基于此，儿童身体在社会文化层面实际上就具有双重功能：一则，作为主体存在，儿童身体是童年文化得以存在

① 约翰·奥尼尔：《身体形态——现代社会的五种身体》，张旭春译，春风文艺出版社，1999，第1、3页。

② 理查德·舒斯特曼：《身体意识与身体美学》，程相占译，商务印书馆，2011，第5页。

③ 同上书，第13页。

的物质基础，其向内、向外的双向生长、扩张构成了童年文化的动力源，其“身体空间”生产与消费实践极大程度体现了儿童的生命主体性；二则，作为客体存在，儿童身体又是探察并阐释童年文化空间性的关键视点、重要维度，其资源特征、符号价值，以及为成人文化所不断规约、建构的过程，彰显了童年的诗学意义。而这样一种基于儿童身体复合功能的童年形态，著者谓之“身体童年”，其所涉文化类型则可名之为“童年身体文化”。

二、童年身体文化构成及其审美内涵

童年文化是一个集合性概念，因其文化主体和客体都指向儿童，故而其在文化内涵、属性、功能上，很大程度就等同于儿童文化。同理，童年身体文化也是一个复数概念，其主要构成是包括儿童身体特征、身体活动、身体交往、身体消费、身体形象、身体象征、身体想象等在内的儿童身体文化。其中，以上述儿童身体文化构成为资源背景而展开的童年身体书写，不仅是童年身体文化的核心，而且也是本章所要探讨的焦点议题。而作为童年身体文化的审美化、符号化表达，童年身体书写就其本质而言，实际上是主体和客体、精神与物质、感性和理性、想象和真实、审美与科学的融合、统一。说得更具体些，就是以儿童身体特征、身体活动、身体交往、身体消费等现实身体实践、生命体验为资源依托，借助文学审美手段，在全方位展现儿童生活同时，借助儿童身体形象的塑造、身体想象的建构，深入揭示童年生活表象背后儿童心灵成长的秘密。

比如，身体感知是儿童认知世界、体验生命最直接的方式、途径。鉴于身体具有双重性——它既是胚胎孕育而成的生命体，又是“一种社会建构的产物，具有高度的可塑性和不稳定性”。[①] 因此，指向儿童身体特征的童年身体书写既关注儿童群体以身体未定性、生长性为特征的生理性身体特征，也聚焦他们以可塑性、交互性为特质的社会身体属性。

还比如，文学审美表达层面的儿童身体形象不仅致力于儿童包括外貌、

① 克里斯·希林:《身体与社会理论（第二版）》，李康译，北京大学出版社，2010，第72页。

举止、服饰、饮食等儿童外在“肉身”形象塑造，而且更强调对涵纳儿童心理、情感、愿望、品性等内在结构的儿童精神世界建构。

换言之，对文学审美意义上的童年身体书写而言，其所观照的童年身体既是“生理身体”，也是“交往身体”，即身、心一元的身体。也唯其如此，童年身体在儿童形象塑造层面上才真正达成了主体与客体、目的和条件、资源与方法的统一。正如梅洛-庞蒂所说：“只有当我实现身体的功能，我是走向世界的身体，我才能理解有生命的身体的功能。”① 在这里，“实现身体的功能”并“走向世界的身体”显然已经不只是“自在”的“生理身体”，而是全方位“理解有生命的身体的功能”的“自为”的“交往身体”。之所以如此，原因就在于儿童对世界的独特感知是从身体开始的，“身体扮演了重要的角色，充当人的自我认同与其他社会认同之间关系的中介”；“特定的身体形式与展演被赋予的社会意义，往往会被内化，深刻影响个体对于自我和内在价值的感受”。② 源于“自在”身体，而终于“自为”身体，身体的多元复合功能在“空间童年”审美表达层面达成了一致。这或可谓文学审美层面上童年身体书写的基本法则。

而基于童年身体文化的繁复面貌，以及其文化内涵、结构上的日常性、生长性、互动性、开放性，文学层面的童年身体书写具体可分为常态童年身体书写、异态童年身体书写、拟态童年身体想象三类。

其中，常态童年身体书写指的是常态童年社会环境中的正常儿童身体活动呈现、身体形象塑造、身体想象建构。如《小哥儿俩》（凌叔华）中大乖、二乖喂养、逗弄八哥的举动，以及小哥儿俩活泼、率真的顽童形象；还比如《幻想家》（诺索夫）中，坐在公园的椅子上眉飞色舞、天马行空地吹牛、说大话的两个男孩小米沙和斯大西克，以及自己偷吃了果酱，却栽赃给小妹妹的“坏小子”依果尔等形象。需要说明的是，这里的“常态”具有双重指向：既是指童年文化空间的常态（如和平时代、非灾难背景、家庭结构完整、童年生态相对和谐等），也是指儿童身体层面的常态（如四肢健全、头脑聪明、精神正常、无先天或后天残疾等）。

---

① 莫里斯·梅洛-庞蒂：《知觉现象学》，姜志辉译，商务印书馆，2001，第109页。

② 克里斯·希林：《身体与社会理论（第二版）》，李康译，北京大学出版社，2010，第79页。

与之相对的则是以异态童年空间文化或异态童年身体实践为依托而展开的非常态身体书写。如《假如给我三天光明》(海伦·凯勒),写的是海伦变成盲聋人后的生活体验、成长经历,小海伦的身体感知、身体交往构成作品非常态身体书写的内容主体;还比如《你是我的宝贝》(黄蓓佳)中的残障儿童贝贝的形象。故事里,作为残疾孩子,贝贝的言谈举止和奶奶为培养他的生活能力而进行的一系列行为训练都是非常态的。而类似《你是我的宝贝》这样的非常态身体书写,在新世纪原创儿童文学中为数不少,比如,《水自无言》《黑鼻子》(韩青辰)、《你是我的宝贝》(黄蓓佳)、《藏起来的男孩》(迟慧)、《我的影子在奔跑》(胡永红)等都是较为典型的范例。这类童年身体书写不仅生动揭示了童年身体的另一种真实,而且也适时呈现出“中国式童年”身体书写的多元面貌。

拟态童年身体想象与上述两种基于写实的童年叙事不同,是一种以拟态变形为审美手段而展开的童年身体书写,其基于身体变异、身体想象的形象塑造体现了文学审美之于身体的深刻理解。比如,在儿童小说《天蓝色的彼岸》(艾利克斯·希尔)中,因车祸死去的小男孩哈里在幽灵男孩阿瑟的帮助下重返人间,得以和一直牵挂他的爸爸、妈妈、姐姐以及朋友们告别……故事里,重返人间的哈里是以“灵魂”形态出现的。此时,他的身体形象既非常态,也非异态,而是以一种“拟态”出现。还比如,在儿童幻想小说《我把爸爸养在鱼缸里》(彭懿)中,小男孩水孩一直以有个做潜水员的爸爸而骄傲,可是,一次潜水作业后,爸爸再也没有回来。因为爸爸答应要回来给水孩过生日,所以,水孩觉得爸爸没死,他一定会回来。果然,不久后,爸爸真的变成水妖,从大海一路游进自来水管,最终找回家里来了……小说里,变成水妖的爸爸虽然身体形象发生了变异,但他对儿子的父爱一点儿都没减少。类似的作品在新世纪原创儿童文学中还有不少,如《蜗牛咏叹调》(王立春)、《陈土的六根头发》(常新港)、“装在口袋里的爸爸”系列(杨鹏)、“小猪大侠莫跑跑”系列(张之路)、《我飞了》(黄蓓佳)、《今天要写的作业》(彭学军)、《大熊的女儿》(麦子)、《藏起来的男孩》(迟慧)等等。

上述三种童年身体书写尽管所塑造的外在身体形象各有所指、迥然不同,但其内在身体精神却一脉相承——都从不同侧面表现着“空间童年”文化在身体维度之鲜活、灵动、丰赡与深邃。也正因如此，探察并解析儿童文学中童年身体书写的多重面貌，就成为揭示新世纪中国童年文化内在奥秘的有效路径。

三、新世纪原创儿童文学“身体书写”概观

童年文化因其文化主体与文化客体的同一性而在时间层面无限绵延，在空间维度多向敞开。在此基础上，儿童身体作为“空间童年”文化的原点与核心，则充分体现了童年文化的前瞻性、生长性和交互性。“无论是作为体验这个世界的敏感主体，还是作为这个世界中被感知的人类客体（对象），身体都表达了人类的不确定性。”[①] 由此，身体在人类所有体验及生存意义中的重要性不言自明。正如梅洛-庞蒂所强调的：身体不仅是所有知觉和行动的根本来源，而且也是我们表现能力的核心。因此，身体也是所有语言和意义的基础。正因如此，人类文化之丰富、驳杂，以及生命形态之鲜活、生动在人类身体书写中得以充分呈现。这在新世纪原创儿童文学中早已确证。

细说起来，中国儿童文学的“身体意识”审美自觉和“身体形象”本位表达可追溯到20世纪80年代原创儿童文学的“艺术化”运动。彼时，《回来吧，伙伴》《独船》（常新港）、《长河一少年》（金逸铭）、《野蛮的风》《鱼幻》（班马）、《我要我的雕刻刀》（刘健屏）、《古堡》（曹文轩）、《十四岁的森林》（董宏猷）、《小船，小船》（黄蓓佳）、《我们没有表》（梅子涵）、《出门》（韦伶）等作品冲破了自20世纪20年代之后，中国儿童文学中经久弥漫的儿童身体“政治化”“工具化”“成人化”之陈规旧习，以卓然独立的身体意识和刚健、秀逸的身体形象极大程度上恢复了童年身体在原创儿童文学中应有的丰赡面貌。而到了20世纪90年代，“写实儿童文学”“幽默儿童文学”和“幻想儿童文学”蓬勃发展，三足鼎立，更是引领原创儿童文学进入“空间童年”文化身体书写的广阔天地。这期间，《男生贾里全传》《女生贾梅全传》（秦文君）、《草房子》《根鸟》（曹文轩）、《青春的荒草地》（常新

① 理查德·舒斯特曼：《身体意识与身体美学》，程相占译，商务印书馆，2011，第13页。

港）、《女儿的故事》（梅子涵）、《第三军团》（张之路）、《一百个中国孩子的梦》（董宏猷）、《六年级大逃亡》（班马）、《我的妈妈是精灵》（陈丹燕）、《魔塔》（彭懿）、《花季雨季》（郁秀）、《男生日记》《女生日记》（杨红樱）等关涉童年身体的儿童小说纷纷涌现，从而将原创儿童文学身体书写推进到新的阶段。

进入新世纪以来，原创儿童文学身体书写更是进入百花齐放、百舸争流的良性发展轨道。

首先，儿童文学作家“身体书写”观念发生根本性嬗变。

与20世纪八九十年代相比，新世纪儿童文学作家的身体观念更为本位、前瞻。满含热忱地悦纳身体、心怀激赏地表现身体成为儿童文学创作的常态。此时，“身体不是一个物品，它是一种生存处境”，“是我们掌控世界的工具”，身体成为“人的主体性放射的光芒，赋予人理解社会的可能性”。[①] 由是，理解儿童身体就成为理解童年主体性的最佳通道；而书写儿童身体，则是展示童年文化的有效方式。不仅如此，身体就其存在意义而言，还是一种生命空间——身体与心灵一起缔造的共有空间。这种空间具有“极其重要的审美功能，它比任何有意识的身体审美感受或审美表达更为深刻”。正如维特根斯坦所言，身体是审美表达首要的场合和象征，“它为所有那些可以通过语言或艺术表达的东西，形成了决定性的、无声的、神秘的背景；为所有那些能够在反思性思想或再现中被明确把握的东西，形成未经反思的根源”。[②] 总之，上述身体哲学理论所揭示的身体存在意义和身体审美价值成为新世纪原创儿童文学身体书写的方法论与资源背景。

其次，原创儿童文学作品中“童年身体”呈现出多元、丰沛的面貌。

这一阶段，儿童文学作家的童年身体审美意识随着中国社会现代化进程的加快，以及信息技术和新媒介的普及而更具有本色和前瞻性。一大批聚焦童年身体书写的优秀作品应运而生，从不同层面填补并丰富着新世纪原创儿童文学童年身体的艺术画廊。比如，殷健灵以女作家的敏锐、细腻与坦

---

① Simone de Beauvoir, *The Second Sex*, trans. H. M. Parshley (New York: Vintage, 1989), p. 34, p. 267.

② 理查德·舒斯特曼:《身体意识与身体美学》，程相占译，商务印书馆，2011，第180页。

诚，致力于女性身体的隐秘性感知和自发性探索，先后推出了《菱子的选择》《初潮》《过街地道》《纸人》等少年小说作品；比如，曹文轩在长篇儿童小说《细米》中，借男孩细米与女知青梅纹肌体接触时的身体感知、身体逃避，生动刻画了青春期男孩在与成熟异性身体互动过程中的情感萌动、心理挣扎；比如，常新港在长篇小说《陈土的六根头发》里借男孩陈土仅有六根头发的奇特身体形象，深刻揭示了无所不在的功利化教育及其所代表的身体规范对孩子造成的心理压迫、身体戕害；还比如，杨红樱在儿童小说《漂亮老师和坏小子》中，既从表象性身体美化、修饰层面展示了漂亮老师作为年轻女性的身体审美意识，同时又从体验性身体实践层面表现了顽皮男孩自发性身体探索、身体创造的身体审美力量……类似的多层面身体书写范例在这一时期的原创儿童文学中比比皆是。

最后，儿童文学身体书写彰显着童年文化的繁茂景观、蓬勃活力。

儿童身体是童年文化多维存在的表达。就时间性而言，儿童身体机能与心灵结构由婴幼儿到儿童，再到少年的阶段性发育、完善、丰富、嬗变，从内外两个层面确证了童年文化的累积性、成长性；就空间性来说，儿童身体从表象性特征、表演性经验、体验性感知，到再现性强化、反思性改造的一系列动态呈现、形象建构，既是童年生命空间的全面敞开，也是身体审美、身体关怀作为童年文化题中之义的立体表达。比如，进入新世纪以来，原创儿童文学“中国式童年”之身体书写，无论是关于乡村“留守童年”、城市“缩略童年”，还是关于边际（城乡交错）“流动童年”，都涌现出了数量可观的代表性作品。

《当着落叶纷飞》（陆梅）通过讲述留守少女误入歧途，并最终获得精神救赎的故事，在表达对乡村留守孩子生存处境忧虑的同时，也昭示了亲情守望和身体关怀之于童年生命成长的不可或缺。

作品中，14 岁女孩沙莎是个身心笼罩在消极“自我同一性”心理阴影中的乡下女孩。“我不是一个争气的孩子。我坏脾气，惹是非，讨厌上课，捡地上的烟屁股抽；我像男孩子一样穿陆战靴（用老爸老妈汇来的钱买），背松松垮垮的包，头发短得像刺猬；我夏天爬树掏鸟窝，溜到别人家菜园偷瓜，冬天蜷缩在被窝里称病逃学……”小说中，沙莎的自我否定和自我形象塑造在身体层面一脉相承：缺乏身体意识，放任身体体验，悬置身体感知，疏离身体审美……而在这种消极身体形象建构背后，则是乡村留守孩子在亲情守望和身体关怀缺席时的自我放纵、自暴自弃。

与“留守童年”背景下的小主人公沙莎色彩黯淡的“反向”身体体验有所不同，《上种红菱下种藕》（王安忆）中，秧宝宝夏静颖“留守”生活中的身体经历却欣悦而畅达。去李老师家寄居前，秧宝宝在妈妈安排下梳洗、更衣、打扮，经历了一种类似女孩“出阁”的庄重仪式；到了李老师家，让秧宝宝始料未及、手足无措的，则是菜肴纷呈的颇为正式的欢迎宴；等全新的寄居生活开始，秧宝宝则彻底放飞自我。她与住在李老师家楼下的小姑娘蒋牙儿玩得很熟。小镇里，“每天下午三点半，老街新街，就像燕子一样，飞着两个小姑娘的身影”。足见，同样是“童年留守”生活，秧宝宝的身体感知、体验却呈现出另一种风貌，这不仅彰显了儿童悦纳、建构新生活的内在生命力，而且也预示着童年生命成长的多重可能。

与此同时，新世纪原创儿童文学面向“城市童年”的身体书写同样显示出丰饶、动感的审美趋向。儿童小说《宝塔》（秦文君）中的城市童年身体书写就颇为典型。作品集中塑造了富有新时代特色、深具“生活参与感”的都市儿童新形象。

故事里，面对“黑李逵”的寻衅滋事，13 岁的男孩嘉庆挺身而出。他先是义正词严地斥责黑大汉，接着弓起身子，用头撞对方。他帮爸爸妈妈做情况分析，并提出留下来与“黑李逵”谈判。他对妈妈说：“我不走，我不是小朋友了。”就连遭遇家庭危机、身世尴尬、重病困扰的嘉麟，在重重挫折面前也没有一蹶不振、自怨自艾。他不仅以醒悟者的姿态努力学习，还以独特的方式唤醒并挽回了妈妈的爱……这些由内而外的身体实践无不表达了新时代儿童参与并建构生活的主体意识。他们不是在生活风浪面前暗自啜泣、逆来顺受、无所作为的孩子，而是积极活跃、睿智勇毅、昂扬乐观、一往无前的童年命运的小小操盘手、建设者。作品借这两个城市孩子以情感扩容生活、用行动影响成人的生命动态，不仅塑造了他们的完整身体形象，而且还写出了他们身上所富含的那种纯真乐观、勇敢无畏的童年精神。

同时期出版的儿童小说《挂龙灯的男孩》（冯与蓝）也是一部在城市童

年身体书写层面有所建树的优秀作品。小说里，陆弘真是个怯懦而自卑的男孩。他像个毫无主见的小跟班，也像随遇而安的小混混，活在爷爷的羽翼下、同学秋良的影子里。在秋良转学、“恶童”敲诈、爷爷生病、爸爸回乡等事件接踵而来时，小弘真内心蛰伏已久的抗争意识渐渐苏醒了。自此，从和秋良约定，到为爷爷祈福；从寻求龙灯艺人支持，到践行攀塔挂灯的承诺……男孩在小镇传奇故事与“天龙”神秘传说感召下，不断探寻、修补情感缺漏，重构心灵地图，最终通过知难而进、追求梦想的多种身体实践，达成了身心一元的自我确证与精神超越。

这一时期，涉及城市童年身体书写的代表性作品还有《轰然作响的记忆》（刘东）、“淘气包马小跳”系列（杨红樱）、《城市的眼睛》（王一梅）、《沐阳上学记》（萧萍）、《小青春》（秦文君）、《浮桥边的汤木》（彭学军）、《焰火》（李东华）、《舒叶与神秘小狗》（李学斌）等。

至于“中国式童年”空间存在的特殊领域——城乡交错的边际童年，进入新世纪以来，同样诞生了不少颇具特色的儿童小说作品。

长篇儿童小说《流动的花朵》（徐玲）写了农民工家庭出身的姐弟王花和王弟在城市环境中自我砥砺、逆势成长的故事。小说中，“流动的花朵”意指王花、王弟所代表的城市外来务工家庭子女。他们从乡村流动到城市，从公办学校流动到专为外来务工人员子女创办的新市民子女学校。在这个过程中，王弟曾满怀疑虑、愤懑、不解，试图抗争：“我的心剧烈地跳动，两条腿不由自主地发颤。身体里的两个我又开始闹起来，一个说算了吧，另一个说那怎么行。我大口大口吸气，大口大口呼气，命令自己快快镇静下来。”随后，在父母、老师的关爱下，男孩不仅坦然接受了这种强加在他们身上的有失公允的生活安排，而且还通过自己的热忱、勇气、担当和实实在在的行动，一点点感染着身边的伙伴，影响并建构着整个家庭的亲情氛围和未来图景……

不消说，小说通过王花、王弟姐弟俩“流动”童年中的身体实践、情感体验，写出了转型期“中国式童年”中城乡交错地带之“空间童年”文化的驳杂与纯粹、黯淡和明亮，也从中透示出新世纪原创儿童文学身体书写的审美价值取向。

综上，就童年文化及其空间性而言，“身体不止是身体，它本身就是文化和人的成长的一个维度”；“对身体发育的肯定和喜悦，同时伴随的就是对自身力量的自信”。[①] 不仅如此，对原创儿童文学之“中国式童年”审美表达来说，涵纳乡村、城市、边际等不同空间维度的身体书写也是彰显新世纪中国童年文化众彩纷呈、多元面相的有效方式。也由此，对新世纪“中国式童年”语境下身体书写状况的整体把握及分类梳理，就成为探察童年文化价值取向及其与原创儿童文学内在关联的重要方法选择。

① 吴其南:《从仪式到狂欢——20世纪少儿文学作家作品研究（下）》，人民文学出版社，2014，第12页。

第二节
身体感知下的“日常化”生命书写

在人类认识自身的发展史上，身体与感官一直是心灵与理性的两个对立方面。[①]但随着人类自我探察的不断深入，这一身体认识论遭受了很大质疑。比如，梅洛-庞蒂就主张“身心一元说”，认为身体是理解的起源和中心，也是人类与其工具建立关系的基础，是儿童存在和发展的物质载体。[②]而新童年社会学则强调，儿童的身体不仅是传统意义上表现出的肢体动作，更是儿童感知的产物，受到文化以及社会环境的影响。“儿童通过一种简单的渐进的积累过程将身体具体化来理解和建构社会世界，从而表现出恰当的身体姿态和风格。”[③]

基于上述观念，身体不仅是童年文化的核心资源，同时也是儿童感知生命存在、理解现实世界的重要依托。这也已成为当代社会文化共识。比如，婴儿自出生之日起，就本能地经由吮吸获取乳汁；2 岁开始，又通过哭、叫、笑等语音行为和抓、咬、蹬等身体动作表达情绪、探索世界；等到了认知发展的“前运算阶段”（2—7 岁）和“具体运算阶段”（7—12 岁），由动作感知、图像感知渐渐向符号感知迁移时，幼儿和儿童更是在身体主体性苏醒并

---

① 朱自强：《童年的身体生态哲学初探——对童年生态危机的思考之一》，《中国儿童文化》2005 年第 12 期。

② 莫里斯·梅洛-庞蒂：《知觉现象学》，姜志辉译，商务印书馆，2001，第 265 页。

③ 艾莉森·詹姆斯、克里斯·简克斯、艾伦·普劳特：《童年论》，何芳译，上海社会科学院出版社，2014，第 145 页。

被不断激活的前提下，通过身体经验内化、积累、抽象，最终借身体特征的符号化把握并确立自己的身份感，以及与周围世界的关系。此时，“对于儿童而言，身体经验特别是身体间的差异往往易被同伴所强化，成为社会身份的重要标志”。[①] 换言之，童年期，身体认知作为儿童形象的重要标志，不仅承载着生命成长的诸多文化信息，而且也是原创儿童文学“日常化”身体书写的主要内容。这具体可分为四种文本形态。

一、身体特征的符号化与儿童社会身份的确立

新世纪原创儿童文学聚焦童年“身体特征”的创作多出自女作家笔下，其中代表性作品有《亲亲我的木栅栏》（张洁）、《红背带》《腰门》（彭学军）、《我童年的秘密》（三三）、《小蛮子》《黑鼻子》《水自无言》（韩青辰）、《你是我的宝贝》（黄蓓佳）、《我的影子在奔跑》（胡永红）等。

《腰门》中，青榴是个“上嘴唇中间缺了小手指那么宽的一条，露出了白白的牙齿和红红的牙龈”的兔唇女孩。这样富有标识性的身体特征带给他人的是怪异、新奇，而在女孩心里种下的却是极度的敏感与自卑。于是，当沙吉和她初次见面，随后说出“你的嘴很好玩，像兔子的嘴巴”时，青榴瞬间爆发了，她“猛地挣脱她妈妈的手，朝我扑过来，一把抓住我的前襟……脸上的表情恶狠狠的，像一只发威的小兽”。在这里，青榴以激烈的肢体动作、情绪反应排斥他人对自己的身体认知，而这样一种简单、消极的自我身体否定恰恰也映射出身体特征在具体文化环境中之于儿童社会身份确立的重要性。毕竟，“身份可以通过社会程序从外部，或者从内心附加于个体……身份栖宿于自我内心，并表达了自我的种种品质，以及不同自我的集合”。[②]

不仅如此，对自我意识逐渐苏醒，“自我同一性”正待建立的孩子而言，“身份感”很大程度上不仅是他们现实存在的自我确证，更是他们面向未来的信念依托、信心源泉。而这种童年社会身份的获得，最直观、最简单的方

---

① 韩雄飞：《身体的变迁——中国儿童文学与儿童形象（1917—2020），浙江大学出版社，2021，第 123 页。

② 诺伯特·威利：《符号自我》，文一茗译，四川教育出版社，2010，第 2 页。

式就是身体特征的自我悦纳、群体认同。韩青辰的儿童小说《黑鼻子》就是典型一例。

“黑鼻子”是男孩王小亮的外号，这个外号对他而言可谓名副其实。因为他确实长着一个黑鼻子。这个与生俱来的黑鼻子不但是他在王园子社会中的标志，也是他自卑与烦恼的根由。就因为这个独一无二的黑鼻子，王小亮受尽了小伙伴和王园子村民的嘲讽、奚落，甚至学校里的老师也对他“低看一眼”。所有这些源自身体缺陷的无休无止的冷落、排斥、羞辱、捉弄叠加在一起，就从内而外构建了黑鼻子极为消极、负面的“自我同一性”。他胆小而软弱、隐忍又自卑。委曲求全、忍辱负重成了他生活的常态。甚至就连他曾经救过的小伙伴及其家人也忘却了这个男孩的善良、勇敢、爱心……总之，小说里，黑鼻子基于其身体特征而确立的社会身份异常灰暗、凄凉。这一方面固然凸显出身体特征对于儿童自我认知的重要性，另一方面，也适时揭示出在儿童社会身份建构过程中，那种缺乏同情心、同理心，冷漠、世俗的社会文化给孩子造成的情感伤害、心理阴影何其深重。而在这种境况下，身体特征的修补、改变，最终也成为儿童社会身份优化、重构的契机。在这一点上，《腰门》和《黑鼻子》殊途同归。

譬如，在彭学军笔下，因为显露唱歌天赋，青榴养父母想尽办法筹钱为她做了兔唇整形手术，此后，那个性格乖戾、喜怒无常的自卑女孩华丽转身，蜕变为笑语盈盈、阳光自信的美丽少女。而在韩青辰的故事里，黑鼻子因为勇救落水儿童而成了万人瞩目的小英雄。从此，这个卑微男孩命运陡变、否极泰来：领导慰问，媒体采访，学校表扬，老师反思，小伙伴们追捧，村民们惊诧，医院免费做鼻子整形美容手术……至此，黑鼻子借助这一偶然生活事件，在修补身体缺陷的同时，也达成了与自我和周围社会关系的双重和解。

二、身体感知与儿童现实自我的发现

《芙蓉花开》（陈蔚文）是一部直面儿童身体感知的作品。小说围绕女孩姚姚学跳舞前后的一系列生活经历，生动展示了儿童包括身体体验与生活磨砺在内的生命成长的复杂性、完整性。故事里，12 岁女孩姚姚的身体感知、情感体验、心灵悟察既源于舞蹈训练和学习生活中的种种探索与发现，也与伙伴、父母、老师、邻居等“他者”的参照、引领、启迪密不可分。而所有这些，都充分体现了童年身体文化对于儿童精神成长的重要意义。故事里，聚焦女孩姚姚身体感知的段落很多：“跳橡皮筋是女生之间重要的外交，跳的水平往往决定该女生在圈中的位置排序。”“轮到姚姚，跳得七扭八歪，那些动作——挑、勾、踩、绕……对姚姚是门完全不得要领的技术。往往皮筋还没升到膝盖她就出局了。”“城市陷入昏睡的当口，姚姚奋力在两棵树间徒劳地跳来蹦去，任汗水挥洒。”“姚姚从没与镜子相处得这么久，她像初次认识自己的身体，感知它具体的存在：皮肤、关节、骨骼以及皮肤下流动的血液……每当音乐响起，身体中就像有节春笋从土里冒出一般，在她心里拔节生长。那是舞蹈带来的喜悦。”

按照弗洛伊德的人格结构理论，完整的人格结构是本我、自我和超我的相互交织、三位一体。本我以本能欲求为核心，推崇快乐原则；超我以道德规约为圭臬，信奉理性精神；而居间调停的自我则以社会化需求为准绳，依凭现实原则。在这个意义上，儿童的社会化过程，其实质就是由“本我”出发，经由“自我”与“世界”的双向探索而抵达“超我”的过程。其中，儿童基于身体实践与感知的自我探索、自我发现就成为其以“社会化”为核心的生命成长的内在动力。

基于上述理解，小说中，姚姚无论是一开始因不擅长跳皮筋而对自己的身体能力产生怀疑、自卑，还是在丽娃老师引导下，通过舞蹈训练逐渐认识、悦纳自己的身体，进而萌生自信，走出心理误区，其共通点都是身体感知引导下女孩的自我探索与认知发现。只不过，前者自发的身体实践引发了消极的身体感知，最终强化了对身体能力的自我怀疑；而后者基于专业指导的自为的身体训练导向了积极的身体感知，最终孕育出身心一体的自我发现、自我确证。

三、身体实践与儿童自我形象的建构

在系列儿童小说“耗子丫丫的故事”第二部《花猫三丫上房了》中，叶广芩以老北京胡同为童年空间，谱写了一曲顽皮小丫下河摸鱼、上房揭瓦的童年欢歌。其中所弥散、闪烁着的孩童身体实践堪为新世纪原创儿童文学身体书写的典范。

故事的缘起是耗子丫丫从街坊刘婶那里领养了一只小花猫。自此，喂养、照顾这只名为三丫的小奶猫就成了丫丫的主要职责。她先是在妈妈的指导下把糕点打成糊糊解决小猫的吃奶问题，在三丫体形见长后，不时到离家不远的街市给三丫买猫鱼儿，拿回家后，用剪子剪碎，拌在剩饭里，分几顿给三丫吃。这期间，耗子丫丫每每看到花猫三丫低头吃食的模样，成就感从心中油然而生。在丫丫的精心照料下，花猫三丫一天天长大。长大了的花猫三丫好吃懒做、挑食又偷嘴，还不断闯祸。它先是招惹鹦鹉大白，上演猫鸟大战后，一脚蹬翻了老七画案上的笔洗，让老七好不容易画就的一张定制工笔画《山雀图》泡了汤。接着，又因偷吃了胡同口老张两只有脚环标志的名贵鸽子而害得爸爸赔了一大笔钱……在花猫屡屡闯祸、遭罚、挨打、被逐的日子里，耗子丫丫对三丫极尽呵护，不离不弃。终于，经历磨难之后，劫后余生的三丫痛改前非，变成一只性情温和、威武乖巧、人见人爱的“老虎猫”……而伴随花猫三丫一路成长的耗子丫丫也在这个过程中从一个率真任性、好玩贪嘴、没心没肺的顽皮小丫蜕变为聪明能干、爱心满满、宽容豁达、有责任担当，深得全家人认可、赞赏的可爱小丫。

小说中，耗子丫丫的身体实践分别集中在三个层面：其一，丫丫喂养、藏匿、宽宥、守护、陪伴花猫的行动过程；其二，丫丫看护妹妹小荃，以及与臭儿、小四儿、苏惠等小伙伴的友情交往；其三，丫丫在陪伴、呵护花猫的过程中与刘婶、妈妈、老七等成年人的生活交集和情感互动。三个层面呈现相辅相成、互补互动的密切关联。其中，丫丫喂养和陪护花猫的身体活动是小说的情节核心。作品也正是通过这个过程中丫丫全情投入、尽职尽责的身体行动，塑造了一个聪明伶俐、富有爱心、开朗乐观、勇敢无畏、敢作敢当的老北京胡同女孩的形象。比如，写丫丫少不更事的简单、粗暴——“奶猫对糕干碗根本不理会，闻也不闻。我把猫脑袋按在碗里，糕干糊沾了猫一脸，看着惨不忍睹……”；写三丫对丫丫的依恋和信任——“有时候我掰着它的脚掌看‘梅花’，粉红的肉垫软软的，我捏它们，三丫也不恼，在我怀里呼噜呼噜睡着了”；写丫丫不达目的不罢休的任性和执拗——“我顺手抄起立在墙角的竹竿，照着老七的纱窗就戳了过去，就在我准备戳第二个窟窿的时候，妈从后头把竹竿拉住了”；写丫丫的胆大心细、身手敏捷——“上树、上墙、上房，很快成了我的一条熟道。我把睡觉的小凉席搬上去了，把凉开水壶搬上去了，把小人书搬上去了，甚至把枕头也弄到了房顶上”；写三丫失而复得后丫丫的惊喜、激动——“我接过三丫，不顾脏臭，紧紧抱在怀里，激动得哭了”……

小说中，类似这样的身体书写不胜枚举，作家也正是借助这些极富生活质感的身体实践，让小主人公耗子丫丫在守护并见证花猫三丫成长的同时，完成了自身童年形象的建构。

四、身体经验与儿童心灵世界的成长

与前述多部儿童小说立足日常身体书写不同，长篇少年小说《少年摔跤王》（翌平）中主人公缸子的身体成长颇具传奇色彩。就内容而言，小说写的是由记载清末神扑崔三传奇摔跤生涯的《京城史话》所引发的乡村少年寻梦之旅。故事围绕淳朴少年“缸子”的成长创设了内外谐和的双重生命空间：一是以缸子两次寻师学艺为明线，由直接身体实践不断延展、叠加而形成的自我身体经验增殖空间；二是以缸子的精神偶像——神扑崔三的传奇人生为暗线，借间接身体活动多向辐射、绵延而成的身体经验象征空间。这两层生命空间既涵纳了少年缸子从肉身到灵魂的完整身体实践，也彰显出这个天赋并不突出的懵懂少年一路自励、自强，不断自我探索、自我超越的成长轨迹。这一点集中体现在小说里缸子拜师学艺的诸多身体动态场景中。

首先，作品中少年对于自己身体能力的感知、体验，经历了由不自知、不自信到自我发现、自我确证的关键性转变。在这个过程中，蓝老师堪称缸子的贵人。第一次拜师失败，缸子沮丧又迷茫。蓝老师点拨他，让他通过抡铁扫帚打扫街道、有空就倒立来夯实基本功。于是，他“努力地回想蓝老师的示范，模仿着蓝老师扫地的动作，渐渐找到了感觉。每扫一下，缸子都会感到身体被硕大的扫帚带着，在原地转半个圈。时间长了，他会顺着这股子惯性，很灵巧地跟着转，这样一来，就省力多了”；“扫完街道，缸子就练蓝老师传授的踢腿和下腰。几天过去，缸子的动作做得虎虎生威，脚底也稳固多了”；“蓝天挨着红色的地面，在缸子的眼睛里一次又一次地闪过。手触地面的柔软和脚踏地面的坚实，应着蓝老师清凉的巴掌声，一次次地交替往复……缸子深受鼓舞，渐渐进入佳境。他轻松地翻滚着，从跑道的一头翻向另一头，在不断变换的天地交接中，他感到自己离梦想越来越近了”…… 显然，伴随着对身体能力的动态感知，小主人公缸子的精神世界也逐渐开始蜕变。

其次，小说里寻梦成功的缸子在学艺初期以良好的心态悬置了“外部身体放逐”与“自我身体在场”之间的矛盾，平顺跨越了成长必经的一道“坎”。初到摔跤队，憨直、单纯的缸子就“坏了规矩”。他的勤勉、刻苦给同伴们带来了压力，也不可避免地遭到了莫名的排斥和孤立。长城之旅，“缸子一直替大家抱着衣服，默默地跟在后面”；面对小梁子明目张胆的轻慢，“缸子的脸唰的一下红到了脖子根儿，他怯生生地走出人群，站到队伍外面”；他甚至在返回时被大家集体遗忘。足见，在欺生的新环境里，少年的存在感何等微弱。好在缸子处窘境而不自弃，个性倔强的他以自己的善良、豁达很快找到了内心平衡。“在高速公路上，缸子学着崔三的样子狂奔起来。小跑一段后，他会停下来喘口气，把李爷传授的一些基本功练上几遍，然后又在大杨树上踢上两脚。开始的时候，缸子感觉有点累，可没过多久，他渐渐喜欢上这些不断重复的动作。缸子觉得：自己就是崔三，冥冥之中，神扑崔三把自己身上的本事正以一种特殊的方式传授给他，而这中间的媒介就是李爷。李爷告诉他怎么练，缸子就把这些李爷教的招式变成他身体的一部分，让自己越来越像个顶天立地的摔跤手……”不仅如此，他还给大家带回了一背篓水果和一大罐子蜂蜜。实际上，也正是因为他的善良真诚、豁达宽容，摔跤队小伙伴们才彻底被他打动，很快接纳了他。

最后，故事里，少年勤勉刻苦、矢志不移的自觉身体训练和李爷、蓝老师因材施教的悉心指导，再加上神扑崔三无时不在的精神感召，三种因素内外协同，形成合力，共同推动缸子完成了从乡村懵懂少年到身怀绝技的勇武特种兵的全方位成长跨越。

小说中，伴随着新身份的确立和身体自信的获得，缸子的摔跤技艺与日俱增。“缸子望望玻璃里的自己，有一点得意，他明显感觉到自己长功夫了；可他又有一点担忧，很害怕耳朵以后变得奇形怪状——不知从什么时候开始，缸子越来越在意自己的容貌了。”等上了赛场，“只要对手上场，他就会风一样地扑上去，揪住对手的褡裢，然后不松劲地撕拉扯拽。凭着充沛的体力，缸子往往可以在一分钟之内就让对手气喘吁吁，然后突然飞起一脚，把对手踢翻在地”。在这里，身体经验的不断增长、丰富与内在的偶像感召、心灵期许叠合在一起，进一步强化了小主人公缸子的身体能力、身体自信，由此清晰透示出这个乡村少年由内而外的全面成长。

综上，对于儿童，无论是社会身份确立与自我发现，还是自我形象建构与心灵成长，都无不与儿童身体实践、身体感知、身体经验息息相关。这已成为童年文化一个不言自明的法则。基于此，面向未来，儿童文学理论研究有必要重构新世纪原创儿童文学“身体地图”。因为唯有如此，童年身体对于童年文化的资源价值才会充分被挖掘；唯有如此，身体感知、身体经验、身体形象对于儿童文学童年书写的审美意义才可能真正得以彰显。

第三节
身体成长与青春期“性意识”表达

人类文明史上，关于“身体”的认识先后经历了“灵魂统摄（肉体）说”“灵肉二分说”“身心一体说”三个主要阶段。其中，梅洛-庞蒂吸纳并继承海德格尔存在主义哲学和胡塞尔现象学相关哲学理念与方法论而构筑的“身心一体”观念体系，代表了“身体哲学”在“后现代”文化语境下的标志性成果。

与海德格尔的主体性调节不同，梅洛-庞蒂用“身体—主体”作为核心概念代替身体与心灵的二元对立。他认为，人是通过身体，而非纯粹的意识来进行知觉活动。“身体—主体”被揭示为意义给予行为的前提条件和机体。没有“身体—主体”，我们就会不再存在，并且也不再有人类的经验、生活、知识和意义。[①] 也就是说，在梅洛-庞蒂看来，身体与心灵是合二为一、水乳交融的复合性存在。身体是心灵世界的物质载体，心灵世界则是生命实体的精神表达。“心灵和身体之间并不存在清楚的区分。身体的生命承载有心灵的存在，心灵存在于身体之中。”[②] 而基于这样的理论观念审视人类身体及其意义世界就会发现：“身体具有感性化、个人化和边缘化的特点，它能以一种隐匿和潜话语的方式叙说它和‘一般’或合一或冲突的多种关系。”[③]

---

① 丹尼尔·托马斯·普里莫兹克:《梅洛-庞蒂》，关群德译，中华书局，2003，第20页。

② 同上书，第8页。

③ 李蓉:《中国现代文学的身体阐释》，中国社会科学出版社，2009，第4页。

不仅如此，由于文学审美借助人的身体创造了独立的个体经验世界，故而“身体的唯一性是个体自身认同的真正根据，而思想性的自我只有以身体性的唯一性作为根据时才能够连带地具有唯一性”。[①] 换言之，当以身体为审美视角观照人的一切时，将会不难得出结论：个体世界的唯一性源于个人身体经验的唯一性，同时这也是文学形象之独特性、典型性的内在根由。而这样的身体经验书写在新世纪原创儿童文学“身体成长”及“性意识表达”审美领域同样有着典型案例。

一、《细米》：澄澈情感锻造顽劣乡村少年的成年礼

谈及新世纪原创儿童文学身体书写，曹文轩的作品是绕不开的存在。实际上，曹文轩称得上是新世纪原创儿童文学创作阵营中最具“身体意识”的作家之一。从 20 世纪 80 年代发表的儿童小说《弓》《再见了，我的小星星》《第十一根红布条》《古堡》《蔷薇谷》，到 90 年代推出的《山羊不吃天堂草》《草房子》《红瓦》《根鸟》，到新世纪陆续出版的《甜橙树》、《青铜葵花》、《细米》、“丁丁当当”系列、《火印》、《樱桃小庄》，曹文轩的儿童小说始终没有忽视对童年身体的关注与刻画。其中，尤以长篇儿童小说《细米》最有代表性。

《细米》的情节内容与作家早期的短篇小说《再见了，我的小星星》颇为相似，写的都是乡村少年与插队女知青相处中的情感体验、心灵脉动。只不过前者是浓墨重彩的长卷，而后者仅是余韵悠悠的短制。从这个意义上说，《细米》可视为《再见了，我的小星星》的完整版或续篇。

小说中，顽劣男孩细米情感萌动的最初对象是小表妹红藕。他们是两小无猜、青梅竹马的小兄妹。“红藕就是喜欢跟细米呆在一起”，这份喜欢真实又执拗，以至于“尽管她知道三鼻涕他们几个会时不时地掉过头来不怀好意地看她和细米”，她也不在乎。而细米呢，面对小表妹毫不掩饰的喜欢，显得有些手足无措、心猿意马。“细米并不低头看红藕，他直朝大河看。细米

① 赵汀阳：《没有世界观的世界》，中国人民大学出版社，2003，第 61 页。

是个爱脸红的男孩，尤其在红藕面前。”显然，小说中，这个已进入青春期的乡村少年在身体开始渐趋成熟的同时，心理层面却仍然懵懂未消、稚拙未褪。他还不知道如何应对悄然来临的第一波生命潮汐。在红藕面前脸红、不自在，表明细米对小表妹的情感表达心有灵犀，却羞于回应；顾视左右，刻意回避，则是男孩内心世界交织着丝丝慌乱、隐隐期待的生动显现。而此时女知青梅纹的到来，则打破了小兄妹之间的无言默契，也坐实了男孩隐秘而真实的情感期待。

小说里，作家将细米和梅纹第一次相见时双方的身体感知、心理活动刻画得极具动态性和画面感。“细米一直站在浅水里。从大船靠岸的那一刻起，他就在那儿一定不动地站着。他呆呆的、傻傻的、清澈的、充满好奇同时又显得很灵动的目光，虽然也不时看看这个女孩儿再看看那个女孩儿，但大多数时间里，他在看绾着红手帕的女孩儿。不知为什么，每当他看到她时，心中就会生长出羞涩，并很快映到脸上。他觉得自己在看她时，是属于那种‘偷偷看’的看。他有一种模模糊糊的奇怪感觉：他似乎在哪儿见过她。”而此时的梅纹，则是这样的一种体验：“她看到了细米，不知为什么，她游移的、飘忽的目光就在他那张脸上轻轻停住了。她一时忘记了自己的处境，只想着：这是一个长得很好看的小男孩。她也模模糊糊地觉得自己好像在哪儿见过他。”

故事里，女知青梅纹与乡野男孩细米之间尽管存在着年龄、身份、阅历和家庭背景上的巨大差异，但是他们的第一次相见，竟然颇有一种类似《红楼梦》中黛玉和宝玉初次相见时的情感默契、心灵呼应。这种陌生少男少女间初次相见就产生的意气相投、心领神会首先源于身体表层形象的感知。“她们优雅而美丽，带着城市少女特有的文静、安恬、害羞与一种让人怜爱的柔弱”；“用一块红手帕绾着一束乌黑的头发，好像是她们中间年龄最小的”；“她有些胆怯地望着这块只有五六寸宽的跳板不敢将脚踏上去”……

歌德说：哪个少男不多情，哪个少女不怀春？正所谓“爱美之心，人皆有之”。青春期少男少女面对年轻异性阳光挺拔、秀美柔弱的美好形象心生爱慕之情，这本身就是极其自然的事。换句话说，小说里，无论是细米，还是梅纹，他们初次相见，就被彼此的柔美的身体、俊朗的面庞所吸引，此可谓人性使然，也是青春常态。这充分表明，身体是人的生命之源，无论多么高尚、优雅、美好、浪漫（抑或是卑鄙、丑陋、邪恶、龌龊）的情感，往往最初都源于身体感知。正所谓“一切精神因素都离不开身体；同样，所有的身体感知，也都内含着精神因素”。这还仅仅是小说中男孩身体感知和精神成长的序篇。

接下来的日子里，只因为梅纹没有分到自己家，极度郁闷的细米到处发泄：他拿着小刀在家里的桌子上乱刻；夜晚冲着月亮仰天乱叫；半路上故意找碴儿痛打三鼻涕……所有这些反常的身体行为无不折射着男孩失衡的心态。更为反常的是，当结果意外反转，梅纹真的来家时，细米却显得手足无措。他磨磨蹭蹭走进院子里，还不肯叫姐姐……但随即，男孩就以一枝绿叶掩映的栀子花表达了真实情感。鲜花赠少女，这不仅是身体本能，更是情感礼遇。这岂是世俗意义上的一声“姐姐”可以比拟的？

不仅如此，小说里，在男孩隐秘情思的萌动和本能欲求的满足之后，更高层面的精神成长也拉开了帷幕。梅纹凭借自己在雕塑和绘画方面的学识、眼光很快发现了细米的天赋，从此，这个野性和灵气集于一身的男孩如同一块璞玉，在梅纹的悉心雕琢、精心打磨下逐渐开始熠熠生辉。

到这时，男孩顽劣闯祸、鲁莽冲动的身体感知、懵懂形象已然发生了根本性变化。而在此期间，他与梅纹相互信任的精神依恋也越发深厚。也正因如此，才有了细米不计后果的“泄题事件”，有了梅纹滂沱大雨中的跪地求情……

故事最后，当细米替梅纹到燕子湾送信，并得知郁容晚已回苏州后，“细米的心情忽然好了起来。他先是慢吞吞走着，继而快走，继而跑，继而快跑，继而又跑又跳”。在这里，男孩一系列的身体动作都清晰地传达着一个信息：他不愿看到梅纹离开稻香，尤其不愿意看到她和郁容晚一起离开。男孩明白那将意味着什么。

也正是基于这样的立场，在梅纹回苏州前，细米执拗而反常的行为再一次出现。这一次，男孩选择了躲开。他企图以这样一种方式安顿自己的情感和内心。可现实就是现实，怎么躲得开呢？在舅舅家的日子里，他时时走神，惶惑不安。以至于放下做了一半的农活儿，偷跑回家。可梅纹已经走了。走之前，等了他整整七天……

小说里，少年细米的身体行为始终以“正反和”的方式呈现。正向，细米通过一系列举动，明确表达着他对梅纹朦胧而炽烈的情感，比如：“下意识挪动脚步”，并飞奔上前，帮助她上岸；妒忌三鼻涕，找碴儿打架；不计后果偷试卷，想让梅纹班级的成绩名次更好一些……反向，恰恰是因为这份说不清、道不明的美好情愫，当梅纹真的来到面前，细米一时间行为乖张、举止失措，连一声“姐姐”都不肯叫，甚至还故意偷偷躲开……所有这些外在身体行为都成为心灵的图像、表征，其丰富、细腻的信息意涵无不指向男孩真实的情感律动。这也从一个侧面充分印证了梅洛-庞蒂“身体与心灵浑然一体，不可分离”的哲学理论。

二、《舞蹈课》：身体苏醒开启青春期少女的情感地图

作家三三的小说《舞蹈课》写了芭蕾舞女孩盛拍拍一个特定时段的生活体验和隐秘心事。故事里，14 岁的单亲女孩不经意间陷入了多重困扰之中：对舞蹈老师童家棣的隐隐期待、深深依恋让她变得敏感而又执拗；和并无血缘的老外婆之间的小小纠葛又使得以往文静、乖顺的女孩离家出走、喜怒无常；与年轻继母间交织着疏离、排斥、妒忌和亲近等复杂心绪的相处让她有些无所适从；由目睹闺密巫斐她老实巴交的爸爸身体出轨而引发的情感阵痛、心理压抑……而这一切，都与青春期少女的身体成长、情感体验密切相关。

小说中，14 岁少女对作为成年男性的童老师的特殊好感和隐隐期待是从身体感知开始的。“他走过来了，停在我的身后。一股淡淡的烟味，伴和着神秘的成年人的气息。我紧抿起嘴巴，藏去狡黠的笑意，等待他的手落在我的错误上。他握住我的脚尖，让它回到脚尖朝外的程度。一直到下一节芭蕾舞课，我会思念他的手。”女孩故意做出错误动作，然后期待并非常享受与男老师身体接触的感觉。显然，这是青春期女孩性别意识苏醒的信号。“他肩背挺拔，目光深邃而傲慢”，“淡淡的烟味”，“神秘的成年人的气息”……一个由成年男子身体印象延展而来的世界，对青春萌动的少女而言，无疑是颇具神秘感和蛊惑力的。这种源自身体本能的好奇心和探究欲在青春荷尔蒙

的作用下，由朦胧而清晰，从无意识流露，到显在性呈现，一点点袒露在生命的前台。到这时，青春生命萌蘖、抽穗的肌体反应叠合着情感萌动的隐隐渴望一齐袭来，让少女盛柏柏真正体味到自我身体与整个世界的复杂关联。

> 中午，我感到身体正酝酿着一次神秘的发酵，一部分神经正昏昏睡去，一部分则兴奋地蠢蠢欲动，像午睡中的阳光，绵软而强烈。我不安地谛听着来自身体深处的讯息。……我低垂着头，不敢看镜子里的自己。我感觉疼痛像根须一样在身体蔓延，紧紧抓住我，缓慢而富有节奏地回旋。……对女孩子这种事，或者，对我每次疼得不能坚持，已令他厌烦？还是，他认为我太娇气，面对困难缺乏足够的承受力？疼痛和委屈像身体里的两条河流，在猝不及防中汇合。我把脸埋在膝盖上，低声哭起来。一边哭，一边侧耳听着自己细细碎碎的哽咽，感觉另一个自己站在远远的地方（他站的那个地方），冷冷看着地上这个可怜的女孩，不能体会她的疼痛和委屈。

在这里，对这个 14 岁女孩而言，周期性生理反应的疼痛感还仅仅是表层身体感知，这是可预知的女性身体体验，尽管她在初始阶段消极接纳，甚至自我排斥，但随着自我性别身份的确认她终将坦然接受。相较而言，更核心的身体感知则集中于因生理反应而衍生的诉诸情感投射的身体关怀或心理抚慰。显然，此时她的情感期待是落空的。“讨厌的扶把练习”只是一个小小的借口，更强烈的失落、委屈还在于“他”一而再、再而三地对她的痛楚视若无睹，毫无怜香惜玉之心地发出指令。由此，这份源自情感失落的疼痛像水渍一样一点点漫延，最终浸淫一片，成为女孩心灵难以承受之痛。于是，“我低声哭起来”。此时，“哭”是女孩宣泄、缓解内在疼痛感的唯一通道。

足见，小说中女孩身体内涵的丰富性源于身体与心灵的同生互融、同频共振。正如斯特拉桑所言：“所有的身体状态都存在着一种精神要素，而同样，所有的精神状态都存在着身体因素。”[①] 基于此，很难想象在具体身体感知之侧，存在着心理、情感、意志、精神完全被剥离或悬置的所谓纯粹身体体验。

非但如此，小说中这种“身心一体”的身体感知甚至还以幻梦的形式为现实中的身体渴望勾画了意味深长的精神图谱。

> 我梦见自己被坏人追赶，在童年居住的一条小巷的屋顶飞奔。我飞檐走壁，从一所房子逃到另一所房子，寻找一个安全的地方藏身。……我看到前面一处灯光忽隐忽暗，我跑向它，是一所大房子，进去一看，啊，我们的舞蹈教室！童家棣站在那里，我飞奔向他，累得气喘吁吁。……我长时间毫不费劲地踮着脚尖，做着无与伦比的完美的旋转动作，啊，我终于有了真正漂亮的高脚背！忽然，我感觉他低下头来……忽然，我醒了。那个吻还停在唇边，湿润的。还有它的呼吸……

按照弗洛伊德的理论，梦是潜意识的间接表达，是个体在现实中无法实现的身体欲望在大脑中的自发性满足和影像化释放。睡梦里，“我”的逃匿和寻找并非偶然，这实际上是单亲女孩缺乏安全感的心理镜像。故事里，妈妈去世后，爸爸曾一直是盛拍拍的精神守护人。可现在，爸爸的情感寄托已经很大程度上转向了继母。这份亲情淡化和失落给女孩生活带来新的不确定性，也催生了让她试图在爸爸之外寻求情感寄托的渴望。而相处五年的童老师以挺拔、伟岸的身姿，以及成熟男性身上无所不在的神秘感满足了少女的情感需求、心理期待。尽管如此，所有这些在内向、敏感的少女心里，也还只是一种隐约而朦胧的愿望存在，既无所依傍，也无以言说。而在这种情况下，是梦境使这种潜滋暗长、不断蔓延的隐秘心事得以适时敞开、真实还原。

小说结尾，当“我”穿越这一段青春雾霾，怀着丝丝眷念、无尽感慨回

① 安德鲁·斯特拉桑:《身体思想》，王业伟、赵国新译，春风文艺出版社，1999，第6页。

望来路时，那份朦胧而炙热的情感体验连同青春成长的身体印记已然化为袅袅余音、淡淡余味，随时间一并弥散在岁月深处。那一刻，“他是我青涩年龄的一部分，连着那些细密的快乐和忧伤，期待与向往”。而现在，“他像一个正在远去的梦，渐渐地模糊起来”。毋宁说，这样一种生命体认充分表明，曾经的一切已成记忆，而“我”也告别了那个青涩的自己，开启了新的生命飞翔。

从这个意义上说，小说是以文学审美的方式，由身体感知而至心灵愿景，从两个相互交错、同生共融的身体界面铺展开青春期少女草长莺飞、烟雨凄迷的情感地图。

三、《纸人》：成长中的情感迷惘与身体渴望

如果说，《舞蹈课》所铺展的还只是青春期隐秘性身体感知和心理图景的序篇，那么《纸人》（殷健灵）所展示的就是少女青春期包括身体感知、身体迷惘、身体渴望在内的身体全貌了。

实际上，回顾新世纪原创儿童文学在“青春期”身体书写层面上的审美实践，不难发现，从最初的《上锁的抽屉》《黑发》《男生寄来一封信》（陈丹燕）、《再见了，我的小星星》（曹文轩）、《出门》（韦伶）对青春萌动的身体的关注，到后来《柳眉儿落了》（龙新华）、《告别裔凡》《想见米南》（秦文君）、《双人茶座》（梅子涵）对青春情怀的诗意抒写，再到《敲门的女孩子》《亲亲我的木栅栏》（张洁）、《舞蹈课》《我童年的秘密》（三三）、《喜欢不是罪》（谢倩霓）、《腰门》（彭学军）对青春身体与心灵的双向聚焦，原创儿童文学在青春期“身体书写”上一直显示着高度的艺术敏感性与丰沛的审美创造力。氤氲在这样的文学语境中，《纸人》的出现就并非偶然。

这是一部颇有几分文学突破意义的青春期“身体书写”作品。不同于以往原创儿童文学面对青春期包括性觉醒、性萌动、性意识等隐秘性身体感知时的欲说还休、小心翼翼，《纸人》描述、刻画身体感知、身体体验时坦诚而直接，直抵青春期少女身体内核，其真实性、残酷性甚至略带几分“石破天惊”的意味。

故事以青春回望的角度切入。9岁的女孩苏了了和同桌久儿喜欢玩纸人游戏。苏了了用自己全部的才能和智慧制作了一个叫丹妮的纸人。这是一个很特别的纸人，“当我扶起她的时候，心里的忐忑总会一点点安谧宁静下来，然后便生出不知从何而来的契合感，仿佛她总能给我一种脆弱的希望，犹如潜伏在我内心深处的梦”。“她”的善良纯洁让“我”深深沉浸在幻想世界里。纸人成了“我”和久儿评判身边成人世界，表达自己率真质朴感情的独特标准、方式。然而，好景不长，久儿的一个情不自禁的举动给纸人招来了杀身之祸。丹妮被无情地撕成了碎片并遭受践踏，也就是从这一天起，丹妮成了“我”心头挥不去的一个梦，“她”以善良而睿智的语言和目光陪伴着“我”的成长，引领我穿越青春之门，以平和昂扬的姿态走向人生的内殿……

在小说的引子中，作者写下了这样一段话：“成长真的是一部充满悬念的书啊。有的人被它吓成了畸变的细胞，就像那个离去的求讯少女，有的人却把它当成了光芒覆盖的生活，在明媚的光线里羽化成蝶……”这可视作是一份生命箴言，它所寄寓的，无疑是作者借青春期“身体书写”所要传达的深切成长体验。

小说里，从9岁开始的性别体验和身体感知尽管也迷离、芜杂，但借助纸人丹妮的守望和引领，苏了了在“女儿河”的青春潮汐中得以安然泅渡、羽化成蝶。与之相反，女伴秋子就没有苏了了这么幸运了。童年遭遇的感官刺激和因父母离异带来的心灵创伤不仅让秋子过早沾染了人性中的世俗，而且缺乏关爱、理解、抚慰的现实生活，以及记忆中触目可及的身体诱惑使她对情爱产生了近乎病态的渴望。于是，伴随着成长中“身体的欲望发芽”，她的心“就像疯长的水草，杂乱无章，没有人来修剪，只能被它们纠缠，在青春的河里淹死了……”。原因就在于，苏了了所得到的身体引渡、心灵守望在秋子身上始终是缺席的。和苏了了心中保存完整的“丹妮”不同，“秋子的‘丹妮’早已破碎不堪”。

也由此，与苏了了在青春的阳光下羽化成蝶一样，秋子被“青春期这个张开血盆大口的黑洞”所吞噬也势在必然。既然“长大的人生就像一片欲望的树叶”，那么，是采撷它、扭曲它，还是呵护它，就必然关涉到这片树叶的发育和伸展方向，而这一过程中，秋子所遭遇的更多是身体感知的迷乱、错位，以及如影随形的精神迷惘……

和以往诸多少年小说往往在写实意义上展开身体叙事不同，《纸人》中的青春期身体书写在现实与幻想两个相互交错、融合的空间中展开。这两个空间分别承载了女孩苏了了、秋子和久儿的身体体验、身体感知，以及苏了了和久儿由童年美好记忆孕育出的与纸人丹妮声气相通、意气相投的身体关怀、身体守望。前者指向少女们遭遇青春潮汐冲蚀后的生理困惑、心理挣扎，后者则昭示了身体关怀与精神守望对于青春期成长的不可或缺。从这个层面上说，《纸人》可谓花季少年探察青春幽密花园绿荫掩映的寂寥小径，进入其中，就能洞悉青春期少女身体成长的隐秘体验和身体救赎的明亮箴言。

不仅如此，小说对青春期女性身体体验和生理现象的书写一反过去同类作品中含蓄蕴藉的诗化笔法，采取了较为大胆的细节刻画：

> 秋子家的窗口例外地拉上了布帘子。我推了下门，发现是虚掩着的，仗着和秋子熟，没有敲门就迈了进去，想给秋子一个惊喜。她家的厨房倒是很阴凉，炉子都熄了。我站在门口，就望见了镜子前的秋子——
>
> 她一丝不挂地站在那里，镜子里照出她乳白色光线似的裸体。那是一个已经发育很好的圆熟的身体……

类似的身体书写在小说中还有很多。苏了了从秋子和表姐身上获得了生理信息和性启蒙，进而产生性幻觉、性意识……所有这些，作者都毫不避讳地予以正面呈现。这种近距离描摹不仅深度展示了青春期由身体发育而引发的一系列生命图景，而且还通过畸变的身体感知与情感体验写出了常态青春图景背后的迷离与残酷，读之令人震撼且警醒。

从这个意义上说，《纸人》所表达的青春期身体体验的芜杂性、残酷性称得上是新世纪原创儿童文学“青春期”身体书写上的一次大胆尝试，其突破性意义就在于既为“身心一元”之“后现代”身体观念提供了文学佐证，同时也在一定程度上推进了原创儿童文学身体书写的进程。

综上，《细米》《舞蹈课》《纸人》作为新世纪原创儿童文学身体书写的代表性作品，分别以不同视点聚焦“青春期”这一身体成长核心阶段、生命现场，通过乡村少年的情感萌动、舞蹈少女的精神依恋，以及几个女孩在身体成长时的迷惘与挣扎，深入呈现了青春潮汐冲蚀下少男少女们澄澈、明媚而又迷离、斑驳的生命图景。而这些风采各异的身体图像、精神图谱在多方位呈现人生少年期生命轨迹的同时，也充分昭示了原创儿童文学青春期“身体书写”的审美成果和艺术演进。

第四节
身体想象与儿童生命主体性呈现

诚如前文所述，童年身体的空间化存在既是自然属性，也是社会属性。身体既是儿童身份认同的重要维度，又是他们感知并探索世界的最初视角。换言之，身体构成了人类童年与世界融合的基本模式，其本质是一种向内、向外双向展开的自我探索与自我确证——向内，身体承载并导引着儿童的自我意识苏醒、自我情绪宣泄、自我形象审视、自我成长省思；向外，身体连接并确证着儿童的肌体能量释放、生命活力彰显、行为习惯养成、生活经验积累。而在此基础上，童年身体的现实形态涵纳并保有诸如“主体性存在场域”“社会关系”“符号体系”“情感体验”等多重社会文化属性。而上述多重童年身体属性则决定了儿童身体形象在文学审美语境中不仅具有“主体宣示”“情感体验”“社会交往”等显性功能，而且也富含“价值选择”“现实参照”“观念评判”等隐喻意义。这一身体审美特质在新世纪的诸多幻想原创儿童文学作品中有清晰体现。

一、陈土：身体变异下的童年教育反思

儿童小说《陈土的六根头发》（常新港）借助小男孩陈土“六根头发”的特异性身体想象，充分展示了儿童身体的隐喻功能和符号价值，为新世纪原创儿童文学身体书写提供了优秀范例。

小说里，陈土出生前后，一直处于典型的“教育化”环境中：听胎教音乐，被安排提前上学，家庭教育是“耳提面命”的，学校生活是“学习至上”的，未来规划是“按部就班”的……无处不在的成长干扰、教育压迫让小陈土的脑袋上几乎寸草不生。满周岁时，他还是个标准的光头；过了一岁，才长出一根头发；此后，就以一年一根头发的速度生长。等到陈土被迫提前上学时，他的头发又停止了生长。之后，就一直保持着五根半的头发数量。除了头发的特异性，上学前后的陈土，还时时出现各种不同凡响的身体反应：妈妈刚一宣布“我”6 岁上学，“我立刻就觉得头皮一阵发麻，像是有凉凉的水流下来，一直流到脚跟，浑身就变成了木头一样”；妈妈激动地说完对儿子的期望，“我的肚皮要爆炸了……我坐不住椅子了。我立即站了起来，急匆匆放了一个大屁”；当爸爸又开始语重心长时，“我的肚子一下子胀得受不了了，我直奔卫生间”；给爸爸改画时，“我先朝纸上吐唾沫，吐得噗噗有声。把爸爸、妈妈吐得莫名其妙。然后，我就朝唾沫上撒土，就像两小时前干过一样，拎起画纸的两角一抖，神秘的天空就出现了”……

作品中，作家借这一系列异态身体想象，不仅生动刻画了率真、拙朴、磊落、自信的儿童个体生命对成长压迫的勇敢抗争，而且也以颇富喜剧性的身体实践、身体感知表达了对违背儿童天性和生命法则的世俗价值观、功利主义教育观的揶揄、嘲讽。从这个意义上说，小说里，无论是“一年一根”“经年不长”的怪异头发，还是喜欢玩土的奇特嗜好，抑或是一旦心怀不忿，肚皮就骤然发胀的玄妙反应……对小主人公陈土而言，都是意涵极其丰富的身体象征与隐喻表达。

显然，在作家的审美预期中，男孩陈土包括六根头发在内的奇特身体形象和身体感知承载并连接了一个多重结构的意义世界。

首先，是儿童对生命主体性被不断剥蚀的抗争。

小说里，陈土还未降生，就经受了类似音乐胎教、生发滋补等诸多干扰。刚满 6 岁，又被安排提前上学。爸爸、妈妈给他规划了学业方案，爷爷专门来辅导、陪伴学习，甚至就连班主任铁老师也时时拿乖巧、好学的小仪敲打他……生活处处被预设，愿望时时受阻隔，身处这样的童年空间，心中的无奈、无助、苦闷、愤懑该如何排遣？面对铁一样的教育现实，又该如何抗争并突围？由是，作为童年生命与外在世界之间互动融合的物质媒介、关系通道，童年身体就成为上述情感体验和心理认知的重要依托。小说里，陈土听到妈妈让他提前上学，忍不住放大屁；因推倒小仪被爸爸、妈妈关禁闭，一脚能把门踹开；看到小仪训斥“饿虫子”，气愤之下，一巴掌拍坏了她的桌子……所有这些身体行为、反应，既是小主人公基于生命天性和成长认知的童年意志，也是儿童在生活自由和生命尊严遭遇剥蚀后寻求价值确证、自我平衡的身体表征。

其次，是童年生命主体对自我存在场域的确认和自我身份的建构。这主要通过陈土的自我命名和身体实践体现出来。

众所周知，从社会学角度看，名字既是人的符号化存在，也是其生命方式，还是自我与他者区别的依凭，以及个体与社会联系的纽带。小说中，“陈土”这个名字是小主人公自我选择的结果。在钢筋水泥构筑的城市环境里，“土”的存在具有生命本源性意义。而现实中，这种立足天性、执守本根的文化意识却屡屡为城市文明所消解、悬置，这也就决定了小说中“陈土”这个与现代都市文化风习格格不入的名字从一开始就标志着某种不同凡俗的童年生命形态。

事实也确乎如此。作品中，“我”看见土就觉亲近；一有空，就到楼外面的花圃里玩土；小仪拉肚子，“我”给她闻纸里包的土；爸爸的画被痛批，“我”先朝纸上吐唾沫，然后朝唾沫上撒土；铁老师家的小宝贝啼哭不止，“我”不假思索告诉铁老师，让小弟弟光着屁股躺在土里玩……凡此种种，无不彰显了“土”所代表的原生性生命空间与儿童身体感知、身体实践之间的内在契合。

最后，是基于身体想象的社会文化价值选择和童年成长现实比照，其所体现的正是儿童身体的隐喻意义。

通观整部作品，不难发现，小说中存在着两种教育价值观。一种是爸爸、妈妈、爷爷、叔叔、铁老师所秉持的“外烁型”世俗化教育价值观；另一种是陈土、“饿虫子”、英子老师、“光头弟弟”渴望或持守的“内发型”理想化教育价值观。前者强调社会化规约下的成长预设；后者凸显基于童年天性和生命欲求的身体实践和精神拓展。

小说一开始，这两种价值观和生命态度处于截然对立的状态。爸爸、妈妈、爷爷、叔叔作为陈土童年生活的主导力量不由分说地预设了孩子的成长轨迹。在这一过程中，男孩作为独立生命个体的选择权完全被无视。此时，除了身体的应激反应，能够表达生命主体性的路径对小主人公来说寥寥无几。于是，头发停止生长、放屁、尿尿、肚子胀、瞬间爆发神力、亲近泥土等非常态身体行为就成为男孩确证自我、表达主体意志的主要方式。换言之，小主人公借助这些变异性身体反应，既宣泄了不满、无奈和愤懑等消极情绪，也表达了不接受、不配合的决绝抗争态度，而这些富有荒诞色彩、揶揄意味的童稚身体行为则昭示着作家对世俗主义教育观的否定，对和谐童年生态、理想教育现实的期待和呼唤。

小说中，陈土、“饿虫子”、英子老师所执守的这种童年价值观随着故事情节不断发展，愈发显示出其不同凡响的生命意义。精心养护的两色花濒临死亡，妈妈一筹莫展，结果，陈土用几泡尿就救活了；爸爸的画儿成废品，陈土以唾沫混合泥土修补，转瞬间画作光彩斐然；新生儿夜夜啼哭不止，陈土欣欣然向铁老师传授秘诀……上述作家有意为之的情节安排，其实质就在于通过小主人公特异身体行为面对成人世界的有效性，充分肯定“内发型”教育价值观对于儿童生命成长的意义。不仅如此，在这些看似无厘头、荒唐，甚至难登大雅之堂的身体行为比照下，貌似无所不能的成人世界也显出了孱弱、无力的窘相。这也从另一个层面体现出儿童身体形象在连接儿童生活与成人世界并呈现其内在联系过程中所发挥的多重功能。也就是说，当我们在品鉴、把握儿童身体形象多层面意涵的同时，也应该充分认识儿童身体想象所传达出的基于儿童和成人之间相互依存、互哺互证等内在联系的丰富隐喻意义。

故事最后，陈土曾寸草不生的头皮在与泥土的亲密接触中产生了奇妙的变化：

当斜斜的阳光能够照到深沟底部的时候，我苏醒了。我从土里拱了出来。我一出土，就显出了不同寻常的茂盛，我的头上顶着厚厚的黑发，水珠使黑色的长发散发着光泽，它们有点儿毫无顾忌地披散在我的肩膀上。

这是一个童年“再生”场景。尽管只是梦境，但从“种下自己的头”，到“从土里拱出来”，再到“满头黑发”，这一系列身体行为所昭示的生命过程之寓言色彩、隐喻意味已然流光溢彩、熠熠生辉。在这里，梦境中头发的繁茂自然、生机勃勃与现实中“六根头发”所象征的成长受阻、生命委顿形成强烈反差，其意义不仅在于揭示了“在都市现代化过程中，儿童与生命之根——‘土’之间的血缘关系面临被剥夺的危机”[①]，而且更预示了面对儿童生命成长，包括家庭、学校在内的整个社会文化所应秉持的价值路径与童年方向。

二、莫跑跑：身体“奇遇”和异态成长

身体存在既是童年文化的基础，也是其核心和命脉。在此前提下，儿童对自我空间和外部世界的感知、理解、探索、把握都基于身体实践而展开。由是，当常态身体无法承载主体愿望时，借助身体变形而展开的身体想象就成为童年身体审美的必然选择。

说到身体幻想，就语义内涵而言，它指的是对于公认的稳定性、常态性身体样态的背离。而其背离方式的不同，也成为区分异态身体意义的重要尺度。其中，儿童科幻文艺的显著特点是通过认知因素去背离或改变公认的身体常态。这种认知因素来自科学发现和科技进步所激发的可能性。其内在根由就是托尔金所说的“由愿望的内在满足性所决定的”[②]。

要理解这一点，儿童科幻小说“小猪大侠莫跑跑”系列（张之路）是值得关注的优质范例。

小说以“人猪形体互换”为情节核心，营构了一个令人惊异的“变形记

① 徐妍：《虚拟化的新世纪背景下亟须坚硬的成长寓言——以常新港小说为例》，《出版广角》2016年第13期。

② Kathryn Hume, *Fantasy and Mimesis: Responses to Reality in Western Literature* (New York: Methuen, 1984), p.21.

+奇遇记”结构的幻想故事：小学四年级男生莫跑跑从小聪明出众、特立独行，他不仅行为怪异、自诩大侠，还时常拉帮结派、惹是生非，一时间成了学校和班级里的“明星级”人物。一个偶然机会，莫跑跑被选送参加了生命科学研究所米教授主持的神秘“X计划”转基因生命实验。实验结束后的一个晚上，莫跑跑出于好奇，竟夜闯实验大楼，结果意外地和代号为“Mo pao pao”的转基因小猪一起误入神秘的“极限穿越器”……此后，他的身体形态就与转基因小猪发生了奇妙互换。也由此，男孩莫跑跑的生活与小猪莫跑跑的命运神奇倒错。为证明自己“是人，不是猪”，并顺利返回现实，主人公历经磨难，开始了险象环生、跌宕起伏的回归之旅……

系列作品中，整个故事由科学知识、身体想象、现实生活三个层面叠合而成。科学层面，男孩莫跑跑和小猪莫跑跑的身体置换既有高科技转基因技术等科学理念的支撑，同时也有利用电磁波传送物质的“极限穿越器”这样的科学幻想物象转换。而正是借助于这样的身体想象，小说实现了从现实到幻想，从真实到虚拟的情节转换。

需要说明的是，这一转换既源于科学层面“认知因素”的内在支撑，也离不开自我愿望幻想式满足的心理动因。也正因为这一情节转换中包孕了内在的科学依据和知识含量，因此，故事在结构形态上呈现出和“宝葫芦”“魔杖”“神笔”等魔幻手法截然不同的情节特征。

而且，通过这一转换，故事也实现了“男孩莫跑跑”的人性和“小猪莫跑跑”的转基因动物性的深度融合，并在身体转换的基础上，赋予人格化的“小猪大侠”以人的语言和思维。不仅如此，这一转换，还使小学生莫跑跑的生活和成长，从此逃出了单纯的校园生活、家庭生活轨迹，进入了更加广阔的人生与社会空间。这也就意味着，进入幻想空间后，借助于“小猪大侠”的异态身体和特殊身份，男孩莫跑跑在心灵层面上不仅得到了常态身体实践所无法触及的生命体验，还进而亲历了生活被惯性思维和个人视野所遮蔽的另一种“惊异”。

毋宁说，相较于周而复始、平淡机械的常态身体体验，这样的身体想象和审美创造是一种对比和映衬，它对成长中的少年儿童非常必要。小说也由此获得了深广的表现力，这是单纯身体写实所无法抵达的。究其原因，就在于这样的情节结构充分体现了科学认知与身体想象高度融合后所营构出的童年形象的某种特异性。

比如，故事中，立足于小猪莫跑跑本身的转基因生物特性，男孩莫跑跑变形为小猪后，凭借转基因物种里软体发光水母能随意缩身的身体特性每每化险为夷。与此同时，依靠小猪基因所带来的身体属性，小猪大侠回到校园后，有了“傻莫”的配合，再通过发达的嗅觉，屡屡帮助失主找回遗失物，从而为星星猪小队的所有“小猪级”同学赢得了尊严……总之，系列小说中，核心情节都依托转基因小猪的身体特征和物种属性展开，这就让故事在虚拟的情景里处处显现出细节的真实性。

换句话说，正因为有了科学理念的逻辑支撑，依托身体想象所架构的幻想故事才得以蓬蓬勃勃衍生出来；也正因为有了认知层面上的科学真实，系列故事才从科学幻想的基座上腾空而起，直入广阔无垠的虚拟“身体空间”。也正是从这个层面上，我们说，一定程度上，小猪大侠基于身体想象的“历险记”“奇遇记”，完全可视作男孩莫跑跑身心一体的长途成长“拉练”，或是他在困厄境遇里展开的一次精神与肉体的双重“自我救赎”。

而这一过程对男孩莫跑跑来说，从发射、传送、接收生命物质的极限穿越器开启之时，就已经开始了。小说中，作为一种被科技“异化”的存在物，小猪莫跑跑在被职业盗贼山猫和樱桃“顺”来后，先是感觉到无助、绝望，继而在良知未泯的盗贼夫妇安排下，做了他们的儿子，跟大鹦鹉巴利和老鹰“老头儿”学习飞行，并最终获得了基本的生存技能……这个经历实际上就为“小猪大侠”此后的身体还原和精神独立奠定了基础。

当然，也就是在这个过程中，男孩莫跑跑善良、侠义的个性在小猪莫跑跑身上渐渐显露出来：山猫要惩罚“老头儿”，他当即出面求情并愿意同罚；风姐欺负帅哥、小妹时，他再次挺身而出，严厉斥责风姐的霸道……通过这些举动，小猪莫跑跑赢得了动物朋友们的认同。作家这样写，既落实了男孩莫跑跑大侠的精神属性，也为小猪莫跑跑的身体还原埋下了伏笔。果然，随着情节延伸，小猪莫跑跑很快得到了大鹦鹉巴利和老鹰“老头儿”的友情“回馈”。至此，“小猪”的命运开始柳暗花明……

也由此，险象环生的故事情境里，小猪莫跑跑所拥有的人的意识和智慧被激发出来了。经历了短暂的迷乱、忧伤后，携带着人类基因与智慧的“小猪”开始坦然接受命运，进而殚精竭虑寻找返回真实自我的机会。故事行进至此，小猪莫跑跑由“清水写字”等一系列身体实践所传达出来的坚韧和执着，就成为情节的深层原动力。这不仅凝结为小说人物身体形象的审美意涵，更是延展为由身体实践而心灵嬗变之精神力量。

这一点表现在内容结构上，就是小猪莫跑跑作为人的“自我发现”和“自我超越”。形体上，通过危急关头的紧急“自救”，“小猪”体察到内在品质的种种变化：可以变身“网球”，嗅觉很发达，能够自由伸缩躯体，等等。精神上，面对困厄，他意识到，危难时刻不能坐以待毙、怨天尤人，而是要依靠自己的力量和智慧，确认自我……正是基于这样的认识，“小猪大侠”在被好心的大萝卜母子收留后，没有急于逃走，而是通过清水写字、尽情舞蹈、大闹电视台等奇异的身体行为，千方百计引起人们注意，以求“曲线救国”……

显然，从初临绝境的软弱、无助、忧伤、哭泣，到振作精神、依靠智慧，自觉走上自我救赎的征途，这一生命形态转变充分体现了小猪莫跑跑基于身体还原的精神成长和心灵蜕变。

所有这些，尽管是依托“小猪”的身体形态展开的，但鉴于“莫跑跑”人性基因的核心存在，故事所表现的实际上是男孩莫跑跑作为“人”的本体形象。这也从一个侧面表明，现实中，每个孩子的身体体验、精神结构都存在着朝向未来的各种潜质、各种智慧因子和能力走向。寻常日子里，他们之所以特立独行或平淡无奇，不是因为他们生性平庸、怪异，而是他们心灵里那些“神奇的种子”缺乏萌蘖能量，或错失了激活时机……而一旦身体发生了变异，使得这些“神奇种子”被充分激活，他们每个人都具有超越自我的可能，都有谋取未来、创造奇迹的信心、勇气。

所有这些，对于“男孩莫跑跑”来说，都是无比真实而又陌生的生命体验，但假若没有“变形”为“小猪”后的困厄、绝望，他又怎么可能得到如此丰富而刻骨铭心的身体实践？

小说里，“小猪大侠”自始至终在寻求着肉身与精神的自我确证、自我救赎、自我超越。这显然是一个漫长、艰苦的自我成长过程。一方面，这固然是由于为这种巨大的身体变异寻求技术支持的不易；另一方面，则是由于人世之复杂、多变、迷离，人性之惰性、疏狂、狭隘，无形中为“小猪大侠”凭空增加了许多“回归”障碍。在小猪莫跑跑寻找自我、返回现实途中，且不说猫、狗、黄鼠狼等动物随时可能袭击，“开瓶器”等邪恶、贪婪之徒时刻觊觎，几个陌生人见利忘义、浑水摸鱼……单就山猫、樱桃、爸爸、妈妈、大萝卜、瞎婆婆等成人合理思维、理性心态下的麻木与刻板，就让“小猪大侠”看似简单的身心回归之路一波三折，云遮雾罩。经受了生活的磨难、命运的拷打，小猪莫跑跑完成了从懵懂男孩到真正“大侠”的蜕变。不仅仅是身体上向人类的回归，更是精神上的自我救赎与超越。从这个意义上说，小说的故事内核具有浓郁的隐喻色彩和象征意味。

可以想见，故事结束，当男孩莫跑跑再次回到学校时，他已不是原先那个时时自诩为“大侠”，处处惹是生非的小刺头，而是一个懂得关心他人、理解父母、尊重弱者、珍视友情、伸张正义、巧用智慧的阳光男孩。

总之，系列儿童科幻小说“小猪大侠莫跑跑”不仅借科学的名义，以身体变异、身体幻想的方式让读者经历了一次轻松而又震撼的“历险奇遇”，而且还以精神寓言的方式，让我们体味到当人被科技“异化”为动物时，身体还原与精神返乡的漫长与艰难；由此，也警示世人去思索文明进步和科学发展背后可能潜伏着的种种身体危机与生命荒诞。

三、土生：身体消失与自我存在的确证

身体既是人之为人的物质依托，也是人社会化发展的基本方式，还是人精神生活的纽带。在传统社会，身体的动态生成及其向内探察、向外拓展是个体生命不断发展的主题模式；而到了现代社会，信息技术的迭代与媒介传播文化的更新在改变人们日常生活习惯、生活方式的同时，也很大程度让童年身体进入一个立体性、虚拟化、开放性的多维空间。这一方面极大丰富并拓展了儿童身体感知、身体体验、身体实践的形式和疆域，从而使童年身体形象呈现出富含时代特色的新样态；另一方面，多元文化浸润与多维空间塑造又不可抑制地造成了童年生态的驳杂，由此也引发了儿童身体存在的种种

迷失与焦虑。这一童年身体文化新趋向在新世纪原创儿童文学中也获得了对应性表达。儿童小说《藏起来的男孩》(迟慧)就是其中的代表性作品。

故事里,9岁男孩土生所在的格桑村仅有三十户人家。这里“三面环山,没有铁路,没有公路,只有一条坑坑洼洼的羊肠土路”;“每年盛夏,开满格桑花的山坡美得像有神仙出没”;“这里的时间是缓慢的,村民慢慢地活着,他们没有着急的事”;“孩子像黑色的小马驹,放养在山坡间,他们在烈日下狂奔,释放着生命的活力”……在这样一个类似世外桃源的环境里,土生因为模样奇特,成为村民眼中的“异类”。“他的脸比别人长,呈椭圆形,鼻子高挺,眼睛却相当夸张,活像两个大圆灯笼,哭起来嘴巴张得像脸盆那么大。”这个“不是长得丑而是长得怪”,“不像家族里的任何人,甚至不像地球上的任何人”的男孩甫一降生,就成为全村的焦点。好在“时间长了,村民们对土生也见怪不怪,不觉得他和其他孩子有什么差别”。

到这时,土生已经不知不觉走出了降生后的身份认同危机,成为格桑村孩子当中的普通一员。他源于身体特异性的心理困扰也因为百岁高祖母的睿智介入而消弭。如果男孩的生活轨迹就此绵延下去,其特殊身体形象显然并不会引发“成长危机”。小说中,格桑村生活改变、男孩成长受阻主要源自两个因素:乡村旅游开发和土生与著名企业家高天“撞脸”。这二者看似毫无关联,却因为商业利益的驱动和网络传播的发酵而奇妙嫁接,并在各方不断推波助澜下形成了一个奇特的“利益场”,最终将9岁的土生卷了进去。土生因外貌酷似名人高天而成为格桑村独特的旅游资源。上热搜,成网红,拍广告,秀综艺……白天上学,晚上待客,周末全天迎来送往,不停和陌生人拍照……“他的家变成了景点,他变成了风景”,此时的土生“感觉躯壳里空空荡荡,不知道把自己丢在哪儿了”。足见,身体的商品化、符号化已然剥蚀了小主人公丰富、鲜活的生命质感,以一种近乎残酷的方式让生机勃勃的童年身体失却了应有的创造活力,最终僵化成任人摆布的提线木偶。

面对这种生活困境,土生本能地进行抗争——他把自己藏了起来。身体的消失让他获得了绝对的自由。起初,他很享受这种不受打扰的轻松、自在。但很快,他的现实存在因为身体“透明”受到严重威胁。他成了人群中可有可无的角色，不得不通过一次又一次的现实干预、语音强调而确证自己的存在。此时，身体消失的快慰经过现实冲击、内心砥砺已荡然无存。相反，身体能否复原的焦虑和恐惧则如影随形，成为笼罩在他和爸爸妈妈心头的浓重阴霾。

小说末尾，土生借助高祖母熬制的异香草中药不仅摆脱了“透明人”的尴尬身份，而且还拥有了“一张与往日自己大相径庭的脸”。这种身体复现是全方位的，它对男孩而言可谓意义重大。一则，它象征着土生原有身体形象的重生；二则，它昭示了男孩全新身体形象的建构；三则，它体现了小主人公身体重构基础上的自我发现、自我确证和自我超越。究其原因，就在于经历了这样一场“身体奇遇”，土生体味到了亲情温暖，感受到了生命珍贵，“得到了与众不同的人生体验，学会了感恩和珍惜”，他实实在在地成长了。

诚如前文所说，对童年文化而言，儿童身体既是生命之基，也是文化之源，还是成长之脉，更是精神通道。在此基础上，童年成长首先是身体行为的感知、体验与身体实践的参与、展开，其次才是自我意识的萌动、苏醒，以及精神世界的探索和建构。换言之，如果没有身体作为物质存在的支撑，童年成长就是无源之水、无本之木，就成为海市蜃楼一样的幻境存在。从这个意义上说，身体存在不仅关乎儿童现实生命的确定性、生长性，而且还是他们社会化身份的内在依据，对其生命成长而言，须臾不可或缺。

基于此，小说中作者通过儿童身体消失与还原的对位想象，不仅生动诠释了童年身体对于生命成长的多重意义，而且还以此为载体和通道，适时揭示了身体物化或异化带给童年的严重伤害。

窃以为，上述这些也正是原创儿童文学身体想象书写之价值所在。

综上，无论是《腰门》《芙蓉花开》《花猫三丫上房了》《少年摔跤王》等原创儿童文学作品所代表的童年身体感知下的“日常化”生命书写，还是《细米》《舞蹈课》《纸人》等儿童小说所标示的童年身体成长与青春期“性意识”表达，抑或是《陈土的六根头发》、“小猪大侠莫跑跑”系列、《藏起来的男孩》等幻想小说所例证的童年身体想象与儿童生命主体性呈现，都无不是新世纪原创儿童文学童年身体内涵及其审美实践的集中体现。这一方面显示了进入新世纪以来，“中国式童年”悦纳身体、激赏身体、表现身体、建构身体的审美价值取向，另一方面也展现了原创儿童文学在“童年身体”的多维书写上不断精进、佳构迭出的丰沛面貌。而这两个层面，实际上也从不同维度丰富着新世纪原创儿童文学艺术画廊，彰显着童年文化在“童年身体”审美书写上的蓬勃活力、繁茂景观。

第六章

“中国式童年”现实模态与虚拟图景

第一节

儿童游戏：童年空间文化现实表征

童年既是社会结构，也是文化现实。其不仅基于社会空间而存在，而且其所保有的诸如“主体性存在场域”“权力关系”“情感体验”“符号体系”等多重属性决定了其本身就是一种社会空间。基于此，作为社会空间的童年可从身体空间、物理空间、交往空间、象征空间等空间维度体认并把握。上述不同童年空间从不同层面涵纳并呈现人类童年的多元面相，体现且见证着童年文化的既往脉络、现实形态与未来走向。其中，童年游戏就以“主体性存在场域”，以及身体空间与物理空间的融合形态由内而外体现着童年空间文化的内涵与特质。

一、人类游戏的文化演进

说到游戏，《不列颠百科全书》这样解释：游戏，动物学术语，指动物在缺乏正常刺激时呈现出的行为，或由正常刺激引起但并没有完成全套仪式化行为模式的行为。已有研究表明，游戏行为多见于哺乳动物和鸟类生命活动中，通常是作为未成年动物学习成年行为之生命成长的一部分。偶尔，成年动物出于嬉戏和精力宣泄也进行游戏活动。游戏过程中，可能存在动物仪式化行为因素，只不过，这些行为的先后顺序往往并不表现其真实意图。

《美国百科全书》的解释则有所不同。游戏：为娱乐所做的任何消遣和活动，包括玩玩具、参加体育活动、看电视等等。游戏的特色是：不断往前，以及“独一无二的人物和事件”。在游戏中，人们将希望和幻想投射于特定事件，而不是遵照外在世界要求。所以，游戏者觉得游戏事件生动刺激，乃是因为平凡事件并非如此。

而《中国大百科全书》对“游戏”词条的阐释又是另一种观点：游戏是儿童的主要活动形式，又是一种社会现象。儿童在游戏中反映周围的现实生活，通过游戏体验着周围人们的劳动、生活和道德面貌，同时也理解、体验着人们之间的相互关系。游戏是实现儿童与周围现实联系的特殊形式、特殊活动，因此，游戏是一种社会性活动，游戏的主题和内容都由社会生活条件所决定。

上述“游戏”解释侧重点各不相同。其中，既有生物学意义的理解，也有社会学层面的阐发，更有儿童认知、教育学角度的释义。这些不同视角的解释，充分说明了“游戏”作为一种生命现象与文化形式，在人类文明不断演进中，其内涵、外延、精神实质始终处于不断分化、拆解、变异、融合之有机建构中。

实际上，早在古希腊时期，柏拉图就将人类的游戏看作一种“与神毗邻”的社会活动，从而在赋予它一种超出现实生活的神圣性的同时，开启了游戏现象社会、文化阐释的先河。他说：“人被做成供神游戏的玩物，而那是人的最好的部分。因此，每个男人和女人都应相应地过生活，都应玩最高尚的游戏并禀有与他们目前不同的另一种精神……”①

柏拉图之后，德国大哲学家康德以游戏活动参照人类艺术创作，把艺术的初级阶段比喻为“游戏”，并在把艺术分为“快适的艺术”与“美的艺术”基础上，明确阐释了游戏的自由性内涵。他说：“快适的诸艺术单纯以享乐为它的目的。……这些游戏没有别的企图，只是叫人忘怀于时间的流逝。”②在康德看来，游戏是与“快适的艺术”属于同一层面的东西。因为它们之间既存在着“自由”的共同本性，又保有“快适”的心理效应。更深一层分析，游戏则如同艺术一样，具有无目的性（外在目的）。但是，另一方面，

① J. 胡伊青加：《人：游戏者》，成穷译，贵州人民出版社，1998，第 23 页。

② 康德：《判断力批判（上册）》，邓晓芒译，人民出版社，2002，第 147 页。

因为艺术又是“自在自为”的存在，具有自身的“目的性”，也就是“合目的性”，因此，游戏也是具有内在目的、自成一体的现象存在。

不言而喻，在康德的理论中，“自由”和“快适”成了衔接游戏和艺术的重要纽带。无论游戏，还是艺术，都将“内在自由”看作是精神的旨要、存在的根源。康德的这一论点突破了柏拉图仅仅把游戏当作“神性”在人间返照的狭隘理解，一定程度上揭示了现代“游戏精神”的本质。

与康德的观念相近，另一位德国哲学家、美学家席勒先是以“精力过剩说”解释游戏的生命起源，继而从本体与现象、感性和理性的范畴揭示了人的游戏冲动作为感性冲动和理性冲动之间的精神调节器，具有中介功能。席勒认为：“感性冲动的对象是最广义的生命，理性冲动的对象是本义和转义的形象，游戏冲动的对象是活的形象，即最广义的美。”[①] 在这里，美并不是单指“美的形象”，而是指所有“审美的现实”，或现象的一切审美特性。这样一来，游戏、美和艺术就成为同一性存在。因为人不只是感性存在，也不仅仅是理性存在，实际上还是游戏存在。同理，“美作为人性的完满实现，也既不可能是绝对纯粹的生活，又不可能是绝对纯粹的形象……美是两个冲动的共同对象，也就是游戏冲动的对象”。[②]

总之，席勒认为，游戏冲动是沟通感性冲动和理性冲动的桥梁。而游戏状态（特别是审美游戏）则是一种克服了人的片面和异化的最高人性状态，是人性自由与解放的真实体现。他甚至视游戏为“人之为人”的标志：“说到底，只有当人是完全意义上的人，他才游戏；只有当人游戏时，他才完全是人。”[③] 这一论点实际上就在康德所阐发的游戏“自由性”基础上，将游戏的精神内涵扩展到了更为深广的层面。

和康德、席勒多从哲学、美学层面阐释游戏的社会性质、审美价值不同，荷兰文化人类学者胡伊青加则力主将“游戏”概念整合进文化范畴。“我的目的不是要确定游戏在所有其他文化表现中的地位，而是要查明文化在多大程度上具有游戏的特征……游戏在此不应作为生物现象，而应该作为

① 席勒：《审美教育书简》，冯至、范大灿译，上海人民出版社，2003，第 114 页。

② 同上书，第 118 页。

③ 同上。

文化现象来理解。这是从历史的角度而不是科学的角度来加以探求的。”[①] 从游戏角度去阐释文化起源，从文化层面理解游戏特征。如此，文化与游戏的互融、互证就成为胡伊青加游戏理论的基石。

不仅如此，胡伊青加还通过考察游戏的词源学，及其与法律、战争、知识、艺术等的关系，明确指出：人类文明就是在游戏中并作为游戏而产生和发展起来的。人类的游戏行为和游戏现象就是文明的本源所在。

足见，同样是立足于游戏现象与人类的精神关系，与康德、席勒所认为的游戏仅体现“自由的内涵与精神”不同，胡伊青加将游戏提升到了人类文明母体的本体性高度，游戏成了人及其创造的文化的基本存在方式。而在阐释了游戏对于人类文明的主体性之后，胡伊青加还通过对“置身于日常生活之外”“对人的强烈吸引”“固定的规则”“封闭的空间”“延续的时间”“规则的意义”等诸多游戏特征的归纳，极大地影响了后世游戏研究的进程。

此外，胡伊青加还将游戏的诸多特征、形式要素从驳杂的游戏现象中抽象出来，最终上升并概括为游戏所具有的内在精神。胡伊青加认为，任何人类文明中的游戏现象及其所蕴示的游戏精神，都是通过闪烁、变化、接续、联合、分裂、重复、紧张、轻盈、均衡、冲突、消融、节奏、幻觉、神秘等诸多要素的组合和对话实现的。同时，这一切也构成了游戏的秩序。游戏精神是经由游戏秩序而显现出来的。在胡伊青加看来：“游戏有某种要成为美的倾向。这种审美的因素很可能就等同于那种创造有秩序的形式的冲动，它把生气灌注给游戏的各个方面。我们用以指称游戏因素的那些词语，绝大多数属于我们用以描述美的效果的词汇：紧张、均衡、平衡、冲突、变化、消融、解决等等。游戏迷住我们；游戏是使人‘入迷的’‘吸引人的’。游戏带有我们可在事物中所窥见的最高特质：节律与和谐。”[②] 足见，在胡伊青加的观念里，游戏精神不仅是游戏秩序的内在表征，而且其实质就是自由、规则、节律与和谐。

基于这样的理解，胡伊青加在对神话、哲学、艺术中的游戏因素加以分析后，进一步指出，真正的文明必然需要公平游戏，需要游戏规则。而游戏

① J. 胡伊青加：《人：游戏者》，成穷译，贵州人民出版社，1998，第 3 页。

② 同上书，第 10 页。

精神就体现在游戏者对于规则的不断体认当中。从这个意义上说，规则作为融合着真、善、美等人类精神元素的价值集合体，体现着人类真正的游戏精神。这种精神寓于游戏存在和发生的结构、过程当中，以自由的表象、规则的形式、节律的运动，创造着人与文化、与自然界互融共生的生态。

康德、席勒之后，德国哲学家汉斯-格奥尔格·加达默尔承继了海德格尔将“理解和解释作为存在的本体条件”的哲学观念，从阐释学层面赋予“游戏”全新的美学意涵。比如，康德认为，游戏只是艺术的初级阶段，其中蕴含了主体的某种自由；而席勒认为，游戏基本上与艺术“同形同构”，它是美的象征，是人之为人的标志；加达默尔则颠覆了上述经典“游戏”理论，因为在他看来，“如果我们就与艺术经验的关系而谈论游戏，那么游戏并不是指态度，甚而不指创造活动或鉴赏活动的情绪状态，更不是指在游戏活动中所实现的某种主体性自由，而是指艺术作品本身的存在方式”。[①] 显然，在加达默尔看来，以往的哲学、美学、心理学理论仅仅是从“人”的外部视点看待游戏，没有从艺术本身的角度赋予其本体地位，这样的观点充其量只体现了形而上学“人的主体性原则”，根本无法抵达“游戏就是艺术作品本身的存在方式”这样的真理性认识。因为，在加达默尔看来，关于游戏，真理只有一个，那就是——游戏是一种本体存在。游戏无主体，游戏的主体就是游戏本身。

至此，人类游戏研究，从柏拉图、康德、席勒、胡伊青加而至加达默尔，已经实现了由理性思辨到感性心理，由感性心理到文化本体，由文化本体到自我本体的多次转向。上述转向体现了游戏存在方式由柏拉图、康德、席勒等所阐释的“合目的性”的“自为存在”，一跃成为加达默尔阐释学体系中“自成目的性”的“自在存在”。

不仅如此，在提出“游戏无主体”之后，加达默尔对游戏的内在结构又进行了透彻分析。他认为，游戏显现了一种“独特”的秩序，也正是在这种秩序里，游戏活动往返重复、不断自我更新，铸就了游戏的基本结构形式。而这种结构形式在时间和空间上的开放性则为艺术作品的不断理解、解释提

---

① 汉斯-格奥尔格·加达默尔：《真理与方法（上卷）》，洪汉鼎译，上海译文出版社，2004，第107页。

供了依据。

除了上述观点，加达默尔还提出，游戏是一种自我表现。按照加达默尔的分析，游戏的特性就在于它使游戏者在游戏过程中得到自我表现或自我表演。因此，加达默尔说：“游戏的存在方式就是自我表现。”[①]需要明确的是，既然游戏是“自我表现或自我表演”，那么，就必然需要观众，需要观赏者。换言之，游戏只有在观看者、欣赏者那里，才能获得其存在的意义。因此，加达默尔说：“在观赏者那里，游戏好像被提升到了它的理想性。”

美学之外，加达默尔在语言学意义上的游戏阐释也影响深远。

在加达默尔看来，人类与世界是通过语言相遇的，世界在语言中展示和呈现自己。因此，通过语言去理解和解释世界就成为一种游戏。在这种语言游戏中，“对话”是达成“理解”的最主要形式。这里的“对话”是指一种游戏的表达方式，而不仅仅是一种语言姿态。对话中，语言呈现出游戏所特有的“自成主体、往返重复、自我更新”的形式结构。而这样一来，“文本或艺术品正如游戏一样，每一次解释就是一次新的探险。说话人聚集了已言说的东西，同时向对方传递无限多的尚未言说的东西，每一次对话都蕴涵着内在的可能性，文本的真正意义不断生成、无穷无尽”。[②]

论述至此不难发现，人类游戏观念自柏拉图至加达默尔，实际上经历了一个由“自为存在”到“自在存在”的过程。这既是人类文化探究不断拓展、深化的体现，也是游戏作为文化现象本身不断自我分解、自我融合、自我呈现的过程。也正因如此，游戏在人类历史进程中，在不断呈现其多样形态、丰富内涵的同时，也逐渐体现出一脉相承的精神主旨与价值向度：自由与和谐；超越和建构。自由与和谐，是美的核心所在；超越和建构则是创造力的精神旨趣。自由是创造力在精神上的绵延与呈现，超越则是创造力在物质中的姿态和表现，和谐预示了空间秩序、结构的平衡与合理，建构则是价值层面上“自成目的性”的意义召唤……

如此一来，从普遍性上说，游戏作为人类生命活动，所表现的就不只是心理自由、情感愉悦、生命饱满、想象丰沛，更是包孕着自由与和谐、超越

① 汉斯-格奥尔格·加达默尔:《真理与方法(上卷)》，洪汉鼎译，上海译文出版社，2004，第5页。
② 黄进:《游戏精神与幼儿教育》，江苏教育出版社，2006，第24页。

和建构等多种精神元素、文化意味的审美创造。

二、儿童游戏与文学审美之关系

法国儿童文学理论家保罗·阿扎尔在其著作《书，儿童与成人》中曾有这样一段描述：

> 儿童们的王国距离这一切是如此遥远。住在这片国度里的生命，好像是一种全然不同的存在。在他们身上，有一种奇异的不知疲倦的充盈与丰富。他们从早到晚地奔跑、喊叫、争吵，在跳跃中来来回回，睡眠只是为了明天早晨好继续开始今天的一切。他们弱小而不够灵敏的身体，却已经是一个迫切焦急的希望。他们富有，因为他们拥有一切绚丽的可能。想象已经不仅仅是他们首要的快乐了，而是他们拥有自由的象征，想象是他们生命的动力。理智还未将他们捆绑起来，它将在未来的日子里让他们了解到它的狭窄空间。他们将自己的梦投射在云朵上。这些幸福的生命没有烦恼，没有利益，没有包袱地玩耍游戏着。①

这段文字描述了儿童在游戏中生龙活虎的情态，以及他们热衷游戏的心理动因，同时也揭示了游戏对于儿童生命成长之价值所在：自由体验，能量释放，生命愉悦，幸福表征。

这是典型的游戏审美表达，注重游戏在实践层面的形态呈现。在游戏中，儿童身体动作的灵活性和非精确性都表明，儿童游戏在活动方式上具有形式多样性和目的模糊性，而在行为结构上，又具有意义所借与意义所指的不确定性、非统一性。这些都是游戏的外显特征。而游戏中的积极情感和内部动机则分别从游戏外部情感效应和内部驱力角度说明了游戏所具有的内化特征。

① 保罗·阿扎尔：《书，儿童与成人》，梅思繁译，湖南少年儿童出版社，2014，第4页。

实际上，说到儿童游戏审美意义上的普适性，其实，早在半个多世纪之前，朱光潜先生就通过与艺术比照，将儿童游戏的特点归纳为如下方面：意象的客观化（使游戏成为一个具体情景）；幻想性、虚拟性（游戏是想当然的勾当）；游戏的移情作用（把死板的宇宙看成是活跃的生灵）；创造性、情感抚慰性（在现实世界之外另造一个理想世界来安慰情感）；非功利性（儿童游戏时只图自己高兴，没有博取赞赏的念头）；即时性（游戏是逢场作戏，不求传达于天下）；媒介象征性（游戏媒介替代物选择随意，不求技巧和融合）。①

在这里，朱光潜所阐释、归纳的主要是儿童游戏的内在心理结构与情感效应，其美学立场不仅对常态下的儿童游戏具有参照性，而且也为我们理解儿童游戏的审美价值提供了通道。

在此基础上，当代儿童认知心理学、审美发生学研究成果业已表明，儿童游戏与儿童审美之间，确乎存在着内在的一致性。这可从以下四个方面得到确证：

（一）从儿童游戏把握世界的方式看，儿童游戏与文学审美具有内在同构性。

我们知道，与成人总是习惯于靠知识和理性来认识生活、把握世界不同，儿童的生命方式属于感性存在。这一方面由儿童生理机能发育尚不完满的生命状态所决定，另一方面也是他们认知能力不断处于演进、发展之中的结果。儿童以感性和想象来认识、理解、把握世界的生命方式，决定了他们相较成人，有着独特的存在感觉、价值观念和人生态度。比如，心理学研究证明，儿童在婴幼儿阶段，思维的特点是从主客体一体化的无意识认知逐渐向主客体互渗的意识阶段发展的。此时，儿童的思维通常是物我一体、泛灵论的。在他们眼里，宇宙万物无分你我，都有生命、情感。因此，对幼儿来说，与小蚂蚁对话，听小青蛙唱歌，陪月亮姐姐散步，和太阳公公玩耍……就成为异常自然的事情。在这样的心理状态下，幼儿感觉自己和身外世界融为一体。我的感觉，就是你的感觉；我想什么，就是什么；我要什么，就是

① 朱光潜：《谈美书简：二种》，上海文艺出版社，1999，第153页。

什么。所以，在幼儿眼里，几块砖头、几片瓦，再加一对小碗勺，就是完整的家；你是爸，我做妈；一片树叶做帽子，一条扫帚就是马，棍子当剑，麻布盔甲，小小院子成战场，漫山遍野去冲杀……

这就是孩童感知世界的方式，也是儿童游戏的状态。这是他们生命情态的真实写照。这种生命的存在感觉和呈现方式不是和审美过程中的“移情效应”如出一辙吗？所以，弗洛伊德说：“诗人所做的事情与儿童在游戏中所做的事情是一样的。”“每一个做游戏的儿童，看上去都像是一个正在展开想象的诗人。你看，他们不是在重新安排自己周围的世界，使它以一种自己更喜欢的新的面貌呈现出来吗？”确实，从想象游戏的层面上说，每一个游戏着的儿童确乎就是一个诗人。也就是说，他们面对现实时的心理状态与诗人想象创造时的心理状态非常相似。

由此可见，儿童游戏就把握世界的方式来说，与文学审美具有内在的同构性。文学审美是一种虚构的艺术，而儿童游戏中的虚拟性、想象性也正契合了文学艺术的这种特性。从这个意义上说，儿童的想象性游戏也是一种审美、一种艺术。

（二）从儿童游戏的表现形式看，儿童游戏与文学审美具有形态的类似性。

文学审美是用语言作为媒介和物质材料，以感性的方式，运用各种艺术手段，经由情节和形象来反映、确认和把握世界的。也就是说，文学把握世界，是以感性来把握感性，或者透过感性来把握和呈现理性。在这里，感性的具体化或理性的形象化就成为文学审美的重要标志。

而儿童游戏，在这一点上，同样具有将意象或想象客观化、情景化的特征。比如孩子玩“开火车”游戏。先是他的心里有一个“火车”的意象和自己开火车的想象场景，然后他的热情和兴趣被充分调动起来。此时，他急于将内心里的情景在现实里呈现出来。而要做到这些，就必须让“火车”“火车汽笛”“火车车轮声”等这些意象具象化。于是，他在人力、物力、能力所及范围内开始“意义所借”“物象所指”的虚拟创造。他让一排小椅子成为车厢，一个倒扣的大碗成为车头，地上画两条线就是铁轨，自己嘴巴发出“呜——”“哐哐哐哐……”的叫声就是车轮滚滚、汽笛声声……

可见，能不能让想象中“想当然”的情景在生活里以客观、具象化、象征的方式复现出来，这是儿童想象游戏能否顺利展开的关键所在。这一点，和文学审美实践注重虚拟背景下的形象塑造、场景刻画、细节描写具有一致性。从这个层面上说，儿童游戏与文学审美也是互证的。

（三）从儿童游戏的内部结构看，儿童游戏与文学审美内在叠合。

游戏伴随着儿童生命发展的整个流程，呈现着儿童情感和精神的点点滴滴。但是，儿童在不同的认知、情感发展阶段，其游戏的内容和方式是不同的。孩子在婴幼儿阶段喜欢感觉运动游戏，儿童早期热衷于假装游戏、想象游戏，儿童后期钟情于社会、规则游戏，而到了少年时期，则开始迷恋电子、视频、网络游戏……尽管儿童游戏的种类、内容、形式不断更迭，但其内在本质却一脉相承——那就是决定着游戏之为游戏的内在的秩序、节奏、韵律，以及其不断重复、变化、发展、衍生的开放结构。

而与之相较，文学审美在内部结构上同样具有和谐性、发展性、开放性。文学审美是对美的反映、确认和把握。苏珊・朗格曾说，美是情感的形式。无独有偶，结构主义美学家贝尔也认为，艺术的本质在于“有意味的形式”。真正的艺术在于创造这种“有意味的形式”。这种“有意味的形式”既不同于纯形式，也有别于内容和形式的统一。遵循上述“形式论”美学法则，文学审美就是对各种情感形式的具体把握、呈现或感知。既然人类情感千变万化，异常丰富、细腻、饱满，那么，审美过程中所诞生的“有意味的形式”自然也应该千差万别、摇曳多姿。而要体现、展示这种多姿多彩的形式，作为载体，文学审美必然要调动一切艺术手段，使具体的文本在秩序、节奏、韵律上高度和谐，使形象蕴涵和结构形式保持发展的开放性和阐释的无穷性。

（四）从儿童游戏的现实功能看，儿童游戏与文学审美也有诸多叠合之处。

如前文所述，关于儿童游戏的现实功能、价值取向，人类文明史上，曾先后出现过诸如精力过剩说（席勒、斯宾塞）、松弛消遣说（拉扎鲁斯）、文化复演说（格鲁斯）、生存预演说（霍尔）、欲望补偿说（弗洛伊德）、认知发展说（皮亚杰）等多种说法。这充分说明，现实的儿童游戏，确实会产生各种各样的功能和作用。

但是，儿童游戏就其本质而言却是无功利的。儿童游戏是儿童自发开启自身潜能的活动。它是“有意识的主体的潜意识活动，是生命的全方位表达。……其中，潜意识得到了表现，意识得到了丰富，精神和肉身得以成长”。[①]

在常态生活中，游戏是儿童的存在方式。游戏之于儿童，就如同水之于鱼。生活着，游戏着，快乐着，成长着，对儿童来说，就足够幸福了（至于成人社会对他进行的社会化的规约、塑造，则是另一回事）。可见，就儿童游戏本身来说，它没有什么外在的目的，游戏本身就是目的。儿童在游戏中，既是行动者，也是体验者；既是观赏者，也是享受者。而游戏对于儿童来说，既是内容，也是过程；既是手段，也是目的。它是内容和形式的高度和谐一致；是意识和潜意识的混沌不开；是精神和肉体的合二为一。

同样，文学在审美本质上，也是拒绝功利的。康德在谈到美时说，美是无功利的主观性的愉悦，审美具有无目的的合目的性，而艺术就是自由的游戏。朱光潜则认为，美是事物呈现形象于直觉时表现的特质，审美是直觉对形象美感的感知、反映和确认。上述两种美学观尽管侧重点不同，但就美的主观性而言，却是一致的。

的确，从人生的完满性来看，一个完整的人，其人格结构必然是多层面的，其生命需求也必然是多方位的。物质享受、饮食男女之外，还应该有更高层面的希求，而美和审美就是其中的代表。在这一点上，“生命的价值”和“活动的自由”成正比例。人类从事某种活动的自由度越大，人性所蕴含的生命力就越是高涨；创造力越是蓬勃，生命运转的过程也就越有意义。人类的审美活动正是如此。不为物役，不为己困。精骛八极，心游万仞。才华灼灼，灵感迭发。这种感性生命的激情勃发，想象力、创造力的极度喷涌，无疑就是生命价值的深度体现。由此可知，美是事物的价值显现，是“人的本质力量的对象化”；而审美则是人的主体性在文学、艺术领域内的感性表达。

由上述分析可得出结论：儿童的想象游戏也是一种审美。作为童年文化

① 刘晓东：《儿童精神哲学》，南京师范大学出版社，1999，第226页。

之一脉的儿童游戏与文学审美无论是表现形态、内在结构，还是呈现方式、现实功能，都具有内在的契合性。就儿童而言，儿童游戏是童年文化的物质依托、意象表达；就审美而言，童年文化则是儿童游戏的意识内化、生命复现。

三、童年游戏文化与儿童文学游戏精神

儿童游戏作为童年文化之一脉，其现实存在呈内隐、外显之双重结构。其外显形态为游戏的空间场景和现实样态，其内在价值为游戏的心理机制和文化旨趣，即游戏精神。而后者，恰恰是儿童游戏作为文化形式的内核。

由此，儿童文学审美实践中，就不能仅以“快乐原则”或“自由意志”来阐释游戏现象，而应立足于儿童生命建构、精神发展之本体意义来理解游戏精神。这样一来，在原创儿童文学作品里，游戏精神就不仅是动感、玩闹的快乐场景，更是无中生有、弄假成真的幻想创造；不仅是幽默豁达、自信从容的乐观言行，更是自我探索、自我把握的进取姿态；不仅是激情澎湃、身体力行的人物风采，更是自我扬弃、追求卓越的精神面貌……实际上，那些贯穿在情节结构中的“热闹”“狂欢”“滑稽”“幽默”，或者融合于儿童形象中的“顽皮”“闯祸”“冒险”“想象”，很多时候仅仅是游戏精神最为常态的表象而已，蕴含于其中或背后的则是情感的自我调控和超越，是乐观精神的弘扬和建构，是以想象力、创造力为核心的童年生命形态的激扬与释放……而这些恰恰才是游戏精神的核心所在。

实际上，新世纪原创儿童文学中的游戏精神至少有以下表现形态：

（一）通过塑造一些精明强干、足智多谋、孔武有力、本领高超的“叔叔型”（或“阿姨型”）人物形象，满足儿童精神扮演的渴望，并对其在能力、才干方面进行心理补偿。这些人物有怪老头儿（《怪老头儿》）、漂亮老师米兰（《漂亮老师和坏小子》）、蜜儿（《那个骑轮箱来的蜜儿》）、杨歌爸爸（《装在口袋里的爸爸》）、父亲（《野蜂飞舞》）等等。

（二）通过虚拟故事或现实场景中弱小者对强大者的胜利，让儿童实现对现实中强者的颠覆，以及对生活里无奈情绪的平衡和释放。如《樱桃小

镇》中充任镇长的马小跳和担任樱桃图书馆馆长的路曼曼，等等。

（三）通过某种特定宝物的神奇功能，让处于弱势的小主人公实现长久以来的愿望或弥补内心的缺憾。如《称心如意秤》（刘东）中拥有神奇的称心如意秤的男孩曲小洋。

（四）通过历险记、奇遇记、漫游记等故事结构中主人公非常态境遇下的冒险经历、神奇行为，满足儿童的好奇心和历险冲动，也借此实现对平淡生活的想象性超越。如《乌丢丢的奇遇》（金波）、《一个迷路时才遇见的国家和一群清醒时做梦的梦想家》（陈诗哥）等。

（五）通过现实故事里小主人公对自己能力的幻想、强化、夸大、变形，实现儿童单纯而直接的想象性自我满足。如《校园三剑客》（杨鹏）中的“校园三剑客”。

（六）通过对现实性或幻想性顽童人物的极度推崇、欣赏、肯定，满足儿童在现实生活中被压抑的想“野出去”的欲望。如“开心学校”系列（李志伟）中的“白天”“巴豆”“花朵”；“倒霉女生小豆子”系列（肖定丽）中的“小豆子”；《小不点儿愿望树》（萧萍）中的“米高”“汪多加”；“开皮豆快乐秘笈”系列中的“开皮豆”……

（七）通过讲述现实人物陷入尴尬或出洋相的事件，让孩子自我反观、自我探索，从而实现认知和情感的自我释放与超越。如“戴小桥和他的哥们儿”系列（梅子涵）中的戴小桥、《蔚蓝色的夏天》（李学斌）中的乐枭、《一年级的马鸣加》（郑春华）中的马鸣加、“淘气包马小跳”系列（杨红樱）中的马小跳。

（八）通过讲述现实人物因冒险、冲动、鲁莽行事而遭遇挫折，最终警醒、顿悟，使读者实现自我把握和升华。这类寄寓着童年游戏精神的人物形象在新世纪原创儿童文学中不胜枚举，如《耗子大爷起晚了》（叶广芩）中的“耗子丫丫”、《建座瓷窑送给你》（彭学军）中的“黑指”、《少年陀螺王》（王勇英）中的你落、鼓台……

（九）通过现实中主人公在特定场景中的变异，让本属于生活里的真实故事移位于幻想世界，从而令读者在阅读惊异里，重温亲情温暖，反观生活缺失。比如“小猪大侠莫跑跑”系列（张之路）中，主人公莫跑跑变形为小猪后对回到现实生活的极度渴望；还比如《我把爸爸养在鱼缸里》（彭懿）中，为珍惜并延迟与水妖爸爸相聚的美好时光，小主人公水孩把爸爸养在鱼缸里……

（十）通过语言变异和非逻辑组合造成认知错位，营造文本阅读的荒诞性、滑稽感，并由此创生一种妙趣横生的语言游戏，如当代儿歌中的连锁调（《野牵牛》）、绕口令（《瓜瓜和娃娃》）、颠倒歌（《东西街》）等等。

以上仅仅是对原创儿童文学中游戏精神表现形态的粗浅归纳。不过，一斑窥豹，即便是寥寥十种类型，也足以勾勒游戏精神在原创儿童文学中的丰富样貌。这些显然并非单纯的“快乐原则”“自由意志”所能涵盖，也不是纯粹幻想层面的主题蕴涵或情节创造。

综上，当童年游戏成为文学审美表达的内容资源，或者文学审美以游戏的结构和机制再造、重构童年生命形态时，相较游戏外在的动态过程、快乐效应，我们更应该关注其所表现的童年生命面相、儿童游戏精神。毕竟“在游戏文化中，游戏不仅仅是供消遣，它们供谈论、供解读，甚至是供误导、供幻想、供改变，成为日常生活的典范，帮助人们形成主观能动性和主体性”[①]。而这种“帮助”，实际上就是深层游戏效应的达成，其实质是“游戏精神”在现实阅读接受中的弥散、融合、根植与萌生。它所体现的恰恰是儿童文学作为童年文化一脉之价值所在。

① 威廉·A. 科萨罗：《童年社会学（第四版）》，张蓝予译，黑龙江教育出版社，2016，第 209 页。

第二节
游戏精神：童年游戏文化流动样态

不仅如此，新世纪原创儿童文学还呈现出了变异与衍生意义上的游戏精神流动样态。

众所周知，游戏作为生命方式贯穿于儿童成长过程中。它或以具象游戏形态滋养儿童身心，让他们享受生命的欢愉；或借审美内化形式，通过符号象征与意识还原，使儿童获得替代性、补偿性满足。不管何种方式，游戏都是儿童本能的生命欲求，其实践层面的广度，精神体味的深度，都是关乎儿童肌体健康、心理健全、人格完满的关键因素。

正因如此，现实中，与不断演变的具象游戏相类似，处于审美范畴内的游戏精神，其价值取向和思维蕴涵也处于动态发展中。不同题材表达，有不同结构形态和审美向度。在具体的儿童文学文本中，它既可能表现为继往开来的承续性，也可能表现为曲折延展的变异性，但不管表现为何种形态，其内在价值趋向与审美蕴涵一脉相承。那就是对自由、和谐、力量、勇气、想象、机智、幽默、快乐、动感、超越、创造等审美价值元素的认同、推崇、表达和求索。

比如，原创儿童文学作品中，单就儿童日常生活“游戏性”的审美把握而言，游戏精神就至少有以下七种衍生、变异样态：

（一）写儿童生活常态下快乐、适意的生命场景，游戏精神往往表现为作品中人物活跃的行为、喷薄的想象、昂扬的情绪状态。

后来，终于有人发现，秋千、跷跷板也是可以让我们玩的，只要抢得到。不然，也可以在操场玩“骑马打仗”或“一二三木头人”。现在，我们都认为下课时间太短了。

上课了，小胖子举手说要上厕所，老师不高兴地问：“刚才怎么不去？”

下课时间那么宝贵，用来上厕所多可惜啊。

要削铅笔、吃点心、排队荡秋千、到小卖部买本子……下课要做的事太多了，我想，校长是不是把上下课的时间弄颠倒了？

——王淑芬《君伟上小学》

从这段文字可以看出，和无趣而呆板的上课相比，秋千、跷跷板、“骑马打仗”对孩子们的吸引力显然要大得多。原因就在于，上课是目的明确的“规定动作”，而下课是自由、自主的“自选动作”。上课是功利的，下课是游戏的；上课是循规蹈矩的，下课是自由率性的。二者时间长度相差悬殊，给予孩子的身心愉悦程度也迥然不同，以至于小主人公瞬间产生错觉：“校长是不是把上下课的时间弄颠倒了？”可见，日常的上课时间里，游戏该是多么匮乏，游戏精神又是何等必要。在这里，作者所要表达的游戏精神，无疑就体现于孩子们在游戏中表现出来的率真、自由、快乐、自信等情感状态中，蕴含在由此而来的想象饱满、精神振奋、行动敏捷、灵感迭出的儿童形象里。

（二）写儿童鲜活生命本能、丰富情感欲求遭遇学校、家庭的束缚和压抑的时候，游戏精神就是儿童心灵自由的象征，是他们精神解放的表达。此时，游戏精神不仅成为儿童的精神向往，更是他们生活中压抑、委屈、无奈等不良情绪的缓释剂、透气窗。

脚趾（指）甲剪好了以后，妈妈说：“去把澡洗一洗！”

我洗澡洗得很慢，喜欢在浴缸里玩水。我不喜欢洗澡，但是喜欢玩水。玩水的时候我总是忘记了做算术抄写生词造句子那样的事。功课来得及做来不及做也好险忘记。

妈妈在浴室外面喊：“你怎么洗这么长时间，功课还要不要做？”

爸爸说：“洗的时间越长，功课做得越好！”

这时我想起来，今天晚上，除了做算术、写生词、造句子，还要写日记。不过，今天的日记内容很多，剪手指甲、（剪）脚趾（指）甲、洗澡，都可以写……

——梅子涵《戴小桥全传》

与成人的定向思维、实用态度不同，儿童靠感性、感觉行动。比如，洗澡在大人看来是“按部就班”的事，而孩子则凭感觉将之置换成“玩水”。洗澡刻板无趣，玩水则趣味盎然。于是，“我洗澡洗得很慢”，以至于“妈妈在浴室外面喊”起来。情节中，妈妈的喊叫可以让我们清晰感受到，在她和孩子之间实际上隔着厚厚的一道“墙”。墙内水花四溅、生气勃勃的游戏世界，她既看不见，也无法理解。足见，孩子生活中微不足道的一件事，也蕴藏着童年的秘密。在这个秘密世界里，儿童以自己特有的方式与成人社会加于他们身上的种种规约相抗衡；而这个小小的“游戏世界”，也就成了他们平衡与现实矛盾、冲突的主要通道。

（三）写与生活搏斗的儿童，游戏精神就演化为孩子面对困难的勇气、乐观，以及不屈不挠的昂扬姿态。换句话说，当孩子面对成长中的艰难、困窘，当他们头顶的天空阴霾重重时，游戏精神就是作家赋予生活的一抹亮色。

石牙解缆绳时，发现缆绳被父亲紧紧拴在木桩上，像长在木桩上一样，系着死扣。石牙马上跑回屋，操起菜刀反身冲出来，把绳子砍断了。船马上顺着水势向下游漂去。黑小三在岸上飞跑，引着船向王猛被淹的地方奔去。

岸上有人看见了石牙，都大声喊起来：“石牙来了，石牙划船来了！”

“我来了。”石牙在心里回答了一声。他第一次感受到同学们对他的尊重，把他当作一个有用的人。这是一种呼唤亲人的感觉，是石牙久已期待的。

——常新港《独船》

小说中，当父亲与村里人的隔阂乃至仇视已无法缓和时，少年挺身而出。于是，如释重负的他重新体味到被尊重、被认同的欣悦。这是少年石牙在危急关头，面对两难处境所做出的正确抉择。这一举动体现了少年石牙对来自成人社会的狭隘和偏执强加在他身上的不公正命运的抗争，以及试图主动把握自己的勇气。他之所以这样做，不仅仅是因为对友谊的渴望，更是源于少年率真、坦诚、磊落、宽容天性的流露。而这，也恰恰就是游戏精神的深层表达——直面困厄、一往无前，不止步于任何外在的樊篱、羁绊；乐观向上，积极主动，以坚韧的行动牢牢把定自我的命运。

（四）写儿童成长中自我意识的苏醒和自我发现，游戏精神就是孩子面对生活的摸爬滚打、艰难探索、自我调整、自我超越，是他们成长中向上攀缘时永不停歇的毅力。

第二天，单如双陪着老妈如娜，沿着老爸去海河湾的路又走了一遍。

途中，老妈如娜把车子停在一处靠近海边的地方，母子俩面朝大海，坐在海边的护堤上。这里没有别人，只有他们母子，还有一望无际的大海。

单如双问老妈如娜：“后来，你又来过这里好多次？”

老妈如娜点点头：“再到后来，除了这里，我实在不知道还能到哪里去找他了。其实我也知道，在这里找到他的希望，跟在别的地方一样渺茫。我到这里来，只是因为我太想他了。想得有些受不了了。”

单如双的眼睛里突然涌满了泪水，但他没有去擦，也没有掩饰。这是他第一次觉得，在老妈如娜面前流泪，是一件再自然、再坦然不过的事情。

单如双深深地吸了一口气，说：“我也想他。很想很想。”

老妈如娜说：“我知道，所以，你才那么想去那座空房子。”

单如双的眼泪一下流出来。“对不起。”

——刘东《世界上没有真正的空房子》

作品中，搬进“空房子”对少年单如双来说，既是自我疗愈、情感慰藉，也是心灵沉淀、自我探索；而走出“空房子”，则是他直面生活的开始，其中寄寓着他作为小男子汉的家庭责任、现实担当，预示着他走出心灵困境后的情感释然、亲情救赎与自我超越。这期间，故事表层呈现的是少年对现实的抗拒、接受，与自我的较量、接纳，与家庭的疏离、和解，对生活的承受、平衡；情节深层隐含的则是少年自我主体身份的探索，主体意识的觉醒，主体责任的承担，主体精神的张扬。这一切都在与“空房子”的互证中达成。足见，“空房子”就是单如双心灵成长的情感驿站。

所以，当母子俩面向大海，坐在海边的护堤上时，他压抑着的伤痛和思恋不可抑制地喷涌而出。他向妈妈道歉，流着泪，诉说对爸爸的思念。此时，这个 16 岁的男孩长大了。走出“空房子”的他已然达成了与现实和自我的双重和解，也由此完成了从执拗男孩到小男子汉的自我确证、自我超越。

（五）功利主义盛行、教训主义弥漫的现实环境里，游戏精神成为“为游戏而游戏”“有意味的没有意思”的文本表现，是对功利教育和实用思维的消解与反拨，体现了“无用之大用”的生命向度、价值准则。

我碰到曹迪民就问他，我说曹迪民你简直就是一个活宝，你上课随地小便干什么？他说我忍无可忍了梅子涵叔叔。我说你忍无可忍了但是你为什么要等到忍无可忍了才想起来要小便了呢，你不可以早一点想起来吗？他说我一想起来就已经忍无可忍了来不及了梅子涵叔叔。我说忍无可忍了来不及了，那么宁可小在裤子上也不能小在地上嘛。他说梅子涵叔叔小在裤子上也是会流到地上的呀。

——梅子涵《儿子哥们——曹迪民先生的故事》

毫无疑问，上述文字从教训主义观念来看，颇有些不登大雅之堂。可恰恰就是这些“有悖常理、常态”的儿童举动，却深深寄寓着作家对童年的理解与尊重，也准确表达了孩子们的愿望与渴望。这是真正基于儿童本位的理解和赞赏，它给予孩子们的是规则之内的自由和轻松，是他们按部就班、循规蹈矩的常态校园生活中难以获得的意外之喜和恣意之乐。它以不合常理的方式让生活逸出了刻板而僵化的惯性轨道，弥散出儿童丰润心灵的生活质感、生命气息。应该说，这就是游戏精神在教育主义环境里所迸发出的光焰……当这样的文字闪烁在儿童文学作品中，恰恰表明游戏精神在新世纪原创儿童文学中的生长、勃兴。

（六）写儿童在野外、山林、贫困、危险、窘迫等非常态环境下的生命状态，游戏精神就体现为达观、幽默、无畏、不屈的勇气和胆魄。

现实中，儿童文学层面的游戏精神很容易被体认为动感、玩闹、嬉乐、轻松的文本特征。这一方面固然源于“游戏”本身的自由蕴涵、快乐基因；另一方面，则与现实中游戏常被表象化、庸俗化这一事实密切相关。实际上，游戏及其审美抽象物——游戏精神是内涵繁复、层次多样的“家族概念”。游戏精神在诸多“家族相似性”的统照下，折射出诸多不同于本体的色彩。这其实是游戏精神在儿童文学中的变异，亦可视作游戏精神在儿童精神层面的扩张和绵延。

> 不知过了多久，他们不约而同地站起来，手拉着手，朝山巅攀去。
>
> 山没有路，又十分陡峭，他们几乎是像猫爬柱子一样把身体贴在石壁上。他们不能朝下看，一看简直觉得这山是直溜溜地矗立着的，脚一滑就会直坠下去。也不能朝上看，云在飞，在旋转，那会使他们产生错觉：那山在大幅度地摇晃着。他们只能看着眼前，一脚一脚地往上登。
>
> 那只大雕又飞回来了，一直跟着他们。有时，他们脚下突然一滑，它就会一斜翅膀猛地飞过来，像是要用它那对强劲的翅膀托住

坠落的他们；见他们平安，才又一拉翅膀飘开去。

——曹文轩《古堡》

就常态看，两个 14 岁男孩不顾一切，冒着生命危险爬山的举动不仅草率，甚至还有些疯狂。但是，你如果了解到这是他们从 7 岁起就埋藏在心间的愿望，是他们一直耿耿于怀的“游戏”时，你就不会感到惊讶。一切新生事物的魅力，就在于未知的神秘；一切行为的开始，就在于探求和征服的冲动。如果从这个层面来理解，两个少年手拉着手的行动，就不仅仅是一次简单的“攀缘”，更是他们精神和心灵的一次放飞，是意识苏醒、人格独立后的一次自我表现和自我表演，是他们精神上的自我探索、自我确认和自我超越。其奋不顾身、一往无前的行为所体现的也正是生命勃发、昂扬乐观之游戏精神。

（七）写儿童与大自然其他生命形式的沟通、交往，游戏精神常常是物我一体、万物平等的自然观对生命法则的尊重和顺应，是生态保护、生命和谐价值准则对童年生活的观照与统摄。

儿童期是游戏期，儿童的生命存在是一种游戏式存在，而游戏冲动的对象又是最广义的美，美又和自然一样，起着恢复人性的作用。那么，在儿童文学中，儿童在与自然界交往、融合中表现出的生命情态，就成为被理性所包裹的成人社会的一面镜子。透过它，既可看到童心之磊落、纯然，也能窥见理性、功利熏染下人性的狭隘和卑琐。当然，此时，儿童身上闪烁的，恰恰就是物我一体、万物平等观念对自然法则的尊重和顺应，是生态保护、生命和谐价值准则对童年生活的观照与统摄。

舒叶不甘心就这么罢手，想了想，悄悄挪到小狗的侧面，趁它不注意，一下子拦腰把小家伙抱了起来。没想到，刚刚瑟瑟发抖的小狗一到舒叶怀里，不但没安静下来，反倒更加恐慌了，小身子抖得像筛糠一样，还发出“呜、呜”含混不清的声音。一个劲挣扎，小脑袋在舒叶的胳膊上拱来拱去，显然是想逃开。

可舒叶偏偏不想放开，反而把它抱得更紧了。与此同时，嘴里大声嚷嚷起来：“妈妈，快过来看啊！我捉到一条小狗！”

柯蕊一听，顿时花容失色，一边往来跑，一边叫道：“叶子，快把那东西放下！小心它咬你！当心传染病！”

舒叶没理会妈妈的话，蹲下身来，换了个姿势，让小狗在自己手里更舒服一些。或许是折腾累了，那小东西此时渐渐安静下来。

——李学斌《舒叶与神秘小狗》

小说里，女孩舒叶和妈妈对神秘小狗不同的态度，充分体现了两种价值观之间的冲突。和妈妈“实用”的考虑不同，舒叶对“小狗脏并且咬人”“可能传染疾病”等潜在危险全无概念。在她看来，这只模样清秀的小狗被遗弃在绿化带里，孤苦伶仃，楚楚可怜，自然不能坐视不管。更何况，自己一直喜欢小狗，现在天赐良机，更是要珍惜。此时，女孩亲近小狗，抱起它，抚摸它，是天性使然。为此，她不惜和妈妈抗争、讨价还价，试图说服妈妈。最终，在舒叶的据理力争和爸爸的援助下，强势的妈妈开始妥协，神秘小狗被舒叶顺利带回了家……

游戏是超功利的生命活动，游戏精神是富有人情、人性，也最能体现人本质的无功利的审美状态。小说里，女孩舒叶对待神秘小狗的率性、自然、坦荡、无私，以及后来她与小狗亲密无间、灵犀相通的交往，都表露了童心至真、至善、至美的一面。与此同时，舒叶和班级同学精心呵护小狗，并在它走失后倾力搜寻的举动，也与妈妈柯蕊所代表的世俗化与功利主义教育观形成鲜明反差。两相对照下，世俗价值观的僵化、狭隘、短视、自私，与童心的率真、坦荡、磊落、良善都跃然纸上。而后者，也正寄寓着童年生命对自然和谐状态的质朴守护，对自然生命和生活温情的本能追求。这也可视作是游戏精神的变异与延伸。

总而言之，由以上例证可以看出，即使是在写实层面上，游戏精神也具有多种意涵，其基于自由、快乐、和谐、创造、探索、超越等价值元素的精神变异与思维衍生，让游戏精神具有了宽广的文化背景和心理蕴涵。它不仅是引领儿童在葆有童年优良品性前提下，谋求童年精神结构不断扩展、完善，激发童年感性生命力健康发展的基本动因，也是儿童文学审美层面推动人性不断走向完满的价值向度。

至此，我们可以做如下归纳：作为童年游戏文化的内核与要旨，游戏精神是儿童生命发展的价值向度，是人性不断谋求自由、解放，最终获得生命能量释放、人生意义实现的精神坐标。它以“自我表现”以及“无功利的愉悦”为存在形式，并将“力的崇拜”“美的追求”“爱的释放”“创造力的挥发”等人类文明核心价值方式整合进自己的结构磁场，从而形成一个贯穿人类文明进程、包含一切文化创造的价值体系。

具体到儿童文学中，游戏精神更是成为童年生命审美表达的对象和构成物。这一切都是因为游戏是儿童的生命方式，儿童文学是立足于儿童生命空间的文学，是儿童审美之游戏，或者说是游戏在儿童意识中的审美内化。既然儿童的存在决定了儿童文学的存在，那么，儿童对游戏的本能欲求就是儿童文学中游戏精神的价值根源。

从这个意义上说，游戏精神注定会成为儿童文学的价值向度。不仅如此，不同于游戏——作为童年存在方式与儿童无法剥离，游戏精神在儿童文学中则是以“感性赋形”的形态渗透在情节、结构、语言当中，并借助文学形象传达出来；它有着极为丰富的精神意涵和多元的表现形式。但无论其内涵多么丰富、深邃，表达多么奇异、繁复，作为儿童文学之审美准则，其内在核心价值却是一脉相承的，那就是“力的崇拜”“美的追求”“自由的渴望”“自我的超越”“创造的激发”等观念结构与实践模式。而这些价值观念一旦弥散于儿童文学审美实践中，则体现为动感、快乐、奇异、和谐、幽默、达观、深邃、丰富的想象创造。

所有这一切，既构成儿童文学游戏精神的丰富内涵，也代表着儿童文学核心价值的全面呈示与集中展现。

第三节

童真·探索·幻想·创造：儿童文学游戏范型

诚如上文所述，游戏不仅是儿童的生命方式，而且是童年文化核心构成。更有甚者，当其内在结构和价值取向由显而隐，成为文学书写的对象和审美旨趣时，游戏还以童年生活形态、实践方式、内在精神的鲜活面貌和丰富构成昭示着童年文化的本质属性与未来方向。这一点，在新世纪原创儿童文学中主要通过“游戏效应”的多样化呈现和“游戏精神”不同层面的审美表达体现出来。

一、“开皮豆快乐秘笈”系列：童年生活之“游戏效应”

进入新世纪以来，随着商品经济大潮汹涌而至，童年文化不断市场化，儿童消费意识也日益高涨。此时，以“快乐效应”“幽默”“悦读”为旨趣的儿童文学创作一时间成为热潮。表现之一，就是各种“坏小子”“淘气包”“俏丫头”“超级女生”“超级小子”系列作品应运而生。在众多针对小读者的“快乐馈赠”中，“开皮豆快乐秘笈”系列（黄春华）以其所倡导的“快乐审美”与“文学、教育、消费”三者融合而独树一帜，成为原创儿童文学游戏效应的典型个案。

“开皮豆”是一个古灵精怪的小男生。小说里，他和异性死党“豆豆咪”

组成了一个超绝的搞笑宝贝组合，而他们身上层出不穷的那些嘻嘻哈哈、疯疯癫癫、打打闹闹的故事就是所谓的“快乐秘笈”。作品中，两个“小活宝”的快乐创造弥漫在每一天、每一时、每一刻。他们的生活不仅烦恼迭起、麻烦不断，而且还笑料多多、创意十足。毕竟，两个孩子的生活法则就是快快乐乐、扎扎实实过好每一天！

显然，就整体而言，在作者的创作预期中“快乐”具有双重含义：它既是“开皮豆”“豆豆咪”两个孩子日常生活中的快乐创造，也是小读者在心领神会的情节感知中爱上阅读、迷上作文的快乐体验。阅读着亲切、动感的生活故事，小读者们不仅真真切切感受到源自平凡日子的绵绵不绝的快乐，而且还在快乐的场景体验中不知不觉领悟到写作文的诀窍，这称得上是作者借“快乐秘笈”而给予小读者的知情知意的精神馈赠。

其中之一就是无所不在的内容趣味。

小说里，源源不断的插科打诨、搞笑作怪，连同两个孩子不断生发的奇思妙想，共同营造了系列作品动感鲜活、趣味横生的喜剧风格：风味小吃用来衡定学业成绩；上课睡觉没被批评，还带来意外惊喜；花裙子沾上墨水，竟然变成大街上的流行风景；看见巧克力就流口水，见到好玩的事就激动得发疯……所有这些看似荒唐、可笑，实则动感、新奇的生活事件像冰糖葫芦一样穿起了“开皮豆”和“豆豆咪”童年成长的方方面面，也在一定程度上映现出当下都市儿童的现实面相。

故事情节之外，系列作品自始至终还弥散着形式趣味。

作为将童年审美与教学策略熔为一炉，具有后现代“混搭”风格的复合性儿童文学作品，“开皮豆快乐秘笈”的内容结构与形式表达相辅相成、相得益彰。整体而言，小说的形式趣味一定程度上强化了内容层面的喜剧色彩。比如，单就内容构成而论，系列作品中“灵感魔盒”“快乐故事”“写作宝典”“麻辣旁批”“搞笑酷评”“终篇留白”六部分内容分别营构了三种不同阅读效应：其一，拐杖阅读。通过富有启发性导读文字搭建“阅读支架”，为小读者提供进入儿童文学阅读写作的“通道”。这一功能主要由“灵感魔盒”和“写作宝典”两部分承担。其二，情景阅读。这一点在系列作品中是通过趣味性情节刻画和形象化插图绘制让文字情节视觉化，从而赋予小读者丰富而直观的审美体验。比如“快乐故事”“搞笑酷评”就属于此类。其三，开放阅读。这主要体现了作品形式设计层面的创意。具体说，就是打破单一的线性阅读模式，增加多点阅读入口，从而使阅读在翻开书页的那一刻随机展开。比如，书中的“麻辣旁批”“终篇留白”等板块都可以看作是开放阅读的有机形式。

“开皮豆快乐秘笈”系列的第三个亮点在于“过程趣味”。

阅读该作品，小读者不仅丝毫感觉不到成人作家的居高临下，而且也没有任何“雾里看花”的生涩感、距离感；相反，倒是可以尽情享受源自生命感知的某种回味。这显然与市面上那些一味插科打诨、逗乐搞笑的校园快乐故事有所不同。

除此之外，系列作品还借助儿童故事与作文指导相结合的独特叙事方式，为小读者创设了阅读互动的平台，从而将幽默元素弥散于作品的各个部分，并由此达成文学审美与写作指导的谐和。

如此一来，“开皮豆快乐秘笈”就成为多角色体验、多维度进入的审美游戏。比如，内容层面的丰富性极大地满足了小读者多元阅读的需求。阅读中，孩子们一方面“入乎其内”，化身为故事的小主人公，参与、见证“开皮豆”“豆豆咪”生龙活虎的趣味生活，心领神会，“麻辣旁批”；另一方面“出乎其外”，跳出故事，置身事外，“搞笑酷评”，自我嘲讽。这样一种“入内、出外”的多维阅读效应，在新世纪之初相对单一、平面的儿童文学阅读格局中颇为引人注目。此外，“开皮豆快乐秘笈”系列由多样化辅文构成的形式立体感，还体现出文学、教育和娱乐三位一体的融合。而这样一种内外融通的阅读体验，在构建多维阅读通道、多元游戏效应的同时，也适时开辟了指导儿童阅读、写作的新模式。

二、“非常小子马鸣加”系列：童年生活“审美化”“游戏化”

游戏是儿童感知现实、体验生活、探索世界、确证并超越自我的重要方式。现实中，儿童为了能够更好适应环境和把握自己，常常借助游戏活动不断拓展自己的能力空间，不断更新自己的认知结构。而这一过程不仅激发、催化着儿童以情感和想象为核心的感性生命力，而且也引发了包括审美感知、自我意识、逻辑思维在内的精神人格的探索与建构。这一效应既可视为儿童游戏的现实延伸，同时也可视作其内在精神的弥散与深化。这一点在许多原创儿童文学作品的题材选择、情节结构、语言方式、阅读效应上得以印证。“非常小子马鸣加”系列（郑春华）是其中的优秀范例。

作品写了男孩马鸣加从小学一年级到三年级一路走来的点点滴滴。系列故事中，马鸣加日常生活里的所见、所为、所思、所想，概括起来，就是“马鸣加”因“言行不当”而招致的种种“祸端”、各色洋相。比如，“马口鸟力口”事件，植物园春游事件，“倒霉男子汉”遭遇，“失踪的运动鞋”之谜……

“闯祸”“洋相”是系列作品中着墨最多，也最有趣味的部分。和这些联系在一起的，则是马鸣加千姿百态的“哭相”：上学第一天迟到，看见学校大门关闭时着急大哭；同桌小姑娘毛西文移民后，面对空空的座位轻轻哭泣；植物园春游过程中，贪嘴闹肚子“想哭哭不出”；“路遇强盗”谎言被老师戳穿，因悔恨、羞恼而哭；踢飞足球，被高年级男生威胁，受惊吓后恐惧大哭；弄丢了新运动鞋，光脚进教室，被老师批评委屈地哭；偷拿周密的恐龙书，又拒绝老师搜查书包，心虚胆怯地哭；想念出国考察的妈妈，躲在被窝悄悄哭……足见，马鸣加是个很爱哭的男生。哭泣不仅是他情感的通道，更是他成长的表征。快乐、委屈、无奈、尴尬、思念、悔恨、恐惧、憧憬……都在哭泣里宣泄、释放、弥散、升华。更有甚者，作者也借此顺理成章写出了马鸣加的聪明和热情、冒失与懵懂、敏感和软弱、细腻与自尊、简单和丰富、善良与真诚……眼泪如一粒粒深藏不露的珍珠，包裹并映现出这个“非常小子”真实而驳杂的内心。

除了惯于“闯祸”，马鸣加还擅长自我表现。马鸣加很聪明，也喜欢不断寻找机会表现自己的聪明。于是乎，他的“聪明”就给他带来了数不清的尴尬和烦恼：逃避跳舞，他故意装笨蛋瞎跳，却被老师识破，指派他每天打扫教室；保护新运动鞋，光脚踢球，却没想到鞋子不翼而飞，只好光脚进教室，招来老师一顿批评；独自体验夜宿帐篷的快乐，谁知半夜雷电交加，哇哇大哭之际，狼狈逃进寝室不敢出来……马鸣加这些自我表现，既是他活力十足的个性体现，也蕴含了作家对童年的深入理解。

现实中，儿童的价值观、生命感觉、生活认知与成人迥然不同。儿童生命形态以“本我”为核心向“自我”嬗变，其行为取向往往体现“快乐原则”。由此，现实生活的审美化、游戏化就不仅是儿童的内在生命欲求，更是儿童游戏的变异、迁移或重构。从这个意义上说，游戏对儿童而言，就不只是本能欲求、生活方式、生命旨趣，而且也是实践通道、精神图景和成长路径。这样一来，其由显而隐的形态更迭对孩子而言，就意味着不断地自我探索、自我确证和自我超越，意味着从身内到身外，由物质到精神的多向感知、体验与探索。也基于此，当儿童文学作家写出孩子成长中的冒失、尴尬、闯祸、可笑，也就等于写出了成长的艰难和曲折，写出了童年游戏文化价值结构中的快乐、自由、探索与超越。而这种童年游戏文化审美表达具体到儿童文学作品中，往往就表现为情节、形象、语言层面的动感之美和趣味之美。

系列作品中有这样的情节：马鸣加喜欢恶作剧。他时常拉拽同桌女生的小辫子。有一天，同桌毛西文没来上学，马鸣加没有小辫子拉，手痒痒得难受，搓个不停。他跑去问老师才知道，毛西文跟爸爸妈妈移民到加拿大去了。这时，“马鸣加只觉得自己身体的某个部位‘轰’的一声，好像是手掉了，也好像是脚掉了。……看看身边空空的座位，竟忍不住趴在桌上轻轻哭起来”。

类似的场景在“好朋友转学了”一节再次出现：马鸣加先是在丁转转转学的前一天主动要求和他做一次同桌；随后，在欢送会上公开维护朋友的缺点。等这一切过去，星期一一大早，在教室里，当他意识到丁转转再也不会坐在三（1）班教室时，“顿时鼻子一酸，眼泪差点落下来”。

同样是同学、朋友转学离去，从毛西文离开后他“趴在桌上轻轻哭起来”，到丁转转转学时他“鼻子一酸”，由这些细微的情感变化可以看出，从一年级到三年级，马鸣加已经成长了。他学会了“忍而不发”，学会了自我控制、自我消化。这是非常关键的成长信息，显然，作家敏锐地捕捉到了。类似的情感体验，在“马妈归”“竹竿上的猫”“越来越胖”等章节里，则转换成对妈妈的思念、对老师的关心、对小猫的呵护……毋宁说，这是童稚之心的宁静之美、诗意之美、隽秀之美、温情之美，是儿童生命形态的自在呈现、灵动表达。也正是透过这些情节和细节，马鸣加的形象开始珠圆玉润，童年生活的丰富与驳杂也清晰可辨。

当然，不独是马鸣加等儿童形象，作家笔下的成人形象尽管着墨不多，但也个个动感鲜活、生趣满满。在作者笔下，童心未泯、智慧宽容是作品中家长、老师的共同品格。与其说这是家庭和学校的教育现实，不如说这是一种童年文化期待。“小喇叭合唱团”一节里，当马鸣加说“我是男生，我不喜欢唱歌跳舞”时，音乐老师想了一会儿，继而用马鸣加喜欢的“航模票子”轻而易举就让执拗的“非常小子”转了方向；当马鸣加因为过于喜欢，不知不觉将周密的恐龙书“占为己有”时，老师对周密耳语了几句，“纠纷”顿时化于无形；马鸣加因为丁转转转学而情绪低落，妈妈将“他的头抱在怀里”的一席话，使马鸣加很快释然……类似的场景和细节在系列作品里不胜枚举。

显然，这些都是审美化的童年生活，是作家有意为之的想象创造。这样的创造依托儿童生活而又超越儿童生活，源于儿童现实而又抵达童年真实，其内在审美机制与童年游戏如出一辙，其文本价值取向暗合着生命成长主题和童年游戏精神。基于这样的写作立场，作家无意于靠虚幻的场景来抚慰孩子、教育成人，而是立足于审美化的童年真实来书写儿童成长，写生活的光亮和暗淡，写成长的失落和憧憬，写孩子的适应与反抗，写成人的无奈与宽容……不执守荒诞、变形，不寻求雕琢、夸饰，只需呈现童年的简单和丰富，平淡与温馨，喧哗和静谧，浮躁与从容……毕竟，儿童和童年就是儿童文学最大的宝藏，其生命之真、心性之善借助审美法则和手段，足以孕育、生成丰赡情节之趣、语言之美。

这是一种比生活多半步，较游戏高两格的审美立场。而恰恰是这半步、两格将童年游戏化、审美化了，也使其实现了从陆地到天空的翱翔，从生活到文学的跨越，文学审美和游戏精神之曼妙也由此呈现。

三、《甜橙树》：童年梦幻的诗意表达

诚如前文所述，儿童文学的“游戏效应”有“显在”和“隐含”之分，“常态”与“异态”之别。显在或常态的游戏效应源于游戏本身的自由蕴涵、快乐基因，往往体现为动感、玩闹、幽默、轻松的文本特征；而隐含或异态的游戏效应（即“游戏精神”）则凝聚游戏内在的文化结构、价值取向，折射出诸多迥异于游戏表象的达观、幽默、无畏、不屈的精神气质，这或可视为游戏在儿童精神层面的绵延和扩张，是游戏效应于儿童文学的深层表达。在这个层面上，曹文轩的短篇小说《甜橙树》是鲜明例证。

这是一篇能充分体现曹文轩美学主张和创作风格的儿童小说。

作品中，曹文轩消弭、淡化了20世纪八九十年代“铁匠式”的精神锻造和“古堡型”的强者意识，以轻盈、睿智、温润、柔和的笔触描绘儿童生活苦难、童年精神幻象，其亦真亦幻、亦庄亦谐的梦境创造深得童年游戏精神之妙。

小说主体情节围绕智障少年弯桥展开。这是一个在现实中备受冷落、排斥、羞辱、捉弄的孩子。按照常情、常理，自卑、迟钝、偏执、落寞、乖张、激愤应该是他生命的底色。事实恰恰相反，所有这些生活遭际都似乎被小小的心灵消解为无形。在弯桥身上，既没有忧戚乖戾，也没有桀骜不驯，甚至连一点点常态的怨尤也没有；有的是随时绽放的笑容。笑什么？自嘲？自怜？自慰？还是洞察生命后的达观、悠然？一切似乎不得而知。总之，这“莫名其妙”的笑就成了幸运捡回一条命的“弯桥”抵挡一切不幸的有效武器。

也就是说，在本该哭的时候，弯桥一直在笑。在本该“委屈满怀”的现实里，他却心静如水，无欲无求。作家对少年主人公所有这些看似反常的行为的合理解释就是——“在人们看来，他有些傻了”。“傻了”的弯桥拥有“莫名其妙”的快乐理由，而且成为“油麻地”所有孩子的快乐源泉。

不仅如此，这个小小的“傻子”竟然还拥有极为精致的梦境以及超常的梦境叙述能力。而这恰恰是解读弯桥“傻”与“不傻”之文本谜团的一把金钥匙。

从表面上看，弯桥的命运和梦境都纯属偶然。偶然被“刘四”捡回来；偶然得了一场脑膜炎，因而“傻了”；打猪草累了，偶然躺倒在甜橙树下；偶然做了一连串神奇曼妙的梦……果真如此吗？

显然不是。实际上，所有这些“偶然”无不显示了更为真实的“必然”——在作家的审美心理中都早有“预谋”。可以说，从弯桥神秘出生开始，他就注定是个“梦幻”般的人物，包括他“有点傻了”的“莫名其妙的笑”。裹挟在这股神秘的力量中，小小的弯桥自然呈现出了和年龄不符、悖谬常规的生存法则和行为方式。尽管作家在文本中给出了合理解释——“一场没有得到及时治疗的脑膜炎”，可是，小说更深层的审美意图却并非如此。

事实证明，所有以为弯桥“傻了”的人都误读了他的“笑”。弯桥不但不傻，而且简直就是一个小小的智者，他那小小的心灵对苦难的包容能力、消解能力实在让人惊叹。

那四个梦可以为证。比起捉弄他的四个伙伴平庸低级的恶作剧，弯桥的梦显然来得更为智慧而及时。弯桥梦到的内容和他复述自己梦的口吻、才智绝对是一流的。12 岁男孩弯桥叙述“梦”的能力一点儿也不逊色于一个成熟的儿童诗人和童话家。唯一合理的解释就是——这是作家有意为之的艺术真实和审美创造。而艺术真实、审美创造所秉承的不是生活逻辑和现实法则，而是心理逻辑与游戏法则。既如此，“有些傻了”的男孩弯桥讲出这样瑰丽神奇、趣味洋溢的梦境故事又有什么奇怪？毕竟，这些内蕴丰富的梦境给予他压抑、苦闷的内心以极其充分的情感补偿。

弗洛伊德说过，文学在本质上就是白日梦。而梦从内涵上说又是一种压抑的现实愿望的替代性满足。用这个说法解释弯桥的“梦”也十分妥帖。

众所周知，在曹文轩的审美理想中，真正的文学可以永恒，且具有跨越时空的力量。它不仅能感动古人，更能感动今人。小说里，弯桥的生存境遇令人悲悯，而化解悲悯的最好方式是让少年“自救”。自救有刚性方式，也有柔性路径。刚性只对强者适用，对弯桥这样的弱势孩子而言，更为适切的选择自然是“柔性自救”，梦无疑是最好的方式。因为对孩子来说，梦就是希望和信念的代名词。梦是他抵抗世俗侵袭，保持对未来信心的最好依托。只要有梦，他就能穿越世俗黑暗，迎来生命曙光。

而这也恰恰是作家认同的审美方式。通过一组曼妙的“白日梦”，既消解或悬置了现实苦难，又获得了情感补偿与自我超越，这不就是文学审美旨趣和游戏精神意涵吗？

从这个层面上说，《甜橙树》不仅是曹文轩悲悯情怀的文学实践，也是原创儿童文学“异态”游戏效应的典型表达。小说中，“甜橙树”是颇具隐喻色彩的意象。它是男孩弯桥心灵的憩园，是作家理想主义温情的栖息地。只有氤氲在甜橙树的温馨氛围中，人性中的善良、淳朴、率真、乐观等美好元素才能如同甜橙一样自然生长，才能够为孩子们感知并采撷。

换言之，当无法为弱势男孩弯桥指明现实出路时，作家借助梦境来化解生活困境，达成现实与愿望的平衡。从这个意义上说，甜橙树下的梦，与其说是弯桥的梦，不如说是作家有意构筑的审美图景。

不仅如此，在男孩弯桥的意识里，梦与现实融合，正如同生活和游戏同构。其所呈现的不只是生活方向、情感补偿与自我救赎，更是梦幻中的自我探索、自我确证、自我平衡。而这一切所昭示的，恰恰是原创儿童文学别具一格的“异态”游戏效应。

综上，无论是开皮豆的“快乐秘笈”，还是马鸣加的多彩洋相，抑或是“傻子”弯桥的连绵梦境，其所呈现的也仅仅是新世纪原创儿童文学游戏效应有限的几个界面。实际上，新世纪童年文化背景下，原创儿童文学“游戏”面貌之丰盈、繁茂程度远甚于此。“淘气包马小跳”系列（杨红樱）、“装在口袋里的爸爸”系列（杨鹏）、“快乐学校”系列（李志伟）、“开心卜卜”系列（萧萍）、“倒霉女生小豆子”系列（肖定丽）、《一年级的马鸣加》（郑春华）、《戴小桥全传》（梅子涵）、《胖叔叔》（董宏猷）、《陈土的六根头发》（常新港）、《白羊座狂想家》（汪露露）、《游泳》（刘海栖）、《绿皮火车》（李学斌）等作品无不从不同视角、不同层面表达并营造着原创儿童文学鲜活而多元的“游戏”品格。

也正是基于此，原创儿童文学“显在”的游戏效应和“隐含”的游戏精神才前浪后浪、汩汩滔滔，共同推动、营构出新世纪原创儿童文学丰赡、绵延的“游戏”波澜，从而使得童年文化背景下的原创儿童文学生机勃勃，活力无限，滚滚向前。

第四节

游戏：虚拟衍生与现实复归

进入新世纪以来，随着社会经济蓬勃发展和信息技术不断更新，大众传播媒介作为重要信息载体、交往平台、交流工具，越来越多地进入人们的日常生活，影响并塑造着社会文化的现实构成、形式面貌及未来走向。有着特殊媒介价值取向的少年儿童，更是首当其冲，成为新媒介文化的“易感人群”。网络代表着一个新的时代，“在这个时代里，得到电子化延伸的身体居住在物理世界和虚拟世界的交汇点上”。[1]QQ 交友、微信聊天、视频连线、抖音表演、网络游戏、虚拟穿越……这些名目繁多的信息技术和媒介平台在潜移默化改变着少年儿童生活方式、精神状态的同时，也以势不可挡的力量消解并推动着当代童年文化的嬗变和转型。其中，就包括以上网冲浪、数码游戏、隐身互动、远程交友等为内容的新世纪童年游戏文化构建。而这样的童年游戏文化形态在新世纪原创儿童文学中也有着极其丰富的审美表达。

一、“纸上网游”：再造幻想之门

进入新世纪以来，“哈利 · 波特”“魔戒”等幻想作品从西方舶来，形形色色的“异度空间”叙事就开始在原创儿童文学中登场。

① 威廉·J. 米切尔:《比特之城——空间·场所·信息高速公路》，范海燕、胡泳译，生活·读书·新知三联书店，1999，第 166—167 页。

不可否认，这些非本土幻想故事对小读者确实颇具吸引力，因为它们在极大限度释放孩子们想象力的同时，也适时缓解了他们面对生活的无奈与焦虑。换句话说，从文学的审美功能来看，这样的幻想故事，其魅力就在于以白日梦的形式构成了成长生命不可或缺的心理补偿与替代性满足。这也正是幻想故事审美“游戏性”的独特体现。在这一点上，由儿童文学作家饶雪漫和李志伟联袂推出的“纸上网游”丛书之“校园 QQ 系列”就是一个鲜明例证。在这套“纸上网游”丛书里，属于原创幻想小说的“游戏效应”扑面而来，令人过目难忘。

少年岳轻枫按照自己的意愿在电子网络空间里创造出一个美丽的虚拟世界“魔幻仙境”，他尽情飞驰、自由穿行在这个世界里，目睹着自己创造的 NPC（游戏中的非玩家控制角色）以各自的方式演绎着生命的悲欢离合，充分体味着自己作为“造物主”无往不胜、无所不能的伟岸才智。然而，有一天，他却惊讶发现，原来他自己也是别人创建的 NPC。这让岳轻枫顿时陷入极大的惶惑之中，他千遍万遍地问自己：我到底是谁？我到底来自何方，又将去往何处？迷茫中，他接受了少女丁西西的帮助和指引，他们穿越现实和梦幻，横跨过去和未来，终于明白了爱的真谛和生命的意义……

——李志伟《圣域传说》内容简介

孤独寂寞的十六岁少女丁西西在一次偶然的机会下进入了网络游戏“巫师总动员”，并结识了桀骜不驯、性格乖张的少年巫师岳轻枫。一次夜晚的飞翔后，丁西西对岳轻枫产生了浓厚的兴趣，并在同桌大 P 的帮助下私自进入了还没有正式开放的游戏中。好看好玩和不可思议的情节就这样发生了。到底网络世界里的人会不会有情感，他们又是不是真的存在呢？丁西西又该如何和大 P 一起战胜困难，找到心目中理想和平的“圣城”？这是一个充满了奇思妙想的故事，少女美好的情感，成长多样的滋味，青春奇异的幻想，均在作者的笔下层层交织，将令你欲罢不能，享受到飞一般的阅读乐趣。

——饶雪漫《我是女巫我怕谁》内容简介

以上是“纸上网游”丛书中两个颇富代表性的故事。这样的故事与常态的魔法传奇迥然不同。现实生活中的少男、少女走进虚拟世界之后迷失了自己的情感和信仰，只能借助自己创造的 NPC 的帮助，才顺利越过虚拟世界的道道关卡、重重磨难，最终确证生存的价值和意义。在网络空间中，“消失的身体，更像是一个文化隐喻。它喻指着人们在漫无边际的网络空间中心灵的迷失，也喻指着当代网络文化对人的本体性的侵扰”。[①]

小说主题具有深刻的成长性和隐喻意味。故事中，以往幻想小说横亘在幻想与现实之间的界碑不见了，现实和幻想的对接是你中有我、我中有你。人物了无阻碍地穿行在两个世界里，以至于丧失了自我的身份。这样的幻想情节深刻揭示了当时少年脆弱、迷离的心灵现实。

除此之外，更为显著的还在于，这里的虚拟空间也不再是传统意义上的“异次元世界”，而是人类世界的一种衍生物——“纸上网游”。“网络游戏”由新兴的文化娱乐方式一跃而成为审美对象。按照马克思的观点，这是人的本质力量（幻想创造力）对象化的体现。而作为人类想象力产物的“网游”，一旦进入文学审美范畴，也就不仅仅是游戏了，还成为作家审美意识的载体、形象塑造的通道。借助它，作家创设情感空间，构建内容平台，引领小读者在虚拟的精神历险中触摸并把握隐匿在生活表象背后的生命本相。可以想见，浸淫于类似幻想游戏中的读者，当他们回到现实的时候，获得的不仅仅是故事层面的轻松和愉悦，更有真切而深刻的人生蕴意。而这一切的奥秘就在于，小说中幻想和现实完全融合在了“网络游戏”这个电子时代特有的文化娱乐上。在“网游”开始的瞬间，二者的光影完全重叠在一起，并荡漾成海平面上的一抹玫瑰色。

应该说，这种幻想情节的结构方式具有浓郁的人本色彩。幻想不但没有

① 韩雄飞:《身体的变迁——中国儿童文学与儿童形象（1917—2020）》，浙江大学出版社，2021，第 263 页。

影射、否定现实，而且干脆就是现实的延伸和扩张。人的神奇和无所不能在游戏中通过虚拟的NPC体现出来，而NPC的生命过程又反过来印证了现实人生的种种命题……通过小小的“传感头盔”来达成不同角色的“移形换位”；一次次短暂的“灵、肉”分离，造就着少年主人公现实与梦幻中的灵异滑翔，也让平素为生活表象所遮蔽的人生真实不可抑制地凸显出来。透过丁西西、大P和少年巫师岳轻枫在幻想世界里的种种历险，小读者不经意间就会顿悟：生命的真实并不在于所处的空间，而在于人的内心。就像小说中的人物岳轻枫所说：人们毕生所追逐的“圣域”，并不存在于现实世界，也不存在于所谓的“异度空间”，而是隐约在人的心里。“如果你坚信自己的世界，坚信自己的信念，那么无论生活在哪里，无论碰到什么样的情况，都能够借助圣域的力量坚强地走过去。”

从这个意义上说，“纸上网游”式的幻想或许能带给现实中的孩子更多心灵补偿和精神慰藉。因为它的故事指向非常现实。它以新兴的电子科技为前提，通过意识对肉身的超越，实现幻想与现实的衔接，具有超强的逼真感，也极大地强化了幻想的游戏性。这种幻想展开方式显然与当时少年儿童的阅读心理、思维习惯更加合拍。

此外，对形式美的探求也为“纸上网游”的情节主题增添了眼花缭乱的色彩。一套四本的幻想故事采取了人物形象连环嵌套的结构方式，既各自独立，又相互勾连，营造了一种奇异的故事氛围和阅读效果。诚如小读者所言：品味这样的幻想故事，仿佛一次奇妙的旅行，“在那个陌生的游戏世界里，有我们真实的生活感觉。我们抛开沉重的现实，一路奔跑着去寻找真正的圣域，那从未真正出现却时时刻刻都在我们身边的地方。这样的旅途漫长但激动人心，沿途的奇异风景，让身体里的每一个细胞都开始活跃起来。笼罩在这样的氛围里，现实中渐渐被生活吞没的活力，又开始沸腾起来”。

正因如此，这套“新潮”原创儿童文学丛书2004年经春风文艺出版社甫一推出，就颇受中学生一族青睐。究其原因，就在于其依托“网络游戏”体察生命律动，洞悉心灵真实，进而顺应情感需求，引领精神成长的主题定位。而一旦把定了这样的审美立场，面对“网络游戏”，无论是故事里的小主人公，还是现实中的孩子，就都无须逃离现实，而只消一个小小转身，就能在生活的延长线上获取心灵的飞翔。此可谓原创儿童文学“创意幻想”之游戏效应的独特体现。

二、《QQ 情缘》与网络世界的青春梦

《QQ 情缘》是周晴、周桥姐弟继《爱上 QQ》《QQ 宝贝》之后，联袂创作的第三部少年网络小说。

作为续篇作品，《QQ 情缘》中几个网络少年的生活和友情呈现出更多变数。许多让他（她）们始料未及的事，在新学期里都不期而至：“紫衣云梦”不愿意再延续和“单挑谁怕谁”的网络友情，煞费苦心找来了韩月和萧敏见证他们的线下分手；而作为当事人之一的霍胜在经历了短暂失落后，对 QQ 的热情有增无减，竟然风风火火创建起个人网站；唯一不变的是韩月和萧敏的“早上时光”。可是，神使鬼差的缘分让情窦初开的一对“有情人”成了同桌，“默默注视”的甜蜜回味从此变得近在咫尺。当然，更为奇妙的还是关于申舸的消息。萧敏在生日那天收到了一个意外礼物，大家正猜测是不是申舸赠送的时候，QQ 聊天室里出现了神出鬼没的“千纸鹤”。申舸到底回来了没有？他为什么久久不和朋友们联系？出于友情和思念，借助于 QQ，几个少年开始通过一系列线上侦察、线下跟踪来寻找申舸，直至真相大白……

和前两部作品一样，《QQ 情缘》表现的依然是网络少年对亲情、友情的珍视与追寻。以 QQ 为核心展开的故事写出了网络的神奇和少男少女们的憧憬，也为读者展示了一幅当代都市少年情感生活的立体画卷。小说中，网络提供给韩月、萧敏等人一个全新的充满幻想和机遇的情感交流平台，而他们则以少年人的智慧适时地把握了这一生活馈赠。于是，当现实中的家长、老师还在反复渲染着聊天陷阱、网络误区之危害的时候，故事中的几个少年借助于网络和 QQ，体味到的却是无处不在的人间真情……

现实中，随着计算机技术的不断发展，网络文化所带来的两面性也越来越突出。一方面，网络作为文化平台，它是人际交往的手段；另一方面，由于网络空间的虚拟性、间接性，其又不断遮蔽，乃至剥蚀着人际交往本身，“成为隔离人与人之间本真联系的屏障，成为人自愿束缚在其中的生存状态

和生存方式”。“网络世界的虚拟性深化了人类与现实关系的悖论性。”①

从这个意义上说，在《QQ 情缘》及其姊妹篇中，QQ 其实已经不仅仅是个简单的网络游戏和聊天工具，更是少男少女们展示智慧、体现个性、消除隔阂、化解误会、追寻梦想、培育友情的交流方式。借助于网络平台和 QQ 聊天软件，韩月、萧敏们释放了他们积聚着的青春能量，也开辟出除家庭、学校之外的第三成长空间。在这个空间里，他们获得了自我确认，也尝试着青春的自由放飞。自此，现实的无奈、忧伤，都在虚幻的网络背景下演化成了真实期待和无限遐想。

而品味着这样的网络故事，无论家长，还是老师，都不能不直面这样一个事实：网络梦幻其实早已经深深植入了当代少年儿童的心灵。网络的游戏性、虚拟性对孩子的影响显而易见、无可避免。网络的无限包容性，一方面可能会使沉迷于其中的少年儿童迷失自我，但另一方面，也能够让现实中创伤的心灵获得抚慰。毕竟在网络空间的虚拟幻象背后，潜藏着生命真相、心灵真实。而网络平台上的人际沟通既可能走向真实生活的反面，也可以是现实中美好情感的延续、扩张。实际上，类似《QQ 情缘》这样的网络故事其实也时时在昭示读者：网络的虚拟性并非就是纵容邪恶或滋生虚假的渊薮。当心灵负荷开始解除时，青春活力、自由想象、生命意趣……连同尘封在记忆深处的纯真、稚拙、善意、温良都会随着笑靥一点点绽开，都会毫无羁绊地自在飞翔。

基于这样的价值立场，《QQ 情缘》所展示的少年网络生活的精彩和美好，无疑是少年们浪漫、无邪、纯真、坦荡心灵世界的外在体现。这和成人网络世界的世俗、驳杂迥然不同。这样的网络故事，或许被认为是一种“乌托邦”式的虚拟梦幻表达，但谁也无法否认它提供给童年的是一份理想的少年网络生活佐证。

从写法上看，《QQ 情缘》整个故事线索清晰、明朗。青春校园的故事背景，再加上快节奏的情节转换，赋予了作品一种贴近当下校园生活的鲜活气息。在题材把握上，作者疏离了以往校园小说或显或隐的深度意涵和价值

---

① 胡伟希、田薇：《网络文化与人的生存状态》，《开放导报》2000 年第 12 期。

准则，把青春成长的价值导引远远推至轻松、快乐的故事背面，没有太多的微言大义，使阅读在网络和现实双维空间中自如穿梭，尽情品味网络与青春结缘、为成长造梦的轻松和浪漫。这样的网络“轻喜剧”故事营造极具针对性，体现了写作者对笼罩在沉重学业压力下的少儿读者的充分理解与尊重。

值得关注的还有作家“少年本位”的写作姿态。《QQ 情缘》及其姊妹篇中，字里行间贯穿着作家对少年现实选择及网络行为的价值认同，寄寓着作家对少年心灵成长的关切和抚慰。比如，小说中出场的为数不多的成年人大都是和少年心心相印的大朋友：符老师在“泻药事件”中极度宽容；班主任田忻始终善解人意；郝妈妈排队去为女儿购买歌星签名 CD；庄诗韵对申舸“生母情结”的体谅尊重……显然，通过这样的事实，作家要呈现的不仅是不尽如人意的教育现实与理想状态的和谐未来图景，更有少年们笼罩在青春迷茫、成长压力下的无尽渴望。

在现实的阅读效果上，《QQ 情缘》十分注重网络游戏与文字阅读的互动融合。小说中，“原生态”的网络语言、网络页面和真实的网络操作过程都极大地营造了阅读的现场感，凸显了文字阅读和网络游戏的交互性，从而构成有异于传统校园小说的阅读兴奋点。这一点，也体现在系列丛书的整体设计中，如插图卡通化，版面做出了上网界面的感觉。后续的公布网址、举办征文比赛等互动营销手段，体现了对读者阅读参与感的重视，也一定程度上强化了文本阅读的游戏效应，而且还推动了作品文学价值的现实实现。

三、《孤单的少校》：回归现实的游戏创造

如果说“校园 QQ 系列”和“爱上 QQ”三部曲是游戏由现实生活而至虚拟世界的迁移、拓展的话，那么，《孤单的少校》（薛涛）则是游戏自虚拟空间回归现实童年的文学佐证。

小说里，由于太阳镇和月亮镇上的游戏厅一夜之间全部关闭，往日网络世界中分属“豆瓣孤城”和“谷粒传说”的两个儿童游戏阵营开始在网络外集结，并汇聚为以上校为核心的豆子团、以少校为首的谷子团，以及“我”与弟弟乒乓组成的兄弟连。自此，在小镇游戏厅里风行一时的网络对战游戏

开始在现实生活中落地生根。孩子们参照《日内瓦公约》制订自己的战争公约，在日月桥上一本正经搞签字仪式，大张旗鼓进行征兵、宣传，双方交战前还郑重其事派人递交战书……在他们的意识里，豆子团、谷子团和兄弟连的每个人都拥有双重身份：学校里，他们是遵守纪律、乖顺听话的少先队员、好学生；周末、放学后，他们则是分属不同阵营的上校、少校、上尉、少尉、列兵，担负着守护太阳镇、月亮镇和羊肠河的神圣职责。他们的每次交锋都是在守卫家园的和平安宁，每一次巡逻和操练都是在履行自己作为子弟兵的使命……

网络游戏中，时空、角色相对固化；而孩子们的现实版战争游戏更具仪式感、具身性和建构性。这是一种富有动态性、生成性的童年生态游戏。小说中，相较他们学校生活、家庭日常的重复、单一，“谷子团”“豆子团”和“兄弟连”所赋予他们的少校、上校、上尉、少尉、列兵等虚拟身份、角色体验更为丰盈、饱满。作家有意将前者推至边缘，使其成为太阳镇、月亮镇孩子童年生活的背景性存在，并以此来凸显游戏对于儿童生命成长的主体价值、核心意义。

在这样的童年现实里，孩子们不仅尽情挥发、表现着蓬勃的思维活力、生命能量，而且还通过战争实践中不同的角色扮演、任务承担、关系构建，一次次推进着自我认知和把握，自我探索和确证，最终在游戏逐渐深化并完成的过程中达成自我发现和超越。这样的游戏就本质而言，是双重结构的童年文化存在。表层形式上，无论是豆子团、谷子团，还是兄弟连，他们之间时而对立，时而结盟，不断交错展开的战争是小镇男孩们“侠客情”“军营心”“英雄梦”的现实展开。这是既严肃认真、循规蹈矩，又动感十足、创意无限的角色虚拟、身体扮演，是特定年代深具男孩属性的童年游戏跨越时空的复现与激活。而深层意义上，作家借助上校、少校、“我”和乒乓围绕林中木屋而斗智斗勇、反复争夺的战争行动，所表达和呈现的则是儿童在生命成长过程中既顽劣、好动、懵懂、率真、冒失、单纯，同时又善良、聪颖、热忱、正义、勇敢、乐观，富有行动力和创造意识的丰沛童年精神图景，以及在游戏过程中，小主人公们借助独立、合作、分裂、融合、冒险、征服、迷失、寻找、坚守、退却、对抗、和解等一系列游戏内容、行动体验所体现出来，并具体表现为儿童感知、探索、理解、把握自我、群体（他人）和自然多重关系的心灵成长过程。这两者彼此支撑、内外协和，不仅构成了小说中孩子们战争游戏的复合形式、动态结构，而且也由外而内、由表及里展示出儿童游戏的现实面貌和精神形态。

首先，是游戏中儿童自我身份的定位与自我价值的确证。“儿童对待游戏的态度、他所做出的选择以及他对游戏的重视程度，都暗示了他对周围环境的态度，他和周围环境的关系以及他与人交往的方式。”[①] 这实际上体现着游戏参与者与游戏本身所保有的一种互哺互证的依存关系。换句话说，通过游戏，儿童感知并确证了自我的价值，也由此建构了身体与心灵、原初自我（本我）与现实自我之间的平衡关系。这个过程在游戏中体现为两个阶段、两种形态。

其次，是对成人世界全方位的模仿。如在“宣战书”一节中，考虑到豆子团兵力不足，乒乓自告奋勇去征兵。他搬了张桌子，到新北方英语补习班门口设立征兵站。此时，乒乓作为新兵招募人的煞有介事与应征者、旁观者的一本正经构成了一种既悖谬又统一的奇妙对立，由此营造出滑稽可笑、令人捧腹的游戏效果。

> 乒乓从前面走到后面，从后面走到前面，却不知道说什么才好。这个时候应该讲点什么，只有讲点什么才更像一个将军。
>
> “同学们补习辛苦了！”乒乓突然想出一句台词。
>
> “乒乓更辛苦！乒乓更辛苦！”这支队伍七嘴八舌、稀里哗啦地恭维乒乓。
>
> 乒乓来了精神，又冒出一句台词。
>
> “同学们上课晒黑啦！”乒乓朝这支队伍挥挥手。
>
> “乒乓更黑！乒乓更黑！”这支队伍不惜一切恭维乒乓。

这里，从设立征兵站、进行征兵宣传、排队报名、面试，到新兵接受检

---

① 阿德勒：《理解人性》，汪洪澜译，中国城市出版社，2012，第75—76页。

阅、将军和士兵互相致敬、呼喊阅兵口令，无不是对现实中征兵、阅兵过程的模仿，这样的模仿在充分呈现儿童游戏形态同时，也将这一过程中乒乓急于确立身份定位、寻求价值实现的心理体现得淋漓尽致。

再次，是游戏中儿童对规则的体认以及他者关系的建构。这一方面是游戏规则对游戏的框范和规约，另一方面是儿童社会化过程在游戏语境中的实践和预演。它所体现的是游戏作为童年文化构成的社会意义——即儿童对包括游戏伙伴、游戏规则、游戏过程和相互关系在内的整体游戏形态的理解和把握，其价值内涵指向儿童与他人、群落之间平衡关系的体认与构建。

小说里，乒乓从网络虚拟的“谷粒传说”阵营回到现实后陷入身份错乱和自我认同危机。在他首鼠两端、摇摆不定过程中，豆子团和谷子团都视他为叛徒，先后驱逐他，甚至连作为哥哥的“我”也以之为耻。好在兄弟连建立，让乒乓顺利渡过了这一身份认同危机。而此后兄弟连与谷子团结盟，以及联盟双方与豆子团的停战谈判，都让乒乓在确证自我身份和价值的同时，从内心里重新体认并建构起自己与哥哥、豆子团、谷子团、上校、少校、中尉、列兵等之间的平衡关系。这仅仅是一个范例。类似的游戏关系建构在“我”与上校、“我”与少校、兄弟连和豆子团、兄弟连和谷子团、兄弟连和护林员、少校与兄弟连、小行星与长白狼之间，都有生动体现。

最后，是游戏中儿童所感知到的人与自然之间从疏离、对抗，到交融、和谐之关系嬗变。这是整部小说儿童游戏所导向的形而上的核心与焦点，也是作家所着意表达的题旨所在。其关系结构在小说里主要通过“我”、少校和护林员三重视角搭建起来。

故事里，“我”作为对战游戏的策划者、组织者、参与者，起初对包括山林、林中木屋、羊肠河、日月桥等在内的自然环境认知模糊。“我”仅仅视其为游戏展开所需要的空间条件和物质要素。但是，随着战事的一次次推进，战争中各种错综关系的分解、融合、重构，尤其是随着长白狼完成奇妙魅幻之旅，“我”渐渐发现，原先司空见惯、习以为常的山林、木屋、羊肠河、太阳镇、月亮镇已然不同。“羊肠河晚上也不停歇，照样向下游流去。月光在水面闪耀，像一层细碎的银粉……”“我躺在河滩上，也躺在夜空中间。我甚至就是那条星河中的一粒微小的星尘。我们都是一滴水或一粒尘，没有例外。”

毋宁说，这是游戏所催生、激活的全新生命发现。当游戏回归自然，成为自然的本体构成时，山林、河道、木屋、星空就不仅仅是外在于游戏的活动空间、背景、条件，而是游戏内在的不可或缺的有机构成。此时，儿童、游戏与自然浑然一体，其不断推演的动态过程所昭示的，恰恰就是生命超越现实功利的审美精神，即游戏精神。

与此类似的，还有故事里少校痛彻心扉的孤单，以及孤单中的感知、探寻、发现、和解。

小说中，和别的孩子不同，少校身处单亲家庭。父爱缺席、姐姐无故失踪、母亲疯癫，这样的境遇对一个 10 岁左右的孩子而言何等残酷。他需要以自己小小的能量和担当确证自我、探寻真相、慰藉母亲，由此重构并恢复已然失衡的生活秩序。基于此，作为谷子团的首领，面向山林展开的对战游戏从一开始就不只是单纯的游戏，而是精心设计，并矢志不渝进行下去的一场探寻、揭秘。最后，在探知姐姐“小行星”和长白狼之间惊心动魄的生命对峙、陨落之谜后，他释然了。他以对长白狼的宽恕、和解姿态，不仅让对战游戏经历山重水复的困局后柳暗花明，得以延续，而且也由此完成了对姐姐“小行星”的告慰，对妈妈的承诺，以及对自我、他人、自然的探索与发现。显然，这是游戏对于少校的别样意义。

小说以游戏的环环递进、层层叠加呈现了自我、他人、自然在彼此疏离、相互对峙中无所不在的孤单感，也营造着生命世界由内而外，不断扩充、延展的三重和谐：自我探索与自我确证；群体互动与他者认同；生态交融与生命互证。三层孤单透示出生命存在的真相，三重和谐昭示了生命发展的方向和愿景。尤其是人与自然的和谐，更是人类文明孜孜以求的终极目标。只有人在宇宙、大自然中真正确立了自己的位置和身份，才能消弭人与自然生命的隔阂、对峙，才可能消解、平复这份持续弥漫的孤单。所有这些，都由儿童游戏引发，而最终又弥合、消融于宇宙、自然、社会、人生的辽远与苍茫之中。

足见，对人类文明而言，从来就没有所谓的纯粹游戏。游戏本来就是文化之现实表征，是生命存在之基本形式。正如胡伊青加所言：人，游戏者。

游戏不仅是人类文明的根源和底色，而且是童年文化的旨趣与精神。儿童从游戏中来，在游戏里感知、体验、理解、把握世界，创造生活，建构自我，这不仅仅是游戏对于儿童的价值，实际上也是游戏对于人类文明的隐喻。因为，游戏无论是对孩子，还是对成年人，其核心价值从来就不只是能量展示、快乐体验、情绪释放等外在身体效应，而是由自我实现、关系和谐、现实创造所构成的内在的生命精神。

想象激活生命能量，探索孕育创造意识，互动体现合作精神。三层孤单昭示三重和谐。豆子团、谷子团和兄弟连之间的对战游戏自外而内，由显到隐，充分彰显了游戏效应的内容形态、价值结构。从这个意义上说，《孤单的少校》称得上是进入新世纪以来，童年游戏文化在原创儿童文学中的标志性作品，对原创儿童文学游戏精神的张扬、推进之功不容忽视。

综上，从“校园 QQ 系列”和“爱上 QQ”三部曲等作品的“纸上网游”审美游戏效应，到《孤单的少校》中的“网络游戏现实化”游戏审美回归，进入新世纪以来，原创儿童文学之游戏书写在“淘气包马小跳”系列（杨红樱）、《非常小子马鸣加》（郑春华）、“开心卜卜”系列（萧萍）、《游泳》（刘海栖）、《滩地“斗鸡”》（李学斌）等现实童年游戏表达之外，又开拓出了极其广阔的审美游戏空间。这一不断生长、嬗变的全新原创儿童文学游戏形态不仅承接了 20 世纪 90 年代“幻想”与“幽默”双线并行的儿童文学游戏效应并将之推向纵深，而且还适时开启并丰富了新世纪原创儿童文学审美游戏表达的“网络”样态。更有甚者，类似《孤单的少校》这样卓异的游戏书写，还将原创儿童文学审美游戏表达提升到了前所未有的艺术境界。

所有这些，无不反映出进入新世纪以来童年文化视域下的原创儿童文学游戏书写姹紫嫣红、生机勃勃的景象，已然步入儿童文学“审美游戏”新阶段。

第七章

“中国式童年”社会建构及互动表达

第一节

伙伴文化：童年空间文化的“阐释性再构”

童年既是一段令人迷醉、沉思，并无限缅怀的人生美好时光，也是一种以儿童生命体验、生活实践为核心不断向内探索生成，向外延展建构的文化生态。其蛛网式辐射、螺旋式发展的结构形态决定了童年文化极其丰沛、驳杂的时间内涵和空间意蕴。具体而言，时间维度上，童年既呈现从过去到现在而至将来的物理时间之线性承接，也表达记忆回溯、时光穿越、未来预演等心理时间之多维建构；而空间结构上，童年则由家庭向学校再向社会不断延展，其间，儿童和不同生命空间之遇合不仅造就了童年斑斓多彩的文化面相，而且还营构出和谐灵动的生命图景。其中，童年伙伴文化就是儿童生活实践以家庭为核心不断向外拓展的文化成果。

一、何谓童年伙伴文化

“伙伴文化”在西方新童年社会学范畴中又被称为“同伴文化”。新童年社会学代表人物，美国学者威廉·科萨罗在其代表作《童年社会学》中这样定义同伴文化：儿童在与同伴互动交往过程中产生并分享的一系列相对稳定的日常活动、自创活动（artifacts）、价值观念及思想（concern）。[①] 依照科萨罗的阐释，伙伴文化具有共同性、集体性和创新性特点。

具体而言，伙伴文化并非儿童个体的独立创造，而是两个或两个以上的儿童在互动交往过程中缔造并共同分享的相对稳定的生命活动、人际关系和价值观念。它是儿童群体互动、共享的一种文化创造。再者，伙伴文化源自对成人知识、经验和技能的汲取与改造，它是富有创新性的文化生成、文化重构，它体现了“来自成人文化，而又超越成人文化”的创造性、创新性特质。这恰恰是新童年社会学“阐释性再构”理论的要义所在。“阐释性再构”理论认为，儿童创设伙伴文化“既不是对成人世界的简单临摹，也不是对它的直接习得复制”，而是“通过杂糅成人世界的信息来满足自身儿童文化需求”，具体说，就是儿童借助于三种类型的集体行动展开“阐释性再构”之伙伴文化内容创造：“1. 儿童对来自成人世界的资讯和知识进行创造性利用；2. 儿童创设、参与一系列同伴文化活动；3. 儿童助力成人文化的再生产和拓展。”[②] 换言之，儿童在理解、吸纳和运用成人文化资讯过程中，不只创造并更新属于自己的伙伴文化，而且还推动成人文化的再生与改造。从这个意义上说，“阐释性再构”理论在一定程度上揭示了童年伙伴文化的内在机制。

现实中，新童年社会学对儿童伙伴文化概念及其内在机制的解析对我们更加全面、深入地理解、把握童年，并在此基础上更加充分地呈现、表达童年颇有益处。其原因就在于，新童年社会学所提出的“阐释性再构”理论代表了社会学意义上的“重新观照儿童”与“童年重新发现”。它“把儿童和童年从家庭中解放出来，并将他们视为一个有自己利益的社会群体，同时，作为一个社会群体，儿童以特定的方式受到社会、体制、经济和历史等宏观因素的影响”[③]。在此之前，无论是“社会规约儿童”的决定论模式，还是“儿童规约社会”的建构主义范式，都将儿童视作游离于社会的群体，并由此提出，儿童发展的核心就是社会化。而所谓社会化是儿童适应社会并将社会内化在自身行为中的过程。在此基础上，尽管以皮亚杰和维果茨基为代

① 威廉·A. 科萨罗：《童年社会学（第四版）》，张蓝予译，黑龙江教育出版社，2016，第 96 页。
② 同上书，第 33 页。
③ Berry Mayall, *A History of the Sociology of Childhood* (London: UCL IOE Press, 2013), p. 2.

表的建构主义者也认同并强调儿童认知能力发展与包括社会文化系统在内的外部环境密切关联，但其着眼点还只是集中在儿童个体发展层面；而童年人际关系对于儿童身心发展的影响，以及儿童在参与沟通活动中如何使用习得的社会知识、经验、技能再造人际关系或重构生活实践、文化模式等童年问题，建构主义理论甚少触及。换言之，这些理论主要停留在个体发展的结果层面，没有关注社会结构和儿童集体活动的复杂性及其意义。在这种情况下，“阐释性再构”理论的提出不仅以集体性文化生产与再构观念替代了线性的社会化儿童个体发展观，而且还从理论和实证两个层面阐释并印证了儿童伙伴文化的重要性，可谓对传统儿童社会化理论的学术颠覆与实践超越，意义重大。

二、童年伙伴文化的现实基础

童年是社会文化复合存在。儿童生活实践、生命形态的多样性、不确定性决定童年文化构成与文化走向的生成性和动态性。从这个意义上说，儿童不仅是“理解童年的最佳渠道”[①]，而且其具体而微的亲情结构、语言方式、学校交往、游戏活动也是透析并揭示童年伙伴文化之要诀所在。

首先，家庭生活为童年伙伴文化确立了基本框架和最初准备。

现实中，儿童与同龄人的交往往往会受到父母的干预或安排。父母不仅会规划并控制儿童与同伴互动交流的时间、地点、方式和内容，而且还会将属于自己家庭的价值观念、行动规范渗透其中，借此引导孩子的情感体验，塑造孩子的人际交往风格与价值取向。除此之外，父母还会通过鼓励孩子运用媒介、阅读图书、消费各种游艺文化产品，在将儿童引入童年符号文化（包括儿童媒体、儿童影视、儿童文学、儿童艺术、神话故事、民间传说等）感知、体验等文化实践的同时，为儿童走出家庭，进入同龄群体的共同性知识、资讯空间搭建共享通道。更有甚者，作为儿童成长的第一场域，以家庭为核心的亲子日常活动还助力儿童近距离接触并理解成人世界的各种资讯、

① 威廉·A. 科萨罗:《童年社会学（第四版）》，张蓝予译，黑龙江教育出版社，2016，第105页。

规则，让儿童在耳濡目染、潜移默化中内化成人文化的丰富滋养，最终通过与同伴的互动交往，创生出属于自己的伙伴文化。

其次，语言方式为童年伙伴文化构建了互动通道。

作为集体性文化创造，童年伙伴文化的生成与儿童之间信息共享基础上的语言互动息息相关。“虽然儿童文化是由各种语言表达和日常行为构成，但就童年的本质而言，日常分享活动最具有象征意义。这些集体性的活动以反复的、程式化的形式通过儿童间相互配合共同表达童年的通用价值观和关切。”[①] 而在不同的童年伙伴文化场域，这种童年关切主要集中在儿童的语言实践中。20 世纪末，科萨罗就通过研究发现：儿童之间的常规活动是在社会语言发展基础上产生的。[②] 到了 21 世纪，艾米·凯拉齐斯也认为，儿童语言在同伴文化生成中具有重要作用，儿童具备的许多能力来源于他们一系列的语言实践。[③] 儿童在运用语言过程中，起初使用不熟练的语言技能进行交流，在互动过程中不断练习、完善。不仅如此，儿童习得语言的方式也充分印证了这一点。“儿童并非首先要学各种语法规则，语音和语义规则，然后去实践所学规则，之后才能使用语言与他人交流”，而是随时随地直接进行语言互动交流，通过吸收并内化成人世界的各种文化资讯，展开伙伴文化现实创造。[④]

再次，学校规则为童年伙伴文化创造了条件。

在童年伙伴文化中，儿童既是创造主体，也是体验主体，但这并不意味着成人世界在伙伴文化情境中无足轻重。相反，成人文化中的各种观念、指标、规则不仅框范着童年伙伴文化的内涵和边界，而且还牵引、激活了儿童的伙伴文化创造。而这种文化创造很多时候通过儿童对成人规则的“二次调整”来实现。比如，幼儿园里老师宣布清理玩具的时间到了，游戏停止，这时候会有小朋友假装没听到，或者故意跑到另外的游戏区，以此来回避规则制约，延长游戏时间。还比如，在一些城市小学，学校规定，孩子们不能将

① 威廉·A. 科萨罗：《童年社会学（第四版）》，张蓝予译，黑龙江教育出版社，2016，第 130 页。

② W. A. Corsaro and T. A. Rizzo, “*Discussione* and Friendship: Socialization Processes in the Peer Culture of Italian Nursery School Children,” *American Sociological Review* 53, no. 6 (1988): 879-894.

③ Amy Kyratzis, “Talk and Interaction among Children and the Co-construction of Peer Groups and Peer Culture,” *Annual Review of Anthropology* 33 (2004): 625-649.

④ 威廉·A. 科萨罗：《童年社会学（第四版）》，张蓝予译，黑龙江教育出版社，2016，第 34 页。

零食带到教室里吃；对这样的规定，孩子们想出了“聪明”的应对策略：既然教室里不能吃零食，那么就和同伴躲到厕所里去分享。类似这样的儿童面对成人世界种种规则进行“二次调整”的例子很多，它们充分体现了儿童生命主体性的苏醒以及群体社会身份意识的确立。这是童年伙伴文化所保有的极其宝贵的创新性特质。而这样的文化生成、创造以儿童对成人世界种种规约的“二次调整”为条件。

最后，同伴游戏为童年伙伴文化提供了核心动力。

说到童年伙伴文化，儿童游戏是绕不过去的文化要素，原因就在于，游戏不只是儿童的生活内容，还是他们的认知结构、存在方式，乃至价值取向。有研究表明，通过有目的的身体活动，根本无须进行思考或讨论，儿童就会本能地理解自己以及自己所处的环境。这也充分说明“儿童的交流和玩耍建立在具有表现力的身体活动上”①。不仅如此，借助游戏，儿童既获得同伴认可，建立起彼此间的相互信任，维护了互动空间，同时也体验到不同社会情境中的情感、行为以及人际关系，还积累了各种各样的知识、资讯，练就了多种技能，学会了应对、处理、承担不同的问题情境、偶发事件、未定角色。基于此，儿童之间的同伴游戏在不同场域呈现着不同文化内涵，它不仅以活动分享与自主管理的方式宣示了童年的普遍价值观和生命关切，而且通过游戏过程中的主体能动性和规则操控感规约、改造成人文化，创生并推进属于自己的文化生活。从这个意义上说，同伴游戏称得上是童年伙伴文化的核心动力。

三、童年伙伴文化的核心主题

现实中，童年伙伴文化有各种各样的形态、风貌，呈现着各自不同的内容、特点。尽管如此，正如科萨罗所说，有两个核心主题反复出现：一是儿童坚持不懈地试图掌控自己的生活；二是他们试图相互控制。②国内学者在调查中也发现：儿童群体都在成人掌权的时空背景下积极建构着与同龄人的文

① 威廉·A. 科萨罗：《童年社会学（第四版）》，张蓝予译，黑龙江教育出版社，2016，第 123 页。

② 同上书，第 121 页。

化生活。在与同伴的交往中，个体儿童运用多种策略建构强大自我，并在同伴面前展现出更为真实的自我。随着同伴交往的深入，儿童群体内部出现了以分享为核心的和平同伴文化和以分化为核心的冲突同伴文化。整体上，儿童群体在同伴交往中创造了一系列相对稳定的活动形式以及丰富的意义符号（语言、姿态、图形等多种形式）。这些活动形式、意义符号反映出儿童群体共同的价值与利益关切，逐渐形成了一种既充满游戏精神又蕴含复杂人际关系的同伴文化。[①] 这种同伴文化以集体性常规游戏为主要载体和表现形式，弥散并贯穿于童年日常生活当中，呈现且表达着童年伙伴关系的丰富主题。

（一）友情分享

友情是儿童伙伴关系的衍生物，它意味着包括成员资格、相互信任、内部团结等伙伴功能的具体实现。现实中，孩子们为了培育彼此间的友谊，不仅会有意识地“创立、操纵规则，在交谈和玩耍中使用假定的规则框架用以管理和保护互动空间”[②]，而且还会借助分享玩具物品、赠送小礼物、协同完成小手工、一起做游戏等行为方式建立亲密联系。更有甚者，研究者发现，“友情分享”主题下的男孩、女孩伙伴关系迥然不同：与男孩子热衷于身体对抗不同，女孩子倾向于更为温柔、亲密的身体接触。女孩们常常聚在一起说“悄悄话”，以此彰显彼此间的亲密关系。这种近距离的身体接触帮助女孩们获得了重要的安全感和归属感。同时，女孩们还会在一起探究与“美”和“亲密关系”等主题相关的假装游戏，进一步稳固群体关系，形成“闺蜜圈”。[③] 上述这些都充分说明，友情分享与儿童在群体中的身份认同、环境感知等社会化情感需求密切相关，它是童年伙伴文化极其重要的内容主题。

（二）自我把握

童年生活中，儿童的活动空间从家庭向社区、学校不断拓展，并逐渐摆脱成人控制，获得文化自治的权力和机会。这种文化自治在儿童伙伴交往中大多通过集体性常规游戏规则制定、成员资格审核，以及儿童个体的自我把握来体现。其中，伙伴交往中的自我把握行为具有特殊意义。

① 林兰、金香君:《学前儿童同伴文化生成路径的民族志探究》,《学前教育研究》2022年第4期。
② 威廉·A. 科萨罗:《童年社会学（第四版）》，张蓝予译，黑龙江教育出版社，2016，第128页。
③ 林兰、金香君:《学前儿童同伴文化生成路径的民族志探究》,《学前教育研究》2022年第4期。

说到自我把握，著者认为，自我把握指儿童在认知发展基础上对自我与外部世界关系的感知、理解与言行处理，它是儿童社会化能力的重要构成，具体可包括儿童在伙伴交往中的自我表现、自我宣泄和自我隐藏。

自我表现指的是儿童在伙伴交往中通常喜欢采取各种小手段、小伎俩来显示自己的与众不同，由此建构更为强大的自我。比如，用夸饰性语言（吹牛皮、说大话）来显示自己的强大。诺索夫的儿童小说《幻想家》中，小米沙和斯大西克坐在公园里的长椅上的那番对话就是典型的例子。还比如，通过猜谜、打赌、竞赛来宣示自己的强大。现实中，男孩之间掰手腕、赛跑、比个头儿，女生间踢毽子、赛跳绳、比漂亮等都是这样的自我表现。

自我宣泄与自我表现相反，它是儿童在伙伴关系中对某种被压抑的情绪、愿望的自主表达，它所展示的不是自我能力，而是自我心理需求。比如，低幼儿童故意说脏话，喜欢用“大便”“臭屁”“尿尿”“臭屁屁”等如厕语言制造语言效果；还比如，儿童在同伴交往中喜欢搞恶作剧，甚至联合起来捉弄同伴甚至老师，从中获得自我把握的快乐体验。

自我隐藏则是指儿童在伙伴交往活动中有意通过虚拟角色掩饰或隐藏自己的真实情感、身份，并以此达成某种愿望满足、心理补偿。这主要体现在儿童群体的角色扮演游戏中。儿童借助虚拟性角色扮演，在规避成人文化规则同时，获得自我生活的操控感。

（三）冲突分化

“同伴文化并非总是能够呈现一派祥和、欢快、富于团队精神的图景，幼童间经常发生争吵、打斗、推搡、脚踢，有时甚至撕咬。虽然身体攻击现象不常见，但言语上的冲突和争吵是儿童文化中的共同特点。”[①] 这种童年伙伴文化中的冲突与分化现象连同儿童伙伴间的友情分享、自我把握、社会参与共同构架了童年伙伴文化内部的组织结构，也由此使得童年伙伴文化的现实内涵更加丰富、驳杂。具体来说，童年伙伴文化中的冲突分化主要体现在伙伴交往、儿童性别和社会阶层三个层面。

儿童伙伴间的交往冲突是童年伙伴文化的常态现象。它主要表现为显在

① 威廉·A. 科萨罗：《童年社会学（第四版）》，张蓝予译，黑龙江教育出版社，2016，第151页。

的肢体冲突和隐形的语言冲突。当代社会学研究结果显示，在儿童同伴交往中，包括肢体、语言在内的各类冲突属于高发现象。这些冲突通过拒绝合作、排斥分享、互动空间保护等反向伙伴关系行为强化了儿童对人际互动关系的理解和把握。这一方面有助于巩固同伴间的友谊，凝聚并形成共同的利益关切与核心价值；另一方面，则可能导致原有伙伴关系的分化，使得单极伙伴关系裂变为新的多极伙伴关系，从而充分体现童年伙伴文化的动态性、生成性。

现实中，儿童伙伴关系的分化与儿童的社会化发展相伴相生，主要表现为性别分化和阶层分化两种形态。

当代童年社会学研究显示：儿童 3 岁时便显现出喜欢与同性别孩子玩耍的特点。性别隔离或间离（gender separation）现象在小学阶段变得非常明显。不仅如此，最新一项比较研究表明，文化背景不同的孩子在性别观念建构和行为方式上也有明显不同。比如：在美国，男孩在与同性的交流中表现得比女孩更坚定；而在中国，女孩在与同性的交流中比男孩更坚定。工作讨论中，中国男孩会起带头作用；而在人际交往和两性关系中，中国女孩则更为主动。中国女孩和美国男孩不赞同同学观点时会很随意地使用大胆直接的语言进行表达，而美国女孩在和他人发生争执时，说话的语气会更温和、更模棱两可。[①] 这种性别间离连同其衍生的同性聚合现象通过不断催化童年伙伴文化内部的结构调整，而使得儿童伙伴在“分裂—聚合”的双向关系转换中建立起彼此之间的文化归属感与亲密关系。

不仅如此，一些研究还发现，在学前和小学阶段的男孩中存在清晰的地位层级现象。比如，男孩会不断组织竞争游戏，记录排名，然后按排序行事。还比如，小学男生通常会在活动之前商讨排名。这样的排名建立在接受现实并达成共识的基础上，并会最终形成一个既定的控制链（大队长、中队长、小队长）。男孩们在组织游戏和解决纠纷时会参考排名情况。与此同时，有研究显示，男孩当中地位层级排序清晰，而女孩们则对公开排名持抵制态度，她们往往依赖更微妙的方法控制彼此……[②]

① 威廉·A. 科萨罗:《童年社会学（第四版）》，张蓝予译，黑龙江教育出版社，2016，第 161 页。

② 同上书，第 167—168 页。

所有这些无不显示，伙伴冲突、性别间离和阶层分化作为童年伙伴文化的核心要素充分体现了儿童交往中人际关系的不均衡性，这也为家长、教师更好地理解儿童，并引导儿童在日常生活中不断优化、重组伙伴关系提供了现实依据。

（四）社会参与

随着儿童从幼儿长成儿童再长成少年，其社会化人际关系在实践层面上也由非言语性物质游戏、言语性活动到情境化社会活动而不断嬗变。这标志着儿童的社会参与程度随着童年生活空间逐渐打开而越来越广泛、深入。而这样的社会参与在人际关系交往上较单纯的非言语性物质游戏或言语性活动复杂得多。其中最突出一点，就是无论幼儿期、儿童期，还是少年期，孩子们的情境化社会活动都不同程度上存在着因身份意识和共同价值观促发而不断与成人世界发生冲突，并由此不断挑战成人权威的倾向。这也是童年伙伴文化的普遍特征。对此，身处伙伴关系中的儿童不仅心领神会，而且常常还熟门熟路地以对成人文化规则的“二次调整”来做出应对。

说到“二次调整”，这是加拿大裔美国学者欧文·戈夫曼所提出的概念。它是指“任何可供组织成员使用未经授权手段，或达成非法目的的习惯性安排”。通过“二次调整”，“组织成员可以逃避组织对其应该做什么、可以得到什么、应该成为什么样的人等方面的规定与限制”。[①] 在童年伙伴文化中，“二次调整”是儿童对成人世界规则的创造性应对和集体性回应。相较直接抵制规则、挑战成人权威，“二次调整”更能体现儿童在伙伴文化中的自治权和操控感。因此，在儿童社会化进程中，“二次调整”作为童年伙伴文化之普遍现象，可谓儿童自我身份感和文化主体意识的充分彰显与集中表达。

综上，童年是一种“源于儿童内部以及儿童与成人间集体合作的一种社会建构”，而“儿童则是社会行动者，他们以自身力量在与成人协商过程中，在与其他伙伴一起创造性地生产系列同伴文化过程中复制童年与社会”。[②] 而这样一种基于“阐释性再构”的童年伙伴文化创造不仅从实践层面充分证实

① 梁琼慧：《幼稚园的生活——田野工作、大人和小孩》，台北五南图书出版股份有限公司，2011，第7页。

② 威廉·A. 科萨罗：《童年社会学（第四版）》，张蓝予译，黑龙江教育出版社，2016，第35页。

了儿童在人类文明进程中所充当的积极社会建构者的文化身份，而且还从童年人际关系维度助力成人文化再生产与社会文化整体变迁，可谓意义不凡。也正因如此，包括本文在内，所有关涉童年伙伴文化的学术探讨都将进一步推动社会文化不断更新、发展，并促发人类童年之社会关切、文化创造继续走向深入。

第二节
新世纪中国童年伙伴文化生成路径

诚如前文所说，童年伙伴文化体现着儿童群体独特的行为方式，映现着同伴群体共同的行为关切、价值诉求。它是童年文化的典型形态，是儿童群体自主的一种文化创造。现实中，童年伙伴文化尽管形成于儿童群体内部，但却与社会文化的诸多方面都有着千丝万缕的联系。换言之，儿童群体不是随机、随意地创造童年伙伴文化，而是在特定的文化语境、生活情境中展开文化创造。这些语境、情境既包括家庭、学校这样的社会化空间，也包括自主活动、集体游戏这样的生活化实践，还涵纳着网络交友、媒体互动等非现实性虚拟情感体验。所有这些生活实践、文化体验合力一处，共同推动了童年伙伴文化的生成与建构。

一、自我意识激活童年伙伴文化灵性

挪威学者让-罗尔·布约克沃尔德在其名作《本能的缪斯——激活潜在的艺术灵性》中，曾将“人类中的每一个成员与生俱来的一种以韵律、节奏和运动为表征的生存性力量和创造性力量”命意为“本能的缪斯”，并认为它是“人类生存和人类自我意识的基本源头，是人类获取语言和文化内部规则的钥匙，是在无数咄咄逼人的复杂情势中对生活进行探索的导引”。[①] 在布约克沃尔德的观念中，“本能的缪斯”不仅仅是人与生俱来的以音乐、舞蹈、诗歌、戏剧等文艺内容、形式为表征的审美创造，还是一种蕴蓄、弥散或沉淀在人的生命意识中的原初生命活力、丰沛文化灵性。这种文化灵性自人类个体胚胎时期就在母体内孕育，等到生命呱呱坠地，就以母子之间互动交流和实物游戏的方式催生了儿童的自主文化创造。其主要标志就是“幼儿在出生后的第二年，其互动交流的兴趣开始转向其他孩子，特别是那些与他年龄相仿的孩子”，而“一旦这个进程开始，它进展就很快。首先是一个游戏伙伴，然后是一大群；首先是一种游戏，然后是许多。在孩子生活的第三年，一个神奇的新阶段打开了，一个既有着伙伴玩耍同时也可能感觉孤独的阶段打开了”。[②] 这时，幼儿的互动交往模式从家庭范围内的亲子交流嬗变转型为社区、幼儿园空间中的同伴游戏，一种极其重要的力量就源自幼儿自我意识的苏醒、自主能力的萌生。换言之，是自我意识激活了儿童文化创造的灵性。

说到“自我意识”，美国学者、符号互动论的奠基人乔治·H. 米德（George Herbert Mead）认为：“自我是某种不断发展的东西，它并不是与生俱来的，而是在社会经验过程和社会活动过程中出现的。”[③] 米德强调，自我的形成依赖于和他人的社会交往。儿童在与成人社会和同龄伙伴交往过程中形成了两种不同性质的人际关系：垂直关系（vertical relationship）和水平关系（horizontal relationship）。“垂直关系是指儿童与那些比自己拥有更多知识和更多权利的成年人（家长、老师）之间形成的一种关系，其性质具有互补性，即成人控制，儿童服从；儿童寻求帮助，成人提供帮助，如亲子关系和师幼关系。水平关系，是指儿童与那些和自己具有相同社会权利的同伴之间形成的一种关系，其性质是平等的、互惠的，如同胞关系和同伴关系。”[④] “同

① 让-罗尔·布约克沃尔德：《本能的缪斯——激活潜在的艺术灵性》，王毅、孙小鸿、李明生译，上海人民出版社，1997，第 1 页。

② 同上书，第 18—20 页。

③ 乔治·赫伯特·米德：《心灵、自我和社会》，霍桂桓译，译林出版社，2012，第 35 页。

④ 武建芬：《心理理论与同伴交往》，光明日报出版社，2009，第 37 页。

伴关系为儿童提供了在权力相对平等的环境中交往的独特机会。”[①]

现实中，孩子们游走于成人和儿童两个世界。他们在与家长、老师等成人交往时，因为意识到身高、力量、知识、经验、能力等方面的差距，往往觉得被限制、束缚，会不由自主产生不自信、受压迫的感觉；而他们在和同龄人交往中，因为彼此之间认知、能力、体形、经验等方面相近，会觉得自在、轻松、平等、舒畅，那种源自本能的自信心、表达欲、表现欲也喷薄而出。此时，“儿童自我的成长朝向更为主动的方向发展，儿童开始体会到主体性带给自己生活的掌控力”。[②]

现实中，儿童在伙伴交往中通过各种小手段、小伎俩、小策略、小心思所呈现出来的自我表现、自我宣泄与自我隐藏行为，从本质上说，其实都是儿童伙伴关系建构中真实自我的流露，这既是童年文化为儿童智力发展和自我意识形成所提供的支持，也是儿童生命成长极其重要的标志。

二、集体游戏释放童年伙伴文化动能

游戏是人类文明的源头，是儿童的生命形态、存在方式。游戏既代表着成人文化不断寻求自我探索、自我超越的价值范式、未来方向，也昭示着儿童文化自我确证、自我表达的现实样态和精神旨趣。正因如此，游戏在一定程度上就等同于儿童生活，等同于儿童之文化存在。现实中，“两个或两个以上的儿童聚集在一起，他们在玩耍中显示了他们自己关于游戏规则的秘密语码，我们就看到了儿童文化”。[③]这样的文化既是童年游戏文化，也是儿童伙伴文化。说得更具体一些，是儿童在游戏互动中培植、缔结、创生出了全新的童年伙伴文化。

社会学研究发现，无论是传统物象游戏、开放性角色扮演游戏，还是创意性自主创生游戏，游戏过程中，孩子们会创立、操作规则，在交谈和玩耍

① 克斯特尔尼克：《儿童社会性发展指南——理论到实践》，邹晓燕等译，人民教育出版社，2009，第288页。

② 林兰、金香君：《学前儿童同伴文化生成路径的民族志探究》，《学前教育研究》2022年第4期。

③ 让-罗尔·布约克沃尔德：《本能的缪斯——激活潜在的艺术灵性》，王毅、孙小鸿、李明生译，上海人民出版社，1997，第25页。

中使用假定的规则框架来管理和保护互动空间。不仅如此，游戏中，儿童还将从成人世界接收、吸纳的各种资讯、知识、经验、技能进行创造性转化与重构，最终在场景互动和集体分享中生成同辈或同龄人文化。

而在文化学和艺术审美视野里，儿童游戏冲动则被认为“扎根于一种心理和感觉过程的核心”，并为“儿童的社会性心理发育提供了能力”。从这个意义上说，游戏中，“儿童并不仅仅是玩，他们就生活在游戏中，作为生活，他们的游戏有着极大的灵活性，是随时随地，超越时空的。儿童就是游戏，通过游戏，他们建立起通向未知的道路，通向此时此地以外的领域”。[①]可以说，游戏是将儿童个体自我与外部世界连接起来的重要纽带。借助于游戏，儿童确认了自我，获得了群体中的身份感，增进了对友谊和规则的理解，积累了人际交往的经验和技能，并在不断维护、巩固、拓展与同伴之间互动关系中达成了自身与周围世界的平衡。

实际上，游戏对于童年文化的意义还不止于此。按照加达默尔的说法，游戏是人类文化的一种本体存在。游戏无主体，游戏主体就是游戏本身。与此同时，游戏作为一种人类内在动机性活动，也不需要特别的外在目的，游戏行为、游戏过程本身就是其目的。游戏的这种内在价值结构方式与儿童群体所保有的“快乐原则”“即时体验”和“过程性关切”等生命方式、价值观念珠联璧合，达成完满统一。

由此可见，游戏与儿童群体的有机结合，既是儿童生命形态的自我表达，也是游戏价值的实践展示，更是童年伙伴文化的社会生成、现实建构，其价值丰沛而又具前瞻性，意义极其深远。

三、家庭文化确立童年伙伴文化方向

家庭文化是指家庭范围内价值观念及生活形态的总和。它既包括家庭成员个体的知识形态、思想观念、情感态度、审美情趣，也涵纳整个家庭的生活内容、生活方式、家庭氛围、亲子关系。家庭文化呈现着家庭的生活风

① 让-罗尔·布约克沃尔德:《本能的缪斯——激活潜在的艺术灵性》，王毅、孙小鸿、李明生译，上海人民出版社，1997，第 29 页。

貌，折射着家庭的生活品质，框范着家庭的现实生活，引导着家庭的未来走向，常常以具体而微的价值观念、情感态度、生活方式、日常习惯给予家庭成员潜移默化的影响，使得成员间出现某种生活形态上的趋同性。基于此，家庭文化对童年伙伴关系的影响显而易见。

通观儿童社会化发展过程，家庭始终是不折不扣的第一现场。一方面，儿童通过积极参与家庭日常活动，在亲子互动体验中不断获得以父母为介质间接传递的信息。这些信息会为此后的伙伴交往奠定知识基础，同时也将成为儿童经由“阐释性再构”这一内在机制创建童年文化的资源依托。另一方面，家庭范围内，与同辈兄弟姐妹的情感交往、生活互动则会使儿童习得最基本的交际技能，而这又自然而然成为儿童家庭之外伙伴关系培育、生成的经验积累。这也可以认为是儿童伙伴关系的家庭形态。它既是家庭文化的内在构成，也是伙伴文化的最初形态。

而有了这样一种从家庭文化导向伙伴文化的现实准备，儿童一旦迈出家庭空间，进入社区、幼儿园、小学等外部环境，他们不但会触类旁通、驾轻就熟地运用在与家庭成员交往中所理解、掌握、积累的各种技能和方法去应对、处理、建构同伴关系，而且还会借助同伴的集体力量，通过对成人文化的选择性消化、吸收，创造性转化、重构，最终推陈出新，创造出全新的童年伙伴文化。

不仅如此，家庭文化中的亲情氛围、亲子关系，以及儿童在家庭中的自我认知、主体意识也无时无刻不在规约、影响着儿童伙伴关系的现实走向。有社会学调查表明，但凡在父母教养方式民主、亲子沟通频繁、亲子关系和谐的家庭中成长的儿童，其在同伴交往中往往有着更为积极的表现，他们的互动行为、交往方式也更易于为同伴所理解、接纳；与之相反，如果父母教养方式简单、专制、粗暴，亲子沟通不畅，亲子关系紧张、冷漠，在这样的家庭中成长的孩子在同伴交往中的表现就常常较为消极。在伙伴交往中，他们要么将在家庭环境中遭受的冷、热暴力移植或转嫁到同伴身上，处处表现出唯我独尊、蛮横无理的“霸王”做派，以此寻求补偿、宣泄；要么就像在家一样继续扮演“受气包”，自卑怯懦、委曲求全，在放弃同伴关系中应有权利的同时，也丧失了独立、自主、自尊、自信的精神风貌。

上述两种儿童伙伴关系形态，毋宁说，都是不同家庭文化孕育、锻造的结果。

四、学校文化丰富童年伙伴文化路径

童年伙伴文化具有鲜明的场域特征，而学校作为特定文化场域和专门从事系统推进儿童社会化发展的组织，对童年伙伴文化的构建产生着不可替代的影响。这主要体现在两方面：首先，学校文化是社会意识形态和主流价值观在基础教育层面的显现。它不仅集中体现着社会文化对于儿童社会化发展的规范和要求，而且也适时规约并引导着包括伙伴关系在内儿童社会行为的发展。其次，学校文化作为成人主导的社会文化类型，反映了社会公认的、通过教师行为形成的学校行为标准；而同伴文化则是由学校文化派生或拓展出来的衍生性、替代性文化，其在一定程度上构成了对学校文化的补偿或消解。学校文化与童年伙伴文化之间的这种既相辅相成，也相反相成的复杂、动态关联，在班级文化这一校园文化核心组织中体现得尤为明显。

譬如，在系统考察学校文化系统内儿童群体互动过程、互动行为状况后，美国社会学家帕森斯（Parsons）就极力强调学校中班级在儿童互动关系中所担当的重要角色。帕森斯认为，在学校文化系统中，班级可以被认为是一种微观的社会体系，它具有两个核心功能：第一，班级发挥着社会化的作用，让学生在班级中接受社会主流文化；第二，班级实现了社会筛选，将不同的学生按照一定的规则分配到不同的社会位置上。[①] 帕森斯的这一班级儿童群体互动理论在很大程度上已经为国内学者的研究成果所证实：班级是一个复杂的文化系统，存在着两种由不同文化形式主导的评价系统。在此之外，班级内学生在学校、家庭、媒体构建的复杂文化网络影响下，通过频繁互动形成多个同伴群体。同伴群体之间以及内部均存在声望等级，班级成员之间据此相互评价并形成社会分化，这可以称为同伴分化机制。[②] 这也仅仅是一个

---

① Talcott Parsons, “The School Class as a Social System: Some of Its Functions in American Society,” *Harvard Educational Review* 29, no. 4 (1959): 297-318.

② 刘浩：《班级网络、同伴群体与双重社会分化机制》，《中国青年研究》2017 年第 4 期。

例子。在中国社会变迁过程中，来自不同社会文化背景的儿童有机会在同一班级中互相交往，形成不同类型的同伴圈子，并相应形成不同的圈子文化准则。[①] 而这里的同伴圈子，实际上就是同伴关系、同伴文化。

实际上，学校文化对于童年伙伴文化的影响远非班级同伴分化一个层面。学校是儿童家庭之外的第二核心生活场域，儿童同伴交往与伙伴关系形成很大程度上就是在这里完成的。因此，学校可谓童年伙伴文化的中心地带，学校文化则成为童年伙伴关系的文化母体。现实中，学校文化并非仅仅是高度概括、抽象出来的文化概念、教育框架，而是具有多重内涵、多元结构的复合性社会文化形态，拥有包括物质、精神、制度、行动、信息等在内的诸多具体文化结构要素。这样一来，每一层面的校园文化要素都会以各自不同的文化内涵和教育期许给予童年伙伴文化以滋育、支持、规约、引导，从而在极大程度上丰富童年伙伴文化的生成路径与现实生态。

五、媒介文化助力童年伙伴文化转型

媒介文化指基于大众媒介的内容结构、形式特点、运营方式及社会影响而产生的一种文化形态。它是呈现在大众传播活动中的社会文化现象。媒介文化与学校文化一样，也是复数概念。它以不同类型的媒介为依据，还含纳着图书、报纸、杂志等传统纸质媒介文化，以及电影、电视、广播等音像视听文化多种文化类型。媒介作为“讯息和人的延伸”（麦克卢汉），不仅充任着推动社会发展的基础性力量，而且其文化辐射性、感召力也无时无刻不影响和塑造着包括价值观念、行为规范、生活方式在内的社会文化形态。童年文化作为社会文化的子类，自然也浸淫于媒介文化塑型之中。需要说明的是，著者在童年文化框架下所谈及的媒介、媒介文化主要是指以计算机、互联网、数字化视频等为代表的新媒介和数字媒介文化。

21 世纪是媒介时代。新传媒语境下，媒介文化（尤其是网络文化）对儿童的社会化交往活动产生了极其重要的影响。

---

① 陈斌斌、李丹、陈欣银等:《作为社会和文化情境的同伴圈子对儿童社会能力发展的影响》,《心理学报》2011 年第 1 期。

早在十年前，“凯撒家族基金会”在全美范围内抽取极具代表性的2032份8—18岁儿童样本，进行儿童各种类型媒介使用情况调查后发现，66%的儿童拥有自己的手机。其中8—10岁的低龄儿童多用手机玩游戏、听音乐或者看电视节目，而11—18岁的儿童更多使用手机发短信交友。平均来说，7—12年级的儿童每天花费一个半小时的时间收发短信，而且每天所有接收和发送的短信加起来能达到118条！①

而据中国互联网络信息中心统计，截至2022年6月，我国网民规模为10.51亿，其中10岁以下的儿童网民占比4.2%，10—19岁的青少年网民占比13.5%，合计占比17.7%，接近网民总数的五分之一。与此同时，青少年网民有日益低龄化的趋势，小学生网民的增长速度正在加快。

所有这些无不说明，借助新兴电子媒介和新的移动通信技术，儿童之间基于信息交流的互动交往已然进入新的阶段。他们会轻车熟路地下载并设置不同风格的屏幕桌面、手机铃声；他们会呼朋引伴、大张旗鼓地组队展开网络对战游戏；他们还会不动声色地组织网络视频会议征集对某次集体活动的意见、建议……

总之，当父母出于对孩子学习和安全的考虑为其配置电脑、购买手机的时候，实际上就为儿童创造性利用新媒介、新技术提供了物质保障，创造了实践机会。孩子们不仅无师自通地很快掌握了操作这些新媒介所需要的技能、策略，而且会迅捷地发明出一套包括网络术语、行话、表情包在内的独特语码来彰显他们在同伴交往中的身份和个性。更有甚者，他们还可能颇为机智地借用成人世界的规则、策略和方法来满足他们自身的同伴联系需要。而所有这些，实际上都在无形中助力网络时代的儿童通过新媒介构建一种新型的童年伙伴文化。

综上所述，童年伙伴文化作为一种复合性童年文化形态，具有多层面、多方位生成路径。它经由儿童的自我主体意识激活文化灵性，借助儿童集体游戏获取并释放文化动能，依托家庭文化确立文化方向，利用学校文化开拓、丰富文化路径，倚靠媒体文化助力、推进文化转型。所有这一切都标示

① 威廉·A.科萨罗:《童年社会学（第四版）》，张蓝予译，黑龙江教育出版社，2016，第201—202页。

着，童年伙伴文化固然是儿童群体基于“阐释性再构”的自主文化创造，但它与整个社会的文化大系统密不可分。说得更具体一些，它是成人世界与儿童生活实践合力的结果，是儿童文化在社会关系层面上的内容再造和形式革新。理解了这些，将有助于我们更准确定位、把握童年文化在儿童生命成长中的意义和作用。

第三节

新世纪中国童年伙伴文化概览

童年伙伴文化是儿童群体对成人文化的创新性转化、创造性发展。它是儿童社会文化主体地位、自主身份的现实表达。与此同时，童年伙伴文化也是融合成人文化、儿童文化的自主文化创造，其现实样态并非单极形式，而是呈现出多维度、立体化样貌。其中，儿童伙伴关系是其核心要素。

说到“伙伴关系”，它作为儿童生命成长极其重要的社会化特征，在现实层面上体现为多层次、多侧面、多水平的网状结构，也包含着友情分享、自我把握、冲突分化、社会参与等诸多文化主题。上述伙伴文化内涵、主题在新世纪中国童年中究竟呈现什么状况?《从“90后”到“00后”——中国少年儿童发展状况调查报告》对此做出了详尽解析。[①]

一、同伴接纳和“友情分享”

调查显示，大多数“00后”儿童的同伴关系状况良好：85.3%的小学生认为自己是一个受欢迎的人，对同伴接纳自己很有信心；84.3%的中小学生认为自己有知心朋友，自己的同伴交往很有质量。具体表现为：“同学或同龄伙伴”在陪伴功能方面，占比40.3%；在价值肯定和工具性支持方面，占

① 张旭东、孙宏艳:《从“90后”到“00后”——中国少年儿童发展状况调查报告》，中国青年出版社，2016，第253—275页。

比 25.2%；在情感自我表露方面，占比 37.4%。（同等条件下，母亲角色的上述三种功能占比分别为：26.8%、23.4%、28.8%。）

其中，分组统计发现，男女生在同伴接纳方面差异不大，而在友情分享层面，男女生有差异：86.4% 的女生有知心朋友，比男生高 4.7 个百分点。与此同时，同伴对女生的安抚功能、工具性支持和亲密性均强于对男生。39.3% 的女生认为心情不好时，同伴最能理解安慰自己，比男生高 8.2 个百分点；29.0% 的女生遇到困难最愿意向朋友求助，比男生高 2.0 个百分点；37.4% 的女生最愿意把内心的秘密告诉同伴，比男生高 5.6 个百分点。而同伴陪伴功能层面，男生则稍高于女生，33.6% 的男生在空闲时间里和同伴在一起的时间最长，这要比女生高 1.8 个百分点。

此外，男生和女生的同伴交往各有特点。女生通常注重个体之间的交流，她们更愿意和最好的朋友在一起，所以她们很注重维护和朋友的关系；当对方遇到困难或需要帮助时，女生也更容易发现对方的需求，并及时提供情感或物质上的支持与帮助。男生则会在同伴交往中通过朋友间的互动作用，不断拓展朋友圈，形成较大范围的交往，而个体之间深入互动的机会相对较少。同时，由于男生的情感更具内隐性，较少主动向朋友袒露和寻求支持，因此他们在同伴关系中表现出来的友情分享和工具性支持水平略低于女生。

调查还显示，随着身心发展和社会化活动的增加，不同年龄阶段的少年儿童在友情维护和分享等方面呈现不同特点。首先，初中生的交往需求、交往技能和同伴接纳水平较小学生更大或更高一些，他们对友情质量的要求也更高。他们通常会细分伙伴关系，将朋友和一般同伴加以区分，由此建立起“知心朋友”的更高标准要求。其次，初中生因正值生理、心理急剧变化的青春期，此时的人格形成、心理重构使他们迫切需要得到同伴群体和亲密朋友的接纳与认可。这一时期，弥漫和笼罩在少男、少女心头的诸多迷惘、困惑、忧伤、烦恼需要排遣发泄，需要有舒缓的途径与分享的对象。因此，相较小学生，进入“青春期”心理萌动的少男、少女们往往花费更多时间和精力与同伴交往。实际上，也就是在这个阶段，伙伴关系对儿童的影响首次超过了父母、亲人。最后，青春期的少男、少女相较幼儿期、儿童期的孩子，对父母的依赖明显降低，他们甚至为了摆脱父母的控制，“转而寻求同伴之间的亲密关系，这导致他们与同伴的情感联结更紧密”[①]。

除此之外，针对同伴关系的调查还发现，家庭经济困难、父母离异或留守乡村的“00后”孩子同伴交往状况较差。在这种情况下，儿童在幼儿期、儿童期建立起的同伴友情，就能够帮助家庭处境不利的孩子补偿或矫正失衡的亲子情感体验。因为伙伴友谊不仅使他们“补习”那些本应从父母那儿获得的社交技能，而且还可以重塑他们的自我概念，提高他们的自尊水平，甚至可以成为他们情感支持的重要补偿。尤其是在家庭处境不利的少年儿童面对家庭动荡等压力时，或者是在面对生命的重要转折点时，这种支持显得更为重要。此时，是否有朋友陪伴并可以倾诉将决定着他们如何应对所面临的压力，以及能否渡过难关。[②]不过，调查也显示，尽管家庭处境不利的少年儿童同伴关系相对较差，但同伴和朋友对他们的各种支持却更加充分，也更有价值。足见，对家庭处境不利的孩子而言，来之不易的友情对他们有着极为特殊的意义。

二、自发交往与自为主导

作为童年伙伴文化的核心构成，同伴关系的形成往往基于同伴群体的情感需要。具体说，就是它由成员的思想观点、兴趣爱好、习惯、志向、态度等方面的一致性所决定。这样一来，群体成员间心理沟通的深度、情感交流的频度，以及彼此间的相互接纳认可、不成文的规范和行为准则，都在一定程度上影响着成员的情感和行为。

不仅如此，国内针对少年儿童同伴群体的研究还显示出童年伙伴文化四个层面的特点：一、伙伴关系形成的自发性。调查发现，国内中小学少年儿童伙伴关系往往都是自由选择、自发形成的。伙伴群体一般比较小，2—10人比较常见。群体成员间互动频繁，彼此心理认同感较强，感情色彩比较浓厚。二、伙伴间关系平等，彼此相似性突出。在少年儿童自发形成的伙伴

---

① 琚晓燕、刘宣文、方晓义:《青少年父母、同伴依恋与社会适应性的关系》,《心理发展与教育》2011年第2期。

② 高琨、邹泓:《处境不利儿童的友谊关系研究》,《心理发展与教育》2001年第3期。

关系中，平等、自由、相互接纳是关系建立、维护和不断巩固的基础。在此前提下，成员之间在年龄、阅历、知识结构、生活习惯、学习方式、兴趣爱好、个性心理等方面的一致性、相似性则进一步强化了成员间的认同感和归属感。三、伙伴交往形式的多样性和内容的广泛性。伙伴关系为少年儿童构建了情感互动、信息交流的平台，他们可以在自由、宽松、平等的氛围中交流各种话题和资讯。此时，网络发展和手机普及则丰富了少儿群体的交往方式，拓展了互动、交流的广度和深度，从而让伙伴关系的多样性与广泛性更为显著。四、伙伴关系的内部主导性。童年伙伴关系是少年儿童的现实生活方式，一旦成形，往往就会显示出自己相对独立、稳定的价值规范和行为准则。这些规范、准则、行为方式涵盖了从联络用语、时间约定、空间筹划、互动行为到穿着打扮、消费习惯等各个方面，很大程度上体现着童年文化所具有的特质。

三、网络交往与社会参与

网络交往是一种互联网使用行为，其主要内容是人际信息、资讯交流，以及由此引申、达成的相互理解、相互影响等边际效应。与现实人际交往相比，网络交往作为童年伙伴关系的新形式，因其虚拟性、开放性、自主性、平等性、隐秘性和资源共享性、时间压缩性等多方面特点，而对少年儿童包括道德品性、价值观念、行为准则、思维方式在内的人际关系、人格心理、身心发展产生着极为广泛而深入的影响。

21 世纪是网络世纪，发端于 20 世纪 60 年代末的网络已逐渐成为 21 世纪人们的生活方式。出生并成长于网络时代的少儿深受网络影响，他们的交往自然具有浓厚的网络色彩。[①]

调查发现，进入新世纪以来，网络已成为少年儿童建立伙伴关系的重要方式。2008 年，对广东、北京、上海等 10 个省区市 16 所中学 2540 名中学生的调查显示：网络交友在中学生中已成为一种较为普遍的现象，有 37.8%

① 孙宏艳、赵霞：《中国少年儿童十年发展状况研究报告（1999—2010）》，人民日报出版社，2011，第 200 页。

的中学生拥有网友，9.6% 的中学生报告自己有 10 个以上经常联系的网友。中学生网上交友的动机主要为情感支持与交往需要，48.6% 的中学生期望从网友那里获得“情感上的依恋和支持”。①

另外，中国青少年研究中心 2013 年“新媒体与少年儿童社会化”研究结果显示：84.6% 的少年儿童表示自己的网友大部分是“认识的同学”，半数以上（55.4%）表示自己经常在网上交流的好友是“现实生活中原本认识的人”；仅 8.1% 的少年儿童经常与网上认识的新朋友交流；36.6% 表示“两类都有”。②

作为一种新媒介，网络扩充了儿童的同伴交流模式，为儿童对同伴关系的角色期待、情绪支持以及在同伴关系建立过程中的行为模式提供了逼真的虚拟现实。但是，在网络上形成的友谊因地域、即时性、真实身份的限制，并不足以给一个人正常的社会支持。③ 由此可见，网络交往作为童年伙伴文化的新模式，实际上也是一把“双刃剑”。一方面，它确实通过伙伴交往的自主性极大扩展了少年儿童社会交往的空间范围。尤其是在手机出现和短信、QQ、微信等社交工具普及以后，其移动便捷性、交流即时性使得少年儿童更能够摆脱时空限制，真正做到随时随地与同伴交流。基于这种交往模式，儿童既可以通过“一直在线”的方式与同伴进行同步沟通，也可以借助双方的“暂时性缺场”展开非同步交流。无论哪一种交流方式，都能够充分激活并彰显儿童交往的自主性、创造性，进而极大强化儿童的伙伴关系。另一方面，网络和新媒介交往由于其虚拟性、即时性、隐匿性等特点，也在很大程度上消解了儿童伙伴交往应该保有的真实性、情境性、具身性，从而使得其伙伴关系中的情感交流和物质支持往往出现模糊不清或现实错位等情况。

不过，需要肯定的是，无论上述哪种情况，其实都表明“媒介的变迁不断刺激着儿童以新的方式建构他们与同伴的人际关系，进而影响到儿童的社会角色扮演乃至整个社会化进程”。④

---

① 孙彩平、唐燕：《国内中学生网络交友调查报告》，《上海教育科研》2009 年第 11 期。

② 张旭东、孙宏艳：《从“90 后”到“00 后”——中国少年儿童发展状况调查报告》，中国青年出版社，2016，第 270 页。

③ 同上书，第 201 页。

④ 陈钢：《媒介技术变迁对儿童同伴关系的影响》，《现代教育技术》2010 年第 6 期。

四、性别分化与异性交往

童年伙伴关系是一种动态发展的文化现象。在幼儿期和童年期，儿童的性别意识相对比较淡漠，男孩和女孩之间相互吸引或相互排斥的情况并不典型。此时，儿童伙伴交往中最主要的情况通常还是同性聚合或接纳，即男孩一般跟男孩玩，女孩通常和女孩玩。而到了少年期，随着青春期的到来，少男少女的性别意识、伙伴需求出现了明显分化，此前占据主导的同性聚合模式渐渐分化为同性接纳和异性吸引双线并行、交相辉映的多向结构。多项针对“00后”少年儿童伙伴交往状况的调查数据显示，“无论是从客观的实际情况，还是青少年的主观意愿看，异性交往都已经成为青少年人际交往中的普遍现象”。①

2008年，对哈尔滨和佳木斯市4所中学1082名初中生的调查显示，对“你是否愿意与异性交朋友”这一问题，58.04%的初中生表示“愿意”，41.96%的初中生表示“不愿意”，“愿意”的超过“不愿意”的近16个百分点。该调查还显示，初中生与异性交往的意愿随年级增加而呈逐年增长趋势。② 另一项对深圳市4个区的4所中学1666名初中二年级学生的问卷调查显示，59.20%的男生渴望与异性交往，而“渴望与异性交往的女生则占所有参与问卷的初二学生总数的37.90%”。③

上述调查结果无不表明，进入新世纪以来，在中国经济不断发展、社会文明化程度越来越高的大背景下，伴随着青春期第一、第二性征的出现，性别分化与异性交往已然是少年期童年伙伴文化的显在内容主题。这个阶段，少男少女们通过与不同性别的同龄人交往不仅可以增进对现实生活的理解力，培育自我情感心理、认知结构的稳定感，而且还能在和异性交往的基础上不断积累为人处事的经验、人际沟通的技能。此外，积极而适度的异性交往作为儿童社会化进程中必不可少的一种交际能力、文化素养，对少年儿童

---

① 孙宏艳、赵霞:《中国少年儿童十年发展状况研究报告（1999—2010）》，人民日报出版社，2011，第205页。

② 陈军、隋欣:《初中生异性交往心理发展的调查》，《心理科学》2009年第5期。

③ 龚林、颜春荣、丁蓉等:《深圳市中学生性心理的发展、性知识及性态度现况调查》，《中国健康教育》2007年第4期。

的性别观、道德观、价值观、婚姻观、家庭观及未来生活方式、人生走向都有极其深远的影响。

基于此，在现实中如何正确认识、理解、阐释、表达儿童伙伴关系中的性别分化与异性交往现象，既是童年社会研究、文化研究、审美研究的核心命题，也是包括父母、教师、家庭、学校在内的整个社会应该深入关切、积极面对的儿童成长问题，其现实感、重要性都不容忽视。

第四节

伙伴童年：原创儿童文学“伙伴”形象塑造

伙伴文化是童年文化的核心构成，伙伴关系则是人类童年除亲子关系外最重要的社会关系。儿童的社会化发展是一个渐进的过程，它以家庭为轴心向外辐射、延展，最终构成涵纳家庭、社区、教育、文化、经济、政治等不同场域的童年社会关系。而在这一童年关系结构中，伙伴文化作为“儿童以他们身处其中的体制机构和文化知识为平台共同创设的螺旋织网”，其动态生成过程对于儿童生命成长意义重大：一则，儿童在参与互动过程中生产出同伴文化（伙伴文化），而这些同伴文化体验嵌入到儿童与他人互动时建构的经验网络中，贯穿一生；二则，儿童在同伴文化中获取的经验并不会随着他们长大而显得滞后，而是始终作为既定文化氛围中积极活跃的因子，嵌入一系列同伴文化的集体生产中，反过来，进一步促进更为浩瀚的成人社会和文化的再构与转变。[①] 足见，伙伴文化很大程度上已经成为儿童社会化发展的现实基础和内在动力，它在孕育并推进儿童互动性生活体验不断丰富的同时，也见证且牵引着社会文化的转型、发展。细加考察不难发现，这一文化效应在现实社会生活诸多领域都有显现，其映射在新世纪原创儿童文学童年书写中，则显得格外浓墨重彩。

---

① 威廉·A. 科萨罗：《童年社会学（第四版）》，张蓝予译，黑龙江教育出版社，2016，第 22 页。

一、《戴小桥全传》：都市儿童的快意时光

《戴小桥全传》描述了一群生活在大都市里的小学低年级男生的学校和家庭日常：戴小桥想当警察和剃头师傅，洗澡洗得很慢，喜欢在浴室里玩水；林晓琪用肯德基票请大家吃肯德基，上课竟然把小便小在裤子上；刘东喜欢在下课的时候趁人不注意把长长的纸条偷偷塞进同伴领子里，然后捂住肚子笑，乐得没法儿形容；汪小中上课爱讲废话，放学背错书包，鼓动大家网球和足球一起踢；杜家严球技很差，却买了好多个足球，当裁判时随心所欲，乱出红黄牌……

故事里，这些刚刚度过幼小衔接阶段的小男生整天嘻嘻哈哈、吵吵闹闹、“打打杀杀”、蹦蹦跳跳，在尽情释放生活热情与身体能量的同时，也兴味盎然地创造、参与、维护且推进着属于自己的伙伴文化。这是一种友情满满、分享多多、平等、自由、动感、欢快的和谐伙伴文化：戴小桥和林晓琪下课时追来追去，结果玩得忘了上厕所；上课时林晓琪尿湿了裤子，戴小桥自告奋勇回家帮他拿裤子（尽管他首先飞奔进厕所，解决自己的内急问题）；汪小中放学时丢了书包，马儿帅、曹迪民、林晓琪、杜家严等所有的小伙伴都帮他找，每个人都还以自己丢东西的糗事来宽慰他；班级来了一个名叫阮志强的又高又大的新同学，课间，一帮男生都想骑到“巨人”身上，对此阮志强欣然接受，于是大家玩得不亦乐乎；有几天，男孩们全变成了马，早晨上学在路上相互见着了，就“驾——”地一拍屁股，像马一样跑起来，以至于“一眨眼，走廊上，操场上，全是横冲直撞的马”；下午踢足球的时候，杜家严说今天他要当裁判，虽然没有人同意他当，“可是他说，他要当就一定要当，因为今天他不但带来了足球，而且还带来了口哨”；有的男生前一天排队走路还打来打去，课间休息抢喝别人的矿泉水，后一天就联络高个子新同学，成立公虎队，组织篮球比赛；还有的男生上午在学校里还因为往同学衣领里塞纸条而搞得鸡飞狗跳，下午放学，就带着同伴去看爸爸，卖小乌龟……

类似的场景在作品中很多。这真是一种别样的童年伙伴文化。时而吵吵闹闹，时而一团和气；时而剑拔弩张，时而勾肩搭背。课间休息、放学回家

时，互相取笑，彼此捉弄，打来打去，追来追去，斗得难分难解；同伴有难、同学遭困时，七嘴八舌，献计献策，挺身而出，热忱相助，尽显友情本色。就连新来的大个子同学，也第一时间轻而易举就入了“伙”，很快成了亲密无间、情同手足的“哥儿们”。其中的奥秘和诀窍就在于班上每个男孩都掌握了创造、参与、激活伙伴文化的神奇密码，都对如何进入动感、鲜活的伙伴关系谙熟于心。而这种诀窍、密码就是轻松、自由的游戏心态和率真、活泼的游戏参与。这是作品中男孩间互动伙伴关系的有效通道，也是现实中童年伙伴文化得以萌生、发展的重要基础。原因不仅在于“儿童用游戏的方式进入生活，试验自己的语言能力和体能，他们直接面对各种混乱的印象和作为日常生活要素的挑战”，而且，“游戏就是梦想和日常现实之间创造了连续性意义的过渡之物”，是“儿童生活和文化的一个自然的组成部分”。①

表现在作品中，就是无论是戴小桥、林晓琪、汪小中、刘东、马儿帅、曹迪民、杜家严等早就“打”成一片的小伙伴，还是新来的阮志强，大家都对“游戏”这一伙伴关系密码了然于胸、心领神会。“我们都是马”，走廊里、操场上，一匹匹马横冲直撞，大家互相假装用鞭子抽，玩得不亦乐乎；刘东将纸条塞进伙伴衣领里，反过来冷不丁就被同伴反制；杜家严因自己带来足球和哨子就自诩为裁判，可最终却因判罚不公而被汪小中当众红牌罚下；阮志强欣然接受新同学们的无理要求和集体“挑衅”，一转身就成了篮球“公虎队”的发起人和球星……伙伴交往中，既没有斤斤计较、患得患失，也没有小肚鸡肠、嫉恨怨怼，更没有明枪暗箭、两面三刀，有的就是率性而为、热情洋溢、坦荡磊落、创意无限。这样的伙伴文化不独是集体性、创造性的儿童生活场域，也是开放性、生成性的童年生命实践，其具有高度包容性、衍生性的伙伴关系结构与文化生成机制充分体现了儿童群体朝气蓬勃的生命主体意识和不断成长的文化创造力。

当然，需要注意的是，小说里以戴小桥为代表的男孩们的童年伙伴文化创设并非单向度的自我生成，而是与来自学校、家庭的成人文化的理解、支持密切相关。说到学校文化对男孩们校园生活和伙伴关系的影响，毛老师作

① 让-罗尔·布约克沃尔德:《本能的缪斯——激活潜在的艺术灵性》，王毅、孙小鸿、李明生译，上海人民出版社，1997，第44—46页。

为班主任所起的作用至关重要。在“我们都是大人”一节里，毛老师来上课前，小男生们先是抢喝林晓琪的矿泉水，随后又哄抢汪小中的香肠，以至于上课铃响过，毛老师都进了教室，男孩们还浑然不知。面对这种混乱的场面，毛老师不仅没有大发雷霆，反而善解人意地对告状的汪小中说：“他们抢你的香肠吃，我以前抢同学的馒头吃！”男孩们听了，都发疯似的笑起来。如果毛老师仅仅是自黑或自曝儿时糗事，那无疑有放纵、讨好学生之嫌，也与班主任的职责相悖，作家显然不愿让人物形象定位出现这样的偏差。作品中，就在男孩们七嘴八舌讨论白馒头有肉没肉的时候，毛老师不动声色地以“小孩子”和“大人”的行动区分给予小男生们适切的引导。于是，自认为“已经长大了”的小男生们异口同声地承诺：“我们明天不抢了，我们也是大人！”到这时，不用毛老师再做任何提醒，讲台下的“这些大人”都安安静静开始听课了。类似的课堂事件在《戴小桥全传》中为数不少。

显然，看到这些，读者已经明白，戴小桥、汪小中、林晓琪、杜家严等之所以能有纵情游乐、快意嬉戏、亲密无间、玩闹有度的校园生活和伙伴关系，毛老师作为班主任真是功不可没。是毛老师的理解、尊重为孩子们解除了精神上的种种羁绊，从而让儿童的游戏天性得以自由绽放；也是毛老师的宽容、引导在不知不觉中培育并缔造了宽松、自由、平等、信任、热忱、友爱、无私、诚挚的班级文化和师生关系。而浸淫在这样一种良性校园文化氛围里，单纯、活泼、快乐、热忱的伙伴关系生成也就水到渠成、顺理成章了。

班主任之外，校长的影响也不容小觑。“哥们儿队”一节中，小男生们热衷于溜旱冰。他们每天早晨在小区大门口集合，然后换好鞋，你追我赶，一起溜到学校大门口。这天早晨，让孩子们大感意外的是，他们溜的时候，女校长不但穿着溜冰鞋溜进了队伍，还自称是“哥们儿队”的一员，和大家相约“哥们儿，明天不见不散！”。想想看，有这样一个甘愿放下身段，与学生称兄道弟，灵活执行校园规约的爱心校长，校园之内、孩子们之间还有什么解决不了的疑难？足见，小说里自由、平等、民主、开放、友爱、理解、包容、尊重的校园文化实际上充任了戴小桥、林晓琪、汪小中们热情洋溢、生机蓬勃、友爱和谐的良好伙伴关系的现实温床。

不仅如此，故事里，但凡涉及友情交往，爸爸妈妈们也分外给力。杜家严的爸爸明知儿子球技很差，还不断买来新足球，并支持儿子带球到学校跟伙伴们一起踢；刘东的爸爸在马路上卖小乌龟，看到儿子带同伴过来，慷慨地送每个小朋友一只小乌龟，让孩子们既感动，又觉得难为情；汪小中的妈妈每天在校门口充任义务交通指挥员，那份认真负责的劲儿，让所有孩子都记住了这位热心的“好看指挥”……

所有这些懂教育、有爱心、理解孩子、尊重孩子的老师、校长、爸爸、妈妈，无疑都是童年的守护者、引路人。他们的陪伴、参与、守望、牵引不仅构成了孩子们校园与家庭生活的重要内容，而且也促发并推动了童年伙伴文化的建构和生成。从这个意义上，如果说儿童及其童年世界是童年伙伴文化的主导者、创造者，那么，包括老师、家长在内的成人社会就是童年伙伴文化的引路者和奠基人。童年伙伴文化作为儿童依托成人文化的主体创造，它是儿童文化与成人文化勠力同心的成果，其文化勋章上不仅熔铸了儿童生命形态的勃勃生机、无限创意，而且隐匿着成人文化的丰富经验、殷殷期待。而这样丰赡的文化内涵理应在儿童文学作品中得到印证与表达，在这一点上，《戴小桥全传》称得上是新世纪原创儿童文学童年伙伴文化书写的优秀范例。

二、《少年陀螺王》：童年伙伴文化的乡土表达

长篇儿童小说《少年陀螺王》以广西南丹的白裤瑶陀螺民俗为依托，塑造了你落、鼓台、夜角、走鼠等瑶族儿童群像，将南丹白裤瑶民俗文化与乡村童年伙伴文化之间的互动关系呈现得饱满而灵动，堪称新世纪原创儿童文学乡村童年文化表达的成功案例。

新童年社会学认为：“童年不仅是一种自然事实，而且更是对这种事实的解释。”童年不是一成不变的观念现实，而是特定语境下包括政治、经济、宗教、法律、习俗等在内的社会文化的一种建构。世界上不存在一成不变的普遍性童年。童年都是千差万别、具体而微的，有什么样的社会文化，就会有什么样的童年。

依据上述理论，小说里，你落、鼓台、头茶、夜角等白裤瑶孩子以陀螺文化为生活背景的童年面貌就与他们所处的社会文化密不可分。具体说，就是这些瑶族孩子实际上浸淫于多维文化构成的成长环境中，而这些文化元素由显而隐、由中心向外围不断拓展，如同一个既封闭又开放的同心圆，共同孕育并推动着你落、鼓台等瑶乡孩子的童年文化创造。

通观整部作品，不难看出，小说里“陀螺”是个多维度意象存在，它既是白裤瑶陀螺文化的具象实物，也充当着小主人公你落伙伴交往的重要纽带，陪伴并见证着他的精神成长。

故事开始，小小的陀螺甫一登场，就显示了不同寻常的文化传承价值。正如文中布袋爷所说：“想当陀螺王也好，不想当陀螺王也好，反正都打陀螺，最重要的是要做个像陀螺一样勇敢、快乐、脚踏实地的人。”足见，作为竞技工具的陀螺，不仅能让人们获得生命快乐、释放生命能量，而且也是白裤瑶民族源远流长的一种社会交往形式。故事里，无论是祖辈的布袋爷、转脚爷、巴草爷，还是孙辈的你落、鼓台、走鼠，他们之间的情感联络很大程度上都是拜陀螺所赐，陀螺已然成为白裤瑶人人际交往的重要纽带，也正是在这基础上，小主人公你落和鼓台、夜角、走鼠等小阿崽、小阿娅才构建起了错综复杂的童年伙伴关系。

具体说，小说中小你落的伙伴交往共有三个层级。第一个层级是他和哥哥头茶由疏离到亲和的家庭伙伴关系，这是你落儿童伙伴交往的家庭预演。故事里，一开始哥哥自恃技艺不凡，不仅对弟弟打陀螺的举动不屑一顾，还自作聪明，曲解你落在集市上打陀螺的成果，直到惨败在布袋爷手下，才幡然醒悟。到这时，他与弟弟的伙伴关系才进入良性轨道。第二个层级是你落和夜角、走鼠等同性白裤瑶孩子之间亦“敌”亦友的同性伙伴关系。小说中，打陀螺对他们而言，既是游戏，也是交往，还是竞争。男孩们的友善、快慰、怨怼、纷争全都与陀螺息息相关。而最终，他们也在这份起起落落的伙伴关系里获得了对友情、竞争、民俗、责任的更深理解。第三层是你落和小阿娅鼓台之间相反相成、相得益彰的动态伙伴关系。这是小说中多种童年伙伴关系的焦点所在。作品中，鼓台是个心高气傲的小姑娘，曾经的大城市读书经历让她在瑶乡同龄孩子面前有些小小的傲娇和虚荣。初回蓝水村，她通过有意展示手机游戏，并适时贬抑打陀螺传统来显示自己的优越感。她在用几本课外书为自己赢得“盟友”的同时，还轻而易举将你落“拉下了水”（打手机游戏）……小说中，作家借鼓台这个小阿娅形象所表达的恰恰是童年伙伴文化的复合性及其对身处其中的孩子们的深刻影响。

换个角度，如果说弥散在从未走出过里湖乡的你落、走鼠、夜角等孩子之间的是一种同质伙伴文化的话，那么接受过大城市文化熏染的鼓台给小伙伴们带来的就是一种异质童年伙伴文化。城市见闻、手机游戏、课外读物……当这些突如其来的新生事物不由分说嵌入瑶乡孩子生活，带来短暂的新奇、迷惑之后，随之而来的就是喜新厌旧式的排斥与接纳。显然，这是童年伙伴文化内部的矛盾、统一、分化、融合。此时，童年伙伴文化的芜杂性、盲目性已显露无遗，这需要包括学校、家庭、社区在内的社会文化对其进行规约和牵引。小说里，这个层面的文化守望与童年引领由布袋爷和巴草爷共同承担。

首先是布袋爷所代表的家庭亲情文化。

众所周知，家庭是生命发展的原点，是社会的细胞，其对于儿童生命成长的重要性不言而喻。《少年陀螺王》中，小主人公你落出生在一个三代同堂、和谐美满的大家庭里。“出门跟阿爷打陀螺，回家听阿奶讲故事，能随阿爸走山野，又帮阿妈摘菜花……”幸福的家庭生活孕育了小你落善良、单纯、平和、淡然、与人无争的品性。他甚至有点儿“不合群”的小小孤僻。所幸他有一个慈祥、宽厚、仁爱、无私的爷爷。借助陀螺这个小小物件，老陀螺王布袋爷让小孙儿体验了快乐，收获了自信，懂得了做人。毋宁说，以布袋爷为核心的宽严相济、爱心满满的家庭亲情文化为小你落走出家庭的社会化童年交往奠定了坚实的基础。

其次是巴草爷所代表的乡村校园文化。

与布袋爷不同，作为小学校长的巴草爷是开放包容的瑶乡学校文化的化身，在他身上体现着传统与现代、民族与世界、儿童与成人等多种文化元素的融合。作品中，面对陀螺文化逐渐式微的境况，巴草爷一方面及时采取措施规约孩子们的游戏行为，引导他们重拾打陀螺技艺；另一方面，又从鼓台所引发的“课外书现象”中敏锐捕捉到了孩子们新的文化需求，并由此开启了对瑶乡童年意义深远的学校图书馆建设。

也正因如此，小说里，我们不仅看到了新时代背景下白裤瑶民间陀螺文化对生机勃勃的新媒介文化的接纳，而且还体味到兼收并蓄的校园文化对你落、鼓台、夜角、走鼠等瑶乡孩子的情感塑造和精神引领。

小说末尾，当你落和鼓台知晓三位老陀螺王为比赛奖金无法落实而发愁时，两个孩子很快达成了默契。他们在最后一局比赛有意求和，从而帮助三位爷爷避免了窘境。两个孩子的这一举动所体现的正是布袋爷、巴草爷寄望于他们的“稳健磊落、正直勇敢”的陀螺精神。这是比“少年陀螺王”名号更为灿亮的精神勋章，其所呈示的不仅是陀螺文化在瑶乡童年中的根植与绵延，更有孩子们在良性童年伙伴文化构建与推进中所获得的情感体验和所达成的心灵成长。

至此，作家以民间陀螺文化为依托，以家庭亲情文化、乡村校园文化、童年游戏文化为基座和动力，建构起瑶乡孩子社会化交往的良性伙伴文化网络，并在此基础上，借助一系列文学手段，生动呈现了乡村儿童生命成长与地域民俗文化之间的动态关系，由此完成了以你落、鼓台、夜角等白裤瑶儿童为主体的童年文化建构和乡村童年塑型。

综上，无论以都市儿童校园生活为原型的《戴小桥全传》，还是聚焦乡村孩子社会化发展的《少年陀螺王》，都还只是原创儿童文学童年伙伴文化审美表达的文本个案。尽管其童年场域代表性和伙伴关系典型性一定程度上能够涵纳并体现新世纪“中国式童年”伙伴文化层面的主要表征，但仅靠“散点透视”形式的刻画，整体上还是很难清晰呈现当下中国社会“伙伴童年”的文化全貌。

实际上，统观新世纪原创儿童文学的童年书写，类似《戴小桥全传》《少年陀螺王》这样关注并聚焦中国社会现代化进程中城乡儿童伙伴关系的作品为数不少：比如涉及城市儿童伙伴关系的作品就有《五三班的坏小子》、“淘气包马小跳”系列（杨红樱），《宝塔》《月光小巷》（秦文君），《有鸽子的夏天》《游泳》（刘海栖），“开心卜卜”系列、《沐阳上学记》（萧萍），《不说再见好吗》《喜欢不是罪》（谢倩霓），《森林里的小火车》《建座瓷窑送给你》（彭学军），《薇拉的天空》《焰火》（李东华），《许你一个未来》（徐玲），

《世界上没有真正的空房子》(刘东),《小小的春夏秋冬》(周晴);聚焦边际童年伙伴关系的则有《城市的眼睛》《校长的游戏》(王一梅),《给我一个太阳》(王璐琪),《流动的花朵》《怀抱》(徐玲),《龙抬头,猪会飞》(李学斌)等;书写乡村童年伙伴文化的作品则有《谁在草垛上唱歌》(常星儿),《阿莲》(汤素兰),《巴澎的城》《水边的孩子》《里湖山钓蜂》(王勇英),《鸟背上的故乡》(胡继风),《像风一样奔跑》《像蝉一样歌唱》(邓湘子)等。

上述作品不仅分别从不同维度描绘并呈现着“中国式童年”的实然状态、应然风貌,而且还从多个视角全方位揭示童年伙伴关系对于儿童生命成长的深刻影响。而这样一种立体化、层级性的儿童文学童年书写,其意义也是多方面的——它不只是现实中童年伙伴文化的形象表达,还是小读者所渴望的理想化亲子关系、校园文化的审美再造,更是作家在童年文化视野、童年精神观照下的成长关切与童年塑型。现实中,只有认识到这些,才算是真正理解、把握了童年伙伴文化对于儿童生命发展的重要意义。

第八章

新媒介语境下“中国式童年”审美镜像

第一节
媒介童年何以成为文化存在

一、媒介与媒介文化

媒介又称媒体（medium），指事物之间产生联系的中介体、手段、工具等。对此，麦克卢汉提出“媒介即讯息”“媒介是人的延伸”[1]两个著名观点，并进而解释说：任何媒介（即人的任何延伸）对个人和社会的任何影响，都是由于新的尺度产生的；我们的任何一种延伸（或曰一种新的技术），都要在我们的事物中引进一种新的尺度。[2]这种新的尺度可能是某种新兴的工具、技术、载体，也可能是某种新的事物、发明、创造。每一种媒介所传播的讯息，都预示着事物或现象在规模、速度或类型上的变化，而所有这些，最终都会折射到人的社会生活中。不仅如此，麦克卢汉还认为，媒介扩展了人的感官能力，使人借助技术力量将感知觉延伸到无限的地域空间之中。也正是在此基础上，他提出了“地球村”的概念。

美国学者约书亚·梅罗维茨则将媒介视为“文化环境的媒介”，并以三个暗喻“媒介如管道，又如语言，还如环境”予以进一步阐释。[3]在此基础上，

---

① 马歇尔·麦克卢汉:《理解媒介——论人的延伸》，何道宽译，商务印书馆，2000，第 33 页。

② 马歇尔·麦克卢汉、弗兰克·秦格龙:《麦克卢汉精粹》，何道宽译，中国大百科全书出版社，2021，第 196 页。

③ 约书亚·梅罗维茨:《消失的地域——电子媒介对于社会行为的影响》，肖志军译，清华大学出版社，2002，第 34 页。

梅罗维茨提出了“传播媒介”和“电子传播媒介”的概念。在他看来，传播媒介既指即时的面对面的传播模式，也涵纳信息传播过程中所涉及的所有渠道与手段；而电子传播媒介作为一种特殊的媒介类型，主要通过讯息（电子信号）被编码、传送和解码的形式，在实现跨时空信息传播过程中从内容意义和“场景地理”两个层面对受众施加影响。相较传统媒介，电子传播媒介打破了物理空间和社会场景的传统关系，通过“离身”或不在场收听、观看等场景创造，构建了一种新型的媒介文化形态。

而尼尔·波兹曼则认为“媒介即隐喻”“媒介即认识论”。前者意指“媒介用一种荫蔽但有力的暗示来定义现实世界”，“不管我们是通过言语还是通过印刷的文字或是电视摄像机来感受这个世界，这种媒介——隐喻的关系为我们将这个世界进行着分类、排序、构建、放大、缩小、着色，并且证明一切存在的理由”。后者强调诸如电子媒介这样的新媒介往往具有改变话语结构、形式及符号环境性质的强大功能。具体说，就是在当代社会文化语境中，“信息、思想和认识论是由电视，而非铅字决定的。随着印刷术推至我们文化的边缘，电视占据了文化的中心，公众话语的严肃性、明确性和价值都出现了危险的退步”。[①] 足见，新媒介不仅成为社会生活的有机构成，而且还以其强大的隐喻性、辐射力影响并塑造着公众的生活方式和价值观念。

至于媒介文化，其作为媒介衍生出来的概念，泛指与媒介传播密切关联的事物、现象、活动过程及其实践成果。它是由媒介和媒介活动建构、生成的一种文化类型。在当代文化场域里，媒介文化作为一种文化形态，与经济发展和科技进步密不可分，其文化特性复合而多元——既是电子、图像文化，也是商业、消费文化，还是科技、产业文化。正如道格拉斯·凯尔纳所指出的：“媒体文化是诸种系统的组合：从电台和声音的复制（慢转唱片、磁带、激光唱盘以及诸如收音机、磁带录音机等传播机械），电影及放送模式（剧场放映、录像带出租、电视播放等），包括报纸、杂志在内的印刷媒体，一直到位于媒体中心的电视等。媒体文化是一种图像文化，常常调动人的视觉和听觉。”

① 尼尔·波兹曼:《娱乐至死》，章艳译，广西师范大学出版社，2004，第23页。

除此之外，“媒体文化是一种产业文化，在依照大规模生产的模式加以组织的同时它也遵循惯例性的程式、法则和规定等，分门别类地为大众制作产品。因而它是一种商业文化的形式，其产品就是商品，试图吸纳那些对资本的积累感兴趣的大公司所创造的私营利润。媒体文化的目标在于庞大的受众，因而它必须回应时代的主旋律和所思所想等，是极为时事化的，它为当代社会生活提供种种写照”。与此同时，“媒体文化也是高科技的文化，调用了最为先进的科学技术。它是经济中生气勃勃的一部分，同时正在获得全球性的显著地位。所以，媒体文化是一种将文化和科技以新的形式和结构融为一体的科技文化，它塑造诸种新型的社会，在这些社会中，媒体与技术成了组织的原则”。[①] 也正因为媒介文化是图像、文字、声音、材料、技术、产品、生产、消费等各个系统的综合，所以其“把传播和文化凝聚成一个动力学过程，将每一个人裹挟其中。于是，媒介文化变成我们当代日常生活的仪式和景观”。[②] 现实中，由电视媒介催生出来的电视文化就是最典型的例子。

二、媒介与童年发展

无论是传统的印刷媒介，还是新兴的电子媒介、数字媒介，它们作为现代传播工具，在特定语境下都可以成为社会变革的动力源，参与、推进并见证着社会文化的发展。而童年作为社会结构和文化建构也深受媒介变迁的影响。

首先，印刷媒体的出现助力童年诞生。

就人类文明进程而言，童年是一个由社会政治、经济、历史、文化共同建构起来的概念。不仅如此，“有关儿童与童年的想法，都是社会意识形态的一部分”。其中，包括“养育孩子的习惯、教育方针和父母与孩子的关系，都不是单由生理法则所决定，它们同样也是被文化所建构起来的”。[③] 具体说，

---

① 道格拉斯·凯尔纳:《媒体文化——介于现代与后现代之间的文化研究、认同性与政治》，丁宁译，商务印书馆，2004，第1—2页。

② 尼尔·波兹曼:《娱乐至死》，章艳译，广西师范大学出版社，2004，第23页。

③ 培利·诺德曼:《阅读儿童文学的乐趣（第二版）》，刘凤芯译，台北天卫文化图书有限公司，2002，第91页。

就是16世纪印刷机的发明和纸媒文化的发展创造了一个全新的符号世界，而这个符号世界却要求确立一个全新的成年的概念。就定义而言，新的成年概念不包括儿童在内。由于儿童被从成人的世界里驱逐出来，另找一个世界让他们安身就变得非常必要。这个另外的世界就是人所共知的童年。①

不仅如此，印刷机发明后的数十年里，欧洲文明的传播环境发生了根本性变化，有读书能力的人和没有读书能力的人之间的知识差距进一步增大。由此，已然转型的社会文化传播环境推动并建构出一个全新的成人与儿童概念：“成年人是指有阅读能力的人；相对地便有了一个新的童年定义，即儿童是指没有阅读能力的人。”②事实上，“自从有了印刷术，成年就变得需要努力才能挣来了。它变成了一个象征性的成就，但不是生物学意义上的成就。自从有了印刷术，未成年人必须通过学习识字、进入印刷排版的世界，才能变成成人。为了达到这个目的，他们必须接受教育。因此，欧洲文明重新创造了学校，从而使童年的概念也变成社会必需的了”。③也由此，在印刷机发明后不到百年的时间，童年概念已经形成。而到了16世纪以后，童年就成为一种被普遍认可的社会存在。不仅如此，“凡是识字能力受到始终如一的高度重视的地方，就会有学校；凡是有学校的地方，童年的概念就能迅速发展”。④

足见，人类文明进程中，童年的诞生绝非单一的儿童观嬗变的成果，而是社会形态转换、经济结构调整、科技文化发展、学校教育转型等多种因素勠力推进的结果。这个过程中，印刷文化的出现起到了至关重要的作用。

其次，电视媒体的发展导致童年危机。

在《童年的消逝》中，尼尔·波兹曼在通过一系列史实佐证印刷文化推动童年诞生的论断之后，继而指出，童年概念在欧洲此后数百年社会发展中依然不断被修正、建构、完善。及至20世纪80年代，伴随着从古登堡印刷术发明，到摩尔斯电报技术问世，再到电视社会普及，其所标示的童年概念

① 尼尔·波兹曼:《童年的消逝》，吴燕莛译，广西师范大学出版社，2004，第28—29页。

② 尼尔·波兹曼:《娱乐至死》，章艳译，广西师范大学出版社，2004，第26页。

③ 同上书，第53页。

④ 同上书，第75页。

走过了一条从诞生、确证、发展，而至消逝的嬗变之路。在波兹曼看来，媒介转换是童年社会形态变化的关键，其中，导致童年消逝的始作俑者当属以电视为代表的电子媒介。首先，电视降低了信息接受的门槛。作为“一览无余的媒介”，电视以其感性而直观的声像信息接受方式取代了传统印刷媒介线性符号和序列逻辑的解读模式，从而使得儿童不必经过专门阅读训练就能够轻而易举理解、接受电视提供的各种信息。其次，电视还极大消弭了成人与儿童之间的界限。和印刷媒介保有的信息不对等性与知识分级化特质不同，电视媒介与生俱来的声像直观性、受众广泛性决定了其信息传播的普及性与无遮蔽状态，使成人社会的一切秘密都暴露在儿童面前。这一方面导致成人长久以来在儿童面前树立的权威形象彻底瓦解，另一方面也造成儿童天然的好奇心、求知欲和羞耻感被严重剥蚀。童年文化的根基被动摇，成人和儿童之间的界限逐渐模糊，“童年的消逝”也随之到来。最后，电视使得以“纯真”为内核的传统童年模式逐渐式微。正如尼尔·波兹曼所说：“童年是文化需要传播的功能以及文化得以传播的方式……虽然经济、政治、思想形态、宗教以及其他因素都会影响童年的进程，使之变得更重要或者不太重要，但它们不可能创造童年或者把它一步勾销。只有识字文化，它的存在或不存在才具备这种力量。”①

而事实是，20 世纪 80 年代之后，印刷媒介所标示的识字文化逐渐没落，电视媒介以一种无可阻挡的力量将儿童推进了斑驳、芜杂的成人世界。由此，传统的童年模式被悬置，“儿童化的成人”和“成人化的儿童”作为普遍的社会问题和现象从不同侧面确证着童年危机的到来。更有甚者，“儿童和成人的价值和风格正在融合为一体，最显著的症状表现在儿童游戏方面，也就是说，儿童游戏正在消失”。②

无独有偶，除尼尔·波兹曼之外，约书亚·梅罗维茨、戴维·艾尔凯德、玛丽·薇妮等媒介文化学者在《消失的地域——电子媒介对社会行为的影响》《萧瑟的童年——揠苗助长的危机》《失落童年的儿童》等著作中也表达了相近的观点，认为电子媒介不仅模糊了成人与儿童的界限，让童年丧失

① 尼尔·波兹曼：《娱乐至死》，章艳译，广西师范大学出版社，2004，第 172 页。

② 同上书，第 181 页。

了“纯真”的文化底色，而且还成为儿童早熟、青少年暴力、吸毒、儿童性犯罪、少女怀孕等诸多社会问题的根源所在。综合以上种种，在电视文化时代，“童年之死”“童年消逝”似乎成为童年无可逃避的文化命运。

再次，电子媒体的勃兴推动童年再现。

大卫·帕金翰在《童年之死——在电子媒体时代成长的儿童》中表达了与尼尔·波兹曼截然相反的观点作为“童年消逝说”的补充与修正。在帕金翰看来，童年是一种社会建构的观念，“它不是具有某种固定意义的事物，让人们可以借助其名义轻而易举地提出各种诉求。相反，童年的概念在历史上、文化上，以及社会上都是不断变化的。在不同的历史时期、不同的文化与不同的社会群体中，儿童曾被以不同的方式看待，也以不同的方式看待自己。进一步说，甚至这些定义也不是固定不变的。不管是在公开讨论中（例如在媒体中、学院里，或是社会政策上），还是在同辈与家庭成员之间的人际关系中，‘童年’的意义遭受了一个持续的斗争和协商过程”。[①] 既然童年观念本身是一种社会、历史性的建构，是包括意识形态、政府、教育和科技之间交互关系的复杂社会网络运行的结果，那么，作为童年主体的儿童面对媒体及其文化变迁，就可以不是消极、被动接受，而是成为积极的媒体参与者、消费者和文化建构者。换言之，就是儿童与媒体之间的关系存在着两种截然不同的建构：悲观论调——“将儿童建构为纯真而脆弱的个体，因而需要成人的保护”；温和而乐观的论调——“将儿童建构为具有‘媒体智慧’（media-wise）的主动积极的受众，他们拥有一种天生的智慧，能够引导他们对付新媒体与科技”。[②] 尽管这两种观念都将儿童看作某种孤立存在，都带有某种本质论色彩，但作为温和的建构论者，大卫·帕金翰显然更倾向于认可后一种观点，即主张“以一种更加充分的社会性解释来说明儿童与电子媒体之间的关系，这种解释将我们对受众所做的分析，放置在了一个广泛的对社会、体制与历史变迁的理解之中”。[③] 这就意味着应该以整个社会文化系统为

① 大卫·帕金翰:《童年之死——在电子媒体时代成长的儿童》，张建中译，华夏出版社，2005，第 5 页。

② 同上书，第 115 页。

③ 同上书，第 116 页。

参照重新审视儿童与媒介的关系，并重新建构儿童受众的媒介形象。唯有这样，才有可能真正理解、把握电子媒介时代童年的现实面貌及未来走向。也正是基于这样的观念，在大卫·帕金翰看来，那种片面的对“童年消逝”的哀叹、焦虑“相当不得要领”，因为“我们不仅仅需要哀叹儿童日益经历‘成人’生活的负面结果，我们也需要了解儿童作为成人世界参与者的能力范围及其限制。联系到媒体，我们需要承认儿童评价世界再现的能力，而这一世界的再现对他们而言是可以利用的……”。[①] 也就是说，面对所谓的电子媒介对童年全方位“侵扰”和“裹挟”而引发的“童年危机”，成人世界需要的是给予儿童更多的信任和支持。因为在“后喻文化”语境中，儿童远比人们对他们的一般认识更有能力，而且他们还在源源不断地获得并更新着包括媒介素养在内的各种能力。

也正因如此，大卫·帕金翰在《童年之死——在电子媒体时代成长的儿童》一书的末尾发出了振聋发聩的宣告：“我们再也不能让儿童回到童年的秘密花园里了，或者我们能够找到那把魔幻钥匙将他们永远关闭在花园里。儿童溜入了广阔的成人世界——一个充满危险和机会的世界，在这个世界中，电子媒体正在扮演着日益重要的角色。我们希望能够保护儿童免于接触这样世界的年代是一去不复返了。我们必须有勇气准备让他们来对付这个世界，来理解这个世界，并且按照自身的特点积极地参与这个世界。”[②] 这一温和又理性、清醒且客观的声音可谓一语道破了电子媒介时代童年再生的秘密。

事实上，包括欧美各国，以及中国、日本、韩国、新加坡、澳大利亚等国家和地区在内，今天世界范围内童年的普遍状况证明大卫·帕金翰二十多年前所发出的宣告、期待早已成为事实。这也充分表明，所谓“童年消逝”或许仅是理论推演的结果（波兹曼同时也指出，计算机和互联网等新媒介所具备的某种潜能，可以保障童年的存在），而现实中的童年在儿童生命主体性与社会文化建构性的促发、引领下“轻舟已过万重山”，已然绽放出新的璀璨光芒。

---

① 大卫·帕金翰：《童年之死——在电子媒体时代成长的儿童》，张建中译，华夏出版社，2005，第 211 页。

② 同上书，第 226 页。

最后，数字媒体的前景引领童年未来。

在对童年现实及其命运的理解上，和波兹曼激进的“童年消逝论”、帕金翰温和的“童年建构论”不同，“数字经济之父”唐·泰普斯科特和数字思想家弗鲁塞尔则是乐观的“传播革命论”观念持有者。这一派媒介研究者认为，就媒介与人的关系而言，当今社会已经由口语时代、印刷文字时代、电视影像时代而进入数字媒介时代。与此相对应，人类的文化行为模式也先后经过“口述人”“古登堡人”“电视人”时期，而在20世纪末叶进入“图灵人”时代。

在这一时代，“以文字符号为代表的一次元线性文本崩溃为以比特（bit）或点（point）为代表的零次元符号。在电脑的辅助下，人们的思维方式由文字时代线性的、历史的思维方式，转变为数字符号时代的计算式、后历史性思维方式”[①]。也由此，这一时代，日新月异的媒介技术固然会不断压缩童年的文化空间，破坏童年得以产生、发展的信息环境，从而使童年濒临“消逝”的危境。但与此同时，新的媒介技术也培育了作为“互联网原生代”的新一代儿童。这些1977年以后出生的儿童，“他们是最先在数字媒体环境下成长的世代，他们不仅接触网络而且深受网络的影响”。与文字时代、电视时代的儿童不同，“网络世代”的这些“互联网原住民”们“通过数字媒体的使用，不仅发展出自由的格局，也对社会文化产生了巨大的冲击”。[②]足见，数字媒介时代，在计算机和网络技术支持下，伴随着儿童群体由“电视人”向“图灵人”的媒体消费身份转换，童年形态已悄然实现从电视时代到网络时代的文化转型。

也正是在这个层面上，弗鲁塞尔预言：由通信技术和信息技术合成的“远程信息处理社会”（telematics society）即将到来。

说到远程信息处理技术，它是一种将技术形象性的话语回路转换为对话式回路的技术。借助该技术，人类能够将远程信息自动转化为近程信息，从

---

① Seong-Jae Kim,“A Genealogy of Media Utopia: From Brecht’s ‘Radio Theory’ to Flusser’s ‘Theory of Telematics’,” *Korean Journal of Broadcasting and Telecommunication Studies* 29, no. 4 (2015): 5-32.

② 唐·泰普斯科特:《数字化成长——网络世代的崛起》，陈晓开、袁世佩译，东北财经大学出版社，1999，第4页。

而实现超时空宇宙对话。弗鲁塞尔认为，基于数字网络的支持，超越时空进行实时交流的电信–信息社会即将形成，这就是远程信息处理社会。

弗鲁塞尔的远程信息处理社会理论强调媒介推动个人及社会变革的重要作用，预言生活在远程信息处理社会系统中的儿童生命形态将随着整个社会信息结构的调整不断更新，而成长升级的新一代儿童（网络世代）则会顺理成章地依凭新技术媒介自主地创造属于自己的童年。

具体说，就是在远程信息处理社会中，儿童通过远程信息处理技术，依靠“‘遍布全球的大脑’进行信息交换，以游戏者身份创造属于自己的文化。同时儿童依靠数字媒介形成具有儿童普遍性和共同性的特点，也会增强童年作为社会结构形式的强度，使其在社会结构中处于更加均衡的地位，最终儿童将不再是少数、弱势的存在者……”。[①]

需要说明的是，截至目前，弗鲁塞尔远程信息处理社会理论中的数字媒介生态很大程度上还正在生成，并有待确证。当这一切成为确凿无疑的现实时，儿童个体的发展，儿童群体的社会形象，以及童年文化的内涵、结构都将发生根本性变化。而这些变化反过来不仅确证着“数字媒介时代”童年的浴火重生，而且还昭示着其无比灿亮的未来。

上述媒介变迁理论分别从不同立场和视角解析媒介发展与童年走向之间的关系，所提出的观点、结论既有合理之处，也有难掩其局限的部分。相较波兹曼、梅罗维茨、泰普斯科特、弗鲁塞尔等学者从相对单一的技术主义视角看待媒介与童年关系而得出的悲观“童年消逝论”和乐观“传播革命论”，著者认为，大卫·帕金翰立足于“更加充分的社会性解释”文化主义立场审视儿童与电子媒体之间关系的温和“童年建构论”更切近童年的内在结构、丰富内涵，也更能映现童年的现实样貌及未来走向。

“童年从来就不是一种有着明确能力边界的自然现象，也不是有着明确道德或文化边界的社会现象，而是一系列不断突破其能力、道德与文化边界的开放实践”。[②] 通观人类社会发展历程中媒介发展与童年嬗变之间的内在关系，既然童年是一种基于历史、文化变迁的社会建构，且具有“与时俱进”

① 周海宁:《论从大众传媒时代到数字媒介时代的童年变化》,《新闻传播》2018 年第 17 期。
② 康永久:《作为知识与意向状态的童年》,《教育研究》2019 年第 5 期。

的文化属性，而媒介又适时充当了推动其不断转型、发展的“动力源”，那么无论是电视媒介、网络媒介，还是数字媒介，其普及、勃兴乃至文化扩张，最终都不会招致“童年消逝”，而是将凭借其特点、优势不断更新并整合社会系统、技术因素、价值观念而形成合力，最终推动童年形态及时转型升级，童年命运“柳暗花明”，浴火重生。

第二节
新媒介时代的童年文化镜像

20 世纪 90 年代，随着第三次工业革命——信息技术革命，计算机技术快速发展，人类社会全面进入“电子媒介时代”。进入新世纪以来，以互联网为代表的新媒介蓬勃发展，催生了诸多人类文明新气象。

首先，世界范围内，新媒介推动了经济全球化和文化本土化的进程；其次，新媒介在促进文化集中化同时，又因其即时性、多维性特点，不可避免地引发了文化消费上的表象化和碎片化现象；再次，新媒介在不断扩展公共领域疆界、范围，将越来越多人卷入其中的同时，也不失时机地借助单向传播、信息源垄断以及程序化等形式特点，不动声色地控制“话语权”，压缩、削弱潜在的批评空间。也由此，新媒介以其强大的“符号暴力”摧毁了传统边界，致使文化不断走向“同质化”，但它又为各种异质因素的成长提供了某种可能。最后，新媒介与市场的结合，必然形成消费主义意识形态以及被动的文化行为，这似乎与口传文化和印刷文化判然有别。[①]

与此同时，新媒介对童年的影响也日益显著。据了解，世界范围内，儿童不仅在使用新媒介的目的、时长、消费方式等层面与成年人日益趋同，而且还呈现出新媒介消费的低龄化趋势。

相关调查数据显示，2020 年，美国有 8 岁以下儿童的家庭，大部分拥

① 尼克·史蒂文森:《认识媒介文化——社会理论与大众传播》，王文斌译，商务印书馆，2001。

有联网电视（84%）、智能手机（97%）和平板电脑（75%），儿童个人拥有平板电脑的达44%；[①]2021年5—7岁英国儿童中57%的个人拥有平板电脑，14%拥有智能手机，96%使用视频分享平台，50%玩网络游戏，这些比例在8—15岁的儿童中更高；[②]而在中国，2020年10岁及以下触网儿童比列达78%，8岁前为41.2%，儿童首次触网年龄相较2017年大幅降低。[③]新媒介的频繁使用，使得儿童与媒介文化的关系产生根本性变化。首先，“随着技术的不断发展，新媒介作为当代社会重要的技术工具，是儿童成长过程中的重要环境变量。新媒介的使用，改变了与儿童相关的社会文化环境，为儿童的学习和生活带来了极大的便利”。[④]儿童由“印刷文化时代”相对消极、被动的媒介接受客体，转型为积极主动、富有文化创造能力的媒介使用主体。其次，现实中，作为“网络世代”和“数字原住民”的新一代儿童对互联网、手机、平板电脑等新媒介的熟悉程度很多时候超过了父母一代。一方面，他们“不仅能够指导年龄渐长的‘数字移民’如何使用电子媒介，还能向长辈输出他们的兴趣和观点，从而呈现出‘后喻文化’的特征”；[⑤]另一方面，新媒介传播方式上的透明性，信息内容上的“草根化”，以及接受途径的便捷性，又使得儿童在阅读与文化接受中的好奇心、求知欲、羞耻感和文化敬畏心理很大程度上被稀释或消解。换句话说，当儿童主导或参与的短视频与社会文化和教育机构专业制作、审核、播放的节目在网络上同步呈现时，尼尔·波兹曼推崇备至的由印刷文化建构起来的“信息等级制度的基础”已然被瓦解。新媒介在消解文化深度模式、解构文化内在秘密、瓦解文化完整形

① Common Sense Media, “The Common Sense Census 2020: Media Use by Kids Age Zero to Eight,” https://www.commonsensemedia.org/sites/default/files/research/report/2020_zero_to_eight_census_final_web.pdf.

② The Office of Communications of the UK, “Children and Parents: Media Use and Attitudes Report 2020/21,” https://www.ofcom.org.uk/_data/assets/pdf_file/0025/217825/children-and-parents-media-use-and-attitudes-report-2020-21.pdf.

③ 张赛:《〈青少年蓝皮书：中国未成年人互联网运用报告（2020）〉在京发布》，http://www.cssn.cn/zx/bwyc/202009/t20200922_5185844.shtml。

④ 杨晓萍、陈林:《基于新童年社会学视角审视电子媒介异化对儿童发展的影响》,《幼儿教育（教育科学）》2020年第5期。

⑤ 惠慧:《媒体饱和时代童年的“消逝”、重构与媒介素养教育》,《教育发展研究》2022年第8期。

态的同时，也以其显著的感官性、便捷性、交互性极大地吸引了儿童的注意力。

实际上，进入新世纪以来，这样的文化症候已经悄然从儿童个体的媒介生活空间扩展到童年阅读、家庭教育、学校生活、伙伴交往等诸多童年文化场域，并最终作为“媒介异化”现象成为儿童家庭、学校生活的常态。

一、“媒介异化”对于童年的影响

说到“异化”，马克思主义哲学认为，异化是指人的生产活动及其产品反过来统治人的一种社会现象。[①] 而“从技术角度看，电子媒介异化可分为外在异化和内在异化两个方面。外在异化表现为电子产品对人类的消极影响。内在异化表现为人类过度依赖电子产品，导致生活习惯、社会交往习惯、家庭人际交往关系等发生了本质变化。电子媒介异化影响着儿童的身体与时间样态，给儿童的童年带来了一定的挑战”。[②] 这具体体现在以下五个层面：

（一）新媒介改变儿童的时间生活

新媒介时代，和成人一样，儿童接受、获取信息的途径、方式被极大地改变。一方面，电子媒介、网络媒介在信息传播方式上的快捷性和跨时空性让儿童获得各种知识、信息的单位时间成本大大减少，由此，儿童在童年世界中的文化和权利都有所增强。不仅如此，远程信息传送和空中课堂等新媒介形式还让儿童在特殊社会背景下（如遭遇“新冠”疫情的三年）体验到网上虚拟课堂与线下教学迥然不同的时间性教育体验。另一方面，新媒介的娱乐化、便利性、交互性又顺应了儿童喜欢互动参与、自我表现、热闹动感的天性，并彰显出大众通俗文化强大的感官吸引力和蛊惑性。基于此，心智尚未成熟，缺乏自我控制力的儿童很容易患上不同程度的新媒介（或产品）依赖症，从而将大量时间消磨、浪费在电视、电脑和游戏机前。与此同时，作为媒介异化儿童生活的反面，因为大量可自主支配的时间被新媒介所侵占，

① 于艳新:《从异化视角的麦氏媒介观看电子媒介的未来》,《新闻传播》2014 年第 1 期。

② 杨晓萍、陈林:《基于新童年社会学视角审视电子媒介异化对儿童发展的影响》,《幼儿教育（教育科学）》2020 年第 5 期。

儿童以身体操作和现实互动为主导的自由游戏时间、伙伴交往时间大大减少，童年生活的时间性内涵由内外协同、交织的复合结构简化为相对单一的虚幻内在时间体验，儿童的现实生活也由此滑向贫乏、单一的境况。

（二）新媒介缩略儿童的空间体验

相比传统印刷媒介，新媒介在日新月异的信息、通信技术支持下，显示出得天独厚的优势。它不仅作为价值中立的技术工具为儿童提供了全新学习空间，而且以图文结合、音像合一的复合性信息传播方式吸引儿童的注意力，强化他们的局部感官体验。尽管如此，“电子媒介和网络媒介的符号化割裂了儿童身体的统整性，将身体感知世界的视觉、触觉、听觉分离出来”。[①] 现实中，新媒介环境下，儿童坐在电脑、游戏机前动动手指，就可以搜索、接受各种图文、音像信息。“但只凭单一感官而没有其他身体感官的统整综合，儿童无法整体把握外部世界，世界对于儿童来说只是单薄的没有厚度的生存空间。当身体不再是认知综合的身体而退化成机体，世界对于儿童来说也就破碎解体了。”[②] 更有甚者，在特定家庭环境中，成人世界受家庭养育模式、生活方式、价值观等影响，还充分利用新媒介的高感官性、娱乐性、交互性、超时空性，让电视、平板电脑、智能手机充当看护、陪伴和控制儿童的“电子保姆”角色，这不仅缩略了儿童与伙伴、成人、社会、自然进行互动和交融而获得的生命体验空间，还进一步稀释并瓦解了儿童的童年身体生活。

（三）新媒介改变儿童的社会身份

新媒介时代，儿童作为媒介使用主体，其文化形象和身份感发生了很大变化。具体而言，一方面，新媒介图文合奏、声像协同的形式特点大大降低了信息接受的门槛，消弭了儿童与成人之间媒介使用与信息接受的差异。成人世界在向儿童全面敞开同时，成人文化对儿童文化的浸淫、濡化进一步加快，童年文化的主体性受到侵蚀，儿童独特的文化身份被消解、弱化，导致儿童与成人在休闲娱乐、语言方式、饮食习惯、服饰风格、游戏活动等诸多方面逐渐趋同，儿童生命形态由此出现“成人化”倾向。另一方面，鉴于新

---

① 莫里斯·梅洛-庞蒂:《知觉现象学》，姜志辉译，商务印书馆，2001，第276页。

② 滕洋:《童年社会学视野下新媒介对儿童主体性的建构》,《理论月刊》2022年第5期。

媒介环境下信息内容及其传播、接受的芜杂性、便捷性、开放性、跨时空性，传统媒介文化语境下成人世界给予儿童的神秘性、权威感逐渐瓦解，成人与儿童之间的界限模糊化。与此同时，儿童与同辈和长辈之间身份差异的世代或代际文化差异也越来越小。凡此种种，无不喻示着童年文化的主体性得以彰显，儿童在社会文化中的独立性、能动性充分显现。

由此可见，新媒介与儿童主体性发展之间实际上存在着“二律背反”的复杂关系：一方面，新媒介消解了成人与儿童之间的文化差异，童年文化的主体性受到侵蚀，儿童的文化身份被弱化；另一方面，成人世界的神秘性、权威感被瓦解，世代文化和代际文化的差异性渐近消失，童年文化的主体性得以彰显，儿童的独立性、能动性充分体现。这两种看似各持一端、矛盾对立的文化症候彼此嵌套、相反相成，共同构成了新媒介语境下成人文化与儿童文化互补互证，“前喻文化”与“后喻文化”“并喻文化”同生共融的多元社会文化景观。[①]

（四）新媒介淡化儿童的情感体验

新媒介对当代社会童年生态的影响是全方位的。家庭环境下，因为成人和孩子对新媒介的普遍接受和共同依赖，亲子关系某种程度上被这个不期而来的“第三者”所离间、冲击，出现“亲子关系疏离、淡化”现象。实际上，现实中，当类似“大人、小孩每日、每夜坐在电脑、游戏机前”[②]这样的现象成为家庭生活常态时，童年家庭文化的内涵和结构已然被改变，儿童的亲情体验遭遇严重剥蚀。

不仅如此，家庭之外，儿童包括集体观念、人际交往、互助学习、责任担当等在内的社会化方式、进程也深受影响。比如，新媒介环境下，以现实交往为基础的儿童伙伴关系一定程度上为虚拟空间的隐匿性伙伴关系所取

---

① 玛格丽特·米德：《代沟》，曾胡译，光明日报出版社，1988，第20—92页。《代沟》中，玛格丽特·米德根据文化中的不同代际知识传递，将人类文化分为三类：前喻文化即“前象征（prefigurative）文化”，指的是年长者向孩子学习自己未曾有过的经验；后喻文化即“后象征（postfigurative）文化”，意指“未来重复过去”的文化，就是年青一代向前辈学习并汲取经验；而并喻文化即“互象征（cofigurative）文化”，意为“现在是未来的指导”型文化，指的是年轻人并非向前辈学习，而是向同辈人学习。

② 李政涛：《以生长的眼光审视儿童的需要》，《今日教育》2013年第6期。

代，这使得以伙伴交往为内核的童年伙伴文化经受着严峻挑战。而在这个过程中，随着传统伙伴交往中的场景性身体活动以及现实性人际互动大大减少，儿童之间信息接受碎片化，童年生活和生命感知的系统性、完整性被破坏。如此一来，依托丰富生活场景而获得的丰润情感体验也相应减少，儿童的情感体验被大大简化。

（五）新媒介消解儿童的纯真天性

当代新媒介环境下，基于商业消费文化的鼓噪和利益驱动，加上信息分级、文化审查和教育监护不到位等状况的存在，童年很多时候确已面临“危机四伏”的窘境。此时，面对斑驳陆离、泥沙俱下的海量“信息流”，缺少生活经验、文化辨别力且善于模仿的儿童难免被大众文化中的诸多负面因素所裹挟或误导，最终陷入成人文化功利性、世俗化、庸俗化的泥沼。具体表现就是，新媒介以其作为传播主体的绝对优势进行信息的不对称性“单向传播”，并在“市场利益驱动下，置儿童的幸福于不顾，不停地对儿童进行轰炸，不断动摇儿童的认同感，试图操纵儿童，结果使儿童陷于被遗弃、困惑和迷失状态”。[①] 在这种情况下，儿童挣扎于新媒介构建的感官性、娱乐化、刺激性文化消费场域中难以自拔，孩子的纯真天性、明媚生命气质被消解、剥蚀，儿童“成人化”、性早熟现象比比皆是。卢梭三百年前在教育名著《爱弥儿》中所深恶痛绝的“年纪轻轻的博士”“老成持重的儿童”成了新媒介时代童年的某种症候。此类现象在一些儿童参与的综艺选秀、智能闯关、家庭互动电视节目中并不鲜见。

现实中，面对新媒介带来的上述种种文化冲击，当下的童年和儿童世界究竟该何去何从？著者以为，现实的态度应如 1982 年联合国教科文组织发布的《媒介素养宣言》所示：“与其一味谴责无所不在的媒介之强大，毋宁正视媒介对世界的巨大影响，承认媒介作为文化要素的重要性。”[②] 毕竟，作为呈现和表达世界的工具，媒介技术本身不存在价值判断，其影响关键在于使用之道（大卫·帕金翰语）。这对成人社会而言，意味着尽快更新童年观念，

① 大卫·帕金翰:《童年之死——在电子媒体时代成长的儿童》，张建中译，华夏出版社，2005，第 31 页。

② 张艳秋:《国外媒介教育发展探析》，《国际新闻界》2005 年第 2 期。

并在此基础上重新理解、把握童年的主体性；而对于身处媒介童年中的儿童来说，则是寻求并确立新媒介环境下的自我定位和发展方向。

二、新媒介语境下，童年文化之重构路径

（一）理解童年本质，维护儿童生命属性

新童年社会学强调，儿童和童年是与成人、成年相对应的概念范畴。儿童只有和成人相比较才是儿童，而童年世界也只有和成人世界相比照才是独立存在，才能确立自己的文化属性和地位。也正是在这个意义上，现代儿童观将童年视为另一个世界，把儿童看作与成人一样，有"内外两面的生活"（周作人语）的独立生命群体。而这"内外两面的生活"实际上就是构成童年文化属性的幼态持续性和儿童成长性。

说到"幼态持续性"，现代生物学研究发现，哺乳动物中，灵长类动物的发育本来就比较慢，而人类幼儿的发育过程更是慢到了哺乳动物发育速度的最低点。这也直接促发了人类作为哺乳动物的特殊性：孕期长达十个月，寿命可至百年，童年期持续十几年。也因此，有研究者强调，人类的典型生命特征就是一直保持发育状态。这一不断延展、无限发展的特征是人类幼态持续物种本性的自然呈现、生动表达。更有学者认为："人是一种幼态持续的动物。这就是说，如果把人同他最亲近的类人猿相比，就会发现，在头发、头形、体形、身体各部分的比例、骨骼构造和肌肉等方面，成年的人和新生猿更类似，而和成年猿则不大类似。在动物中，人是永远长不大的彼得·潘。"[①] 事实上，幼态持续是高等灵长类动物，尤其是人类幼体在个体发育中长时间保持的一种发育特征，其持续发育的势头一直持续到性成熟期，甚至更晚。当代解剖学研究也证明，儿童的大脑结构自出生起经历了两个飞跃期，到十三四岁脑结构才真正发育成熟。[②]

上述生物学、解剖学和心理学研究成果都充分表明，幼态持续作为人类幼体的本质属性，不仅构成了儿童生命发展的内在动因，而且也成为童年文

① 维纳:《维纳著作选》，钟韧译，上海译文出版社，1978，第 44 页。

② 朱智贤:《朱智贤全集：第 4 卷・儿童心理学》，北京师范大学出版社，2002，第 187 页。

化的基本特征和生物基础。正是有了这样的物质基础，人类童年才拥有了面向未来较长时段的身体滋育、心灵丰润过程，也使得儿童生命发展、童年文化建构真正成为现实可能。

（二）把握童年趋向，强化儿童文化主体性

童年不仅是社会结构，还是文化建构。儿童既是成人文化的参与者、童年文化的主导者，也是社会文化的实践者、推动者。人类文明进程中，社会经济转型和媒介文化变迁促使童年形态不断发生嬗变，在这个过程中，儿童的文化主体性一次次遭遇冲击、剥蚀，又一次次柳暗花明，“浴火重生”。究其原因，就在于儿童作为童年文化主体的独立性、主导性、创造性得到了尽情发挥，其现实效应得以充分彰显。具体说，一方面，儿童群体面对新媒介的自主选择能力、媒介操作能力、信息接受能力，以及“阐释性再构”基础上的文化吸纳、转化、创造能力作为内因，从根本上保证了新媒介语境下儿童文化创造的动力机制，让儿童在观念“同化”和实践“顺应”的动态发展与平衡中始终挺立潮头，成为自我童年世界的主人；另一方面，包括老师、家长、学校在内，成人社会作为儿童世界的守望者、建构者、引路人所提供的物质资源、精神慰藉、方法启迪、行为规约也在其中起到了至关重要的作用。

（三）顺应儿童天性，拓展童年身体生活

儿童是幼态持续的文化存在，动态性、生长性是儿童生命形态的根本属性。动态发展的儿童，其情感、认知、心理发展过程既是生物性机体成长，也是社会性文化内化。无论哪一种，其现实效应都离不开儿童在世界和自我之间构筑的从探索、互动到发现、确认，再到建构、生成的密切关联。这一成长轨迹，皮亚杰在“发生认识论”中将之分为“感知运动”“前运算”“具体运算”和“形式运算”四个阶段；维果茨基的“文化塑型论”着眼于“文化对个体的改造与规约，以及个体对文化的内化”；班杜拉的“社会化学习观”强调社会化过程中知识的创生与濡化；而新童年社会学理论则提出基于儿童对成人文化吸纳、更新、创造的“阐释性再构”理论。上述探究儿童生命发展规律的理论尽管视角不同，但却不约而同对儿童面对自我、社会、自然的主体意识和探索精神予以充分肯定。实际上，也正是这份主体意识和探索精神，以及其引发的创造行动铸就了童年文化的基石，让儿童以自己独特的生命形态，在社会文化的园囿里建立起一道鲜亮的童年文化景观。而这种独特生命形态就是儿童的身体生活，因为身体不仅是“理解的起源和中心，是人类与其工具建立关系的基础，是儿童存在和发展的载体”（梅洛-庞蒂语），而且还是“文化的器官，是能动、行动、互动的参悟和来源，是社会化的载体”（艾伦·普劳特语）。基于此，顺应儿童天性，拓展童年身体生活就成为新媒介时代童年重生和童年文化转型的基本方向。

（四）依托教育改革，培育儿童媒介素养

教育是儿童社会化的主要途径，通过教育实践活动创生童年文化是儿童生命成长的核心内容。21 世纪是信息社会，日新月异的多媒体信息技术不仅转化、催生了诸多新教育形式，而且还不断丰富、优化着基础教育的社会资源。在这种情势下，以“中国学生发展核心素养”为导向的“媒介素养教育”就成为新媒介社会重构童年形态、优化童年文化结构的重要途径。

而说到“媒介素养”，1992 年，美国媒介素养研究中心（Center for Media）曾将之定义为：“人们面对各种媒体信息时的选择能力（ability to choose）、理解能力 (ability to understand)、质疑能力（ability to question）、评估能力 (ability to evaluate)、创造和生产能力 (ability to create and produce)，以及思辨的反应能力 (ability to response thoughtfully)。”[①] 根据这一定义，媒介素养可分为媒介知识、媒介技能和媒介批判思维等三种。其中，媒介知识是媒介素养的认知基础，媒介技能是媒介素养的现实表征，而媒介批判思维则是媒介素养的品格要旨与能力核心。基于此，所谓“媒介素养教育”实际上是通过鼓励、引导少年儿童系统学习媒介知识，掌握媒介技能而培育他们相对成熟的媒介批判思维和媒介运用能力的教育实践活动。

现实中，家庭和学校作为儿童社会化的主要文化场域，承担着滋育、创构童年文化，引导、推进儿童全面发展的重任。新媒介时代要求家庭和学校为儿童提供适切的媒介素养教育，并以此提升儿童包括媒介资源开发、利用，媒介知识和技能学习、掌握，媒介信息审辨、批判，媒介形式选择、优

---

① Elizabeth Thoman, “Skills and Strategies for Media Education,” *Educational Leadership* 56, no.5 (1999): 50-54.

化等在内的多方面的媒介参与能力。因为孩子们一旦获得了这样的品格与能力，他们就能够真正成为电子、网络媒介消费中的实践主体，就既能够全面、深入、准确地感知、理解、接受各种媒介信息，又能够客观、理性、审慎地分析、甄别、考辨不同维度的芜杂信息，甚至还能依托生活经验、教育实践而吸纳、优化、重构新的知识，并由此顺利进入儿童“阐释性再构”的良性文化发展轨道，从而推动并达成新媒介语境下儿童主体性的彰显与媒介童年文化的创生。

综上，随着新媒介时代的到来，电子媒介和网络媒介通过促使儿童社会化方式转换，从而极大程度改变了现实的童年文化形态。一方面，“媒介异化”现象固然引发了童年的种种窘境和危机；另一方面，“幼态持续”、童年主体性及教育关怀则孕育、催生并引领儿童借助媒介素养展开基于“阐释性再构”的自主文化创造。两种力量此消彼长，相互激荡，共同推动新媒介时代的童年文化逆流而上，自我转型，自我超越。

第三节
新世纪中国童年媒介文化概观

诚如前文所说，新媒介环境下，童年文化形态发生了根本性变化。在这个过程中，新媒介作为社会文化“风向标”和“传感器”发挥了极其重要的作用。出生并成长于21世纪的儿童被称为“网络世代”或“数字原住民”。他们自呱呱坠地起，就浸淫于电子媒介和网络媒介所构筑的文化时空中。“1岁的孩子挥舞手指滑动iPad，3岁的孩子拿着手柄尽情鏖战CS，11岁的孩子成为电脑黑客，这些让人瞠目结舌的低龄儿童过度使用电子产品的能力让我们陷入沉思。”[1]不仅如此，在21世纪的第一个十年，以数字技术、移动技术、互联网为依托的新媒介，由于其海量、高速、开放、互动的信息传播特征，被视为人际关系调整以及人与社会发展的助推器。[2]“互联网+”的概念成为文化转型新范式，并在社会生活的各个领域遍地开花。

① 张旭东、孙宏艳:《从“90后”到“00后”——中国少年儿童发展状况调查报告》，中国青年出版社，2016，第175页。

② 何晶:《互联网与新生代农民工市民化——基于广州市的个案分析》,《广东社会科学》2014年第5期。

一、新世纪中国少年儿童媒介接受状况

（一）传统印刷媒介对儿童的社会化影响依然显著

“2010 中国少年儿童发展状况调查”显示，少年儿童课余时间的媒介接触状况依然以课外书（61.7%）为主，其次是看电视（53.1%）、听流行歌曲（36.6%）、上网（31.5%）、看电影（18.7%）。调查显示，相较五年前，阅读课外书的少年儿童占比增长了 4 个百分点，数量增长了 0.6 个百分点。[①]

而上海市的一项调查[②]也显示，小学生首选的阅读媒介主要是传统印刷媒介，书籍位居首位（38.4%），报纸位居第二（24.8%），杂志位居第三（17.4%），三者所占比例为 80.6%。该调查还显示，少年儿童的零花钱用于购买课外书刊的比例超过 80%，用于看电影和演出的比例仅为 2.8%。

以上数据表明，进入新世纪以来，尽管电子、网络媒介发展迅速，普及面很广，但图书、报纸、杂志等传统印刷媒介在儿童的日常文化消费中依然占据着主导地位。

（二）电视媒介多元发展，引导儿童群体不同偏好

中国青少年研究中心发布的 1999—2010 少年儿童观看电视节目情况比较数据表明，进入 21 世纪以来，中国电视媒体百花齐放，多元发展，各类题材的专门性栏目纷纷出现，可供儿童受众选择的电视节目日益丰富。数据显示，2005 年少儿频道在少年儿童心目中占据突出位置，仅位列于动画片之后。2010 年，少年儿童观看各类节目的比例平分秋色，看影视剧、新闻、综艺节目、历史文化节目的比例不同程度有所上升，可谓进入了一个多元化视听世界。其中，小学 1—3 年级的小学生看动画片的比例最高，占 73.9%；其次是少儿频道，占 56.4%；两类节目所占比例都超过 50%。与之类似，小学 4—6 年级的儿童观看动画片的比例占 48.3%；其次是观看电视剧或电影的比例，占 39.0%。除此之外，随着少年儿童年龄的增长，观看综艺类节目和选

① 孙宏艳、赵霞:《中国少年儿童十年发展状况研究报告（1999—2010）》，人民日报出版社，2011，第 154 页。

② 该调查指上海《少年日报》和复旦大学新闻学院 2010 年 3 月开展的“上海市少年儿童媒介使用及课外阅读状况调查”。

秀类节目比例增长也很快。这两类节目的成人化、明星化倾向，与大众传媒的引导有关。[①]

（三）网络媒体已深入儿童日常生活

截至2022年，中国互联网已经走过28年发展历程。网络逐步在社会生活各领域全方位普及、深入，对童年生态及少年儿童身心发展产生了重大影响。

2022年8月31日，中国互联网络信息中心发布第50次《中国互联网络发展状况统计报告》。报告显示，截至2022年6月，我国网民规模达10.51亿，互联网普及率达74.4%，人均每周上网时长29.5小时。手机网民规模达10.47亿，占网民整体的99.6%。网民使用台式电脑、笔记本电脑、平板电脑和电视上网的比例分别是33.3%、32.6%、27.6%、26.7%。在新增加的网民群体中，19岁以下的人群占到13.5%，10岁以下的儿童占到4.2%。[②]

此外，自2018年起，共青团中央维护青少年权益部和中国互联网络信息中心，每年对未成年人互联网使用情况开展全国调查并发布研究成果。

2022年11月30日最新发布的《2021年全国未成年人互联网使用情况研究报告》，是基于对31个省（自治区、直辖市）的小学、初中、高中及中等职业学校26349名未成年学生、13283名家长、1632名教师的抽样调查结果。

报告显示，截至2022年，我国未成年人互联网普及率持续提升，网络依赖程度有所下降。2021年我国未成年网民规模[③]达1.91亿，未成年人互联网普及率达96.8%[④]，较2020年提升1.9个百分点。2021年，我国城镇未成年人互联网普及率为96.7%，农村未成年人互联网普及率为97.3%。小学阶段，城镇未成年人互联网普及率比农村高0.8个百分点；初中开始，农村未成年人互联网普及率略高于城镇。2021年，我国小学生互联网普及率达95.0%，较2020年提升2.9个百分点，未成年人触网低龄化趋势明显。未成

① 孙宏艳、赵霞：《中国少年儿童十年发展状况研究报告（1999—2010）》，人民日报出版社，2011，第157页。

② 中国互联网络信息中心：第50次《中国互联网络发展状况统计报告》，2022年8月31日。

③ 本次调查对象为18岁以下小学、初中、高中、职高、中专、技校在校学生，不包括6岁以下群体和非学生样本。

④ 中国互联网络信息中心：《2021年全国未成年人互联网使用情况研究报告》，2022年11月。

年网民中，经常利用互联网进行学习[①]的比例为88.9%，较2020年下降1.0个百分点；经常在网上玩游戏的比例为62.3%，较2020年下降0.2个百分点；经常在互联网上看短视频的比例为47.6%，较2020年下降1.7个百分点；经常参与网上粉丝应援行为的比例为5.4%，较2020年下降2.6个百分点。调查发现，接近半数未成年人通过“抖音”“快手”“B站”等短视频、视频平台获取社会重大事件信息，比例略高于各类官方媒体网站。但当前未成年网民对于网络信息来源渠道的鉴别意识还不高，未成年短视频用户中，能有意识地区分短视频信息是官方还是自媒体发布的不到一半。38.3%的未成年网民在上网过程中遭遇过不良或消极负面信息，其中占比最高的是炫耀个人财富或家庭背景（21.2%）。宣扬不劳而获、“躺平”思想（16.3%）等消极负面的内容对未成年人世界观、人生观、价值观的影响不可小觑。此外，家庭对未成年人上网影响重大，家长对未成年人上网的管理和引导方式直接影响未成年人的上网行为和习惯。经常受到家长限制的未成年网民对互联网有依赖心理的比例为10.0%，比不受家长限制的未成年网民低27.4个百分点。与父母双方共同生活的未成年网民中，认为自己非常依赖或比较依赖互联网的比例为16.2%，而与父母中的某一方或其他亲属生活的未成年网民中，这个比例分别为22.4%和21.3%。[②]

上述调查结果清晰表明，21世纪，儿童身处的由电子、网络媒介所打造的拟态环境已经很大程度上改变了儿童的社会化模式和进程，这使得作为“网络原住民”的新时代儿童在充分享受新媒介文化所带来的“红利”时，也不可避免地经受着互联网负面价值的影响和冲击。

（四）手机媒体后来居上，成为童年媒介消费的“新宠”

当下，人类移动通信已进入5G（第五代移动通信技术）时代。借助高速率、低时延和大连接特点的新一代宽带移动通信技术，手机媒介在人们的日常工作和生活中发挥着越来越重要的作用，也逐渐成为改变人类生存状态和生活方式，与人类形影相随、须臾不离的“生活助理”“私人秘书”。一方面，手机便携上网的功能极大满足了儿童查阅、浏览、获得知识信息的需

① 此处的网上学习具体包括利用互联网做作业、复习、背单词、在线答疑、网上课程学习等。
② 中国互联网络信息中心：《2021年全国未成年人互联网使用情况研究报告》，2022年11月。

求；另一方面，手机 QQ、微信、短视频、手机游戏等娱乐、交友方式也适时扩展了儿童的生活边界，为他们课余休闲、伙伴交往提供了更多可选择的平台、资源和机会。但是，手机所具有的便携性、高效性、操作简易性、功能多样性等优点，也使得儿童深受诱惑，不由自主浸淫其中，成为“低头族”“刷屏族”“手机控”。

调查显示，作为少年儿童新的娱乐工具，除了打电话这一基本用途外，儿童更多是将之用于休闲放松和网络社交。接近半数的少年儿童用手机登录社交软件。能上网的智能手机在一定程度上取代了电脑的地位。数据显示，中学生群体使用手机的频率较小学生更高。他们用手机上网的比例（40.7%）约是小学生（16.3%）的 2.5 倍，用手机登录社交网络的比例（58.8%）约是小学生（36.0%）的 1.6 倍。[①]

而《2021 年全国未成年人互联网使用情况研究报告》也显示，未成年网民使用手机上网的比例为 90.7%，远高于台式电脑、笔记本电脑、平板电脑、智能手表等其他上网设备（占比分别为 41.1%、38.4%、45.7% 和 39.3%），大约是它们的 2 倍。其中，农村未成年网民使用手机上网的比例更是高达 92.5%（城镇未成年网民为 90.2%）。数据还显示，农村未成年网民拥有自己手机的比例为 69.2%，比城镇未成年网民（58.3%）高 10.9 个百分点。[②]

以上调查都充分显示，凭借便携上网的巨大优势，手机媒介近年来已经后来居上，逐渐取代电脑，成为儿童除读书、看电视之外，媒介文化消费的“新宠”。

二、新媒介时代，童年媒介文化该如何优化、重构？

21 世纪，人类社会发展已进入全媒体时代。传统的印刷媒介、中生的电子媒介、新兴的网络媒介、未来的数字媒介“杂色纷呈”，共同营造了媒介文化的“盛宴”、大众文化的“狂欢”。浸淫于这样的媒介文化语境中，当下

① 张旭东、孙宏艳:《从“90 后”到“00 后”——中国少年儿童发展状况调查报告》，中国青年出版社，2016，第 184 页。

② 中国互联网络信息中心:《2021 年全国未成年人互联网使用情况研究报告》，2022 年 11 月。

的“中国式童年”既获得了新媒介技术优势所带来的“红利”，也需直面其消极因素造成的困扰、隐忧。唯如此，新媒介对于童年的意义才会彰显，童年媒介文化才能推陈出新、不断发展。

（一）立足印刷媒介特质，重构童年阅读模式

说到阅读模式，正如前文所述，20 世纪 80 年代以后，先是电视媒介对作为印刷文化代表的文字阅读造成了第一轮冲击，电视文化培养了感官化的“视像阅读”；继而在 2000 年前后，网络媒介的日益普及，以及图画书的大量引进、出版，使传统的文字阅读经受了第二轮冲击，“读图”成了儿童阅读新时尚；新世纪到来十年之后，随着数字媒介出现，4G、5G 移动通信技术不断发展，以及手机上网在少年儿童群体中进一步普及，以网络搜索、下载、浏览为主要形式的“碎片化”“浅层次”阅读成了童年阅读的新形态。至此，印刷媒介所主导的传统经典阅读正遭遇着来自新媒介的第三轮冲击。

尽管如此，由于纸媒文化具有厚重、典雅、持久、温情等先天性优势，加之家庭教育的守望、学校课程的牵引、社会文化的规约，现实中，以纸媒为核心的文字阅读依然是童年阅读的主导力量。在这种情况下，面对新媒介带来的一轮轮文化剥蚀、观念冲击，当下的中国童年阅读既要“守正”，也应“创新”，双线并行，双管齐下，才能真正优化童年阅读生态，创生新媒介语境下的童年媒介文化新局面。具体来说，就是依托家庭教育、学校课程和社会文化规约，在尊重、理解儿童情感、心理需求和阅读兴趣前提下，鼓励、引导儿童多读纸质书，养成良好阅读习惯，让文字阅读成为童年生活常态；与此同时，顺应日新月异的现代通信技术和新媒介发展趋势，通过电子图书、网上课程、慕课、视频讲述、融媒体转换等媒介形式优化阅读资源，丰富阅读形态，激发阅读兴趣，巩固阅读成果，最终构建良好的童年媒介文化阅读生态。

（二）把握电视媒介功能，引导童年价值趋向

进入新世纪以来，中国电视媒介文化生态呈现多元化发展格局：地方台、省市台、中央台千帆相竞，百舸争流；加上各种形式、内容的数字电视节目八仙过海，各显神通，就使得可供广大受众选择的电视节目琳琅满目，极其丰富。这种文化背景下，鼓乐齐鸣的电视文化对于少年儿童社会化发展

的影响日益突出。

上海少年日报社和复旦大学新闻学院 2010 年 3 月开展的“上海市少年儿童媒介使用及课外阅读状况调查”结果显示：在中小学生媒介接触中，电视的接触比率最高，近九成学生每周都会看电视；中学生和小学生在学习日（周一到周五）看电视的平均时间分别为 57 分钟、68 分钟，在周末（周六和周日）看电视的平均时间分别为 132 分钟、116 分钟。各种类型的电视节目以其丰富多彩的内容和形式吸引着孩子们的注意力，在侵占、消耗他们有限课余时间的同时，也借助其隐含的情感、态度和价值观影响并塑造着当下的中国童年。

同期的儿童电视媒介接受状况调查显示，近十年来，在儿童观看电视节目的类型上，动画片始终是孩子们的最爱，影视剧、少儿节目、新闻类节目和智力竞赛节目也深受少年儿童喜爱。其中，动画片拟态、夸张、动感、幽默的图像表达形式与极富想象力、故事性、悬念感和生活气息的题材非常契合儿童（尤其是低龄儿童）的认知、思维方式和情感、心理需求，它们对孩子们的心灵熏染、精神塑造不容小觑。而影视剧、少儿节目、新闻类节目、智力竞赛类节目则从不同角度，以不同形式将社会现象、道德准则、行为规范、伦理观念融合其中，并通过儿童喜闻乐见的图像、场景呈现出来，让孩子们在轻松愉悦的视像接受中受到潜移默化的影响。因此，优化电视媒介的内容结构，把握好电视节目的功能导向，增强其文化责任和教育意义，不仅是新媒介时代电视文化面对童年理应担当的文化使命，而且也是电视媒介在中华民族伟大复兴道路上应直面的时代课题。

（三）利用网络媒介优势，丰富童年生活实践

作为 21 世纪异军突起的新媒介，互联网因其信息内容的丰富性、传播速度的快捷性、传播方式的跨时空性、信息接受的交互性等诸多优点深受广大受众喜爱，一经引入，迅速得以推广、普及，以至于短短十年间在影响少年儿童生活实践、社会化发展方面，已成为仅次于图书、电视之外的第三大媒介（在少年儿童获取社会信息层面，互联网已成为仅次于电视的第二大渠道）。《2021 年全国未成年人互联网使用情况研究报告》显示，2021 年，中国少年儿童上网经常从事的各类活动在未成年网民群体中的占比分别为：网上

学习占 88.9%，听音乐占 63.0%，玩游戏占 62.3%，聊天占 53.4%，看短视频占 47.6%，搜索信息占 44.7%，看视频占 38.7%，使用社交网络占 34.5%，看动画、漫画占 29.2%，网上购物占 22.1%，看小说占 21.5%，看新闻资讯占 18.1%，看直播占 16.7%，听电台、听书占 16.6%，进行内容创作占 13.0%，逛微博占 11.7%，逛论坛占 11.2%，粉丝应援占 5.4%。[①]

根据 2022 年 7 月国家网信办发布的《数字中国发展报告（2021 年）》，国家智慧教育公共服务平台不断建设，已经使我国所有的中小学（含教学点）全部实现联网。随着我国教育信息化工作的推进，“互联网 + 教育”迅速发展，互联网在未成年人学习过程中扮演着越来越重要的角色。数据显示，过去半年（2021 年）中，未成年网民经常利用互联网进行学习的比例达 88.9%，利用互联网做作业和在线答疑的比例分别为 41.7% 和 32.7%，认为上网对学习有积极影响（非常有帮助或比较有帮助）的比例为 71.9%。[②] 显然，这是互联网作为新媒介给予新世纪少年儿童的资源和技术“红利”。借助网络平台进行在线学习、交流，让孩子们获益匪浅。

不仅如此，针对中小学生沉迷网络游戏和不少未成年网民热衷于参与网上粉丝应援活动的情况，2021 年 8 月，国家新闻出版署发布《关于进一步严格管理　切实防止未成年人沉迷网络游戏的通知》，针对未成年人沉迷网络游戏问题推出进一步严格管理措施。同年 10 月，教育部办公厅等六部门发布《关于进一步加强预防中小学生沉迷网络游戏管理工作的通知》，将预防中小学生网络沉迷工作纳入教育督导范围。此外，2021 年 6 月起，中央网信办开展了为期两个月的“清朗·‘饭圈’乱象整治”专项行动。

调查显示，通过上述国家层面的政策措施，进行一系列网络监管和教育引导、整治活动之后，少年儿童网上玩游戏和参与粉丝应援活动的比例较以往已有明显下降。这还仅仅是相关政府管理部门行政干预的结果，如果后续加上家庭文化监管和学校教育引导，相信未成年人沉迷网络游戏和热衷网上粉丝应援等消极网络消费活动的现象还会进一步减少。这也充分说明，只要统筹社会力量进行网络整治、教育规约和生活引导，互联网完全可以成为儿

① 中国互联网络信息中心:《2021 年全国未成年人互联网使用情况研究报告》，2022 年 11 月。
② 同上。

童的精神家园，在丰富孩子们童年生活的同时，极大程度减少对少年儿童身心发展的消极影响。

三、强化家庭文化教育，夯实童年媒介素养

文化在最普遍意义上，是人的生产活动、生活方式、生存现实与生命成果。家庭作为社会文化的产物和表征，不仅是童年文化得以建构、生成、延续的基本场域，而且也是社会文化的“中转站”和“集散地”。其中，对个体儿童及其童年而言，影响最大的就是以家庭教育为核心的家庭文化。当然，家庭文化并非单一的文化构成，而是复数概念，它由各种不同的文化元素构成。比如，有侧重休闲的娱乐元素、游戏元素，注重生活享受的饮食元素、服饰文化，强调家庭氛围的亲情元素、伦理元素，等等。而对一个孩子的成长来说，家庭当中最核心的文化要素除亲子关系外，应该就是阅读学习和娱乐游戏了。阅读学习和娱乐游戏作为少年儿童日常生活的主要内容，不仅代表着儿童社会化发展的基本路径、方向，而且很大程度上还生成并塑造了儿童的童年现实与未来形象。

然而，诚如前文所述，新媒介语境下，作为儿童社会化发展的“第一现场”，以家庭教育为核心的家庭文化一方面获益于新媒介带来的资源与技术“红利”，另一方面也经受着前所未有的时间与空间盘剥。家长层面过于依赖电子媒介，出现“电子保姆”“手机控”“刷屏族”现象，儿童层面存在的“网络成瘾”“游戏沉迷”“粉丝应援”误区，都一定程度上凸显了新媒介带给家庭文化的消极影响。此时，家长在提升自身媒介素养的同时，配合学校和老师，引导儿童通过各种形式的信息文化课程学习，系统掌握媒介知识和技能，培育媒介批判思维，以期在媒介消费和生活实践中积累并形成媒介素养。而一旦拥有了童年媒介素养这道“防火墙”，少年儿童面对泥沙俱下、纷繁芜杂的媒介信息时，就会多一分熟稔，少一分生涩；多一分理性，少一分冲动；多一分思考，少一分浮躁；多一分审辨，少一份轻信……据此，媒介时代的亲子关系会显露出清新、明朗的文化面相，而新时代的童年形态也会显露出昂扬而蓬勃的精神风貌。

综上，新媒介时代，多元共生的媒介文化在为新世纪“中国式童年”创造更多文化平台、发展机遇的同时，也给“网络世代”的“数字原住民”们带来了前所未有的困扰和挑战。基于此，一方面，应该相信“海阔凭鱼跃，天高任鸟飞”，充分尊重、理解并信任儿童在新媒介语境中的生命主体性和文化接受力、创造力，让孩子们独立自主建构属于自己的现实媒介生活、童年媒介文化；另一方面，新媒介时代，成人社会理应担负起文化监护、价值引领的职责。具体来说，就是包括家庭教育、学校课程和社会管理在内的社会文化系统自觉充当“麦田里的守望者”，通过政策层面调控、技术层面监督、文化层面参照，再辅以儿童媒介素养教育的浸润，多管齐下，共同营造新媒介时代的和谐童年生态，缔造别开生面的新世纪童年媒介文化。

第四节
新媒介文化语境中的原创儿童文学

媒介不仅是“讯息”，还是“人的延伸”（麦克卢汉语）。新媒介借助不断升级的强大信息技术力量将其触角延展到人类社会生活的方方面面。时至今日，“电子媒介的传播交流系统，改变了人们思考主体的方式，也带来了改变社会形态的前景”。[①] 至此，“一套新的语言 / 实践冲击了面对面及印刷文字语境下的种种既存语言 / 实践”[②]，也由此，人类思维方式和生活方式的转变引发并推动了包括文学艺术在内社会文化的全方位嬗变、转型。当此之际，就新世纪中国童年而言，新媒介及其所代表的媒介文化也充分显示了其令人炫目的强大影响力。具体就是，新媒介文化在不断更新、丰富童年生活内容的同时，也无时无刻不浸染和剥蚀着既有童年文化秩序，生成并建构着全新的“中国式童年”文化形态。其中就包括作为童年文化核心构成的原创儿童文学。

一、新媒介对新世纪原创儿童文学的影响

新媒介时代的到来，让童年出现种种新的气象：生活空间扩大，生活内容更新，生活方式转型，生活形态转变……新媒介对当下中国童年的塑造是

① 马克·波斯特:《第二媒介时代》，范静哗译，南京大学出版社，2000，第 58 页。

② 同上书，第 93 页。

全方位的。基于此，以“中国式童年”为审美资源、研究对象、传播内容、教育目标的原创儿童文学，其创作、批评、传播、教育生态也深受新媒介及其文化场域的影响。

具体说就是，在新媒介时代，以商业消费为表征的后现代性社会文化成为日常生活主要构成。由此，当文化作为大众消费品进入千家万户时，文学对商业文化的俯就、认同，以及消费文化对文学的招安、合谋在一定程度上已成为大势所趋。浸淫于这样的文化语境中，原创儿童文学创作也不可抑制地滋育出种种“新变”。

首先，商业化写作萌发。新世纪之初，商业化写作曾是原创儿童文学领域内的一个“热词”。彼时，伴随着“杨鹏工作室”“李志伟童话镇”“花衣裳创作组合”等商业化写作现象和典型案例的频频出现，关于儿童文学商业化写作之利弊的讨论也此起彼伏。其间，已故儿童文学理论家汤锐曾对这一原创儿童文学现象及其特征做过准确而清晰的界定：“商业化写作是作家、艺术家自觉为迎合市场、迎合大众口味而进行的创作……有几个鲜明的特征：第一，商业文化写作以市场覆盖率为直接追求目标，而在大众（包括儿童）的阅读需求中覆盖面最广的是‘放松’‘娱乐’，因此，商业化写作的主题和题材往往娱乐性较强，为了获得消费市场的最大认同，最具普遍性的大众口味就是商业化写作自觉遵守的标准；第二，商业化写作以标准化取代个性化，因此，商业化写作往往是模式化的……；第三，模式化的写作给产业链的营销运作带来了便利，这就可以解释为什么那些超级营销产品往往是大规模的或系列化的产品（作品）。”[①] 如果参照新世纪儿童文学商业化写作从萌生、发展，到不断市场化、产业化的嬗变轨迹，不难发现，新媒介时代，商业化写作已然构成了原创儿童文学的强大离心力，它在借助各种媒介手段、商业营销策略为儿童文学扩容的同时，也极大地消解、剥蚀着儿童文学的既定审美法则与传统边界，致使原创儿童文学内部结构发生裂变，由传统“经典化写作”“一柱撑天”而变成“两极分化”，呈现“艺术儿童文学”与“通俗儿童文学”并行不悖的发展格局。

---

① 汤锐：《商业化趋势中儿童文学的建设》，《中国出版》2006 年第 6 期。

从这个意义上说，商业化写作对原创儿童文学而言，可谓“双刃剑”：一则，它蛊惑经典儿童文学在艺术层面上降格以求，不断向文化消费主义投诚、让步，最终使儿童文学悬置“深度模式”，成为“朝生暮死”的“速朽式”“快餐化”阅读资源；二则，它借重新媒介手段和商业营销模式，在兼顾各层次儿童读者不同阅读需求的同时，也极大扩展了儿童文学的读者辐射面、影响力。基于此，商业化写作可谓儿童阅读视野里的“掘地鼠”或“荒原狼”，它的存在，一定程度上推动并维护着原创儿童文学的“生态平衡”。

其次，类型化写作登场。类型化写作是类型化文学的实践形态，它在新世纪儿童文学场域中的出现与视像、网络媒介的影响密切相关。“电视图像叙事真正创造、释放了‘图像’叙事的威力与作用，以电视图像为代表的视觉文化强势阶段开始形成……以电视图像为代表的视觉化叙事类型开始成为主导型的叙事类型，开始占据社会叙事格局的主流。”① 也就是说，视像媒介所代表的图像叙事以其强大的文化渗透力浸染、剥蚀，甚至改造着文学的经典叙事方式，致使个性化、创造性的符号叙事逐渐向类型化、程式化的图像叙事靠拢，以此来应和并满足新媒介时代大众读者由视觉文化消费所培育起来的类型化、浅阅读文化消费心理和阅读习惯。

原创儿童文学层面的类型化写作现象则主要由 21 世纪初叶的科幻文学、校园文学、侦探故事、魔幻小说、动漫小说、少年武侠小说等创作与出版实践所引发。（上海《少年文艺》杂志 2002 年前后创办了专门刊发少儿类型文学作品的下半月刊《阅读前线》；北京《读友・少年文学》半月刊则于 2007 年同步推出“清雅版”与“炫动版”两份杂志，其中“清雅版”是相对纯正的儿童文学刊物，而“炫动版”则是类型化儿童文学杂志。）在创作、出版活动之外，这个阶段儿童文学界围绕类型化写作的争鸣也颇为引人注目。比较典型的案例就是杨鹏的理论长文《类型化——中国儿童文学的强大之路？》②，以及李学斌的反驳文章《质疑“类型化儿童文学”的商业化选择》③ 的先后发表。两篇文章就类型化儿童文学的形式特点、文学价值、未来

① 于德山：《视觉文化与叙事转型》，《福建论坛（人文社会科学版）》2001 年第 3 期。

② 杨鹏：《类型化——中国儿童文学的强大之路？》，《文艺报》2005 年 10 月 18 日。

③ 李学斌：《质疑“类型化儿童文学”的商业化选择》，《文艺报》2006 年 1 月 24 日。

前景，及其对原创儿童文学正反两方面的影响展开针锋相对的观念交锋。杨文力主类型化儿童文学在丰富原创儿童文学品种，平衡儿童文学产业结构，吸引并集结儿童文学读者群，扩大且彰显儿童文学影响力等层面的价值、意义，鼓吹“类型化儿童文学昭示了中国儿童文学的强大之路”；李文则从“儿童文学与儿童读物”“类型化与商业化”“复制性与衍生性”三组概念的辨析入手，对杨文主要观点进行质疑、反驳，在充分肯定类型化写作在推进原创儿童文学多元化进程，平衡儿童文学文类结构等方面的意义时，提出要谨防“类型化写作”可能导致的“类型垄断”与“商业化陷阱”。

实际上，如今十多年过去，当我们再来回顾原创儿童文学的类型化之路时，不难发现，就当下的中国儿童文学生态而论，类型化儿童文学已然成为通俗儿童文学的核心构成，“娱乐化”的文本走向与“艺术儿童文学”“审美性”价值定位双线并行，相映生辉，共同造就了新世纪原创儿童文学的丰茂与繁荣。

再次，自画青春少年写作异军突起。21 世纪之初，借助于新媒介的平台支持与不断造势，少年写作一度成为文坛一道炫目“景观”。韩寒的《三重门》《零下一度》、郭敬明的《幻城》《悲伤逆流成河》、金今的《再造地狱之门》、微妮的《为你重生》等现实性书写与超现实幻想作品粉墨登场、此起彼落，标志着一股富有青春朝气和创造精神的写作新势力已登上了文学舞台。面对这些不拘一格、天马行空、青春飞扬的文字和想象，人们有理由相信，彼时，在这些或庄谐自足，或孤傲自恋，或秀逸自赏，或舒卷自洽的各色故事背后，寄寓着一代少年作家的现实思虑与精神梦想。

通观这些少年写作后就会发现，比起成人创作，彼时少年作家们的生命叙事更加自由、灵动，更少羁绊、犹疑。那是一种没有负羁的心灵飞翔。也正是拥有了这份无所顾忌的率性和真实，他们的作品才具有了某种“自说自话”而又自在自为的明澈与通透。换句话说，彼时创作经验的稚嫩和生活经验的单一并没有制约这些少年作家的创造力，相反倒成了孕育生活体察、心灵幻想的沃土，让一粒粒情感与思维的种子沐风于野，翩然而飞。

最后，网络儿童文学应运而生。所谓网络文学，是指以网络为传播媒介和载体的各类文学形式，如网络小说、网络散文、网络戏剧、网络诗歌等。

这种文学传播与传统文学不同之处在于网络文学不是单一的文学表达，而是通过平等、互动、交流等方式，双向地、复合地传播文学艺术。[①] 网络文学的出现与快速生长，与互联网的迅猛发展、高度普及密切相关。出生并成长于21世纪的孩子被称为“网络原住民”，互联网及其所代表的新媒介文化对他们而言，不只是学习、生活、休闲、娱乐的方式、资源，更是涵纳、培育并见证他们精神成长的空间和平台。

中国青少年研究中心相关课题项目调查数据显示，多数少年儿童从小学高年级开始接触网络小说。有六成少年儿童阅读过网络小说；女生、初中生、学习成绩好的学生、城市学生、家庭经济条件好的学生阅读网络小说的比例更高。[②] 足见，阅读、接受网络文学，已经成为少年儿童日常生活的一部分。

而从创作层面看，互联网作为新媒介的特殊内容空间与传播形式，也给原创儿童文学带来新的文本启示和发展机遇。譬如，电脑网络作为文学意象的频频出现，为儿童文学增添了浓郁而明快的时代色彩；譬如，网络虚拟伙伴关系与现实真实友情交往之间的跨时空互动，构建了儿童社会化成长的新模式；譬如，网络对战、视频连线、远程课程等儿童媒介生活作为情节元素，拓展并丰富了儿童文学的内容结构；还譬如，电脑网络“超链接”功能的文学化挪用，打破了传统儿童文学文本结局相对确定、情节脉络单向发展的叙事模式，让文本呈现出某种情节开放、意义多元的新形态……上述种种阅读和创作现象都充分表明，网络儿童文学在童年文化表达与消费中扮演着十分重要的角色，它作为新媒介催生出来的文学新品类不仅贴合少年儿童不断嬗变、增长的阅读需求，而且也昭示了原创儿童文学面向未来新的发展机遇。

除此之外，依托人类智能科学和技术高速发展的“AI 文学写作”借助新媒介力量，已经蔓延至儿童文学领域，并逐渐成为原创儿童文学的“新模态”。

凡此种种，无不表明新媒介文化对新世纪原创儿童文学的全方位影响。

---

① 赵霞、孙宏艳:《数字时代的儿童成长》，中国青年出版社，2016，第 114 页。

② 同上。

与此同时，新媒介文化所催生出来的诸多“新派”儿童文学作品不仅在题材选择、表达方式、形式面貌等诸多方面与传统儿童文学大异其趣，而且作为新媒介语境下的童年文化成果，也极大丰富并拓展了传统儿童文学的文体类型、资源结构、审美空间和创作范式，其文学价值和阅读意义均不容小觑。

二、新媒介时代原创儿童文学的现实症候

诚然，新媒介文化语境下原创儿童文学之“新变”对现实创作与读者接受影响甚巨，但实际上，新媒介对原创儿童文学的影响远不止这两个层面。通观家庭、学校、社区等诸多童年场域，新媒介时代，原创儿童文学的文化症候丰赡而芜杂。

（一）审美狂欢化

在人类文化图谱上，“狂欢”首先是一种生活方式，指的是“充满了两重性的笑，充满了对一切神圣物的亵渎和歪曲，充满了不敬和猥亵，充满了同一切人一切事物的随意不拘的交往”[①]；其次，它还喻指一种以“感性化、非主流、游戏式、反权威、悬置神圣、颠覆理性、消弭崇高、解构传统”为核心的文化形态。而儿童文学是创作主体与接受主体分离的文学样式，其阅读群体的广泛性和内容表达的普适性使其先天性保有某种“狂欢”潜质。当这些“狂欢”潜能受到来自新媒介文化的诱引和激活时，其“狂欢”效应就将喷薄欲出、汹涌而至。这主要体现在三个方面：

首先是儿童文学创作狂欢。与印刷时代儿童文学写作的“专业化”不同，新媒介时代，儿童文学创作出现“草根化”倾向，儿童文学的写作队伍、发表平台都无限扩大。民间写手纷纷加入，个人博客、自媒体网页、微信公众号、官方网站、短视频平台等，都可以成为儿童文学发表平台。

其次是儿童文学文本狂欢。20 世纪 90 年代末，原创儿童文学高举“幽默”“幻想”两大美学旗帜，曾先后形成“幽默儿童文学”与“幻想儿童文学”两大写作潮流。这两种写作范式延续到新世纪，进一步衍生为原创儿童

① 巴赫金：《巴赫金全集（第五卷）》，白春仁、顾亚铃译，河北教育出版社，1998，第 170 页。

文学的“娱乐性”“魔幻化”倾向。周志勇的“小丫俏皮 girl”系列、杨红樱的“淘气包马小跳”系列、黄春华的“开皮豆快乐秘笈”系列、萧萍的“开心卜卜”系列、肖定丽的“倒霉女生小豆子”系列、周锐的《幽默水浒》《幽默红楼》《幽默聊斋》、葛竞的“魔法学校”系列、汤萍的《魔法三部曲》、晓玲叮当的“魔法小仙子”系列等幽默或准幽默、幻想或疑似幻想类作品此起彼落、轮番登场。这些作品多以象征、暗喻、戏仿、反讽、颠倒、戏谑、拼贴、解构等手法，或颠覆传统价值，或解构教育秩序，或比照现实世界，或勾画未来童年……喧嚣阵阵，热浪滚滚，群英共舞，杂象丛生，致使原创儿童文学沉溺于“狂欢”声浪之中。

最后是儿童文学语言狂欢。语言是狂欢文化的构成要素之一。在巴赫金的狂欢化理论中，狂欢化语言是颠覆传统观点与现存秩序的重要载体。那种类似于拉伯雷小说中存在的，介乎官方与民间，杂糅着赞美和辱骂的双重语言，极大地增强了文学作品的狂欢色彩。而这样一种语言风格，在新媒介时代的原创儿童文学中也并不鲜见。

譬如，浙江儿童文学作家王路在《我的星中只有你》《我的房东是女生》《城市少年》等多部作品中熔网络语言、生活语言、节庆语言为一炉，通过对城市少年动感、鲜活、质朴、粗粝生活状态不无戏谑的“原生态”呈现，让作品在情节、语言层面弥漫着一种轻松、搞笑的喜剧性与狂欢化色彩；还譬如，安徽儿童文学作家伍美珍在其《同桌冤家》《愿望树》《六四班的追星族》等少年小说中，将鲜活、灵动、朴素、丰盈的生活语言和动感、时尚、幽默、俏皮的网络语言交错运用，从而为文本营造出一种“戏谑与温情齐飞，玩闹共静思一色”的“复调”色彩，亦真亦幻、亦庄亦谐，生动体现了语言层面的狂欢化风格。

综上所述，创作狂欢、文本狂欢、语言狂欢作为儿童文学审美狂欢化的三种样态，不仅真实体现了新媒介文化对于原创儿童文学的深刻影响，而且也从一个侧面呈示了 21 世纪原创儿童文学的基本风貌。

（二）文本图像化

图像既是存在的表征，也是认知的媒介。而“后现代社会的最大特征就是图像统治，图像是后现代社会最日常的文化现实”。[1]新媒介时代，视觉文化成为文化场域中的“巨擘”，其影响直接扩展、渗透到了童年领域。表现之一就是儿童文学文本表达方式呈现出跨媒介发展趋势。

需要说明的是，这种跨媒介强调的是多种媒介之间“概念上的融合”，而不仅仅是简单并置。[2]说得更具体一些，就是儿童文学文本表达不只是文字符号的“独奏”，更是声音、图像、色彩、光影，甚至动作、手势参与其中的“合奏”。尤其是图像作为新媒介强力渗透，使得儿童文学审美表达的可视性大大增强，由此，儿童文学文本的图像化特征也日益明显。

具体而论，主要是三个方面：其一，图画书作为童年文化新品类，在21世纪异军突起，成为原创儿童文学新的艺术增长点，客观上为儿童文学图像化营造了一种整体氛围；其二，图文互动、文本转换、视像链接等跨媒介文本表达方式的运用，适时赋予“融媒体”儿童文学文本一种鲜明的视觉化审美效应；其三，受电影、电视、短视频平台等电子媒介影响，儿童文学文字表达日益注重情节的可视性。比如，杨红樱在《樱桃小镇》（“淘气包马小跳”系列之一）中，让每个“小樱桃”（小学生）都找到了自己的兴趣所在，发挥着自己的一技之长：马小跳因为自己的独特眼光和领导力，成了樱桃小镇的镇长，而他的铁哥们唐飞、张达、毛超，则根据各自的特点分别担任了杜真子厨房总经理、樱桃小剧场总监和樱桃沟沟长。而此后的情节推进，就是通过多向推进和轻松、动感、明快、迅捷的场景转换达成一种“花开数朵，竞相绽放，各美其美，姹紫嫣红”的文本景观，从而给阅读带来一种类似“看万花筒”“乘过山车”的阅读体验。这样一种浅表化阅读所呈现的更多是一种光影闪烁、图像纷呈，虽畅快淋漓却转瞬即逝的即时性感官效应。

（三）内容游戏化

这主要表现在两个层面。一是儿童文学在题材选择、艺术表达上消解或悬置“深度模式”，儿童文学内容面貌出现浅易性、游戏性、娱乐化倾向，诸多标榜游戏精神和幽默效应的作品粉墨登场。实际上，就其文本审美品性而言，这些以插科打诨、逗趣搞笑为“游戏”手段的作品多属于匍匐于童年

① 阿莱斯·艾尔雅维茨：《图像时代》，胡菊云、张云鹏译，吉林人民出版社，2003，第103页。
② 赵奎英：《当代跨媒介艺术的复杂共感知与具身空时性》，《文艺研究》2021年第8期。

地面上的表象化写作，其内在旨趣与真正的童年文化、游戏精神相去甚远。如黄春华的系列儿童小说“开皮豆快乐秘笈”。作品中，古灵精怪的小男生“开皮豆”和同班异性死党“豆豆咪”组成了一个奇妙的搞笑宝贝组合，而他们身上发生的一系列嘻嘻哈哈、疯疯癫癫、打打闹闹的故事，就是所谓的“快乐秘笈”。二是儿童文学在内容表达上向在线游戏、网络游戏转化，寻求并拓展出由单一儿童文学纸媒产品到融媒体儿童文学跨界文本开发的新路径。比如，二十一世纪出版社将晓玲叮当的“魔法小仙子”系列童话改编为网络游戏《魔法仙踪》，知名游戏公司将郑渊洁的畅销童话作品《皮皮鲁和419宗罪》开发为相关游戏产品。儿童文学经改编、改造后，源自童话场景天马行空、缤纷奇异的想象性、趣味性不仅没有减弱，反而在网络虚拟空间和新媒介技术助力下更加令人深陷其中，眼花缭乱，欲罢不能。

（四）叙事“拼贴化”

新媒介背景下，“我们已经进入一个艺术表现形式得以更生动和更具参与性的新时代，我们将有机会以截然不同的方式来传播和体验丰富的感官信号”。[①] 此时，文字符号已经不再是文学审美表达的唯一方式，图像、视频、声音、色彩、光影都成为承接、传达文本内涵的重要载体。原创儿童文学在相对单一的文字符号叙事之外，逐渐创生出多元化的“拼贴叙事”和“文本杂糅”叙事，从而使得原创儿童文学在新媒介语境下，适时显现出文学审美现代性向后现代性转型的文化症候。

比如，刘海栖在《扁镇的秘密》中，以类似剪纸人物平贴的形式建构故事。这就使得“在这样一个轻薄如纸的平面上，属于故事的某种立体的空间与流动的时间奇异地膨胀了起来”；不仅如此，“它以剪纸人物构造的这个世界不但让我们联想到某种具有后现代特质的通话时空，也以其‘剪’与‘贴’的基本动作语法暗合了后现代艺术至为重要的‘拼贴’‘游戏’等范畴”。[②]

与刘海栖的“扁镇”系列童话不同，萧萍在“沐阳上学记”系列小说中

---

① 尼古拉·尼葛洛庞帝：《数字化生存》，胡泳、范海燕译，海南出版社，1996，第88页。

② 方卫平、赵霞：《儿童文学的中国想象——新世纪儿童文学艺术发展论》，安徽少年儿童出版社，2018，第219页。

则采取"文本杂糅"的"拼贴化"叙事结构。系列小说将儿童诗、校园故事、小品文、生活剧、教育日记等多种文本有机"拼接"在一起，构建了一种亦庄亦谐、夹叙夹议的多维度叙事情境，从而在直面、反思教育现实，表达、缓释成长焦虑的同时，为新媒介语境下原创儿童文学"后现代"童年书写提供了一组"新异"的复合性叙事文本。

（五）结构多元化

传统儿童文学多采取单线或复线的线性叙事结构，情节走向、人物关系、故事结构往往一望而知，清晰明了。新媒介时代，受视像、网络文化跨时空、互动性、开放性叙事方式影响和启发，原创儿童文学开创了一种交互式、开放性叙事结构。与传统的线性叙事结构不同，这种交互的网络结构是通过"节点与路径"交错而成的多向文本，它使读者能自由地根据不同故事发展路径选择不同的阅读内容。[①] 比如秦文君创作的少年自我历险小说"王子的冒险"系列，以及夏辇生创作的"魔方童话三部曲"（《蓝色钟声的诱惑》《紧急追踪》《冠军失踪以后》）都属于这类作品。这些作品创造性地借鉴了电脑和网络的"超链接"功能，"在情节发展的关节点上设置不同的可能性，让读者自己选择（或帮人物选择），不同的选择引出不同的故事、结局，读一本书就像读了许多本书，看一个故事就像看了许多故事一样"。[②] 整体来看，这样的叙事结构创新固然可以给阅读带来互动性、新奇感，但其负面效应则是"让一个文本承载起多重情节可能，从而在一定程度上导致了情节的碎片化，容易使文本的意义趋向虚无"。[③] 这一点不能不引起创作者的思考和阅读者的警惕。

（六）传播数字化

20 世纪 90 年代，在《数字化生存》一书中，尼葛洛庞帝就曾前瞻性地提出"数字化生存"的概念，并以"一本书的悖论"来喻指不同时代因媒介转换而引发的文化冲突。[④] 其中，印刷时代向比特时代转型的一个主要标志就

---

① 刘彩珍：《媒介变革与文体创新：试论新媒介时代的儿童文学转型》，《当代文坛》2012 年第 4 期。

② 吴其南：《转型期少儿文学思潮史》，少年儿童出版社，1997，第 210 页。

③ 方卫平、赵霞：《论新媒介与当代儿童文学的发展》，《文艺争鸣》2009 年第 6 期。

④ 尼古拉·尼葛洛庞帝：《数字化生存》，胡泳、范海燕译，海南出版社，1996，第 11 页。

是文化的“数字化生存”，原创儿童文学在这一点上也不例外。这主要体现在四个层面：

其一，儿童文学有声阅读与纸质阅读、视像阅读三分天下，构成了同生共荣、相得益彰的互补关系。其中，有声读物、视像读物与纸质读物的联动阅读使得少年儿童的阅读接受方式更加丰富、自由、灵动、高效。其二，新媒介平台服务功能细化让儿童读者数字化阅读需求得到全方位满足、照应。这一点在“喜马拉雅”“凯叔讲故事”“荔枝 FM”等音频分享平台都有比较充分的体现。其三，自媒体数字化、专业化运作，且遍地开花，极大地推进了原创儿童文学数字化发展的进程。例如，“凯叔讲故事”经过数年经营、积累后，多方合力，先后打造并推出了“凯叔 365 夜故事”“神奇图书馆”“口袋神探”等多个原创儿童文学系列产品，成为新媒介时代儿童文学“新势力”。其四，IP 多元开发与跨媒介互动，促使儿童文学内容结构、形式表达与传播接受方式不断优化、升级，由此推动了原创儿童文学的数字化繁荣。比如原创系列科普故事“神奇图书馆”先是以有声读物的形式推出，在经受小读者听读检验后，其生动有趣的故事内容又从音频语言转换为文字语言，成为“人体大冒险”“回到恐龙时代”两套少儿科学文艺图书的主体内容。

上述儿童文学阅读接受的数字化案例充分表明，“数字化生存”已然成为 21 世纪原创儿童文学的文化面相与现实生态。

（七）接受视听化

“新媒介”是一个不断嬗变的动态概念。媒介技术的不断演进、升级，直接促进了文化承载、传播、接受与思维方式的转型。新媒介时代的媒介特征是“在屏幕上写”，而非印刷时代的“在纸上写”。[①] 与此相对应，新媒介时代的媒介素养是与生俱来的视听能力，而非需专门训练才能习得的阅读能力。由此，人类日常文化消费“所依仗的感觉器官也由眼与口变成了眼与耳，人们对信息的‘沉浸’方式也由主动寻找变成了寻找与等待相结合”。[②]

① 保罗·莱文森:《数字麦克卢汉——信息化新纪元指南》，何道宽译，社会科学文献出版社，2001，第 51 页。

② 潘颖、张振宇:《视听先行：新媒体时代儿童文学的新特点——以“凯叔讲故事”为例》，《山东社会科学》2019 年第 4 期。

也由此，印刷时代文字符号一统天下的格局被打破，文学作品的视像化、影音化与跨媒介开发成为普遍现象。此时，原创儿童文学阅读接受的视听化也逐渐成为显在事实。

足见，进入 21 世纪，借助不断升级换代的信息技术，新媒介文化已孕育出包括审美狂欢化、文本图像化、内容游戏化、叙事“拼贴化”、结构多元化、传播数字化和接受视听化等在内的诸多原创儿童文学“新面相”。

三、新媒介时代原创儿童文学未来发展趋向

媒介既是一种文化形态，也是人类认知和定义现实世界的方式。正因如此，新媒介语境下，“中国式童年”呈现出斑斓多彩的童年文化样貌。

说到“中国式童年”，它既是“中国童年”的同义语，也是对其特定文化语境的强化表达。而就新媒介语境而论，“中国式童年”指的是当代社会变革与文化转型所衍生出的富含媒介文化特征的芜杂童年面相。

据中国青少年研究中心、全国妇联和中国互联网络信息中心等多家机构发布的针对新世纪中国少年儿童生存状况的调查情况，新媒介语境下，中国城乡少年儿童的物质生活形态和精神成长状况相较 20 世纪 90 年代发生了根本性变化。这些变化涵盖了包括家庭教育、校园文化、亲子关系、师生关系、伙伴关系、消费观念、媒介素养、学业状况、习惯养成等少儿生活的方方面面。其中作为 21 世纪“数字原住民”的生活内容与成长方式的即时消费、媒介技能、网络应援、跨文化体验等诸多童年生活面相颇具新媒介时代特色。而浸淫于这样的新媒介文化语境中，原创儿童文学所出现的“新变”就是，“除了具有传统的纸质文本外，还拥有了比过去更为丰富的音像文本形态和视像文本形态，文学与电子媒介相融合衍生出儿童文学超级‘IP’”。[①]换言之，新媒介时代，原创儿童文学适时呈示出“旧貌”尚存、“新变”不断的繁复景观。一方面是市场经济和商业出版助推下，原创儿童文学在传统纸媒“经典性”写作层面迎来黄金发展期，创作队伍持续扩大，产品结构不

① 潘颖、张振宇:《视听先行：新媒体时代儿童文学的新特点——以“凯叔讲故事”为例》,《山东社会科学》2019 年第 4 期。

断扩容，各种题材、不同风格的儿童文学作品姹紫嫣红、交映生辉。典型的例子如外语教学与研究出版社 2009 年大举进军原创儿童文学出版领域，一口气签下 16 位儿童文学作家；二十一世纪出版社则对郑渊洁童话作品实施“整舰起航”，一次性推出其 7 大系列、54 部童话作品。另一方面，则是在信息技术和新媒介文化引领下，以“抖音”“快手”等视频分享平台和“喜马拉雅”“荔枝 FM”等音频分享平台为代表的新媒介大众化儿童文学创编与传播。其中，就儿童文学接受的视听化效应而言，“凯叔讲故事”称得上是最成功的范例。该有声阅读平台自 2014 年创立至今，在不到十年时间里，已发展成为拥有微信公众号、手机应用等多种媒体技术平台的国内亲子阅读第一品牌。其听书软件已推出超过 5000 个故事和内容，累计播放超 20 亿次，覆盖用户超 2000 万，手机应用的用户超 1000 万，播放时长超 2 亿小时……

而类似“凯叔讲故事”这样的新媒介“IP”平台还有很多，它们所缔造的视听“神话”对原创儿童文学而言，既是福音，也是动力，它们所代表的传播模式、运营方式一定程度上预示着儿童文学的未来发展方向。

总之，新媒介对原创儿童文学而言既是现实层面的文化资源，也是审美意义上的内容表达。新媒介所体现的不仅是原创儿童文学的文本样态，更是其塑型当下、建构未来的审美价值取向。进一步说，在新媒介时代，原创儿童文学既要在内容层面观照现实童年，从而能够及时、迅捷、准确、深入地描述、揭示新媒介时代诸多童年文化“新变”，还要力求在形式层面以契合新一代“数字原住民”审美趣味的方式使童年文化得以立体呈现、多维表达，由此更好满足网络世代广大少年儿童的多样性、个体化阅读诉求。

话虽如此，实际上，就整体状况而论，当下原创儿童文学艺术格局中，尽管以印刷文化为依托的传统儿童文学（经典性儿童文学）依然揽芬挹翠、锐意进取、生机勃勃，很大程度上充任着原创儿童文学发展的主导力量。但不容否认的是，新媒介时代，原创儿童文学的审美转型已然发生。昔日以文字表达为核心的“经典性”儿童文学一统天下的局面已不复存在。与此同时，以游戏审美、图像呈现、叙事杂糅、数字视听为标志的通俗性、大众化儿童文学正意气风发、阔步向前。而造成上述原创儿童文学“新旧”交错、双规并行艺术格局的根本原因，既在于新媒介时代多维文化发展、多项生活实践的现实推动，也在于新世纪“中国式童年”多种审美需求、多元价值取向的潜在导引。

所以，面对新媒介时代丰盈而驳杂的文化“新变”，原创儿童文学要想吐故纳新，永葆活力，就既需要儿童文化产业在经营层面不断更新观念，将少年儿童的新媒介文化实践与童年成长体验当作推动原创儿童文学发展所倚重的审美资源、文化动因，也需要作为创作主体的儿童文学作家及时采撷、捕捉、想象、提炼新媒介时代“中国式童年”的斑驳世相、绮丽景观，并通过契合“网络世代”孩子审美需求的形式表达实现原创儿童文学的媒介转换、审美转型。无论是哪一种革新，其价值核心无不指向多维呈现、动态生成的新媒介童年文化现实和新时代中国童年精神。上述这些不只表达着“中国式童年”立足现实的审美定位，更彰显着新媒介时代原创儿童文学面向未来的发展趋向。

第九章

“中国式童年”消费景观与文学幻象

第一节
消费社会的童年文化镜像

童年是一种多维度社会存在，其基于媒介变迁的形态嬗变代表着童年文化在社会文化层面的现实效应，而其依托商业发展的文化消费则显示着童年文化在后现代社会的生存镜像。

“今天，在我们的周围，存在着一种由不断增长的物、服务和物质财富所构成的惊人的消费和丰盛现象。它构成了人类自然环境中的一种根本变化。恰当地说，富裕的人们不再像过去那样受到人的包围，而是受到物的包围。”[①] 这是鲍德里亚在《消费社会》一书中所描述的欧洲社会 20 世纪 70 年代的社会生活状况。为此，鲍德里亚甚至断言，“我们处在‘消费’控制着整个生活的境地”。[②] “消费控制着当代人的全部生活”是鲍德里亚对消费社会所做的初始判断。这是一种通俗的生活化概括。如果立足于更为正式的社会学层面，消费社会则是指消费取代生产作为社会生活和经济发展第一要素的社会阶段。这一社会发展阶段让社会消费活动中的人“受到物的包围”，逐渐成为失去自由的“官能性”的人。时至今日，这样一种伴随着“物”的“丰盛现象”而来的“人”的“官能存在”已然成为 21 世纪人类城市生活的普遍图景，也正是这样的社会形态构成了新世纪“中国式童年”现实消费的特殊文化语境。

---

① 让・鲍德里亚:《消费社会》，刘成富、全志钢译，南京大学出版社，2014，第 1 页。

② 同上书，第 4 页。

一、从“控制”到“顺应”：消费促发成人社会儿童观变化

儿童生来就是消费者。根据“育娲人口研究”发布的《中国生育成本报告 2024 版》，中国家庭（港澳台地区未纳入统计）0—17 岁孩子养育成本平均为 53.8 万元。其中，上海、北京、浙江为养娃成本最高的三大地区，分别为 101 万元、93.6 万元、85.5 万元。江苏等地的养娃成本也相对较高，0—17 岁孩子养育成本均超 70 万元。该数字并未将亲友馈赠、社会捐助、学校减免等涉及的费用统计在内。如果再加上孕产期 13000 元的人均支出，以及孩子从出生到高中毕业，父母因请假、误工、调岗、辞职等职业发展受限而带来的间接成本，这个数字将更为惊人。

而美国农业部 2017 年发布的研究报告显示，对于有两个孩子的美国中等收入家庭而言，将孩子抚养到 17 岁的平均成本为 23.4 万美元。考虑到通货膨胀因素，将 2024 年出生的孩子抚养到 18 岁的平均成本为 30.7 万美元。

可即便养育儿童的成本如此高昂，生育并抚养孩子在世界范围内依然是不同民族家庭文化层面的主要选择（在中国一些大城市，甚至还出现了“孩奴”现象）。个中原因固然有很多，但其中一个很重要的因素正如美国社会学家维维安娜·泽利泽（Viviana A. Zelizer）所说：“儿童在经济上是无用的，而在感情上是无价的。”[①] 实际上，也正是基于对儿童情感价值的高度重视，才致使当代成人社会在儿童消费观层面上，由传统的拒斥儿童进入商业活动，阻隔或控制儿童消费，逐渐嬗变为顺应、接纳儿童消费，并将之视为儿童参与生活并习得社会化技能的重要途径。

不仅如此，在不断走向现代化的当代中国社会，家长对儿童消费的观念变化还映射着社会经济发展和文化转型所带来的童年观代际分化。具体表现在两个层面。一是父辈因曾经的物质贫乏体验，或由消费而引发创伤记忆，从而不愿子女在物质消费层面上重蹈覆辙，故而以“愿望满足”的形式顺应儿童的消费行为。这样的消费表面上是“为儿童”的情感投资、亲情消费，其实质却是成年人面向逝去时光的“为自己”的童年追忆、怀旧消费。二是

---

① 维维安娜·泽利泽：《给无价的孩子定价——变迁中的儿童社会价值》，王水雄、宋静、林虹译，格致出版社，2008。

父辈由于外出务工、两地分居、工作调动、家庭重组等多种原因，疏于对孩子的亲情陪伴和情感关照，由此出于减轻面对子女的负疚心理，而以红包派发之类的物质奖励形式鼓励儿童的消费行为。这类消费看似是父辈家庭责任和养育义务的延迟性承担，其本质却是成人以迁就、迎合并满足儿童消费欲求为荫庇手段来缓和、巩固或重构亲子关系的情感投资、“补偿消费”。

所有这些，都代表了当代消费文化背景下成人社会儿童观的某种变异。

二、从“被动”到“主动”：消费推动儿童群体主体性凸显

与西方社会不同，中国传统家庭文化并不鼓励儿童以参与家务劳动的方式“赚钱”和“攒钱”。中国父母通常认为，孩子参与家庭事务、承担家务劳动不仅是培养生活技能和养成良好生活习惯的途径，而且也是承担家庭责任的表现和对父母家人的亲情表达，这些都与金钱无涉，都是非经济性品格的养成行为。不仅如此，在中国传统家庭观念中，儿童是喜欢乱花钱，缺乏消费自律的群体。过多涉足金钱和消费，会让孩子见钱眼开，沉溺于物质攀比，玩物丧志，最终丧失上进心和学习兴趣。因此，让儿童远离消费就成为成人社会在儿童消费观上的共识。基于这样的家庭教育观念，在中国社会的很长一段历史时间内，孩子的消费行为都极其被动。家长尽职尽责充任着孩子的消费“代理人”，费力劳神地规约、监管并操控着儿童的消费愿望、消费诉求。

如今这一切随着经济发展带来的物质丰裕以及消费时代的到来已经逐渐改变。儿童作为消费主体主导自我消费、参与家庭消费的例子并不鲜见。艾瑞咨询《2020 年中国儿童消费市场研究报告》显示，中国儿童消费市场规模超过 4.5 万亿元，年均增速约 20%，其中儿童自主消费占比显著提升。而中国儿童中心的调查则显示，2020 年城市儿童每年零花钱为 1500—3000 元，部分高收入家庭儿童零花钱超过 5000 元，且多用于游戏、社交、知识付费等线上消费。此外，CBNData（第一财经商业数据中心）《2020 中国互联网消费生态大数据报告》指出，“80 后”“90 后”父母更尊重孩子的意见，儿童参与决策的母婴及教育产品消费占比达 30% 以上。这充分表明，在进入新世纪的中国社会，儿童的主体性在日常消费层面上体现得异常明显。

无独有偶，有中国父母在接受调查时也曾明确表示：“即使孩子没有向他们提要求，他们在购买某些商品时也会把孩子的需求考虑在内。”[1] 而这本名为《儿童市场营销》的图书，其封面上甚至赫然印着一行醒目的标语：“儿童对家庭消费影响力接近 60%，而且越来越大。”

儿童消费行为主体性日益凸显的内在原因很多。一则，经济发展带来的物质丰裕让当代中国城乡家庭在儿童饮食、服饰、娱乐、休闲等日常生活层面的消费投入持续增加，这就客观上为儿童参与并主导家庭消费创造了经济条件。二则，家庭教育及童年观念的进步，适时将儿童参与家庭消费活动作为社会化学习以及生活经验、技能训练的重要方式。更有甚者，恰如前文所述，家长之所以让孩子主导关涉自己学习、生活的家庭消费活动，主观上寄寓着成人基于陪伴缺失、亲情缺席的“情感补偿”和“责任延后”心理。

总而言之，“孩子通过让父母为自己购买一些东西而对商业产生影响。父母认为孩子的要求对他们的购买行为的影响要比广告大。Y 世代（生于 1981 年至 1996 年间的人）的孩子对于家庭购买有发言权，因为他们自己想这样并且父母也支持他们这样”。[2]

足见，消费时代，儿童对社会生活的影响力不仅巨大，而且这种影响还在持续增长当中。根本原因就在于“孩子不是一个目标市场，而是即将成年的一代人”。

三、从“蒙养”到“投资”：消费导致童年文化价值观转型

儿童从出生到长大成人，其社会化发展在家庭范围内意味着蒙养和教育的过程。由此，无论衣、食、住、行的生活化开支，还是上学、读书、娱乐、旅游等精神性消费，都既代表着儿童经济生活的基本内容，也构成了传统社会儿童蒙养、教育的家庭消费常态。但在消费社会，这些常态性儿童文化消费和家庭经济模式却在商业消费逻辑的销蚀下悄然发生变化，最终被置

---

① 詹姆斯・U. 麦克尼尔、张红霞：《儿童市场营销》，华夏出版社，2003，第 226 页。

② 安妮・萨瑟兰、贝思・汤普森：《儿童经济——为什么孩子意味着商机？》，王树勇、庞锦、章晖译，中信出版社，2003，第 168 页。

换为以“文化资本积累”和“理想社会身份塑型”为要旨的“文化投资”。

“文化资本”是由法国社会学家布尔迪厄所提出的概念。布尔迪厄认为，资本有非经济的形式，并且以经济资本、社会资本和文化资本等多种形态存在。其中，“经济资本以金钱为符号，以产权为制度化形式；社会资本以社会声誉、头衔为符号，以社会规约为制度化形式；文化资本以作品、文凭、学衔为符号，以学位为制度化形式”。[①] 资本具有可积累性和制度化特点。不同类型的资本之间彼此勾连、相互转化，既呈示了社会资源配置的不均衡状况，也体现着社会不同阶层、成员之间的不平等关系。而就“文化资本”而言，它同样具有三种形态：具体形态，即精神和身体的“持久性情”；客观形态，主要以文化商品（图片、书籍、词典、工具、机器等）为形式，这些商品是文化留下的痕迹或理论的具体体现，或是对这些理论、问题的批判；体制形态，这是一种被区别对待的客观化形式，例如教育文凭完全是以文化资本的形式由权威机构授予的，并成为一种具有保证性的资历证书。[②] 与经济资本主要承载商业交换价值不同，文化资本和社会资本除了实用价值之外，还保有一种特殊的符号价值。而所谓“符号价值”，就是指“物或商品在被作为一种符号进行消费时，是按照其所代表的社会地位和权力，以及其他因素来计价的，而不是根据该物的成本或劳动价值来计价的”。[③] 根据鲍德里亚的符号价值论，决定符号价值的是“社会地位和权力以及其他因素”，而非“物的成本或劳动价值”。参照这一理论，儿童消费及其所促发的童年文化价值观转型，其内在动因清晰可见——通过将常态的面向儿童的“文化消费”转化为“文化（包括教育）投资”，从而使儿童在获得“文化资本”并不断积累的基础上，最终达成“理想社会身份塑型”。

基于这样的价值考量，无论是儿童衣、食、住、行的开支，还是子女上学、读书、休闲、旅行的消费，在家庭发展的预期规划里，都已经不再是简

---

① 朱伟珏:《“资本”的一种非经济学解读——布迪厄“文化资本”概念》,《社会科学》2005 年第 6 期。

② 张意:《文化与符号权利——布尔迪厄的文化社会学导论》，中国社会科学出版社，2005，第 129 页。

③ 孔明安:《从物的消费到符号消费——鲍德里亚的消费文化理论研究》,《哲学研究》2002 年第 11 期。

单的生活消费活动，而一跃成为指向文化资本积累和教育投资回馈的“消费儿童”与“塑型儿童”的现象。由此，“消费社会从一个家庭寄放在儿童身上的对于文化资本的渴求中看到了无限商机”。[①] 也由此，“在适合的空间里玩适合的玩具，这一切都指向一个确定的目的：塑造一个有文化的儿童，他有着正确的趣味，有自我组织游戏的能力，并且对有益的娱乐形式保持着优雅的品位”。[②]

也就是说，儿童包括餐饮、服饰、玩具消费、付费游戏等在内的一切活动已然富含着基于文化资本积累与回馈的符号价值、象征意义。

四、从“纯真”到“世俗”：消费蛊惑童年精神商品性异化

在20世纪后期以来的消费社会发展进程中，儿童消费的不断升级及其对社会和经济的巨大影响成为异常重要的社会现象。在消费主义环境下长大的孩子除了创造巨大的消费市场和消费利润，并不断影响家庭消费内容和结构之外，还在消费动因、消费观念、消费行为层面上以不可阻挡之势，渗透到童年生活的方方面面，进而在社会生活领域建构起一个相对独立的、属于儿童自己的商品符号价值体系。在这个体系中，消费主义不仅将商品的符号价值高悬于其使用价值之上，而且还不断助推童年消费资本化、童年文化商品化，最终甚而在全方位剥蚀、消解纯真、自由、欢愉、创造等人类童年诗学范畴基础上诱引并蛊惑作为社会文化内在价值取向的童年精神陷入商品化沼泽，异化为大众化审美文化符号和世俗性童年消费资本。

消费主义之所以具有这样一种如影随形、无孔不入的渗透性、影响力，其根本原因就在于“消费主义不在于仅仅满足‘需要’（need），而在于不断追求难于彻底满足的‘欲望’（desire）。消费主义代表了一种意义的空虚状态以及不断膨胀的欲望和消费激情”。[③] 而这种“不断膨胀的欲望和消费激情”

① 赵霞：《消费时代与童年文化的经济——论现代童年审美文化的资本化进程》，《文化与诗学》2015年第1期。

② Lisa Jacobson (ed.), *Children and Consumerism in American Society: A Historical Handbook and Guide* (Westport: Praeger, 2007).

③ 王宁：《消费社会学——一个分析的视角》，社会科学文献出版社，2001，第145页。

恰恰构成了消费现象的内在动因和现实基础。也就是说，在消费时代，消费既是社会生活方式，更是社会文化实践。而文化语境下的消费现象和消费关系则是文化意义链和符码控制。换言之，消费已经从社会、经济行为变成文化体验、建构行为。使用价值和交换价值不再是文化消费的目的，符号价值则成为消费的意义指向。

此时，“无论是符号逻辑里，还是象征逻辑里，物品都彻底与某种明确的需求或功能失去了联系。确切地说这是因为它们对应的是另一种完全不同的东西——可以是社会逻辑，也可以是欲望逻辑——那些逻辑把它们当成了既无意识又变幻莫测的含义范畴”。①

于是，当消费主义大张旗鼓地明修栈道，暗度陈仓，以各种机巧而隐蔽的商业手段将儿童与生俱来的纯真、自由、快乐、想象等生命品性，以及好奇心、探究欲、创造精神等心理机能置换为审美文化消费品，并不遗余力地宣扬、鼓吹其符号价值，以期在童年文化消费过程中不断实现其文化资本增殖目的的时候，作为家庭社会生活实践的儿童消费已经不再是单纯的童年文化现象，而是涵纳着资本哲学、商业逻辑和童年价值的消费社会文化镜像。

更有甚者，当童年的纯真、自由、游戏、创造作为价值符号完全被消费主义和商业逻辑世俗化、商品化的时候，无论儿童群体，还是成人社会，他们所消费的也不只是童年文化产品，而是作为童年文化内核与人类价值取向的童年精神。

毋宁说，这是消费主义时代儿童经济所烘染、营造出的迷离消费景观，也是商业逻辑强力驱动下童年文化难以规避的消费主义宿命。

五、从“真实”到“悬置”：消费导致儿童游戏和权力体验的双重幻化

在鲍德里亚看来，“在消费关系中，消费者的需求瞄准的‘不是物，而是价值。需求的满足首先具有附着这些价值的意义’。或者换句话说，就是

① 让·鲍德里亚：《消费社会》，刘成富、全志钢译，南京大学出版社，2014，第58页。

在今天的消费中更受吸引（吸引人）的不是物品本身的功能，而是某种被制造出来的象征性符码意义”。[①] 这种象征性符码意义对于商品化的童年消费，就意味着复合性体验的获得。具体而言，就是游戏体验的异化与权力体验的幻灭。

首先，是以“好奇”和“探索”为指向的儿童消费层面的游戏体验被幻化为肤浅、世俗的“玩乐”与“逗趣”。

说到游戏，它不仅是人类文化的源头和存在形式（胡伊青加），而且也是人类所创造的“快适的艺术”（康德），甚而还是“人之为人”的本质属性（席勒）。游戏因其内容结构与呈现方式上的想象性、快乐性、严肃性与非功利性，而与儿童酷爱幻想、崇尚自由、迷恋新奇、喜好探索、向往创造的生命属性达成了内在契合。基于此，游戏既是儿童现实生活的核心内容，也是他们感知、探索、体验世界的重要通道。它以“虚拟情境”“动感效应”“快乐营造”为表征，旨在张扬一种纯真自由、乐观豁达、勇于探索、弃绝功利、致力于创造的游戏精神。也正是在此意义上，游戏及其文化内核——游戏精神就成为包括儿童消费在内的人类童年文化的价值取向与符号表征。

然而，现实中，由于商业规则和消费逻辑的渗透与强力塑造，即便是坐旋转木马、乘摇摇车、画沙画、爬充气城堡、小模特走秀、童话角色扮演等儿童付费游戏，其基于社会阶层和文化身份的符号意义也在很大程度上遮蔽了儿童游戏消费本身所涵纳的工具性和功能性价值。此时，儿童在这些付费游戏消费中的“行动探索”“想象创造”“自我体认”等深层情感、心理体验已经不重要了，倒是那种即时性和感官性的追逐、打闹、欢笑、蹦跳成为游戏消费的重要指标。

其次，是以“协商”和“对话”为互动关系的儿童消费过程中的权力体验被幻化为童年赋权名义下的“自闭”与“自决”。

消费时代，“儿童成了消费中的一个更为重要的聚焦点。与此同时，他们在家庭决策中也有了更多的发言权”。[②] 而儿童在童年消费中自主性和话语

① 让·鲍德里亚:《消费社会》，刘成富、全志钢译，南京大学出版社，2014，第 7 页。

② David Buckingham, *The Material Child: Growing Up in Consumer Culture* (Cambridge: Polity, 2011), p. 5, p. 150.

权的稳步提升，既是当代社会童年观进步的显著标志，也是消费文化语境下儿童主体性和独立意识不断增强的体现。当这种儿童主体意识以童年赋权的观念形式融汇于主流社会意识形态，继而弥散在包括儿童消费、儿童游戏、儿童影视、儿童阅读、儿童伙伴关系等在内的童年文化诸多层面时，整个社会文化结构中，儿童与成人围绕童年文化生产和消费所形成的权力关系就面临冲击而亟待调整、重构。而这也印证了鲍德里亚五十年前的前瞻性论断：“消费的真相在于它并非一种享受功能，而是一种生产功能——并且因此，它和物质生产一样并非一种个体功能，而是即时且全面的集体功能。……消费是一个系统，它维护着符号秩序和组织完整：因此它既是一种道德（一种理想价值体系），也是一种沟通体系、一种交换结构。”[①] 也就是说，消费的独特功能不在于愉悦感或心理满足，而在于系统的维系、调整、优化、升级，在于生产并缔结一种新的关系结构、沟通体系。而这种沟通体系在儿童消费层面上，却是一种伪饰的消费自决和幻化的童年赋权。

具体说，就是在商业销售策略和消费逻辑支配下，以家长为代表的成人社会本着尊重、理解、关爱儿童的初心，表面上在包括儿童饮食、服饰消费、儿童休闲、娱乐、儿童影视、文学接受等在内的童年生活诸多领域给孩子放权，让孩子自由选择、自主决定，充分彰显“我的生活我做主”的童年主体意识。但实际上，这样一种“儿童本位”观念下的所谓童年赋权，其现实构成既是对儿童与成人深度对话、交流的悬置，也是对成人陪伴、启迪、协助、引领儿童成长这些责任的回避，还是对儿童缺乏理性思考、自我约束的率性探索、盲目消费的放任。

以放弃成人文化与童年文化“协商”为观念形态，以消解儿童世界和成人世界“对话”为实践路径，这样的童年赋权充其量只是“皮相化”的童年本位和儿童权利，其伪饰的“消费放权”和“选择自主”最终仅止于儿童身体和感观层面的即时性满足，而在深层意义上却与儿童心灵成长、精神发展无涉。毋宁说，这是童年消费文化在“主体赋权”名义下权力体验被伪饰、幻化后的一种“自闭”与“自决”。

---

① 让·鲍德里亚：《消费社会》，刘成富、全志钢译，南京大学出版社，2014，第60页。

综上，现代社会，消费作为社会发展的第一要素弥散、渗透于日常生活的方方面面，影响并塑造着人们的价值观念、思维方式和生活形态。童年作为社会结构与文化存在，其次生性或继发性特点决定了其文化形态深受包括生产观念、消费意识在内的社会意识形态的影响。基于此，从消费层面考察今天的童年现实，就成为了解和把握中国新世纪童年文化基本状况的重要维度。而现实中，无论是成人社会儿童观变化，还是儿童群体主体性凸显；无论是童年文化价值观转型，还是童年精神商品性异化，抑或是儿童游戏和权力体验的双重幻化，无不体现着当代消费文化之于童年的深刻影响。

第二节

消费语境下的当代童年基本特征

童年是人类社会政治、经济、文化建构起来，并不断形塑的现实存在。社会文化浸淫、塑造童年不是通过预定的文化内涵、预设的文化模式，而是在热气腾腾的即时社会生活背景下展开。消费时代，包括童年文化产品在内，极度丰盈的各色商品在充分满足儿童消费者感官愉悦的同时，也不断诱引、刺激、生成着新的童年消费欲望，并在此基础上潜移默化地影响、改变着儿童以现实消费为表征的生活内容、思维方式和价值取向。而且，随着时间推移，这一“消费制衡童年生活、塑造童年形态”的社会现实还在不断蓄积、酝酿，并逐渐蔓延、隐现，成为涵纳整个童年领域的文化特征与现实趋向。

一、儿童形象的成人化

“儿童”在社会学范畴内是一个充满异质性且具有多重结构层次的复数概念。儿童的文化存在既以成人为参照系，又因其生命形态的未竟性、生长性而与成人文化不断融合，互哺互证，显示出动态发展的无限可能。基于此，儿童的生命成长一直保有两种相反相成的心理机制：既沉醉并享受童年的甜美时光，又渴望拥有成人的权力、能量。前者构成了社会文化中“儿童本位”观念的现实基础，后者则是童年文化所涵纳的“儿童反儿童化”[①]生活镜像的即时表达。在消费社会，随着物质、文化商品的极大丰富，以及儿童作为独立消费者的自决意识与消费权利不断提升，成人与儿童之间传统的上下位关系逐渐被打破，一种相对平等的消费关系以“润滑剂”或“减震带”的形式在家庭消费活动中出现，并作为亲子关系的某种缓和、补偿或印证。与此同时，传统社会被成人忽视的很多儿童文化消费内容（如网络课程消费、短视频娱乐打赏、音频播放订阅等等），都进入了童年文化消费场域，在扩展童年文化消费空间、强化儿童主体意识与消费权力的同时，也一定程度上销蚀并模糊着成人与儿童在文化消费内容、结构上的边界，从而使得儿童文化消费呈现出向成人“靠拢”的倾向。不仅如此，消费文化与包括电视、电影、网络视频在内的新媒介文化的互渗与合谋，更是在很大程度上以影响、改变童年文化传统话语的方式强化了这一发展趋向。这具体表现在以下两个方面：

其一，新媒介拆解了童年生活与成人世界之间的文化藩篱，极大地推动了成人文化与儿童文化之间的消费融合，从而促发了儿童文化消费行为的成人化倾向。比如，由于“6 岁的儿童和 60 岁的成年人具备同样的资质感受电视所提供的一切”，且“它的图像既具体，又不言自明”[②]，所以，儿童（尤其是小学中高年级以上女生）在诸如电视商城、消费体验秀、产品嘉年华等视像广告与文化营销手段的蛊惑下，会不知不觉模仿成人的消费行为，在“六一”儿童节、“五一”黄金周、“3·15”消费日、“双 11”等特殊时段，或动用自己的压岁钱自行买买买，或与同伴商议组团拼单消费，或向父母提出额外消费诉求，以此显示“自己已经长大”的心理动向。还比如，近年来，随着“淘宝”“京东”“拼多多”“唯品会”等电子商务平台的不断扩容、升级和网购快递业务的快速发展，儿童也被卷入网络速购的商业消费大潮。“动动手指，送货到家”既是成人日常消费常态，也是儿童经济生活的真实写照。

其二，消费文化不断填充、置换着儿童的生活体验，在通过成人顺应儿

① 班马：《中国儿童文学理论批评与构想》，湖北少年儿童出版社，1990，第 128—129 页。

② 尼尔·波兹曼：《童年的消逝》，吴燕莛译，广西师范大学出版社，2004，第 121 页。

童消费诉求，并适时营造儿童“自主选择”“消费自决”等童年幻象的同时，也迎合了儿童渴望成人化的心理趋向。比如，消费时代，家长陪孩子在实体店或网络电子商城购物时，不但让孩子自己选择所需商品的款式、花色、价位，而且还常常鼓励并授权孩子填写派送地址、下单、付款，这样一种以孩子为主导的家庭消费方式似乎既锻炼、提升了儿童参与、规划日常生活的基本技能，又极大满足了儿童渴望“被当作大人看待”的成长心理，可谓一举两得。但实际上，因为消费主义逻辑的内在制约，儿童在不自觉中认取成人消费观念、消费方式的同时，也轻而易举放弃了属于自己的审美倾向、价值选择。

总之，消费时代，儿童成人化现象的出现并非偶然，它是商业营销与新媒介文化在共同利益驱动下，面对少儿消费人群进行经济结盟、文化合谋的结果。这一复杂的童年文化现象以童年赋权的名义营造了一种儿童自主消费的权力等值幻象。但事实上，这一现象不仅“导致了童年生命在其未来的发展时间里精神生长空间的极度萎缩”，而且“也导致了个体生命力的退化”。[①]

二、童年体验的商品化

童年是动态发展的社会结构、文化存在，其现实面貌与时代变迁、经济发展息息相关。在传统社会里，儿童的童年体验往往自由灵动、生机盎然，是一幕幕斑斓多彩而又令人留恋、回味的生命图景。这样的童年样态以身体感知、探索、解放为核心不断向外漫溯、拓展，最终达成“内外协同”“身心一元”的生命完善与精神成长。上述童年体验在诸如“官兵捉强盗”“爬树”“捉鱼”“叠飞机”“跳绳”“踢毽子”“打冰尜”等传统游戏，和插秧、栽树、种花、放牛、赶鸭、看瓜、打猪草、割韭菜等劳动实践中多有体现。

而在消费时代，这些乡野欢歌、街巷喧闹式的鲜活童年体验已经随风而逝，取而代之的，则是童年物质消费与文化体验层面上的种种商品化、娱乐化现象。这主要分为两类：

---

① 赵霞:《童年精神与文化救赎——当代童年文化消费现象的审美研究》，中国社会科学出版社，2017，第104页。

第一类是童年游戏的商品化。游戏不仅是低幼儿童的主要生命活动，而且也是其社会化发展的核心通道。传统社会里，无论是物质游戏、身体游戏，还是想象游戏、智力游戏，儿童的游戏活动大都具有自发性、自然性和创意性等特点。孩子们或自己动手制作风车、风轮、风筝、冰柋、冰车、雪橇等各色玩具，或自己发明斗鸡、跳驴子、打沙包、丢手绢、抓羊拐、红蓝大战、官兵捉强盗、挑花绳等身体游戏，或自行演绎过家家、顺口溜、说大话、猜谜语、故事接龙、金点子比赛等想象、智力游戏。这些游戏都不仅展示着孩子们的生命能量、精神活力，而且还由于孩子们身体感官的全方位参与而承载并促发了他们对自然、社会和自我的深度感知、体验与探索，由此成为儿童身心全面发展的重要依托。

但消费时代的到来，却让自发、自然而又具有创意的传统游戏完全“商品化”了。前工业社会里孩子们自制、自编、自创的很多玩具和游戏形式，当今都可以在商场里买到。那些由工业生产线大批量复制的玩具，以及经过精细流程设计并融入了诸多商业广告元素的时尚、动感游戏尽管也能给孩子们带来绵绵不绝的感官愉悦，但单一维度的身体参与因缺少了身心协同、思维互动的深度体验，其游戏效应常常仅止于浮泛、轻浅的身体体验，很难真正触及游戏对于儿童生命成长的深层意义。

第二类是童年品性的商品化。这里所说的“品性”基本上等同于“天性”，它包括儿童与生俱来的种种生命属性，如纯真、自由、活泼、好动、耽于幻想、喜欢新奇、乐于创造等等。其中，童年“纯真”因其作为儿童生命属性的典型性而在消费时代被符号化、商品化，成为童年在商业消费时代的一种文化反讽。

比如，在物质消费层面，一些婴幼儿饮食、服饰、游艺产品在包装、宣传上，常常以儿童的“纯真”为噱头，在消费广告中大肆展示“纯真”，以此诱引、鼓动成人进行消费行为；而在文化消费层面，一些文化产业借助视像媒体，直接将儿童的“纯真”制作成相应的文娱商品，以视频、音频或电视节目的形式兜售给不同层次的消费者和受众，如电视上一度兴起的以“纯真”为卖点的“儿童才艺秀”“童心大放送”“欢乐蹦蹦跳”等以展示儿童的天真无邪、童言无忌等生命形态为主要内容的儿童节目。

上述两类情况都是消费时代童年被不同程度商品化的现实表征。所不同的是，童年游戏商品化代表的更多是商业策略对童年现实生活的渗透与控制；而童年品性的商品化，则昭示着消费逻辑对童年文化精神的预支和冒用。显然，相比前者，后者借童年文化之名，而行消费主义之实，其"售卖童真""掏空童年"的隐性商业行为对现实童年的剥蚀与损害更加严重。

三、童年消费的审美化

童年是一种文化结构，其本身并不具有商品属性、消费价值，但是，当童年作为文化存在被置换或转变为商品的时候，其消费价值就应运而生。不仅如此，童年文化在其商品化过程中，还因其"纯真""自由""想象""创造"等生命表征、精神意涵的投射而具有了特殊符号价值。当这种符号价值以图形、色彩、线条、光影、声像、文字等审美符号表达并呈现时，其符号价值事实上也就升腾为审美价值。此可谓童年文化商品的审美化。这样的童年商品审美化现象在今天的儿童消费品市场上随处可见：色彩鲜艳的童装、造型新异的玩具、包装精美的食品、千奇百怪的游戏……所有这些，无不表现出童年消费审美化的普遍性与日常性。

换个角度说，童年商品与童年消费的商品化实际上也是当代文化全面"审美化过程"[①]在童年文化领域的经济镜像，是以文化工业为代表的后现代社会"审美泛化"的文化症候之一。这一点，正如德国哲学家盖尔诺特·伯梅所指出的："社会事务的很大一部分属于审美事务或者说表现的事务……审美价值在价值生产中占据着越来越大的份额。"[②]而这样一种社会生活审美化趋势一旦与商业机制、消费逻辑胶合在一起形成合力，就蓄积成为经济层面汪洋恣肆的社会消费审美化大潮。童年消费的审美化则是该浩瀚水域旁侧的支流，其镜像主要体现在三个层面：

其一，童年物质生活领域。审美从本义上说，属于人类精神活动，与物

① 沃尔夫冈·韦尔施:《重构美学》，陆扬、张岩冰译，上海译文出版社，2002。

② Gernot Böhme，"Zur Kritik der ästhetischen Ökonomie," *Zeitschrift für kritische Theorie* 7, no. 12 (2001): 69-82.

质无涉。但是，由于当代社会“审美泛化”潮流的不断浸淫、裹挟，包括饮食、服饰、家居、玩具、童车、文具等在内的儿童物质生活的审美化早已是普遍现象。不仅如此，因为童年审美观念、审美意识的弥散、渗透，上述儿童消费品的审美符号价值往往比其使用价值更受儿童消费者重视。现实中，类似小姑娘仅仅因为喜欢上面的卡通图案而一口气买下一沓贴纸，小男孩由于喜欢陶瓷娃娃的造型而接二连三光顾玩具店的案例并不鲜见。这些无疑都是童年符号价值在儿童消费中的有力佐证。

其二，童年文学、艺术领域。作为童年审美文化的核心构成，进入商品经济领域的儿童文学与儿童艺术作品是儿童文化消费的主要对象。只不过，与传统社会文化结构中的儿童文学、儿童艺术作品不同，消费时代的儿童文艺作品受商品法则和消费逻辑的潜在影响，无论题材内容选择，还是审美艺术表达，都显露出更加突出的消费意识与商品属性。具体说，就是往往将儿童读者的阅读需求、审美趣味置于审美法则之上，有时甚至为了迎合小读者的某些庸俗化、功利性阅读喜好而不惜在文学审美、艺术形式层面降格以求（如“查理九世”系列、“米小圈上学记”系列等作品）。这样的童年审美消费尽管一定程度上确实促进了儿童文艺作品的市场繁荣，但过于追求销售码洋的商业法则也无时无刻不在消解、剥蚀着属于经典性儿童文艺作品的审美含量，使其凸显世俗性、大众化审美趣味，而疏离、淡化，甚至悬置经典性、艺术化审美标准。由此可见，消费时代，商业法则对包括儿童文学、儿童艺术在内的诸多童年审美文化消费品的渗透和控制，在推动童年文化多样化发展和结构平衡的同时，也不可抑制地为新世纪儿童文学、儿童艺术带来了某种审美隐忧。这其实也是当代社会童年消费审美化的一种旁证。

其三，童年媒介文化领域。消费时代，儿童产品制造商影响儿童消费者行为最直接也最有效的方式是广告，特别是电视广告。事实证明，“电视广告对儿童消费者行为模式的潜在影响是由其处境和本质决定的。许多广告是放在充满欢笑和愉快的儿童电视节目中播放的。针对儿童的广告往往放在这些吸引人的节目中，而广告本身也充满了相同的快乐和滑稽的情景。而且，广告还会比节目走得更远，因为广告会鼓动儿童如何获得这种快乐和滑稽，这无疑引起了儿童的兴趣，甚至可以令儿童着迷”。[①] 不仅如此，已有研究发现，“2 岁到 5 岁的孩子很难说出他们买某种产品是不是由于电视或广告的缘故，但他们买的大多数东西都是深受喜爱的电视节目里面的玩偶或角色所用的东西”。[②] 这也充分表明，以电影、电视为代表的视像媒介作为童年审美文化之当代形态，它们与商业消费机制合力推出的儿童商品广告、儿童游艺节目、儿童影视产品不仅是当代社会生活“审美泛化”的消费事实，而且也是当代童年文化在媒介领域的审美化消费景观。

综上，童年消费的审美化具有多重面相：它既是童年物质生活领域内的审美符号消费，也是童年文学、儿童艺术层面的世俗化、商品化姿态，还是媒介文化领域内的儿童化、心理化导向。无论是哪一种，都无不集中彰显着消费主义对于童年文化的深刻影响。现实中，当我们在充分肯定商业机制带给儿童种种生活福利这一事实的同时，也要警惕消费逻辑对于儿童生命体验与童年审美文化的异化、盘剥。因为，童年作为社会现实和文化结构，其命运毕竟更多取决于文化机制，而非商业消费逻辑。这一点，值得所有关心童年命运和儿童未来的人深思而慎取。

四、童年精神的世俗化

童年不仅仅是一个历史、文化概念，同时也是一个诗学意象。这就意味着，消费时代，人们对童年的关注不只是为了缔造孩子们的现实幸福，更在于透过当下纷繁、驳杂的童年世相，深入洞察并切实把握童年的精神内核与未来趋向。之所以如此，原因正如蒙台梭利所说：“儿童不仅作为一种物体的存在，更作为一种精神的存在，它能给人类的改善提供一个强有力的刺激。正是儿童的精神可以决定人类进步的进程，也许它甚至还能引导人类进入更高形式的一种文明。”[③] 实际上，也恰恰是因为儿童与童年对于人类文明进程

① 詹姆斯·U. 麦克尼尔、张红霞:《儿童市场营销》，中国市场出版社，2009，第 12 页。

② 安妮·萨瑟兰、贝思·汤普森:《儿童经济——为什么孩子意味着商机？》，王树勇、庞锦、章晖译，中信出版社，2003，第 71—72 页。

③ 玛丽亚·蒙台梭利:《童年的秘密》，马荣根译，人民教育出版社，2005，第 23 页。

的“生长”价值和“未来”意义，当前消费文化语境下，对于作为人类社会文化内核的“童年精神”的执守和弘扬才显得尤为重要。

而说到“童年精神”，诚如前文所述，作为童年文化根蒂的童年精神，它指的是在人类文明进程中，寄寓在童年意象之上，以纯真、自由、乐观、自信、诚挚、勇毅、梦想、超越等诗学范畴为要旨的生命的审美精神。其具体内涵包括五个层面：自然、率性的纯真精神，磊落、畅达的自由精神，坚强、勇毅的乐观精神，别具一格的创造精神，无私无畏的主体精神。其中，纯真精神指的是儿童身上所葆有的未经世俗浸染和社会化雕琢的一种真实、自然的生命状态。在消费文化语境下，纯真既代表着童年文化中弥足珍贵的自然而真实的审美属性，也标示着映照消费社会积弊与人性缺失的诗性立场。自由精神指的是以童年所特有的感受力、想象力和创造力，在个体与环境之间所建立起来的一种积极审美关系。这种审美关系既是自然的人化，也是人的自然化，二者水乳交融，代表着人类文化孜孜以求的精神境界。乐观精神对童年而言，则意味着未经生活磨砺的孩子身上熠熠闪烁的生活信仰与冲破现实藩篱、超越生活局限的勇气与力量。创造精神是儿童生命能量由内而外的行动显现。当代消费文化语境下，它指的是儿童在与世俗现实空间和驳杂生活境遇对峙中迎难而上，依托好奇心、想象力与探索意识，通过有计划的实践行动谋求情感慰藉和思维成果的精神形态。童年生活中，其具体表现为儿童在生活中发现乐趣、创设惊奇、捕捉美丽、追求超越的行为方式和精神风貌。而主体精神所凸显的，则是儿童在生命发展过程中对于客体世界的感受力与行动力。具体而言，就是童年审美文化应该致力于儿童感受力与行动力的艺术表达，以期在各种类型的儿童审美文化产品中既体现孩子参与和介入生活的勇气，又呈现他们改变和塑造世界的力量。做到了这些，童年主体精神也就得到了应有的执守与张扬。

上述所有这些童年的精神要义在消费时代都存在不同程度的异化现象。当消费主义打着儿童本位与童年赋权的旗号大张旗鼓地进军童年审美文化的诸多领域时，不仅童年文化承受着滚滚而来的消费文化的涤荡与剥蚀，而且当代童年在充分享受商品丰盛所带来的物质幸福的同时，精神形态方面也不可抑制地呈现出各种委顿、缺失状态：“纯真”被商品化展示、兜售；“自由”遭架空，呈幻象性表达；“乐观”沉沦为肤浅化感官审美；“创造”受冷落，蜷缩一隅，无空间迸发；“主体”文化地位虚设，“赋权”表象化……凡此种种，不一而足。而在这些现象背后，则隐含着商业社会对“纯真”“自由”“乐观”“创造”等童年审美符号毫无节制的征用，以及儿童消费者在商业广告与媒体文化蛊惑、诱引下对成人世俗化审美趣味的盲目认取。

除此之外，令人更为忧虑的是，在这一过程中，消费主义还“通过把无价的童年文化持续地转化为可以定价的消费产品，将人们对于这一文化的情感和信仰转换成相应分量的消费快感。这是一种令人不易察觉而又难以抗拒的‘驱逐’……在这样的消费游戏中，我们丢失的不只是现代童年文化的内在精神，也是与童年的命运联结在一起的现代文化的未来”①。

上述种种消费社会童年文化“镜像”，如果以人类童年诗学意象所寄寓的童年文化精神为参照进行衡定的话，其现实形态事实上就是当代童年在消费时代的一种文化“病象”。换言之，无论是儿童形象的成人化，童年体验的商品化，还是童年消费的审美化，说到底，其实质都是作为人类童年文化“硬核”的童年精神为商业规则和消费逻辑所盘剥后呈现出来的不同层面的异化。这种异化一方面昭示着消费时代当代童年所面临的某种文化危机，另一方面也提醒并敦促人们更多地关注并思考消费文化语境下童年的未来。从这个意义上说，消费主义对童年文化而言，既是“染缸”，也是“熔炉”，它在赋予当代童年迷离杂色的同时，也适时锻造、推动着消费时代的童年不断探索新的文化出路，以期能够推陈出新，“涅槃”而生。

---

① 赵霞:《童年精神与文化救赎——当代童年文化消费现象的审美研究》，中国社会科学出版社，2017，第261页。

第三节
新世纪“中国式童年”消费文化面面观

2023 年 3 月 2 日，中国互联网络信息中心发布了第 51 次《中国互联网络发展状况统计报告》(以下简称《报告》)。《报告》显示，截至 2022 年 12 月，我国网民规模达 10.67 亿，互联网普及率达 75.6%。《报告》还显示，网民的上网设备主要集中在手机端，手机已经成为拉动网民规模不断增长的主要因素。[①] 而另据中国互联网络信息中心 2022 年 11 月 30 日发布的《2021 年全国未成年人互联网使用情况研究报告》显示：截至 2021 年底，我国未成年网民规模达 1.91 亿，未成年人互联网普及率达 96.8%。其中，小学生互联网普及率达 95.0%，较 2020 年提升 2.9 个百分点，未成年人触网低龄化趋势明显。与此同时，未成年网民中，使用手机上网的比例为 90.7%。[②] 足见，新媒介时代，随着互联网和手机的全面普及，移动互联网已经成为青少年日常生活必不可少的一部分。

不仅如此，互联网在社会生活中的迅速普及，也促发了童年消费文化的种种嬗变。调查显示，在互联网消费逐渐取代传统实体店消费而成为主要消费模式的现实背景下，未成年人网络消费在近年来的移动电子商务和网络支付总量中也占有相当份额。商务交易类互联网应用在未成年网民中的普及率为：网络购物 43.5%，网上支付 35.4%，网上银行 28.3%，团购 16.8%，旅行

① 中国互联网络信息中心：第 51 次《中国互联网络发展状况统计报告》，2023 年 3 月 2 日。

② 中国互联网络信息中心：《2021 年全国未成年人互联网使用情况研究报告》，2022 年 11 月。

预订 20.2%，互联网理财 6.9%。[①] 这充分表明，互联网作为新媒介工具与消费文化的叠合，在营造当代中国繁盛互联网消费景观的同时，也以一种势不可当的力量塑造着新世纪中国童年消费文化的现实形貌。

与此同时，由中国青少年研究中心先后于 1999 年、2005 年、2010 年和 2015 年在全国十个省市所做的四次“中国少年儿童发展状况”调查也一再表明，在浸淫于新媒介与消费时代叠合的社会文化语境下，新世纪中国童年消费呈现出了不同于以往的文化样态。

一、压岁钱与零花钱：儿童财富的主要“开源”路径

说到儿童消费，必然涉及资金来源。从现实情况看，中国孩子的财富来源通常有四个渠道：

一是生日、春节等重要日子家长和亲友赠予的压岁钱；二是因学习成绩、比赛或其他方面的优异表现而获得的奖励；三是平时家长给的零花钱；四是帮父母做家务获得的报酬。其中，儿童最为普遍的财富来源是压岁钱和零花钱。尽管这些钱并不一定全部由儿童支配，但是也足以构成儿童消费的基础，也能从中窥见童年消费文化的某些样貌。

（一）压岁钱作为儿童“收入”主要来源影响儿童消费取向

中国传统节庆文化有给孩子压岁钱的习俗，而且随着社会经济不断发展和人们物质生活的富裕，每逢生日、春节等重要日子，儿童得到的压岁钱也水涨船高。调查发现，进入新世纪以来，中国家庭中的绝大多数（97.4%）少年儿童都有压岁钱。其中，压岁钱金额在 1000—1999 元的占比为 26.2%，2000—4999 元的占比为 23.1%，二者合计 49.3%，接近半数。还有 10.4% 的少年儿童压岁钱在 5000 元以上。足见，有约六成的少年儿童压岁钱在千元以上。[②]

此外，针对少年儿童压岁钱数额所进行的分组调查显示，家庭经济条件

① 中国互联网络信息中心：《2014 年中国青少年上网行为研究报告》，2015 年 2 月。

② 张旭东、孙宏艳：《从“90”后到“00 后”——中国少年儿童发展状况调查报告》，中国青年出版社，2016，第 118 页。

成为孩子获取压岁钱多少的决定性因素。家庭困难的少年儿童没有压岁钱的比例比家庭一般、家庭富裕的分别高出 5.3 和 6.2 个百分点。与此同时，性别对少年儿童获得压岁钱的数额影响不大，而小学生获得压岁钱的数额普遍要比中学生高。同时，独生子女所获得的压岁钱明显要比非独生子女高。在城乡比较中，城市少年儿童所获得的压岁钱数额则比农村孩子普遍高约 7%。在东、中、西部地域比较中，2000 元以下各档呈现“西部＞东部＞中部”的趋势，而 2000 元及以上各档呈现“中部＞东部＞西部”的趋势。差异最大的是 5000 元及以上一档，中部比西部高 7.4%。调查还显示，逾两成少年儿童有 5000 元以上的存款，家庭富裕的少年儿童和独生子女的存款数额更大。而在年级比较中可以发现，相比初中生、高中生，小学生中“有钱人”更多……

事实上，这还只是儿童经济生活的“初始”状况，当这一切指向儿童压岁钱去向、购买品种等消费动态时，调查发现，少年儿童自己掌握的压岁钱，主要有三大用途：购买学习用品、课外书（约占 70.6%）；储蓄（约占 51.5%）；购买喜欢的零食（约占 37.8%）。此外，孝敬老人、捐助、给朋友买礼物等也是主要用途。从消费取向看，“00 后”少年儿童的消费观念总体上比较理性、务实[①]。

（二）零花钱多少是制约儿童日常消费行为的主导性因素

尽管当今中国社会城乡家庭经济收入普遍增长较快，但依然有近一半（47.3%）少年儿童在校期间手头没有零花钱。根据中国青少年研究中心与中国银行 2009 年的联合调查，我国大约有 31.2% 的城市父母表示每月不给孩子零花钱，32.6% 的儿童认为自己每月没有零花钱。这一点和儿童在校一般没有消费机会，所以不需要带零花钱有关。“2010 中国少年儿童发展状况调查”则显示，没有带零花钱的学生中，城市学生（51.8%）比农村学生（42.3%）要多，独生子女（48.2%）比非独生子女（46.0%）要多。[②] 这说明，

① 张旭东、孙宏艳：《从“90 后”到“00 后”——中国少年儿童发展状况调查报告》，中国青年出版社，2016，第 118—121 页。

② 孙宏艳、赵霞：《中国少年儿童十年发展状况研究报告（1999—2010）》，人民日报出版社，2011，第 110 页。

城市学生家长和独生子女家长相比农村学生家长和非独生子女家长对孩子日常消费的监管力度要大。换句话说，越是“有钱”的孩子，其消费行为越是可能受到家长和老师的格外关注。

而在带零花钱的儿童中，每周只带20元以下的约占三成，带30元以上的占比还不到3%。这表明，在学校生活中，“显示”出是“有钱人”的孩子很少。调查也显示，尽管城市儿童可能拥有比乡村儿童更多的个人财富，但是由于家庭和学校的监管，孩子们在随身携带零花钱数额方面，差别并不大。

然而，当比较儿童用零花钱和个人储蓄实际参与消费的时候，城市儿童与农村孩子因个人财富不同而引发的消费行为差异就体现出来了。

调查显示：就实际参与消费的儿童总数来看，城市与农村差别不大；但就具体消费数额而言，城市儿童明显要高于乡村孩子。就消费层次来看，农村孩子的日常消费多集中在中低端商品上，而城市儿童则更加青睐中高端消费品。除此之外，城乡儿童消费行为之间的具体差异主要表现在两个层面：

一是食品、衣服、鞋子等生活必需品的消费。调查显示，乡村孩子衣服、鞋子等生活必需品消费多集中于百元以下低档品种；而城市儿童半数以上则以百元以上的中高档品种为消费对象。

二是手机、平板电脑、电子词典、游戏机等儿童学习、生活、娱乐辅助用品消费。数据表明，城乡儿童在这些非生活必需品方面的日常消费差异相较衣服、鞋子等生活必需品差异更加显著。比如，尽管电子产品（比如手机、电子词典）在城乡儿童中的普及率都比较高，但乡村孩子以消费中低档产品为主，而城市儿童拥有中高档电子产品的比例则相对较高。

总之，基于民俗文化传统和家庭文化习惯，压岁钱和零花钱一直是中国孩子财富的主要来源。这不仅是当今社会儿童经济生活的普遍状况，而且在很大程度上也构成了新世纪中国童年消费文化的现实基础。

二、数码产品和网络支付：童年消费文化的新动态

消费时代，伴随着互联网的快速普及，各种数码产品业已成为童年消费

的新形式、新需求。每逢春节、六一儿童节或新学期开学，智能手机、平板电脑、随身听、点读机、电子词典、智能台灯等数码产品的销售额常常一路飙升。如此火爆的儿童电子产品消费景观与传统的衣服、鞋子等儿童生活必需品消费并行不悖，共同构成了新世纪中国童年消费的动态平衡。

调查发现，有近六成（58.8%）的少年儿童拥有千元以上的数码产品。而《2021 年全国未成年人互联网使用情况研究报告》数据显示，未成年网民中拥有上网设备的比例达到 86.7%。其中，手机仍是未成年网民拥有比例最高的上网设备，为 60.9%，其次为智能手表（33.3%）和平板电脑（27.9%）。此外，城乡未成年网民上网设备拥有情况也存在明显差异。农村未成年网民拥有自己手机的比例为 69.2%，比城镇未成年网民（58.3%）高 10.9 个百分点。而农村未成年网民拥有其他上网设备的比例则明显低于城镇。[①] 这充分表明，手机已经成为增长最快的数码消费品之一。

因此，手机消费构成了新媒介时代童年消费的重要部分。调查发现，31.7% 的少年儿童每月没有手机费支出。这可能是因为他们没有自己的专属手机，抑或部分人手机缴费由父母代替。除去没有手机费的约三成少年儿童之外，逾四成（40.9%）的少年儿童每月手机消费在百元以内，近三成家庭富裕的少年儿童每月手机费支出超过百元。

调查还发现，有近四分之一富裕家庭的少年儿童拥有笔记本电脑、平板电脑等 5000 元及以上的电子产品。而性别比较和年级比较则显示，男孩拥有高端电子产品的比例普遍高于女孩；小学生拥有低、高端电子产品的比例也分别高于初中生。此外，按照家庭经济条件分组的研究也发现，家庭富裕程度依然是制约儿童电子产品消费的主要因素。数据显示，家庭经济困难的孩子消费低档电子产品的比例明显高于家境一般和家庭富裕的孩子；而家庭富裕的孩子拥有高端电子产品的比例则比家庭经济困难的孩子高出 18.3 个百分点。而且，横向比较还发现，家庭富裕的孩子拥有 5000 元及以上电子产品的比例近四分之一，家庭困难的孩子拥有 1000 元以下电子产品的比例

① 中国互联网络信息中心：《2021 年全国未成年人互联网使用情况研究报告》，2022 年 11 月。

接近三分之二。[①] 足见，家庭经济条件是影响少年儿童电子产品消费的主要因素。

不仅如此，随着数码电子产品在少年儿童日常生活中的普及，网购和移动支付也成为童年消费的主要形式。数据显示，小学生网上购物的比例为7.2%，初中生为33.4%，高中生为47.5%，中等职业学校学生为44.1%。综合来看，未成年网民网上购物的比例为22.1%。[②]

综上，进入新世纪以来，适逢新媒介与消费文化相互交融、和谐共生，电子数码产品和移动支付不仅取代传统实体消费逐渐成为整个社会经济生活的“新宠”，而且也成为少年儿童消费生活的主要构成。就现实意义而论，这既可视作儿童经济生活的新形式，也体现着童年消费文化的新动态。透过它，我们或可窥见“中国式童年”在社会经济层面的某种嬗变。

三、“协商”“代理”“自决”：新世纪童年消费“三管齐下”

儿童是天然的消费者。一个孩子从呱呱坠地开始，其衣、食、住、行各方面的花费就成为家庭经济支出的主要内容。而随着孩子一天天长大，其持续不断的生活必需品花销加上水涨船高的文化、教育投资，更是让儿童及其家庭全方位进入“消费童年”的生活状态。此时，童年消费也由相对单一的“父母代理”转变为“家庭协商”与“财富自决”并行的“双规模式”。

这一点在“00后”孩子的消费观上体现得尤为明显。

说到消费观，它通常指的是“人们对自己所拥有的、能独立支配的金钱的态度，以及对商品价值追求的取向，是消费者在准备或进行消费活动时对消费对象、消费行为、消费过程的认识或价值判断”。[③] 一个人的消费观念既受家庭和社会环境影响，也与其经济条件、生活水平、文化素质、精神期许密不可分。不仅如此，消费观念还直接以心理认知和价值判断的方式制约着

① 张旭东、孙宏艳:《从“90后”到“00后”——中国少年儿童发展状况调查报告》，中国青年出版社，2016，第118页。

② 中国互联网络信息中心:《2021年全国未成年人互联网使用情况研究报告》，2022年11月。

③ 张旭东、孙宏艳:《从“90后”到“00后”——中国少年儿童发展状况调查报告》，中国青年出版社，2016，第143页。

消费行为，从而成为一个人消费生活的“指南针”和“方向盘”。基于此，通过消费观念内涵构成了解儿童消费的动态变化就成为切实把握童年消费模式的有效路径。

调查发现，在个人财富支配权方面，儿童征得父母同意，以“家庭协商”的方式有条件地支配个人资金实施消费行为在“00后”孩子中占主导地位（59.3%），完全听父母的“父母代理”型消费占第二位（28.3%），完全由自己支配的“财富自决”型消费占第三位（12.3%）。随着年龄的增长，少年儿童的个人财富支配权越来越大：初中生只有4.2%是“父母代理”型消费，小学低年级、高年级学生则分别有62.9%、39.6%是“父母代理”型消费；至于完全自己做主花钱的“财富自决”型消费，初中生有21.3%，小学低年级、高年级分别只有5.5%、9.5%。十年中，儿童消费自主权日渐民主，“父母代理”型消费下降10个百分点以上；完全由自己做主花钱的“财富自决”型消费先呈现上升趋势，后又理性下降；“家庭协商”型消费形式作为童年消费主要方式，占比接近六成。[①]

分析上述调查数据后不难发现，相较“80后”“90后”孩子，“00后”少年儿童自我意识更强。他们尽管也信任父母，乐意通过“家庭协商”的方式满足自己的消费诉求，但随着年龄增长，他们依照自己意愿进行消费，“我的钱财我做主”的“财富自决”意识明显有所提升。这一方面是由于进入新世纪以后，中国经济持续高速发展，城乡家庭财富积累日增月涨，居民生活水平不断提高，由此，儿童基于压岁钱、零花钱、货币奖励的个人财富也水涨船高，日渐丰盈；另一方面，则是社会商品极其丰盛背景下，包括家庭储蓄、亲子关系、消费观念、消费方式、消费结构等在内的家庭消费文化不断转型、嬗变的结果。无论出于哪一种因素，这种超前、自主与理性的儿童消费观念、消费行为都呈现了新世纪中国消费童年昂扬而丰沛的文化风貌。

① 孙宏艳、赵霞：《中国少年儿童十年发展状况研究报告（1999—2010）》，人民日报出版社，2011，第115页。

四、“多重影响”：新世纪中国童年消费的网状结构

进入新世纪以来，随着中国社会经济的高速增长，整个社会已进入大众消费时代。与此同时，互联网的全面普及，更是自下而上促发并推动包括生活方式、消费观念、消费行为与消费结构在内的消费生活转型。浸淫于这样的社会文化语境中，当代童年消费也深受影响，不仅在儿童财富来源、消费形式、消费结构、消费权益等方面充分体现出鲜明的时代特点，而且还在家庭消费关系、社会消费生态、儿童经济交往等童年消费文化层面上呈示出相互勾连、彼此嵌套的网状结构。

首先，家庭的经济状况，父母的亲子观念、消费习惯直接影响孩子的消费行为。

“00 后”儿童生活在物质商品极度丰盛的消费时代，社会经济的持续繁荣与家庭财富的不断增长使得很多城乡中产阶级及以上家庭的孩子能轻而易举满足各种物质需求。在这种情况下，无论是“父母代理”或“家庭协商”型消费，还是“财富自决”型消费，实际上都是家庭亲子关系、父母消费观念、消费习惯在儿童消费行为上的某种映射。“父母代理”型消费在反映家庭对未成年子女消费行为严格管控的同时，也显示着儿童消费体验和生活实践的某种缺失。“家庭协商”型消费则彰显着家庭文化的自由、民主和亲子关系的自然与和谐。儿童在参与家庭经济生活过程中，既经受实践锻炼，获取生活技能，又培养了家庭责任感，增进了亲子关系，可谓一举多得。而“财富自决”型消费则充分体现着父母对孩子自主性、独立性的理解和尊重。尽管儿童在实际消费中可能因受商业广告蛊惑或流行风潮影响而存在盲目消费、跟风购买等乱花钱行为，但这种“我的钱财我做主”的消费体验和实践锻炼如果辅以家长的关注和引导，将对儿童培育包括自主性、独立性、计划性、自制力、自信心在内的良好自我意识大有好处。

其次，“互联网 +”时代，新的消费生态与购物模式潜移默化影响着儿童的消费习惯。

当下，互联网作为信息平台、生活工具和消费引擎已经渗透到社会生活的诸多方面。它在全方位改变人们日常生活形态的同时，也在全社会营造出

新的消费生态和购物模式：网购、团购、网络约车、网络订票、移动订餐、网络捐赠、旧货网售、电商刷屏、直播带货、视频打赏等等。一系列前所未有的消费形式在互联网技术的支持下粉墨登场，一时间令人眼花缭乱、应接不暇。与此同时，各种网络诈骗、消费陷阱也层出不穷，令人防不胜防。纷繁芜杂的消费生态一方面为童年消费提供了多样化的消费体验和实践机会，但另一方面也难免会让心智尚未完全成熟的儿童消费者感到困惑，无所适从。于是乎，跟风团购者有之，网上应援者有之，沉溺游戏者有之，打赏网红者有之……各种不良消费行为应运而生。

此时，包括家长和老师在内的成人社会不应该逆潮流而动，对少年儿童网络消费只是简单地抵触、排斥、围堵乃至拆解，而应该审时度势、因势利导，以客观、平和、冷静的态度深入了解并把握“互联网+”时代童年消费的特点和趋势，通过新媒介时代的消费素养教育，在肯定儿童消费体验和生活实践的同时，培育他们健康正确的消费观念和消费习惯。唯有这样，“互联网+”时代的童年消费才可能拥有与时俱进而又生机勃勃的文化样态。

最后，童年伙伴关系的现实类型和基本走向也极大地影响着儿童的消费行为。

调查发现，从幼儿园到小学、中学，童年消费中“父母代理”和“家庭协商”两种类型的儿童消费比例一直呈递减趋势，相反，“我的钱财我做主”的“财富自决”型消费却呈现递增趋势。其中既有儿童成长中自我意识逐渐觉醒，自主性、独立性不断增强的原因，也有童年伙伴文化的潜在影响。

实际上，已有社会学研究成果表明，对小学中年级以上的少年儿童来说，很多时候，同伴的认可、评价比家长的肯定更为重要。他们喜欢听同伴的建议，会观察同伴的穿着打扮。相比起祖辈、父辈成年人，他们觉得同辈的消费价值观更值得信赖，同龄人的消费行为、消费习惯更值得推崇和效仿。由此，伙伴交往中同龄人休闲娱乐方面的喜好、衣服鞋子的式样、发型装扮的时尚等都会在“圈层”内带来“趋同”和“遵从”效应。这样的儿童“圈层文化”表现在消费行为上，就是童年消费现象中常见的“同伴遵从”型消费和“团体联动”型消费。

基于此，现实中，面对童年伙伴文化给予儿童消费行为的多方面影响，成人社会一方面要充分认识到，童年伙伴关系是与亲子关系并行的重要人际关系，对于儿童社会化发展意义重大，不可或缺，因此家长、老师要为儿童创造更多互动交往的机会，鼓励并引导他们与更多的同龄人建立起和谐、友爱的同伴友谊；另一方面，鉴于儿童“圈层文化”的某种世俗化和狭隘性，家长也要时时关注并及时引导孩子警惕朋友圈推销，远离“裹挟式”“赞助式”消费等不良消费行为。通过系统而恰切的消费素养教育，在指导儿童树立健康、正确的消费观念、消费习惯时，不断培育、优化良好的童年伙伴关系。

综上，消费时代，以互联网为代表的新媒介与消费文化的融合、联动极大改变了社会生活的基本面貌与普罗大众的生活方式。受新媒介与消费文化深刻影响，儿童经济生活也呈现出种种不同以往的文化症候。压岁钱与零花钱的水涨船高，数码产品和网络支付的异军突起，“家庭协商”“父母代理”与“财富自决”型消费的“三管齐下”，家庭、社会和童年伙伴的多重影响……所有这些“互联网 +”时代的儿童消费现象都在以一种不由分说的方式塑造着今天的童年文化形象，营造着当下的童年消费生态。基于此，如何更好地探察、书写、把握并引导新媒介与消费文化叠合下的中国消费童年的现实动态、未来走向，就不仅是包括家庭、学校在内的成人社会对于童年的教育职责、文化关切，而且也是以儿童文学为代表的童年审美文化艺术表达理应保有的题中之义。

第四节
童年消费文化与原创儿童文学发展

当代中国正处于商品经济的包围当中，商品经济孕育并催生消费社会的形成。而在消费文化语境下，包括服饰、饮食、休闲、娱乐、交游、阅读等在内的童年现实生活的诸多方面，都经受着商品经济和消费逻辑的裹挟、渗透、浸淫与同化。此时，少年儿童与文学图书相遇，其间不仅间隔着出版社、杂志社、家庭、学校、图书馆，而且还连接着家长、老师、图书管理员、兄弟姐妹、同学、朋友。所有这些社会文化机构与人际关系网络，共同构成了当代儿童文学阅读的文化场域。而在这样的场域里，“儿童与书的关系不再是小读者和文本之间的关系，而是小消费者和层出不穷的周边产品之间的关系”。[①] 不仅如此，在商品经济和消费文化盛行的时代，“儿童阅读文学作品的意义比以往任何时候都要依赖于儿童的社会文化地位。他们的阅读都是成人目的和社会力量的延伸：包括提高儿童阅读技能的教学目的，作者和成人规范儿童道德和思想的目的，出版商和公司通过商业设计来引导读者阅读更多同类读物的目的，以及用文化再生产维持一个特定社会持续发展的目的”。[②]

所有这些因素叠合在一起，共同构成了童年消费文化对于新世纪原创儿

① 杰克·齐普斯：《重构：文化产业中的儿童与儿童文学》，刘思诚译，《湖北民族大学学报（哲学社会科学版）》2020 年第 5 期。

② 同上。

童文学发展五个层面的直接影响。

一、童年消费内容丰富原创儿童文学题材结构

进入新世纪以来，随着生产力不断升级与经济高速发展，中国社会进入商品极度丰盛的消费时代。琳琅满目的商品，不断攀升的购买力，再加上日益增长的物质与精神需求，共同培植、缔造了热浪滚滚的后现代社会消费文化。而浸淫于这样的社会文化氛围里，“中国式童年”也适时生长出杂色纷呈的消费内容与光怪陆离的消费现象。这些童年消费内容、消费现象有些属于常态物质生活范畴，如儿童在衣、食、住、行层面的消费；有些是正常教育文化方面的消费，如学杂费，购买图书、文具、电脑等，还有些则是新媒介时代文化增殖的“新型”童年消费项目，如空中课堂订购、付费音频视频播放、平台内容包月、手机使用缴费、电子游戏充值、网络打赏等等。上述不同类型的童年消费一旦进入文学审美范畴，就从内容素材和价值形态两个层面直接影响着原创儿童文学的题材结构。

首先是内容素材方面。与传统社会不同，消费社会背景下，儿童的生活日常尽管表面上依然与以往大同小异，但其内容、形式实际上已经迥然不同。比如，在传统社会，婴幼儿养育基本是以母乳喂养、手工尿布、亲子护理为主的自给自足的“家庭模式”；而消费社会则是以高档奶粉、合成尿片、专业月嫂、住家保姆为主的“消费模式”。还比如，在传统社会，儿童的游戏从活动内容、组织形式到活动过程，都具有全身感官参与、身心高度融合的亲历性、体验性、创生性，如男孩自制风车、冰汆、雪橇等玩具，自创“官兵捉强盗”“斗鸡”“跳马”等游戏，女生缝剪沙包、毽子、纸鸢，自创挑花绳、抓羊拐、跳房子等游戏；而在消费社会，上述孩子们亲力亲为、生机勃勃的游戏或消隐不见，或式微没落，取而代之的则是花样翻新的商品化玩具和游戏：彩泥、积木、拼图、模块、套环、摇铃、飞盘、沙画、飞椅、摇摇车、充气城堡、旋转木马、电动火车、投币魔盒、时光穿梭、智能探秘等等。这样一来，儿童游戏的内容、形式差异直接带来游戏体验的不同。原来全感官参与、身心一体的生机勃勃的体验型游戏，在设计化、商品化、程

式化的既定游戏场域中，已然转变为单一性感官参与和即时性身体体验。那种身心一元的生命感知、精神愉悦被极大地悬置、消解。而这样的童年游戏一旦进入原创儿童文学审美视野，它所表现的就是消费文化对于儿童生命体验的弱化与剥蚀。这是童年消费文化引发的原创儿童文学题材结构变迁。

除此之外，童年消费文化还促发了原创儿童文学价值形态的变迁。诚如前文所述，消费文化的商业机制与利益驱动不仅让童年物质生活深陷商品世界之中，而且还通过对童年属性与童年精神的审美转化与符号征用，在推动童年生命诸多重要元素商品化、符号化的同时，潜移默化地影响着童年文化的价值形态。比如，食品、童装、童车、电玩、文具等商业广告对儿童美颜和天真笑容的符号化征用，意在唤起儿童与家长双重的感官吸引、心理认同；还比如，儿童真人秀、儿童模仿秀、儿童“网红”、儿童才艺 PK、儿童网络直播等新媒介童年文化现象，借助儿童语言、情感、行为动态的自然展示和儿童书画、舞蹈、唱歌等才艺的现场表演，以及儿童与家长既融合又独立之亲子关系的场景再现，将童年生活转化为消费符号，进而成为大众消费的对象。消费主义时代，上述童年生活的商品化、符号化现象作为童年现实，无疑是原创儿童文学所瞩目与聚焦的内容之一，其题材结构也由此呈现出“消费创生童年”与“消费毁坏童年”两种截然相反的童年文化价值形态。前者指的是消费主义思潮催生了当代童年不同以往的新形态，如各种儿童网络消费现象；后者则是指消费主义文化通过对童年生命属性与审美精神的符号征用，消解了儿童的主体性，遮蔽了童年的真实性，让童年呈现出诸多病象与假象，如儿童“网红”和网络造“星”现象。

需要指出的是，尽管当下消费主义文化对“中国式童年”的浸染、裹挟与剥蚀日趋严重，但原创儿童文学不仅对此缺乏关注，而且相应的审美聚焦、透视、表达更是稀缺。这无论是就主题内容结构来说，还是就其审美价值功能而言，都不能不说是原创儿童文学在新世纪“中国式童年”审美表达层面的一种视野游离、实践缺位。

二、童年消费形式浸润原创儿童文学语言表达

消费主义时代，各种光怪陆离、新潮时尚的消费现象不仅极大地拓展并丰富了当代少年儿童的日常生活内容，而且还在成长体验与生活实践层面上推动了原创儿童文学的语言表达。这主要体现在三个方面：一是商品经济背景下，少年儿童全方位参与家庭经济活动而积累的消费体验在儿童文学作品中的映现和投射，这体现为儿童文学语言表达的“消费镜像”；二是新媒介文化语境下，从包括游戏对战、音频播放、视频观看、快手直播、抖音刷屏、微信交友等全新儿童媒介生活衍生而来的媒介创生语汇在儿童文学作品中的及时呈现，这显示了儿童文学语言表达的“媒介特性”；三是消费主义文化氛围里，由网络图像、数字图片、动漫影像等构成的不断更新换代的视像语汇为新一代“数字原住民”所悦纳，并迅速在少年儿童群体中辐射、传播，也由此进入儿童文学审美视野，成为消费时代童年生活的“风向标”——此即原创儿童文学语言层面的“图像景观”。

第一种情况是题材内容的都市感、意象化与当下性赋予原创儿童文学“消费”审美书写的物化气息和即时效应。检视新世纪原创儿童文学中的童年经济生活书写，不难发现，童年文化审美表达层面的“消费镜像”主要出现在以通俗儿童文学为标志的“商业化写作”中，最典型的就是新世纪之初，由饶雪漫、伍美珍、郁雨君（分别自称“文字女巫”“阳光姐姐”和“辫子姐姐”）三位女作家构成的“花衣裳”儿童文学创作组合所推出的一系列作品。三人当中，又以郁雨君都市少女题材作品的“消费”特征最为明显。这一点从她诸多含有物化商品意象的通俗少年小说题目上就可以看出，如《晴天小猪减肥日记》《提拉米苏带我走》《坐上幸福摩天轮》《蓬蓬裙春天降落》《啤酒亲亲杯子》《我的裙子睡着了》等等。“花衣裳”之外，周志勇的“小丫俏皮 girl”系列、杨红樱的“淘气包马小跳”系列、北猫的“米小圈上学记”系列等以商品经济背景下儿童生活情状、生命动态为题材内容的儿童小说、儿童故事，也不同程度地映现出中国当代城市童年的“消费镜像”。

第二种情况是新潮时尚语言、网络热词、游戏语汇等颇具实效性的动态

语言给原创儿童文学语言表达带来了某种“履新”或“异化”色彩。比如，浙江宁波的儿童文学作家王路在《我的星中只有你》《我的房东是女生》《城市少年》等多部网络少年小说中熔网络语言、生活语言为一炉，通过对城市少年动感、鲜活、质朴、粗粝生活状态不无戏谑的“原生态”呈现，让作品在情节、语言层面弥漫着一种轻捷而芜杂、新奇且幽默的“媒介特质”与狂欢化色彩；还比如，“花衣裳”成员之一，人称“阳光姐姐”的安徽儿童文学作家伍美珍在其《同桌冤家》《愿望树》《六四班的追星族》等通俗少年小说中，将鲜活、灵动、朴素、丰盈的生活语言和动感、时尚、幽默、俏皮的网络语言交错运用，从而为文本营造出一种亦真亦幻、亦庄亦谐的语言调性，生动体现了新媒介和消费文化语境下原创通俗儿童文学生活化、媒介化的复合性特征。

第三种情况则是原创儿童文学面对童年消费生活在语言表达层面上的“图像景观”。诚如前文所述，消费主义时代，新媒介与童年消费文化合谋，不仅全方位改变着当代童年的物质生活，而且还不动声色地塑造着“中国式童年”包括语言形象、意义结构在内的精神形态。这一点体现在原创儿童文学中，就是文本表达的“视像化”倾向日趋显著——原创儿童文学一改过去的单一文字符号表达，转而借助声音、图像、色彩、光影，甚至动作、手势等多种“语言”创设多维童年情境，进而推进多向度意义生成和构建。

这具体表现在三个方面：其一，图画书作为儿童文学新品类在原创儿童文学文类结构中异军突起，成为最具审美特性与消费潜质的原创儿童文学艺术增长点；其二，图文互动、文本转换、视像链接等“跨媒介”文本表达方式的广泛运用，适时赋予作为新生事物的“融媒体”原创儿童文学一种鲜明的“视觉化”审美效应；其三，受电影、电视、短视频平台等电子媒介影响，以文字表达为核心的纸质儿童文学文本也日益显露出“可视性”审美趋向（比如，杨红樱在“淘气包马小跳”系列中，多用轻松、动感、明快、迅捷的场景转换来推动情节发展，从而给阅读带来一种类似看万花筒、乘过山车、坐摩天轮的动感体验，光影闪烁，图像纷呈，虽畅快淋漓，却无须品味、思索）。这是消费主义语境下，原创儿童文学出现的典型媒介化倾向与即时化效应。

三、童年消费类型营造原创儿童文学出版格局

中国青少年研究中心“少年儿童生活方式研究”课题组分别于 2004 年和 2016 年做过一次关于中国少年儿童生活方式的问卷调查，结果显示，对少年儿童来说，课外阅读是受到家庭、学校和社会鼓励的最主要的休闲方式。而在少年儿童消费观念和消费行为层面，有超过六成（65.0%）的少年儿童将零花钱用于买文具或课外书刊。[①]

与此同时，“开卷 2008—2010 少儿类畅销书排行榜 TOP30”榜单显示，上榜次数最多的畅销书品类是儿童文学。三年中上榜的 90 种图书中，儿童文学读物有 81 种；其次是网游图书（含一部网游文学读物，其余全部是通关秘籍之类的工具书），有 8 种；再次是动漫图书，有 1 种。[②]

“开卷”数据还显示，2009 年，进入少儿类图书零售市场的出版社达 525 家（凡是有少儿类图书在市场上发生动销的出版社均计入），即全国范围内 570 多家出版社当中 90% 以上的出版社都参与了少儿类图书市场的竞争。[③]而原国家新闻出版总署出版管理司《2009 年度全国图书选题分析综述》则显示，2009 年报送的少儿类选题共计 34649 种，比重超过选题总量的 20%，比 2008 年增加了 42%，其中专业少儿社报送的选题只占少儿类选题总量的 26%。[④]这不仅标志着我国童书出版行业全面崛起，迎来了历史上最好的发展时期，更预示着此后的中国原创儿童文学先后进入“黄金十年”（海飞语）、“后黄金十年”。典型例子就是，外语教学与研究出版社 2009 年一口气签下 16 位儿童文学作家，大举进军专业少儿出版；二十一世纪出版社则对郑渊洁作品实施“整舰起航”，一次性推出其 7 大系列童话共 54 部作品。

上述少年儿童消费行为调查和童书出版数字充分表明，进入新世纪以

---

① 赵霞、孙宏艳:《与孩子共创美好生活——中国少年儿童生活方式研究报告》，中国青年出版社，2018，第 183 页。

② 崔昕平:《中国童书出版纪事》，希望出版社，2018，第 228 页。

③ 杨伟:《少儿图书零售市场稳健成长　畅销热点分布不均》，《中国新闻出版报》2010 年 5 月 31 日，第 5 版。

④ 新闻出版总署出版管理司:《2009 年度全国图书选题分析综述》，《中国新闻出版报》2009 年 3 月 9 日，第 5 版。

来，广大少年儿童不断增长的以儿童文学阅读为主导的童书消费作为童年消费的主要类型，已经以不可阻挡之势席卷整个童书出版和销售市场，构成了童年消费文化格局下姹紫嫣红、风景独好的绚丽景观。其中，作为低幼儿童亲子阅读与学前教育优质资源的图画书（绘本），以小学生为核心读者群与服务对象的儿童故事、儿童小说，以及侦探、冒险、幽默、幻想等类型化原创儿童文学的发展势头最为强劲，其文学生产与阅读消费最具代表性。

比如，数据显示，2020 年 1—4 月，少儿图书市场在整体图书市场中的码洋比重超过 30%，稳居第一。而卡通、漫画、绘本类则凭借较多的引进版系列畅销书显示出较好的成长性。特别是少儿绘本，以国际获奖绘本、大师系列作品、经典作品等为主，亲子绘本阅读也蔚然成风，需求量很大。[①]

尽管以上说的是引进版绘本，但伴随着国外优秀图画书作品的不断引进，以及包括创作、出版、营销、阅读接受在内整个图画书市场的不断培育、艺术生态的持续优化，众多品相优异、文质兼美的原创图画故事书也如雨后春笋般纷纷出现。

不仅如此，以亲子阅读和学前语言、审美教育为宗旨的绘本阅读消费市场也在中国城乡普通家庭与幼教机构中逐渐形成。由京东图书与北京开卷信息技术有限公司成立的阅读与产业发展联合研究院曾发布 2019 年线上童书消费报告，报告显示，女性中童书主要消费用户是 26—45 岁的妈妈以及一小部分的 16—25 岁的女性用户，男性中童书主要消费用户为初、高中学历的 16—25 岁男性用户以及本科、研究生学历的 26—45 岁青壮年爸爸。[②]

与此同时，以小学生为阅读消费对象的原创儿童故事、儿童小说和童话作品则作为绘本之外另一大传统童书品类，始终在新世纪原创儿童文学创作与出版结构中保持优势地位。但凡畅销的图书品种，几乎全部集中在上述文类。比如，从 20 世纪末的《男生贾里全传》（秦文君）、《草房子》（曹文轩）、《女儿的故事》（梅子涵）、《花季雨季》（郁秀），到新世纪的《漂亮老师和坏小子》和“淘气包马小跳”“笑猫日记”系列（杨红樱）、“郑渊洁童话系列”（郑渊洁）、沈石溪动物小说系列（沈石溪）、“幽默三国”“幽默红楼”系列

① 北京开卷：《中国少儿图书市场的 20 年》，https://m.thepaper.cn/newsDetail-forward-7583306。

② 出版人杂志：《2020 童书市场哪家强 京开研究院童书消费报告》，https://m.thepaper.cn/baijiahao_7531295。

（周锐）、“笨狼的故事”系列（汤素兰）、“装在口袋里的爸爸”系列（杨鹏）、“米小圈上学记”系列（北猫）等等，莫不如是。

足见，包括家长、老师和少年儿童在内，整个社会童书消费的类型，在很大程度上影响着原创儿童文学的出版格局。

四、童年消费观念塑型原创儿童文学审美取向

在新媒介和消费时代，儿童购买并使用自己喜欢的商品可以获得一种“赋权感”。消费主义文化“通过将儿童和青少年纳入消费者的范畴，使儿童和青少年处于接受海量信息的饱和状态，使年轻人难以形成特定身份和自主感”。[①] 与此同时，消费主义文化也从物质和精神的各个层面建构儿童，使其成为真正的消费者。比如，物质层面，随着新世纪中国经济的快速发展和普通城乡家庭的财富积累，儿童手中的压岁钱和零花钱也水涨船高。由此，他们在一个高度商业化、符号化的世界里，为各种物质需求和生活愿望所驱动，由传统社会的被代理消费者，一跃而成为整个社会经济体系中不可或缺的消费主体。这在当今社会并非虚言，而是既成事实。

比如，相关调查结果表明：压岁钱和零花钱是少年儿童自主消费的主要经济来源。儿童压岁钱和零花钱支出去向，不仅能充分反映儿童的消费观念、消费行为，而且也是他们生活内容、生活方式的重要表达。调查显示：有超过六成（65.0%）的少年儿童将零花钱用于买文具或课外书，有五成多（53.1%）的儿童将零花钱存起来，有近四成（38.7%）的儿童用零花钱来买零食。此外，给长辈或同学买礼物、买运动用品也分别占一成至两成。同时，超过七成少年儿童面对消费窘境时靠自己存钱解决问题；近六成少年儿童能够理智对待“喜欢”与“大笔消费”的关系；近六成少年儿童跟朋友在一起消费时采取“AA 制”（平均分担费用）；逾四成少年儿童进行过网络购物，且以购买生活用品和学习用品为主；方便快捷是少年儿童选择网络消费

---

① 杰克·齐普斯:《重构：文化产业中的儿童与儿童文学》，刘思诚译，《湖北民族大学学报（哲学社会科学版）》2020 年第 5 期。

的首要原因，质量是他们网络购物时最看重的因素。[①]

上述少年儿童消费生活所反映的消费观念、消费行为并非单一、孤立的现象，而是与当代孩子的人生观、价值观密切相连，甚至就是他们人生观、价值观在物质消费层面的映现和投影。而当这种相对“独立、自主、理性、节制、灵活、实用、多元”的儿童消费观念、消费行为作为童年价值观的有机组成部分融合进原创儿童文学作品时，一种颇能体现消费时代文化特质的既简单、直接、灵活、时尚，而又不失生命理想、生活理性、成长智慧的审美价值取向也就跃然纸上。

不仅如此，消费主义对童年文化精神层面的浸淫、塑造同样深入而彻底。这表现在两个方面：其一，当代消费文化与新媒介文化深度融合，通过包括影音、图像、数码等在内的技术手段、表现形式营造各种感官狂欢、视觉盛宴，由此让以文字符号和印刷媒介为载体的传统儿童文学面临着某种前所未有的接受“危机”；其二，经济社会和消费逻辑所秉持的“利益原则”决定了消费文化更加强调精神文化产品的商品色彩、消费属性，更加青睐那种注重“感官审美”“即时接受”，具有平面化、时尚感、娱乐性特征，能够迅速吸引眼球、聚合受众的文化品类、活动。由此，当代童年阅读在一定程度上进入以即时感知和感官愉悦为核心的“轻阅读”“浅阅读”时代，而以往那种为童年审美文化所推崇的以情感体验、心灵熏染、思维启悟和意义建构为要旨的审美阅读、深度阅读被悬置乃至放逐。表现在原创儿童文学层面，就是儿童文学创作与出版的价值定位在文化消费与文化建构、经济利益与社会责任之间游移，一些遵循消费主义逻辑、迎合儿童读者阅读喜好的创作就此步入商业化写作轨道。这种创作分野不仅给传统的审美主义儿童文学带来观念冲击，而且还在现实意义上造成了原创儿童文学价值体系的分解与重构，促使原来“铁板一块”的原创儿童文学发生审美裂变，逐渐分化为审美导向的经典儿童文学与消费导向的通俗儿童文学。

如此看来，童年消费主义文化对于原创儿童文学多元化格局的形成可谓功不可没。

---

① 赵霞、孙宏艳:《与孩子共创美好生活——中国少年儿童生活方式研究报告》，中国青年出版社，2018，第183—197页。

五、童年消费状况制衡原创儿童文学文化生态

21世纪是消费经济日渐鼎盛的时代。消费主义文化背景下，无孔不入的商业消费、符号消费对童年的浸淫、塑造全方位展开——衣、食、住、行全面覆盖，休闲、娱乐不断升级，教育投资层层加码，媒介生活日新月异……所有这些，都在不同方面参与着当代中国社会童年观与童年文化的构建，推动着全新的“中国式童年”文化特质、文化生态的形成，并进而在社会文化意义上完成消费主义时代童年整体形象的塑造与童年文化价值的实现。

这一点，正如布尔迪厄所说：“消费是一种再现性情的过程，这种性情由不同的品位构成，来自在可接受的现有客观环境下引领生活的追求。这些客观环境受到社会阶层的约束，即与一个人的物质财富（经济）、知识类型（文化）和接触到的网络（社会）有关，所有这些都是在社会实践的追求中用于评价品位的资源（积累起来形成资本）。”[①] 也就是说，每个社会人的消费观念、消费行为都与其所在的社会阶层密切相关。换言之，任何个体消费都不只是经济行为、生活行为，更是情感、心理行为和社会文化行为。此可谓社会消费的文化内涵与心理动因。

在这一点上，童年消费似乎有所不同。一则，以技术革命为依托的新媒介文化已经很大程度改变了今天童年的生活方式。那种“面对面”“点对点”“线性连接”的交往模式、思维方式、阅读策略逐渐式微，而浮出水面的则是多维、交叉、混搭、拼贴、杂糅、复调、共享、狂欢等生活形态。二则，商业规则和消费逻辑推动儿童成为社会经济的主体、家庭经济生活的积极参与者、童年消费文化的主要建构者。这样一来，儿童的社会身份就发生了根本性“转换”。他们不仅是社会经济生活领域内的消费主体，而且还是被商业社会和消费文化不断发掘、征用的文化符号。基于此，“儿童对消费文化的兴趣就远不是贪婪、享乐或被动能够概括的：它包含着对社群的渴望，对摆脱成人权威、严肃性和目标导向的一种乌托邦式的渴望。然而，消

---

① Lydia Martens, Dale Southerton, Sue Scott , “Bringing Children (and Parents) into the Sociology of Consumption: Towards a Theoretical and Empirical Agenda,” *Journal of Consumer Culture* 4, no.2 (2004): 155-182.

费文化确实限制了儿童的幻想冲动。在接触消费文化时，儿童强化了同性、同龄群体的标识，弱化了其他群体的标识”。[①] 也就是说，儿童参与家庭经济生活、主导自己的消费活动，不仅意在验证并巩固自己的主体地位和独立意识，而且也在试图及时获取进入同伴文化场域的“通关秘籍”。足见，参与并主导消费活动对儿童群体来说，它的文化意义远超实践价值，它在自我认知、生命体验、社会交往、观念养成等儿童社会化成长层面的意义更是不容小觑。也正是在这个意义上，童年消费状况不仅塑造着“中国式童年”的现实形态，而且还显示了对原创儿童文学文化生态的制衡效应。

比如，京东图书与艾瑞咨询联合发布的《2019 年度中国图书市场报告》显示，73.7% 的用户购买图书属于家庭消费。其中，有 60.6% 的用户已婚且有孩子；图书的线上消费者中，男性占比 52.4%，女性占比 47.6%，男性消费者在数量上略占优势。[②] 而《2019 京东童书消费报告》的数据显示，购买童书的消费者中女性比例超过 60%。[③] 两份报告都充分表明，在当下的童年文化消费语境下，就家庭文化消费结构而言，妈妈群体是童书消费的主要人群。与此同时，男性家长童书消费所占比例逐渐上升，因此较女性家长也并无明显差别。这也从侧面反映出当代中国社会家庭结构中，父母双方在家庭教育和育儿方面的实际参与度逐渐趋于平衡。

还比如，新媒介时代，数字阅读成为与传统阅读并驾齐驱的儿童文化消费新样态。相较传统的纸质阅读，以浏览手机、电脑、阅读器等各种电子屏幕为主的数字阅读拥有得天独厚的优势。比如，在数字阅读过程中，读者获得了更多的自我控制，容易获得大量的文本信息，阅读的选择更多，互动也更便捷，但丰富的非线性表现方式使得数字阅读具有更大的挑战和困难。[④] 而中国青少年研究中心 2015 年实施的“中国少年儿童数字阅读调查”结果显示：约三分之一的少年儿童喜欢数字阅读；少儿数字阅读中，新闻的接触率

---

① Ellen Seiter, *Sold Separately: Parents and Children in Consumer Culture* (New Brunswick: Rutgers UP, 1995), p. 4, p. 6, p. 50.

② 京东图书、艾瑞咨询:《2019 年度中国图书市场报告》, https://report.iresearch.cn/report_pdf.aspx?Id=3497。

③ 商务君:《2019 京东童书消费报告，人均购买童书 8 本》, http://www.cptoday.cn/news/detail/7684。

④ 罗双兰、葛洋:《网络阅读元认知能力培养研究》,《中国远程教育》2011 年第 4 期。

最高，达七成；数字阅读内容圈层化、娱乐化特点突出；网络小说及其衍生品受欢迎，科幻类是少儿的最爱；掌握高级数字阅读技能和阅读策略的少儿为数不多，少儿的数字阅读素养亟待提升……①

现实中，上述两种童年文化消费需求、消费状况不仅直接推动了包括儿童文学读物在内的纸质童书与数字童书的双向发展，而且还间接丰富了原创儿童文学的内容结构，甚至还借助某种价值方式和观念形态，融合为儿童文学教育教学的内容资源与主题表达。

换言之，尽管上述两种情况还仅仅是个别案例，但一斑窥豹也足以看出，新媒介和消费时代，当代中国少年儿童的消费状况很大程度上制衡着包括儿童文学在内的童年文化的现实生态。

综上，新媒介与消费时代，童年消费文化对原创儿童文学的影响广泛而深刻。无论是童年消费内容对于原创儿童文学题材结构之丰富，童年消费形式对于原创儿童文学语言表达之浸润，还是童年消费类型对于原创儿童文学出版格局之营造，童年消费对于原创儿童文学审美取向之塑造，抑或是童年消费状况对于原创儿童文学文化生态之制衡，无不充分体现了童年消费文化参与并建构“中国式童年”的特有方式和主导力量。换而言之，这也是新世纪原创儿童文学面对无孔不入的童年消费文化时理应持有的价值尺度与审美姿态。

在著者看来，原创儿童文学只有坚守这样的文化站位，才能够在滚滚而来的消费主义大潮中始终葆有审美初心、童年立场，以生成童年生活新观念为要旨，以重构童年发展新生态为己任，审时度势，与时俱进，深思慎取，兼收并蓄，不仅将童年消费表达看作原创儿童文学审美书写的题中之义，而且更视其为塑造“中国式童年”新形象、新面貌不可或缺的有机构成……

相信一旦做到了这些，原创儿童文学在后现代主义消费浪潮中不但不会陷于徘徊、迷惘、挣扎、倾覆之窘境，相反，还会云帆高挂，一往无前地远航于烟波浩渺的世界儿童文学艺术海洋。

---

① 赵霞、孙宏艳：《数字时代的儿童成长》，中国青年出版社，2016，第3—6页。

第十章

“中国式童年”百年生命叠印与历史重构

第一节

童年史构成及其文学审美维度

作为人类文化现象的童年是时间性和空间性的统一。依照海德格尔的理论，时间形态的童年可以区分出曾在、当前和将来三个维度，其存在形式则分别对应着童年历史、童年现在和童年未来三种意义结构。三者以时间为坐标而依次展开，并互为前提，相互转化，彼此支撑，共同构成了不同地域、不同民族、不同社会形态背景下人类童年观念与实践两个层面上线性承接与动态更迭的意义系统。其中，童年历史（即童年史）就是基于“曾在”的回溯视角下的童年文化样态，其文学表达不仅呈现着儿童文学在历史维度的童年审美样貌，更昭示着童年文化在“曾在”维度的现实展开与未来趋向。

一、童年史的学术进程与观念建构

说到童年史，法国历史学家菲力浦·阿利埃斯是个绕不开的名字。1960 年，阿利埃斯出版了法文版历史著作《旧制度下的儿童与家庭生活》（*L’enfant et la vie familiale sous l’Ancien Régime*）。该著作的英文版于两年后出版，书名被译为后来广为人知的《儿童的世纪——旧制度下的儿童和家庭生活》（*Centuries of Childhood: A Social History of Family Life*）。在这部著作中，阿利埃斯将目光聚焦在儿童的日常家庭生活层面，通过关注历史境遇中儿童的日常生活，以及儿童与成人之间的关系，试图探析家庭结构变化对童年的影响，并在此基础上建构新的童年概念。其中，他关于“中世纪，不存在童年观念，童年是一种现代发现”和“近代家庭‘情感革命’”的论断，以及他所倡导的生活史与精神分析研究方法对后世影响甚巨，不仅被认为开创了一种童年史研究的“阿利埃斯范式”，而且还以“童年建构论”之观念雏形构成了20世纪后期以来童年史和童年文化研究的理论基础。时至今日，几乎所有的童年史著作都被视作是对这部著作的承接、提炼与修正。借用美国学者约翰森的话说，就是“其影响一直在延续，从未被取代”。[①] 阿利埃斯的这部著作之所以在童年研究领域享有如此崇高的地位，主要得益于他的两大贡献：其一，确立了童年史研究的学术起点；其二，提出了“童年发现”这一重大命题。关于后者，前文已有相关梳理，因此不再赘述。这里主要讨论《儿童的世纪——旧制度下的儿童和家庭生活》(后文简称《儿童的世纪》)对于“童年史”研究的意义。

实际上，随着阿利埃斯《儿童的世纪》的出版，童年史作为一个专业领域就此开始了自己作为独立学科的学术进程。其后，在短短四十多年间，西方学术界如雨后春笋般涌现出诸多以不同地域、不同民族、不同历史阶段的童年史为考察对象的专论。柯林·黑伍德的《孩子的历史——从中世纪到现代的儿童与童年》、休·卡宁翰的《1500年以来西方社会的儿童与童年》、M. 霍莱斯的《变化的童年》、彼得·N. 斯特恩斯的《世界史视野中的童年》、詹姆斯·舒尔茨的《德国中世纪时期对于童年的认识》、让-皮埃尔·内罗杜的《古罗马的儿童》以及艾达·科恩和杰瑞米·B. 拉特主编的《古代希腊与意大利的童年建构》等著作都是这一领域富有代表性的研究成果。

不仅如此，20世纪80年代之后，一些曾经被先前的历史学者所忽视、淡忘的重要历史时段相继进入童年史考察视野，成为新的童年研究对象。1973年，美国心理学家劳埃德·德莫斯创立了《童年史季刊》。1974年，德莫斯主编出版《童年的历史》，书中呈现的童年史图景，不论在时间长度还

① Dorothy Johnson, “Engaging Identity: Portraits of Children in Late Eighteenth-Century European Art,” in *Fashioning Childhood in the Eighteenth Century: Age and Identity*, ed. Anja Müller (Farnham: Ashgate, 2006), p. 101.

是空间覆盖上，都较阿利埃斯的研究更为拓展。[①] 足见，由《儿童的世纪》所促发的童年史研究对象与研究方法的更迭效应已充分显现。而阿利埃斯所提出的“童年的发现”论断，更是在推动近现代童年观嬗变的同时，引发了持续半个世纪的巨大争议。一方面，今天的童年史研究者大都认同“童年”及其概念最初是由阿利埃斯“发现”并“建构”的（阿利埃斯的贡献还在于将儿童对象化，并以其为中心来考察人类家庭和社会结构中童年与成年的关系），这也正是《儿童的世纪》被后世视为“童年史”研究起点之原因所在；另一方面，针对阿利埃斯所提出的“中世纪没有童年”的观点，法国历史学家乔治·杜拜、美国历史学家乌本·赫默斯、北美历史学家娜塔莉·戴维斯等在具体而充分的史料基础上指出，童年并非只是现代社会的文化“发现”，而是在人类历史中早已存在。它是不同地域、不同民族、不同社会文化建构的产物。

实际上，今天看来，上述立足于寻求各种证据“为中世纪童年辩护”，进而意图挑战并推翻阿利埃斯观点的研究不约而同地存在着对《儿童的世纪》的“误读”。因为阿利埃斯的论断明确指向的是“童年的观念”，而非“童年的事实”。在这点上，《儿童的世纪》中其实说得很明白：在中世纪，不存在童年的观念。这并不是说儿童在那时是被漠视、遗弃或看不起的。我们不能将童年的观念与对儿童的感情混为一谈，前者是与一种对于儿童特性的意识相对应的，正是这种特性将儿童与成人区别开来。而在中世纪，这种意识恰恰是缺失的。[②] 换言之，阿利埃斯并非是在否认童年现象在中世纪的存在，而是意在强调现代文明对于童年特性的准确把握和敏锐发现，以及成人社会对儿童珍爱感情的持续、稳定状态。这一点既与《儿童的世纪》“以儿童家庭生活构建童年史”的内容结构和著述定位高度契合，也与包括《古罗马的儿童》（1984）、《在中世纪成长》（1993）、《中世纪的孩子》（2001）、《古代希腊与意大利的童年建构》（2007）、《童年忆往——中国孩子的历史》（2008）、《秦汉儿童的世界》（2018）等在内的西方与中国古代童年史的研究

① Lloyd deMause (ed.), *The History of Childhood* (New York: Psychohistory Press, 1974).

② Philippe Ariès, *Centuries of Childhood: A Social History of Family Life*, trans. Robert Baldick (New York: Vintage, 1962), p. 128.

成果达成一致。

除此之外，还可以进一步说，阿利埃斯所言“童年”的观念并非古已有之，而是特定社会历史、文化建构的结果。这一出自《儿童的世纪》的著名论断不仅开启了在童年研究领域影响深远的“建构论”，而且还延展出“新童年社会学”视域下更富有前瞻性和实践色彩的“阐释性再构”理论。这也是《儿童的世纪》对于后世童年史研究的重要影响。

二、童年史之内涵构成与文化意义

作为西方新史学潮流之重要一脉，童年史自20世纪60年代发轫以来，已经走过了半个多世纪的发展历程。时至今日，由《儿童的世纪》所开启的童年史研究范式历经承继、修正、质疑、批判、革新、超越，早已褪去了初始阶段相对黯然的底色，呈现出焕然一新的史学风貌。不仅它的学科属性、地位已然确立，而且它作为童年文化一脉之内涵构成也从混沌到明晰，由分化而整合，显示出既彼此独立，又相互融合之多维立体结构。具体而言，实然的完整童年史实际上通常由五个维度的史实构成：童年观念史、童年家庭史、童年生活史、童年情感史和童年社会史。这五个层面分别对应着童年观的历史演进、童年视野下的家庭变迁、过往儿童的生活情状、历史进程中儿童的情感体验，以及社会历史框架下的儿童身份建构。上述五个部分并非条块分割，互不关涉，而是彼此嵌套、融合，形成了你中有我、我中有你的“同质杂合”结构。因此，完整的童年史是五位一体的复合结构，它呈现的是人类历史进程中多维交织、活色生香的童年生活面貌与童年文化形态。而这里所细分的五个层面所代表的仅是完整童年史的不同面相而已。

先说童年家庭史。众所周知，家庭是人类社会结构中最基本的组织形式，它对于童年的意义就在于它不仅是儿童生命发生、发展的第一场域，而且是儿童社会化进程的核心通道。因此，家庭史作为童年史的基本构成，不仅是童年史的母体系统，而且还是童年史的资源背景。换言之，就是家庭史研究既要关注家庭结构、家庭规模、家庭类型等显在因素，又要聚焦家庭观念、家庭关系、家庭感情等隐性文化，而其中的家庭养育模式、教育方式和亲子关系则是家庭史所审辨、考察的核心议题。而且，需要指出的是，世界范围内，童年史从史学系统中分化出来成为独立学科，就是由家庭史开始的，最典型的例子就是《儿童的世纪》。对这部著作的属性，阿利埃斯一直认为“这并非是一本‘儿童史’，而只是一部关于‘家庭’的著作，是一位‘人口学家’有感于‘当代’家庭的一些特质而引发的思考和研究”。[①] 事实上，也正是阿利埃斯“无心插柳”的考察、研究实践，才使得《儿童的世纪》“歪打正着”，不只成为西方童年史研究领域里程碑式的著作，而且还就此开创了从家庭视角考察、研究童年的先河。

再说童年社会史。如果说，童年家庭史是童年史立足于家庭场域而关注并考察童年的私领域，那么童年社会史就是童年以家庭生活为轴心不断向外辐射、延展开去的公领域。它既关涉构成童年背景的诸多文化空间，如幼儿园、学校、培训机构、儿童游乐场、图书馆、博物馆、少年宫等教育机构和文化设施，也涵纳儿童社会化发展中以家庭亲子关系、童年伙伴关系、学校师生关系、社会长幼关系为依托而展开的复杂多样的同伴交往、师生互动、课堂学习、课外探索、文化活动、社会实践。童年社会史是童年史的延展部分，它既代表了社会历史视野下童年的广度和宽度，也构成了童年文化时空性、人文性与交互性等多重属性之资源背景。比如，彼得·拉兹莱特 1965 年出版的《我们消失的世界》以教区记录、人口数据等诸多社会资料考察、分析中世纪的家庭结构，通过经验综合得出研究结论；还比如，新世纪出版社 2000 年出版的《百年中国儿童》(“九五”国家重点出版规划项目)，该书考察并记录了 20 世纪百年中国儿童基本生活和社会化发展状况，用 2000 多个条目和 1900 多张照片全方位呈现了百年中国童年的文化变迁、历史风貌，体现了“童年社会史”视野之广袤与史料之丰厚。

童年社会史视域之下，则是童年生活史。这是童年史“同质杂合”结构中“私领域和公领域”构成的外圈部分。具体说，就是家庭史与社会史叠合的部分。它既包括儿童家庭生活的私领域，也涵纳儿童以集体游戏、课外活动、同伴交往为核心的童年社会化实践的表层部分。需要说明的是，这里对

---

① Philippe Ariès, *Centuries of Childhood: A Social History of Family Life*, trans. Robert Baldick (New York:Vintage, 1962), p. 7.

童年生活史的界定是相对的，仅仅是出于对童年史进行内容结构分析的需要。实际上，童年生活史、童年家庭史、童年社会史三者相融共生，彼此嵌套、胶合，界限非常模糊，很难截然区分。比如，台湾学者熊秉真在《童年忆往——中国孩子的历史》一书中，通过对中国古代蒙养教育的教材内容、教法实践进行考察与案例分析，从文化视角展示出特定历史时期中国孩子的生活情状和生命属性。相较依托日记、自传、遗嘱、家训等私领域第一手资料的家庭史研究理路，这种基于幼蒙之道和幼教素材的童年史构建属于比较典型的童年生活史呈现，它所揭示的是不同家庭背景下教育生活对于古代中国儿童生命发展的深刻影响。

最后要说到的是童年史范畴内的“心理视野”和“情感维度”，即童年情感史。这属于童年史研究的“内领域”。具体而论，童年情感史指的是从情感和心理视角对历史语境中的个体儿童生命发展状况或不同个体儿童的情感互动现象进行个案研究或分类考察，并以此透视且呈现人类文明的不同时空背景下儿童生存与发展的“内隐”形态、内在面相。与家庭史、生活史、社会史往往依托相对客观、独立、清晰、丰富的史实、史据、史料再现昔日儿童生活、重构童年历史面相不同，由于情感史与生俱来的主观性特质，致使诸多情感动因、情绪脉动、情意细节都弥散在“童年忆往”纷繁芜杂的遥思、追述、缅怀、回忆之中，历经时光剥蚀，其原生性日渐成疑，似是而非，似非而是，零碎散佚，真伪难辨。于是，忠于史实之揣摩品鉴、爬梳钩沉就成为情感史建构不可或缺的思维图和方法论。

不仅如此，鉴于人类情感与心理的个体性、私密性、动态性和社会性，童年情感史所聚焦、透析并呈现的实际上是历史文化语境下儿童个体或群体童年生命形态的“内宇宙”。这一“内宇宙”，就其内在构成而言，并非单一的“个体话语”“私人体验”，而是个体与群体、物质与精神、现实与想象、主体与客体、审美与科学等诸多感受、认知和体验的融合与统一。因此，立足于儿童群体的社会文化属性，那种独立于家庭、学校、社会、自然之外的抽象童年“情感”其实并不存在。这也就意味着，在童年史范畴内，童年情感史仅仅是一个文本书写和文化分析的维度，而非独立形态的史学分支。这一点在后续儿童文学文本分析中还会谈到。

由上述童年史之内涵构成可知，童年史是家庭、社会、生活、情感和观念五维空间的文化存在。不同层面的童年生活素材相互嵌套、彼此胶合，共同构成了童年史的文本资源。而在此基础上，童年史作为童年文化之一脉，所呈示的其实就是人类文化视野中既往童年的内隐脉理与外在形貌，也就是人类历史童年的“内宇宙”与“外世界”。而这一“内宇宙”与“外世界”自20世纪60年代起在人类文化版图上的分封、独立不仅推动人类在观念层面上由童年“发现”而不断进入童年“探索”“拓进”，并最终走向童年“发展”与“解放”，而且还引领人类童年在社会文化意义上以既往童年为原点适时拓展疆域、丰富实践，并最终在时间、空间、现实、想象、审美、科学等诸多层面实现童年文化的知识创造与意义建构。

毋宁说，这是童年史对于童年文化发展的应有之义。

三、历史经纬中的“中国式童年”镜像

说到“中国式童年”，它在本书内容结构中实际上涵纳着“中国童年”之“曾在”“当前”和“将来”三种时空维度和意义系统。它具体指的是以当代中国社会变革与文化转型所衍生出的复杂多样的儿童生存状况为核心，向后观照中国孩子斑驳、苍凉的历史镜像，向前统合中国儿童丰沛、昂扬的未来图景的多维文化结构与童年生态。换言之，“中国式童年”具有时空复合性，它既指向文化地理学上的空间意义建构，也蕴含文学社会学方位上的多维文化生成，还援助并促发童年历史学层面的文学审美表达。足见，“中国式童年”并非指涉当下童年现实的单向度中国童年生活图景，而是立足于民族、时代、环境等要素，并携带着中华文化丰富信息、鲜明印记的全方位、整体性、复合性童年文化存在。它包含了不同历史阶段、不同时代生活赋予童年的不同形貌特征和文化内涵，并在未来的延长线上表现着中华民族追求美好生活，不断寻求自我实现、自我超越的生命态度和童年愿景。基于此，以童年史为坐标的“历史童年”仅仅是时间维度上“中国式童年”的一种样貌与形态。它在中国童年文化结构中主要体现为以下四种存在样态：

其一，历史维度上“中国式童年”的“间接”存在。这主要是指古代文

化典籍、历史文献中中国儿童的种种生命“痕迹”。这表现为四种情况：首先是中国童年的“训示性”“指导性”存在。比如，中国最早的教育学著作《礼记》将儿童视为教育对象，并由此提出了诸多教习法则和行为规约。还比如《三字经》《百家姓》《童蒙训》等蒙学教材都从不同层面论及教育儿童的方法和原则。其次是中国童年的“描述性”“记录性”存在。比如，中国文明进程中，历朝历代留下的个人传记、家谱、年谱、亲人书信中对传主、谱主、执笔者或他人幼时生活情状、成长经验的记述。再次是中国童年的“实证性”“技术性”存在。比如，中国古代的医书中关于儿童病例的记载；还比如古代法律档案里，关于儿童犯罪得以减刑的记录；等等。最后是中国童年的“艺术性”“想象性”存在。这指的是中国古代文艺作品中的儿童形象和童年场景。如后世常见的《婴戏图》《耕织图》《货郎图》《百子图》《闹学图》《清明上河图》等传统画卷上有诸如儿童玩耍游戏、参与劳动、课堂捣乱、街市游历等生活场景；还比如，《搜神记》中有“李寄斩蛇”的故事，《西游记》中有哪吒、红孩儿、花果山的小猴子和各种小妖的童年形象。

从对上述历史、文化典籍中的“中国式童年”生活情状、生命痕迹中“是否能多少亦可得出过去儿童真实处境与生活经验的一些投射，或者当时社会集体心态中认为儿童与童年的意义（此态度正是儿童正常生活要面对的一个大环境），古今中外已有的材料更不一定能立刻提供一个正确的答案”。[①] 尽管如此，这些中国历史上的童年痕迹依然是今天我们认知、理解既往“中国式童年”的极其重要而珍贵的文化资源。

其二，历史维度上“中国式童年”的“直接”展示。这主要体现为近代以来一些儿童出版物和童年史著作从不同角度对百年中国社会变迁中的童年文化及儿童生命世界的探察与关切。比如，1875 年由美国长老会牧师范约翰在上海创办的最早的中文儿童刊物《小孩月报》以儿童为读者对象，其中的传记和故事作品一定程度上透示出当时的童年社会面相。比如，1915 年创刊的《妇女杂志》通过对母乳喂养、婴儿睡眠、标准儿童身高和体重、儿童常见疾病的治疗等童年相关知识的介绍，意在为现实中的孩子勾画昂扬、健

① 熊秉真：《童年忆往——中国孩子的历史》，广西师范大学出版社，2008，第 16—17 页。

康、向上的理想童年生活图景；还比如，新世纪出版社 2000 年出版的《百年中国儿童》借鉴传统纪事性史传体例，将百年中国儿童史按不同领域先分为 17 卷，然后再按时间顺序排叙史事，由此全景式展现了百年中国儿童的生存状况与生活风貌，可谓把握百年中国童年脉动、研究百年中国儿童问题的一部百科全书。

其三，个体视角下的“中国式童年”生命“本相”。这是一类从个体视角切入中国童年“真实”的口述式、纪实性历史叙事。代表性童年叙事有两例：一例是由儿童文学作家保冬妮策划、哲学家周国平主编的 9 卷本“中国百年个体童年史”；另一例是儿童文学作家殷健灵在调研、采访基础上依托受访者自述而创作的兼具童年史与心灵史意义的对话体散文集《访问童年》。前者精心遴选了出生在 20 世纪初至 20 世纪 90 年代的九位作者，通过他们老北京地域文化视野下各具特色的口述或著述，生动呈现了百年社会变革与文化变迁背景下的中国童年面相与嬗变轨迹；后者则以作者与年龄跨度极大的不同受访者（从 1922 年出生的老人，到 2005 年出生的近 10 岁孩童）的童年对话为素材，经由经验综合、学理分析，深度呈现并揭示了中国百年历史进程中隐匿于不同时代、不同地域文化杂色图像中的个体童年的鲜活样貌、独特品性。

其四，审美视域下“中国式童年”的历史“图景”。这指的是在当代文学艺术作品中和大众传播领域内，借助特定审美符号和技术手段还原昔日童年情境、再现历史童年形象、形塑童年历史文化的审美实践及成果，包括画家笔下中国近现代历史语境中的孩子，影视作品中昔日的中国童年形象，近现代儿童音乐中的童年情感和体验，等等。比如美术作品中的流浪儿、小报童、小乞丐、小童工、小八路等；影视作品中的潘冬子（《闪闪的红星》）、张嘎（《小兵张嘎》）、海娃（《鸡毛信》）、三毛（《三毛流浪记》）、大林和小林（《大林和小林》）等；音乐作品中的小孩儿（《麻雀与小孩》）、葡萄仙子（《葡萄仙子》）、神仙妹妹（《神仙妹妹》）、秋香（《可怜的秋香》）等等。至于当代文学作品中融合童年历史叙事的例子，那就更多了。单以题材类型来分，就有战争叙事（如张品成“十五岁的长征”系列和张忠诚的“东北抗联三部曲”）、生活叙事（如叶广芩“耗子丫丫的故事”系列）、人物叙事（如黄蓓佳的“5个8岁”系列和毛芦芦的“战火中的童年”系列）、成长叙事（如薛涛的“少年满山”系列和舒辉波的“舒辉波战争与成长三部曲”），等等。

上述四类“中国式童年”文本既从不同视角表现着历史维度上中国童年史的多重真相，也以不同形式复现了中国历史童年的繁复面貌。不过，需要说明的是，这些童年文本中，除了《童年忆往——中国孩子的历史》和《百年中国儿童》属于比较专业的童年史著述外，其他诸如“中国百年个体童年史”、《访问童年》以及“东北抗联三部曲”等都属于非典型童年历史叙事。尽管如此，透过这些时空有别、形态各异的中国童年镜像，我们依然可以探知潜藏在时光深处的诸多童年秘密，也能够把握时代变迁中中国孩子的生命脉息与精神律动。这其实也是这些“非典型”童年史叙事对于昔日童年再现与历史文化重构的价值所在。

四、“童年史”视域下的原创儿童文学“历史书写”范式

诚如上文所述，在童年史撰著、研究长期波澜不兴的文化语境下，非典型的“中国童年史”书写不只有必要，甚而还颇具几分“补白”意义。这时候，原创儿童文学历史书写恰恰在新世纪童年文学表达与童年历史重构之审美交会点上构筑起属于自己的文化景观。

如果仔细梳理一下进入新世纪以来涉猎中国童年史的文学书写，将不难发现，不同题材、类型的作品在近二十年中如雨后春笋，纷纷涌现。截止到2023年，除了上面提到的作品外，先后进入读者视野的还有如下作品：《神奇邮路》《最后两个灾民》（张品成）、《烟囱下的孩子》《天空草坡》（常新港）、《金雨滴》《吉祥时光》（张之路）、《会跳舞的向日葵》《小青春》（秦文君）、《蜻蜓眼》（曹文轩）、《童眸》《白棉花》《野蜂飞舞》（黄蓓佳）、《童年河》《黑木头》（赵丽宏）、《将军胡同》（史雷）、《福官》《柳哑子》《绝响》（毛芦芦）、《1937·少年夏之秋》《野芒坡》《是猪就能飞》《彩虹嘴》（殷健灵）、《影之翼》（童喜喜）、《少年的荣耀》（李东华）、《谢谢青木关》（谷应）、《长安梦》（高源）、《锔盆女孩》（韩静慧）、《红豆》（余雷）等。与新中国成

立后“十七年”儿童文学历史题材的“英雄主义”叙事（如王愿坚的《小游击队员》、徐光耀的《小兵张嘎》、管桦的《小英雄雨来》、李心田的《闪闪的红星》），和新时期三十年儿童视角“红色革命史”的宏大叙事（如张映文的《扶我上战马的人》、严阵的《荒漠奇踪》、张品成的《赤色小子》《北斗当空》《翱翔如风》等）不同，新世纪的“中国式童年”历史书写多采取民间立场下的“日常生活叙事”策略。举凡二十多年来原创儿童文学领域的“童年史”书写，无论是战乱年代的稳定家庭生活（如黄蓓佳的“5 个 8 岁”系列和《野蜂飞舞》、舒辉波的《躲猫猫》），还是战争时期的特殊童年命运（如李东华的《少年的荣耀》、薛涛的《满山打鬼子》）大都如此。这一方面显示了新世纪原创儿童文学审美范畴内历史文化视野的充分敞开，另一方面也昭示了“中国式童年”历史书写的继往开来与跨越式发展。而这两个方面的文学审美趋向在“5 个 8 岁”系列、“中国女孩”系列、“少年满山”系列和“东北抗联三部曲”中体现得尤为明显。

也就是说，童年史的书写，既有柯林·黑伍德《孩子的历史——从中世纪到现代的儿童与童年》和休·卡宁翰的《1500 年以来西方社会的儿童与童年》所代表的主流“史学模式”，也有以菲力浦·阿利埃斯的《儿童的世纪》和 M. 霍莱斯的《变化的童年》所代表的非主流的“社会学模式”；既有尼尔·波兹曼的《童年的消逝》和大卫·帕金翰的《童年之死——在电子媒体时代成长的儿童》所标示的“传播学模式”，也有让-皮埃尔·内罗杜的《古罗马的儿童》和熊秉真的《童年忆往——中国孩子的历史》所体现的“文化学模式”……

除此之外，童年审美领域内，更有诸多非典型的童年民族史、社会史、家庭史、个体史（包含情感史）书写，所有这些，不仅从不同维度极大丰富了世界童年史研究的路径、方式，而且还在相当程度上补正并引领着“中国式童年”历史维度的文学实践和未来走向。

正因如此，借助前述原创儿童文学作品中的童年“个体史追忆”“家庭史回溯”和“社会史叙述”，并通过文本内容结构分析以及综合、比较“同类个案”文本特质，即可深入透析“中国式童年”的历史肌理、现实意蕴与未来趋向，并在此基础上切实把握隐匿在纷繁历史事件背后童年的生命基因和精神力量。窃以为，这理应成为童年史视域下原创儿童文学历史书写审美研究的现实路径和基本范式。

综上，正如童年史有其特定内涵结构、演进轨迹一样，童年史语境下的儿童文学审美表达亦有其内容与形式的规定性。社会历史文化、童年生活形态之客观、真实，童年叙事选择、童年资源提炼之鲜活、深邃，文本表达形式、个体童年形象之恰切、典型，都是“童年史”儿童文学书写所要把握的审美要义。而从原创儿童文学现实状况看，无论是“中国百年个体童年史”、《访问童年》，还是“5 个 8 岁”系列小说、“童年中国书系”等，所提供的无疑都是儿童文学童年史书写的特定范式。这些或为生活史，或为命运史，或为心灵史的童年叙事在生动体现百年中国社会变迁背景下不同阶段、不同文化背景中国童年斑斓样态的同时，也清晰映现出原创儿童文学在历史维度童年叙事层面上不断探索、不断寻求自我超越的审美轨迹。这些风采各异、生机勃勃的童年史叙事甚至还在一定程度上昭示了原创儿童文学创意表达、多元发展的价值图景与未来方向。

第二节
个体视域下的“中国式童年”历史表征

童年史作为人类社会符号化和过程性的童年记忆，其学科构成与其他史学分支并无二致。比如，体例层面的童年通史、编年史、断代史、区域史、民族史、个体史和内容层面的社会史、家庭史、生活史、情感史，它们纵横交错、相互补充，共同构成了人类童年史的体例结构。这一点在西方半个多世纪的童年史发展进程中体现得颇为明显。

然而，中国童年史的情况却有所不同。众所周知，中国史学传统历来讲求“德识为先，求实直书，会通古今，经世致用”，因而偏重基于家国情怀的宏大叙事。这就使得以“稚情拙态、懵懂认知、琐屑体验”为主体的“童年世相”很难进入史家视野。也正因如此，即便童年史于20世纪后半叶在西方学界渐成显学，成果迭出，它在中国史学领域依然死水微澜，水波不兴。截至目前，也仅有《童年忆往——中国孩子的历史》《秦汉儿童的世界》和《百年中国儿童》等寥寥几部童年史著面世。在这种情况下，诚如上文所述，儿童文学层面的童年史书写就具有多重意义：既填补了纯粹童年史的缺失，又平衡了当代童年文化的内容结构，还丰富了“中国式童年”的审美方式。其中，尤为珍贵的是原创儿童文学的个体童年史书写。

一、“中国百年个体童年史”：“中国式童年”的“多棱镜”

这是一套以个人回忆录形式呈现的自传体、口述式童年史丛书。九位作者的出生年月依次从民国初年到20世纪90年代，时间跨度近百年。而他们源于不同时代、不同家庭背景的童年生命形态也风采各异：出生于20世纪第二个十年的官绅家庭，吃奶娘乳汁长大的郄义老人拥有“拜见班禅活佛”“骑着毛驴去西山”的“传奇”童年；“北漂族”后代，家住老北京铁门胡同，衣食无忧的“20后”民国女孩淑英子跌宕起伏的“罹难”童年；“九一八”事变后出生，读过私塾，家境殷实，童年时生活优裕，成年后对老北京民俗风物如数家珍、了如指掌的翟鸿起老爷爷生趣满满的“民俗”童年；出生于电影艺术之家，深受导演父亲和影星母亲影响的自立自强的“40后”女孩菊子（凌丽）满怀眷念的“亲情”童年；新中国成立后出生，童年在军队大院里度过，曾被周恩来总理抱过的开国将军后代刘俍富有时代色彩的“军营”童年；两岁坐火车，怕去幼儿园，喜欢逛商场，被外婆唤作“人来疯”的“60后”小姨保红漫“淘气小丫”的“本色”童年；出生在“蒲公英家庭”，童年辗转两地，喜欢蹭电影看，收藏贴画，养宠物，一不小心当了回“疯狂指挥家”的“70后”爸爸卢悦活力四射的“欢悦”童年……

上述不同时代、不同视角的个体童年叙事就如同九束穿越沉沉时空帷幕的生命之光，照亮了幽深历史隧道中形形色色的生活场景、人情人事。这些富有生命质感和文化信息的讲述分开来，呈现了每个童年个体在特定历史时期的生活动态、成长轨迹，合在一起则映现出童年视野里北京地域社会文化在百年里绵延起伏的变迁图景。这一点，正如丛书主编周国平先生所说：“每个人的童年记忆又是非常个体化的，并且必然会染上时代的色彩。在不同年代度过童年，童年生活及其留下的记忆会很不同。对于同一个年代，儿童和成人的视角也会很不同。映照在儿童的眼睛里，相关年代的社会场景和风俗会呈现丰富而有趣的细节，从而为历史记录提供一个特殊的角度。”而在此基础上，这套书的意义就在于“打通个体童年史和区域社会史，用童年记忆呈现时代变迁”。[①] 不仅如此，“中国百年个体童年史”还以不同于正史、通史、编年史、断代史的个体口述、回忆形式标举民间立场，彰显“草根”特色，通过梳理微观历史层面个体儿童成长脉络，以及真实再现家庭生活场景中的“那年那月小时候”，来全方位构建百年中国个体童年的生命图谱、文化镜像。

除此之外，作为跨越不同时代的“迭代”个体回忆叙事，九位不同年龄作者的童年历史叙事叠加在一起，显示出清晰的童年“代际”衔接、文化传承特征。比如，20 世纪 50 年代出生的刘佷在“国防绿的小时候”曾亲历了“胡子将军孙毅游街”和“学农劳动猎杀野兔”的场景，而类似的童年体验在 60 年代出生的小姨保红漫和 40 年代诞生于艺术之家的菊子奶奶的童年记忆里得到跨时空的印证：菊子奶奶的爸爸妈妈双双受到政治“审查”，而 18 岁的她则被裹挟着加入体协运动队“造反派”，参加了对“黑导演”爸爸的政治批斗……同一时期，刚刚两岁的小姨保红漫则和幼儿园的阿姨、小朋友们一起乘着闷罐火车去河南“五七”干校看望正接受“劳动改造”的爸爸妈妈。在保红漫的黑白两色记忆里，那时候，家里还有个会背毛主席语录的保姆，而去海军大院大操场看露天电影就是孩子们乐此不疲的社交聚会……

当然，需要说明的是，“中国百年个体童年史”名为“童年史”，实为“童年回忆录”，其以“忆”代“史”的呈现方式，一方面通过线性叙述充分体现了时间维度下个体童年的生命轨迹，另一方面其立足体验、尊重事实的纪实风格也极大程度袒露并揭示了特定历史时期的社会真相与人性真实。从这个意义上说，“中国百年个体童年史”的个体化、“忆态”性著史方式不独“填补了我国个体童年史研究无素材无作品的空白”[②]，而且也开辟了原创儿童文学“童年史”书写的先河，可谓意义不凡。

---

① 周国平:《童年记忆和时代变迁》，载“中国百年个体童年史”丛书，浙江少年儿童出版社，2013，“主编总序”。

② 龚小萍:《〈中国百年个体童年史〉编辑手记》，《出版参考》2014 年第 25 期。

二、《访问童年》：时间维度的童年比照

《访问童年》是儿童文学作家殷健灵在深入调研和系列采访的基础上推出的一部纪实性散文集。与“中国百年个体童年史”体例类似，这部作品通过对出生于1922年到2005年之间，生活在不同地域，有着不同家庭背景和职业的26位普通中国公民的采访，全方位呈现了百年中国社会历史进程中个体童年的丰富样貌、斑斓图景。所不同的是，《访问童年》尽管只是单部作品，但其“散点展开”的系列化、集束式深度采访所涵盖的人群范围、童年类型相较“中国百年个体童年史”丛书“定点透视”的个体叙事更为宽广、细腻，而且其“受访者”自述与“采访人”评析平行展开、一一对应的结构，也赋予了不同时代童年相互“比照”的特质，这就无形中规避了单一视角“童年回忆”的平面性，而使作品呈现出不同个体跨时空“对话”的童年文化纵深感、复合性。

关于这一点，作者殷健灵在“自序”中说得很清楚：“本书中受访者的年龄跨度达将近一个世纪，他们的童年小史从一个侧面反映了中国近一百年的时代变迁。然而，我更感兴趣的，不是宏观的时代命运，而是不同时代和地域里孩子的心灵和感情。它们千差万别，却异曲同工；它们幽微渺小，却丰富而广袤。它们会颠覆我们的一个基本认知，童年不仅纯真无瑕、混沌无知，童年同样敏感脆弱、复杂多变、危机四伏。童年独立生长，可终究敌不过时代洪流、社会文化、家庭环境的裹挟和影响。”换言之，以不同形态的个体童年案例透析儿童生存本相、探察童年生命本质，进而揭示并把握隐匿在纷乱社会潮流、驳杂生活现象背后的儿童情感轨迹、心灵脉动，这既是作者的写作期许，也是这部作品的价值所在。就这点而言，《访问童年》中的26个童年故事连同其后的26篇“采访后记”显然不只实现了这一创作预期，而且还达成了超出预期的审美成果。这就是李敬泽在该书序言中所说的，它超出了童书的范畴，“是人之书，是爱的教育、情感教育”，“它不是透明的，不是纯粹的，它不是童话和神话，而是百感交集的漫长旅途。人被童年所塑造，人也注定向着童年争辩、反抗和逃逸，人渴望与他的童年和解，所以人需要访问童年，在记忆、修复和创造中与自己、与世界和解”。

这样的例子在《访问童年》中有很多。在秦涵坤老人眼里，“每个人何尝不是一只孤船”。他童年时期丧父，做妾的母亲偷偷离家改嫁，他在大姆妈（正房太太）和年长十五岁、同父异母的大哥照应下长大。1937年，淞沪抗战爆发后，在跟随全家逃难的日子里，十五岁的少年生活稍稍安定，就同老佣人回到了被洗劫一空的常熟家中……尽管童年时历经沧桑、磨难，但这位年过九旬的老者，在讲述童年往事时，依然是“一个停滞在时间深处的翩翩少年”。而那些曾经的苦痛，早已化作“心底的波光和云影”，早已成为洗净人间铅华、世俗纷争后的淡然与澄净。毋宁说，秦涵坤老人的讲述，体现的正是童年对于人生的意义：替生命奠基，为成长立传，向童年而生，朝未来而去，自我探索，自我确证，自我慰藉，自我生成，自我扬弃，自我塑型……这其实就是童年之自由和独立精神。

而在受访者罗寒潭看来，他是在用一生的寻找补偿父爱，寻求与父亲、与童年的和解。因为在他的童年记忆里，“最陌生的是父亲，影响最大的也是父亲”。在他半岁时，父亲就离家出走，参加革命了，从此杳无音信。第一次读到爸爸来信时，他躲到屋子里悄悄哭了。那一年，他已经九岁。新中国成立，终于盼来了爸爸回家，可摆在他面前的，却是父母离异，家庭破碎。至此，辗转于两个家庭中的少年再也无法感受到温暖的亲情和完整的父爱……可是，即便在生命成长中体味到千回百转的无奈、感伤、离恨、失落，面对生活和命运的错谬安排，面对童年记忆中的种种郁闷、憾恨，已至耄耋之年的罗先生依然没有任何抱怨。他选择顺从生活安排，心平气和接受童年所亲历的一切。而他温润如玉、文雅可亲、淡然随和的性格和处世哲学自然也与他的童年经历息息相关。“在孤独中寻找心灵寄托”、“把自己对人生的感觉一点一点写下来，就是寄托，是安慰”。可见，罗寒潭老人勇敢而睿智。他没有虚饰或回避童年的亲情缺失，更没有与记忆争辩，和命运抗争，而是与母亲一样对一切平静接受。“命运虐我千百遍，我待它依然如初恋。”正是借助这样的方式，曾经的少年达成了与自己、与父亲、与童年、与世界的全方位和解。毫无疑问，单凭这一点，这个20世纪30年代出生的老人的童年纪实故事已经超越了单纯的家庭“生活流”叙事范畴，而依稀体现出童年“情感透视”与“精神探察”的“心灵史”书写意味。这也是这篇双面

“童年采访记”不同于单向“回忆录”的亮点所在。

类似这样的系列“受访记”“采访手记”在《访问童年》散文集中还有二十余篇之多。这统揽百年中国童年变迁，涵纳各色中国儿童体验的诸多篇目以其切近心灵、直扣心扉的追述和剖解，不独为“中国式童年”之原创儿童文学“个体童年史”书写开辟了一条新路，而且还提供了可资参照的优秀范例。

从这个意义上说，《访问童年》或可被视为对“中国百年个体童年史”的某种承继、发展和补充。

三、“童年中国书系”：时空交错的童年文化图谱

“童年中国书系”是由河北少年儿童出版社精心打造的纪实性儿童散文系列丛书，截至目前共出版了 4 辑（每辑 12 册左右），总计有 50 册之多。这套儿童散文书系倡导“童年美文”写作，以“回望童年，一次穿越时空的心灵对话，一次访问来路的寻根之旅”为题旨，试图通过几十位作家富有个体色彩的童年回溯，从各个层面绘制出一幅立体交叉、纵横交错而又浑然一体、井然有序的“中国式童年”文化长卷、文学地图。其整体内容构成恰如儿童文学作家左眩所说：“童年中国书系”是一场极具声势却又极其私人的重述童年潮动，它所汇聚并呈现的童年文学地图不仅是空间维度上的，也是时间维度上的，还是文化维度上的。它不仅在地理上覆盖了中国大地自北向南，由西向东的各方地域，也在时间上标指出自新中国成立前到改革开放之后，再到 20 世纪末乃至世纪之交的次序阶段，还在文化跨度上囊括了城市与乡村、中心与边地、汉族与少数民族等多维截面。[①] 不仅如此，在这场绵延数十部、视野广阔的集束式个体“童年史”叙事潮动中，诸多被湮没在时间长河中的历史细节和情感脉息不同程度被重新检视、发现、激活，而其沉潜深蓄、历久不变的文化讯息、生命真义经记忆浸润、经思维打磨后，也愈发熠熠生辉、莹莹闪烁。

① 左眩：《重拾本真，朝向未来》，《文学报》2023 年 4 月 27 日。

从 2023 年 4 月在石家庄组织召开的“童年中国书系”出版座谈会反馈的情况看，这套儿童美文丛书“中国式童年”之“忆态叙事”、历史书写的文学定位和文本特色也得到了业内专家全方位的阐释、认可。这具体体现在四个方面：

其一，“童年中国”作为“中国式童年”的同义语，其文学书写标识了历史童年的某种“反观”。这一点，在“童年中国书系”表现为 90% 以上的作品都是“忆态”视角的童年表达。而“回忆”视角则是当下原创儿童文学最为典型的叙事方式，它聚焦的是不同时空背景下的多重童年比照与成长启悟。这类作品的内容构架往往源自作家个体童年记忆的提取和重构，其中弥散、渗透着作家对传统童年价值观的缅怀与执守。此可谓“时间童年”文学表达的回望形态。它所秉持的“乡愁回溯”与“记忆复现”立场所承载的，其实就是时间维度上儿童文学面向历史的童年重构。比如，在《高小宝的熊时代》(高凯）中，“熊时代”的“熊孩子”高小宝与回望童年的诗人高凯跨越时空一次次遇合。此时，“我”出生那一天的场景，连同“我”住过的窑洞，吃过的药和鸡蛋，上过的生字课，等等，都在时光的淘洗、情感的发酵后，酿造成温情且缠绵的记忆和素朴而隽永的诗歌。显然，其中让作家魂牵梦萦的，不只是记忆中的乡土风物、儿童生活，更有那些素色记忆所透示出来的贫瘠而恬淡、简单且丰饶、沉重又温暖的生命形态与亲情回味。

其二，“童年中国”拓展了中国现代乡村童年书写的传统，其文学立场寄寓着原创儿童文学的“童年根系与家园诉求”。童年就其生命属性而言，既是成长的根基，也是人生的家园。那么，一个人终其一生的成长就是成年后回望与寻找“家园”的过程，于是，在审美层面回溯、追忆“失乐园”，觅见、重构“复乐园”就成为文学表达的永恒主题。这一文学传统自 20 世纪 20 年代中国现代文学肇始，就一直隐现在由诸多现代作家的乡村童年书写汇成的文脉里。据此，学者谈凤霞明确指出：“‘童年中国书系’也可以看作是从漫长的时段和广阔的地理进行的对‘家园 / 乐园’的寻和建。”[1] 这是一个双向互动、彼此建构的过程。其中，“寻”可视作童年本位立场上对“纯真、

---

① 谈凤霞：《“童年中国”书写——儿童文学的童年根系与家园诉求》，《文学报》2023 年 4 月 27 日。

自由、欢愉、想象、游戏、创造”等儿童永恒生命属性的激赏、回味，而“建”则是基于社会文化变迁和童年精神价值，对于特定历史文化背景下童年“暗影”、成长“斑点”的反拨、消解、弥合与重构。

换言之，就是“在对个人童年的重温和再认中，成年回忆者获得对自我的生命体悟，也进行了心灵家园的寻绎。通常情况下，童年和家园相连相合、相辅相成”。[①] 比如，在《我是一棵小草》（徐德霞）中，作为资深儿童文学出版人，已步入老年的作者回望文学来路时，屡屡感慨“最美最亲是老家”，“读书改变了我的命运”。也正因为视童年为人生底座、生命家园、精神财富，所以，哪怕在特殊岁月里“被迫搬家”，“自己珍爱的菜园毁弃”，“被人打了”，“失学在家”，作者依然觉得“锅没了还能吃饭”，“阳光不能总照在我的头顶上”。字里行间，那份源自童年阅读和生活磨砺的澄澈、平和、达观、洒脱触目可感，清晰可见，这无疑是洗尽铅华的驳杂人生在童年映照下所弥散出来的一种淡然与通透。

其三，“童年中国”承接了 20 世纪“中国儿童”之现实规定性，其“理想化”叙事样态彰显出原创儿童文学“童年本体意识”下的自我探索与自我超越。

说到“童年叙述样态”，在中国儿童文学审美的现代性语境中，无论是鲁迅笔下的“故乡”“社戏”“百草园”，还是废名作品中的“竹林”“桥”，凌叔华小说中的“八哥”“小猫”，抑或是萧红小说中“祖父的菜园”“父亲的牛车”，都可谓童年家园的典型意象。意象化表达由“五四”时代延续至今，一直是原创儿童文学童年书写的经典模式。而这一叙事模型在“童年中国书系”中也为诸多当代儿童文学作家所承继、沿用，并通过不同地域文化、不同时代特色、不同语言风格的童年审美表达，最终拓展为“中国式童年”历史维度下的理想化叙事范型。

比如，在《远去的村庄》（金本）里，那个地处山东半岛的小村庄不仅连接着“水炒白菜”“第一本课外书”“二胡”“小提灯”“大秧歌”等童年记忆，更给予“我”生命孕育、品格滋养、成长体验、前行力量。而这样的小

① 谈凤霞：《“童年中国”书写——儿童文学的童年根系与家园诉求》，《文学报》2023 年 4 月 27 日。

村庄早已超越了“故乡”“家园”等地理空间意义上的概念，而成为蕴含着作家情感与精神寄托的“意象”。

还比如，在《穿过那片竹林》（顾鹰）中，“那片回家总是要穿过的竹林”既是童年记忆的入口，又是生命成长的通道。而“门前的场地”“屋后的小河”“停不下来的母亲”“温情的爷爷”“一条叫小白的狗”……全部延展为竹林深处一帧一帧温润素朴的童年镜像，其光影、声色、形态驻留在时光的画轴里，经年不变，历久弥新，连同那个“被田野和河流包围的小村庄”，以及“那栋水杉掩映的老屋”，成为作者心灵深处永久的“故园”。

上述内容仅仅是比较典型的两例。在“童年中国书系”里，类似的“意象化表达”还有很多：徐德霞笔下的“小草”、张怀存文字里的“格桑花”、谢华良作品中的“向日葵”、赵菱散文中的“红蜻蜓”、陆梅笔下的“婆婆纳”、魏晓曦故事里的“白桦林”、李学斌作品中的“绿皮火车”、谢倩霓叙述中的“学堂”等等，都是如此。这种“中国式童年”回望视角的意象化表达在学者徐妍看来，不仅与“中国现代经典儿童文学作品根脉相连”，而且“更是在二十世纪中国儿童文学的句法结构中再生，即上述意象重生于二十一世纪以来的中国与世界的新发展、新变化和新精神形态中”。[①] 这也正是上述个体童年史书写对于原创儿童文学的意义。

其四，“童年中国”在叙事效应上多维展开，“记忆叙事”“现实叙事”“乡村叙事”“城市叙事”“家庭叙事”“情感叙事”多元杂呈，并最终呈现出由“童年生活史”向“童年心灵史”嬗变的审美轨迹。

通观“童年中国书系”，其文体类型可确定为儿童散文。而儿童散文在儿童文学中属于写实性文类，其文体属性通常被定义为真实性、亲历性、自然性、抒情性和趣味性。换言之，在儿童文学领域，儿童散文常常被认为是能表达儿童文学写作者真心、真性、真情、真意的文类。“缀文者情动而辞发”（刘勰《文心雕龙·知音》）一句说的是普遍意义上文学创作的心理动因，所揭示的情感机制自然也含纳了儿童散文这一文类。

实际上，相较基于文献检索和资料梳理的客观化“童年生活史”（如

① 徐妍：《“童年中国书系”的句法结构及其意义》，《文学报》2023年4月27日。

《童年忆往——中国孩子的历史》）书写，以及依托新闻采访和现场对话的比照性“童年成长史”（如“中国百年个体童年史”和《访问童年》等），“童年中国书系”中诸多个体“回望”视角的童年书写所体现的则是根植于深挚而绵长情感表达的“童年心灵史”效应。

比如，在《我一直想知道的那件事》（三三）中，作家通过一场青春期少年无心之间造成的误会，写出了少年时代异性交往中女孩极其细腻而又微妙的心思，以及青春期情感萌动对于一个男孩人生走向的深刻影响；比如，《家在学堂》（谢倩霓）里，童年时代辗转于三个学堂之间的经历赋予主人公的不仅是社会化意义上的生活感知和物质体验，更有一个女孩与未知世界接连邂逅时积累的自我认知、经验比照和心灵顿悟，而这则是“学堂童年”对于作者生命成长的根本意义；还比如，《我的邻居是大象》（翌平）中，玩伴友谊和家庭亲情是作家着意描述的核心：“眼小手大，做事总慢半拍”的男孩巴丹，“内向而沉闷，总喜欢挑刺儿”的三儿，“做事机灵，特能接话茬儿，喜欢夸人”的四儿，“喜穿中山装，表面斯文，背地里却有暴力倾向”的哥哥，“宽厚慈仁、富有童心、多才多艺”的爸爸……作品中，生动传神的生活场景和细节刻画在还原童年记忆的同时，也将自我的情感体验和心理脉动描摹得鲜活澄澈、真切动人。显然，在这场“散点展开”的成长回溯中，作者所在意的并非是外在的同伴游戏形式、家庭物质生活，而是构成童年单纯友谊和家庭绵长幸福的深挚情感体验。这种“成人与儿童双重视角的叠加，也必定超出了纯粹儿童视角的内涵”，它所“赋予作品的‘深度’，亦彰显了中国式童年的‘大写方式’”[①]。

类似的例子在“童年中国书系”里还有很多，限于篇幅，这里不再一一举证、分析。

综上，由上述原创儿童文学“个体童年”书写可知，“中国式童年”历史维度之文学表达有其内容与形式的规定性。社会历史文化、童年生活形态层面的客观、真实，童年叙事选择、童年资源提炼意义上的鲜活、深邃，文本表达形式、个体童年形象方面的恰切、典型，都是“中国式童年”原创儿

① 杜传坤：《中国式童年的大写方式——“童年中国书系”概述》，《青年报》2023年6月4日。

童文学历史维度书写所要把握的审美要义。而从现实情况看，无论是“中国百年个体童年史”，还是《访问童年》，抑或是“童年中国书系”，它们提供的无疑都是儿童文学“童年史”书写的特定范型。这些或为生活史，或为命运史，或为心灵史的童年叙事不仅生动体现了百年中国社会变迁背景下不同阶段、不同文化语境中童年的斑斓样态，而且也清晰映现出原创儿童文学在历史维度之童年叙事层面上不断探索、不断寻求自我超越的审美轨迹，甚而这些元气满满、生机勃勃的童年史叙事还在一定程度上昭示了原创儿童文学多元化发展的未来方向。

第三节

“5 个 8 岁”系列：生活化的“历史童年”

文学视野下，童年史书写具有多种样态、多重路径，因为文学呈现的是“活的、片段式的历史，也是更多地接受了个体能动性的历史”。[①] 也由此，无论是“中国百年个体童年史”，还是《访问童年》，抑或是“童年中国书系”，它们彰显的都是特定社会历史语境中个体童年的“主体性”和“能动性”。而且，这种讲述主体“童年回望”或“记忆反观”的叙事方式“是对已然事件的重构，是历史视域与当下视域的融合，是今天的‘我’与昨天的‘我’的对话，是今天的思想观念、情感诉求对从前生活的照见”。[②] 也正因如此，上述三类原创儿童文学童年史文本就本质而言，呈现的其实都是基于“自我记忆还原”的个体生命体验。这样的童年个体经验回溯、还原对叙述主体（作者）而言，是感喟、缅怀、慰藉、思索，对阅读主体（读者）而言，则是参照、补偿、启迪、引领，其双向交流的代际沟通方式一定程度上标示着叙述主体在历史与现实不同视点对于童年的塑型与重构。

当然，这也只是原创儿童文学童年史书写的一种路径，它代表着个体直接体验形态下基于“记忆”的“历史还原”。而与此相对应的则是“他者”间接经验意义上依托“想象”的“童年重构”，这代表着原创儿童文学童年

① 南帆：《文学性、文化先锋与日常生活》，《当代作家评论》2010 年第 2 期。

② 李红叶：《回忆性童年书写的美学追求——“童年中国书系”评析》，《河北日报》2023 年 5 月 5 日。

史书写的另一种范型，具有标志性的文本是黄蓓佳创作的“5个8岁”系列长篇小说，张之路基于童年体验创作的长篇儿童小说《吉祥时光》，以及李东华主编的“中国女孩”少年小说系列。

“5个8岁”系列是作家黄蓓佳2012年出版的一套历史题材儿童小说。题为《草镯子》《白棉花》《星星索》《黑眼睛》《平安夜》的五部作品都以“青阳”小县城为故事地点，以“8岁”为小说主人公的年龄，以中国社会历史发展为时间脉络，先后聚焦20世纪20年代、40年代、60年代、80年代和新世纪初叶，通过小梅香、克俭、小米、艾晚和任小小五个家庭出身不同的8岁孩子的视角，不仅生动再现了历史脉络中“中国式童年”的具体样貌，而且也从中透示出百年中国社会变迁的基本轮廓、现实轨迹。

与前述“中国百年个体童年史”、《访问童年》和“童年中国书系”的自述式、追忆性历史叙事不同，“5个8岁”系列属于典型的“历史想象”叙事。关于这一点，黄蓓佳在系列小说的第一部《草镯子》“前言”中说得很清楚：“我想写一套书，写中国这100年中孩子们如何长大：关于我们自己、我们的爸爸妈妈、我们的爷爷奶奶，还有爷爷奶奶的爷爷奶奶……从何处下手呢？干脆，删繁就简，截取5个不同时代的历史断面，被截到的那个8岁的孩子，就是我的叙述对象，他（她）的日常生活，他（她）童年眼眸中见到的一切，将依次在我的5部作品中呈现。”而这样的创作定位，也决定了“5个8岁”系列作为“中国式童年”个体历史叙事的文学化风格。这主要体现在四个方面：

其一，以家庭和亲情为核心的“日常化”历史叙事，凸显了童年史的生活真实。

“5个8岁”系列是以文学想象的方式书写历史，这决定了其文本中的“历史”质感、面貌与呈现方式既不同于传统正史、编年史、社会史、地域史，也与依托自述、回忆、访谈、对话而展开的同样具有浓郁文学色彩的“个体史”（如“中国百年个体童年史”、《访问童年》、“童年中国书系”等）迥然不同。原因就在于，这是一种“活的、片段式的”，“也是更多地接受了个体能动性”的历史。这种“个体能动性”是双面的——既是作品人物（被述者）特定历史场域中的存在感、自我价值体现，也是创作主体（主述者）

面对纷繁、芜杂社会历史文化现象、资源、背景时的自主把握、能动选择。恰恰是后一种“个体能动性”，往往“使文学的叙事常常能够进入到那不可复原的原生态历史的细部，从而揭开线性历史叙述永远难以详尽的历史的枝蔓”①。而“5 个 8 岁”系列所提供的就是这样一种“揭开历史枝蔓”的“中国式童年”系列历史样本，其基于“家庭”和“亲情”双维支点的“日常化”童年叙事称得上是原创儿童文学历史书写的重要收获。

实际上，如果回溯当代儿童小说发展历程，不难发现，历史背景、人物、事件、细节作为重要写作素材和文化资源一直含纳于当代儿童文学视野之中。从《黎明的河边》（峻青）、《鸡毛信》（华山），到《小英雄雨来》（管桦）、《小兵张嘎》（徐光耀）、《三月雪》《玉姑山下的故事》（萧平）；从《朱小星的童年》（袁静）、《闪闪的红星》（李心田），到《小马倌和“大皮靴”叔叔》（颜一烟）、《长长的流水》（刘真）；从《扶我上战马的人》（张映文）、《乱世少年》（萧育轩），到《赤色小子》《北斗当空》《翱翔如风》（张品成）……这些作品对特定历史时期童年生命形态的关注与表达，始终是儿童文学作家笔下的重要内容。所不同的是，从 20 世纪 50 年代到 90 年代，儿童文学历史叙事主要侧重于战争叙事和英雄叙事，其宣扬和倡导红色革命文化的倾向、意识比较突出。而自 90 年代之后，尤其是进入新世纪以来，原创儿童文学历史书写发生了叙事转型，尽管战争叙事和英雄叙事依然在延续、发展，如“‘烽火燎原’原创少年小说”之《魔血》（赵华）、《天火》（肖显志）、《少年战俘营》（牧铃）、《木棉·流年》（李秋沅），但儿童文学历史书写的平民化、日常化已经以不可阻挡之势逐渐取代英雄叙事而成为“中国式童年”历史叙事的主流。举凡这一时期诸多历史题材儿童小说，如《1937·少年夏之秋》《野芒坡》（殷健灵）、《柳哑子》（毛芦芦）、《将军胡同》（史雷）、《童眸》（黄蓓佳）、《吉祥时光》（张之路）等，莫不如此。但要说“文学想象”层面的儿童文学童年史书写范型，则首推黄蓓佳的“5 个 8 岁”系列长篇小说。

该系列作品空间地点相对确定，时间脉络横跨百年，多角度呈现不同历

① 赵霞、方卫平：《穿越历史的童年叙事——评黄蓓佳“五个八岁系列长篇”》，《当代作家评论》2011 年第 2 期。

史发展阶段的童年面貌，其生活叙事的风格贯穿始终（即便是写 20 世纪 40 年代抗战末期，男孩克俭救助落难美国飞行员的《白棉花》，也是以特殊境遇下的“家庭生活”为核心展开情节演绎。至于其他四部小说，更是全部采取第一人称的“日常化”儿童叙事视角结构故事）。比如，在《草镯子》中，小说一开场，就写了小梅香喂猫的场景：“梅香把一碗香喷喷的鱼汤拌饭端在手里，一只脚刚踏上斜靠在墙角下的木梯……”“梅香跨坐在墙头上，捡一块碎瓦敲着碗：‘黄黄！黄黄！饭来啦！’”这个极为日常化的场景不仅生动描摹出小梅香的生活情态，而且也从家庭生活视角适时勾画出“1924 年”作为一个时间节点的特殊性——家里的女性都小步行走、细声说话，12 岁的童养媳秀秀动辄被打骂、罚跪……与此同时，“天足”的 8 岁小姑娘则爬墙上树，样样利索，喂猫逗鸟，随心所欲，高声大喊，自由自在，是个“另类”。而之所以会有如此大相径庭的生活情状，原因就在于，这是一个新旧文化此消彼长、相互激荡的时代，“城里的小学校都开始招收女学生了”。足见，“日常化”叙事实际上从常态历史叙事的“宏大”视野中脱身而出，借助“日常”维度和生活细节呈现着为社会史所忽略的历史真实。

还比如，在《星星索》一书中，8 岁男孩小米，在爸爸被隔离“审查”，妈妈生小妹妹住院，外婆在家和医院之间来回奔波，忙不过来的时候，自觉担起了“哥哥”的责任。他给 4 岁的小弟弟圈圈穿衣、洗脸，带弟弟看小人儿书，周末到“牛棚”看望爸爸，并在一个偶然机会结识了会用口哨吹奏印尼民歌《星星索》的猫眼叔叔……作品中，日常化的儿童感知、体验看似零散、琐屑，却极具生命质感与历史真实，就像形状各异、色彩不一的一幅幅拼图，单独呈现，展示的是孩子日常生活中所见、所闻、所思、所感的一个个片段和瞬间，而一旦连缀、拼合，所映现出的就是在“1967 年”这个特定时间节点由普通人生活构筑起来的鲜活而又斑驳的历史截面。其中，无论是社会历史层面的迷离、荒诞，还是市井人生中的悲欢、离愁，抑或是童年心性意义上的明媚、纯粹，都在“日常化”叙事中显出了属于童年史的生活真实。

其二，限制性视角的第一或第三人称儿童本位叙事，充分弥补并揭示了为宏大“社会叙事”所遮蔽、隐匿的历史细节的真实。

“叙述视角”是叙事学的基本概念，它指的是叙事性作品中作者对所表达的故事、情节、事件所持有的观察、讲述角度。不同叙述视角会带来不同的内容结构和阅读效应。换句话说，即便是同一事件，如果从不同角度感知、体验、观察、讲述，所呈现的文本面貌，所引发的阅读感受也会大相径庭。其中，全知视角作为无限制的叙述视角，也被称为“上帝视角”。这是一种叙述者开了“天眼”的叙事视角。叙述者对故事框架内的一切洞若观火，主要是通过对人物、场景、事件进行描摹、表现或渲染来产生审美效应。而内视角和外视角则是限制性叙述视角，分别采用“叙述者与人物认知重合”的第三人称，或“叙事者认知小于人物认知”的第一人称叙事方式来反映叙述者对叙事对象的不同情感、态度和价值取向，主要通过对人物、场景和事件进行展示、呈现或重构来产生审美效应。在“5 个 8 岁”系列中，鉴于地域空间确定（青阳县城），人物年龄统一（8 岁儿童），而历史时段不同（横跨近百年）的童年史文学叙事定位，作家选择了限制性视角中的第一人称内视角和第三人称外视角，即通过 8 岁儿童的视角展开叙述。不过，与传统第一人称内视角浓郁的“情感外露”式叙事，以及典型第三人称外视角的客观化、“零度情感”式叙事不同，黄蓓佳的“5 个 8 岁”系列呈现出鲜明的“非典型”“复合性”风格——第一人称儿童内视角叙事的主观化叙事与第三人称外视角的客观化叙事双维展开、交错运用，意在营造一种在原创儿童文学叙事结构中颇为少见的限制性叙事的“融合”效应。而恰恰是这种“复合”叙事，很大程度上弥补并揭示了为宏大“社会叙事”所遮蔽、隐匿的历史细节的真实。

比如，《草镯子》当中，爬上墙头喂猫的小梅香不经意间“往下瞥一眼，却看见了邻家院子里令人心惊的一幕”：

> 那个名叫秀秀的童养媳披头散发，直挺挺地跪在水缸边的搓衣板上，头低垂着，肩膀支棱着，薄薄的后背一抖一抖，看起来正在伤心地哭。院子的另一侧，裁缝一家围着小方桌吃晚饭……没有一个人在意跪在搓板上的小媳妇。她哭也好，伤心也好，膝盖硌肿了也好，跟这家人的这顿晚饭统统没关系。

究竟她犯了什么错误呢？她要跪到什么时候才算完？跪完了还给不给她吃饭？

这段情节叙述的主体是小梅香，作家借助她的所见、所感、所思，写出了“秀秀罚跪”场景的不同层次与多层意涵。首先是小梅香“居高临下”的全景视觉感知——秀秀跪搓板的惨状、裁缝家晚餐的“丰盛”、裁缝夫妇的冷酷、福儿的懵懂。不动声色的客观化描述凸显着场面的两极分化和强烈对比，这是“令人心惊”的感知层面。其次是作家隐含其中的全知视角的偶现——“没有一个人在意跪在搓板上的小媳妇”，这适时悬置第三人称小梅香视角的宕开一笔，恰恰点出了上文场景刻画的隐含意义——腐朽的“童养媳文化”所带来的身份对立和现实压迫已经成为一种社会无意识和生活常态，以至于连压迫者都习以为常。在这里，作家以全知视角为人物代言，可谓小梅香“心惊”的认知层面；最后一句又回归第三人称“限制性”儿童视角，通过小主人公的疑问和隐含的回答，进一步回应了“这一幕”给叙述者带来的“心惊”效应，此可视为小梅香“心惊”的思维层面。

再比如，在《星星索》中，写到“文革”中爸爸被游街、批斗的场景时，作家通过 8 岁男孩“我”（小米）的视角集中呈现了爸爸在 1967 年这个特殊时间节点所遭受的“特殊待遇”。场景描述中，本应通过第一人称内视角呈现的“情感化”叙事却因“我”置身事外而显出第三人称外视角、“零度情感”式叙事效应。这一方面固然是 8 岁男孩面对不可理喻的荒诞现实生活时懵懂无知的真实反应；另一方面，这种亲历亲人受虐，却视若无睹、心如止水的旁观者立场，又何尝不是借儿童“天真”心性而展开的揶揄和反讽？

类似的叙事效应在《黑眼睛》和《平安夜》中也有体现。《黑眼睛》中，8 岁女孩艾晚的第三人称内视角叙事与叙述者的第三人称全知视角叙事时而分离、时而聚合，产生了交叉叙事效应；《平安夜》中，任小小貌似轻松、自由的“小大人”式的第一人称主导叙事与叙述者的第三人称全知视角辅助叙事交错进行，既体现了 8 岁男孩认知视野下限制性叙事的情感、心理真实，也表达了单亲家庭男孩超越年龄的聪明、独立、乐观和早熟。与此同时，作者还借助第三人称隐含的成人全知视角写出了这个家庭独特的亲情关系、价值导向给男孩任小小所带来的重要影响，这无疑是叙事视角基础上童年感知与成人世界共同映现出的另一种历史真实。

其三，立足不同历史截面，通过散点展开的童年书写，从不同维度切入历史真实，多层面勾画出“中国式童年”百年发展的历史面相、文化图谱。

“5 个 8 岁”系列中，除了聚焦 1944 年抗战年代的“准英雄”叙事《白棉花》有核心故事情节之外，另外四部作品全部是单一时间框架内散点展开的“生活流”线性叙事。比如，《草镯子》通过小梅香视野下交错呈现的儿童生活与成人世界，写出了五四运动之后，新旧观念错杂、交替的社会格局、文化形态对于不同阶层民众生活的深刻影响。小说中，小梅香和秀秀，一个是士绅家庭中生活优渥、安闲自在的“大小姐”，一个是贫寒家庭出身寄人篱下、处境凄惨的“童养媳”。两个小女孩截然不同的处境、命运随着她们之间的互动交往一点点展开，并最终以“秀秀被逼，投井自杀”降下帷幕。她俩因出身和家庭背景不同而引致的生活状况和命运走向的强烈反差，对那个时代的孩子而言，不仅是既定事实，更是不可承受之重。正因如此，深陷无边恐惧之中的小童养媳秀秀选择以死抗争，而洞悉爸爸情感秘密、目睹秀秀悲惨结局的“大小姐”小梅香也病倒了。在这里，当生活真实和情感真实以一种奇异的方式胶合在一起时，那种诡异玄妙的氛围、真伪难辨的气息对 8 岁女孩而言，无论是感官体验，还是心理认知，都不啻是残酷考验。小说里，小梅香经受住了这份生活磨砺和心灵锻打，她以自己的敏感、细腻、善良、朴实去理解和包容爸爸，宽慰妈妈。她的存在为这个沉闷、压抑的封建家长制家庭吹进了一缕清风、照进了一线阳光。这是属于 20 世纪 20 年代的童年面貌和童心发现，《草镯子》透过小梅香的“童心之眼”探察并揭示了这一切，也从文学审美的意义上还原了这种历史真实。

与此相似的是聚焦 20 世纪 80 年代多子女家庭童年镜像的系列小说第四部——《黑眼睛》。这也是散点展开的生活化叙事。所不同的是，《草镯子》的主体叙事方式是小梅香视角的第三人称限制性叙事，其“散点”体现为小梅香亲历的生活事件，如“秀秀受罚”“呆小二的故事”“爸爸和芸姨的秘密”等。而《黑眼睛》的主导叙事方式则是成人视角的第三人称全知叙事，中间辅以 8 岁女孩艾晚的第三人称限制性叙事，其“散点”表现为每个家庭成员相对独立的生活方式、生命情态和个性心理，如：爱好时尚、青春叛逆的漂亮姐姐艾早自作主张、我行我素；嗜书如命、天赋异禀的天才哥哥艾好沉默寡言、特立独行；资质平平、一无所长的弱势妹妹艾晚与世无争、乖顺怯懦……作品中写到艾家三个孩子时，尽管也有围绕家庭空间而展开的“定点叙事”，但更多的，则是“搭积木”式渐次展开的“平行叙事”。如小艾晚的故事主要围绕水仙球和同学交往展开：艾晚把水仙球带到学校；艾晚差点儿煮出一锅水仙汤；水仙开花了；水仙开春时死去……姐姐艾早的故事则以高考为原点向“情感”和“生活”这两个方向延伸；至于天才哥哥艾好，情节叙述则始终紧扣他的“神童”特质而“定点”爆破……

比如，小说中写道，当艾晚的水仙球被卞老师没收后，她“实在忍不住，磨磨蹭蹭地走到办公室，想试试能不能把水仙球要回来”。可是，老师们都下班了，门锁着，窗户也关着。回到家，姐姐艾早不问还好，一问，“勾起了艾晚心里的委屈，她马上抽抽搭搭哭起来”。

类似的个性表现在艾晚与同学罗欢庆的交往中再一次出现：第一次见面，罗欢庆的妈妈把一根棒棒糖塞到艾晚手心里。“艾晚接也不好，不接也不好，脸红得像脖子上的红领巾。”第二天，罗欢庆带给她一块香橡皮。第三天，“换成了一支带橡皮头的‘中华牌’铅笔”。“艾晚藏到书包里，一样都不敢用。她也不知道拿这些礼物怎么办。”等到被罗欢庆妈妈无端指责后，她先是“紧张得几乎要把小便遗到裤子里”，“回家后不敢跟家里人说，一个人躲在房间里呜呜咽咽地哭”。而这两次，又都是姐姐艾早为妹妹打抱不平，替妹妹“出头”，最终让事情得以圆满解决。

上述场景既是极其个性化的儿童生活画面，又是典型性的童年历史细节。作家借助这样精雕细琢的文学笔法从微观视角切入历史真实，进而细描出由多维瞬间、多个片段所构建出的“中国式童年”百年发展的多重历史面相、文化图谱。

其四，系列作品“以点总面”、洞幽烛微，通过缊含历史文化信息的儿童群像塑造和再现百年“中国式童年”的风貌，重构历史深处斑斓多彩的个体童年。

通观“5个8岁”系列五部作品，除了《白棉花》《星星索》分别涉及“救助落难美国飞行员”和“‘文革’游街、批斗”等“大事件”之外，其他三部作品叙写的都是儿童所感知、体验、参与、见证的不同时代的社会、家庭、学校中发生的小场面、小事件。尤其是以改革开放初期社会发展、文化转型、家庭变迁为故事背景的《黑眼睛》，以及写新世纪初叶单亲家庭独生子女独特成长体验、特殊亲情关系的《平安夜》两部作品，更是以极其日常化的叙事内容和典型化的形象塑造，细致打捞历史深处熠熠闪烁的童年细节、生命真相，并以之为烛，进而映现出百年“中国式童年”之憧憧暗影、灼灼光华。

比如，《草镯子》中，小梅香的形象塑造围绕友情交往和亲情体验两条情感线索推进。友情交往层面，从初见秀秀受罚时的“心惊”，到二见秀秀主动搭讪的“友好”，到井台相遇时的“关切”，到与秀秀分享洋娃娃的“热情”，再到秀秀闯祸后的“掩护”，最后到秀秀投井后的“病倒”，小梅香的单纯、活泼、善良、仁义、热忱、聪明等特点渐渐显现，使人物丰润起来。此外，在亲情体验层面，以女孩的细腻、敏感、体贴、懂事等情感品性，塑造出一个心性纯良、活泼聪明、有情有义的8岁女孩形象。作品中写道，秀秀投井后，“活蹦乱跳的梅香变成了小病猫，神情恹恹的，吃饭只挑几颗米粒儿，回家谁也不搭理，动不动就眼圈儿发红，受多大委屈一样”。这里，作家第三人称外视角的“旁观者”叙述陈述的看似只是小梅香的外在表现，但读者透过这些不动声色的描摹，品悟到的却是这个8岁女孩交织着悲伤、愤懑、无奈、失落、懊悔、自责、怅惘、迷惑的情感体验和内心世界。到这里，作家借助小梅香这个特定时空背景下的儿童形象写出了历史迷乱、文化深广、社会斑驳和人性芜杂。毋宁说，这是个体儿童形象所映现出的童年广度和历史深度。

无独有偶，《黑眼睛》中，8岁女孩艾晚、时尚姐姐艾早、天才哥哥艾好的形象塑造也在多维生活比照与多重情感互动中生成。譬如，亲子关系中，小艾晚经常充任妈妈的小助手，妈妈甚至还委派她充当“盯梢者”，让她跟踪、监视姐姐与陈清风的交往；姐妹关系里，小艾晚又不由自主成为姐姐的小跟班，被姐姐呼来唤去。她在受了委屈时，也会向姐姐寻求庇护；而校园生活中，小艾晚“不想让朋友生气”，不敢对老师做解释，不懂得拒绝别人的无理要求，被别人指责时会吓得尿裤子，受了委屈就躲起来悄悄地哭……也正是由于这样立体交叉、多维展开的生活比照与情感互动，作品中，不仅小艾晚天真、单纯、温顺、随和、乖巧、勤快、胆小、怯懦的儿童形象异常饱满、生动，而且时尚姐姐艾早敢作敢为、风风火火的青春叛逆形象，以及天才哥哥艾好天赋异禀、嗜书如命的“早慧”少年形象也水到渠成，得到了充分展示。如此一来，艾家三兄妹风采各具的童年形象就构成了一个互补互证的形象集，既彼此勾连、相得益彰，又各个不同、相互映衬，最终营构出一种互文的奇妙文本效应。

综上，“5 个 8 岁”系列以鲜活、生动的童年个案为新世纪原创儿童文学的童年史书写提供了一组成功范例。其统揽百年“中国式童年”宏阔历史视野和洞悉生活化典型个体童年截面的文学表达使得作品不仅具有丰赡优异的文学效应，还有不容置辩的童年史价值。

对此，已有研究者明确指出：“小说从历史的角度观照童年，从童年的视角阐释历史，既贴近儿童观念生命的真实感觉，又把文字的根须伸入广阔的历史时空中，从而实现了其作为儿童小说与童年文献的双重意义。”[①] 比照“5 个 8 岁”系列在文学和历史两个层面上的文本内涵和审美效应，著者对此深以为然。

① 赵霞、方卫平:《穿越历史的童年叙事——评黄蓓佳“五个八岁系列长篇”》,《当代作家评论》2011 年第 2 期。

第四节
原创儿童文学“战争童年”书写新面相

按照社会建构论的观点，童年不仅是人类文明的基本结构，也是社会文化的动态建构。一个社会有什么样的政治、经济、文化，相应就会有什么样的童年样貌。换言之，人类文明史上，童年固然有其跨越时空的某种同一性（本质性），但就其基本样态和根本属性而言，主导童年现实及其未来趋向的还是建构性。从这个意义上说，今天我们所谈论的童年，无论是个体童年，还是集体（群体）童年，往往都是立足于特定时代政治、经济现实和特定历史、文化语境下具体而微的童年，而非纵贯古今、横跨中外的所谓统一性、永恒性童年（这样的童年其实也并不存在）。而这样的童年既是现实性存在，也是历史性存在，还是未来性存在。归根结底，它是一种文化性存在。比如，前文所论及的身体童年、游戏童年、伙伴童年、媒介童年、消费童年皆是如此。除此之外，人类童年文化结构中，还有一种童年形态不容忽视，那就是战争童年。所谓战争童年，指的是在人类社会发展进程中，当战争发生时或战争状态下，以儿童生存状态和生活面貌为核心而构成的一种童年形态。战争童年在结构层次上属于复合形式，它作为人类童年的特殊形态，与个体童年交错互证，共同构成了原创儿童文学童年史书写的重要维度。

实际上，战争童年书写一直是原创儿童文学童年书写的重要类型。《鸡毛信》（1945 年）、《小英雄雨来》（1955 年）、《三月雪》（1956 年）、《玉姑山下的故事》（1958 年）、《小兵张嘎》（1961 年）、《长长的流水》（1962 年）等作品曾见证了新中国成立前后战争童年书写的辉煌历程。而《奇花》(1979年)、《少年爆炸队》(1980年)、《盐丁儿》(1985年)、《赤色小子》(1995年)、《北斗当空》(1998年)、“十五岁的长征”系列(2006年)等儿童小说则展现了新时期战争童年书写的新气象。

进入新世纪以来，一批中青年作家纷纷涉足抗战题材儿童小说，《1937·少年夏之秋》(2009年)、《满山打鬼子》(2013年)、《少年的荣耀》(2014年)、《走出野人山》(2015年)、《如菊如月》(2015年)、《少年战俘营》(2015年)、《假小子福官》(2015年)、《大火中的歌谣》(2015年)、《将军胡同》(2015年)、《野芒坡》(2016年)、《野蜂飞舞》(2018年)、《彩虹嘴》(2019年)、《三十六声枪响》(2019年)、《土炮》(2023年)、《柿子地》(2023年)、《躲猫猫》(2023年)等一大批有厚重历史文化质感和鲜活地域生活气息的作品不仅为原创儿童文学的战争童年书写开辟了新天地，而且还极大地深化并推进了“儿童与战争”“战争与成长”等童年主题的审美表达。其中，薛涛的“少年满山”系列和左昡的《纸飞机》以其题材把握、情节叙述、语言结构的特异性代表着新世纪原创儿童文学战争童年书写的新样态、新成果。

一、“边界伦理”视域下的“战争童年”

作为依托历史真实而还原生活、建构童年的文学类型，战争童年书写在叙事视角及价值取向上通常站位于政治、社会伦理立场。如《小英雄雨来》《鸡毛信》《小马倌和“大皮靴”叔叔》等。而新世纪以“战争童年”为题材的儿童小说却多采取社会与家庭伦理相融合的复合性童年视角展开历史童年叙事，如《1937·少年夏之秋》《少年的荣耀》《如菊如月》等。

与上述作品不同的是，薛涛的“少年满山”系列则选择以儿童视角和自然视角融通的“边界伦理”呈现战争童年的人性化叙事。

比如，《满山打鬼子》开篇即采用了自然视角的叙事：“日本人的到来，让灌水镇的鸟和虫子们活得很紧张。”“日本兵的皮靴子踢踏、踢踏，也不懂得轻点走路。他们一过来，家雀儿飞得高高的，都要累吐血了。……蛐蛐也哑巴了，不敢拉胡琴了。”在这里，作家借家雀儿和蛐蛐的反应，巧妙地揭示了日军的侵略本质和野兽暴行。这样的写意性描述给阅读带来了丰富的“再叙述”想象空间，这相较直接描述日军暴行，更富有文学质感和审美意味。

同样是这一段，接下来的叙述却很快转换成儿童视角：“满山就不信这个邪，挺着胸脯站在路边，眼看着日本兵的队伍开过镇子。……满山扬起头跟家雀儿们喊：‘你们跑啥？有什么怕的！’满山还蹲在草丛边上，跟蛐蛐喊：‘都出来，该拉琴拉琴，该唱歌唱歌，你们怎么哑巴啦？’”

这样的表达极富人物身份感和童稚意味，不仅写出了男孩满山的懵懂、单纯、胆大妄为，还将童年与战争相反相成的“异质”关系烘染得细腻、饱满，纤毫毕现。

阅读着这样的文字，不能不让人想到，在战争与童年的错位对应中，孩子总是被强行裹挟进战争。尽管战争中诸多异化环境的衍生，一定程度上契合并满足了儿童与生俱来的新奇感、破坏欲，但战争的残酷性同样很快瓦解了儿童刚刚建立起来的对未来生活的认知和信念。基于此，儿童在战争中的体验总是消极而斑驳迷离。儿童的天真、单纯、好奇、鲁莽与战争的残酷、荒诞、暴虐、阴险存在着相反相成的悖谬关联。

也正因如此，当满山以“夜烧票房”“弹弓袭击”“草人谜局”等孩子特有的“非常态”方式反抗日军的时候，情节才显出了一种基于童年本真的丰赡与真实。在这一点上，善于隐喻叙事的作家没有夸大童年的力量，而是依托诸多细节建构起童年在战争中的真相。

第一个不同：“少年满山”系列作品还写出了战争语境下人物形象的“圆整性”与“立体化”。

说到人物形象的“圆整性”和“立体化”，不能不提到英国小说家福斯特关于圆形人物和扁平人物的区分。在1927年首次出版的《小说面面观》中，福斯特明确提出，小说中的人物可分为圆形人物和扁平人物两类。其中，圆形人物指具有多层面性格内涵，更符合人性之复杂结构，能给人带来阅读新奇感，且令人信服的人物形象；而扁平人物则是指依照某种意图或观念创设的人物，往往只具备一种固定不变的性格特质。相较圆形人物的多维度、复杂性，扁平人物因其“脸谱化”“标签式”特征而颇遭诟病，被认为是人物塑造理念化、简单化的结果。

对百年中国儿童文学战争题材书写而言，以新中国成立为界，人物形象塑造上的“转型”也异常明显。通观两个阶段的战争题材儿童小说，不难发现，20世纪三四十年代的儿童小说，主人公大多以扁平人物为主，如《华家的儿子》《火线上的孩子们》（陈伯吹）、《小英雄黑旦子》（秦朝阳）；而50年代以后创作的儿童小说，主人公多是圆形人物，如《小兵张嘎》（徐光耀）、《野妹子》（任大星）等。

新世纪的抗战题材儿童小说，在人物关系设定上，较此前的同类作品往往更为繁复，而与之相呼应的则是形象内涵的丰富、驳杂。这一点在“少年满山”系列中，表现为不管是满山、李小刀、端午、老奎爷等正面形象，还是河野站长、小泉校长、宪兵队长等反派角色，作家在还原历史黯淡和战争残酷同时，也适时呈现了各色人等在战争中的困惑、迷惘、无奈和忧伤。由此，战争对人性的撕裂和异化跃然纸上。

比如，《满山打鬼子》中，满山夜袭灌水车站的举动，并非侦察敌情，也不是获取情报，而是为了寻回自己的蝈蝈。这样的行为动机唯其简单、鲁莽，才更符合乡村少年的身份；也唯其朴素、稚拙，才显示出战争对童年欲求的戕害和侵扰。这在《情报鸽子》中，又通过满山接头失败后，为守护情报所采取的一系列方法体现出来。所有这些，都生动展现了战争背景下，一个乡村孩子可能的应急反应和情感逻辑。

比如，《满山打鬼子》中，满山和李小刀之间有这样一段对话：

> “跟我去看场好戏。”满山对李小刀说。
>
> “哪里来的戏班子？”李小刀问。
>
> “哪有戏班子？我今晚要整整日本兵。”满山说。

这样的语言刻画已经完全没有了《小兵张嘎》《鸡毛信》《小英雄雨来》等战争题材儿童小说中儿童人物命悬一线、生死抉择的悲壮感，而是增添了黑土地上乡野男孩特有的豪侠倔强、胆大妄为、磊落率真。在少年满山的意识里，“整整日本兵”似乎不是性命攸关、险象环生的冒险，而是“斗蛐蛐”“抽陀螺”之类的孩童游戏。

这与其说是孩子懵懂、单纯所造就的“无知者无畏”，更不如说是作家反观战争与童年关系后，以自然视角还原战争童年，进而呈现人物身上豪侠、逞强、乐观、不屈之童年气质的文学表达。实际上，故事里，薛涛也正是借助满山和李小刀胆大妄为、不知利害、无私无畏、一往无前的孩子式抗争，写出了他们身上那种磊落、坦荡、无畏、坚韧、机智、勇敢的童年精神。

除此之外，小说还数次写到了日本人的形象。不同于以往诸多战争小说将日本军人脸谱化、简单化的“扁平人物”模式，薛涛小说里的日本人，无论是同为战争受害者的小姑娘河野直子和无名日本小兵、受伤日本老兵；还是作为侵略者代表的河野站长、小泉校长、宪兵队长，小说在刻画上述人物形象，揭示侵略者卑劣行径、丑恶嘴脸的同时，没有将之简单化，没有忘却他们普通人的温情。比如，故事里，河野站长之所以掠夺满山的蝈蝈，是想给女儿直子一份特别的礼物；矮胖日本兵在杂货铺买陀螺，是想等战争结束带回日本给儿子；无名日本小兵在墙上作画，不仅出于个人爱好，更是梦想寄托……所有这些，都从深层揭示了战争异化人性、摧毁文明的罪恶本质。

第二个不同：“少年满山”系列作品营构了“战争童年”文学表达的形式意味。

小说叙事中，节奏感是非常重要的艺术调控机制。有经验的小说家总是善于通过不同叙述节奏营造一种张弛有度的情节效果。“深秋的山林特别清冷，石头缝里都渗出凉气。……月亮爬上山梁时，白霜洒了满地，在月光下面闪闪烁烁，如一地散碎白银。”“远远的，站台上的几盏灯像瞌睡人的眼，眯缝着，要熄灭似的。”类似节奏的叙述，作品里有不少。

比如，在满山夜袭车站的关键时刻，小说却举重若轻、宕开一笔，写起了站台外的灌木丛和满山的童年记忆：“那片野玫瑰偷袭了满山。满山很小的时候，它们就有了，一棵一棵长在镇子边上的灌木丛里。春天开紫红色的小花，花瓣是甜的，不知多少次填饱满山的肚皮……”这样的“闲笔”就像铁路边上盛开的丛丛野花，挺立的株株松柏，也像雷电来临前，原野上掠过的阵阵疾风，天空游移的片片云朵……凭空为世界增添了舒朗、清逸的韵致。

这样有意放慢步调的插叙文字，在延宕悬念的同时，也让战争因玫瑰与野花的比衬显出了云谲波诡的残酷性。如此看来，“闲笔”委实不“闲”，其存在不仅增添了情节的现实感，而且还映出了童年视野里的战争本相。

不仅如此，“少年满山”系列的形式意味还体现在小说的逻辑结构上。

与薛涛以往小说结实有力的叙事逻辑不同，“少年满山”系列的情节发展散淡、随性，却也纡徐有致。这很大程度上得益于生活逻辑与艺术逻辑的相辅相成。

比如，满山“夜烧票房”事件发生后，“汉奸”海川在镇子里招募帮手，结果只招来两个兵，一个是镇子里的二流子，另一个是镇子里的叫花子。二流子来应差的想法是“不用干活儿，有钱花，镇里人还不敢惹你”，而叫花子的动机则更简单，“穿上新衣，领了大洋，躺在票房里过日子”。

看守票房、巡逻车站这样严肃的事，最终只能由二流子和叫花子来滥竽充数，这种悖谬、荒诞的人事安排使侵略者非人道、反人性、悖人心的负面本质显露无余。

还比如，写到“又一天傍晚，满山在棺材铺门口等李小刀”时，作者这样表述：“李小刀这几天有点儿忙。他家的棺材铺这两天生意很好……前一天晚上，两个日本巡逻兵从桥上掉下去，摔断了脖子，死得不明不白。”死亡本是悲哀的事，但因为死的是日本兵，就值得庆贺了。而日本兵“从桥上掉下去，摔断了脖子”的特殊死法，则更有了意料之外、情理之中、滑稽可笑的喜剧意味。

此外，诸如“两队日本兵因原野里的一个草人打了起来，两败俱伤”，“日本小兵歪打正着，倒成了神枪手”等情节则一定程度上消解了抗战故事“正剧”的庄重，在儿童叙事视角下获得了亦庄亦谐的幽默感和不动声色的反讽意味。这体现了新的战争观和战争童年叙事方式。

第三个不同：“少年满山”系列作品彰显了“战争童年”文学叙事的复合性与“意象”特质。

在新世纪原创儿童文学阵营中，薛涛的创作个性颇为突出，其中尤以语言质感和形式意味见长。如果细加考量，不难发现，薛涛的诸多作品（如《废墟居民》《九月的冰河》《孤单的少校》《桦皮船》等），单就标题乃至人物命名，就颇具双关性或隐喻色彩。这一审美偏好使薛涛儿童小说的语言修辞显出灵动、饱满、卓尔不凡的气质。

比如，《满山打鬼子》中，薛涛这样写鬼子站长：“票房烧出一个大窟窿，河野站长再也不会睡觉了。……现在，怎么调换姿势都感觉头顶有一个大窟窿，窟窿里面是瓦蓝瓦蓝的天，再过一会儿，一个枪口从窟窿里伸进来……河野站长一惊，睁开眼睛，窟窿没有了，枪口也没有了。一闭上，窟窿和枪口又来了。河野只好睁开眼睛睡觉了。这样的游戏不好玩，玩了几天，河野的眼圈就黑了。”

这段幽默化叙述，不仅不动声色揶揄和调侃了鬼子站长河野胆战心惊、惊魂未定的恐慌心理，还从侧面点染出满山“夜烧票房”的非凡意义。

还比如，《情报鸽子》中有这样的写景段落：“这天早上，楼顶的雪算是彻底化尽，连最轻微的雪魂（花）儿也随风散去了。冬天的阵地迅速向更北的地方退守。在奉天，寒冷的势力完全瓦解了，灰白色的瓦片终于得见天日。”这段文字出现在抗战即将胜利，日本宪兵队将要撤离辽宁的前夕，颇具隐喻色彩。此时消融的固然是楼顶经年沉积的冰雪，又何尝不是抗联小战士满山挥之不去的愁绪和迷茫？这样一来，无论是“楼顶的雪”，还是“灰白色的瓦片”，早已不全是自然之景，而是象与意、景与情的深度融合，是心之物象，意之寄托，情之蕴藉，这样的写景已经超越了简单写实，成为借景抒怀、托物言志的“意象”表达。

类似的复合性叙事语言不仅很大程度上丰富了小说的情节空间，而且也在不经意中使得原本属于“正剧”的战争童年叙事显出几分诙谐、旷达的喜剧感和清雅、隽永的隐喻色彩。

综上，“少年满山”系列作品中，作家无意于呈现并阐释民族大义与战争惨状，而是深度聚焦战火里的童年精神和战争中的人性光芒。这一颇具创意的情节结构既丰富了原创儿童小说“战争童年”的艺术表达，同时也为书写童年与战争的关系提供了成功范例。

这也正是“少年满山”系列对于新世纪原创儿童文学之战争童年书写的价值所在。

二、战争童年的“微”与“著”、“轻”和“重”

在中国近现代史上，抗日战争无疑是影响极其深远的重大事件。艰苦卓绝的十四年抗战，在挽救民族危亡的同时，也充分彰显了中华儿女的家国情怀与民族精神。其中，自然也包括抗战背景下儿童作为弱势民众内外两面的生活形态、心灵趋向。正因如此，抗战题材很长时间内都被视为一座“富矿”，在不同时期都受到儿童文学作家的青睐。这一点在新世纪初叶“抗战胜利70周年”（2015年）这一时间节点前后表现得尤为突出。据不完全统计，在2009年到2019年这十年间，以抗日战争为背景的原创儿童小说有近百部之多。除了《1937·少年夏之秋》《柳哑子》《假小子福官》《小城花开》《少年的荣耀》《野蜂飞舞》《将军胡同》《彩虹嘴》，以及上文重点剖析的“少年满山”系列之外，以南京大屠杀为背景的童话体小说《影之翼》，以皖南新四军抗战为背景的幻想小说《我和爷爷是战友》，以重庆大轰炸为素材的儿童小说《纸飞机》也堪称新世纪原创儿童文学战争童年书写的重要收获。其中，“80后”儿童文学作家左眩创作的《纸飞机》颇具代表性。

作为一部聚焦战争童年的儿童小说，《纸飞机》与同时期诸多抗战题材儿童小说相比，其特异之处主要体现在四个层面：

其一，儿童视角还原历史真实，以“体验叙事”呈现战争童年之残酷。

通观中国抗战题材儿童小说发展历程，不难发现，从最早出现的《华家的儿子》《火线上的孩子们》，到最新出版的“东北抗联三部曲”（2023年，张忠诚）、“舒辉波战争与成长三部曲”之《躲猫猫》（2023年，舒辉波），原创儿童文学战争童年书写就“儿童与战争的关系”这一审美取向而言，大体可分为三类：一是儿童亲历和参与战争，主要以“小英雄”形象“零距离”表现、讴歌战争童年，如《火线上的孩子们》《鸡毛信》《小兵张嘎》《赤色小子》《三十六声枪响》等；二是儿童体验且诠释战争，主要表现为以见证者立场近距离观照、重构战争童年，如《影之翼》《纸飞机》《龙眼传》等；三是儿童感知并揭示战争，主要体现为以受害者视角远距离审视、反思战争童年，如《1937·少年夏之秋》《少年的荣耀》《野蜂飞舞》《火印》《躲猫猫》等。值得注意的是，三种类型的战争童年书写中，第一类从20世纪30年代延续至今，时间跨度最长，称得上是战争童年的经典叙事，而第二类、第三类则主要出现在新世纪之后，可谓原创儿童文学战争童年书写的新样态。第一类和后两类作品的差异与创作视角、审美立场密切相关。毕竟，这些生活化、非英雄的战争童年叙事主要出自“60后”“70后”“80后”作家之手，“远离历史与战争的他们，一旦选择抗战作为表现对象就必须克服‘隔’与‘疏’的矛盾，想象抗战、诠释抗战、反思抗战就成了这一拨小说的重要特点”[①]，这样的写作姿态表现在《纸飞机》中，就是作者所秉持的自然主义写实立场和“入内”“出外”相统一的深度审视和灾难还原。

小说中，作者有意选取第一人称亲历者小女孩金兰的视角展开叙述，通过“我”长达五年的锥心刻骨之经历的感知、体验、思索、回顾，不仅逼真复现了重庆大轰炸惨绝人寰的灾难现场，而且也一定程度上重构了战争童年的历史面相。因为是亲历者视角叙事，所以无论是大轰炸发生前码头上蜂拥而至的逃难人群，全城晚上按时熄灯的规定，街区里处处在挖的防空洞，巷子里新建的民用防火池，还是大轰炸发生时的惨烈场面、无助民众、恐惧心理，以及大轰炸后家庭里沉重的伤痛，邻里间弥散的仁爱，亲子中绵延的温情，这些都在8岁女孩金兰或轻捷，或忧虑，或悲痛，或沉郁，或坚强，或振奋的讲述中一一复现。那份源自稚拙童心的懵懂、早慧、敏感、细腻将一个孩子所能感知到的灾难体验和盘托出。也因为是虚拟的第一人称委托叙事，小女孩金兰视野里已经融合了作家的审美意识和价值取向。换言之，“我”既是亲历“重庆大轰炸”灾难的历史见证者，也是站在历史之外反观、审视那段民族之殇、文化之痛的童年“代言人”。这一点从作品中女孩金兰一些略带刻意的言行举动中足以看出。比如，女孩乐此不疲、一再重复的叠纸飞机举动；还比如，兄妹俩在巷子口、水池边、墙壁上用红油漆写“愈炸愈强”的标语；等等。这就让小女孩金兰讲述的重庆大轰炸历史事件成为近距离观照和重构战争童年的有效路径。

其二，通过定点透视聚焦历史细节，以家庭散聚比照战争童年之驳杂。

《纸飞机》和新世纪的诸多抗战题材儿童小说一样，明确体现着由英雄

① 王泉根：《抗战题材少儿小说的历史担当与艺术追求》，“‘烽火燎原’原创少年小说”，长江少年儿童出版社，2015，“总序”。

叙事向生活叙事转型的审美趋向。作品借讲述抗战时期陪都重庆曙光巷一个普通人家历经大轰炸的苦难遭际，不仅浓缩了包括保卫重庆在内的中华民族十四年抗战艰苦卓绝的历程，而且还在充分昭示普通民众万众一心、抵御外侮之不屈民族意志同时，适时映现出战争中童年所映射出的明亮光芒。实际上，也恰恰是这份微弱而持久的光热让作品在“轮回”的情节脉络中创构出“以点总面”“见微知著”的审美效果。并经由“小街巷—大都市”“小家庭—大灾难”“小人物—大悲痛”“小行动—大意义”等多维比照，深刻揭示了战争背景下儿童与成人、家庭和社会、个体与群体、民众与国家、现实与未来、信念与行动之间无所不在的密切关联。

故事里，经过长达五年的大轰炸之后，小金兰所依存的完整的五口之家历经重创，面目全非：妈妈被炸弹吃掉了，爸爸被闷死在防空洞里，哥哥溺水而亡，小妹妹金云成了盲孩子……这一切对于一个 10 岁左右的小女孩来说，该是何等惨痛的事实！这是童年不可承受之重。可战争之中，遭遇灭顶之灾的又何尝只是小金兰一家？他们也仅是万千遭受战争苦难的个案而已。

从这个意义上说，小说叙写的固然是儿童视野下“重庆大轰炸”特定时空中一人、一家、一巷的局部历史断面和散点生活细节，但其比照和对应的则是一城、一国、一时代整体的历史风貌和多维民生镜像。这种“以点总面”“见微知著”的典型性取材和生活化叙事充分体现了儿童小说对于战争童年书写的意义。

其三，“四季轮回”彰显生命韧性，以情节结构寓示战争童年之意义。

在文学范畴内，情节结构作为“有意味的形式”并非无足轻重，而是具有极其重要的审美价值和意义功能。

《纸飞机》中，作者选择以时光轮回的形式演绎时世更迭、生命绵延的坚韧精神之歌。在“四季歌”（1938）、“山水歌”（1939）、“日月歌”（1940）、“天地歌”（1941）、“四季歌”（1942）这五年轮回中，开启于明媚春天的那一份孩童的天真烂漫，几经磨难后，也终于在劫后余生的和平欢歌里化为“吉祥如意”的成长愿景和生活期盼。

小说末尾，有这样一段描写：

我们一路跑着，我背着小福，青松背着金云，手里捏着红红的纸飞机，一起来到江边，看着冬天的长江。长江的对岸，汪山远远地耸立着，沉默无声。长江里的水已经落下去，露出了黑褐色的一大片土地，上面长满了稀稀拉拉的杂草。上面停着零星的几架飞机，远远看着，如同舒展着翅膀的大鸟一样。

我耳边忽然响起了哥哥的声音，他说：“走，珊瑚坝放风筝去！”

我蹲下来，放下小福，把手里的纸飞机用力地朝长江里扔去……

这段文字意蕴悠长，蕴含着深厚的情感力量。渡尽劫波，曙光在前；江河依旧，物是人非。灾难终究会过去，和平必定会到来。昨天的残酷现实已经成为今天铭记的伤痛历史。而生活却如同川流不息的江水，滔滔不尽，滚滚向前。

于是，当 4 岁的小福拍着手说“好啊，我们放风筝去！”的那一刻，时光经过五年轮回，已然回到了 1938 年的春天，回到了哥哥柏明带着妹妹金兰、金云到珊瑚坝放风筝的日子。而此时，爸爸杨顺清、妈妈惠春、哥哥柏明，还有爷爷、奶奶、外公、幺爸、祥华、小艳秋……他们如同漂浮在江面上的纸飞机，“像一滴血，更像一朵花”，永远流淌在金兰、金云、小福、青松的血脉中，永远开放在孩子们的记忆里。毋宁说，这就是弥散在抗战时期所有中华儿女血脉之中，代代相传、生生不息的那种“不死”精神。

其四，“纸飞机”象征美好愿望，以文学意象缓释战争童年之重负。

持续了六七年的重庆大轰炸是抗日战争中极其惨烈的空中大屠杀，是日寇继南京大屠杀之后面对中国人民犯下的又一滔天罪行。直面这样重大的历史事件，作者不仅没有策略性回避大轰炸造成的真实惨状，或有意淡化普通百姓承受的深重苦难，而是借助纯粹的儿童视角和冷静的自然主义细节刻画，纤毫毕现地还原了大轰炸吞噬生命、摧毁家园时惨不忍睹的场景。

所有的东西好像都在燃烧，空气烫得好像是一百个夏天摞在一起。我略支起头，倒着斜看出去，到处都是东西在往“天上”飘，有门、有窗户、有木头、有瓦片，还有床、柜子、竹竿上晾的衣服，都燃烧着在往“天上”飘，轰隆，轰隆地飘，重重地飘。

…………

我根本听不清是什么人在吼，也看不清哪个是人——那可能前一秒还是个人，后一秒却被震成了几块，飞到树枝上，道路旁，塌墙下……

这是8岁女孩金兰眼中第一次大轰炸的灾难现场。面对这样一种堪称人间地狱的惨烈景象，小金兰的体验是：“我现在已经不是怕，我的身体里流窜的是一种比害怕还要锋利的东西，贴着我的骨头剐着我。……我是比怕还要怕。可我没有说出来，我说不出来。”这是一种超出儿童认知和想象的残酷，一种心灵无法承受、语言无法表达的伤痛。而这样的惨剧，在五年当中，不止一次上演，这是何其深重的灾难！如果作品止于此，其文本效应就仅与《重庆大轰炸纪实》《重庆大轰炸文献档案》相类似，灾难之深重固然让人感喟、警醒，但少了撼动人心的力量。

《纸飞机》显然不满足于此。于是，小说中铺排了普通民众诸多“愈炸愈强”的生活画面：大轰炸过后，人们依旧摆宴席、会朋友，依旧哗哗啦啦搓麻将、热热闹闹过新年，敌机来了依旧“跑警报”，轰炸过后继续看电影……不见惊慌失措，不闻哭天抢地，有的是坚定信念：“我们有警报台，有防空洞，还有高射炮，把他打回小日本去！炸嘛，越炸我们越不得怕！”有的是邻里间同甘共苦，守望相助，重组家庭，抱团取暖的情形。也正是在这种万众一心、团结互助的氛围里，曾经病弱胆怯的小金兰逐渐坚强起来，从柔弱的身体里迸发出灼人的勇气和力量。她不仅“光脚爬下床”，向天空中假想的阎王爷狠狠地投掷石子，还在痛失父亲后，与哥哥柏明联手，用红油漆在防火池墙壁上写下“愈炸愈强”四个大字……这是作品写实层面的题旨表达，它构成了“战争童年”的成长意涵。

除此之外，小说还通过“纸飞机”和“黑金鱼”两个文学意象强化了写意层面的象征意味。而这样的隐喻表达在消弭、缓释战争阴影和心灵创伤的同时，也昭示出战争童年书写的审美旨趣和反思精神。

作品中，纸飞机是童年意象，是儿童纯真、自由心性和美好愿望的象征。这样的美好愿望在战争阴霾笼罩和大轰炸摧毁下一次次破碎，又一次次重生，正如同小金兰手中不断创生的纸飞机。实际上，当天空中日寇残暴的“大铁鸟”一次次屠戮生命、摧毁家园的时候，小金兰正是借助一架架纸飞机缓释、消解战争伤痛，寄寓并放飞美好祈愿，进而积累且重建面对未来的信心、勇气。与此相对，小说中屡屡出现的“黑金鱼”意象，则是死亡的象征。它多次出现在小金兰的梦中，从不同层面传递着死亡信息。故事最后，当“我”将手里的纸飞机用力地向长江里扔去时，“我仿佛还看见，那条黑金鱼在纸飞机旁晃动着尾巴，再一眨眼，却不见了”。至此，由无数纸飞机叠加、累积起来的愿望、信心和勇气终于以一种不可抑制的力量驱散了长久以来弥漫在小主人公心间的战争阴霾。不消说，这是童年自身的力量显现、光彩迸射。

对此，有研究者认为，“《纸飞机》是一出极致的悲剧，将人生有价值的东西逐一毁灭，将生存的希望一丝丝抽离；《纸飞机》又是一场端端正正的正剧，不见丝毫的悲悲切切，昂扬着对生命尊严、勇气与力量的讴歌”。[①] 看似悲剧，实则正剧；悲而不馁，哀而不伤。作者倾尽笔力描述灾难，却让人更多地看到了灾难中的温暖、善良、信心、勇气；从童年视角直叙死亡，却透过废墟和毁灭昭示着家园重建、生活延展的希望。这就是多维文学表达相较单纯历史纪实的神采、力量。

从这个意义上说，纸飞机的单纯、自由、动感、轻逸不独是童年快乐的品性，更是童年精神的象征。故事里，小主人公金兰以之为情感和心灵寄托，一次次消解、抗拒不期而来的战争伤害，一次次创生、放飞面向未来的美好祈愿。这样的情节设定和意象表达不仅极大消解了重庆大轰炸惨绝人寰的悲剧色彩，而且还使悲壮的全民抗战图景始终透着亮色。所有这些其实正是战争童年书写要揭示的内涵要义：战争固然是童年不期而遇的生命渊薮、现实困境，但在苦难磨砺、命运锻打下，儿童却以其纯真、自由、灵慧、轻

① 崔昕平:《左眩〈纸飞机〉: 重归那座“不死的城”》,《文艺报》2017 年 12 月 13 日。

捷、乐观、勇毅的心性、行动昭示着生活的亮色，推动着自我的成长。

综上，“少年满山”系列和《纸飞机》代表着新世纪原创儿童文学战争童年审美表达的新样态、新范式。类似的战争童年历史书写在原创儿童文学中还有不少。这些立足于特定战争背景的文学创作不仅通过多元叙事视角和丰富历史细节立体呈现昔日“中国式童年”苍凉而斑驳的面相，而且还依托丰盈且深厚的题旨内涵、情感蕴示滋育着今天的“现实童年”。而这也正是原创儿童文学战争童年历史书写之意义所在。

正如“80 后”女作家赖尔在《我和爷爷是战友》的后记中所述：“我在故事的假设中找到了许多值得当代孩子们思考的问题，同时在战争中体会到当代孩子们普遍缺乏的东西……读到那个时代的价值，读到一种成长的责任。”而这种“值得当代孩子们思考的问题”和“当代孩子们普遍缺乏的东西”既是“以史为鉴”，也是“以史正人”，还是“以史化人”。足见，原创儿童文学的战争童年书写对今天的孩子而言不只必需，而且至关重要。因为这不仅是童年文化完整性的内在要求，更是“中国式童年”历史构成和文学表达的题中之义。

这一点与前述新世纪原创儿童文学中的童年“个体史追忆”“家庭史回溯”和“社会史叙述”异体同构、互补互证，不仅共同勾画出“中国式童年”的苍凉历史面相，而且还在深入透视其文化现实、生活轨迹的同时，借助儿童的家庭参与、社会实践昭示出隐匿在纷繁历史细节背后的童年文化基因与生命成长力量。

结　语

新时代原创儿童文学的繁茂与“隐忧”

——“中国式童年”文化症候与原创儿童文学未来趋向

童年既是个体人生的特定阶段，也是社会结构的派生类型，还是成人文化的参照体系。作为个体人生的特定阶段，童年不仅为完整的人生奠基，还以其生长性、开放性为生命发展导航；作为社会结构的派生类型，童年不只是政治、经济、法律、道德、宗教、历史等所观照、统摄的对象，也是社会文化必不可少的有机构成；而作为成人文化的参照体系，童年在通过不同于成人世界的生命形态、生活实践标示其独立性的同时，更以纯真、自由、快乐、想象、探索、创造等价值构成、审美精神彰显自身的文化意义。

从这个意义上说，任何层面的童年文化研究、探析，都离不开对包括社会、家庭、学校、媒介、消费、历史、伙伴、身体、游戏等儿童社会关系、生命现象、生活内容、成长动态的考察，离不开对现实童年生态的文化属性、结构、内涵，以及其审美形态、价值取向的审辨、思考。所有这些不仅在丰润、芜杂的“中国式童年”文化镜像中得以确证，而且还在新世纪原创儿童文学实践层面充分展现。

论及“中国式童年”，正如绪论所言，“中国式童年”既是“中国童年”（或“童年中国”）的同义语，也是对其特定文化语境的强化表达。概而言之，“中国式童年”指的是近代以来，中国孩子映现在社会发展不同历史阶段和不同文化语境中的儿童生存与发展状况。其内涵除当代中国社会变革与文化转型所衍生的复杂多样的童年面相之外，还包括中国儿童斑驳、苍凉的历史存在与丰沛、昂扬的未来趋向。

实际上，在21世纪经济全球化和文化多元化的时代背景下，“中国式童年”概念的提出与西方“新童年社会学”之“社会建构论”不无关系。按照社会建构论的观点，童年并非自然存在，而是由社会、政治、历史和道德等共同建构的。在此背景下，童年不仅表现出文化多样性，同时也内含民族差异性。换言之，不同地域背景下的童年之所以形态各异，就在于不同民族、不同时代、不同文化都在建构属于自身的童年。

以此为参照，“中国式童年”可从空间与时间两个维度来理解。

“中国式童年”的空间含义体现的是本土童年的地域文化特征。它在原创儿童文学作品中的审美形态大体呈示出乡村童年、城市童年、边际童年三种样貌。其中，乡村童年是指以乡村为具体生活空间而展开的童年生活现实；城市童年是指以城市、城镇为生活空间而绵延开来的童年生活图景；而边际童年则是指处于不断流动、变迁中的童年生活境遇。

而“中国式童年”的时间含义主要指近代以来，中国不同历史发展阶段、不同时期的社会生活所赋予童年的形貌特征和文化内涵。其具体表现形式大体可分为历史童年、现实童年和未来（想象）童年三种样态。单就时间意义而言，这三种样态可分别理解为“审视、眷念的过去”“自在、自为的现在”“憧憬、求索的将来”。上述“中国式童年”之时空内涵及不同样态立足于源远流长的中华文化，不仅与民族神话、传说、民间故事等集体无意识文化信息、文化原型有着千丝万缕的联系，而且植根于近代以来中国不同时期的社会生活、文化语境，呈现着丰饶、芜杂、昂扬、斑驳的多元样貌。甚而，在未来的延长线上，它们还代表着中华民族追求幸福生活，寻求自我实现、自我超越的生命态度和美好愿景。

由此，“‘中国式童年’镜像”所指涉的就并非单层面的中国少年儿童现实生存“映像”，而是以之为核心，向前追溯到近代以来中国儿童驳杂的历史面相，向后延展到中国孩子丰赡之成长愿景，在整体结构上涵盖了本土童年历史记忆、生活实践、观念嬗变、精神探索等诸多层面的复合性文化现象与审美资源。

中国青少年研究中心先后四次发布的“中国少年儿童发展状况”调查结果显示，进入21世纪之后，中国社会童年状况呈现出斑斓多姿的图景：信息文化营造童年新语境，构成儿童生活新体验；消费文化渗入童年生活，消费意识强化儿童主体意识；传统游戏式微，儿童生活空间发生转型，童年身体文化出现新样态……而这种源自当代社会变革与文化转型的儿童生存状况恰恰构成了“中国式童年”的现实样态。

因此，“中国式童年”既是现实层面的文化存在，也是审美意义上的镜像表达，它所体现的不仅是原创儿童文学的普通文学职能，更是其回溯历史、直面当下、建构未来的审美尺度与价值取向。换言之，原创儿童文学的“中国式童年”文学表达要在内容层面透视历史童年、贴近现实童年、描绘未来童年；要在形式层面注重对多元芜杂童年现象的细致描摹，注重情节内涵的挖掘、童年形象的塑造与语言趣味的把握；还要在价值层面审视现实童年的种种困境、危机，关切现实中儿童心灵的诸多迷惘、希冀，并以审美方式予以全面观照、深度透视、睿智引领，以期更好满足广大少年儿童审美体验的诉求、心灵升腾的渴望。

通观新世纪原创儿童文学审美书写，不难发现，“中国式童年”文学表达呈现着星光灿烂和暗影憧憧的双重镜像。一方面，在市场经济大潮和商业文化出版的助推下，原创儿童文学在产业层面迎来“黄金发展期”，创作队伍持续扩大，产品结构不断扩容，各种题材的儿童文学作品如雨后春笋，不同风格的儿童文学书写相映生辉。一时间，原创儿童文学呈现出姹紫嫣红、春潮滚滚的“盛世”景观：表现乡村童年的创作前浪后浪，佳作迭现；书写城市童年的作品散点透视，稳步推进；描绘身体童年的创作与时俱进，锐意拓展；聚焦游戏童年的作品观念前瞻，奇趣盎然；呈现伙伴童年的写作通晓内外，轻捷畅达；观照媒介童年的创作贴近现实，洞察幽微；涉猎消费童年的作品参与生活，解析“新变”；透视历史童年的作品沉潜探索，培根铸魂……所有这些创作成果，无不彰显着新世纪原创儿童文学的繁茂与兴盛。但另一方面，受资源配置、机制调控、政策执行、文化转型、观念嬗变等因素的影响，原创儿童文学在保持强劲发展势头的同时，其“中国式童年”文学表达也呈现出种种矛盾、失衡的症候，这就从一个侧面昭示出新世纪原创儿童文学的未来发展方向。

其一，童年空间广袤、辽阔与原创儿童文学审美视域相对逼仄的矛盾，引发了“中国式童年”审美结构的不平衡——乡村童年创作佳作不断，而城市童年、边际童年书写则相对沉寂。

统观新世纪原创儿童文学创作潮流，“题材偏好”“热点聚焦”“主题先行”等现象一直隐匿其中。比如，举凡“乡村童年”范畴内各种题材，原创儿童文学作品都有涉及，如：失独家庭、乡村霸凌、留守儿童、随迁孩子、女童遭性侵、乡村“空壳化”、城乡互融、乡村振兴等等。而涉及“中国式童年”的另外两个空间维度——城市童年和边际童年的相关书写，则不仅作品数量偏少，而且全面、深入揭示孩子生存状态的优秀作品更是凤毛麟角。进入新时代，随着中国社会变革不断深入和文化转型日益加快，城市童年出现了不同以往的种种“新变”，如：网络世代出现，新媒介文化影响童年生活，消费文化使童年世俗化，等等。上述童年文化症候尽管现实中已随处可见，但在原创儿童文学中却少有对应性表达。这就使得面对“中国式童年”多维文化现实，原创儿童文学不唯审美视野相对逼仄，还显出与新时代诸多童年“新变”之间的某种隔膜。

其二，童年时间绵长、繁复与原创儿童文学题材内容相对集中的矛盾，造成了“中国式童年”文学表达的不平衡——现实童年、历史童年创作生机勃勃，而未来童年写作则相对乏力。

中国青少年研究中心、全国妇联和中国互联网络信息中心等多家机构发布的针对少年儿童生存状况的调查情况显示，进入新世纪以来，中国城乡少年儿童的物质生活形态和精神成长状况相较 20 世纪八九十年代已经发生了根本性变化。这些变化涵盖了家庭教育、校园文化、亲子关系、师生关系、伙伴关系、消费观念、媒介素养、学业状况、习惯养成等少儿生活的方方面面。其中有些童年生活面相，如即时消费、媒介技能、网络应援、跨文化体验等，作为网络世代孩子的生活内容、成长方式，颇具时代色彩。

然而，这些由社会经济发展、文化转型而衍生的童年文化“新趋向”“新愿景”，只在少量儿童文学作品中有所表达，更多儿童文学作家对之表现出的却是某种疏离与淡漠。这不能不说是原创儿童文学在“中国式童年”现实表达层面的一种缺位和失语。

其三，童年文化立体、多元与原创儿童文学叙事方式相对单一的矛盾，导致了“中国式童年”文学形态的不平衡——回忆叙事、模拟叙事洋洋大观，而焦点叙事、想象叙事相对单薄。

表现之一就是原创儿童文学文体格局和文本结构失衡——书写小学中高年级

和初中生成长体验的少儿小说比比皆是，而幼儿童话、生活故事、儿歌童谣、儿童戏剧、儿童曲艺、儿童影视文学等文类则势单力薄，门庭冷落。实际上，这些文类不仅具有审美多样化之形式价值，更照应着“中国式童年”不同层面文化内容和不同年龄读者多层面的阅读需求。因此，这种不均衡的文体格局、创作生态不仅一定程度上削弱了原创儿童文学对小读者的影响力，而且还消减了“中国式童年”对于原创儿童文学的资源价值、审美意义。

其四，童年形象丰盈、鲜活与原创儿童文学人物塑造相对平淡的矛盾，导致了“中国式童年”写作范式的不平衡，聚焦异态童年的作品花样繁多，而书写常态童年的佳作仅偶有所见。

作为人类社会文化结构的童年既是个体现象，也是群体存在。无论是哪一种形式，其现实样貌在童年文化语境下都有常态和异态之分，比如：身心健康是童年常态，先天残疾或遭遇重大病厄就是童年异态；平顺成长是童年常态，少儿犯罪、问题儿童就是童年异态。通观新世纪原创儿童文学的形象塑造，异态童年书写明显多于常态童年书写。原因就在于，在一些儿童文学写作者看来，非苦难，少病厄，童年就无从表达，儿童就无法成长。殊不知，就现实样态和童年全貌而言，父母双全、身心健康、成长平顺恰恰是童年常态。所以，原创儿童文学一味聚焦儿童生活的“苦难书写”“病弱表达”，恰恰遮蔽了童年的深层结构与内在真实。毋宁说，这是原创儿童文学繁茂景观下的某种偏狭。

其五，童年精神深邃、更具前瞻性与原创儿童文学审美创造相对保守的矛盾，体现了“中国式童年”价值选择的不平衡——执守童年文化传统的创作遍地开花，而审视、反思童年生态的作品则相对缺乏。

由前文的童年文化结构分析和新世纪中国儿童生存状况文化考察可知，当下“中国式童年”文化形式极其丰富、灵动——既有生趣满满的“儿童文化”（如儿童网络语言、儿童伙伴关系、儿童自创游戏），也有充满“新变”的“为儿童的文化”（如儿童电子游戏、儿童网站、儿童电视节目、中小学课程），还有与时俱进的“关于儿童的文化”（如不断嬗变的童年观、新兴的童年美学、新童年社会学）。立体、多维的童年生态蕴含多元文化取向，期待多维审美表达。然而，现实却是：原创儿童文学往往习惯于执守、延续童年文化传统，而对斑驳、芜杂的现实童年生态缺少反思意识和批判能力（类似《一个女孩的心灵史》、“花田小学的属鼠班”系列这样有情感、有思维深度的作品所见不多)。这反映了原创儿童文学在面对“中国式童年”的丰富文化内涵、深邃审美精神时表现出的某种思维迟滞。

造成上述新世纪原创儿童文学“隐忧”的原因颇为复杂。其中，来自社会文化、教育环境等层面的影响固然不容忽视，但深层原因是作为创作主体的儿童文学作家对“中国式童年”的多维文化内涵、多种审美需求、多项生活实践、多元价值取向缺乏准确理解、深入把握、全面应对和独特表达。时至今日，“缺乏文化，或者说，缺乏有穿透力的文化思考和有厚度的文化内容，已经成为中国儿童文学的一个致命症结”[①]。

面对当下“中国式童年”丰盈而驳杂的文化现实，新时代原创儿童文学要想“百尺竿头，更进一步”，一方面需要包括理论批评、童书出版、文学教育在内的儿童文学界更新观念，将“中国式童年”文化内涵和现实生态真正当作推动原创儿童文学发展所倚重的丰饶审美资源；另一方面则需要作为创作主体的儿童文学作家既要善于采撷、捕捉、想象、提炼“中国式童年”的斑斓世相，从而呈现题材、内容层面的“中国生活”“中国景象”，还要善于运用体现中华民族思维方式、情感心理、语言结构的“中国式”审美表达，最终实现从童年形象到题旨蕴意的“中国味道”“中国气息”“中国风貌”。唯有如此，新时代原创儿童文学才可能真正显示出中华文化的内在气韵，真正表达出“中国式童年”的审美精神。

窃以为，这理应成为新世纪原创儿童文学面向未来所立足的价值坐标和所参照的发展方向。

---

① 方卫平:《童年写作的厚度与重量——当代儿童文学的文化问题》,《文艺争鸣》2012年第10期。

主要参考文献

一、中 文 文 献

（一）专著

[1] 陈建宪 . 文化学教程 [M]. 武汉 : 华中师范大学出版社 , 2004.

[2] 赫勒 . 现代性理论 [M]. 李瑞华 , 译 . 北京 : 商务印书馆 , 2005.

[3] 泰勒 . 原始文化 : 神话、哲学、宗教、语言、艺术和习俗发展之研究 [M]. 连树生 , 译 . 上海 : 上海文艺出版社 , 1992.

[4] 哈定 , 卡普兰 , 萨赫林斯 , 等 . 文化与进化 [M]. 韩建军 , 商戈令 , 译 . 杭州 : 浙江人民出版社 , 1987.

[5] 余英时 . 文史传统与文化重建 [M]. 北京 : 生活・读书・新知三联书店 , 2004.

[6] 巴拉什 . 梦想的诗学 [M]. 刘自强 , 译 . 北京 : 生活・读书・新知三联书店 , 2017.

[7] 阿诺德 . 文化与无政府状态 [M]. 韩敏中 , 译 . 北京 : 生活・读书・新知三联书店 , 2008.

[8] 赵霞 . 童年精神与文化救赎 : 当代童年文化消费现象的审美研究 [M]. 北京 : 中国社会科学出版社 , 2017.

[9] 卢梭 . 爱弥儿 [M]. 李平沤 , 译 . 北京 : 商务印书馆 , 1978.

[10] 福禄培尔 . 人的教育 [M]. 孙祖复 , 译 . 北京 : 人民教育出版社 , 2001.

[11] 杜威 . 杜威教育论著选 [M]. 赵祥麟 , 王承绪 , 编译 . 上海 : 华东师范大学出版社 , 1981.

[12] 科萨罗 . 童年社会学 : 第 4 版 [M]. 张蓝予 , 译 . 哈尔滨 : 黑龙江教育出版社 ,

2016.
[13] 薛烨，朱家雄，戴维斯，等. 生态学视野下的学前教育 [M]. 上海：华东师范大学出版社，2007.
[14] 哈维兰. 文化人类学：第 10 版 [M]. 瞿铁鹏，张钰，译. 上海：上海社会科学院出版社，2006.
[15] 内罗杜. 古罗马的儿童 [M]. 张鸿，向征，译. 桂林：广西师范大学出版社，2005.
[16] 詹姆斯，简克斯，普劳特. 童年论 [M]. 何芳，译. 上海：上海社会科学院出版社，2014.
[17] 波兹曼. 童年的消逝 [M]. 吴燕莛，译. 桂林：广西师范大学出版社，2004.
[18] 杜威. 学校与社会·明日之学校 [M]. 赵祥麟，任钟印，吴志宏，译. 北京：人民教育出版社，1994.
[19] 关宽之. 儿童学 [M]. 朱孟迁，邵人模，范尧深，译. 北京：商务印书馆，1922（民国十一年）.
[20] 李普曼. 教室里的哲学 [M]. 张爱琳，张爱维，编译. 太原：山西教育出版社，1997.
[21] 普劳特. 童年的未来：对儿童的跨学科研究 [M]. 华桦，译. 上海：上海社会科学院出版社，2014.
[22] 蒙台梭利. 童年的秘密 [M]. 马荣根，译. 北京：人民教育出版社，2005.
[23] 郑素华. 儿童文化引论 [M]. 北京：社会科学文献出版社，2015.
[24] 熊秉真. 童年忆往：中国孩子的历史 [M]. 桂林：广西师范大学出版社，2008.
[25] 朱自强. 儿童文学的本质 [M]. 上海：少年儿童出版社，1997.
[26] 塔利. 空间性 [M]. 方英，译. 北京：北京大学出版社，2021.
[27] 海德格尔. 存在与时间 [M]. 陈嘉映，王庆节，译. 修订译本. 北京：生活·读书·新知三联书店，2014.
[28] 柏格森. 创造进化论 [M]. 姜志辉，译. 北京：商务印书馆，2004.
[29] 张汝伦.《存在与时间》释义 [M]. 上海：上海人民出版社，2014.
[30] 夏洛，布里坦. 儿童像科学家一样：儿童科学教育的建构主义方法 [M]. 高潇怡，梁玉华，孙瑾，译. 北京：北京师范大学出版社，2006.

[31] 刘晓东 . 儿童精神哲学 [M]. 南京 : 南京师范大学出版社 , 1999.

[32] 布约克沃尔德 . 本能的缪斯 : 激活潜在的艺术灵性 [M]. 王毅 , 孙小鸿 , 李明生 , 译 . 上海 : 上海人民出版社 , 1997.

[33] 刘晓东 . 儿童文化与儿童教育 [M]. 北京 : 教育科学出版社 , 2006.

[34] 郭沫若 . 文艺论集 [M]. 上海 : 上海光华书局 , 1927（民国十六年）.

[35] 周作人 . 苦茶 : 周作人回想录 [M]. 兰州 : 敦煌文艺出版社 , 1995.

[36] 方卫平 , 赵霞 . 儿童文学的中国想象 : 新世纪儿童文学艺术发展论 [M]. 合肥 : 安徽少年儿童出版社 , 2018.

[37] 班马 . 中国儿童文学理论批评与构想 [M]. 武汉 : 湖北少年儿童出版社 , 1990.

[38] 成伯清 . 格奥尔格・齐美尔 : 现代性的诊断 [M]. 杭州 : 杭州大学出版社 , 1999.

[39] 布迪厄 , 华康德 . 实践与反思 : 反思社会学导引 [M]. 李猛 , 李康 , 译 . 北京 : 中央编译出版社 , 1998.

[40] 梅洛 – 庞蒂 . 知觉现象学 [M]. 姜志辉 , 译 . 北京 : 商务印书馆 , 2001.

[41] 奥尼尔 . 身体形态 : 现代社会的五种身体 [M]. 张旭春 , 译 . 沈阳 : 春风文艺出版社 , 1999.

[42] 舒斯特曼 . 身体意识与身体美学 [M]. 程相占 , 译 . 北京 : 商务印书馆 , 2011.

[43] 希林 . 身体与社会理论 : 第 2 版 [M]. 李康 , 译 . 北京 : 北京大学出版社 , 2010.

[44] 吴其南 . 从仪式到狂欢 :20 世纪少儿文学作家作品研究 : 下 [M]. 北京 : 人民文学出版社 , 2014.

[45] 韩雄飞 . 身体的变迁 : 中国儿童文学与儿童形象（1917—2020）[M]. 杭州 : 浙江大学出版社 , 2021.

[46] 威利 . 符号自我 [M]. 文一茗 , 译 . 成都 : 四川教育出版社 , 2010.

[47] 普里莫兹克 . 梅洛 – 庞蒂 [M]. 关群德 , 译 . 北京 : 中华书局 , 2003.

[48] 李蓉 . 中国现代文学的身体阐释 [M]. 北京 : 中国社会科学出版社 , 2009.

[49] 赵汀阳 . 没有世界观的世界 [M]. 北京 : 中国人民大学出版社 , 2003.

[50] 斯特拉桑 . 身体思想 [M]. 王业伟 , 赵国新 , 译 . 沈阳 : 春风文艺出版社 , 1999.

[51] 胡伊青加 . 人：游戏者 [M]. 成穷 , 译 . 贵阳 : 贵州人民出版社 , 1998.

[52] 康德 . 判断力批判 : 上 [M]. 邓晓芒 , 译 . 北京 : 人民出版社 , 2002.

[53] 席勒 . 审美教育书简 [M]. 冯至 , 范大灿 , 译 . 上海 : 上海人民出版社 , 2003.

[54] 加达默尔 . 真理与方法 : 上 [M]. 洪汉鼎 , 译 . 上海 : 上海译文出版社 , 2004.
[55] 黄进 . 游戏精神与幼儿教育 [M]. 南京 : 江苏教育出版社 , 2006.
[56] 阿扎尔 . 书 , 儿童与成人 [M]. 梅思繁 , 译 . 长沙 : 湖南少年儿童出版社 , 2014.
[57] 朱光潜 . 谈美书简 : 二种 [M]. 上海 : 上海文艺出版社 , 1999.
[58] 米切尔 . 比特之城 : 空间・场所・信息高速公路 [M]. 范海燕 , 胡泳 , 译 . 北京 : 生活・读书・新知三联书店 , 1999.
[59] 阿德勒 . 理解人性 [M]. 汪洪澜 , 译 . 北京 : 中国城市出版社 , 2012.
[60] 梁琼慧 . 幼稚园的生活 : 田野工作、大人和小孩 [M]. 台北 : 五南图书出版股份有限公司 , 2011.
[61] 米德 . 心灵、自我和社会 [M]. 霍桂桓 , 译 . 南京 : 译林出版社 , 2012.
[62] 武建芬 . 心理理论与同伴交往 [M]. 北京 : 光明日报出版社 , 2009.
[63] 克斯特尔尼克 . 儿童社会性发展指南 : 理论到实践 [M]. 邹晓燕 , 等译 . 北京 : 人民教育出版社 , 2009.
[64] 麦克卢汉 . 理解媒介 : 论人的延伸 [M]. 何道宽 , 译 . 北京 : 商务印书馆 , 2000.
[65] 麦克卢汉 , 秦格龙 . 麦克卢汉精粹 [M]. 何道宽 , 译 .2 版 . 北京 : 中国大百科全书出版社 , 2021.
[66] 梅罗维茨 . 消失的地域 : 电子媒介对社会行为的影响 [M]. 肖志军 , 译 . 北京 : 清华大学出版社 , 2002.
[67] 波兹曼 . 娱乐至死 [M]. 章艳 , 译 . 桂林 : 广西师范大学出版社 , 2004.
[68] 凯尔纳 . 媒体文化 : 介于现代与后现代之间的文化研究、认同性与政治 [M]. 丁宁 , 译 . 北京 : 商务印书馆 , 2004.
[69] 诺德曼 . 阅读儿童文学的乐趣 [M]. 刘凤芯 , 译 .2 版 . 台北 : 天卫文化图书有限公司 , 2002.
[70] 帕金翰 . 童年之死 : 在电子媒体时代成长的儿童 [M]. 张建中 , 译 . 北京 : 华夏出版社 , 2005.
[71] 泰普斯科特 . 数字化成长 : 网络世代的崛起 [M]. 陈晓开 , 袁世佩 , 译 . 大连 : 东北财经大学出版社 , 1999.
[72] 史蒂文森 . 认识媒介文化 : 社会理论与大众传播 [M]. 王文斌 , 译 . 北京 : 商务印书馆 , 2001.

[73] 米德 . 代沟 [M]. 曾胡 , 译 . 北京 : 光明日报出版社 , 1988.
[74] 维纳 . 维纳著作选 [M]. 钟韧 , 译 . 上海 : 上海译文出版社 , 1978.
[75] 朱智贤 . 朱智贤全集 : 第 4 卷・儿童心理学 [M]. 北京 : 北京师范大学出版社 , 2002.
[76] 波斯特 . 第二媒介时代 [M]. 范静哗 , 译 . 南京 : 南京大学出版社 , 2000.
[77] 波斯特 . 信息方式 : 后结构主义与社会语境 [M]. 范静哗 , 译 . 北京 : 商务印书馆 , 2000.
[78] 赵霞 , 孙宏艳 . 数字时代的儿童成长 [M]. 北京 : 中国青年出版社 , 2016.
[79] 巴赫金 . 巴赫金全集 : 第 5 卷 [M]. 白春仁 , 顾亚玲 , 译 . 石家庄 : 河北教育出版社 , 1998.
[80] 艾尔雅维茨 . 图像时代 [M]. 胡菊云 , 张云鹏 , 译 . 长春 : 吉林人民出版社 , 2003.
[81] 尼葛洛庞帝 . 数字化生存 [M]. 胡泳 , 范海燕 , 译 . 海口 : 海南出版社 , 1996.
[82] 吴其南 . 转型期少儿文学思潮史 [M]. 上海 : 少年儿童出版社 , 1997.
[83] 莱文森 . 数字麦克卢汉 : 信息化新纪元指南 [M]. 何道宽 , 译 . 北京 : 社会科学文献出版社 , 2001.
[84] 鲍德里亚 . 消费社会 [M]. 刘成富 , 全志钢 , 译 . 南京 : 南京大学出版社 , 2014.
[85] 泽利泽 . 给无价的孩子定价 : 变迁中的儿童社会价值 [M]. 王水雄 , 宋静 , 林虹 , 译 . 上海 : 格致出版社 , 2008.
[86] 麦克尼尔 , 张红霞 . 儿童市场营销 [M]. 北京 : 华夏出版社 , 2003.
[87] 萨瑟兰 , 汤普森 . 儿童经济 : 为什么孩子意味着商机? [M]. 王树勇 , 庞锦 , 章晖 , 译 . 北京 : 中信出版社 , 2003.
[88] 张意 . 文化与符号权利 : 布尔迪厄的文化社会学导论 [M]. 北京 : 中国社会科学出版社 , 2005.
[89] 王宁 . 消费社会学 : 一个分析的视角 [M]. 北京 : 社会科学文献出版社 , 2001.
[90] 韦尔施 . 重构美学 [M]. 陆扬 , 张岩冰 , 译 . 上海 : 上海译文出版社 , 2002.
[91] 麦克尼尔 , 张红霞 . 儿童市场营销 [M]. 北京 : 中国市场出版社 , 2009.
[92] 吴翔宇 , 卫栋 . 百年中国儿童文学的整体观研究 [M]. 南京 : 南京大学出版社 , 2021.
[93] 李学斌 . 儿童文学与游戏精神 [M]. 南昌 : 二十一世纪出版社 , 2011.

[94] 谭旭东 . 童年再现与儿童文学重构 : 电子媒介时代的童年与儿童文学 [M]. 哈尔滨 : 黑龙江少年儿童出版社 , 2009.
[95] 崔昕平 . 中国童书出版纪事 [M]. 太原 : 希望出版社 , 2018.

（二）文章

[1] 赵毅衡 . 重新定义符号与符号学 [J]. 国际新闻界 , 2013(6):6–14.
[2] 鲁迅 . 我们现在怎样做父亲 [M] //鲁迅 . 鲁迅杂文集 . 天津 : 天津人民出版社 , 2019.
[3] 周作人 . 儿童的文学 [J]. 新青年 , 1920, 8(4):1–7.
[4] 朱刚 . 胡塞尔生活世界的两种含义 : 兼谈欧洲科学与人的危机及其克服 [J]. 江苏社会科学 , 2003(3):40–45.
[5] 李旭 , 赵芳妮 . 乡村儿童生活世界认识路径优化 : 现象学与童年社会学视角的融合 [J]. 学前教育研究 , 2019(8):12–21.
[6] 任运昌 . 高度警惕留守儿童的污名化 : 基于系列田野调查和文献研究的呼吁 [J]. 教育理论与实践, 2008(11):3–5.
[7] 景天魁 , 邓万春 . 发展社会学的时空视角 [J]. 甘肃行政学院学报 , 2009(6):4–10.
[8] 张辉 , 董俊峰 . 魔幻时空　永恒童年 : 麦克尤恩《时间中的孩子》的时间意义探讨 [J]. 作家 , 2009(4):61–63.
[9] 杜燕红 . 儿童是个心理学家 : 心理理论及其启迪 [J]. 上海教育科研 , 2005(7):48–49.
[10] 周东苏 . 儿童是道德哲学家 [J]. 教育导刊（幼儿教育）, 2008(4):1.
[11] 赵霞 . 从童年消费到消费童年 : 当代童年审美经济及其文化问题 [J]. 南方文坛 , 2014(1):67–71.
[12] 何晶 . 互联网与新生代农民工市民化 : 基于广州市的个案分析 [J]. 广东社会科学 , 2014(5):209–216.
[13] 杨璇 , 张凌霄 . 媒介素养研究之文献综述 [J]. 新闻研究导刊 , 2015, 6(8):13–14,77.
[14] 谢毓洁 . 童书出版与儿童阅读文化的构建 [J]. 出版广角 , 2009(12):36–37.
[15] 陈天中 . 展望“黄金十年”后的儿童文学出版：喜有一些 , 忧也不少 : 第十四

届少读工委文学读物研究会双年会综述 [N]. 中华读书报 , 2018–05–16(6).
[16] 王海英 .20 世纪中国儿童观研究的反思 [J]. 华东师范大学学报（教育科学版）, 2008, 26(2):16–24.
[17] 李利芳 . 儿童文学：如何彰显生动的中国童年精神? [N]. 文学报 , 2019–09–28(9).
[18] 郑素华 . 童年研究的域外视野 : 艾伦・普劳特的新童年社会学思想 [J]. 外国教育研究 , 2012, 39(6):63–68,126.
[19] 杨晓萍 , 陈林 . 基于新童年社会学视角审视电子媒介异化对儿童发展的影响 [J]. 幼儿教育（教育科学）, 2020(5):3–6.
[20] 范占英 . 杨红樱 : 牵一只小手 , 走进文学殿堂 [M]// 杨红樱 . 假小子戴安 . 北京 : 作家出版社 , 2010:364–373.
[21] 杨红樱 . 时间能检验作品的优劣 : 关于《女生日记》畅销 10 年的访谈 [N]. 文艺报 , 2010–12–06(6).
[22] 汪民安 . 空间生产的政治经济学 [J]. 国外理论动态 , 2006(1):46–52.
[23] 潘泽泉 . 当代社会学理论的社会空间转向 [J]. 江苏社会科学 , 2009(1):27–33.
[24] 郑素华 . 论作为社会空间的童年 : 一个初步的探索 [J]. 新儿童研究（第一辑）, 2020:183–193.
[25] 冷田甜 . 童年空间生产的理想图景、实践表征与支持路径 [J]. 新儿童研究（第二辑）, 2021:211–216.
[26] 朱自强 . 童年的身体生态哲学初探 : 对童年生态危机的思考之一 [J]. 中国儿童文化 , 2005(12):8–20.
[27] 徐妍 . 虚拟化的新世纪背景下亟须坚硬的成长寓言 : 以常新港小说为例 [J]. 出版广角 , 2016(13):88–90.
[28] 胡伟希 , 田薇 . 网络文化与人的生存状态 [J]. 开放导报 , 2000(12):16–17.
[29] 林兰 , 金香君 . 学前儿童同伴文化生成路径的民族志探究 [J]. 学前教育研究 , 2022(4):28–46.
[30] 刘浩 . 班级网络、同伴群体与双重社会分化机制 [J]. 中国青年研究 , 2017(4):93–101.
[31] 陈斌斌 , 李丹 , 陈欣银 , 等 . 作为社会和文化情境的同伴圈子对儿童社会能力

发展的影响 [J]. 心理学报 , 2011, 43(1):74–91.

[32] 琚晓燕 , 刘宣文 , 方晓义 . 青少年父母、同伴依恋与社会适应性的关系 [J]. 心理发展与教育 , 2011, 27(2):174–180.

[33] 高琨 , 邹泓 . 处境不利儿童的友谊关系研究 [J]. 心理发展与教育 , 2001(3):52–55.

[34] 孙彩平 , 唐燕 . 国内中学生网络交友调查报告 [J]. 上海教育科研 , 2009(11):40–43.

[35] 陈钢 . 媒介技术变迁对儿童同伴关系的影响 [J]. 现代教育技术 , 2010, 20(6):11–14.

[36] 陈军 , 隋欣 . 初中生异性交往心理发展的调查 [J]. 心理科学 , 2009, 32(5):1228–1231.

[37] 龚林 , 颜春荣 , 丁蓉 , 等 . 深圳市中学生性心理的发展、性知识及性态度现况调查 [J]. 中国健康教育 , 2007, 23(4):280–282.

[38] 周海宁 . 论从大众传媒时代到数字媒介时代的童年变化 [J]. 新闻传播 , 2018(17):10–14,17.

[39] 康永久 . 作为知识与意向状态的童年 [J]. 教育研究 , 2019(5):18–30.

[40] 惠慧 . 媒体饱和时代童年的“消逝”、重构与媒介素养教育 [J]. 教育发展研究 , 2022(8):63–70.

[41] 于艳新 . 从异化视角的麦氏媒介观看电子媒介的未来 [J]. 新闻传播 , 2014(1):72.

[42] 滕洋 . 童年社会学视野下新媒介对儿童主体性的建构 [J]. 理论月刊 , 2022(5):136–143.

[43] 李政涛 . 以生长的眼光审视儿童的需要 [J]. 今日教育 , 2013(6):14–16.

[44] 张艳秋 . 国外媒介教育发展探析 [J]. 国际新闻界 , 2005(2):11–16.

[45] 汤锐 . 商业化趋势中儿童文学的建设 [J]. 中国出版 , 2006(6):35–36.

[46] 于德山 . 视觉文化与叙事转型 [J]. 福建论坛（人文社会科学版）, 2001(3):27–29.

[47] 杨鹏 . 类型化：中国儿童文学的强大之路？[N]. 文艺报 , 2005–10–18(2).

[48] 李学斌 . 质疑“类型化儿童文学”的商业化选择 [N]. 文艺报 , 2006–01–24(4).

[49] 赵奎英 . 当代跨媒介艺术的复杂共感知与具身空时性 [J]. 文艺研究 , 2021(8):

17–28.
[50] 刘彩珍 . 媒介变革与文体创新 : 试论新媒介时代的儿童文学转型 [J]. 当代文坛 , 2012(4):80–82.
[51] 方卫平 , 赵霞 . 论新媒介与当代儿童文学的发展 [J]. 文艺争鸣 , 2009(6):49–54.
[52] 潘颖 , 张振宇 . 视听先行 : 新媒体时代儿童文学的新特点 : 以“凯叔讲故事”为例 [J]. 山东社会科学 , 2019(4):44–49.
[53] 朱伟珏 .“资本”的一种非经济学解读 : 布迪厄“文化资本”概念 [J]. 社会科学 , 2005(6):117–123.
[54] 孔明安 . 从物的消费到符号消费 : 鲍德里亚的消费文化理论研究 [J]. 哲学研究 , 2002(11):68–74,80.
[55] 赵霞 . 消费时代与童年文化的经济 : 论现代童年审美文化的资本化进程 [J]. 文化与诗学 , 2015(1):293–319.
[56] 齐普斯 . 重构 : 文化产业中的儿童与儿童文学 [J]. 刘思诚 , 译 . 湖北民族大学学报（哲学社会科学版）, 2020, 38(5):133–144.
[57] 杨伟 . 少儿图书零售市场稳健成长 畅销热点分布不均 [N]. 中国新闻出版报 , 2010–05–31(5).
[58] 新闻出版总署出版管理司 .2009 年度全国图书选题分析综述 [N]. 中国新闻出版报 , 2009–03–09(5).
[59] 罗双兰 , 葛洋 . 网络阅读元认知能力培养研究 [J]. 中国远程教育 , 2011(4): 51–55.
[60] 龚小萍 .《中国百年个体童年史》编辑手记 [J]. 出版参考 , 2014(25):25–26.
[61] 左眩 . 重拾本真 , 朝向未来 [N]. 文学报 , 2023–04–27(10).
[62] 谈凤霞 .“童年中国”书写 : 儿童文学的童年根系与家园诉求 [N]. 文学报 , 2023–04–27(6).
[63] 徐妍 .“童年中国书系”的句法结构及其意义 [N]. 文学报 , 2023–04–27(7).
[64] 杜传坤 . 中国式童年的大写方式 :“童年中国书系”概述 [N]. 青年报 , 2023–06–04(8).
[65] 南帆 . 文学性、文化先锋与日常生活 [J]. 当代作家评论 , 2010(2):4–23.
[66] 李红叶 . 回忆性童年书写的美学追求 :“童年中国书系”评析 [N]. 河北日报 ,

2023-05-05(11).
[67] 赵霞，方卫平．穿越历史的童年叙事：评黄蓓佳“五个八岁系列长篇”[J]. 当代作家评论，2011(2):154-160.
[68] 崔昕平．左昡《纸飞机》：重归那座“不死的城”[N]. 文艺报，2017-12-13(6).
[69] 方卫平．童年写作的厚度与重量：当代儿童文学的文化问题 [J]. 文艺争鸣，2012(10):96-102.
[70] 张国龙．中国新文学少年儿童形象塑造的价值旨归 [J]. 中国社会科学，2021(07):88-113, 206.
[71] 李燕．《龙抬头，猪会飞》：城市化进程中的中国童年 [N]. 中华读书报，2021-05-19(16).

（三）调研报告

[1] 张旭东，孙宏艳．从“90 后”到“00 后”：中国少年儿童发展状况调查报告 [R]. 北京：中国青年出版社，2016.
[2] 孙宏艳，赵霞．中国少年儿童十年发展状况研究报告（1999—2010）[R]. 北京：人民日报出版社，2011.
[3] 赵霞，孙宏艳．与孩子共创美好生活：中国少年儿童生活方式研究报告 [R]. 北京：中国青年出版社，2018.

（四）线上资源

[1] Encyclopædia Britannica Online Academic Edition. Childhood [M/OL]. http://www. Britannica.com/EBchecked/topic/111148/childhood.
[2] 中华人民共和国中央人民政府．国家中长期教育改革和发展规划纲要（2010—2020年）[A/OL].(2010-07-29).https://www.gov.cn/jrzg/2010-07/29/content_1667143.htm.
[3] 中华人民共和国教育部．教育部全面启动“减负万里行”活动 [EB/OL].（2013-03-26）.http://www.moe.gov.cn/jyb_xwfb/gzdt_gzdt/moe_1485/201303/t20130326_149313.html.
[4] 中华人民共和国民政部．图表：2018 年农村留守儿童数据 [A/OL].(2018-09-01).https://xxgk.mca.gov.cn:8445/gdnps/pc/content.jsp?mtype=4&id=

1662004999979993614.

[5] 中华人民共和国中央人民政府 . 全国农村留守儿童数量下降 [A/OL].(2018-10-30).https://www.gov.cn/xinwen/2018-10/30/content_5335992.htm.

[6] 全国妇联 . 我国农村留守儿童、城乡流动儿童状况研究报告 [R/OL].(2013-05-10).http://acwf.people.com.cn/n/2013/0510/c99013-21437965.html.

[7] 国家统计局 .2021 年《中国儿童发展纲要（2021—2030 年）》统计监测报告 [R/OL].http://www.stats.gov.cn/sj/zxfb/202304/t20230417_1938688.html.

[8] Common Sense Media. The Common Sense Census 2020: Media Use by Kids Age Zero to Eight [R/OL].(2020-11-17).https://www.commonsensemedia.org/sites/default/files/research/report/2020_zero_to_eight_census_final_web.pdf.

[9] The Office of Communications of the UK. Children and Parents: Media Use and Attitudes Report 2020/21 [R/OL].(2021-04-28).https://www.ofcom.org.uk/_data/assets/pdf_file/0025/217825/children-and-parents-media-use-and-attitudes-report-2020-21.pdf.

[10] 张赛 .《青少年蓝皮书：中国未成年人互联网运用报告（2020）》在京发布 [EB/OL].(2020-09-22).http://www.cssn.cn/zx/bwyc/202009/t20200922_5185844.shtml.

[11] 中国互联网络信息中心 . 中国互联网络发展状况统计报告：第 50 次 [R/OL].(2022-08-31)[2022-09-20].http://www.cnnic.net.cn/NMedia-File/2022/0916/MAIN1663313008837KWI782STQL.pdf.

[12] 中国互联网络信息中心 .2021 年全国未成年人互联网使用情况研究报告 [R/OL].(2022-12-01). https://www.cnnic.net.cn/NMediaFile/2022/1201/MAIN1669871621762HOSKOXCEP1.pdf.

[13] 中国互联网络信息中心 . 中国互联网络发展状况统计报告：第 51 次 [R/OL].(2023-03-02). https://www.cnnic.cn/n4/2023/0303/c88-10757.html.

[14] 中国互联网络信息中心 .2014 年中国青少年上网行为研究报告 [R/OL].https://www.cac.gov.cn/files/pdf/cnnic/ CNNIC2014qingshaonianswxw.pdf.

[15] 北京开卷 . 中国少儿图书市场的 20 年 [R/OL].(2020-05-27).https://m.thepaper.cn/newsDetail-forward-7583306.

[16] 出版人杂志 .2020 童书市场哪家强　京开研究院童书消费报告 [EB/OL].

(2020-05-24).https://m.thepaper.cn/baijiahao_7531295.
[17] 京东图书，艾瑞咨询 .2019 年度中国图书市场报告 [R/OL].http://report.iresearch.cn/report_pdf.aspx?Id=3497.
[18] 商务君 .2019 京东童书消费报告，人均购买童书 8 本 [EB/OL].(2019-05-30).http://www.cptoday.cn/news/detail/7684.

（五）文学作品

[1] 周作人 . 周作人散文全集 : 第 2 卷 [M]. 桂林 : 广西师范大学出版社 , 2009.
[2] 董宏猷 . 一百个孩子的中国梦 [M]. 南昌 : 二十一世纪出版社 , 2016.
[3] 赵丽宏 . 童年河 [M]. 福州 : 福建少年儿童出版社 , 2013.
[4] 叶广芩 . 耗子大爷起晚了 [M]. 北京 : 北京少年儿童出版社 , 2018.
[5] 叶广芩 . 花猫三丫上房了 [M]. 北京 : 北京少年儿童出版社 , 2019.
[6] 张之路 . 吉祥时光 [M]. 北京 : 作家出版社 , 2016.
[7] 张之路 . 小猪大侠莫跑跑 [M]. 杭州 : 浙江少年儿童出版社 , 2009.
[8] 汤素兰 . 阿莲 [M]. 长沙 : 湖南少年儿童出版社 , 2017.
[9] 彭懿 . 我捡到一条喷火龙 [M]. 杭州 : 浙江少年儿童出版社 , 2021.
[10] 梅子涵 . 女儿的故事 [M]. 南京 : 江苏凤凰少年儿童出版社 , 2018.
[11] 梅子涵 . 戴小桥全传 [M]. 南京 : 江苏少年儿童出版社 , 2009.
[12] 梅子涵 . 敲门小熊 [M]. 北京 : 北京联合出版社 , 2017.
[13] 郑春华 . 非常小子马鸣加 [M]. 上海 : 少年儿童出版社 , 2008.
[14] 麦子 . 大熊的女儿 [M]. 大连 : 大连出版社 , 2015.
[15] 王林柏 . 拯救天才 [M]. 大连 : 大连出版社 , 2016.
[16] 郭姜燕 . 布罗镇的邮递员 [M]. 上海 : 少年儿童出版社 , 2016.
[17] 周静 . 一千朵跳跃的花蕾 [M]. 南昌 : 二十一世纪出版社 , 2020.
[18] 李秋沅 . 天青 [M]. 福州 : 福建少年儿童出版社 , 2016.
[19] 杨红樱 . 淘气包马小跳 [M]. 北京 : 作家出版社 , 2020.
[20] 北猫 . 米小圈上学记 [M]. 成都 : 四川少年儿童出版社 , 2018.
[21] 朱自强 , 左伟 . 花田小学的属鼠班 [M]. 沈阳 : 春风文艺出版社 , 2019.
[22] 陆梅 . 当着落叶纷飞 [M]. 杭州 : 浙江少年儿童出版社 , 2015.

[23] 陆梅 . 再见，婆婆纳 [M]. 石家庄 : 河北少年儿童出版社 , 2019.
[24] 陆梅 . 无尽夏 [M]. 青岛 : 青岛出版社 , 2019.
[25] 陆梅 . 万花筒 [M]. 合肥 : 安徽少年儿童出版社 , 2023.
[26] 萧萍 . 沐阳上学记 [M]. 合肥 : 安徽少年儿童出版社 , 2021.
[27] 王安忆 . 上种红菱下种藕 [M]. 上海 : 文汇出版社 , 2006.
[28] 徐玲 . 流动的花朵 [M]. 北京 : 民主与建设出版社 , 2019.
[29] 彭学军 . 腰门 [M]. 南昌 : 二十一世纪出版社 , 2008.
[30] 彭学军 . 建座瓷窑送给你 [M]. 南昌 : 二十一世纪出版社 , 2020.
[31] 彭学军 . 小背篓 [M]. 济南 : 明天出版社 , 2023.
[32] 彭学军 . 围屋 [M]. 天津 : 新蕾出版社 , 2021.
[33] 彭学军 . 浮桥边的汤木 [M]. 南昌 : 二十一世纪出版社 , 2014.
[34] 翌平 . 少年摔跤王 [M]. 杭州 : 浙江少年儿童出版社 , 2019.
[35] 翌平 . 我的邻居是大象 [M]. 石家庄 : 河北少年儿童出版社 , 2019.
[36] 曹文轩 . 甜橙树 [M]. 南昌 : 二十一世纪出版社 , 2021.
[37] 曹文轩 . 古堡 [M]. 北京 : 北京少年儿童出版社 , 2007.
[38] 曹文轩 . 细米 [M]. 南京 : 江苏少年儿童出版社 , 2009.
[39] 曹文轩 . 火印 [M]. 北京 : 天天出版社 , 2015.
[40] 曹文轩 . 黄琉璃 [M]. 南宁 : 接力出版社 , 2008.
[41] 曹文轩 . 樱桃小庄 [M]. 南京 : 江苏凤凰少年儿童出版社 , 2020.
[42] 秦文君 . 逃逃 [M]. 济南 : 明天出版社 , 2015.
[43] 秦文君 . 宝塔 [M]. 济南 : 明天出版社 , 2017.
[44] 秦文君 . 月光小巷 [M]. 青岛 : 青岛出版社 , 2020.
[45] 秦文君 . 幸福课 : 詹妮和云起的故事 [M]. 北京 : 天天出版社 , 2021.
[46] 三三 . 舞蹈课 [M]. 南宁 : 接力出版社 , 2005.
[47] 三三 . 我一直想知道的那件事 [M]. 石家庄 : 河北少年儿童出版社 , 2023.
[48] 韩青辰 . 水自无言 [M]. 杭州 : 浙江少年儿童出版社 , 2020.
[49] 韩青辰 . 飞翔，哪怕翅膀断了心 [M]. 上海 : 少年儿童出版社 , 2006.
[50] 常新港 . 独船 [M]. 青岛 : 青岛出版社 , 2012.
[51] 常新港 . 陈土的六根头发 [M]. 沈阳 : 春风文艺出版社 , 2003.

[52] 刘保法 . 我的秘密花园 [M]. 上海 : 少年儿童出版社 , 2017.
[53] 邱易东 . 空巢十二月 : 留守孩子的孤独与成长 [M]. 成都 : 四川少年儿童出版社 , 2015.
[54] 徐鲁 . 小菊的茶山 [M]. 南昌 : 二十一世纪出版社 , 2022.
[55] 徐鲁 . 小勇的大海 [M]. 济南 : 明天出版社 , 2023.
[56] 邓湘子 . 牛说话 [M]. 长沙 : 湖南少年儿童出版社 , 2015.
[57] 邓湘子 . 像风一样奔跑 [M]. 武汉 : 长江少年儿童出版社 , 2016.
[58] 谢华良 . 陈土豆的红灯笼 [M]. 长春 : 吉林出版集团 , 2017.
[59] 迟慧 . 藏起来的男孩 [M]. 大连 : 大连出版社 , 2020.
[60] 薛涛 . 孤单的少校 [M]. 南宁 : 接力出版社 , 2018.
[61] 薛涛 . 满山打鬼子 [M]. 青岛 : 青岛出版社 , 2017.
[62] 薛涛 . 情报鸽子 [M]. 青岛 : 青岛出版社 , 2017.
[63] 薛涛 . 第三颗子弹 [M]. 青岛 : 青岛出版社 , 2017.
[64] 王勇英 . 少年陀螺王 [M]. 济南 : 明天出版社 , 2019.
[65] 王勇英 . 狼洞的外婆 [M]. 南宁 : 接力出版社 , 2023.
[66] 王勇英 . 巴澎婆婆 [M]. 上海 : 少年儿童出版社 , 2023.
[67] 周国平 . 中国百年个体童年史 [M]. 杭州 : 浙江少年儿童出版社 , 2013.
[68] 黄蓓佳 . 野蜂飞舞 [M]. 南京 : 江苏凤凰少年儿童出版社 , 2018.
[69] 黄蓓佳 . 奔跑的岱二牛 [M]. 南京 : 江苏凤凰少年儿童出版社 , 2020.
[70] 黄蓓佳 . 草镯子 [M]. 南京 : 江苏少年儿童出版社 , 2012.
[71] 黄蓓佳 . 白棉花 [M]. 南京 : 江苏少年儿童出版社 , 2012.
[72] 黄蓓佳 . 星星索 [M]. 南京 : 江苏少年儿童出版社 , 2012.
[73] 黄蓓佳 . 黑眼睛 [M]. 南京 : 江苏少年儿童出版社 , 2012.
[74] 黄蓓佳 . 平安夜 [M]. 南京 : 江苏少年儿童出版社 , 2012.
[75] 殷健灵 . 纸人 [M]. 武汉 : 长江少年儿童出版社 , 2021.
[76] 殷健灵 . 访问童年 [M]. 武汉 : 长江文艺出版社 , 2018.
[77] 殷健灵 . 1937· 少年夏之秋 [M]. 贵阳 : 贵州人民出版社 , 2009.
[78] 王一梅 . 合欢街 [M]. 南京 : 江苏凤凰少年儿童出版社 , 2019.
[79] 王一梅 . 童年的歌谣 [M]. 南京 : 江苏凤凰少年儿童出版社 , 2020.

[80] 王一梅 . 校长的游戏 [M]. 南京 : 江苏凤凰少年儿童出版社 , 2020.
[81] 刘东 . 世界上没有真正的空房子 [M]. 福州 : 福建少年儿童出版社 , 2020.
[82] 李学斌 . 天使没有长大 [M]. 南宁 : 接力出版社 , 2007.
[83] 李学斌 . 龙抬头，猪会飞 [M]. 合肥 : 安徽少年儿童出版社 , 2020.
[84] 黄春华 . 开皮豆快乐秘笈 : 男子汉 , 臭豆腐 [M]. 上海 : 少年儿童出版社 , 2007.
[85] 李志伟 . 开心学校幽默丛书 [M]. 北京 : 北京少年儿童出版社 , 2008.
[86] 李志伟 . 圣域传说 [M]. 沈阳 : 春风文艺出版社 , 2004.
[87] 周晴 , 周桥 . 爱上 QQ[M]. 上海 : 少年儿童出版社 , 2003.
[88] 周晴 , 周桥 .QQ 情缘 [M]. 上海 : 少年儿童出版社 , 2003.
[89] 周晴 . 小小的春夏秋冬 [M]. 武汉 : 长江少年儿童出版社 , 2022.
[90] 金本 . 远去的村庄 [M]. 石家庄 : 河北少年儿童出版社 , 2023.
[91] 谢倩霓 . 家在学堂 [M]. 石家庄 : 河北少年儿童出版社 , 2023.
[92] 谢倩霓 . 喜欢不是罪 [M]. 北京 : 北京出版社 , 2006.
[93] 唐池子 . 满川银雪 [M]. 北京 : 天天出版社 , 2020.
[94] 冯与蓝 . 挂龙灯的男孩 [M]. 济南 : 明天出版社 , 2018.
[95] 顾鹰 . 穿过那片竹林 [M]. 石家庄 : 河北少年儿童出版社 , 2023.
[96] 徐德霞 . 我是一棵小草 [M]. 石家庄 : 河北少年儿童出版社 , 2023.
[97] 王璐琪 . 给我一个太阳 [M]. 南宁 : 接力出版社 , 2018.
[98] 赵菱 . 大水 [M]. 南京 : 江苏凤凰少年儿童出版社 , 2018.
[99] 左昡 . 纸飞机 [M]. 天津 : 新蕾出版社 , 2017.
[100] 李东华 . 少年的荣耀 [M]. 太原 : 希望出版社 , 2014.
[101] 李东华 . 焰火 [M]. 武汉 : 长江文艺出版社 , 2019.
[102] 史雷 . 将军胡同 [M]. 北京 : 天天出版社 , 2015.
[103] 毛芦芦 . 战火中的童年 [M]. 长沙 : 湖南少年儿童出版社 , 2015.
[104] 张品成 . 十五岁的长征 [M]. 济南 : 明天出版社 , 2006.
[105] 张品成 , 王巨成 , 牧铃 , 等 . “烽火燎原”原创少年小说 [M]. 武汉 : 长江少年儿童出版社 , 2015.
[106] 舒辉波 . 舒辉波战争与成长三部曲 [M]. 南昌 : 二十一世纪出版社 , 2023.
[107] 张忠诚 . 东北抗联三部曲 [M]. 南昌 : 二十一世纪出版社 , 2023.

[108] 张忠诚 . 蓝门 [M]. 南昌 : 二十一世纪出版社 , 2020.

[109] 熊亮 . 小石狮 [M]. 天津 : 天津人民出版社 , 2018.

[110] 周翔 . 荷花镇的早市 [M]. 南昌 : 二十一世纪出版社 , 2013.

[111] 余丽琼 . 团圆 [M]. 济南 : 明天出版社 , 2008.

[112] 张晓玲 . 躲猫猫大王 [M]. 济南 : 明天出版社 , 2008.

[113] 魏捷 . 那只深蓝色的鸟是我爸爸 [M]. 济南 : 明天出版社 , 2012.

[114] 萧袤 . 驿马 [M]. 济南 : 明天出版社 , 2008.

[115] 保冬妮 . 花娘谷 [M]. 乌鲁木齐 : 新疆青少年出版社 , 2021.

[116] 赵墨染 . 我爸爸是军人 [M]. 北京 : 中国少年儿童出版社 , 2017.

[117] 大吴 . 不要动一只蜗牛 [M]. 南宁 : 接力出版社 , 2023.

二、外 文 文 献

[1] KLAAS M, FLÜGEL A, HOFFMANN R, et al. Kinderkultur oder der Versuch einer Annäherung [M]// KLAAS M, FLÜGEL A, HOFFMANN R, et al. Kinderkultur(en). Wiesbaden: VS Verlag für Sozialwissenschaften, 2011: 9-26.

[2] GIROUX H A. Animating Youth: The Disnification of Children’s Culture [J]. Socialist Review, 1995, 24(3): 23-55.

[3] CUNNINGHAM H. Children and Childhood in Western Society Since 1500 [M]. London: Longman, 1995.

[4] BACHELARD G. Reveries toward Childhood [M]//ABRAMS J. Reclaiming the Inner Child. Los Angeles: Tarcher, 1990: 40-48.

[5] QVORTRUP J. Childhood Matters: An Introduction [M]//QVORTRUP J, et al. Childhood Matters: Social Theory, Practice and Politics. Aldershot: Avebury, 1994.

[6] ARIÈS P. Centuries of Childhood: A Social History of Family Life [M]. BALDICK R (trans.). New York: Vintage, 1962.

[7] TEATHER E K. Embodied Geographies [M]. London: Routledge, 1999.

[8] GUTMAN M. The Physical Spaces of Childhood [M]// FASS P S. The Routledge History of Childhood in the Western World. Abingdon: Routledge, 2013: 249-266.

[9] BEAUVOIR S. The Second Sex [M]. PARSHLEY H M (trans.). New York: Vintage, 1989.

[10] MAYALL B. A History of the Sociology of Childhood [M]. London: UCL IOE Press, 2013.

[11] CORSARO W A, RIZZO T A. Discussione and Friendship: Socialization Processes in the Peer Culture of Italian Nursery School Children [J]. American Sociological Review, 1988, 53(6): 879-894.

[12] KYRATZIS A. Talk and Interaction among Children and the Co-construction of Peer Groups and Peer Culture [J]. Annual Review of Anthropology, 2004, 33: 625-649.

[13] PARSONS T. The School Class as a Social System: Some of Its Functions in American Society [J]. Harvard Educational Review, 1959, 29(4): 297-318.

[14] KIM S J. A Genealogy of Media Utopia: From Brecht's "Radio Theory" to Flusser's "Theory of Telematics" [J]. Korean Journal of Broadcasting and Telecommunication Studies, 2015, 29(4): 5-32.

[15] THOMAN E. Skills and Strategies for Media Education [J]. Educational Leadership, 1999, 56(5): 50-54.

[16] JACOBSON L. Children and Consumerism in American Society: A Historical Handbook and Guide [M]. Westport: Praeger, 2007.

[17] BUCKINGHAM D. The Material Child: Growing up in Consumer Culture [M]. Cambridge: Polity, 2011.

[18] BÖHME G. Zur Kritik der ästhetischen Ökonomie [J]. Zeitschrift für kritische Theorie, 2001, 7(12): 69-82.

[19] MARTENS L, SOUTHERTON D, SCOTT S. Bringing Children (and Parents) into the Sociology of Consumption: Towards a Theoretical and Empirical Agenda [J]. Journal of Consumer Culture, 2004, 4(2): 155-182.

[20] SEITER E. Sold Separately: Parents and Children in Consumer Culture [M]. New Brunswick: Rutgers UP, 1995.

[21] JOHNSON D. Engaging Identity: Portraits of Children in Late Eighteenth-

Century European Art [M]//MÜLLER A. Fashioning Childhood in the Eighteenth Century: Age and Identity. Farnham: Ashgate, 2006.
[22] DEMAUSE L. The History of Childhood [M]. New York: Psychohistory Press, 1974.
[23] HUME K. Fantasy and Mimesis: Responses to Reality in Western Literature [M]. New York: Methuen, 1984.

后　记

进入21世纪以来，伴随着中国经济不断提速和社会文化蓬勃发展，原创儿童文学迎来了繁花似锦、春潮滚滚的“盛世”景观。同时，儿童文学理论研究也在多个层面获得丰富成果。然而，细加考量也不难发现，欢歌声里掩藏隐忧，繁华背后暗蕴苍凉。问题之一，就是本土儿童文学理论研究还在一定程度上存在着视野狭窄、观念落伍、方法滞后等种种不足。具体表现就是儿童文学研究时常囿于单一“本质论”“审美论”“现象论”“文体论”“作品论”视角，而缺少跨学科、多维度视域下的社会研究、教育研究、比较研究、接受研究等研究范式。其中，系统、深入的“文化研究”不唯理论建构较少，就连作品解析也鲜见。这与西方学界近年来童年文化与儿童文学互动研究成果频出的情况形成鲜明反差。由此，切实推进原创儿童文学“文化研究”就不仅必要，而且颇有几分刻不容缓之势。

本书就是上述启悟之思维结晶。其主体内容为本人所主持的国家社科基金一般项目“童年文化与新世纪原创儿童文学研究”结题成果。

需要说明的是，该项目在研究初期因原思路框架过于宏阔，且可操作性存疑，故在听取多位专家意见后在内容结构上做出了较大调整。（部分前期研究成果发表后得到了业内同行的充分肯定，也一定程度上验证了调整的实效性。）研究进入中期后，因突发新冠疫情，原研究计划中的多项田野调查和学术交流活动搁浅。后经与中国青少年研究中心孙宏艳研究员协商，项目研究所需的新世纪“中国童年状况”引证材料多采用该中心“中国少年儿童生存状况”课题组调查报告中的相关数据。令人欣慰的是，虽经两番“周折”，但后续研究依然推进顺利，最终也得以准时结项。

为此，首先要感谢王泉根教授、方卫平教授、孙建江先生、杨剑龙教授、孙宏艳研究员、谈凤霞教授、李利芳教授、方明生教授在课题立项、开题论证和资料引述中给予的帮助；还要感谢李燕副教授、唐池子副教授、王青松副教授、戴建国副教授、马云静博士对项目研究的参与。

致谢参与项目成果鉴定的同行学人。专家们的褒扬、指正让书稿在后续修改中渐臻完善。

谢谢上海师范大学教育学院黄海涛教授、魏峰教授在项目成果出版中给予的理解、支持。

同时，诚挚感谢白冰先生以资深儿童文学作家、出版家的热忱和睿智给予论著的充分肯定。这是我在接力社出版的第三部儿童文学论著（算上儿童小说，是我在接力社出版的第四本书）。与接力社的每一次合作都愉快且圆满，令人难忘。谢谢责任编辑童小伟、美术编辑许继云等接力社友人的辛劳付出。

最后要谢谢我的家人。项目研究后期正是新冠疫情弥漫的日子，在本应陪伴家人的时候我常常孤灯独坐，闭门不出。此时，亲人的宽容、理解不只是体谅，更是实实在在的助力。

数载攀缘，今时抵达。书稿出版意味着研究阶段性终结。可是换个角度看，这又何尝不是另一种开始？生而有涯，学术无涯。高山仰止，景行行止。虽不能至，心向往之。我当自勉，并为术业精进而继续努力。

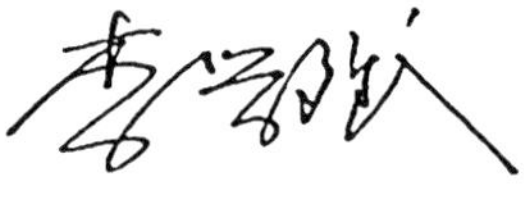

2024 年 10 月 6 日于上海家中